D1755588

J. HELMOND

PENDULUM

EIN TRAUM VON

FÜNF ELEMENTEN

ALEA LIBRIS

1. Auflage, 2023

© Alea Libris Verlag, Wengenäckerstr. 11, 72827 Wannweil

Alle Rechte vorbehalten

Cover: Viktoria Lubomski
Sensitivity Reading: Judith Heim, Incardia to Krax
Korrektorat: Lisa Heinrich
Lektorat: Michaela Harich

ISBN: 9783945814796

Lizenzen Bildrechte Impressum:
Viktoria Lubomski

Das Werk, einschließlich seiner Teile, ist urheberrechtlich geschützt. Jede Verwertung ist ohne Zustimmung des Verlages und des Autors unzulässig. Dies gilt insbesondere für die elektronische oder sonstige Vervielfältigung, Übersetzung, Verbreitung und öffentliche Zugänglichmachung.

Die Personen und die Handlung des Buches sind frei erfunden. Etwaige Ähnlichkeiten mit tatsächlichen Begebenheiten oder lebenden oder verstorbenen Personen wären rein zufällig.

Dieses Buch enthält Szenen, die sich mit Okkultismus, Kämpfen oder Blut beschäftigen. Eine Übersicht, über weitere Themen, die Lesende belasten könnten, finden sich auf www.alealibris.de oder auf Seite 542.

FÜR LEVIN
AUCH EIN KLEINES WESEN KANN DIE GRÖSSTE FREUDE BRINGEN!

... und für Julia.

Das Pendulum ist in Bewegung.

Viel Spaß beim Lesen!

PROLOG
NEUE STADT, NEUE PROBLEME

Der Schnee, der über Leuchtenburg fiel, fühlte sich nicht anders an als der in anderen Städten. Er war weiß und kalt, wie man ihn kannte, verhielt sich genauso wie überall sonst, und dennoch war etwas an ihm ungewohnt. Vermutlich, weil die gesamte Situation ungewohnt war.

Felix atmete tief ein, doch auch die unangenehm kühle Luft, die seine Lungen füllte, war einfach anders, und als er sie wieder ausstieß, sah er ein, dass ein Seufzer nichts daran ändern würde. Das unbeschwerte Leben, das er einst geführt hatte, gehörte nun endgültig der Vergangenheit an. Seine alten Freunde, die ehemaligen Lehrer und das Haus, in dem er aufgewachsen war, blieben allesamt in der alten Stadt zurück.

Seit seinem Umzug nach Leuchtenburg, eine abgelegene, von Bergen und Wäldern umgebene Stadt, hieß es, sich neue Freunde zu suchen, neue Lehrer kennenzulernen und sich in dieser neuen, fremden Umgebung zurechtzufinden. Früher war es ihm nie schwergefallen, auf andere Kinder zuzugehen. Doch in Leuchtenburg galt es, diese außerhalb der Grundschule überhaupt erst zu finden. Er hatte bisher kaum Gleichaltrige kennen gelernt, die Auswahl neuer Spielkameraden ließ also zu wünschen übrig. Seine Eltern waren ihm auch keine Hilfe. Für sie schien das alles sehr viel einfacher zu sein, aber sie hatten ja sich; Felix hatte niemanden.

Immerhin hatte er schon seinen Lieblingsplatz gefunden: der Fluss neben der Kirche, gewissermaßen die Grenze zwischen Leuchtenburg und dem Vorort Ardegen. Selbst an diesen eiskalten Januartagen stand er gerne am höchsten Punkt der Brücke, die über den Fluss führte, und beobachtete die Sonne am Himmel, Autos auf der Straße und Menschen, die herumliefen. Letztere fand er am interessantesten; als Sohn eines Psychotherapeuten lag ihm das wohl im Blut.

Eines Sonntagmorgens allerdings langweilte ihn auch dieser Platz. An jenem Tag stand er nicht oben auf der Brücke. Wozu auch? Er wusste, wie die Leute aussahen, die soeben die Kirche verließen. Manche davon wohnten in Leuchtenburg, andere kamen aus Ardegen und gingen nach dem Gottesdienst wieder dorthin zurück, aber es waren immer dieselben.

Stattdessen saß er auf einer kalten Bank und genoss den Lolli mit Erdbeergeschmack in seinem Mund, die angenehmste Alternative zu Eiscreme in den kalten Monaten des Jahres. Das Rauschen der sanften Wellen des Flusses in seinem Ohr, sah er sich das Bilderbuch an, das er aus der alten Heimat mitgebracht hatte. Er kannte es in- und auswendig; seine Mutter hatte ihm das bisschen Text darin oft vorgelesen, bevor er selbst Lesen gelernt hatte. Aber es weckte warme Erinnerungen an sein Zuhause vor dem Umzug, und genau das brauchte er in letzter Zeit.

»Welchen Weg wirst du gehen?«, fragte der Wolf. »Den Weg der Stecknadeln oder den Weg der Nähnadeln?«
»Den Weg der Nähnadeln«, sagte das Rotkäppchen.
Also ging der Wolf selbst den Weg der Stecknadeln und erreichte Großmutters Haus vor dem kleinen Mädchen.

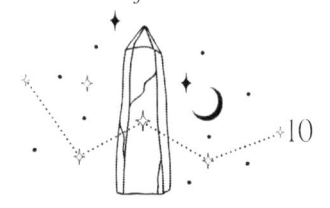

Natürlich wusste Felix, was als Nächstes passieren würde. Der böse Wolf würde die Großmutter auffressen und ihre Kleidung anziehen. Und wenn das Rotkäppchen ankam, würde er sagen ...

»Hallo!«

Felix zuckte kurz zusammen und blickte von seinem Buch auf, erschreckt von der hohen Stimme, die in der echten Welt plötzlich mit ihm redete. Das war aber kein böser Wolf, sondern ein Kind. So vertieft in sein Buch hatte er es gar nicht kommen hören.

»Hallo ...«, erwiderte er, etwas schüchtern und zögerlich.

Dieser kleine, dicke Junge, der nun vor ihm stand, war ihm schon oft aufgefallen. Er war eines der wenigen Kinder, die regelmäßig mit ihren Eltern den Gottesdienst besuchten und gut gelaunt wirkten, wenn sie wieder aus der Kirche herauskamen – nein, das stimmte nicht ganz, wenn Felix ehrlich war. Im Grunde war sein Gegenüber das einzige Kind, das diesen Eindruck erweckte.

»Du sitzt hier immer ganz allein. Hast du denn gar keine Freunde?« Es hätte Spott sein können oder Häme, doch Felix erkannte, dass der Junge nichts dergleichen im Sinn hatte. Sein Lächeln war ehrlich und offen – und Felix hatte ihn noch nie anders gesehen.

»Ich bin neu. Natürlich hab ich keine Freunde«, antwortete er, fügte aber rasch hinzu: »*Noch* nicht.«

»Hab ich mir schon gedacht«, sagte der Junge und setzte sich auf die Bank.

Schweigen legte sich über sie. Der andere erwartete wohl, dass Felix von selbst anfangen würde, etwas von sich zu erzählen. Und warum auch nicht? Felix war auf der Suche nach neuen Freunden und dieser Junge bot sich regelrecht an.

»Meine Mutter hat eine neue Arbeit, deshalb mussten wir umziehen. Jeden Tag hin- und herzufahren wäre für sie blöd gewesen«, erklärte Felix schließlich.

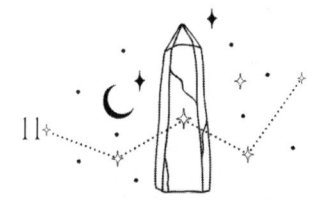

Seine Mutter war eine sehr engagierte Reiseverkehrskauffrau und beherrschte so viele Sprachen, dass er oft Angst hatte, sie könnte im Laufe der Zeit vergessen, welche sie zuhause sprechen musste, damit ihre Familie sie verstand. Aber natürlich wusste er, dass so etwas nicht wirklich passieren konnte, nicht einmal seiner Mutter mit ihrem zuweilen etwas selektiven Gedächtnis.

»Ich kann mich im Moment nur schwer einleben«, fuhr er schließlich fort. »Aber das wird schon.«

Nach außen hin gab sich Felix optimistisch, doch innerlich fragte er sich, wie das klappen sollte. Nach dem Umzug vor fast vier Monaten war er in die vierte Klasse der am nächsten gelegenen Grundschule gekommen, aber dort würde er nicht mehr lange bleiben, und somit stand auch schon die nächste Veränderung am Horizont: der Wechsel auf das Gymnasium im kommenden Herbst. Er sah einfach keinen Sinn darin, in der Grundschule jetzt noch Freundschaften zu schließen.

»Gehst du im September auch auf das Windolf-Gymnasium?«, fragte der Junge, als hätte er seine Gedanken gelesen.

Felix wusste nicht, wie dieses Gymnasium hieß, das etwa drei Kilometer von seiner neuen Haustür entfernt war, doch es gab kein anderes in der näheren Umgebung. »Wenn die Noten so bleiben wie bisher, dann ja«, antwortete er.

Der Junge lachte. »Dann kennst du jetzt schon jemanden dort! Ich heiße Arthur Klamm, aber du darfst mich gern Arthy nennen.« Ungeniert reichte er Felix die Hand.

»Klamm?«, wiederholte er und schüttelte Arthur die Hand. »Eine Lehrerin auf meiner Schule heißt so ... oder hieß so. Ich glaube, sie ist gegangen, kurz nachdem ich kam.«

»Ja, das war bestimmt meine Mutter. Sie hat vorher in Leuchtenburg gearbeitet und ist jetzt an meiner Schule in Ardegen. Und auf dem Windolf wirst du meinen Vater kennenlernen. Er ist auch Lehrer und unterrichtet Geschichte und Religion.«

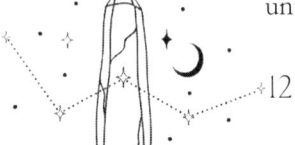

In den nächsten Minuten erfuhr Felix sehr viel über seine neue Bekanntschaft. Arthur erzählte von seinen Eltern, die sich im Studium kennen gelernt hatten; von seiner Schwester, die an Heiligabend geboren war; seinem Bruder, der ihm mit seiner großen Begeisterung für Engel auf die Nerven ging; von seinem bisherigen Leben in Ardegen und der Schule dort.

Viele Minuten verstrichen, in denen Felix sich erschlagen fühlte von dieser Informationsflut, während er selbst nicht viel zu der Unterhaltung beizutragen hatte und sich deswegen allmählich unwohl fühlte. Einmal bot er Arthur einen Lolli an, den dieser dankbar annahm; Felix hatte für solche Gelegenheiten immer einen kleinen Vorrat in der Jackentasche.

Arthur schien es durch dieses pausenlose Plappern warm zu werden, denn er zog den Reißverschluss seiner Jacke immer weiter auf. Das war eine der ersten Beobachtungen, die Felix über ihn gemacht hatte: Er lief selbst an den kältesten Tagen mit offener oder gar keiner Jacke herum, ohne zu frieren. Felix war das Gegenteil: Obwohl er eingepackt war, als lebte er am Nordpol, fror er immer ein bisschen. Aber er redete auch nicht so viel. Vielleicht lag es daran?

»Wie heißt du denn überhaupt?«, fragte Arthur plötzlich, und Felix brauchte einen Moment, um zu reagieren, weil er nicht mit einer Frage gerechnet hatte. Also stellte auch er sich vor. Er war Felix Kohnen und froh darüber, dass sein Vater damals bei der Hochzeit beschlossen hatte, den Namen seiner Ehefrau anzunehmen. Andernfalls hätte er seine Familie dazu verdonnert, Rülpswetter zu heißen. Arthur war bei weitem nicht der Erste, der das zum Schreien komisch fand.

Irgendwann, nachdem sie noch eine Weile geplaudert hatten und Arthur sich auch wieder von seinem Lachanfall erholt, stand sein neu gewonnener Freund auf.

»Musst du weg?«, fragte Felix.

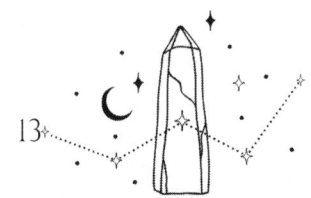

Arthur schüttelte den Kopf. »Ich kann nur nicht so lange sitzen. Hast du Lust, was zu machen?«

»Was denn?«

»Na, irgendwas spielen, vielleicht ...« Ein spitzbübisches Grinsen breitete sich auf Arthurs Gesicht aus. Ohne ein weiteres Wort ging er in die Hocke, sammelte etwas Schnee und formte daraus eine faustgroße Kugel. Es war offensichtlich, was er vorhatte.

Felix schüttelte heftig den Kopf. »Bloß keine Schneeballschlacht! Ich hasse das!«

»Schneemann bauen?«, lautete der nächste Vorschlag.

»Immer noch zu viel Schnee!«

»Hm, dann ...« Arthur sah sich kurz um, bis sein Blick an dem größten Gebäude der Nachbarschaft haften blieb. »Vielleicht finden wir in der Kirche was zu spielen. Dort gibt es zumindest keinen Schnee. Warst du da schon mal drin?«

»Ach, in der Kirche ist es doch langweilig. Ich geh nie da rein.«

»Woher willst du dann wissen, dass es da langweilig ist?« Wieder grinste Arthur, genauso durchtrieben wie zuvor. »Und ... weißt du, in den verbotenen Bereichen gibt es immer etwas Cooles zu sehen!«

Widerwillig blickte Felix hinunter auf das Bilderbuch in seinen Händen. »Was mache ich jetzt damit?«

»Lass es einfach hier und hol es später wieder. Das ist ne gute Gegend, hier klaut doch keiner!«

Und so ließ Felix sich überreden. Die Kirche der Heiligen Theresa hatte er zwar noch nie von innen gesehen, aber nichts an ihr überraschte ihn, als er sie erstmals betrat. Eine Halle mit zwei Reihen von Bänken, ein Balkon mit weiteren Sitzplätzen, einige Säulen, das Podium mit dem Altar, bunte Fenster, aufwendig verzierte und geschmückte Wände, eine Orgel – nichts Besonderes, ein typischer Kirchensaal eben.

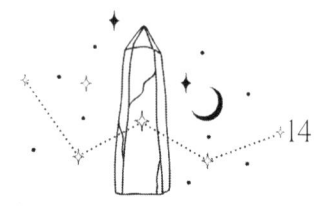

Unbeeindruckt warf er einen Blick auf seine Armbanduhr und stellte fest, dass es fast Mittag war. »Es wird Zeit, nach Hause zu gehen. Um zwölf gibt's Essen.«

Bevor er auch nur Anstalten machen konnte, die Kirche wieder zu verlassen, packte Arthur ihn am Arm. »Jetzt warte doch mal! Bist du nicht neugierig, was es hier alles gibt?«

»Ehrlich gesagt bin ich eher neugierig, was es bei mir heute zu essen gibt.«

»Nur fünf Minuten, okay?«

Felix seufzte resignierend. »Also gut.«

Die wenigen Leute, die sich zu diesem Zeitpunkt in der Kirche aufhielten, nahmen keine Notiz von den beiden Jungen, die an den seitlichen Wänden des Saals entlangschlichen und auf das Podium zuhielten. Wenige Schritte davon entfernt blieb Arthur stehen und wandte sich einer Nische zu, vor der ein halb zugezogener Vorhang hing. Ein flüchtiger Blick hinter den Vorhang schien ihm zu reichen, um sich zu vergewissern, dass die Luft rein war, und er bedeutete Felix, ihm zu folgen.

In der Nische gab es außer einem Beichtstuhl, über dem ein großes Kreuz von der Decke hing, nichts Aufregendes zu entdecken. Doch gerade deswegen fragte sich Felix, warum es notwendig war, diese völlig alltägliche Kirchenausstattung in einer Nische hinter einem Vorhang zu verstecken, als dürfte sie niemand sehen.

Vielleicht darf das ja tatsächlich niemand?

Verunsichert sah Felix sich um, suchte nach neugierigen Blicken in seine Richtung. Die Kirchgänger beachteten ihn und Arthur allerdings immer noch nicht; einige von ihnen saßen mit geschlossenen Augen und gefalteten Händen auf den Bänken, wahrscheinlich in Gebete vertieft, andere waren aufgestanden und wandten sich zum Gehen, und wieder andere sahen aus, als würden sie ohnehin nichts mehr wahrnehmen.

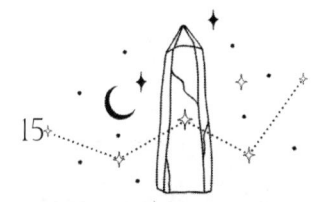

Als er sich wieder zu Arthur umdrehte, um zu fragen, ob die Kirche früher oder später zwangsläufig auf alle einen solchen Effekt hatte, erschrak Felix zutiefst. Neben ihm war aus dem Nichts ein dunkler Durchgang erschienen, der nach einigen Schritten vor einer Tür endete. Bevor er Fragen stellen konnte, hielt Arthur sich den Zeigefinger an die Lippen und deutete mit einer Kopfbewegung auf den verschobenen Wandteppich, der bis gerade eben den geheimen Gang verdeckt hatte.

Er war schon immer ein äußerst neugieriges Kind gewesen, das wusste Felix selbst, denn seine Eltern machten es ihm oft genug zum Vorwurf. Dennoch hätte er es nie für möglich gehalten, eines Tages ausgerechnet in einer Kirche einen Geheimgang zu entdecken. Sofort war seine Abenteuerlust geweckt. Eine Tür, die hinter einem Wandteppich versteckt war, führte wahrscheinlich an einen interessanten Ort.

Irgendjemand hatte hier etwas zu verbergen, und er wusste nicht, ob es richtig war, dieser Sache nachzugehen. Trotzdem folgte er Arthur ohne Widerworte, als dieser den kurzen Gang betrat. Sein Verstand und sein Gefühl waren beide einer Meinung, als sie ihm sagten, dass er das nicht tun sollte, aber die Neugier war nun einmal stärker.

Als der Wandteppich zurück in seine gewohnte Position fiel, wurde es stockdunkel. Arthur stand allerdings bereits an der Tür, öffnete sie und fand schnell einen Lichtschalter. Offensichtlich war er nicht zum ersten Mal hier.

Nun, da er wieder sehen konnte, bemerkte Felix hinter der Tür eine steile Wendeltreppe, die nach unten führte. Die einzige Lichtquelle, eine nackte Glühbirne, baumelte von der Decke und flackerte und knackte beängstigend vor sich hin. Sie allein war auf diese Weise schon unheimlich genug, um einen guten Schutz vor Eindringlingen zu bieten.

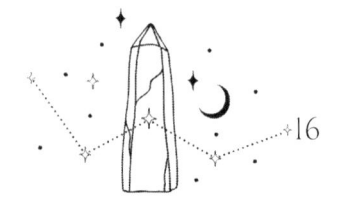

»So, bis hierher bin ich das letzte Mal gekommen. Weiter hab ich mich nicht getraut«, erklärte Arthur im Flüsterton, was Felix kaum überraschte. »Ich will aber unbedingt wissen, was da unten ist! Na, bist du dabei?«

Alles in Felix sträubte sich gegen diesen Gedanken. Er fühlte sich, als stünde er kurz davor, in eine düstere Angelegenheit verwickelt zu werden, von der er lieber die Finger lassen sollte, um es hinterher nicht zu bereuen. Allerdings wollte auch er wissen, was es da unten zu sehen gab, und schließlich willigte er ein.

Zögerlich und langsam, aber trotz allem unbeirrbar, ging Arthur voraus. Felix lief dicht hinter ihm und warf gelegentlich einen kurzen Blick über die Schulter, um sich zu vergewissern, dass ihnen niemand folgte. Die Treppe aus braunem Gestein drehte sich auf dem Weg nach unten an der Wand entlang einmal im Kreis und führte selbstverständlich in einen stockdunklen Raum. Kurz vor der letzten Stufe hielt Arthur inne.

»Da ist jemand!«, flüsterte er.

Felix wusste, was das bedeutete. Wenn in dem Raum wirklich jemand war, verhieß die Tatsache, dass er sich lieber im Dunkeln aufhielt, sicherlich nichts Gutes. Und er musste die Eindringlinge schon längst bemerkt haben, denn dass sie auf der Treppe das Licht angeschaltet hatten, konnte ihm kaum entgangen sein.

»Bist du sicher?«, fragte Felix dennoch.

»Da ist ein Licht! Und es strahlt genau in Richtung Treppe! Siehst du es denn nicht?«

Seiner Angst zum Trotz schlich Felix so leise wie möglich an Arthur vorbei und riskierte einen Blick. Dann sah er das Licht. Allerdings ging es nur von einer Taschenlampe aus, die auf dem Boden lag. Zumindest soweit Felix das erkennen konnte.

Mutig – oder leichtsinnig, wer konnte das schon sagen – wagte er sich einen Meter in den dunklen Raum hinein. Die Lichtquelle bewegte sich nicht, und um sie herum war nichts Verdächtiges zu hören oder zu sehen. Auch keine weitere Person, oder sie war sehr gut versteckt. Also tastete Felix die Wände neben der Treppe vorsichtig ab, bis er einen Lichtschalter fand, und wenige Sekunden später sah alles viel klarer aus.

»Wow! Was ist das für ein krasser Raum!« Arthur konnte seine Verwunderung kaum verbergen. Zum Vorschein gekommen war ein ziemlich schmutziger Kellerraum mit niedriger Decke, an der, wie über der Treppe, nur nackte Glühbirnen hingen, die aber wenigstens einwandfrei funktionierten. Felix sah hölzerne Tische und Bücherregale, von denen einige sehr verstaubt waren, und, wie er bereits erwartet hatte, die Taschenlampe, die eingeschaltet auf dem Boden lag und in Richtung Treppe leuchtete.

Nichts hier unten hatte eine Ordnung. Die Tische waren in keinem erkennbaren Muster angeordnet, keines der Regale sah aus wie das andere. Es gab auch Metallschränke mit verschlossenen Türen, die fast zu modern aussahen für diesen Raum, dessen Gesamtbild den Eindruck eines mittelalterlichen Verlieses vermittelte, nur eben mit etwas mehr Möbel. Der Boden und die Decke bestanden aus demselben bräunlichen Gestein wie die Treppe, die Wände waren uneben und rau, nicht verziert und mit Gemälden behangen, wie die im oberen Kirchensaal.

Felix fühlte sich, als hätte er nicht nur den geheimen Keller der Kirche entdeckt, sondern ein neues Gebäude betreten, wofür auch immer dieses gedacht war.

»Du hattest Recht mit diesem verbotenen Bereichen«, sagte er. »Ich glaube, hier könnte man so einiges finden, was manchen Leuten nicht passen würde.«

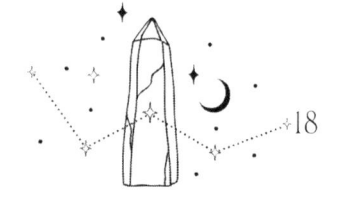

Während Arthur noch eine Weile mit offenem Mund am Fuß der Treppe stand und dann anfing, sich die Regale anzusehen, ging Felix auf ein Loch im Boden in der Mitte des Raumes zu. Es war ein perfekter Kreis, wie er auf natürliche Weise nie hätte entstehen können, etwa einen Meter im Durchmesser und stockdunkel. So dunkel, dass sämtliches Umgebungslicht sich darin verlor und ein Boden nicht zu erkennen war.

Felix hob die Taschenlampe auf, ein klapperndes Modell in dünner Blechummantelung, das jeden Moment den Geist aufgeben konnte und ein seltsames Kribbeln in seiner Hand verursachte – vermutlich nur seine Nervosität, die er allmählich auch körperlich spürte. Er versuchte, den Boden des Loches zu erspähen, ein hoffnungsloses Unterfangen angesichts der gähnenden, undurchdringlichen Finsternis, in der sich sein Lichtstrahl verlor.

Ihm wurde schwindelig. Felix wich von dem bodenlosen Abgrund zurück und stieß mit dem Rücken gegen etwas Hartes. Als er sich umdrehte, sah er eine solide Eisentür, die er zuvor noch nicht bemerkt hatte. Sie ließ sich nicht öffnen, was jedoch nicht weiter schlimm war, denn sein Gefühl, dass es höchste Zeit war, von hier zu verschwinden, konnte er sowieso kaum mehr ignorieren. Die wenigen Minuten, die er sich in diesem Raum aufhielt, kamen ihm schon zu lange vor.

»Arthy, ich finde, wir sollten abhauen.« Er ging auf seinen neuen Freund zu, der vergeblich an den Türen eines der Metallschränke zog. Dabei passierte er ein breites Regal mit lang verstaubten Büchern, das ihn unter anderen Umständen möglicherweise interessiert hätte. Nun sahen die Umstände jedoch so aus, dass sein Instinkt ihm dringend riet, schnellstens zu verschwinden. »Arthur ...«

Dann packte ihn jemand, und eine starke Hand hielt ihm den Mund zu. Eine zweite Hand erschien am Rand seines Blickfeldes, ebenso plötzlich wie die erste. Noch bevor er mehr erkennen konnte, spürte er es an seinem Hals: die schimmernde Klinge eines Messers. Er wollte schreien, doch er konnte nicht.

Etwas musste Arthur dennoch gehört haben, denn er vergaß den Metallschrank und fuhr herum. Nach einigen Sekunden des Schreckens trat er einen vorsichtigen Schritt nach vorne. Das hatte jedoch nur zur Folge, dass der unbekannte Angreifer die scharfe Messerklinge noch fester an Felix' Hals drückte. Er nahm seine Hand von Felix' Mund, ließ ihn jedoch nicht gehen.

»Wer hat euch reingelassen?«, fragte eine raue Stimme. Eine simple Frage, die so wütend und so nachdrücklich klang, dass Felix am liebsten sofort geantwortet hätte. Doch die an seinen Hals gepresste Klinge wartete nur auf die allerkleinste Bewegung seiner Kehle, um hineinzuschneiden.

Er konnte weder sprechen noch richtig denken. Sein Herz schlug zu schnell und seine zitternden Hände wollten sich an etwas festklammern, doch die alte Taschenlampe lag auf dem Boden. Er hatte sie vor Schreck fallen lassen, als ihn der Mann gepackt hatte.

»Es tut uns leid!« Arthur schien bemüht, die Fassung zu bewahren, aber sein unsteter Blick, der mehrere Male von dem Messer, zu Felix, zu dem Gesicht des Angreifers und zurückwanderte, zeigte eindeutig, wie nervös er war. »Wir wollten Sie nicht verärgern. Wir wollten auch nicht ... Wir wollten nicht in Ihrem Zimmer rumschnüffeln!«

Felix erkannte, dass Arthur unter all seiner Angst wütend war und eigentlich etwas ganz anderes sagen wollte, doch er war auch klug genug, zu wissen, dass er mit seiner Wortwahl vorsichtig sein musste.

»So so, ihr wolltet also nicht rumschnüffeln?«, wiederholte der Mann. »Dann frage ich mich aber, warum ihr hier seid! Sicher, dass ihr nicht einfach nur Ärger gesucht habt?«

»Wir waren nur neugierig!«, fuhr Felix dazwischen, als er die Klinge für einen Moment nicht mehr spürte.

»Ihr wart neugierig. Ach so.« Der Fremde schien es zu genießen, ihre Worte spöttisch zu wiederholen.

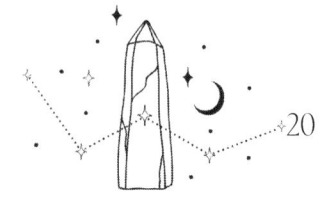

Felix versuchte, sich anhand von dessen Stimme ein Bild von seinem Angreifer zu machen, was ihm nicht gelang. Er war immer noch zu aufgebracht, und der Gedanke, dass eine kleine Handbewegung dieses Mannes ausreichte, um ihn zu töten, machte es ihm nicht leichter, sich zu konzentrieren.

»Lassen Sie ihn los!«, forderte Arthur den Mann auf. »Er hat nichts getan! Es war meine Idee, hier runterzukommen. Wir haben uns nur ein bisschen umgesehen!«

Der Fremde hielt inne. Nur wenige Sekunden wahrscheinlich, doch Felix kamen sie vor wie Stunden. Er hatte so viel Angst wie noch nie zuvor in seinem Leben.

»Warte mal ... Bist du nicht der Junge der Klamms?«, fragte er dann an Arthur gerichtet. Dieser antwortete nicht, aber darauf schien der Kerl auch nicht zu warten. »Ich kenne deine Eltern zwar nicht persönlich, habe sie aber schon oft hier gesehen und weiß, dass sie sich freiwillig in dieser Kirche engagieren«, fuhr er fort. »Ob es die beiden wohl glücklich machen würde, zu erfahren, dass ihr Sohn vor ihnen scheinheilig tut, um sich hinter ihrem Rücken in den verbotenen Bereichen der Kirche herumzutreiben?«

Das Verbrechen, das Arthur vorgeworfen wurde, empfand Felix im direkten Vergleich zu dem, was dieser Mann gerade tat, als ziemlich irrelevant, aber er hielt an dieser Stelle lieber den Mund.

Der Fremde lachte leise und geheimnisvoll. »Blut spritzt auf die Erde, Blut färbt das Wasser rot, Blut löscht das Feuer, Blut verdrängt die Luft.« Seine Stimme klang anders, als er diesen mysteriösen Spruch aufsagte, viel tiefer und beängstigender, beinahe dämonisch. Er wiederholte die merkwürdige Floskel noch ein zweites Mal, ganz langsam, als würde er wollen, dass die beiden Jungen sie sich genau einprägten, danach entfernte er das Messer von Felix' Hals und stieß ihn zu Boden.

Felix fing sich mit den Händen ab und drehte sich um, wobei er endlich das Gesicht des unheimlichen Mannes sah. Er hatte sehr dunkle Augen und einen runden, nahezu kahlen Kopf. Die wenigen Haarbüschel, die darauf noch wuchsen, hatten sich an die Seiten zurückgezogen, seine Oberlippe wurde geziert von einem dicken, schwarzen Schnäuzer. Er sah eigentlich wie ein ganz normaler Mensch aus, doch er redete von blutigen Ritualen wie ein böser Hexer.

Der Blutmagier, wie Felix ihn in Gedanken ab sofort nennen wollte, ging vor ihm in die Hocke und genoss dabei sichtlich die Angst und die Empörung, die er auslöste. Er blickte Felix tief in die Augen und wiederholte ein weiteres Mal seinen Satz, der klang wie eine unheilvolle Prophezeiung. »Blut spritzt auf die Erde, Blut färbt das Wasser rot, Blut löscht das Feuer, Blut verdrängt die Luft.« Nach einer kurzen, unheilvollen Pause fügte er noch hinzu: »Das Pendel ist in Bewegung.«

Felix hatte keine Ahnung, wovon er sprach. Was für ein Pendel?

»Ich weiß nicht, wer du bist, aber ich spüre, dass irgendetwas uns verbindet. Dass du es tief in dir trägst. Eines Tages wirst du keine andere Wahl haben, als hierher zurückzukehren, und dann wirst du mir entweder helfen oder ich werde dich töten.«

Eine dämonische Freude blitzte in den Augen des Blutmagiers auf, als er sein Messer noch einmal in Felix' Sichtfeld rückte. »Andererseits ... könntest du mir vielleicht jetzt schon helfen. Die Sache ist nur: Lebendig nützt du mir nichts!«

»Sie würden also ein Kind töten?«, fragte Felix mit bebender Stimme. »Tun Sie das öfter?«

»Nein, aber es gibt immer ein erstes Mal.«

Der Blutmagier war noch nicht fertig, aber Felix hatte genug gehört. Bei der ersten Gelegenheit griff er nach der Taschenlampe, die neben ihm auf dem Boden lag, und schlug damit nach seinem Gegenüber. Er traf den Blutmagier hart am Auge, woraufhin dieser aufschrie. Arthur nutzte den daraus entstehenden Aufruhr, um Felix auf die Beine zu ziehen und mit ihm in Richtung Treppe zu fliehen.

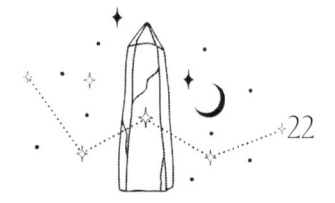

Sie blickten nicht zurück, als sie die Treppe hinaufstürmten, stets zwei Stufen auf einmal. Im Saal hielten sie nicht an, sondern liefen weiter, ohne sich um die überraschten Blicke der anderen zu scheren.

Durch die Tür stürmten sie hinaus, an der Bushaltestelle vorbei und in Richtung der Einfamilienhäuser, Hauptsache weg von der Kirche und diesem unheimlichen Mann. Zwischen den Häusern wuchsen genügend Bäume und Büsche, um sie vor den Blicken gemeingefährlicher Verfolger zu schützen. Sie versteckten sich jedoch nicht, sondern liefen weiter die Straße hinunter, bis sie nicht mehr konnten. Erst dann ließen sie sich erschöpft am Straßenrand nieder, um Luft zu schnappen.

Immer wieder warfen sie nervös einen Blick in die Richtung, aus der sie gekommen waren, und trauten sich plötzlich nicht mehr wegzusehen, aus Angst, der unheimliche Mann könnte die Verfolgung aufgenommen haben und genau dann auf sie zustürmen, wenn sie unaufmerksam wurden.

»Wir hätten das niemals tun dürfen, Arthy!«, sagte Felix, sobald er wieder einigermaßen sprechen konnte. »Wir hätten niemals in diesen verbotenen Bereich gehen dürfen. Dieser Verrückte ...«

Er wollte noch mehr sagen, doch ein Kloß in seinem Hals hinderte ihn daran. Sein Hals, der nach wie vor wehtat von der Berührung der harten, kalten Klinge, und er musste sich bemühen, die Beherrschung zu bewahren und nicht zu weinen. Die Vorstellung, dass sein Leben nach nur zehn Jahren so leicht ein schnelles, unnatürliches Ende hätte finden können, und auch noch ausgerechnet nach ihrem Umzug in diese fremde Stadt, war bitter und ließ ihn allzu schnell nicht mehr los.

»Ich will nie mehr dorthin zurückgehen!« Arthurs Stimme zitterte. »Aber ich muss es wohl. Ardegen liegt auf der anderen Seite der Brücke.«

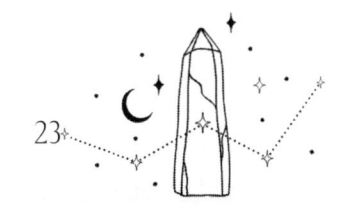

»Du musst gar nichts! Komm einfach mit zu mir, dann kannst du deine Eltern anrufen und ihnen sagen, sie sollen dich abholen.« Felix schnappte kurz nach Luft. »Und geh nicht mehr in diese Kirche. Es gibt doch bestimmt auch eine in Ardegen. Geh dorthin.«

»Aber wir müssen es doch irgendwem erzählen!«

»Denkst du, uns würde jemand glauben? Wenn der Blutmagier was anderes behauptet ...«

»Der *was*?«

Felix bemerkte, dass er seiner neuen Bekanntschaft noch gar nichts von dem Spitznamen erzählt hatte, den er dem Mann in der Kirche gegeben hatte. »Der komische Typ in der Kirche. Irgendwie müssen wir ihn doch nennen! Na ja, jedenfalls wird er bestimmt was anderes erzählen, und dann glaubt jeder ihm, nicht zwei zehnjährigen Kindern!«

»Ich bin erst neun ...« Arthur ließ den Kopf hängen – wenn das überhaupt möglich war, so sehr japsten sie beide nach Luft.

»Siehst du, *noch* unglaubwürdiger!« Felix schüttelte den Kopf. »Wir tun einfach so, als wäre das heute nicht passiert. Und der Typ wird deinen Eltern auch nichts erzählen. Dafür ist das, was er dort unten macht, viel zu geheim, was auch immer es ist. Wir halten einfach die Klappe, dann greift er uns auch nicht mehr an.«

Aber in Gedanken beschäftigte ihn etwas anderes. Warum war sich der Mann so sicher gewesen, dass Felix irgendwann zurückkehren würde, oder dass sie etwas verband? Felix' Bedarf, verbotene Bereiche zu erkunden, war fürs Erste gedeckt. Alles, was er jetzt noch wollte, war sein Zuhause, am besten sein altes, weit weg von dieser schrecklichen Kirche, aber zur Not würde es auch das neue Haus tun. Hauptsache, seine Eltern waren bei ihm.

Immer noch erschöpft, aber erpicht nach Hause zu kommen, stand er auf. »Komm, gehen wir!«, sagte zu Arthur, der sich ebenfalls erhob, und sie gingen zusammen weiter.

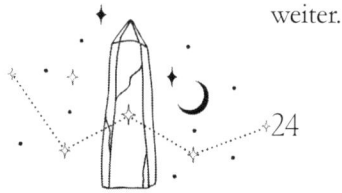

Felix und Arthur hielten das Versprechen, das sie sich am Tag ihres Kennenlernens gegeben hatten, und sprachen mit niemandem über das, was ihnen in der Kirche widerfahren war. Dennoch prägte es sie. Während Arthur seit diesem Tag nie wieder die Kirche der Heiligen Theresa besuchte, jedoch seine Eltern nicht überreden konnte, woanders hinzugehen, wurde Felix hin und wieder von Albträumen geplagt.

Aber ein Gutes hatte die Sache immerhin: Die beiden wurden beste Freunde, und oft hatte Felix sogar das Gefühl, Arthur schon seit einer Ewigkeit zu kennen; nicht erst seit dem Vorfall in der Kirche, sondern schon viel länger, als sie beide am Leben waren.

Doch das war nur so ein Gefühl ...

1
UNSCHULDIGER ALLTAG

Die Jahre vergingen. Anfangs sehr langsam, aber mit der Zeit wurde es erträglicher. Der fremde Schnee, der in jedem Winter fiel, wurde vertrauter, wie auch die ganze Umgebung.

Felix war gar nicht so allein, wie er anfangs befürchtet hatte. Amélie und Florent, seine Cousins mütterlicherseits, die er vor dem Umzug vielleicht zwei- oder dreimal im Jahr gesehen hatte, wohnten nun in der Nähe und wurden im Laufe der Zeit so etwas wie seine älteren Geschwister. Dann gab es noch seine erste Bekanntschaft in Leuchtenburg: Arthur, der ebenfalls nicht zu weit entfernt wohnte, um ihn regelmäßig zu treffen. Nur acht Monate nach ihrem Kennenlernen gingen sie auf dem nahe gelegenen Windolf-Gymnasium zusammen in die fünfte Klasse.

In den sechs Jahren, die darauf folgten, erlebten sie einige Abenteuer, wenn auch keines davon an ihren Ausflug in den Kirchenkeller herankam. Schulisch entwickelten sie sich, von ihrer gemeinsamen Feindin namens Mathematik abgesehen, in unterschiedliche Richtungen: Arthur lagen in erster Linie Geschichte und Religion – die Fächer, die sein Vater unterrichtete –, wohingegen Felix sich zu einem Musterschüler in Sport und Musik mauserte und außerdem das fremdsprachliche Talent seiner Mutter geerbt hatte. Letzteres freute Arthur ganz besonders, denn dieser hasste Französisch von Anfang an, und daran änderte sich auch nichts bis in die elfte Klasse.

»Französisch. Warum muss das Allererste, was wir schreiben, ausgerechnet ein Vokabeltest in Französisch sein?«, beschwerte Arthur sich, als er an einem sonnigen Tag in der ersten Oktoberwoche mit Felix zur Bushaltestelle spazierte. Ihm war es definitiv noch viel zu früh für einen Test. »Und vor allem, wie soll ich das alles bis morgen in meinen Kopf kriegen? Das sind zehn A5-Seiten, von oben bis unten voll mit französischen Wörtern!«

»Sechs«, korrigierte ihn Felix, der mittlerweile die Kunst, mit einem Erdbeerlolli im Mund zu sprechen, perfektioniert hatte. »Es sind nur sechs Seiten. Und wir wissen schon seit letzter Woche, dass morgen der Test ansteht.«

»Auf wessen Seite stehst du eigentlich?« Arthur zog eine beleidigte Schnute, als er sich in das Häuschen an der Bushaltestelle setzte, wo in Kürze der Bus kommen würde. Im Gegensatz zu Felix hatte er sich Lollis schon vor Jahren abgewöhnt.

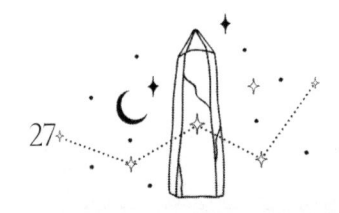

Felix blickte mit verschränkten Armen auf ihn hinab; eine seltene Begebenheit. Normalerweise musste er zu Arthur aufsehen, denn das Größenverhältnis zwischen den beiden hatte sich in den letzten Jahren umgekehrt. War Arthur früher fast einen Kopf kleiner gewesen als Felix, hatte er ihn im Laufe der Zeit im Wachstum überholt. Aber die Größe war auch das Einzige, was sich an Arthur verändert hatte. Er war noch immer etwas übergewichtig, mit millimeterkurzem, braunem Haar und treuen Augen ähnlich denen eines Schäferhundes. Nur leider würde auch der liebenswürdigste Hundeblick, zu dem er im Stande war, Frau Rainhold kaum dazu verleiten, den geplanten Vokabeltest ausfallen zu lassen.

Auf Felix hatte dieser Blick durchaus noch eine Wirkung, auch wenn er ihn nur zum Lächeln brachte. »Jetzt guck doch nicht so, als hätte man dich aufgefressen und wieder ausgekotzt. Ich helf dir ja! Wir lernen zusammen, okay?«

Mit großen, leuchtenden Augen und einem Grinsen von einem Ohr bis zum anderen, das seine strahlend weißen Zähne enthüllte, blickte Arthur hoffnungsvoll auf. »Wusste ich doch, dass ich mich auf dich verlassen kann! Danke, danke, danke!«

»Hey, das heißt jetzt aber nicht, dass ich den Test für dich schreibe!« Felix wusste schon lange bestens Bescheid über die Faulheit seines Freundes, wenn es darum ging, etwas für die Fächer zu tun, auf die er keine Lust hatte, zumal er diese Eigenschaft auch von sich selbst kannte. »Du musst schon mitmachen! Versuchen wir's doch mit ein paar Eselsbrücken bei den Vokabeln.«

Arthurs freudige Miene verwandelte sich augenblicklich in eine Grimasse. »Du meinst aber hoffentlich nicht diese *komischen* Eselsbrücken, die sich außer dir keiner merken kann, oder?«

»Wir werden schon etwas Passendes finden.« Felix ging an die Straße, denn der Bus war bereits zu sehen. »Heute Abend an unserem Stammplatz?«

»Alles klar, heute Abend im Café!«

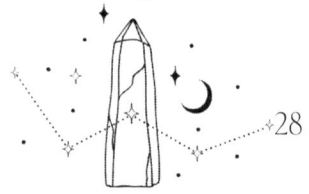

Branlau, ein Stadtteil in der südwestlichen Ecke Leuchtenburgs, war der letzte Halt des Busses, bevor er umkehrte und zurück in Richtung Innenstadt fuhr. Es war ein kleines, idyllisches Plätzchen ohne Industrielärm, passend zu Felix' kleinem, idyllischem Leben, in dem selten etwas wirklich Aufregendes passierte. An der langen, geraden Straße, die sich von der Kirche der Heiligen Theresa bis hin zum Leuchtenburger Festplatz zog, standen gemütliche, kleine Einfamilienhäuser, von denen eines – das weiße mit dem Ziegeldach in der Nähe der Bushaltestelle – Felix' Eltern gehörte.

Seine Mutter war bereits zuhause, ihr roter Mini stand in der Auffahrt, und sie rief nach ihm, kaum dass er das Haus betreten hatte. »Schatz?«, drang ihre Stimme gedämpft durch die Tür gleich neben dem Eingang.

Er ging in die Küche, und dort stand sie mit der Gießkanne vor einer Pflanze: Regina Kohnen war gewissermaßen die Königin ihrer kleinen Familie. Nichts lief ohne ihre Zustimmung, denn ihr Temperament war gefürchtet bei allen außer ihrem Sohn, der es als Einziger noch nie zu spüren bekommen hatte; er war gewissermaßen ihr Heiligtum. Dennoch bildete sogar er sich ein, die dunkelrote Löwenmähne auf ihrem Kopf würde wie Feuer brennen, wenn sie sich über etwas aufregte, und war froh, dass sie ihn stattdessen mit einem warmen Lächeln begrüßte.

»Wie war's in der Schule?«, wollte sie wissen. »Alles okay? Geht es dir gut?«

Seit seiner Geburt hatte sie ihn stets verwöhnt und verhätschelt. Besonders als er noch sehr klein gewesen war, hatte nichts und niemand sie je von ihm trennen können. Sie war überfürsorglich, schon immer gewesen, und ginge es nach ihr, würde er das Haus niemals verlassen, um auch den Rest seines Lebens in ihrer Obhut zu verbringen. Und da sie jünger war als die meisten Mütter eines Kindes im Jugendalter, blieb ihnen noch sehr viel Zeit.

Felix fand ihre Einstellung zuweilen sehr anstrengend, wie auch ihre immer gleichen Fragen am Ende jedes Schultages, und er zuckte mit den Schultern. »Es war ... wie immer. Aber ich treffe mich später mit Arthy, um für den Test morgen zu lernen. Können wir heute früher essen?«

Hätte sein Vater ihr diese Frage gestellt, hätte sie empört reagiert, gefragt, warum er das vorschlug und ihm vorgeschlagen, künftig selbst zu kochen.
Und dann hätten sie beide an-gefangen

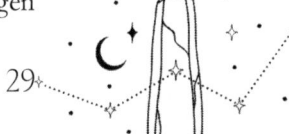

zu lachen und trotzdem etwas früher gegessen. Doch nun, da die Frage von ihrem Sohn kam, übersprang sie den künstlich-jähzornigen Part und sagte:

»Klar! Wenn du mir in der Küche hilfst, werden wir auch früher fertig. Aber mach erstmal deine Hausaufgaben.«

Mit einem Nicken wandte er sich zum Gehen.

»Äh ... Schatz?«

Er hatte bereits eine Befürchtung, was nun kommen würde, und drehte sich langsam wieder um. Sie sah besorgt aus, und ab diesem Zeitpunkt wusste er, warum.

»Ist wirklich alles in Ordnung?«, fragte sie vorsichtig. »Du bist letzte Nacht wieder rumgelaufen ...«

»Ja, ich weiß. Aber keine Sorge, da war nichts! Ich musste nur mal für kleine Jungs.«

Das stimmte natürlich nicht. Er hatte in der Tat ein Problem, das sich vor allem nachts äußerte und nichts damit zu tun hatte, dass er auf die Toilette musste. Doch was sollte er seiner Mutter schon sagen? Je mehr Sorgen sie sich machte, desto schwieriger wurde es, vernünftig mit ihr zu reden, also griff er hin und wieder auf kleine Notlügen zurück. Bei ihr funktionierte das immerhin, bei seinem Vater nicht.

»Ich komm runter, wenn ich fertig bin«, versprach er und verließ zügig die Küche, bevor sie weiter bohren konnte. Sie wirkte nicht überzeugt.

Tut mir leid, Mama. Ich will einfach nicht darüber reden. Dennoch verursachte es ihm Bauchschmerzen, dass er sie anlog. Lügen, das war eine Sünde, würde Arthur sagen, und für Sünden kam man in die Hölle.

Er schüttelte den Kopf, um die düsteren Gedanken zu vertreiben, während er die Treppe zu seinem Zimmer hinaufging. Sie zehrten an der Energie, die er in wenigen Stunden brauchen würde, um Arthur französische Vokabeln beizubringen. Er selbst musste auch noch ein wenig für den kommenden Test lernen. In ein paar Wochen stand zudem eine Arbeit in Chemie an, die ihn sehr viel mehr beunruhigte ...

und sein Vorrat an Haargel neigte sich dem Ende zu. So viele Dinge, über die er lieber nachdenken wollte, als das, was ihm nachts passierte – und doch wanderten seine Gedanken immer wieder zurück.

Das Sterncafé war ein gemütliches, kleines Café am Rand der Innenstadt. Da viele Leute die Bars und Kneipen bevorzugten, die weiter im Zentrum lagen, fanden Felix und Arthur an ihrem Lieblingstreffpunkt immer problemlos einen Tisch. Seine angenehm ruhige Atmosphäre machte den Ort ideal, um Gespräche zu führen oder eben französische Vokabeln zu lernen.

Arthur zeigte guten Willen. Er hatte fleißig Vorarbeit geleistet und sie waren nun fast am Ende der dritten von sechs Seiten, die im Test abgefragt wurden. Felix beherrschte sie alle schon längst.

»Brücke«, sagte er, hielt das Vokabelbuch aufgeschlagen in der Hand und wartete auf die Übersetzung von Arthur.

Dieser überlegte kurz. »La pont?«

»*Le* pont«, korrigierte Felix ihn.

Arthur verdrehte die Augen. »Warum können die Wörter in anderen Sprachen nicht einfach die gleichen Geschlechter haben wie im Deutschen? Oder gar keine, wie im Englischen – das würde einiges leichter machen. Als ob es die Brücke interessiert, ob sie männlich oder weiblich ist!«

»Das klappt schon, du wirst besser.« Felix sah, dass Arthur grinste, ließ ihm jedoch keine Zeit, sich auf seinen Lorbeeren auszuruhen, und machte zügig mit dem nächsten Wort weiter: »Gelegenheit, Anlass.«

»Ossasion!«, kam es wie aus der Pistole geschossen. Dieses Wort konnte er sich besonders gut merken, bis auf die Aussprache.

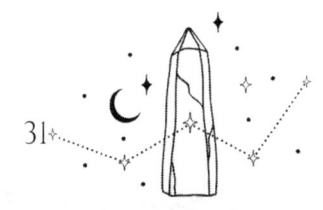

»Vor o, u, a sprich c wie k«, zitierte Felix einen Merksatz, den Frau Rainhold ihnen schon zu Beginn der zehnten Klasse beigebracht hatte.

»Was war denn falsch?«, fragte Arthur verständnislos.

»Du hast *Ossasion* gesagt.«

»Egal, auf die Aussprache kommt's bei einem Vokabeltest doch eh nicht an. Wichtig ist nur, dass ich weiß, wie man es schreibt.«

»Und wie schreibt man es?«

»O-C-C-A-S-I-O-N, und bevor du fragst: Es ist weiblich.«

Felix nippte an seiner Tasse Milch mit viel Zucker und etwas Kaffee – sein zweites Laster nach den Dauerlutschern –, nickte und stellte fest, dass sie das Ende der dritten Seite erreicht hatten. »Dafür hast du dir eine Schokotorte verdient.«

»Juhu!«, rief Arthur und sprang auf, doch Felix bedeutete ihm, sich wieder hinzusetzen, und drückte ihm das Vokabelbuch in die Hand.

»Ich gehe sie holen. Schau du dir lieber nochmal die vierte Seite an! Wir wollen heute noch durchkommen, oder?«

»Tz ... Na gut.« Seufzend nahm Arthur das Buch entgegen. »Aber mit ner Schokotorte auf dem Tisch kann man sowieso besser lernen.«

Felix ging in Richtung Theke, drehte sich aber noch einmal um und zeigte mit dem Finger auf Arthur, als würde er als Lehrer einen Schüler aufrufen. »Was heißt Schokotorte?«

»Gâteau au chocolat!« Schon wieder auf Anhieb gewusst, diesmal sogar alles richtig ausgesprochen, und Arthurs stolzer Gesichtsausdruck verriet, dass er das auch ganz genau wusste.

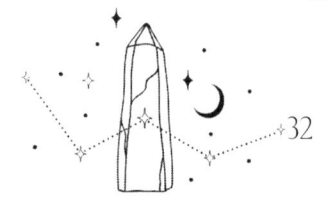

Felix grinste und ging weiter. Das war eben Arthur – nicht nur gut in Fächern, die er persönlich mochte, sondern auch fähig, sich französische Vokabeln besser zu merken, wenn sie etwas bedeuteten, das ihm gefiel. Und die Schokoladentorte gehörte definitiv zu seinen Leibgerichten.

An einem Tisch in der Nähe der Kuchentheke bemerkte Felix einen jungen Mann, der dort saß, als wäre er alleine auf der Welt: das Gewicht nach hinten verlagert, so dass der Stuhl auf den Hinterbeinen stand, Arme verschränkt, Füße auf dem Tisch. Sein Blick war eisern auf eine junge Frau gerichtet, die alleine einige Tische weiter saß und sich offensichtlich beobachtet fühlte. Zudem steckte er sich trotz des Rauchverbotes im Café gerade eine Zigarette an.

Felix musterte ihn, während er darauf wartete, dass der Gast vor ihm fertig war, und irgendwann blickte der Fremde zurück. Er nahm die Zigarette aus dem Mund, grinste herablassend und fragte: »Ist was?«

An dem klaren Blick und der festen Stimme erkannte Felix, dass dieser Kerl weder betrunken noch anderweitig angeschlagen war, was zumindest eine Erklärung für sein Verhalten gewesen wäre. Er provozierte absichtlich. Felix schüttelte den Kopf und richtete den Blick wieder nach vorne, wobei seine Augen unwillkürlich gen Himmel rollten.

Als er an die Reihe kam, dauerte es nicht lange, bis er die Torte für Arthur hatte. Auf dem Weg zurück zu seinem Platz hörte er erneut die Stimme des Unruhestifters.

»Nett, dass du mir einen Kuchen spendierst!«

Es war eindeutig, an wen der Satz gerichtet war.

Felix blieb stehen, sah ihn an und versuchte, lediglich so genervt wie nötig zu klingen, als er antwortete: »Entschuldigung, kennen wir uns?«

Im Grunde wusste er schon, dass dem nicht so war. Der Typ sah etwas älter aus als er, aber keinesfalls älter als zwanzig, er trug eine an mehreren Stellen zerrissene blaue Jeans und eine passende Jeansjacke in derselben Farbe. Der aufdringliche, durchbohrende Blick seiner hellblauen Augen kam Felix genauso wenig bekannt vor wie sein dunkelblondes Haar, das er sich, offenbar mit einer nicht zu knapp bemessenen Menge an Haarspray, steil und gefährlich stachelig nach oben frisiert hatte. Nein, diesen Menschen hatte er noch nie wahrgenommen, zumindest nicht bewusst … und das war auch gut so.

»Dasselbe könnte ich dich fragen«, entgegnete er auf Felix' Frage. »Hast mich angestarrt, als wären wir alte Freunde! Da wär's doch schön, zusammen Kuchen zu essen, während wir uns an die guten alten Zeiten erinnern, oder nicht?« Der provozierende Unterton in seiner Stimme war nicht zu überhören. Eine Sekunde später mischte sich eine weitere Stimme nicht weniger aggressiv in das Gespräch ein.

»Gibt es ein Problem?«

Felix verkrampfte innerlich, denn er wusste, was nun folgen würde. Arthur stand neben ihm und hatte bereits die für ihn allzu typische Rolle des Beschützers eingenommen. Obwohl er ein halbes Jahr jünger war als Felix, spielte er sich zu gerne als dessen Bodyguard auf. Das war im Grunde nichts Schlechtes, aber gelegentlich konnte es zu Problemen führen. So wie Arthur den größeren Kerl anstarrte – die Augenbrauen zusammengezogen, das Kinn vorgestreckt –, war Letzteres inzwischen kaum mehr vermeidbar. Einige der anderen Gäste starrten sie an.

»Arthy, lass ihn einfach!«, zischte Felix, doch es war schon zu spät. Nun, da der Störenfried sich von seinem Stuhl erhoben hatte, erschien er beängstigend groß, auch ohne die paar Zentimeter, die seine Haare nach oben hinzufügten.

»Hast du mir irgendwas zu sagen?«, fragte er und machte einen Schritt auf Arthur zu.

Schon war es passiert – ein Blick von Felix und ein Wort von Arthur, und sie waren in Schwierigkeiten. Und das nur, weil irgendein Typ grundlos Streit suchte.

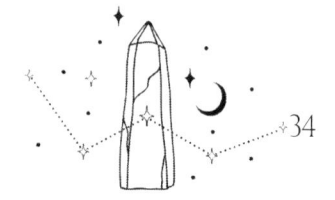

»Kommt drauf an, ob du jetzt noch weiter Stress machst oder uns in Ruhe lässt!« Arthur stellte sich demonstrativ vor Felix, den Blick fest auf den anderen gerichtet.

Im gesamten Café war es still geworden. Die wenigen Gäste hatten ihre Gespräche unterbrochen und beobachteten die Szene, die sich in ihrer Mitte abspielte.

Der angriffslustige Kerl gab sich keineswegs beeindruckt von Arthurs Worten. »Für so eine halbe Portion hast du eine ziemlich große Klappe!«, war das Einzige, was von ihm kam, und normalerweise hätte Felix sich gefragt, wie jemand Arthur als »halbe Portion« bezeichnen konnte, aber bei dem Anblick seines Gegenübers war das nicht sehr verwunderlich. Sogar neben Arthur wirkte er wie ein Riese und musste damit nahezu zwei Meter hoch sein.

»Jetzt ist aber mal gut hier!«, dröhnte eine mächtige Stimme durch den Raum, und der Besitzer des Cafés trat in Begleitung einer Angestellten hinzu. Rudolf Sterner war ein kräftig gebauter, weißhaariger Mann, der die Sechzig bereits überschritten hatte. Wenn er die Stimme erhob, dann fiel es niemandem ein, ihn zu ignorieren.

»Wir haben nichts getan!«, sagte Arthur sofort, der wie Felix schon einmal erlebt hatte, wie der Besitzer Unruhestifter aus seinem Café warf.

»Ich weiß schon«, sagte Sterner ruhig und stellte sich zwischen die beiden Parteien. »Max, ich glaube, ich habe dir die Hausordnung oft genug erklärt.«

Max, hm? Felix musste ein schiefes Grinsen unterdrücken. *Was für ein unschuldig klingender Name.*

»Was hast du schon wieder für ein Problem?« Max' Ton ließ vermuten, dass die beiden nicht zum ersten Mal ein solches Gespräch führten. »Die Pfeifen haben mich provoziert, soll ich mir das einfach gefallen lassen?«

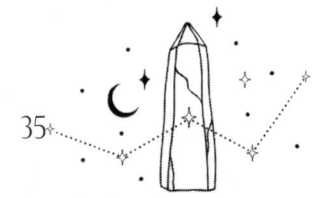

Arthur runzelte die Stirn. »Na, ich wette, da können alle hier im Raum das Gegenteil bezeugen.« Mit einer großzügigen Geste schloss er alle anwesenden Gäste mit ein, doch sie wurden höchstens aus den Augenwinkeln beobachtet. Felix bezweifelte, dass auch nur einer von ihnen irgendetwas bezeugen würde.

»Und ich wette, dass du in naher Zukunft gewaltig auf die Fresse kriegst, wenn du sie immer so weit aufreißt!«, gab der Riese unfreundlich zurück.

Arthur öffnete den Mund zu einer vermutlich ebenso unfreundlichen Erwiderung, aber Herr Sterner hob die Hand.

»Ich habe schon genug gehört«, verkündete er. »Max, meine Gäste fühlen sich von dir belästigt – und zwar nicht zum ersten Mal! Geh nach Hause. Ich will dich in meinem Café nicht mehr sehen, bis du ein paar Manieren gelernt hast.« Dann drehte er sich um und ging.

Er hielt es offenbar nicht für nötig, sich zu vergewissern, dass Max seiner Anweisung folgte, denn wenn dieser vor ihm nur halb so viel Respekt hatte wie jeder vernünftige Mensch, dann würde er es tun. Felix wunderte sich lediglich über Sterners Milde; solange er den Cafébesitzer kannte, war es stets dessen Ziel gewesen, der perfekte Gastgeber zu sein, und er konnte sehr ungemütlich werden, wenn jemand sein Bedürfnis nach Harmonie störte.

»Wir sprechen uns noch!«, sagte Max, wobei nicht eindeutig hervorging, ob seine Worte an Felix oder Arthur gerichtet waren, und verließ schelmisch grinsend das Café.

»Le salaud – der Mistkerl!« Arthur blickte Felix erwartungsvoll an. »Richtig?«

Felix nickte und reichte ihm den Teller mit der wohlverdienten Torte. Dann gingen sie zurück an ihren Platz.

Im Laufe des Abends kam Sterner noch einmal heraus und gesellte sich zu ihnen. »Alles in Ordnung bei euch beiden?«

Arthur nickte. »Aber der Typ sollte sich nicht wünschen, mir noch mal zu begegnen!«

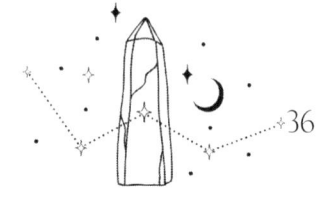

»Das war Max Dannecker. Vielleicht habt ihr den Namen schon gehört, er und seine Schwester waren vor ein paar Monaten in den Nachrichten.« Sterners Seufzen ließ vermuten, dass das noch nicht alles war. Doch er ging nicht weiter darauf ein. »Egal, das soll nicht euer Problem sein. Haltet euch einfach fern von ihm, in Ordnung?«

Doch Felix war bereits neugierig geworden. »Kommt er wirklich so oft hierher? Ich hab ihn noch nie gesehen. Auch nicht in den Nachrichten.« Er wechselte einen Blick mit Arthur, der ebenso ratlos aussah. So oft wie sie dieses Café besuchten, grenzte es an ein Wunder, dass sie noch nicht alle Stammgäste kannten. »Warum erteilen Sie ihm kein Hausverbot?«

»Hab ich doch heute. Mich respektiert er noch einigermaßen, weil ich ihm gegenüber keine Schwäche zeige. Das dürft ihr auch nicht, sonst fühlt er sich nur noch stärker.«

Arthur schnaubte mürrisch. »Fällt mir nicht mal im Traum ein!«

»Gut.« Sterner nickte und erhob sich. »Ich geh wieder an die Arbeit. Euch noch einen schönen Abend, und ruft mich, falls wieder was ist!«

Felix nickte ihm lächelnd zu. Arthur zeigte sich weitaus wenig höflich und verlieh seinem Unmut mit einem verärgerten Blick und einem tiefen Seufzer Ausdruck.

»Max Dannecker ... Weißt du, ich halte mich für einen guten Christen, aber das mit der Vergebung hab ich noch nicht so raus. Schon gar nicht, wenn man sich wie ein Oberarschloch benimmt und völlig uneinsichtig ist!«

Felix winkte ab. »Ach, vergiss ihn. Wer weiß, womit er sich rumschlägt.«

»Je ne sais pas, et ça m'est égal.«

Felix streckte den Daumen nach oben. »Hey, du bist ja schon richtig gut! Sollen wir weitermachen?«

Sie lernten noch eine Weile und es wurde immer später, doch Felix hatte das Gefühl, dass es sich auch lohnte, denn Arthur zeigte Interesse. Als sie die Vokabeln ein letztes Mal von Anfang bis Ende durchgingen, wusste er sie fast alle fehlerfrei. Nun musste er es nur noch schaffen, sie sich bis zum nächsten Morgen zu merken.

»Gehen wir sie morgen noch mal durch?«, fragte er.

»In der Pause vor Französisch werden wir wohl nicht alle schaffen«, meinte Felix. »Es sei denn, wir schwänzen die erste Stunde.«

Sie wechselten einen Blick.

»Och, weißt du ...« Arthur schnitt eine Grimasse, die eine Mischung aus Schalk und Schuld war. »Wäre es denn sehr schlimm, zu sagen, dass ich auf Mathe sowieso keinen Bock habe?«

»Ja, wäre es.« Felix seufzte. »Aber es ist nichts, wofür man in die Hölle kommt, oder?«

Arthur grinste breit, und Felix musste lachen.

»Guck nicht so, sonst fühle ich mich noch wie ein Gangster, nur weil wir das Ekelfach schwänzen!« Er blickte auf seine Uhr. »Aber wir sollten gehen, denke ich. Der Bus kommt auch gleich.«

»Ich muss noch schnell wohin«, verkündete Arthur.

»Beeil dich, sonst müssen wir ne Stunde auf den Nächsten warten, dann können wir auch gleich laufen!«

Doch Arthur war bereits auf der Toilette verschwunden, und Felix ging nach draußen. Auf den Straßen war nicht viel los. Es war nach acht Uhr unter der Woche vor einem Café am Rand der Innenstadt. Felix wartete an einer einsamen Haltestelle gleich um die Ecke auf den Bus. Und auf seinen besten Freund, der ihn glücklicherweise nicht lange warten ließ; nach kaum einer Minute spürte er eine Hand auf seiner Schulter.

»Das ging schnell für deine Ver-« Kaum hatte er sich umgedreht, verstummte er abrupt. Hinter ihm stand nicht Arthur, sondern jemand ganz anderes.

»Ich hab dir ja gesagt, wir sprechen uns noch.« Max hatte sich angeschlichen – und er war nicht allein. Zwei weitere Männer im ungefähr gleichen Alter begleiteten ihn: ein schlaksiger Blondschopf, der fast so groß war wie er, und ein etwas kleinerer in einer auffällig dekorierten Lederjacke. Keiner von ihnen sah besonders freundlich aus.

Für Felix war offensichtlich, dass Max der Anführer dieser kleinen Gang war, also ignorierte er die anderen beiden und wandte sich direkt an den Größten von ihnen. »Was willst du?«

»Hm, ich wollte eigentlich den anderen treffen.« Max sah sich kurz um und zuckte dann mit den Schultern. »Aber du bist auch gut. Wisst ihr beide denn nicht, dass man Älteren mit Respekt begegnen sollte?«

Felix verschränkte die Arme. »Mein Vater sagt immer, dass man *allen* Menschen mit Respekt begegnen soll, egal, wie alt sie sind. Und meine Mutter fügt dann aber meistens hinzu, dass Typen wie du, die sich daran nicht halten, selbst keinen Respekt verdienen.«

Max lachte leise und warf seinen beiden Freunden einen Blick zu, die daraufhin ebenfalls zu lachen anfingen. Es interessierte Felix nicht, ob sie ihn auslachten. Die drei suchten Streit, so viel stand fest, und solange er die Wahl hatte zwischen einer Haltung, die ihn zwangsläufig in die Rolle des hilflosen Opfers drängte, und der eines – wenn auch nur rein verbal – ebenbürtigen Gegners, wählte er Letzteres. Er befolgte Sterners Rat und ließ sich nicht einschüchtern.

»Wie's aussieht, hab ich ja doch den Richtigen erwischt«, meinte Max. »Du hast genau so ne große Klappe wie dein Freund.«

»So?« Felix runzelte die Stirn. »Wenigstens ist das in unserem Fall nicht das Einzige, was wir haben. Wir dürfen zum Beispiel immer noch ins Sterncafé.«

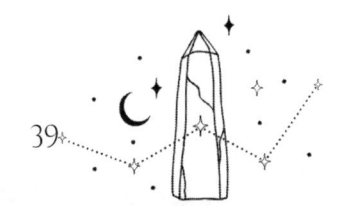

Das war Max offenbar zu viel des netten Geplauders. Das Grinsen verschwand schlagartig aus seinem Gesicht, er trat einen Schritt auf Felix zu und baute sich bedrohlich vor diesem auf. »Pass auf, was du sagst, du vorlauter Zwerg! Sonst zeigen wir dir, was wir noch alles können!«

Felix verspürte immer noch keine Angst. »Wenn du zwei Leute zur Verstärkung brauchst, um einem Zwerg eine Lektion zu erteilen, dann reißt du dein Maul zu weit auf.«

Max stieß ihn zu Boden, zu mehr kam er aber nicht. Jemand flitzte an Felix vorbei, und zuerst dachte er an Arthur, doch dieser hätte aus der anderen Richtung kommen müssen. Als er sich aufrichtete, blickte er auf einen Rücken in schwarzem Muskelshirt, der zu jemandem mit kurzem, dunklen Haar gehörte.

»Markierst du schon wieder dein Revier?«, fragte der Unbekannte, der dazwischen gegangen war. Es klang, als wäre das nicht ihre erste derartige Auseinandersetzung; sie schienen sich zu kennen.

»Misch dich nicht ein, Micco. Oder hast du dich neuerdings zum Beschützer der Schwachen ernannt?«, konterte Max. »Schon komisch, wenn man bedenkt, was *du* in der Vergangenheit mit Schwächeren angestellt hast!«

Micco war also der Name des Typen, der um einiges ruhiger und besonnener wirkte als Max, aber nicht weniger bedrohlich. »Willst du unbedingt *noch* einen Zahn verlieren?«

»Heute bist du es, der seine Zähne verlieren wird!«

Den Angriff bemerkte Felix erst, als sein Beschützer sich duckte. Eine geballte Faust sauste über seinen Kopf hinweg. Micco richtete sich blitzschnell wieder auf und antwortete mit einem Kinnhaken. Dieser ging nicht daneben, Max wurde getroffen und taumelte benommen einen Schritt zurück. Seine beiden Begleiter fingen ihn auf, und sie stürzten sich zu dritt auf Micco.

Oh Scheiße!

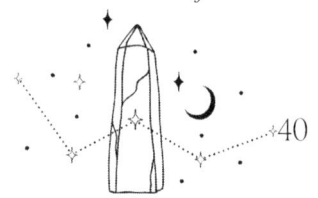

Felix rappelte sich auf, um seinem Retter zur Hilfe zu eilen, begriff aber schnell, dass das nicht nötig war. Micco hatte die Situation im Griff, die drei waren einfach keine Gegner für ihn. Ein Tritt in die Magengrube des Blondschopfs, eine harte Kopfnuss für den Kerl mit der Lederjacke, und schon hatte er sich ein paar Sekunden Zeit verschafft, um sich Max zu widmen. Der Anführer der kleinen Gang bekam eine weitere Faust ins Gesicht.

Doch auch mit einer blutenden Nase gab Max immer noch keine Ruhe. Ein weiteres Mal griffen sie Micco zusammen an. Dessen Reflexe und Bewegungen waren aber so erstaunlich schnell, dass es ihnen kaum gelang, ihn auch nur zu berühren.

Felix fühlte sich hilflos. Mit offenem Mund stand er einfach nur da und sah zu. Die drei Typen, die nicht gerade so aussahen, als wäre das ihre erste Schlägerei, hatten trotz Überzahl nicht die geringste Chance gegen Micco. Wie selbstverständlich er dem um sich schlagenden Max für jeden seiner Angriffe einen Gegenschlag versetzte, wie elegant er Mister Lederjackes Wut auswich und ihn zu Boden schleuderte, wie mühelos er den anderen Typen an seiner Lockenpracht packte und auf die Straße beförderte, direkt in den Weg des ankommenden Busses – es hatte etwas Anmutiges, Surreales und auch etwas Abgebrühtes. Immerhin hätte dieser Micco jemanden töten können!

Ein erschrockener Felix sah den tödlichen Unfall vor seinem geistigen Auge bereits passieren. Glücklicherweise blieb es bei dieser Vorstellung; das tonnenschwere Fahrzeug war noch weit genug weg, dass der junge Mann sich zurück auf den Gehweg retten konnte. Plötzlich bleich wie der Mond, die Augen weit aufgerissen, schien auch ihm bewusst zu werden, wie knapp er gerade davongekommen war, und er suchte das Weite, sobald er wieder auf die Beine kam.

Er war nicht der Einzige. Auch Max und seinen anderen Handlanger konnte Felix nur noch von hinten sehen, als sie die Flucht ergriffen.

Micco hingegen ging langsam mit gesenktem Kopf an ihm vorbei, so dass er dessen Gesicht nur kurz von der Seite sah.

»Hey!« Felix wollte ihm folgen, ihm für die Rettung danken, wurde jedoch abgelenkt, als jemand seinen Namen rief. Er blickte zurück und sah Arthur um die Ecke stürmen, der offenbar nichts von der gewaltsamen Auseinandersetzung mitbekommen hatte. Seine Aufmerksamkeit galt lediglich dem Bus.

»Entschuldige, dass es so lange gedauert hat. Und danke, dass du den Bus aufgehalten hast!«

Ja, der Bus war noch da, die Türen glitten auf und Felix blickte in das entsetzte Gesicht des Fahrers. »Ihr Jungs wisst schon, dass das hier kein Spielplatz ist, oder? Das ist der gottverdammte *Straßenverkehr*!«

»Ja, tut uns leid! Wir sind ja schon da.« Arthur verdrehte die Augen, anscheinend der Ansicht, dass der Busfahrer sich lediglich über seine Unpünktlichkeit beschwerte und etwas überreagierte. Er stieg ein und bedachte den zögernden Felix um mit einem ungeduldigen Blick. »Na, was ist? Kommst du?«

Felix sah sich nach Micco um, doch dieser war längst nicht mehr da, offenbar nicht auf Anerkennung für seine Heldentat aus. Er war wie ein Geist, so unmittelbar wieder verschwunden, wie er aufgetaucht war. Schließlich nickte Felix und stieg ein. Der Busfahrer sagte nichts mehr, während die beiden sich einen Platz suchten.

Stumm sah er aus dem Fenster, während Arthur neben ihm von allerlei Belanglosigkeiten erzählte, unter anderem von der langen Schlange auf der Toilette, deretwegen er etwas länger gebraucht hatte. Unter normalen Umständen hätte Felix ihn nun damit geneckt, dass er wohl einfach nur zu viel Schokotorte verschlungen hatte. Doch diesmal blieb er stumm, nickte nur hier und da halbherzig, während er in Gedanken alles durchging, was gerade auf der Straße passiert war.

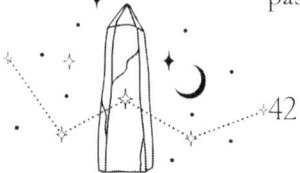

Nach einer Weile schien seine Teilnahmslosigkeit auch Arthur aufzufallen. »Alles in Ordnung? War was?«

Felix konnte seinem besten Freund nichts vormachen. Dieser hatte es schon immer recht schnell gemerkt, wenn etwas nicht stimmte. Doch in der Regel halfen ein Lächeln und ein kleiner Scherz, seine Sorgen zu lindern. Also schenkte Felix ihm beides.

»Ja, alles in Ordnung, Arthy. Ich bin nur müde. Die schöne französische Sprache einem Banausen wie dir beizubringen, kann einen echt auslaugen, weißt du?«

Als Antwort bekam er ein empörtes »Hey!« sowie einen Klaps auf die Schulter. Doch Arthur gab sich damit zufrieden und Felix blickte weiterhin aus dem Fenster, versunken in Gedanken an Micco und Max. So war es auch besser, denn an diesem Tag war schon genug passiert. Das Letzte, was Felix gebrauchen konnte, war ein erzürnter Arthur, der sich bei der nächsten Gelegenheit wieder mit Max anlegte und alles nur noch schlimmer machte.

2
DER NEUE

Am darauf folgenden Tag trafen sich Felix und Arthur pünktlich zu Beginn der Mathestunde weit weg von ihrem Klassenzimmer, um in Ruhe Französisch zu lernen. Bereits nach der Hälfte der Zeit stellten sie fest, dass sie für die Wiederholung der Vokabeln nicht so lange brauchen würden wie angenommen. Arthur hatte seinen Vorsatz des vorherigen Abends nämlich nicht vergessen und war nach wie vor bestens vorbereitet.

Die restliche Zeit verbrachten sie damit, darüber zu philosophieren, ob sie die Stunde nun umsonst hatten ausfallen lassen. Sie kamen letztendlich zu dem Schluss, dass es gar nicht möglich war, ein so verhasstes Fach umsonst zu schwänzen, weil man immer etwas davon hatte: Ruhe vor all den Zahlen, Brüchen, Gleichungen, Parabeln, Hyperbeln und anderen Ungeheuern der Mathematik, die außerhalb des Klassenzimmers ohnehin keiner von ihnen brauchte.

»Und du bist dir ganz sicher, dass du's kannst?«, fragte Felix auf dem Weg zum Unterricht, den Zeigefinger erhoben wie ein strenger Lehrer. Er hatte die Erfahrung gemacht, dass Art-hur beim Anblick mahnender Gesten eher die Wahrheit sagte. »Jede Vokabel, selbst wenn ich dich mitten in der Nacht aufwecken und fragen würde?«

Doch Arthur zeigte sich immer noch zuversichtlich, verschränkte die Arme stolz vor der Brust und streckte die Nase in die Höhe. »Nicht mal ein Pferd könnte mich davon abhalten, heute alles zu wissen!«

Felix sah ihn verwundert an. »Ein Pferd ... Was hat das damit zu tun?«

»Keine Ahnung, das sagt man doch so. Oder?«

»Was heißt Pferd auf Französisch?«

»Hey, jetzt übertreib mal nicht!« Arthur boxte ihn gegen die Schulter, dieselbe wie am vorherigen Abend im Bus. »Das Wort hatten wir gar nicht.«

Grinsend täuschte Felix einen Räusperer vor, in den er unüberhörbar »Le cheval« einbaute. Arthur nahm dies mit einem missbilligenden Blick zur Kenntnis.

»Ach ja? Und weißt du auch, was Angeber heißt? Le félix!«

Die Tür zum Klassenzimmer stand offen, wie immer während der Pause, und eine besonders quirlige Mitschülerin lief ihnen mit einem strahlenden Lächeln entgegen.

»Hey, da seid ihr ja!«, rief Noemi, als hätte sie sie erwartet, wobei sie in Wirklichkeit wahrscheinlich nur gerade auf dem Weg irgendwo hin war. Es war einfach ihre Art, jedem mit einer überschwänglichen Begrüßung das Gefühl zu vermitteln, etwas ganz Besonderes zu sein – das tat sie mit einem warmherzigen Lächeln und freundlichen Worten. »Warum kommt ihr erst jetzt? Mann, habt ihr was versäumt!«

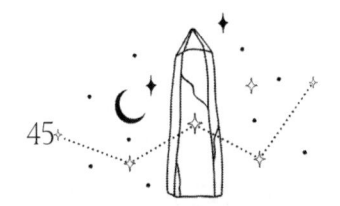

»Was denn?« Felix blickte mit ungläubigem Gesicht hinab auf sein Gegenüber, das klein genug war, um gelegentlich für eine Unterstufenschülerin gehalten zu werden. »Erzähl uns nicht, Mathe wär tatsächlich mal spannend gewesen und wir hätten was Großartiges verpasst, sonst muss ich dich wohl zu meinem Vater schicken!«

Sie schüttelte den Kopf. »Vergiss Mathe! Wir haben einen neuen Schüler, und der ist so heiß, das glaubt ihr nicht!«

»Tz! Du weißt aber schon, dass ich nicht auf Jungs stehe, oder?«, stellte Arthur klar, der bisher tatsächlich noch nie romantische Zuneigung zum männlichen Geschlecht gezeigt hatte. Dafür stand er aber umso mehr auf Noemi, so viel konnte Felix mit Sicherheit sagen, auch wenn sein Freund es niemals zugeben würde und sie lieber ärgerte. In dieser Hinsicht konnte er furchtbar kindisch sein.

»Glaub mir, Arthy, wenn du *den* gesehen hast, änderst du ganz schnell deine Meinung!« Noemis Augen wurden immer größer, ihr Lächeln immer breiter; sie geriet ins Schwärmen, was für sie ungewöhnlich war. »Er heißt Dominic ... Ein wunderschöner Name, findet ihr nicht? Aber schaut ihn euch selber an, ich muss noch schnell woanders hin!« Mit diesen Worten rannte sie weiter, schnell wie der Wind. Mit einem amüsierten Grinsen sah Felix ihr nach.

Noemi Abay stach überall heraus, wo sie hinging, und das nicht nur, weil ihre mit Perlen geschmückte Rastalockenpracht ihren Kopf fast doppelt so groß wirken ließ, wie er tatsächlich war. Mit ihren fünfzehn Jahren hätte sie eigentlich höchstens in die zehnte Klasse gehört, aber sie war nun einmal sehr intelligent und lebhaft. Noch dazu schrieb sie für die Schülerzeitung, jagte ständig allen möglichen und unmöglichen Geschichten hinterher und interessierte sich eigentlich kaum für attraktive Mitschüler – außer, sie hüteten interessante Geheimnisse.

»Na, dann bin ich mal gespannt auf diesen tollen Schönling, den wir jetzt in unserer Klasse haben. Ich wette, der hat dafür nichts im Kopf!«, brummte Arthur und setzte sich mit höchst grimmiger Miene wieder in Bewegung.

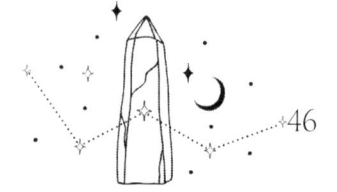

Seine Eifersucht war einfach zu amüsant, und Felix kam aus dem Grinsen gar nicht mehr heraus, sagte jedoch nichts. Er dachte sich seinen Teil, denn alles andere hätte seinem hoffnungslos verknallten Freund überhaupt nicht gefallen.

Als sie das Zimmer betraten, sahen sich beide sofort nach dem neuen Gesicht um. So wie Noemi den Neuling beschrieben hatte, suchte Felix erst einmal nach einer Ansammlung aufgeregter Mädchen, die eine Traube um ihn gebildet hatten. Wenn sie ihn auch sehen wollten, würden Felix und Arthur sich wohl erst durch die Menge kämpfen müssen – aber da war nichts. Alles sah aus wie immer: Ihre Mitschüler standen in den üblichen Grüppchen zusammen und unterhielten sich, und jeden davon kannten sie bereits.

»Vielleicht haben wir ja Glück und dein Konkurrent hatte auf Französisch so viel Lust wie wir auf Mathe!« Nun konnte Felix sich doch nicht mehr zusammenreißen, auch wenn er sich für seine Bemerkung einen sehr finsteren Blick von Arthur einfing. Aber das war es ihm wert.

Sie setzten sich hin und Felix wiederholte im Kopf noch einmal die schwierigen Vokabeln. Wenig später kam Noemi zurück und nahm ihren Platz neben Claudentina ein. Diese war ein ähnliches Genie wie Noemi, nur in den von Felix so verhassten Naturwissenschaften. Pünktlich mit dem Gong erschien dann auch die Lehrerin, der neue Mitschüler blieb allerdings verschwunden.

Französisch war im Allgemeinen kein sehr beliebtes Fach, aber zum Glück für Felix' Mitschüler hatten sie eine Lehrerin, die es um einiges angenehmer machte. Wolke Rainhold galt als eine der freundlichsten und beliebtesten Angestellten der Schule, was sie aber keineswegs davon abhielt, sehr niveauvolle Tests zu schreiben – wobei »niveauvoll« problemlos mit »schwierig« gleichzusetzen war. Mit dem lauten, kräftigen »Bonjour!« begrüßte sie die Klasse, was die Schüler nicht nur erwiderten, son-dern außerdem mit einem »Bon anni-versaire!« abrundeten.

Das mussten sie im Vorhinein besprochen haben – wahrscheinlich vor oder während der geschwänzten Mathestunde – und Felix fiel wieder ein, dass die Lehrerin heute Geburtstag hatte. Sie hingegen wirkte überrascht darüber, dass ihre Schüler daran gedacht hatten.

»Merci! Aber wer hat euch das verraten?«

»Sie selbst!«, antwortete Noemi. »Vor ein paar Monaten, als wir noch mal Daten und Jahreszahlen geübt haben und jeder auf Französisch sein Geburtsdatum sagen musste.«

»Frau Rainhold!«, meldete sich eine andere Schülerin zu Wort. »Da heute so ein glücklicher Tag für Sie ist und wir sogar daran gedacht haben, könnten wir doch zur Feier des Tages den Test ausfallen lassen!«

Ein großes »Oh ja!« ging wie im Chor durch die gesamte Klasse. Die Lehrerin lächelte zwar, schüttelte dann jedoch entschieden den Kopf und fing an, die Blätter auszuteilen. »Im Gegenteil, meine Lieben! Gerade weil heute mein Geburtstag ist, müsst ihr mir ein schönes Geschenk machen, indem ihr alle sehr gute Noten schreibt. Also, strengt euch an! Der Test ist gar nicht so schwer, ihr werdet sehen.«

»Gar nicht so schwer, hm? Für sie bestimmt nicht«, murmelte Arthur kaum verständlich und knetete dabei unruhig seine Finger. Von der Zuversicht, die er bis vor wenigen Minuten noch an den Tag gelegt hatte, war nichts mehr zu sehen.

»Denk dran, wir haben dafür gelernt! Du kannst das!«, ermutigte Felix ihn, und Arthur nickte eifrig.

Während die Blätter verteilt wurden, ging die Tür auf und jemand Neues betrat das Klassenzimmer. Jemand, dessen Gesicht Felix nur ein einziges Mal kurz gesehen hatte, und dennoch glaubte er, sofort zu wissen, wer das war. Erstaunt blinzelte er und neigte den Kopf. »Ist das etwa unser neuer Mitschüler?«

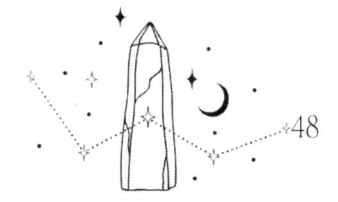

»Wo?« Arthur, schwer damit beschäftigt, in seiner Unordnung von einem Schulranzen sein Mäppchen zu orten, hob hektisch den Kopf. Der Kerl, dem seine Flamme verfallen war, hatte den Raum betreten; natürlich musste er da genauer hinsehen.

»Du musst der Neue sein. Dominic, stimmt's?«

Frau Rainhold hatte den Kopf gewandt, um den Neuankömmling zu mustern, und Felix sah aus den Augenwinkeln, dass mindestens die halbe Klasse es ihr gleichtat. Er vermutete jedoch, dass keiner der anderen es aus den gleichen Gründen tat wie er; schließlich konnten nicht sie alle dem Neuen schon am Abend zuvor auf der Straße begegnet sein, oder doch?

Es war Micco, mit relativer Sicherheit. Sogar seine Kleidung war fast identisch, wieder eine Jeans und ein Muskelshirt, etwas heller als das schwarze von gestern, aber mit dem gleichen Schnitt. Felix musste es wissen, denn er hatte in erster Linie dieses Shirt gesehen, als der Unbekannte sich zwischen ihn und die Schläger gestellt hatte. Zwar hatte er nur flüchtige Blicke auf dessen Gesicht erhaschen können, aber er war sich sicher, dass dieser neue Schüler derselbe war, der ihm zur Hilfe gekommen war. Und nun demonstrierte Micco auch dieselbe Gelassenheit, indem er Frau Rainholds Frage lediglich mit einem lässigen Nicken beantwortete. Und das, obwohl er zu seiner ersten Stunde mit dieser für ihn neuen Lehrerin spät dran war. Felix wusste nicht, warum, aber dieses Verhalten brachte ihn zum Schmunzeln.

Falls die Lehrerin sich daran störte, ließ sie es sich nicht anmerken. Aber Felix hatte sie sowieso noch nie richtig verärgert erlebt. Stattdessen schenkte sie Micco ein ermutigendes Lächeln; vielleicht glaubte sie ja, dass er einfach nur schüchtern war. »Gut. Ich bin Frau Rainhold. Wir schreiben heute einen kleinen Vokabeltest, aber den musst du natürlich noch nicht mitschreiben.«

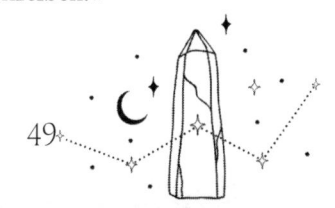

»Alles klar.« Micco ging zu dem einzigen noch freien Platz, ganz vorne an einem einsamen Tisch. »Ich hätte sowieso nichts gewusst.« Er ließ seinen Rucksack fallen, setzte sich breitbeinig auf den Stuhl und verschränkte die Arme auf dem Tisch. Dann legte er den Kopf auf diese, als wollte er erst einmal ein bisschen Schlaf nachholen. Spätestens jetzt wirkte er ganz und gar nicht mehr schüchtern, sondern einfach nur noch desinteressiert.

Immer noch überrascht und unsicher, ob er sich hier womöglich nur etwas einbildete, beugte Felix sich nach vorne, verengte die Augen und sah genau hin. »Dieser Typ ... Das ist doch der von gestern ...« Er war sich nach wie vor relativ sicher, konnte es aber noch nicht richtig glauben, dass der neue Schüler ausgerechnet sein Retter vom Abend zuvor war. War die Welt wirklich so klein?

»Was?«, fragte Arthur ungeduldig. »Kennst du den etwa?«

»Ich glaube schon.« Nun war es Felix, der nervös mit seinen Fingern spielte wie zuvor Arthur, allerdings nicht wegen des anstehenden Vokabeltests.

Er musste es sein. Dieselbe Frisur, dieselbe Stimme, dieselben Kleider, sein Name. »Micco« wäre mit Sicherheit nicht die erste Abkürzung von »Dominic« gewesen, die Felix eingefallen wäre, aber auch nicht die letzte.

»Hallo!« Arthur wedelte mit beiden Händen vor Felix' Augen herum. »Jetzt erzähl mir bloß nicht, dass du Noemis komische Schwärmerei auch noch verstehst!«

Felix schüttelte den Kopf und lachte. »Ach was, natürlich nicht! Wir wissen doch alle, dass du der einzig Wahre für sie bist, Arthy.«

Frau Rainhold hatte nicht gelogen – der Test war wirklich nicht sehr schwer. Sogar Arthur verkündete, dass er ein gutes Gefühl hatte, als die Blätter wieder abgegeben wurden, und Felix sowieso. Für den Rest der Stunde ging es hauptsächlich um die Verwendung des Konjunktivs in französischen Sätzen.

Micco saß die ganze Zeit über ziemlich teilnahmslos an seinem Platz. Er blickte so gut wie nie an die Tafel, obwohl das Thema wichtig war, und kritzelte auf seinem Block herum, was wahrscheinlich nichts mit dem Unterricht zu tun hatte. Felix konnte nachvollziehen, dass nicht jeder seine Leidenschaft für die französische Sprache teilte. Allerdings hätte er selbst sich an seinem ersten Tag in einer neuen Schule mehr Mühe gegeben, das nicht so überdeutlich zur Schau zu stellen.

Vielleicht würde der restliche Schultag Micco mehr zusagen. Gleich nach Französisch standen nämlich zwei Stunden Sport auf dem Plan, und angesichts seiner Agilität wirkte er wie jemand, der sich in diesem Fach eher zuhause fühlte als mit Fremdsprachen. Umso überraschter war Felix, als er auf dem kurzen Weg zur Sporthalle einen Blick auf den angrenzenden Parkplatz warf und dort Micco sah, wie er sich einem dunkelblauen Cabrio näherte. Holte er nur seine Sportsachen, oder wollte er tatsächlich jetzt schon nach Hause?

Arthur, der neben Felix ging, nahm dies mit einem Augenrollen zur Kenntnis und blieb stehen. »Oh, sieh mal einer an, da hat heute wohl jemand keine Lust auf Sport! Wen wundert's? Wahrscheinlich ist er wegen dem Schwänzen von seiner letzten Schule geflogen. Wenn der so weitermacht, sind wir ihn bald los, du wirst schon sehen!«

»Oder er muss nachsitzen. Und wir mit ihm, wenn wir in Zukunft noch ein paar unserer geliebten Mathestunden ausfallen lassen.«

Arthurs angewiderter Gesichtsausdruck sprach Bände darüber, was er davon hielt, mit Micco in einem Klassenzimmer eingesperrt zu sein.

»Warte mal kurz.« Felix legte seine Sporttasche auf den Boden und ging los in Richtung Parkplatz. Es gab da etwas, das er unbedingt erledigen musste, und falls Micco sich wirklich aus dem Staub machte, dann besser jetzt als später.

»Hey, was machst du denn?«, rief Arthur ihm verwundert nach.

»Ich muss nur kurz mit ihm sprechen. Ich erkläre es dir später!« Felix hörte Arthur noch etwas sagen, verstand es jedoch nicht.

Er fragte sich, wie alt Micco wohl war. Die Schüler der elften Klasse waren in der Regel sechzehn oder siebzehn, Ausnahmen wie Noemi bestätigten die Regel, doch dass Micco ein Auto besaß und es auch fahren konnte, bedeutete, dass er mindestens achtzehn sein musste.

Als Felix näher kam, sah er Micco zum ersten Mal richtig von vorne, und er konnte durchaus nachvollziehen, warum Noemi und andere ihn als attraktiv beschrieben. Mit seinem ovalen Gesicht, dessen Züge weder zu weich noch übermäßig markant waren, sah Micco gewissermaßen aus wie jedermann und gleichzeitig wie niemand, den Felix kannte. Er hatte keinen Bart, nicht einmal ein Schatten zeichnete sich unter seiner glatten, gebräunten Haut ab, und das Muskelshirt erfüllte seinen Zweck, indem es seine dezent muskulösen Arme betonte und erahnen ließ, wie der Rest seines Oberkörpers darunter aussah. Er wirkte jedenfalls nicht wie jemand, der den Sportunterricht schwänzen musste aus Angst, sich vor seinen Mitschülern lächerlich zu machen, und dennoch schloss er gerade die Fahrertür auf und machte Anstalten, in sein Auto zu steigen und wegzufahren.

»Hey, Micco!«

Der Angesprochene sah nicht auf. Er stellte seinen Rucksack auf den Sitz und kramte mit gesenktem Kopf beinahe hektisch darin herum, während er nicht besonders nett fragte: »Was ist?« Von seiner Gelassenheit im Französisch-Unterricht war plötzlich nichts mehr zu sehen, und Felix fragte sich, was er da wohl gerade in seinem Rucksack suchte, als hinge sein Leben davon ab.

»Ich wollte mich, äh ..., noch bei dir bedanken«, sagte Felix, etwas eingeschüchtert von Miccos unverhohlenem Widerstreben, sich mit ihm zu unterhalten. Wusste er überhaupt, wer da gerade zu ihm ge-kommen war, oder rettete er so oft fremde Mitmenschen vor Schlägern, dass er sich nicht einmal mehr deren Gesichter merkte?

Nur für den Fall, dass es tatsächlich so war, fügte Felix erklärend hinzu: »Diese Typen hätten mir gestern ganz schön den Hintern versohlt, wenn du nicht auf einmal aufgetaucht wärst.«

»Kein Ding. Aber ich muss schon sagen, du hast nicht gerade den Eindruck gemacht, als hättest du einer Prügelei mit Max und seinen Neandertalern aus dem Weg gehen wollen«, erwiderte Micco mit einem Unterton, den Felix nicht zuordnen konnte. Doch wenigstens erinnerte er sich an den Vorfall. »Kann es sein, dass du ein bisschen lebensmüde bist?«

Felix wusste nicht, was er darauf antworten sollte. Wenig später schien Micco zu finden, wonach er in seiner Tasche suchte – eine große, schwarze Sonnenbrille, die er sogleich aufsetzte. Erst dann hob er den Kopf und sah Felix direkt an, runzelte die Stirn und fuhr etwas weniger aggressiv fort: »Nein, glaub ich nicht. Du bist viel zu unschuldig für so was. Na ja ... Wie gesagt, kein Ding. Im Gegenzug kannst du mir einen Gefallen tun und keine große Sache draus machen, okay?« Er wandte sich ab und stieg in sein Auto.

Nicht gerade die Reaktion, die Felix erwartet hatte. Micco wirkte auf ihn genervt, als könnte er nicht nachvollziehen, warum jemand ihm für seine Hilfe danken wollte. Ein bisschen merkwürdig war der Kerl ja schon.

»Gehst du schon nach Hause? Wir haben noch Sport und später Chemie«, klärte Felix ihn auf, denn er war schließlich neu und kannte vielleicht den Stundenplan noch nicht.

»Ich heute nicht.« Micco und zog die Tür zu. »Wenn du mich jetzt entschuldigen würdest ...«

»Ich könnte dir vielleicht in Französisch helfen, wenn du willst!«

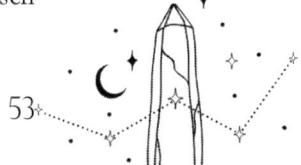

Micco hatte den Zündschlüssel schon ins Schloss gesteckt, aber noch nicht gedreht. Er wandte sich noch einmal Felix zu und schenkte ihm einen Blick, der durch die undurchsichtige Sonnenbrille schwer zu deuten war. »Was?«

»Na ja ...« Felix wurde allmählich immer unsicherer. Hatte er etwas Falsches gesagt? »Vorhin in Französisch meintest du doch, du hättest bei dem Test sowieso nichts gewusst. Aber ich bin gut in Französisch. Wenn du da was nicht verstehst, kann ich dir helfen! Dafür, dass du mich gerettet hast ... mehr oder weniger ... ähm ...«

»Ich glaube kaum, dass du die Art von Französisch drauf hast, die mir gefällt.«

Felix war nur noch verwirrt, Miccos Gesicht so ausdruckslos, dass er darin nicht lesen konnte. Was sollte das denn jetzt wieder heißen?

Meint er vielleicht belgisches Französisch? So groß ist der Unterschied nicht!

Micco seufzte und klang nun eindeutig gereizt. »Hör zu – ich hab dir mal geholfen, aber das heißt nicht, dass wir jetzt beste Freunde sein müssen. Und nein danke, ich hab absolut kein Interesse daran, von dir Nachhilfe zu kriegen, weder in Französisch noch in irgendeinem anderen Fach. Lass mich einfach in Ruhe, wie wär's damit?« Mit einem Jaulen sprang der Motor an, Micco fuhr viel zu schnell rückwärts aus der Parklücke und raste davon wie ein Formel-1-Weltmeister.

Damit war wohl alles gesagt, zumindest für Micco. Als Felix langsam zurück zu Arthur ging, folgte er mit den Blicken dem blauen Cabrio, bis dieses aus seinem Sichtfeld verschwunden war. Dann senkte er den Kopf und starrte auf den Boden vor seinen Füßen, unsicher, ob er wütend oder einfach nur fassungslos sein sollte.

Was war denn das?

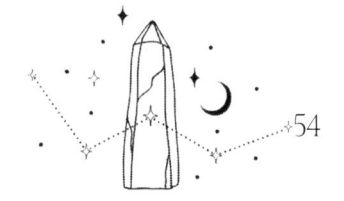

»Nicht so gut gelaufen?« Arthur konnte aus der Entfernung kaum gehört haben, worüber sie geredet hatten, doch irgendetwas an ihren Interaktionen musste wieder einmal seinen Bester-Freund-Instinkt aktiviert haben.

»Ich hab keine Ahnung, was mit dem los ist!« Felix schüttelte den Kopf und bückte sich, um seine Sporttasche aufzuheben. Sein Blick fiel wieder auf die Kurve, hinter der Micco vor ein paar Sekunden mit dem Auto verschwunden war. »Ich wollte mich doch nur bei ihm bedanken, und der Typ macht mich an, als hätte ich an sein tolles Auto gepisst!«

»Hä? Jetzt versteh ich gar nichts mehr.« Mit gerunzelter Stirn blickte Arthur zwischen derselben Kurve und Felix' Gesicht hin und her. »Bedanken wolltest du dich? Wofür denn?«

Felix schloss die Augen und atmete aus. Eigentlich hatte er das um jeden Preis vermeiden wollen, Arthur von dem Vorfall an der Bushaltestelle zu erzählen, denn dann machte er sich nur unnötige Sorgen. Doch nun ging es nicht mehr anders. Während sie ihren Fußmarsch zur Sporthalle fortsetzten, erfuhr Arthur alles über Felix' erneute Begegnung mit Max sowie Miccos Eingreifen.

»Oh je! Pass nur auf, Max Dannecker ... Wenn ich dich in die Finger kriege, kannst du was erleben!« Arthurs Hände waren zu Fäusten geworden, sein Blick düsterer als nach Frau Rainholds Ankündigung des Vokabeltests. Genau diese Reaktion hatte Felix befürchtet, und er bereute jetzt schon, seinem besten Freund die Wahrheit gesagt zu haben. Denn dieser konnte sehr ungemütlich werden und auch hin und wieder etwas Unüberlegtes tun, wenn er glaubte, seine Freunde oder Familie beschützen zu müssen. »Du hast nicht rein zufällig mitgekriegt, wo er wohnt, damit ich ihn mal besuchen kann? Na ja, egal, wenn der Sterner ihn so gut kennt, kann ich ja auch den fragen.«

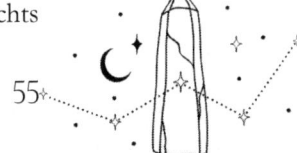

»Nee, lass mal gut sein.« Felix winkte ab, in der Hoffnung, Arthur so noch etwas beschwichtigen zu können. »Das meine ich ernst! Nichts für ungut, aber dein übertriebener Beschützerinstinkt hat mich überhaupt erst in diese Situation gebracht. Hättest du diesen gelangweilten Vollpfosten im Sterncafé einfach nur quatschen lassen!«

»Ich kann's aber nicht leiden, wenn jemand so drauf ist, ob er nun Max heißt oder Micco.« Arthurs wütender Gesichtsausdruck verwandelte sich in ein sarkastisches Grinsen. »Aber dieser Typ ist so was von heiß!«, äffte er Noemi nach, wobei er die Imitation ihrer Stimme definitiv noch üben musste. »Freue dich, oh Glückskind, dass du ihn schon einen Tag vor allen anderen hier kennen lernen durftest. Auch das hast du mir zu verdanken!«

Felix belohnte den Witz des Tages mit einem gekünstelten Lachen, das Arthur wiederum mit einer herausgestreckten Zunge beantwortete, und sie drückten die Tür zur Sporthalle auf.

»Aber mal ernsthaft, das ist ja schon ein ziemlicher Arsch! Wie er mit dir umgeht ... Was glaubt der, wer er ist?« Arthur regte sich inzwischen schon mehr über Miccos Verhalten auf als Felix, der Betroffene, selbst. »Na ja, mit Leuten wie ihm sollte man sich sowieso nicht abgeben, das sind alles gemeine Mistkerle!«

Nachdem Micco es an nur einem einzigen Tag geschafft hatte, Arthur seine Noemi auszuspannen – metaphorisch gesehen, da weder die einen noch die anderen beiden je zusammen gewesen waren –, und sich nun auch noch unfreundlich gegenüber Felix verhielt, war es nicht weiter verwunderlich, dass Arthur jeden Grund hatte, sauer auf ihn zu sein. Diese beiden würden bestimmt keine Freunde werden.

Aber obwohl Micco ihm überdeutlich gesagt hatte, dass er nichts mit ihm zu tun haben wollte, fragte Felix sich weiterhin, was mit seinem neuen Mitschüler los war. Irgendetwas stimmte da nicht.

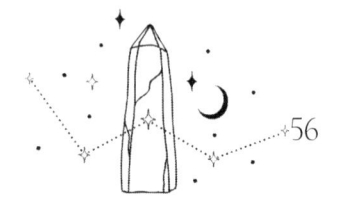

3
BLUT

All das Nachdenken – über Noten, merkwürdige Mitschüler und die Frage, wann Arthur Noemi endlich seine Gefühle gestehen würde – tat Felix nicht gut. Aber nichts, was sich in seinem Kopf abspielen konnte, hatte so mächtiges Potenzial, ihm den Schlaf zu rauben, wie ein ordentliches Unwetter bei Nacht.

Das grelle Licht des Blitzgewitters, das durch die Fenster sein Zimmer erhellte, drang durch seine geschlossenen Lider in seine Träume, noch bevor der erschreckend laute Donner ihn endgültig aus dem Schlaf riss. Und war er mitten in der Nacht erst einmal aufgewacht, fiel es ihm schwer, wieder einzuschlafen.

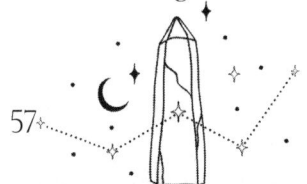

Müde stand er auf und verließ sein Zimmer, um sich in der Küche ein Glas Wasser zu holen; vielleicht würde ihn das ein wenig beruhigen. Aber kaum war er draußen, überkam ihn ein ungutes Bauchgefühl. Vor der Tür des Schlafzimmers seiner Eltern blieb er stehen und sah sich um. Er hatte das Licht nicht angemacht, die Straßenlaternen vor dem Fenster und gelegentliche Blitze sorgten für genügend Helligkeit. Dadurch sah der Gang im ersten Stock zwar recht gespenstisch aus, aber davon abgesehen eigentlich ganz normal.

Und trotzdem, etwas stimmte nicht. Er konnte nur nicht erkennen, was. Wie er sie doch hasste, diese Nächte, in denen er völlig ohne Grund das Gefühl hatte, dass gleich etwas passieren würde!

Jetzt reicht es aber!, sagte er kopfschüttelnd zu sich selbst. *Man sollte denken, ich wäre alt genug, um keine Angst mehr vor Gewittern zu haben!*

Ja, wahrscheinlich lag es nur am Gewitter. Seine Angst vor Blitzen und Donner hatte ihn als Kind nachts oft wach gehalten. Er mochte Sonne, Wärme und Helligkeit viel lieber als Dunkelheit, Regen und im schlimmsten Fall auch noch Kälte, und daran hatte sich bis heute nichts geändert. Aber nun, mit sechzehn Jahren, fand er, dass es allerhöchste Zeit war, sich von so etwas nicht mehr einschüchtern zu lassen. Es gab also nichts, was nicht stimmte, sondern nur ihn, der Gespenster sah. Mit diesem Gedanken ging er weiter in Richtung Treppe.

Es gibt keinen Grund zur Sorge. Absolut keinen, aber ... Moment mal, was ist denn das?

Seine furchtlose neue Einstellung brachte ihn gerade einmal ein paar Stufen die Treppe hinunter. Dann hielt er erneut inne und fragte sich, was es mit diesem unnatürlich roten Licht auf sich hatte, das das Wohnzimmer erhellte. Es konnte kein Feuer im Kamin sein, das seine Eltern vergessen hatten zu löschen, denn das Licht flackerte nicht. Und wie lange war es schon her, dass in diesem größtenteils dekorativen Kamin zuletzt ein echtes Feuer gebrannt hatte? Die Straßenlaternen fielen ebenfalls aus, denn keine davon leuchtete rot. Aber irgendetwas tat es.

Es stimmt ja doch was nicht!

Wie angewurzelt blieb er auf den Stufen stehen, den Blick auf das rote Licht gerichtet. Sollte ihn das beunruhigen? Noch war nichts passiert, doch etwas sagte ihm, dass es nicht so bleiben würde.

Vielleicht sollte er seine Eltern holen. Oder gleich die Polizei rufen? Er erschauderte bei dem Gedanken, dass möglicherweise ein Fremder im Haus war. Woher sonst sollte dieses merkwürdige Licht kommen, wenn nicht von einem Eindringling, der es mitgebracht hatte? Warum auch immer es dann rot war, und nicht weiß, wie das einer gewöhnlichen Taschenlampe.

Noch ein Blitz erhellte die Nacht, diesmal begleitet von einem fast gleichzeitigen Donner, so laut, dass Felix vor Schreck das Gleichgewicht verlor. Bevor er sich versah, fiel er nach hinten und rutschte ohne Halt die Treppe hinunter, mit lautem Gepolter Stufe für Stufe in das Sichtfeld des Eindringlings hinein. Dieser war bestimmt nicht glücklich darüber, dass er bei seinem wie auch immer gearteten Vorhaben gestört wurde.

Unten angekommen sprang Felix hektisch auf die Beine und bereitete sich auf den Angreifer vor. Nicht, dass er viel ausrichten konnte, falls sich wirklich ein Einbrecher auf ihn stürzte, schlimmstenfalls auch noch mit einer Waffe. Doch vielleicht konnte er ihn immerhin erschrecken und auf diese Weise lange genug verwirren, um die Flucht zu ergreifen.

Was für ein grandioser Plan, Felix! Hättest du den mal damals in der Kirche umgesetzt und den Blutmagier mit einem lauten Schrei so richtig erschreckt, dann wäre er vor dir weggerannt, nicht umgekehrt!

Nur war da niemand. Felix drehte sich mehrmals im Kreis und suchte das Wohnzimmer ab, aber entgegen seiner festen Überzeugung war er allein. Verstecke gab es in diesem Raum so gut wie keine, erst recht nicht, wenn man überrascht wurde von einem tollpatschigen Möchtegern-Spion, der urplötzlich auf dem Hintern die Treppe heruntergedonnert kam. So schnell hätte niemand reagieren und in Deckung gehen können – dafür hätte er vorher erst einmal aus dem Lachen herauskommen müssen.

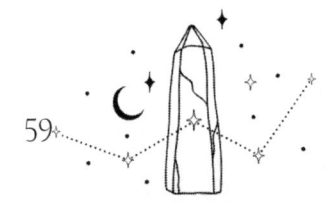

Alles sah normal aus. Zumindest war kein Einbrecher zu sehen und es schien nichts zu fehlen. Und dennoch wirkte der Raum befremdlich, allein schon durch das unheimliche Licht, dessen Ursprung nicht auszumachen war. Es war einfach da, tauchte das gesamte Zimmer in seine Unheil verkündende Farbe, als ginge es von einer unsichtbaren Lampe aus.

Es musste doch eine Erklärung dafür geben! Felix verspürte plötzlich das Bedürfnis, sich zu bewaffnen, wenn auch nur mit einer Schere oder dergleichen. Doch er fand auf die Schnelle nichts, was er als Waffe verwenden konnte, und war zu aufgeregt, um gründlich zu suchen. Stattdessen suchte er weiter nach der Quelle des Lichtes, schlich durch das Wohnzimmer und zog an der Tür, die zur Veranda hinter dem Haus führte. Sie war verschlossen, wie es sein sollte. Er überprüfte außerdem das Badezimmer, in dem er nichts fand, das nicht auch ansonsten dort hingehörte, und die Vordertür des Hauses, bevor er schließlich in Richtung Küche ging. Es war dunkel hinter der angelehnten Tür, keine Spur von dem roten Licht; versteckte sich der Einbrecher eventuell dort?

Felix verharrte einen Moment, bis er den Mut aufbrachte, die Tür aufzustoßen, den Lichtschalter daneben zu betätigen – und nichts weiter vorzufinden als die Küche, so wie er sie kannte. Auch hier gab es eine Fenstertür hinaus zur Veranda, und auch diese war verschlossen und intakt, wie auch sämtliche Fenster im Raum. Es hätte niemand ins Haus eindringen können, ohne etwas kaputtzumachen. Ein Einbruch war also höchst unwahrscheinlich; blieb nur noch das Mysterium des roten Lichtes zu erforschen.

Felix seufzte und beschloss, nun doch erst einmal ein Glas Wasser zu trinken. Immerhin drohte ihm keine unmittelbare Gefahr, und das Tempo seines Herzschlages bewegte sich allmählich wieder in relativ normalen Dimensionen. Er nahm sich ein Glas und füllte es am Wasserhahn, trank es aus und füllte es ein weiteres Mal. Das Wasser war klar, kühl und erfrischend – im ersten Augenblick.

Doch während er sich das zweite Glas einschenkte, veränderte es sich plötzlich. Es wurde dickflüssiger, trüber, färbte sich dunkelrot.

Sein Puls raste erneut, er wich zurück, und sein Hals und Oberkörper erwärmten sich. Normalerweise mochte er Wärme, doch nicht diese – es fühlte sich an, als hätte das Wasser, das er getrunken hatte, in seinem Körper zu kochen angefangen. Er bekam keine Luft mehr, hustete in seine Hände und spuckte das Wasser wieder aus. Nur war es kein Wasser mehr – es war warmes, zähflüssiges, dunkles Blut, wie es auch aus dem Wasserhahn strömte und aus dem Abfluss emporstieg. In Sekundenschnelle hatte es das gesamte Waschbecken gefüllt und lief über.

Felix würgte noch mehr davon hoch, erbrach es über den Fliesenboden, und schon bald war nicht mehr zu erkennen, wie viel von dem Blut aus dem Waschbecken gekommen war und wie viel aus ihm. Sobald er wieder einigermaßen atmen konnte, rannte er aus der Küche, wobei er eine Blutspur auf dem Boden hinterließ. Er ignorierte die nach wie vor merkwürdige Beleuchtung des Wohnzimmers und sprang die Treppe hinauf, so schnell er konnte. Seine Eltern – er musste unbedingt nach seinen Eltern sehen!

Das rote Licht hatte nun auch den Flur der oberen Etage erreicht sowie die gesamte Außenwelt. Aus dem Fenster war nichts mehr zu sehen als roter Nebel, so dicht, dass draußen jeder verloren gewesen wäre. Ein schier undurchdringliches, rotes Nichts hatte die graublaue Dunkelheit der stürmischen Nacht ersetzt wie auch den Gewittersturm selbst. Es herrschte Totenstille.

Felix kümmerte sich nicht darum und lief zum Schlafzimmer seiner Eltern, das näher an der Treppe war als sein eigenes am Ende des Ganges. Die beiden schlossen nie ihre Tür ab, aber diesmal hatten sie es getan, und Felix konnte sie nicht öffnen. Er rüttelte an der Klinke und klopfte, ein schrecklicher Lärm angesichts der Stille um ihn herum, doch die Tür gab nicht nach, und niemand reagierte auf ihn.

Dann sah er die Markierungen, zunächst nur an der Tür, kurz darauf auch an den Wänden und Fenstern, auf dem Boden und an der Decke. Zahlen und Buchstaben, geschrieben mit weißer Kreide, die sich dermaßen vom Rest der rötlichen Umgebung abhoben, dass er sich fragte, wie er sie bisher noch nicht hatte bemerken können – falls sie bis vor wenigen Sekunden überhaupt schon da gewesen waren. Jetzt waren sie überall, auf jeder Oberfläche, die sich beschreiben ließ – und er verstand die Welt nicht mehr.

Ein weiteres Geräusch störte die Stille, aber diesmal hatte nicht er es verursacht. Alarmiert fuhr er zur Treppe herum. Hatte er von dort gerade Schritte gehört? War doch noch ein Fremder im Haus? Aber wie konnte das sein? Er hatte doch alle Räume des Erdgeschosses durchsucht, sämtliche Fenster und Türen überprüft, einen Blick auf die Veranda geworfen. Da hätte sich nirgendwo jemand verstecken können!

Das Geräusch wiederholte sich. Ja, es war ein Schritt, ein schwerer Tritt auf dem Holz der Treppenstufen. Dann noch ein weiterer. Also gab es wirklich einen Eindringling. Und er kam die Treppe herauf, die sich durch ihr gefährliches Knarren auf einmal unheimlich alt anhörte.

Noch ein letztes Mal versuchte Felix, die Tür zu öffnen, die ihn von seinen Eltern trennte. Sie blieb verschlossen. Er wollte nach ihnen rufen, durfte sich aber keine lauten Geräusche mehr erlauben. Jemand kam langsam, aber sicher die Stufen herauf, und er spürte, dass dieser Jemand für seine Familie nichts Gutes im Sinn hatte.

Schnell, aber lautlos, lief er zu seiner eigenen Zimmertür, der letzten Fluchtmöglichkeit aus dem Flur. Allerdings hatte er nicht vor, sich aus dem Staub zu machen. Hinter der Tür würde er nicht weit kommen, wenn er nicht aus dem Fenster sprang. Er brauchte etwas, um sich zu verteidigen, eine Waffe oder irgendetwas, das er als solche verwenden konnte, und im Flur gab es nichts dergleichen.

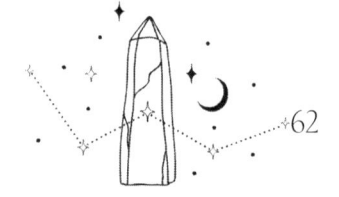

Womöglich stand ihm eine Situation bevor, in der er nicht nur sich selbst verteidigen musste, sondern auch sein Heim und seine Familie.

Auch diese Tür wollte sich nicht öffnen lassen. Er stemmte sich mit aller Kraft gegen sie und drückte die Klinke bis zum Anschlag hinunter, doch nichts geschah. Er kam nicht in sein Zimmer hinein und die Schritte hinter ihm wurden so laut, dass er glaubte, den Atem des Eindringlings bereits in seinem Nacken zu spüren.

Er drehte sich um und drückte sich mit dem Rücken an die Tür. Die Treppe war nur wenige Meter entfernt. Schattige Umrisse zeichneten sich an der Wand ab, als würde von unten eine Lampe hinauf strahlen, um die Ankunft des Einbrechers noch dramatischer zu gestalten. Passend dazu bewegte sich die Person immer noch langsam, als wüsste sie, was für einen Aufruhr sie verursachte, und wollte diesen noch möglichst auskosten.

Diese ganze Show bekam ein Krönchen aufgesetzt, als der Nebel von draußen das Haus heimsuchte. Er durchdrang die Wände des Flurs, breitete sich aus wie Rauch und umhüllte die unheimliche Gestalt, noch bevor irgendetwas anderes als ihr Schatten zu sehen war. Gleichzeitig hüllte er auch Felix immer mehr ein, bis er nichts mehr sehen konnte. Nur schwerfällige Schritte waren noch zu hören, und sie wurden schneller und lauter.

Felix ballte die Fäuste, bereit, sich mit bloßen Händen gegen alles zu verteidigen, was versuchen würde, sich auf ihn zu stürzen. Die Schritte wurden noch schneller. Er konnte es nicht sehen, aber er fühlte, dass die Gestalt bei ihm war, und fing an, sich zu wehren. Dann wurde alles schwarz.

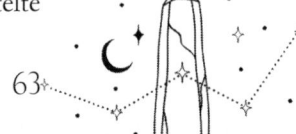

Felix wollte schreien, schaffte es aber noch rechtzeitig, in sein Kissen zu beißen, um sich daran zu hindern. Dennoch schüttelte er sich vor Schreck und fiel aus dem Bett. Sein Aufprall wurde gedämpft von der Decke, die sich um ihn gewickelt hatte, vermutlich wegen seiner vielen unkontrollierten Bewegungen im Schlaf. So landete er relativ sanft auf dem Rücken und blieb auf dem Boden liegen, unfähig, sich zu rühren.

Diese Träume hatten immer die gleiche Wirkung auf ihn, egal, wie oft er sie träumte: Er war völlig verstört, konnte nur sehr schnell atmen und geradeaus blicken, in diesem Fall an die Decke. Sein Herz hämmerte, als würde es jeden Moment aus seiner Brust herausspringen. Beruhigen würde sich das frühestens in ein paar Minuten, und so lange rührte er sich nicht von der Stelle.

Er war in seinem Zimmer in Sicherheit. Niemand bedrohte ihn, es gab keinen roten Nebel und kein rotes Licht, das aus dem Nichts zu kommen schien. Alles war in Ordnung. Nur mal wieder einer dieser Träume.

Seit er mit seinen Eltern nach Leuchtenburg gezogen war, träumte er ab und an von Blut. In letzter Zeit passierte es immer häufiger und wurde schlimmer. Das war der Grund, aus dem sich seine Eltern Sorgen um ihn machten. Wann immer er von Blut träumte, hatte er anschließend das Bedürfnis, durch das Haus zu wandern und nachzusehen, ob alles in Ordnung war. Das Ergebnis war immer das Gleiche: Es gab nirgendwo im Haus einen Grund zur Besorgnis, zumindest nicht für ihn, wohl aber für seine Eltern, die es aus unerklärlichen Gründen immer schafften, genau dann wach zu werden, wenn er nach einem Albtraum ziellos herumspazierte.

Obwohl er sich im Schlaf viel bewegte – das behaupteten zumindest Freunde und Verwandte, mit denen er sich schon einmal ein Zimmer geteilt hatte –, war der Schlaf an sich für ihn in der Regel ruhig und erholsam. Nur selten kam es vor, dass er zu so später Stunde noch auf die

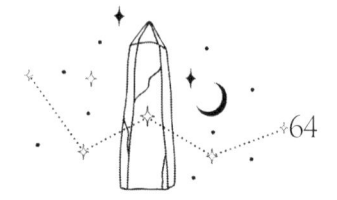

Toilette musste oder plötzlich Wasser brauchte. Deswegen war seinen Eltern jedes Mal bewusst, was passiert sein musste, wenn er wieder mitten in der Nacht draußen war.

Als er sich wieder beruhigt hatte und nicht mehr befürchtete, dass seine wackligen Beine unter seinem Gewicht nachgeben würden, stand er auf, legte die Bettdecke zurück und verließ das Zimmer.

Alles sah normal aus. Wie im Traum wurde der Flur von dem einfallenden Licht der Straßenlaternen hell erleuchtet, so dass es nicht notwendig war, das Licht anzumachen. Diesmal kam aber auch noch das Mondlicht dazu und die Blitze fielen weg, denn es gab kein Gewitter. Kein rotes Licht, keine Zeichen an der Wand, keine Schritte auf der Treppe, und die Tür zum Zimmer seiner Eltern ließ sich problemlos öffnen. Er drückte sie nur einen kleinen Spalt breit auf, genug, um das Bett direkt daneben zu sehen, in dem seine Eltern seelenruhig lagen und hoffentlich etwas Schöneres träumten als er. Er zog die Tür leise wieder zu und ging weiter.

In seinen Träumen gab es abgesehen vom Blut drei wiederkehrende Elemente: rotes Licht – oft in Verbindung mit rotem Nebel –, Buchstaben und Zahlen an den Wänden und die furchterregende Schattengestalt. Und alles tauchte in der Regel genau in dieser Reihenfolge auf.

Trotzdem wusste er nie, dass er nur träumte. Er könnte exakt den gleichen Traum in einer Nacht zweimal hintereinander haben; dennoch würde es seinem Unterbewusstsein niemals einfallen, ihm freundlicherweise mitzuteilen, dass nichts davon real war.

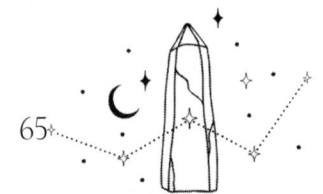

Das war ein weiteres Merkmal seiner Träume dieser Art: Sie kamen ihm unglaublich real vor, so real wie ein Traum eben sein konnte. Dabei spielte es keine Rolle, ob der Inhalt realistisch war oder nicht. Selbst einen grünen Elefanten mit roten Streifen, der mit kleinen Fledermausflügeln rückwärts durch die Gegend flog, konnte er für real halten, solange er träumte. Und mit jedem Aufwachen kam neben dem Schock auch der Ärger über sich selbst, dass er es schon wieder nicht gemerkt hatte.

Wohnzimmer und Küche waren größtenteils in Ordnung. Er machte sogar das Licht an, um sich zu vergewissern, dass nichts, was er sah, seiner Erinnerung an diese beiden Räume widersprach, und bekam lediglich einen kleinen Schrecken, als er sah, dass der Wasserhahn in der Küche tropfte. Glücklicherweise war es nur Wasser, das herauskam, und nicht etwas anderes.

Als er das Badezimmer untersuchen wollte, kam er nicht über die Betätigung des Lichtschalters hinaus. Das Licht ging nicht an, dafür gingen alle anderen schlagartig aus. Nach einem weiteren kurzen Moment des Schreckens lag die Erklärung allerdings auf der Hand: Die Sicherung musste herausgefallen sein, und um das Problem zu beheben, würde er in den Keller gehen müssen. Also kehrte er in sein Zimmer zurück, um seine Taschenlampe zu holen.

Auf dem Weg nach oben erinnerte er sich an den letzten solchen Traum, den er vor ein paar Wochen gehabt hatte: In diesem Traum ging er in dunklen Gängen spazieren, mit Totenköpfen in den Wänden, eine Art unterirdischer Friedhof, was an sich schon unheimlich genug war. Doch dann wurde es schlagartig noch unheimlicher, als die Totenköpfe aus den Augenhöhlen zu bluten begannen. Rote Tränen tropften auf den Boden, wo sie sich zu Buchstaben und Zahlen formten, und ein Erdbeben erschütterte die Gänge. In den Wänden, im Boden und in der Decke entstanden Risse, durch die roter Nebel eindrang, die Schattengestalt tauchte auf und jagte Felix durch das unterirdische Verlies.

Und dann wachte er auf, schrie vielleicht ein bisschen oder fiel sogar aus dem Bett, aber ansonsten war alles wieder normal, zumindest oberflächlich betrachtet. Nur, dass in ihm dennoch jedes Mal etwas zerbrach, immer wurde eine gewaltige Unruhe ausgelöst und er fing an, in seinem Haus herumzulaufen. Dann erwischte ihn einer seiner Elternteile, und früher oder später stellten sie ihm, wie neulich in der Küche, wieder Fragen ...

Die Taschenlampe, die er aus seinem Zimmer holte, war nichts anderes als das alte Ding, das er mit Arthur im verbotenen Keller der Kirche gefunden hatte. Noch heute, fast sieben Jahre nach diesem Tag, belastete ihn die Erinnerung daran. Er wusste, dass es wahrscheinlich das Beste wäre, die alte Lampe wegzuwerfen. Doch logisch betrachtet gab es keinen Grund dazu. Die Erinnerung würde dadurch nicht verschwinden. Außerdem funktionierte dieser schäbige, mit Blech ummantelte Apparat noch einwandfrei, obwohl Felix sich nicht erinnerte, jemals die Batterien gewechselt zu haben. Ein so zuverlässiges Haushaltsgerät wegzuwerfen, wäre reinste Verschwendung.

Zudem fühlte er jedes Mal ein leichtes Kribbeln, wenn er diese Taschenlampe in der Hand hielt. Woher es kam, wusste er nicht, doch es brachte ihn zum Grinsen, und das fand er sehr kurios. Ob es mit statischer Aufladung zu tun hatte? Er war noch nie sehr gut in Physik gewesen.

Er ging ins Wohnzimmer und stellte zufrieden fest, dass die Hintertür verschlossen war, bevor er sie öffnete und auf die Veranda hinaustrat. Den Keller erreichte er nur über eine Treppe hinter dem Haus. Er blieb einen Moment stehen, atmete die kühle Luft der ruhigen Nacht ein, vor der er, wie er jetzt wusste, keine Angst zu haben brauchte, und ging dann hinunter. Warme Luft wäre ihm natürlich lieber gewesen, besonders an einem hellen Ort, aber jede Art von frischer Luft konnte ihm momentan nur guttun.

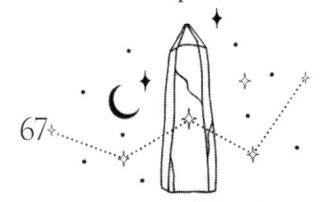

Die Taschenlampe half ihm, den Sicherungskasten schnell zu finden und das Problem zu beheben, dann kehrte er nach oben zurück und die Lichter brannten wieder. Nachdem er auch noch das Badezimmer überprüft hatte und wusste, dass auch aus dessen Wasserhahn kein Blut tropfte, schaltete er beruhigt alle Lichter aus und ging nach oben.

In Gedanken versunken, zuckte er noch ein letztes Mal in dieser Nacht vor Schreck zusammen, als er im Flur am Zimmer seiner Eltern vorbeiging und dessen Tür sich auf einmal öffnete. Sein Vater kam heraus – und das, obwohl er sich bemüht hatte, leise zu sein.

Doktor Benjamin Kohnen war vierzig Jahre alt und hatte braunes Haar, das zu kurz geschnitten war, als dass sich seine Locken in voller Pracht hätten entfalten können. Hinter seiner Brille, ohne die der Mann so gut wie nichts sehen konnte, befanden sich die gleichen blauen Augen, die auch sein Kind hatte – und sie blickten besorgt drein.

»Hast du schon wieder von Blut geträumt?«, erkundigte er sich. Wenigstens kam er gleich zum Punkt.

Obwohl seine Stimme verschlafen klang, wusste Felix, dass sein Vater nie zu müde war, um ein ernsthaftes Gespräch mit ihm zu führen, und ebenfalls, dass er als Psychologe die Menschen zu gut kannte, um eine Lüge nicht sofort zu erkennen. Vor allem, wenn sie von jemandem kam, den er so gut kannte wie kaum einen seiner Patienten. Felix hatte keine andere Wahl, als die Wahrheit zu sagen.

»Ja, habe ich.«

Obwohl sein Vater damit bereits gerechnet haben musste, seufzte er. Wahrscheinlich hatte er seiner Erfahrung zum Trotz gehofft, es könnte diesmal einen anderen Grund geben. »Darauf hätte ich wetten können. Und ich wette auch, dass du wieder nicht darüber reden willst.«

Felix nickte.

»Warum denn nicht?«, fragte sein Vater im Flüsterton, um seine Frau nicht aufzuwecken. »Warum erzählst du mir nicht einfach mal einen solchen Traum von Anfang bis Ende und lässt mich dir helfen? Du weißt doch, dass ich mich mit so etwas auskenne.«

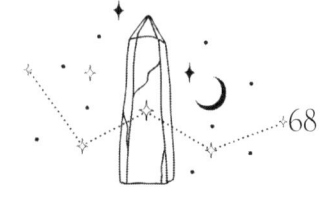

»Noch bin ich nicht verrückt«, entgegnete Felix mit leicht zittriger Stimme, unsicher, ob er damit wirklich seinen Vater oder nicht viel eher sich selbst überzeugen wollte. Im Moment schien ihm weder das eine noch das andere zu gelingen.

»Man muss auch noch lange nicht verrückt sein, um mit seinem Vater zu sprechen. Oder mit einem Psychologen. Die Leute, die zu mir in die Praxis kommen, sind es in der Regel auch nicht. Sie haben nur Probleme, die sie alleine nicht bewältigen können.«

»Ja, ich weiß. Aber es ist mir einfach unangenehm.« Felix warf die Hände in die Luft und bemerkte, dass er sich gereizter zeigte als beabsichtigt, und das tat ihm auch leid. Aber er führte diese Unterhaltung nicht zum ersten Mal.

Für manch anderen wäre es bestimmt verlockend gewesen, in der eigenen Familie einen Psychologen zu wissen. Jemanden, der verstand und helfen konnte, ohne dass man dafür auch nur einen Cent bezahlen musste. Aber Felix war in dieser Hinsicht anders. Ihm würde niemals einfallen, mit seinem Vater über seine Träume zu sprechen. Nicht, weil er ihn nicht für qualifiziert genug hielt, denn das war er durchaus. Er fürchtete eher, dass dadurch womöglich Erkenntnisse ans Licht kommen könnten, die ihm peinlich waren, und dann wollte er seine Familie lieber nicht dabei haben.

Deswegen wollte er sich, wenn es denn so weit kam, lieber professionelle Hilfe außerhalb der Familie suchen und seine Probleme einem Unbekannten erzählen, der in keiner Beziehung zu ihm stand. Das wollte er seinem Vater so nicht sagen, daher behauptete er einfach, generell nicht darüber sprechen zu wollen, obwohl er sich in Wahrheit oft danach sehnte, jemanden zum Reden zu haben. Sogar sehr.

»Hör zu, es ist am Anfang jedem unangenehm, mit anderen über Persönliches sprechen, aber wenn man sich erst einmal geöffnet hat, fühlt man sich viel besser«, versicherte ihm sein Vater. »Davon abgesehen bin ich deine Familie, ich mache mir Sorgen um dich, und deine Mutter auch.«

»Weiß ich, aber ihr müsst euch keine Sorgen machen. Mir geht's gut.« Worte, die Felix in letzter Zeit schon öfter gesagt, aber selten so gemeint hatte. Sie glaubten ihm nicht, sonst würden sie ihn nicht so oft dasselbe fragen. Aber konnte er es ihnen verübeln? Er an ihrer Stelle wäre ebenfalls besorgt.

Sein Vater beschloss, es dabei zu belassen. »Na schön. Ich kann und will dich zu nichts zwingen. Also gute Nacht, und träum ab jetzt etwas Schönes, hörst du?«

»Ich werde mich bemühen. Gute Nacht«, sagte Felix, drehte sich um und ging in sein Zimmer. Dort kroch er ins Bett, zog sich die Decke über bis unter die Nase, machte die Augen fest zu und versuchte, so schnell wie möglich einzuschlafen.

Auch wenn er sich ansonsten nicht von seinem Vater helfen ließ, würde er doch versuchen, diesen einen guten Ratschlag zu befolgen und von etwas Schönerem zu träumen. Aber hatte er einmal von Blut geträumt, passierte das normalerweise sowieso kein weiteres Mal in der gleichen Nacht – das war der einzige Vorteil dieser Träume. Nur einen musste er durchleben, danach war er für den Rest der Nacht sicher.

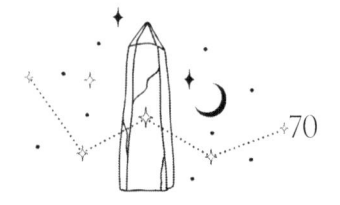

4
NOTEN UND ANDERE PROBLEME

Sport gehörte definitiv nicht zu Felix' Lieblingsfächern in der Schule, obwohl er recht gut darin war. Doch bei Mannschaftssportarten, die im Unterricht der Jungs besonders gerne und häufig betrieben wurden, spielten seine Klassenkameraden in der Regel so, als ginge es um Leben und Tod. Wer einen Fehler machte, bekam nicht nur von allen anderen im Team etwas zu hören, sondern die Jungs schienen sich gegenseitig auch auf persönlicher Ebene auf der Basis ihrer sportlichen Leistungen zu bewerten.

Entweder das, oder es war einfach nur ein großer Zufall, dass die sportlicheren Schüler privat meistens nur mit anderen Sportlern verkehrten, während die Sportmuffel ebenfalls meistens untereinander Freundschaften schlossen. Vermittler zwischen den beiden Extremen konnten lediglich die mittelmäßigen Sportler sein, und auch die blieben meistens unter sich.

Für Felix waren Fußball, Basketball, Volleyball und wie sie alle hießen, nur Spiele, nichts weiter. Arthur hielt ihn für altklug, doch nach seiner Ansicht waren es die Lehrer, die von seinen Leistungen beeindruckt sein sollten, nicht seine Mitschüler und auch nicht die Mädchen, die gelegentlich von ihrer Ecke der Halle aus zusahen. Und dennoch begrüßte er es, wenn Noemi einen Blick riskierte, denn das hatte auf Arthur stets einen positiven Effekt und brachte ihn dazu, sich doppelt so sehr anzustrengen.

Die beiden saßen auf der Ersatzbank und warteten darauf, eingewechselt zu werden, während sie ihre Mannschaft beim Basketballspiel beobachteten und im Stillen anfeuerten – so sollte es zumindest sein, und so sah es womöglich sogar aus. In Wahrheit war Felix mit seinen Gedanken ganz woanders, während Arthur wie ein nasser Sack neben ihm lümmelte und sich seine Sorgen vom Leib redete, die nichts mit Sport zu tun hatten.

»Ich mach mir Sorgen wegen dieser bescheuerten Chemie-Arbeit. Wir kriegen die bestimmt heute zurück, das sag ich dir!«

Felix hatte dazu nichts zu sagen. Die Chemie-Arbeit war ihm gerade völlig egal. Er beobachtete schon die ganze Zeit Micco, der in der gegnerischen Mannschaft »mitspielte« – das wäre zumindest eine sehr großzügige Bezeichnung gewesen für das, was er da tat. Einen Monat nach seiner offiziellen Einschulung am Windolf-Gymnasium tauchte er endlich im Sportunterricht auf und benahm sich, als hätte er noch nie einen Ball gesehen.

»Ja, ja, schon klar. Du musst nichts sagen, ich weiß schon, was du denkst. Die Arbeit ist geschrieben, die Note steht fest, und da wir daran sowieso nichts mehr ändern können, müssen wir uns auch keinen Kopf mehr machen.« Arthur lehnte sich geräuschvoll gegen die Wand hinter der Bank. »Trotzdem, ich versteh dich nicht. Wie kannst du immer die Ruhe in Person sein? Das ist doch nicht normal!«

Vermutlich nicht, aber normal war hier so einiges nicht. So wie Felix Micco kennen gelernt hatte, war er davon ausgegangen, dass dieser Kerl, wenn man ihn in eine der drei Sportgruppen einordnen sollte, eindeutig zu den

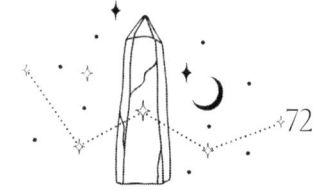

Freunden des Sports gehörte. Nicht mittelmäßig oder gar schlecht, nein, er sollte eigentlich gut sein. Bei seiner Kraft und Schnelligkeit!

Felix erinnerte sich noch bis ins kleinste Detail daran, wie Micco ihn vor Max und dessen Privatclub der Halbstarken gerettet hatte. Doch die Leistung, die Micco gerade vor ihm auf dem Spielfeld erbrachte – wenn man tatenloses Herumstehen mit gelegentlichen, belanglosen Bewegungen wirklich als Leistung bezeichnen wollte –, war schlicht und einfach erbärmlich, selbst für die faulsten und unfähigsten unter den Sportmuffeln.

»Was, wenn wir eine Sechs haben? Hast du schon mal daran gedacht?« Der bloße Gedanke schien Arthur sehr zuzusetzen. Er klang nun geradezu ängstlich. »Und – ja, ich sage bewusst ›wir‹, denn du bist auch nicht grad ne Leuchte in Chemie. Eigentlich müsstest du auch Angst haben, aber die hab scheinbar nur ich. Du nicht. Du sitzt hier mit einer Seelenruhe, als wär alles in bester Ordnung. Das passt nicht!«

Nein, es passte ganz und gar nicht, und dabei dachte Felix immer noch nicht an die Chemie-Arbeit. Es passte nicht zusammen! Spielte Micco absichtlich so grottenschlecht? Felix hatte sich von seiner Sportlichkeit und seinem Reaktionsvermögen bereits ein Bild machen können, und seine Mitschüler mussten es erahnt haben, denn obwohl vor diesem Tag noch keiner von ihnen Micco in Aktion gesehen hatte, war er als einer der Ersten in ein Team gewählt worden. Karsten Schilk, der ambitionierte Kapitän der gegnerischen Mannschaft, war sich seiner Sache sicher gewesen.

Nun bereute Karsten offensichtlich seine Wahl, denn er warf im Sekundentakt missbilligende Blicke in Richtung Micco, der sich mit der Trägheit eines Walrosses bewegte und so gut wie nie den Ball fing, den man ihm gelegentlich – wenn auch äußerst ungern – zuspielte.

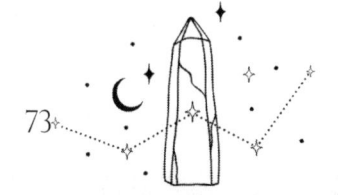

Inzwischen schienen sich die anderen verständlicherweise im Stillen darauf geeinigt zu haben, ihre Schwachstelle nur noch dann anzuspielen, wenn es absolut keine andere Möglichkeit mehr gab. Ansonsten ignorierten sie ihn. Hin und wieder tat er so, als würde er versuchen, einem Gegenspieler den Ball abzunehmen, denn die ganze Zeit nur tatenlos herumzustehen schien selbst ihm zu albern zu sein. Aber jedes Mal scheiterte er. Wieso nur?

Mit seiner Leistung in den restlichen Fächern verhielt es sich ganz ähnlich. In der Regel saß er nur auf seinem Stuhl und träumte vor sich hin, wobei er weder die Lehrer beachtete noch das, was sie ihm beizubringen versuchten. Auch die von Felix geliebten Französisch-Stunden waren in dieser Hinsicht keine Ausnahme, und umso unerklärlicher war die Tatsache, dass Micco danach manchmal zusammen mit Frau Rainhold das Zimmer verließ, als hätte er noch Fragen zu ihrem Unterricht. Selbstverständlich hatte dieses Verhalten viele seiner Mitschüler bereits zum Tuscheln angestiftet, was da wohl insgeheim laufen mochte zwischen ihm und seiner jungen, blonden Lehrerin ...

Ein Stoß gegen den Oberarm riss Felix aus seinen Gedanken. Er sah Arthur an und stellte fest, dass dieser nicht mehr wie ein Wasserfall über seine Angst vor der Chemie-Note redete. Nein, sein bester Freund saß schweigend da, ungewöhnlich für ihn, und sah zunächst Felix an, dann etwas oder jemanden auf dem Spielfeld, und wieder Felix.

»Was? Warum schlägst du mich?«, fragte Felix verständnislos, kam aber nicht umhin, sich ertappt zu fühlen. Wie unhöflich von ihm, Arthur einfach zu ignorieren.

Doch Arthur empörte sich nicht weiter darüber. Stattdessen grinste er breit, beugte sich ein Stück zu Felix herüber und flüsterte: »Warum machst du es dir nicht einfach? Geh doch nach dem Sport mal zu ihm hin und frag ganz nett, ob er mit dir ausgehen will, hm?«

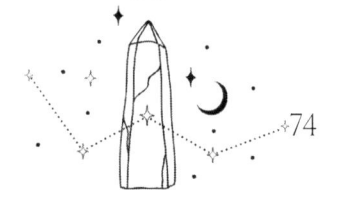

Felix verdrehte die Augen und sah weg. Sein Blick fiel zufällig auf den großen Spiegel an der Wand, den die Mädchen für ihre Ballett- und Tanzübungen benutzten, was Arthur nicht entging. Sein Freund konnte sich etwas Spott nicht verkneifen. »Oh, wie süß, dass du noch schnell dein Aussehen überprüfst ... Aber keine Sorge, du siehst super aus! Die Frisur steht, kein Pickel in Sicht, du schwitzt nicht ... Ist dir eigentlich schon mal aufgefallen, dass du nie schwitzt? Nicht einmal beim Sport! Als wir im letzten Sommer diesen Cooper-Test in der brütenden Hitze gemacht haben, waren danach alle total fertig, aber du sahst aus, als hättest du dich gerade für ein Date hergerichtet. So wie jetzt. Also nimm all deinen Mut zusammen, geh hin und frag Micco, ob er am Samstagabend schon was vorhat.«

Die anderen Jungs auf der Ersatzbank waren inzwischen auf ihr Gespräch aufmerksam geworden und allmählich wurde es Felix peinlich. Das hinderte Arthur aber nicht daran, fröhlich fortzufahren: »Glaubst du denn, es würde mir nicht auffallen, wie du ihn anstarrst? Schon die ganze Zeit!«

Gelächter drang an Felix' Ohr, doch er beachtete es nicht und versuchte, sein Gesicht irgendwie davon abzuhalten, allzu rot zu werden. »Kannst du mal die Klappe halten?«

»Und das hätte auch was Gutes für mich!«, antwortete Arthur, der natürlich nicht die Klappe halten konnte. »Wenn es erst einmal die Runde gemacht hat, dass unser neuer Mädchenschwarm mit *dir* geht, hört Noemi ganz bestimmt auf, ihn anzuhimmeln. Das nervt nämlich total!«

Felix sah ihn wieder an und grinste nun ebenfalls. »Aha? Du gibst also endlich offen zu, dass du auf sie stehst? Arthy und Noemi, das Traumpaar!«

»Nein, so war das gar nicht gemeint!«, protestierte Arthur. »Dass du auch immer alles falsch verstehen musst!«

Felix beließ es bei seinem wissenden Grinsen und einem bedeutungsschwangeren »Mhm«. Er wusste sowieso, was Sache war, auch ohne offizielle Bestätigung von Arthur, und erklärte ihm stattdessen, warum er derzeit so beschäftigt mit Micco war.

»Ich frage mich einfach, warum er sich so doof anstellt. Der macht das mit voller Absicht! Ich bin mir ganz sicher, denn als er mich vor Max und seiner Gang beschützt hat, war er ganz anders ... Hätte er damals auch nur so blöd rumgestanden wie jetzt, hätten die uns beide vermöbelt.«

»Vielleicht hat er einfach nur keine Lust?« Arthur zuckte unbeeindruckt mit den Schultern.

»Wahrscheinlich. Das würde auch erklären, warum er heute erst im Unterricht auftaucht. Er ist schon seit fast einem Monat in unserer Klasse, aber hier in der Sporthalle hab ich ihn bisher noch nie gesehen.«

»Die anderen offenbar auch nicht, sonst hätten sie ihn bestimmt nicht so schnell in ihr Team gewählt. Aber egal, mir kann's ja nur recht sein.« Arthur streckte sich. »Wir kommen nämlich gleich wieder rein, und gegen eine Mannschaft mit einem so schwachen Spieler können wir bestimmt leicht gewinnen. Als hätten die einen Mann weniger.«

»Aha, geht es dir neuerdings also auch schon ums Gewinnen? Oder ist das nur so, weil bei den Gegnern jemand mitspielt, gegen den du aus gewissen Gründen eine persönliche Abneigung hast?«, neckte Felix Arthur.

»Pass du nur auf, dass du unsere Mannschaft nicht wegen einer persönlichen *Zuneigung* zu ihm absichtlich verlieren lässt!«, konterte dieser. »Ich mach das nur für die Note! Ach, und da wir ja schon beim Thema Noten sind: Ich glaube, ich hab in Chemie ...« Weiter kam er nicht, denn der Lehrer rief bereits Felix' Namen, um ihn einzuwechseln.

»... bestimmt etwas Akzeptables, und dann wirst du einsehen, dass deine Panikmache völlig umsonst war«, führte er Arthurs Satz optimistisch zu Ende, als er sich von der Bank erhob, um aufs Feld zu gehen. »Also, bis nachher!«

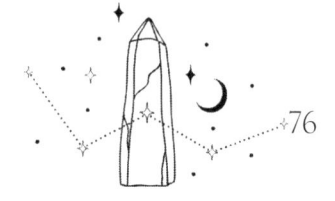

Wie üblich dauerte es nicht lange, bis er den Ball in die Hände bekam und zum Sturm auf den gegnerischen Korb ansetzte, denn er war recht gut in diesem Spiel. Nachdem er einige seiner Gegner ausgetrickst hatte und die restlichen damit beschäftigt waren, seine Mannschaftskameraden zu decken, stand ihm nur noch Micco im Weg. Er hielt sich in der Nähe des Korbs auf, bewegte sich träge ein wenig hin und her, als würde er Felix bedrohen wollen, griff aber nicht wirklich an.

Felix wurde absichtlich langsamer, je näher er seinem letzten Gegenspieler kam, und ließ ihn gefährlich nahe rankommen, doch nach wie vor kam es zu keinem richtigen Angriff.

»Was ist? Willst du deinen Korb nicht verteidigen?«, fragte er herausfordernd, blieb vor Micco stehen und prellte den Ball auf der Stelle, als müsste er überlegen, ob er rechts oder links vorbeilaufen sollte.

Hinter ihm näherten sich die anderen Spieler der gegnerischen Mannschaft, und er war gerade dabei, ernsthaft einen Ballverlust zu riskieren, doch das kümmerte ihn nicht.

»Lauf doch einfach vorbei!«, forderte Micco ihn in einem verärgerten Ton auf.

Felix hätte ihm gerne geantwortet, dass er das erst tun würde, wenn Micco zumindest *versuchte*, ihm den Ball abzunehmen. Aber letzten Endes hatte er keine Wahl. Die anderen Gegenspieler waren bereits dicht an ihm dran und er musste handeln. Micco würde er in dieser kurzen Zeit nicht mehr dazu bewegen können, etwas für seine Mannschaft zu tun, und er war auch nicht so etwas wie dessen Motivationstrainer. Also lief er an ihm vorbei, warf den Ball aus einer günstigen Position und versenkte ihn im Korb.

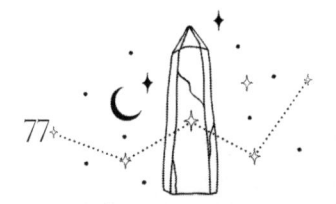

Ein Zufallstreffer. Felix lag Fußball mehr als Basketball, aber auch Glückstreffer zählten. Er sah Micco an und fragte sich, wie viele Körbe dieser wohl schon hätte werfen können, wenn er sich nur ein wenig anstrengen würde.

Während er darüber nachdachte, kam ihm eine Idee. Warum war ihm nicht schon früher eingefallen war, Noemi zu fragen? Sie war nicht nur unglaublich interessiert an Micco, sondern zufällig auch ansonsten die neugierigste Person, die er kannte – sogar noch neugieriger als er selbst. Seit Micco in der Klasse war, verhielt er sich ruhig und abweisend. Keinen ließ er an sich heran. Doch wenn es während dieser Zeit jemand geschafft haben konnte, etwas über ihn in Erfahrung zu bringen, dann mit Sicherheit Noemi.

Mit dem nächsten Pfiff des Sportlehrers wurde Micco ausgewechselt und Arthur ins Spiel geholt. Kaum von der Bank aufgestanden, ging Arthur direkt auf Felix zu und sah ihn an, als hätte er nicht mehr alle Tassen im Schrank. »Was zum Teufel machst du?«

Felix zuckte nur mit den Schultern und kehrte auf seine Seite des Spielfelds zurück. Nun hatte er gleich zwei Gründe, zu hoffen, dass der Sportunterricht heute möglichst bald zu Ende war. Der erste Grund hatte damit zu tun, dass im Unterricht keine Lollis erlaubt waren.

Nach dem Sport stand Chemie an, und höchstwahrscheinlich würde es wirklich dazu kommen, dass die Klassenarbeit, die Arthur so sehr fürchtete, zurückgegeben wurde. Doch bevor es so weit kam, hatte Felix noch genug Zeit, mit Noemi zu sprechen. Claudentina, ihre oft nicht so ganz pünktliche Banknachbarin, würde wieder zu spät kommen, so viel stand fest, daher saß Noemi in der Pause allein an ihrem Tisch.

»Ich kann dir leider auch nicht viel darüber sagen«, sagte sie, sehr zur Enttäuschung von Felix wie auch ihrer eigenen. Diese Sache war um einiges komplizierter als erwartet. »Alles, was ich bisher weiß, ist, dass er noch nicht besonders lange hier wohnt.«

Felix sah Micco an, der in der vordersten Reihe saß. Wie so oft hatte er die Arme über dem Tisch verschränkt und ließ seinen Kopf darauf ruhen. »Also hat er nicht nur die Schule gewechselt, sondern ist auch umgezogen?«

»Das glaub ich zumindest«, sagte Noemi. »Bevor er zu uns kam, ist er nämlich auf ein Gymnasium im nördlichen Teil der Stadt gegangen. Das ist viel zu weit weg von hier, als dass ein logisch denkender Mensch auf unsere Schule gewechselt hätte, wenn er nicht auch umgezogen wäre. Zumal in der Gegend dort oben noch ein anderes Gymnasium ist, auf das er hätte wechseln können, wenn es nur darum ginge.«

»Wie heißt denn die Schule, auf der er vorher war?«, wollte Felix wissen. Sein Blick ruhte weiterhin auf Micco.

»Geschwister-Scholl-Gymnasium«, antwortete Noemi.

Felix nickte. »Ja, das ist wirklich ziemlich weit weg. Wäre stressig, da jeden Tag hin- und herzupendeln.«

»Ich glaube, er ist nicht wirklich so, wie er sich gibt. Also, ich meine dieses total abweisende, arschige Getue.«

Das erklärte einiges. Also hatte sie mit dem besagten Getue auch schon Bekanntschaft gemacht. Felix verzog ratlos das Gesicht und zuckte mit den Achseln.

»Das ist nicht wirklich er!«, beharrte sie. »Wie gesagt, ich glaube das eben nicht.«

Felix sah sie an und runzelte die Stirn. »Liefern deine geheimen Quellen dir denn einen guten Grund, das zu glauben, oder *willst* du es aus bestimmten anderen Gründen einfach nur glauben?«

Sie lächelte verlegen. »Vielleicht ein bisschen von beidem«, gab sie zu. »Aber die Fakten sprechen doch für sich, findest du nicht? Micco ist neu hier, in einer neuen Umgebung, auf einer neuen Schule mit neuen Lehrern und Mitschülern. Bestimmt macht ihm das sehr alles zu schaffen und er will einfach nur in Ruhe gelassen werden. Ich bin noch nie umgezogen, daher kann ich nicht aus eigener Erfahrung berichten, wie man sich dabei fühlt, aber vielleicht geht's bei ihm wirklich nur darum.«

Felix blickte noch einmal zu Micco hinüber. Jetzt sah er ihn mit anderen Augen. Wieso war er selbst nicht schon auf diese Idee gekommen? Schließlich hatte er auch schon einen Umzug hinter sich. Er war damals sehr froh gewesen, mit Arthur jemanden gehabt zu haben, der auf ihn zuging und sich mit ihm anfreunden wollte. Von Micco konnte man das leider nicht behaupten. Doch Felix wusste auch, dass nun einmal jeder Mensch anders war und anders mit solchen Situationen umging. Vielleicht hatte Micco dort, wo er zuvor gelebt hatte, immer noch ein paar Freunde und keine Lust, sich neue zu suchen, die den alten sowieso nie das Wasser reichen würden. Oder war er zu schüchtern? Das konnte Felix sich zwar nicht so gut vorstellen, aber möglich war es.

Als Claudentina in letzter Sekunde vor dem Klingeln ins Labor gestürmt kam – immerhin etwas früher als erwartet – und ihren Platz neben Noemi einnahm, bedankte sich Felix bei Letzterer und ging zurück zu seinem eigenen Tisch. Ob sie wohl bald einen Artikel für die Schülerzeitung über Micco schreiben würde? Es würde zu ihr passen, so vernarrt wie sie in ihn war. Doch dazu müsste sie ihn erst dazu bewegen, mit ihr zu sprechen.

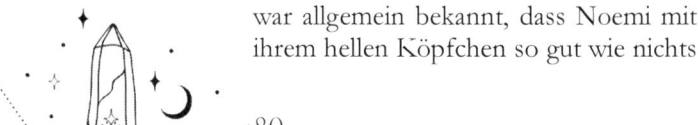

Gleich nach Beginn der Stunde gab es die Arbeiten zurück. Ein Blick in die Klasse und in die Gesichter der Jugendlichen reichte bereits aus, um ihre Ergebnisse zu erraten. Bei Noemi und Claudentina, die höchstwahrscheinlich beide eine glatte Eins hatten und sich deswegen gerade so freuten, konnte man fast meinen, sie wären das Streber-Duo schlechthin. Doch es war allgemein bekannt, dass Noemi mit ihrem hellen Köpfchen so gut wie nichts für diese Bestnoten tun musste, weil sie den Großteil des Stoffes bereits im Unterricht verstand und zuhause kaum etwas nachbereiten musste. Claudentina hingegen hatte individuelle Stärken und Schwächen wie die meisten anderen auch, und sowohl die hohe Kunst der Mathematik als auch Naturwissenschaften wie Chemie gehörten definitiv zu ihren Stärken.

Der allgemeinen Stimmung nach zu urteilen bekam Felix den Eindruck, dass er mit seiner Note diesmal deutlich unter dem Durchschnitt lag, aber das störte ihn nicht weiter.

»Na, was hast du gekriegt?«, fragte Arthur, dessen Begeisterung über seine Drei-bis-Vier kaum zu übersehen war. Nicht die beste Note, aber immerhin besser als die Sechs, vor der er bis vor kurzem noch so viel Angst gehabt hatte.

»Vier Plus«, antwortete Felix mit weitaus weniger Begeisterung. »Fast so gut wie du.«

»Aber nur *fast*!« Arthur streckte ihm die Zunge raus. Dann wurde er wieder ernst und flüsterte: »Aber besser als dein neuer bester Freund bist du ja trotzdem noch!« Er machte eine Kopfbewegung in Richtung erste Reihe, wo die Arbeit von Micco für jeden gut sichtbar auf dem Tisch lag, mit der benoteten Seite nach oben.

Er *schlief* zwar nicht mehr, machte sich aber auch keine Mühe, die Note, die in roter Tinte hässlich auf seinem Blatt stand, vor seinen Mitschülern zu verbergen, und so war die Sechs deutlich zu sehen. Er hatte sie zurecht bekommen; keine der Aufgaben hatte er bearbeitet. Auf seinem Papier stand nichts als sein Name.

Bermicci, las Felix. *Micco Bermicci ... Hm, das klingt ... italienisch?*

Er würde sich später noch Gedanken darüber machen, ob Micco Italiener war. Jetzt musste er vorerst etwas finden, womit er sich für die nächsten zwei Stunden die Zeit vertreiben konnte. In einem so langweiligen Fach wie Chemie freute er sich über jede kleine Ablenkung, obwohl er wusste, dass das einer der Gründe für seine miserablen Noten war. Ein anderer war, dass er das Fach schlicht und einfach nicht mochte.

Wie üblich ging der Unterricht schleppend voran. Früher hatten die Experimente mit den Bunsenbrennern ihn immer wach gehalten; nicht etwa, weil sie ihn faszinierten, sondern weil er schon als Kind Angst vor jeder Art von Feuer gehabt hatte und stets damit rechnete, dass etwas Schlimmes passierte. Aber selbst das war im Laufe der Zeit zur Gewohnheit geworden und machte ihm inzwischen keine Angst mehr.

Nun hatte der Lehrer, Herr Läufer, erneut dieses Gerät auf dem Pult stehen und wollte damit irgendetwas demonstrieren, und Felix fragte sich, warum das blöde Ding ihm nicht den Gefallen tun konnte, einfach zu explodieren, damit zur Abwechslung einmal etwas los war.

Dieser Wochentag war ohnehin nicht beliebt bei ihm: Auf eine Mathestunde gleich zu Tagesbeginn – »das Morgengrauen«, wie er inzwischen dazu sagte –, folgten nach Französisch und Sport, die noch in Ordnung waren, ganze zwei Stunden Chemie. Nur der nachmittägliche Spanisch-Unterricht konnte da noch etwas retten, wenn auch nicht sehr viel, denn dort konnte er immerhin mitmachen.

Ganz anders als in den zwei Stunden, die ihm nun bevorstanden. Er saß nur da, manchmal still, manchmal mit Arthur und anderen Nachbarn plaudernd, blickte ständig auf die Uhr, trug aber nie etwas Sinnvolles zum Unterricht bei – ganz anders als Claudentina, ohne deren Zustimmung überhaupt nichts zu laufen schien. Nicht selten fragte der Lehrer sogar bei ihr nach, wenn er selbst einmal etwas nicht wusste. Dabei sah sie auf den ersten Blick eher wie eine fantasievolle Künstlerin aus als wie jemand, der sich ernsthaft für Wissenschaft interessierte.

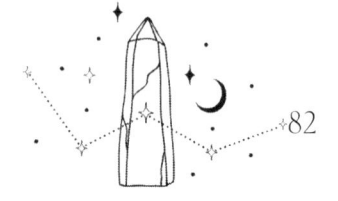

Claudentina Weddigen hatte leuchtend grüne Augen und trug ihr blondes Haar immer zu zwei Zöpfen geflochten, die ihr seitlich über die Schultern fielen. Felix hatte sie noch nie mit einer anderen Frisur gesehen. Sie trug kein Make-up, und falls doch, fiel es ihm nicht auf. Ihr Kleidungsstil war dagegen ausgefallen und stach mit glitzernden Sternchen und auffälligen Mustern auf ihren Pullovern fast immer aus der Masse heraus.

Was konnte Felix noch über sie sagen?

Persönlich kannte er sie kaum, wusste nur, dass sie meistens freundlich, jedoch sehr schüchtern war. Vielleicht *war* sie ja kreativ, lebte diesen Charakterzug aber lieber auf den Gebieten der Physik, Chemie und Biologie aus, statt Musik zu spielen oder Bilder zu malen.

Sie war es, die für das nächste Experiment zum Pult ging. Das Thema Kochsalz stand an, dabei ging es um Ionenbindung oder irgend so einen Quatsch. Jedenfalls stand auf dem Pult eine Art Glaskugel, die ihre gelbgrüne Farbe dem Lehrer zufolge dem Chlorgas verdankte, mit dem sie gefüllt war. Es sollte noch zu keiner Reaktion kommen.

»Und was genau machen wir jetzt?«, fragte Felix Arthur.

»Kochsalz herstellen«, antwortete dieser und klang dabei genau so gelangweilt, wie er aussah.

»Ah ja ... Wieso können wir nicht mal Schokolade herstellen? Wenn wir das regelmäßig machen würden und die Produkte danach auch essen dürften, hätte dieses Fach sogar noch eine Chance bei mir.« Felix schmunzelte, amüsiert von dieser Vorstellung, und widmete sich wieder dem Geschehen am Pult. Mit etwas Glück tat Claudentina ihm den Gefallen, das Experiment in die Luft zu jagen – das würde seiner Langeweile todsicher entgegenwirken.

Am Boden des runden Glasgefäßes befand sich – umgeben von einer großzügigen Prise Sand, deren Sinn und Zweck Felix aus Gründen der Unaufmerksamkeit entgangen war – ein kleines Stück Natrium. Zumindest dachte er, dass es sich um Natrium handelte, weil es das Element war, dessen Name im Unterricht am häufigsten genannt wurde. Schien wohl wichtig zu sein.

Claudentina bereitete sich darauf vor, dem Natrium einen Tropfen Wasser zuzuführen. Dies würde wahrscheinlich die chemische Reaktion hervorrufen, durch die Kochsalz entstehen sollte.

Felix verschränkte die Arme auf dem Tisch, stützte seinen Kopf darauf ab, wobei er wie Micco aussehen musste, schaute zu und wartete ab.

Der Wassertropfen fiel. Er landete auf dem Natrium.

Und dann gab es eine Explosion.

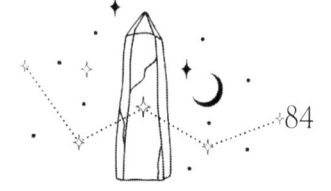

5
TRAUMSYMBOLE

Der ohrenbetäubende Knall weckte sogar Felix aus seinem Halbschlaf, und er hielt sich schützend die Arme vor das Gesicht. Das Inferno wurde von einem Lichtblitz begleitet, der so unglaublich hell war, dass er die Augen schließen musste und kurzzeitig den Überblick über das Geschehen verlor.

Als er sie wieder öffnete, fand er ein wahres Horrorszenario vor: Das Pult, das eigentlich aus feuerresistentem Material gebaut war, stand lichterloh in Flammen, und der Raum war mit rötlichem Rauch gefüllt. Arthur war verschwunden und auch Claudentina, alle anderen Schüler und der Lehrer waren nicht mehr zu sehen, als hätten sie sich innerhalb eines Sekundenbruchteils einfach in Luft aufgelöst.

Der erste schreckliche Gedanke, der Felix durch den Kopf schoss, war, dass die unerwartete Explosion sie alle in Stücke gerissen und nichts von ihnen übrig gelassen hatte. Doch er hatte zwischen ihnen gesessen; es konnte nicht sein, dass alle anderen tot waren und nur er nicht. Möglicherweise war das Gegenteil der Fall, nur er war tot, und das, was er gerade sah, war sein Übergang ins Jenseits, der sich nur spektakulärer gestaltete als er es jemals erwartet hatte.

Ruhe bewahren. Ich muss Ruhe bewahren!

Aber das war schwierig angesichts des Feuers. Kleine Flammen, wie die einer Kerze, machten ihm inzwischen fast nichts mehr aus, aber bei dem bloßen Gedanken an ein großes Feuer verfiel er in Panik. Und das, was sich gerade vor ihm abspielte, ging über einen bloßen Gedanken deutlich hinaus. Er spürte die Hitze des Feuers bis zu seinem Sitzplatz.

Einen kühlen Kopf bewahren!, sagte er zu sich selbst. Jetzt waren erst einmal zwei Dinge wichtig: fliehen und Hilfe holen.

Sobald der anfängliche Schock einigermaßen verwunden war, sprang er auf und lief zur Tür. Aber bevor er sie erreichte, wurde sie von einer gewaltigen Kraft, die von der anderen Seite auf sie einwirkte, aus den Angeln gestoßen und von einem mächtigen Strom roter Flüssigkeit überrollt.

Instinktiv wusste Felix, dass es sich dabei um Blut handelte. In Form einer riesigen Welle strömte es herein, auf das Pult zu. Die große Menge an Flüssigkeit überwältigte das Feuer und löschte es voll und ganz aus.

Die Gefahr war gebannt, doch der vordere Teil des Raumes sah aus, als hätte dort ein gewaltiges Massaker stattgefunden. Ein eisenhaltiger Geruch lag in der Luft und an der mit Blut bespritzten Tafel standen mit roter Kreide Buchstaben und Zahlen geschrieben, die zuvor nicht da gewesen waren – keine chemischen Formeln oder Reaktionsgleichungen, sondern etwas anderes, nicht Identifizierbares. Doch Felix hatte keine Zeit, es sich genauer anzusehen, dafür war er ohnehin viel zu aufgewühlt. Was zur Hölle war hier passiert?

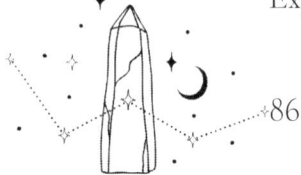

Er ging zur Tür und warf prüfend einen Blick hinaus, um sich zu vergewissern, dass nicht noch eine Blutwelle auf ihn zuraste. Draußen sah er zwar kein Blut mehr, zumindest abgesehen von den Spuren, die die vorherige Welle auf dem Boden hinterlassen hatte. Doch die Explosion schien stärker gewesen zu sein, als er erwartet hatte; der rote Rauch, der die Luft des Labors erfüllte, hatte sich auch darüber hinaus im ganzen Schulgebäude ausgebreitet.

Seltsamerweise herrschte überall Totenstille. Die Explosion, das Feuer und sogar diese Flut schienen von niemandem bemerkt worden zu sein, und niemand kam angelaufen, um nachzufragen, ob alles in Ordnung war. Überhaupt wirkte die Schule auf einmal wie der verlassenste Ort der Erde.

Ein mulmiges Gefühl quälte Felix. Allmählich war er mehr und mehr davon überzeugt, dass diese Explosion ihn womöglich nicht getötet, aber zumindest in eine andere Dimension geschleudert hatte, oder irgendeine Art Parallelwelt. Nur ihn. Deswegen war auch sonst keiner mehr da.

Aber das kann doch gar nicht sein! Werde ich jetzt völlig verrückt?

Genau so klang diese Theorie in seinem eigenen Kopf: völlig verrückt. Und dennoch war sie das Logischste, was ihm einfiel. Wenn er doch nur eine Menschenseele finden könnte, um sich zu vergewissern, dass es nicht so war.

Er wollte gerade losgehen, um sich auf die Suche zu machen, als er ein Geräusch hinter sich hörte. Der rote Rauch im Labor war mittlerweile so dicht, dass er mehr an Nebel erinnerte, durch den nichts mehr zu erkennen war. Aber vielleicht war doch noch jemand da drin, und Felix ging wieder hinein, um es herauszufinden.

»Hallo? Ist hier jemand?«, rief er in den Raum hinein und verließ sich voll und ganz auf sein Gehör und seinen Tastsinn, um den Weg zu finden. Unter normalen Umständen hätte er zu viel Angst gehabt, um zurück in den Raum zu gehen, allerdings war die Vorstellung, plötzlich der letzte Mensch auf der Welt zu sein, um einiges gruseliger.

Er trat in die große Blutpfütze, schnitt eine angewiderte Grimasse, versuchte aber, sich lieber auf das Geräusch zu konzentrieren, das ihn möglicherweise zu dem einzig anderen Menschen in dieser

Dimension führen würde. Es waren schwere Schritte, und sie bewegten sich scheinbar auf ihn zu. So konnte er schnell erkennen, aus welcher Richtung sich die andere Person näherte, und ging ihr entgegen. Nach wenigen Metern tauchte eine schemenhafte Gestalt vor ihm aus dem Nebel auf.

»Kommen Sie, ich bringe Sie raus!« Felix registrierte zwar, dass er etwas sagte, konnte sich aber nicht erinnern, die Worte zuvor in Gedanken formuliert zu haben. Obwohl sie eindeutig aus seinem Mund kamen, fühlte es sich an, als redete nicht er selbst.

Die Gestalt antwortete nicht, sondern blieb ruhig vor ihm stehen. Alles, was er sah, war ein Umriss, eine Statur, anhand derer er davon ausging, dass es sich um einen erwachsenen Mann handelte.

Felix streckte die Hand aus, als wollte er einem Verletzten helfen – auch wenn er nicht wusste, wieso er das tat. »Keine Angst, ich helfe Ihnen. Sie sind bei mir sicher.«

Aber der Unbekannte schien davon nichts zu halten. Stattdessen hob er selbst die Hand, in der er einen stumpfen Gegenstand hielt, und holte aus. Er wollte zuschlagen!

Bevor Felix ausweichen konnte, wurde er von einer Hand am Arm gepackt und geschüttelt.

»Nein! Lass mich!«, rief er und wehrte sich dagegen, so lange, bis er merkte, dass es Arthur war, dessen Hand ihn festhielt.

»Schlecht geträumt?« Die Stimme des Lehrers erschreckte ihn. Felix blickte in die Richtung, aus der sie gekommen war, und sah Herrn Läufer mit verschränkten Armen und grimmigem Blick vorne zwischen Tafel und Pult stehen. Subtile Zuckungen seiner Gesichtsmuskeln offenbarten, dass seine düstere Miene nur Show war, die verhindern sollte, dass man bemerkte, wie sehr sich sein Lehrer über ihn amüsierte.

Die Schüler dagegen machten keine Anstalten, ihre Belustigung zu verbergen.

Einige lachten ihn offen aus, andere heimlich. Sogar Micco schien sich vorübergehend aus seiner Starre der Gleichgültigkeit gelöst zu haben, denn er drehte sich um; so viel Interesse hatte er bisher an nichts anderem gezeigt.

Felix selbst war ganz und gar nicht zum Lachen zumute. Er war noch nie zuvor im Unterricht eingeschlafen, aber das hätte er normalerweise gut verkraftet, weil es in einem Fach wie Chemie wirklich kein Wunder war. Doch leider hatte er auch geträumt, und es war schon wieder ein *solcher* Traum gewesen. Das war definitiv nicht gut.

»Da du jetzt ja offenbar wieder völlig bewusst unter uns weilst, macht es dir bestimmt nichts aus, wenn ich dich darum bitte, mir bei der Durchführung unseres nächsten Experiments zu helfen, oder?«, sagte Herr Läufer.

Felix hörte nur ein einziges Wort. »Experiment?«, wiederholte er schockiert.

Er starrte den Lehrer an, als hätte dieser gerade etwas unvorstellbar Furchtbares zu ihm gesagt, was gewissermaßen sogar stimmte. Der Traum – war das vielleicht eine Vorahnung gewesen? Würde es tatsächlich zu einer Explosion kommen, wenn das Experiment durchgeführt wurde? Ahnung und gleichzeitig Warnung vor einem drohenden Unheil?

Allzu weit von der Realität entfernt war die Traumversion jedenfalls nicht. Das Pult war genauso präpariert, es ging nach wie vor um Kochsalz und es würde das gleiche Experiment stattfinden. Nur war es diesmal Felix selbst, der es durchführen sollte, und er hatte definitiv nicht so eine ruhige Hand wie Claudentina.

»Ja, ein Experiment«, antwortete Herr Läufer. »Das ist es nämlich, was wir in Chemie machen. Zumindest diejenigen, die dabei nicht einschlafen.«

Wieder ging Gelächter durch die Klasse.

Okay, ganz ruhig! Er atmete tief durch und sah sich im Raum ausgiebig um, um sich zu vergewissern, dass noch alles in Ordnung war. Seine Mitschüler waren alle da, der rote Nebel nicht. Keine schattigen Gestalten liefen herum und machten Lärm, es gab kein Blut weit und breit. An der Tafel standen keine unlesbaren Codes aus wirren Zahlen und Buchstaben, sondern Reaktionsgleichungen in ihrem üblichen Fachchinesisch, die auch nicht viel verständlicher waren, aber zumindest nichts Ungewöhnliches. Alles sah so aus, wie es sollte.

Und so wird es auch bleiben! Felix schloss für einen Moment die Augen. Dann stand er auf und ging zögerlich nach vorne. *Selbst wenn es explodiert, bin ich vorgewarnt. Die anderen sind es nicht.*

Der Lehrer, Hendrik Läufer, unterrichtete seine Chemie-Klasse zusätzlich in Englisch. Von allen Lehrern, die Felix je in Englisch gehabt hatte, beherrschte Herr Läufer die Sprache mit Abstand am besten, während er beim Deutschsprechen hingegen einen seltsamen Akzent heraushören ließ, der schwer einzuordnen war.

Englisch und Chemie waren für Felix zwei Welten, wie sie unterschiedlicher nicht sein könnten. Dadurch, dass er sich zumindest für Englisch interessierte, hatten er und sein Lehrer aber einen gemeinsamen Nenner. Herr Läufer hielt Felix für intelligent und versuchte deshalb bei jeder sich bietenden Gelegenheit, ihn auch für Chemie zu begeistern, aber das würde ihm wohl nie gelingen.

»Hör zu, ich weiß, du magst dieses Fach nicht besonders, aber mit etwas mehr Konzentration könntest du es immerhin noch auf eine Drei schaffen«, meinte Herr Läufer. »Das willst du doch, oder?«

»Ja ...«, sagte Felix, der im Grunde genau wusste, dass nicht nur die natürlich-genetische Programmierung seines Gehirns allein an seiner Schwäche im Bereich der Naturwissenschaften schuld war, sondern teilweise auch Faulheit und Desinteresse, die ihn daran hinderten, sich eindringlicher mit der Materie zu beschäftigen. Aber was sollte er tun? Es konnte ja nicht jeder so sein wie Claudentina.

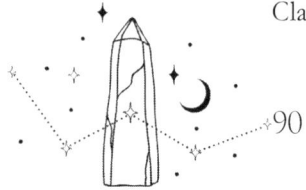

Immerhin zeigte er den Willen, beim Experiment mitzumachen, obwohl er kein besonders gutes Gefühl dabei hatte. Er ließ sich von seinem Lehrer erklären, was er tun sollte, obwohl er es aufgrund seiner hoffentlich nicht eintreffenden Vorahnung bereits wusste. Das Herrn Läufer merken zu lassen, hätte ihm vielleicht einige Pluspunkte eingebracht, doch er war innerlich viel zu aufgewühlt, um ausgerechnet jetzt an Noten zu denken.

Ein Blick in die Klasse verriet ihm, dass der größte Anteil seiner Mitschüler sich noch immer über ihn amüsierte. Andere machten sich anscheinend ernsthaft Sorgen, er könnte in seinem Zustand noch nicht wach genug sein, um ohne Unfälle die ihm gestellte Aufgabe zu erfüllen. Vielleicht hatten sie Recht.

Als er schließlich damit an der Reihe war, dem Chlorgas und dem Natrium einen Tropfen Wasser hinzuzufügen, setzte er sein bestes Pokerface auf, um seine Anspannung zu verstecken, war jedoch auf alles vorbereitet.

Statt der gefürchteten ohrenbetäubenden Explosion mit grellem Lichtblitz bekam er lediglich die erwartete chemische Reaktion zu sehen: Die gläserne Kugel verwandelte sich für einen Moment in eine orange-gelb leuchtende Lampe, als ihr Inhalt sich erhitzte und erhellte, und als die Reaktion vorbei war, hatte sich eine undurchsichtige weiße Schicht an der Innenwand festgesetzt. Felix hatte ganz ohne Unfälle Kochsalz hergestellt.

Als kurz darauf plötzlich von Hausaufgaben die Rede war und alle ihre Sachen zusammenpackten, warf er einen Blick auf die Uhr und stellte überrascht fest, dass die zwei Stunden tatsächlich schon vorüber waren. Und er hatte mehr als die Hälfte davon einfach verschlafen. Gut, dass die Hausaufgabe nur darin bestand, den Ablauf des Experiments niederzuschreiben, denn dafür war er immerhin wach gewesen.

So konnte die Chemie-Stunde seiner Meinung nach gerne jedes Mal sein, nur ohne peinliche Zwischenfälle, wenn möglich, und mit etwas schöneren Träumen. Am liebsten von einem weiten Sandstrand mit türkisem Wasser und der prallen Sonne am wolkenlosen Himmel. Die einzige chemische Reaktion, die relevant wäre, würde zwischen den Pigmenten seiner Haut und den angenehm heißen Sonnenstrahlen stattfinden, während er es sich mit einem Cocktail in der Hand in einem Liegestuhl gutgehen ließ. Dazu noch schöne, entspannende Musik im Hintergrund, vielleicht eine attraktive Begleitung, und die Welt wäre in Ordnung.

»Ich geh mal in die Cafeteria«, sagte Arthur. »Kommst du mit?«

»Nee, ich hab keinen Hunger. Lieber mache ich gleich die Hausaufgabe, denn bis zuhause hab ich das alles schon wieder vergessen.« Felix erreichte seinen Platz und ließ die schlechte Klassenarbeit irgendwo zwischen anderen Unterlagen verschwinden. Mit dem Einpacken hatte er keine nennenswerte Mühe, denn er hatte noch nicht einmal etwas ausgepackt.

»Du weißt aber schon, dass ein gesunder Mensch auch essen muss, nicht nur schlafen, oder?«, neckte Arthur ihn auf dem Weg zur Tür.

»Ich weiß auch ... dass du mich jetzt noch ... eine halbe Ewigkeit damit aufziehen wirst«, presste Felix hervor, während er erfolglos versuchte, ein Gähnen zu unterdrücken. Innerlich bereitete er sich schon einmal darauf vor, dass Arthur ab sofort jedes Gähnen in irgendeiner Form gegen ihn verwenden würde.

»Ach, ernsthaft: Ich bin doch nur neidisch. Kannst du dir vorstellen, wie gerne ich die Fähigkeit hätte, in langweiligen Fächern einfach einzuschlafen?«

»Auch dann, wenn du danach noch kurz vor Schluss ein Experiment durchführen musst?«

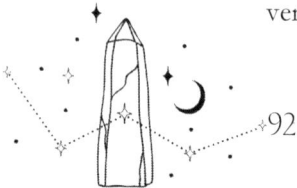

»Ja, Alter, auch dann! Das sind gerade mal zwei Minuten meines Lebens, die ich mit der Herstellung von Kochsalz verschwende, wofür ich ne Dreiviertelstunde im Traumland verbringen darf. Ein ganzes Traumland voller Schokokuchen.« Arthur und seine Schokokuchen. Das war nun wirklich keine Überraschung. »Und wie sieht *dein* perfektes Traumland aus?«

Felix erzählte ihm in allen Einzelheiten von seinem imaginären Ausflug an den Strand, und als er fertig war, hatten sie die Cafeteria erreicht. Dort würden sich ihre Wege bis zum nächsten Unterricht trennen.

»Attraktive Begleitung, aha.« Arthur hob eine Augenbraue – die linke, denn mit der rechten konnte er es nicht. »Aber denk immer dran: Kein Sex vor der Ehe!«

Felix lachte. »Arthy, ich bin nicht christlich. Und außerdem bin ich erst sechzehn. Über Sex mach ich mir noch keine Gedanken, über die Ehe schon gar nicht.«

»Bei mir muss es genau umgekehrt lauten: Über die Ehe mach ich mir noch keine Gedanken, über Sex schon gar nicht.«

»Na, dann sind wir uns ja doch irgendwie einig.« Nun war es Felix, der die Augenbraue hob – er konnte es auch mit der rechten. »Aber in Träumen ist alles erlaubt, nicht wahr?«

»Hm, ja, das Träumen wird man einem wohl nicht verbieten können. Na gut, genehmigt. Aber mach hinterher unbedingt sauber, falls sich deine Hand beim Träumen selbstständig macht.«

Bevor Felix darauf eine empörte Antwort geben konnte, war Arthur in der Cafeteria verschwunden. »Wir sehen uns nachher!«

Felix ging zum Schülerarbeitsraum, einer der wenigen gemütlichen Räume in diesem Gebäude, auch wenn er, wie der Name schon andeutete, zum Arbeiten gedacht war. Dort gab es Schreibtische, Schulbücher und Computer mit Internetzugang – der ideale Ort zum Lernen und für Hausaufgaben. Doch so fest Felix sich auch vornahm, sich mit Chemie zu beschäftigen und den Ablauf des

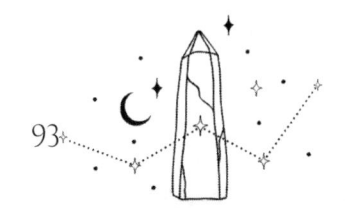

Experiments in eigene Worte zu fassen, konnte er sich nicht dazu durchringen. Zu sehr verfolgten ihn die Gedanken an seinen unheilvollen Traum.

Nach höchstens einer Viertelstunde gab er auf und setzte sich an einen der Computer. Irgendjemand hatte sicherlich eine Zusammenfassung dieses langweiligen Experiments ins Internet gestellt, die er einfach herunterladen und ausdrucken konnte – Hausaufgabe erledigt. Aber auch das funktionierte nicht. Bevor er sich versah, suchte er nicht mehr nach Kochsalzherstellung, sondern nach Seiten, die sich mit Traumdeutung beschäftigten. Kurz darauf konnte er sich nicht einmal mehr erinnern, wie und wann er vom einen zum anderen übergegangen war.

Es ging ihm einfach nicht mehr aus dem Kopf. Er wollte, *musste* erfahren, was es mit seinen seltsamen Träumen auf sich hatte, ohne dafür seinen Vater eine Psychoanalyse machen zu lassen. Und warum er ständig von Blut, Nebel und Gruselgestalten träumte, statt von Meer und Sonne, wie jeder normale Mensch. Dabei besuchte er mehrere Seiten und schrieb sich alle möglichen Bedeutungen heraus, die er vor allem von Blut als Traumsymbol finden konnte.

Krieg. Blut, besonders wenn es im Traum in großen Mengen vorkam, war offenbar ein Symbol für Krieg. Aber Krieg mit wem, und gegen was? Felix suchte weiter.

Tiefsitzende Schuld. Auch das schien ihm nicht naheliegend, denn er konnte sich nicht erinnern, in seinem Leben jemals etwas so Schlimmes getan zu haben, dass er sich heute noch schuldig fühlte.

Lebensenergie. Klang im Vergleich mit den vorherigen Ergebnissen eindeutig positiver, aber er war überzeugt, dass ein Symbol für Lebensenergie sich nicht auf so schreckliche Weise in einem Traum darstellen würde.

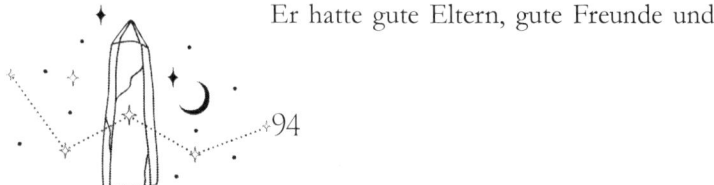

Verletzung der Seele. Er konnte sich kaum vorstellen, dass es damit zu tun hatte, denn seine Seele war nicht verletzt. Er hatte gute Eltern, gute Freunde und keine großen Probleme in der Schule oder im privaten Bereich, also war es höchst unwahrscheinlich, dass seine Träume etwas damit zu tun hatten.

Oder vielleicht doch? Konnte nicht irgendwann einmal etwas passiert sein, etwas Traumatisches oder sehr Schlimmes, das ihm Wunden zugefügt hatte, von denen er nichts wusste? Etwas anderes als diese Angelegenheit im Kirchenkeller, über die er längst hinweg sein sollte?

Er versuchte sich zu erinnern. Bei dem unerwartet frühen Tod seiner Großeltern väterlicherseits war er zu jung gewesen, um wirklich Trauer zu empfinden, zumal er zu keinem der beiden eine besonders enge Beziehung gepflegt hatte. Der Umzug nach Leuchtenburg hatte ihn anfangs belastet, doch die Freundschaft mit Arthur und die neue, geschwisterliche Beziehung zu seinen Cousins waren gute Trostpflaster gewesen. Was war da noch?

Da war gar nichts. Absolut nichts! Bis auf ...

Er verharrte reglos vor dem Computer, in den Bildschirm starrend, und dachte darüber nach. Je länger er das tat, desto plausibler wurde es, auch wenn er es sich nicht eingestehen wollte. Die Träume standen für das, was der »Blutmagier«, wie er ihn noch immer nannte, gesagt hatte. Sie wiederholten seine Worte auf visueller Ebene.

»Blut spritzt auf die Erde, Blut färbt das Wasser rot, Blut löscht das Feuer, Blut verdrängt die Luft.«

Die große Blutwelle im Chemielabor hatte den Brand gelöscht, der durch die Explosion entstanden war, so wie das Blut in seiner Küche das Wasser im Waschbecken rot gefärbt hatte. In den unterirdischen Katakomben hatten Totenköpfe blutige Tränen geweint, die auf die Erde gefallen waren.

Felix kam sich auf einmal unglaublich dumm vor. Diese Träume hatte er seit Jahren, und scheinbar war er noch nie auf die Idee gekommen, sie mit dem Vorfall in der Kirche in Verbindung zu bringen. Dass ihn das noch heute unbewusst so sehr belastete, hatte er aber auch nicht erwartet. Er machte zwar bewusst einen Bogen um die Kirche der Heiligen Theresa, dachte aber ansonsten in seinem alltäglichen Leben nie darüber nach, was darin passiert war.

Die Diagnose seines Vaters hätte an dieser Stelle gelautet, dass er versucht hatte, diese Erinnerung zu verdrängen, allem Anschein nach ohne Erfolg. Aber dass die menschliche Psyche nun einmal keine so einfache und unkomplizierte Sache war wie französische Vokabeln, wusste er schon längst.

»Hey! Geht es dir nicht gut?«

Erschrocken blickte er auf. In der Nähe seines Tisches stand Claudentina, hatte den Kopf geneigt und sah ihn an, die Sorge stand ihr ins Gesicht geschrieben. Es musste sehr seltsam ausgesehen haben, wie er da still und nachdenklich gesessen hatte.

»Alles in Ordnung«, versicherte er ihr mit einem erzwungenen Lächeln.

Auch sie lächelte verlegen und nickte. Dann kehrte sie zu ihrem Mathebuch zurück, das ihr vermutlich viel schwierigere Aufgaben stellte als die Suche nach Traumsymbolen. So wie Felix sie kannte, war es ihr im Nachhinein peinlich, dass sie nachgefragt hatte, wo doch alles in Ordnung war. Dabei war es eigentlich sehr nett von ihr, zumal sie nicht viel miteinander zu tun hatten.

Auch das falsche Lächeln hielt es in seinem Gesicht nicht mehr aus, als er sich wieder dem Bildschirm zuwandte, auf dem noch immer etwas von Verletzungen der Seele stand. Er war also traumatisiert und hatte es bisher geleugnet – nicht wirklich überraschend, wenn er logisch darüber nachdachte. Und mit Logik musste er auch seine nächsten Schritte planen, um sich mit dem Problem zu beschäftigen. So sehr er sich auch dagegen sträubte, mental zu jenem Tag im Januar vor sechs Jahren zurückzukehren, würde er wohl genau das tun müssen. Aber immerhin wusste er das jetzt, und dieser Teil stimmte ihn zuversichtlich. Anzuerkennen, dass man ein Problem hatte, war der erste Schritt in Richtung Besserung.

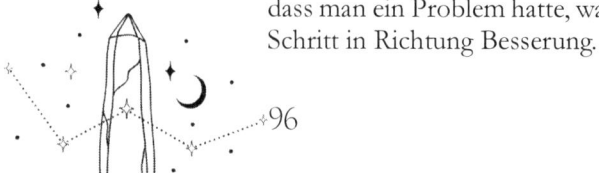

Ein Mysterium gab es allerdings noch: die Prophezeiung des Blutmagiers. *»Das Pendel ist in Bewegung.«* Was hatte das zu bedeuten?

Wenn er so darüber nachdachte, war Felix immer mehr davon überzeugt, dass der Mann in der Kirche ein religiöser Fanatiker sein musste, der glaubte, dass irgendetwas Schönes oder Furchtbares passieren würde, wenn Blut auf die von ihm beschriebene Weise mit den vier Elementen interagierte. Solche seltsamen Überzeugungen gab es genug, und die meisten waren es eigentlich kaum wert, dass man sich näher damit beschäftigte.

Eigentlich.

Doch neugierig, wie er nun einmal war, konnte er die Sache nicht mehr einfach auf sich beruhen lassen.

Das Pendel ist in Bewegung.

Er machte sich kaum Hoffnungen, dazu auf Anhieb etwas Brauchbares zu finden, aber das Netz war groß und er hatte noch Zeit bis zum Beginn der nächsten Stunde.

Bei der Suche nach Informationen musste er bereits nach wenigen Minuten an die berühmte »Nadel im Heuhaufen« denken. Einen der »Blutverse«, wie er sie nun in Gedanken nannte, in Anführungszeichen zu setzen, um die kompletten Übereinstimmungen herauszufiltern, sorgte gleich für Ratlosigkeit bei der Suchmaschine, und kurz darauf auch bei ihm. Ihm blieb nichts anderes übrig als nach den Wörtern einzeln zu suchen, doch damit fing er gar nicht erst an, denn allein zu dem Begriff »Pendel« gab es über eine Million Einträge, die alles von Pendelbewegung in der Physik über die Funktionsweise von Pendeluhren bis hin zur Beschreibung und Erklärung der Pendeltechnik im Bereich des Okkulten beinhalteten. Alles war dabei, nur nicht das, was er suchte, was auch immer das war. Es war hoffnungslos.

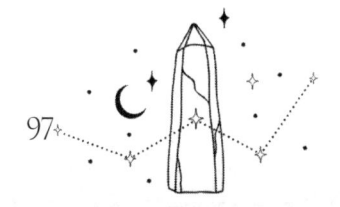

Die Zeit verging, das Ende der Mittagspause rückte näher und er wollte gerade aufgeben, als sein Blick auf den Namen einer von der Suchmaschine aufgelisteten Seite fiel, die er zuvor noch nicht bemerkt hatte.

Pendulum: La Quintessenza di Ricorda.

Schlicht und einfach das englische Wort für Pendel, wenn er es richtig in Erinnerung hatte, aber etwas sagte ihm, dass der Link mit diesem Begriff neben dem italienisch anmutenden Untertitel ihn zu der Information führen würde, die er suchte. Es war nur so ein Gefühl, doch er hatte auch nichts zu verlieren und klickte ihn an.

Als die Seite sich öffnete, war am Anfang lediglich ein violett-schwarzer Hintergrund zu sehen. Dann erschien mit einem schlichten Einblende-Effekt eine verschnörkelte Schrift, die wie eine Handschrift aussah, vor dem Hintergrund eines Dorfes im Gebirge, während auf der linken Seite eine Leiste mit anklickbaren Unterrubriken aufklappte.

Die Seite war mit der Überschrift »Ricorda« versehen, die Felix gleich verriet, dass er es mit einer Sprache zu tun hatte, die er nicht beherrschte. Ein kurzer Blick auf den Text, ein schnelles Überfliegen der ersten Sätze, und seine Vermutung bestätigte sich. Seine Augen fuhren einmal kurz Karussell.

Ich spreche mit Deutsch, Französisch, Englisch und Spanisch, vier der wichtigsten Weltsprachen. Also warum muss die einzige interessante Seite, die ich nach langer Suche endlich finde, ausgerechnet auf Italienisch sein?

Er lernte drei Fremdsprachen in der Schule, doch Italienisch war leider keine davon. Es gab auch keine Möglichkeit, die Sprache der Seite so zu ändern, dass er damit etwas hätte anfangen können. Kurioserweise stand Rumänisch zur Auswahl, doch das wäre noch schwieriger gewesen. Und wer außerhalb von Rumänien sprach schon Rumänisch?

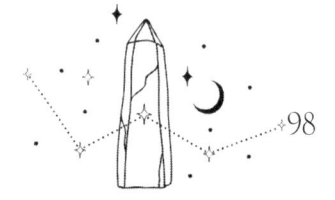

Mit Hilfe seiner Kenntnisse des Spanischen und des Französischen, die dem Italienischen sehr ähnlich waren, versuchte er zu verstehen, worum es ging. In der Leiste auf der linken Seite klickte er das Wort »Rituali« an, für das er kein Wörterbuch benötigte, um seine Bedeutung zu verstehen. Die Beschreibungen des Blutmagiers klangen durchaus nach irgendwelchen verwegenen Ritualen.

Die verschnörkelte Schrift, die auch ohne das Gemälde als Hintergrundbild an einigen Stellen schwer zu lesen war, stellte neben der Sprachbarriere ein weiteres Hindernis dar. Doch wenigstens konnte er die seines Erachtens wichtigsten Begriffe entziffern: »Acqua« war das Wasser, »Fuoco« das Feuer, »Terra« die Erde und »Aria« war wohl die Luft. Die vier Elemente. Auch das Wort »Pendulum« tauchte häufig auf, auch wenn es ihn wunderte, dass ausgerechnet dieses Wort scheinbar nicht ins Italienische übersetzt worden war – insofern es auf dieser Sprache nicht gleich hieß. Oder war es vielleicht Latein? Felix bezweifelte es.

Er warf einen Blick auf die Uhr. Zehn Minuten noch bis zum Ende der Pause. Es blieb keine Zeit, alle Unterrubriken der Seite abzuklappern, doch immerhin hatte er das Gefühl, auf dem richtigen Weg zu sein. Der eine, den er gefunden hatte, schien schon mal in die richtige Richtung zu führen. Die vier Elemente wurden erwähnt und von einem mysteriösen »Pendulum« war ebenfalls die Rede. Alles, was der Blutmagier gesagt hatte, fand sich auf dieser Seite wieder. Felix las weiter und stieß außerdem auf das Wort »sangue«, das dem spanischen »sangre« sowie dem französischen »sang« ähnelte und demzufolge »Blut« bedeuten musste.

Was ihn wunderte, war das Wort »diavolo«. Wie bei den »Rituali« war keine Fantasie nötig, um es mit dem Teufel in Verbindung zu bringen. Sein erster Gedanke war, dass dieser Text möglicherweise ein Ritual beschrieb, mit dem man den Teufel beschwören konnte. Doch das passte nicht, denn die Kirche der Heiligen Theresa war eine ganz normale Kirche für Christen. Konnte so ein Ort, wo Arthurs Eltern hingingen, wirklich der Treffpunkt einer Sekte sein, die den Teufel anbetete?

Doch wer konnte wissen, ob es in den geheimen Kellern und verbotenen unterirdischen Bereichen genauso mit rechten Dingen zuging wie im Erdgeschoss der Kirche? Vielleicht war der Blutmagier kein gewöhnlicher Kirchendiener, wie Felix am Anfang vermutet hatte, sondern wirklich ein Fanatiker, der sich, ohne es jemanden wissen zu lassen, in einem Kellerraum der Kirche eingenistet hatte, um dort in aller Seelenruhe seinen zwielichtigen Tätigkeiten nachzugehen.

Ist so etwas überhaupt möglich? Die Antworten stehen bestimmt gleich hier. Ach, wenn ich doch nur ein bisschen Italienisch könnte!

Felix spielte mit dem Gedanken, diesen unheimlichen Ort noch einmal aufzusuchen. Er wusste noch, wie man sich Zugang zum Kellerraum verschaffte. Falls es dabei wirklich um ein Ritual ging, das jemanden oder etwas aus dem Jenseits, dem Nichts oder der Hölle heraufbeschwören sollte, interessierte ihn das nicht sonderlich, denn an diese Dinge glaubte er ohnehin nicht. Aber hier ging es inzwischen auch um seine geistige Gesundheit, die offensichtlich unter den Ereignissen in diesem Keller gelitten hatte und immer noch litt.

Und wer weiß, wie viele kleine Kinder dieser kranke Typ noch zu Tode erschreckt, wenn ihn keiner aufhält? Vielleicht bin ich der Einzige, der davon weiß! Das einzige Kind, das entkommen ist ...

Er hatte noch keinen Entschluss gefasst. Im Moment waren das alles nichts weiter als Gedanken und Möglichkeiten in seinem Kopf. Ob er sich überwinden konnte, ein weiteres Mal in diese Kirche zu gehen, oder ob er es doch lieber bleiben ließ, darüber würde er wann anders entscheiden, denn das brauchte Zeit. Also meldete er sich von dem Computer ab, ging in den Unterricht und versuchte, fürs Erste nicht daran zu denken.

6
GEISTIGE VERWIRRUNG

Wochen vergingen, und der November zeigte sich von seiner kältesten Seite. Mit einer dampfenden Tasse in den Händen saß Felix in seinem Lieblingscafé und überdachte seine Optionen. Der Geruch des Kaffees beruhigte ihn. Wie so oft, wenn er nachmittags im Sterncafé saß, war Arthur bei ihm. Diesmal hatten sie sich nicht verabredet, sondern zufällig getroffen, und auch das kam nicht allzu selten vor, da sie beide gerne in dieses Café gingen. Der Zwischenfall mit Max Dannecker, den sie seitdem nicht wieder gesehen hatten, änderte nichts daran.

Doch in Bezug auf eine andere Sache wurde Felix mit der Zeit immer unentschlossener. Sollte er wirklich wieder in die Kirche gehen? Zurück an den Ort, an dem er hellwach durch den schlimmsten Albtraum seines bisherigen Lebens gegangen war?

Einerseits hatte er das Gefühl, dass ihm gar keine andere Wahl blieb, wenn er mit der Vergangenheit abschließen wollte. Andererseits würde er sich ganz bewusst direkt in die Gefahr stürzen, und der Blutmagier würde vielleicht schon auf ihn warten.

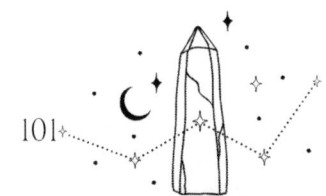

»Ich weiß nicht, wer du bist, aber ich spüre, dass irgendetwas uns verbindet. Dass du es tief in dir trägst. Eines Tages wirst du keine andere Wahl haben als hierher zurückzukehren, und dann wirst du mir entweder helfen, oder ich werde dich töten.«

An diese Worte des Blutmagiers erinnerte Felix sich noch, als hätte er sie gerade eben erst gehört. Was, wenn der Mann hellseherische Fähigkeiten hatte und seine Rückkehr bereits erwartete? Er würde direkt in seinen Tod laufen und auf diese Weise nicht nur mit seiner Vergangenheit, sondern gleichzeitig auch mit der Zukunft endgültig abschließen.

Er konnte sich eine Waffe besorgen, um nicht völlig wehrlos zu sein, falls ihn der Blutmagier, den er inzwischen auch für die Schattengestalt in seinen Albträumen hielt, noch einmal angriff. Eine kleine Pistole vielleicht. Doch woher sollte er als Minderjähriger ohne Weiteres eine Schusswaffe bekommen? Bis zu seinem vierzehnten Lebensjahr war er Mitglied des örtlichen Schützenvereins gewesen, er konnte also mit Schusswaffen umgehen. Nur bedeutete das noch längst nicht, dass er legal eine besitzen durfte. Es war ohnehin eine blöde Idee. Er hatte noch nie auf etwas Lebendes geschossen.

Eine andere Option war, die Polizei in die Kirche zu schicken. Vielleicht mit einem anonymen Hinweis, dass im Keller etwas Zwielichtiges vor sich ging. Aber was, wenn ihm niemand glaubte? Und was, wenn der geheime Gang inzwischen gar nicht mehr existierte? Dann gab es immer noch die dritte Möglichkeit, die auf dem Versuch basierte, die ganze Sache zu vergessen – und damit zum Scheitern verurteilt war, denn was er in den letzten sechseinhalb Jahren nicht geschafft hatte, würde ihm auch jetzt nicht von heute auf morgen gelingen.

Die vierte und letzte Option war, erst einmal mit jemandem darüber zu reden, bevor er eine Entscheidung traf. Er hatte schließlich noch Arthur, der damals mit ihm in der Kirche gewesen war. Der einzige Mensch, dem er nichts erklären musste, denn sie hatten dieses traumatische Ereignis zusammen durchlebt, und dieser Mensch war nun bei ihm, wie er es immer war. Doch was würde Arthur von der Idee halten, in die Höhle des Löwen zurückzukehren? Konnte Felix das wirklich von ihm verlangen?

»Sag mal ...« Felix suchte vorsichtig nach Worten. Er wusste, dass es auch für seinen besten Freund nicht leicht war. Zwar war Arthur nicht derjenige, der mit einem Messer bedroht worden war, allerdings war es sein Vorschlag gewesen, diesen Bereich der Kirche zu erkunden. Und am Ende hatte er hilflos mit ansehen müssen, wie die Situation eskalierte. Noch heute fühlte er sich deshalb schuldig, und dass seine Eltern nach wie vor in diese Kirche gingen, erinnerte ihn immer wieder daran.

Arthur sah auf und wartete. »Was denn?«

Felix überlegte, wie er anfangen sollte. »Gibt es in der Bibel irgendwo Stellen, die beschreiben, wie man den Teufel heraufbeschwören kann?«

Die Idee war ihm durch das Wort »diavolo« auf der italienischen Webseite gekommen, die er in der Schule aufgerufen und seitdem nicht hatte wiederfinden können. Wäre auch zu schön gewesen.

Arthur starrte ihn an, als wäre ihm ein zweiter Kopf gewachsen. »Äh ... nein. Aber das wäre auch gar nicht nötig. Der Teufel hat seine Augen und Ohren überall und kann jederzeit vorbeischauen, ob du ihn eingeladen hast oder nicht.«

»Keine Ahnung, ich kenne mich da doch nicht aus.« Peinlich berührt wandte Felix den Blick ab. »Hätte ja sein können.«

Arthurs Blick hingegen blieb, wo er war, und wurde immer finsterer und fragender. »Wie kommst du überhaupt darauf? Willst du etwa so was versuchen? Lass bloß die Finger davon!«

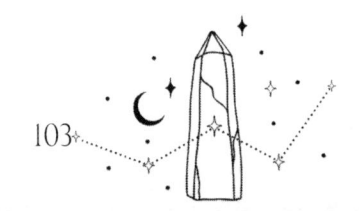

Felix wusste, dass es kein Zurück mehr gab, aber vielleicht war das auch gut so. Keine Ausreden mehr. »Nein, ich nicht, aber jemand anderes vielleicht ... Du erinnerst dich bestimmt noch an den Mann in der Kirche, oder?«

»An den Blutmagier?« Arthur erbleichte.

Felix nickte. *Was für eine dämliche Frage!*

»Wie könnte ich den je vergessen?« Arthur schüttelte sich – ob vor Ekel, Angst oder Empörung, konnte Felix nicht sagen, doch jeden dieser Gründe hätte er als angebracht empfunden. »Ich hoffe immer noch, dass ihn der Schlag trifft, aber erzähl das bloß nicht meinen Eltern!«

»Diese komischen Sachen, die er gesagt hat. Mit dem Blut, das auf Erde spritzt, das Feuer löscht, und so weiter. Klingt das für dich wie ein Ritual, das im Christentum vorkommen könnte, egal, ob auf der guten oder auf der bösen Seite?«

Arthur schüttelte den Kopf und sah aus, als würde er gar nichts mehr verstehen. »Felix, nicht alles, was sich in der Kirche rumtreibt, ist automatisch ein Christ. Schon gar nicht, wenn er in einem dunklen, düsteren Keller wer weiß was anstellt. Und darf ich jetzt mal erfahren, worum es überhaupt geht?«

Felix starrte in die Kaffeetasse. »Diese Sache ... Sie beschäftigt mich immer noch. Ich hab im Internet gelesen, dass das, was der Typ gesagt hat, vielleicht was mit einer Beschwörung zu tun hat. Des Teufels oder was auch immer. Aber das ist es eigentlich nicht, was mich stört, sondern dass ich seit diesem Tag Albträume habe, und das soll endlich aufhören!«

Es war das erste Mal, dass er dieses Problem direkt vor jemanden ansprach. Seine Eltern waren mit der Zeit von selbst darauf gekommen, dass mit ihm etwas nicht stimmte, wussten aber nach wie vor nicht, woher seine Albträume kamen. Er und Arthur hatten sich versprochen, mit niemandem darüber zu reden, und er hatte sich stets daran gehalten.

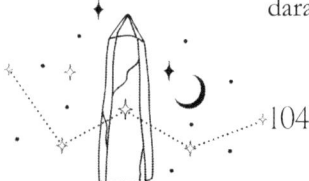

Sein Freund wiederum kannte die Ursache, aber nicht die Wirkung, und hatte bis heute nichts von den Albträumen gewusst. Nun starrte Arthur ihn wieder an, diesmal allerdings nicht mit einem ungläubigen Blick, der ihn gleichzeitig fragte, ob er womöglich nicht mehr alle Tassen im Schrank hatte, sondern mit einem ernsthaft besorgten.

»Was für Albträume denn?« Seine Stimme wurde ernster und leiser, und während er seine Frage stellte, warf er einen prüfenden Blick in die Runde.

Felix tat es ihm gleich. Keiner der anderen Gäste erweckte den Eindruck, ihnen zuzuhören, und dennoch senkte auch er seine Stimme. »Solche, in denen genau das passiert, was der Arsch gesagt hat. Träume von Blut, und es interagiert mit allen vier Elementen.« Er zögerte es hinaus, das zu sagen, was er eigentlich sagen wollte, zwang sich dann aber doch dazu. »Ich glaube, ich muss da noch mal hin.«

Arthur fielen fast die Augen aus dem Kopf. »Das meinst du doch nicht ernst!«

»Vielleicht gibt es ja einen Grund für diese Träume. Vielleicht *soll* ich dort wieder hingehen.«

»Und warum bitteschön, wenn man fragen darf? Sag bloß, du fängst jetzt an, an das Schicksal zu glauben?!«

»Keine Ahnung, aber du glaubst doch an Gott. Könntest du dich mit meinem Plan eher anfreunden, wenn du dir einfach vorstellen würdest, es wäre sein Wille? Dass die Träume von ihm geschickt wurden? Vielleicht ist es ja sogar so! Was weiß ich schon?«

»Okay, langsam, Herr Möchtegern-Prophet ...« Arthur seufzte. Er war eindeutig noch nicht überzeugt. Doch wovon auch? Bislang hatte man ihm noch keine guten Argumente geliefert. »So komisch es auch klingen mag, das ausgerechnet von mir zu hören, aber lassen wir den religiösen Kram doch jetzt mal weg und denken logisch. Was hast du davon, wenn du da noch mal hingehst? Was glaubst du, was dann passiert?«

Felix zuckte mit den Achseln. »Ist nur so ein Gefühl.«

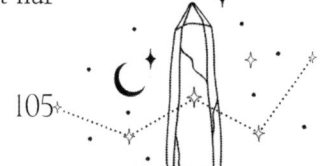

»Wenn du einfach nur mal wieder ein kleines Abenteuer brauchst, gibt es auch andere Möglichkeiten, welche zu erleben. Geh klettern, schwimmen, mach eine Reise ins Ausland oder geh von mir aus in den Puff, aber bloß nicht in die Kirche! Also, ich meine, du kannst natürlich gern in die Kirche gehen, aber ... Ach, du weißt schon, was ich meine.«

»Es geht nicht um ein Abenteuer. Und ich hab auch nicht gesagt, dass du mitkommen sollst.«

Arthur schüttelte den Kopf. »Egal, was du sagst, du gehst da nicht alleine hin! Wenn, dann geh ich mit. Aber lass uns das bitte vorher noch mal überdenken! Sonst können wir genau so gut von einem Hochhaus springen.«

»Schon klar. Aber schön, dass du mitkommen würdest.«

Felix trank die Tasse leer. Wieder einmal wurde ihm bewusst, wie glücklich er sich eigentlich schätzen konnte, einen besten Freund wie Arthur zu haben. Die meisten seiner anderen Freunde wären ganz sicher nicht von jetzt auf gleich bereit gewesen, ihn an einen Ort mit so einer Vorgeschichte zu begleiten.

Da es noch hell war, als sie das Café verließen, gingen sie zu Fuß, statt auf den Bus zu warten. Es hatte geregnet, nicht ungewöhnlich für einen Tag im späten November, und Pfützen hatten sich auf den Straßen gebildet.

»Da wir eh schon über die Sache reden ...« Auf Arthurs Gesicht zeichnete sich Betroffenheit ab. »Ich muss dir was gestehen.«

Sie gingen gerade an der Bushaltestelle vorbei und bogen in die Straße ein, die am schnellsten aus der Innenstadt führte.

»Jetzt kommt's«, murmelte Felix.

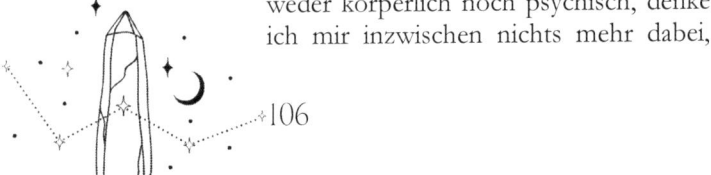

»Weißt du noch, wir haben uns damals indirekt versprochen, nie mit jemandem darüber zu reden. Ich hab's aber getan. Meine Eltern gehen ja immer noch in diese Kirche, und weil ihnen das bisher noch nie geschadet hat, weder körperlich noch psychisch, denke ich mir inzwischen nichts mehr dabei, aber ... als Kind war das für mich schwer zu er-tragen!« Arthur machte eine kurze Pause. »Ich hab mir immer Sorgen um sie gemacht, wenn sie sonntags da hingegangen sind.«

»Vor mir musst du dich nicht rechtfertigen. Ich würde am liebsten auch manchmal mit jemandem darüber reden.« Felix hatte keinen Grund, sauer zu sein. Zwar hatte er sich stets bemüht, das Versprechen zu halten, aber es waren auch nicht seine Eltern, die regelmäßig die Kirche besuchten.

»Hat ja doch nichts gebracht«, meinte Arthur.

»Nicht? Wie haben sie reagiert?«

»Na ja, wie Erwachsene nun mal reagieren, wenn ein Kind ihnen eine unglaubwürdige Geschichte auftischt. Dass es ihr eigenes war, hat daran auch nichts geändert. Der böse Mann im dunklen Verlies unter der Kirche ... Ich hätte mir ja selber nicht geglaubt! Sie dachten, ich hätte das nur erfunden, um nicht mehr in den Gottesdienst gehen zu müssen. Dabei bin ich da immer gerne hingegangen. Früher jedenfalls.«

Felix wusste nicht, was er sagen sollte. Hätten seine Eltern ihm so eine Geschichte abgekauft? Vielleicht, wenn er sie ihnen heute erzählte, aber damals?

Arthur schwieg einen Moment, dann seufzte er und schüttelte den Kopf. »Egal, anderes Thema! Hast du schon überlegt, was du an deinem Geburtstag machen willst?«

»Das Übliche«, antwortete Felix, erleichtert über den Themawechsel. Für ihn war das Kirchenthema zwar auch noch nicht abgeschlossen, und der Gedanke daran bereitete ihm Bauchschmerzen, aber zumindest war es ab heute kein Tabu mehr zwischen ihnen. »Ein paar Leute einladen und Zuhause feiern. Geht ja auch nicht anders bei dieser Jahreszeit. Wäre ich doch nur im Sommer geboren, dann könnten wir auch mal draußen was machen.«

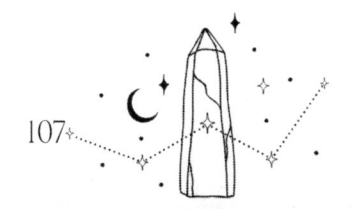

Leider war das genaue Gegenteil der Fall. Der 28. November war einer der letzten Tage vor Beginn des ersten Wintermonats. Oft schneite es um diese Zeit sogar schon ein wenig, und Felix hasste Schnee – fast so sehr wie Chemie.

Der Weg führte die beiden an Lilos Blumenstube vorbei, einem Laden, der Felix' Großmutter mütterlicherseits gehörte. Durch die Glastür warf er einen Blick hinein, konnte aber keinen seiner Verwandten sehen.

»Mann, ich hätte auch gerne so eine vielseitige Familie wie du!« Arthur hielt an und bückte sich, um seine Schnürsenkel zu binden. »Warum ist meine Familie so eintönig? Fast nur Lehrer und Verkäufer ... Du hast Psychologen, Reiseverkehrskauffrauen, Floristen ...«

Felix lächelte in sich hinein. Diese Vielfalt war ihm auch schon aufgefallen, und er war stolz darauf. »Und meine Cousine könnte eine berühmte Sängerin werden, wenn sie sich trauen würde. Schon eine bunte Mischung, wenn man ...«

Nein!

Gerade hatte er sich noch heiter über seine Familie unterhalten, nun blieb er wie angewurzelt stehen und starrte auf die große, tiefe Pfütze, die sich an einer unebenen Stelle zwischen Straße und Bürgersteig gebildet hatte. Auf den ersten Blick sah sie aus wie eine gewöhnliche, graue Ansammlung von Wasser an einem regnerischen Tag. Er hätte sich auch nichts weiter dabei gedacht, wenn da nicht dieses Rot wäre.

Er ging näher heran, sein Blick blieb auf die Pfütze fixiert, die sich von innen mit Blut zu füllen schien. Aber wie konnte so etwas außerhalb seiner Träume passieren?

Gar nicht!

Nein, das war nicht die Realität. Es konnte nicht die Realität sein! Er schloss die Augen und schüttelte den Kopf, in der Hoffnung, in seinem Bett aufzuwachen, wenn er sie wieder öffnete. »Das ist ein Traum. Nur ein Traum!«

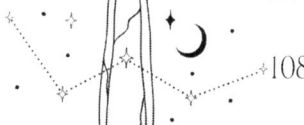

Eine andere logische Erklärung gab es nicht. Er musste es sich einfach immer weiter einreden, bis er endlich aufwachte. Nun hatte er wenigstens den Vorteil, dass er zum allerersten Mal tatsächlich wusste, dass es nur ein Traum war, und deswegen gab es keinen Grund zur Sorge.

»Hey!« Arthur stand plötzlich hinter ihm und legte ihm die Hand auf die Schulter. »Alles klar bei dir?«

Felix öffnete die Augen, drehte sich um und starrte ihn an. »Du bist noch da?«

Und nicht nur das. Die Welt um ihn herum sah nach wie vor normal aus. Kein roter Nebel zog auf, keine Codes aus Zahlen und Buchstaben schrieben sich von selbst auf alle erdenklichen Oberflächen, kein Blutmagier näherte sich in Form eines dunklen Schattens mit schweren, lauten Schritten. Aber das Blut war da!

Felix blinzelte mehrmals. Als sich dann immer noch nichts verändert hatte, zeigte er auf die Pfütze. »Da ...« Mehr brachte er nicht heraus. Aber mehr brauchte es auch nicht, damit Arthur zur Pfütze blickte und sich wunderte.

Ein LKW fuhr vorbei, seine Räder ließen das Wasser spritzen, wie man es sonst fast nur aus Filmen kannte. Felix wich zurück und hob abwehrend die Hände, als das Wasser ...

... das Blut ...

... auf ihn landete.

Mit einem Aufschrei versuchte er, es abzuschütteln. Arthur zuckte neben ihm zusammen, vermutlich ebenfalls erschrocken über die unfreiwillige Dusche. Doch statt zu fluchen oder sich lautstark darüber zu wundern, warum das Wasser rot war, starrte er Felix an, als wäre es dessen Reaktion, die ihn überraschte. Hatte er zuvor noch versucht, Felix mit einer Hand auf der Schulter sanft zu beruhigen, packte er ihn geradezu grob an beiden Armen und hielt ihn fest.

»Hey, reg dich ab!«, rief er dabei. »Es ist nur Wasser. Dreckiges Wasser, okay, aber ... Was ist denn los mit dir?«

Nur Wasser, von wegen!

Wahrscheinlich packte Arthur nicht absichtlich so fest zu, dass es wehtat, aber Felix fühlte sich, als würde er gleich in eine Zwangsjacke gesteckt. Unfähig, die Arme zu bewegen, blickte er wieder auf die Pfütze hinab und wies Arthur mit einer Kopfbewegung an, dasselbe zu tun. Also blickten sie beide in die gleiche Richtung und sahen – eine ganz normale, graue Pfütze, in der die Räder des vorbeigefahrenen LKWs Wellen geschlagen hatten. Kein Blut, nicht das kleinste bisschen Rot war zu sehen, weder in der Pfütze noch an Felix' Kleidung oder auf der Straße. Es war nur Wasser, wie Arthur sagte. Was war los? Hatte er nun endgültig den Verstand verloren? Er konnte sich das nicht erklären.

»Alles wieder gut?« Endlich ließ Arthur los, senkte langsam und vorsichtig die Hände. Doch die anhaltende Aufregung in seiner Stimme verriet, dass für ihn eben nicht alles wieder in Ordnung war. Diesen ernsten Ton hatte er nicht mehr angeschlagen, seit sie vor Jahren aus dem Verlies des Blutmagiers geflohen waren.

»Wenn ich das nur wüsste!« Felix starrte weiterhin auf die Pfütze, fassungslos. »Wenn es die ganze Zeit nur Wasser war, warum warst du dann so überrascht, als ich gesagt habe, du sollst dort hinschauen?«

»Weil ich nicht erkennen konnte, was an diesem bisschen Wasser so ungewöhnlich sein sollte.« Arthur sah auch wieder dorthin und kombinierte ein ratloses Schulterzucken mit einem Kopfschütteln. »Was hast du denn da gesehen?«

Wahrscheinlich gar nichts. Nichts, was ... Scheiße!

Felix schloss kurz die Augen und atmete tief durch. Jetzt war es also soweit. Er verlor den Verstand. Er wusste es, und sein bester Freund spätestens jetzt auch.

Darum bemüht, die Fassung wiederzuerlangen, ignorierte er Arthurs Frage. »Mir fällt grad ein, ich hab hier noch was zu erledigen, muss meine Großeltern im Blumenladen was fragen. Wir sehen uns morgen in der Schule.«

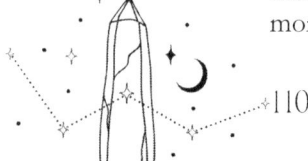

»Morgen ist Samstag.«

»Dann sehen wir uns eben am Montag.« Felix drehte sich um und ging mit großen Schritten zurück in die Richtung, aus der sie gekommen waren.

Bitte frag nicht nach, Arthy. Frag einfach nicht nach, okay?

»Jetzt warte mal!« Arthur lief ihm hinterher.

Verdammt!

»Deine Großeltern waren doch gar nicht im Laden. Bist du sicher, dass es dir gut geht?«

»Nein.« Felix blieb stehen, zögerte, rang mit sich selbst. Die Situation war ihm nach wie vor unangenehm, doch er kam zu dem Schluss, dass sie nicht besser wurde, wenn er Arthur anlog. »Und deshalb gehe ich jetzt zu meinem Vater«, gab er schließlich zu. »Hätte ich schon viel früher tun sollen. Er wird wissen, was zu tun ist.«

»Soll ich nicht mitkommen?«

»Nein. Ich komme mir schon verrückt genug vor. Wenn jetzt auch noch alle anfangen, sich Sorgen zu machen, mich überall hin zu begleiten und auf mich aufzupassen, wird das nicht besser.«

Arthur sah ihn ernst an. »Aber du hast dein Handy dabei, ja? Du meldest dich, wenn was ist, okay?«

»Mach ich. Aber die paar Meter zum Bürogebäude schaff ich schon, keine Sorge.« Felix war von dieser Fürsorglichkeit beinahe schon genervt, auch wenn er wusste, dass sie gut gemeint war. Er schien momentan wirklich nicht den Anschein zu erwecken, auf sich selbst aufpassen zu können. Vermutlich hatte er diesen in seinem bisherigen Leben noch nie erweckt. Aber dann musste er das eben lernen.

Was auch immer Arthur davon hielt, er schien Felix' Wunsch nach Privatsphäre zu akzeptieren, wenn auch sehr zögerlich. »Wie du meinst, aber ... na ja. Bis Montag.«

»Ja, bis dann.« Felix nickte Arthur dankend zu und wandte sich dann schnell ab, bevor einer von ihnen es sich anders überlegen konnte. Er fühlte sich mies dabei, Arthurs Hilfe einfach so abzuweisen, wollte aber nicht, dass jeder sich den Kopf über ihn zerbrach. Seine Eltern machten sich schon genug Sorgen für eine ganze Nation. Doch er würde ihnen, Arthur und sich selbst schon noch zeigen, dass es keinen Grund zur Sorge gab. Am kommenden Montag würde er wieder er selbst sein – lachen, Witze über Arthur und Noemi machen und mündlich die Einladungen zu seinem Geburtstag verteilen. Nächste Woche würde die Welt sich wieder um andere Dinge drehen.

Aber jetzt musste er erst einmal zu seinem Vater. Er hatte immer noch nicht vor, dessen Angebot, mit ihm über seine Träume zu sprechen, anzunehmen. Aber sein Vater hatte mit Sicherheit gute Kontakte zu anderen Psychologen, und darunter würde sich bestimmt einer finden lassen, zu dem er gehen konnte. Dann würde er jemanden haben, mit dem er regelmäßig sprechen konnte. Über die Träume, seine Ängste, einfach alles. Vielleicht konnten sie sogar eine mentale Reise zur Wurzel allen Übels unter der Kirche unternehmen. Dann wäre es auch nicht mehr nötig, körperlich dorthin zurückzukehren.

Falls das Bürogebäude, das Felix ansteuerte, einen Namen hatte, kannte Felix ihn nicht. Darin fand sich so gut wie alles: eine Anwaltskanzlei, das Gesundheitsamt, ein Architekturbüro, den einen oder anderen Steuerberater und natürlich die psychotherapeutische Praxis von Doktor Benjamin Kohnen. Nur noch eine Straße trennte Felix davon. Er ließ einen weißen Lieferwagen vorbeifahren, der auf den Parkplatz daneben abbog, ging dann hinüber und stieg die wenigen Stufen zum Eingang hinauf.

»Hey, hey! Wenn das mal nicht mein kleiner Freund von neulich Abend ist!«, hörte er hinter sich eine Stimme rufen, als er gerade hineingehen wollte. Auf der anderen Straßenseite winkte ihm Max, sein »Freund« aus dem Café neulich Abend.

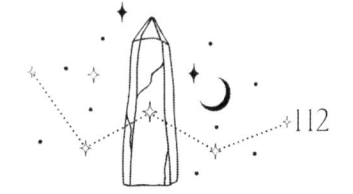

»Was willst du denn hier?« Felix legte in seine Stimme so viel Geringschätzung wie möglich. »Hast du etwa einen Job? Putzt du hier die Klos? Vielleicht machst du den alten Sterner noch stolz.«

»Pass lieber auf, was du sagst. Wir beide sind noch nicht fertig miteinander, und das werde ich so schnell auch nicht vergessen, verlass dich drauf!« Mehr sagte Max nicht, ehe er sich zum Gehen wandte, es sich dann aber noch einmal anders zu überlegen schien und stehen blieb. »Ach ja, wie ich sehe, bist du jetzt ganz dicke mit Micco. Wenn du ihn das nächste Mal siehst, sei so nett und richte ihm schöne Grüße von mir aus, ja?«

»Was hat er dir eigentlich getan?«, wollte Felix wissen.

»Frag ihn das am besten selbst, aber erwarte keine ehrliche Antwort. Er ist ein scheinheiliger Feigling und würde nie zugeben, was er getan hat. Ich würde dir ja raten, dich von ihm fernzuhalten, aber für dich bin ja ich der Böse, also mach, was du willst.« Mit diesen Worten verzog sich Max endgültig.

Felix sah ihm eine Weile hinterher, wunderte sich kurz über seine Worte, betrat dann aber das Bürogebäude und dachte nicht mehr daran. Er hatte nun wirklich genug eigene Probleme, um sich jetzt auch noch ausgiebig mit Max und dessen Streit mit Micco zu beschäftigen.

Die Praxis befand sich im obersten von drei Stockwerken, und eilig hatte Felix es nicht. Es war Viertel vor vier, was bedeutete, dass sein Vater sich noch mindestens zehn Minuten im Patientengespräch befinden würde. Im Wartezimmer, wo er vergeblich versuchte, sich für die mit Lebensweisheiten gefüllten Taschenbücher im Regal und die klassischen Kunstwerke an der Wand zu begeistern, wurde er schnell ungeduldig und verließ die Praxis wieder, um sich im Gang umzusehen. Langsam, denn er hatte ja Zeit, näherte er sich der einzigen halbwegs interessanten Attraktion auf dem Stockwerk: einer weit offen stehenden Tür.

Der Raum war etwa zwanzig Quadratmeter groß und leer. Die kahlen Wände wiesen Spuren von abgezogenen Tapeten auf, während in dem blassen, blauen Teppichboden tiefe Abdrücke zu sehen waren, wo einst Möbelstücke gestanden hatten. Zwei Farbtöpfe mit dicken Pinseln standen in der Ecke, an der Wand lehnte eine Leiter, die bis zur Decke reichte.

Da Felix schon öfter hier gewesen war und da sich das leere Büro auf der gleichen Ebene wie die Praxis seines Vaters befand, glaubte er sich zu erinnern, dass bis vor kurzem ein Mann namens Klaus Bachmann hier gearbeitet hatte. Er hatte dessen Büro noch nie von innen gesehen und wusste nicht einmal, was darin gemacht worden war, aber der Name des Besitzers hatte unübersehbar auf einem Schild neben der Tür gestanden. Das Schild war nun weg, wie die gesamte Einrichtung des Büros.

So leer wie das ausgeräumte Zimmer war auch der Gang. Weit und breit war niemand zu sehen. Also hatte Felix wohl nichts zu befürchten, als er eintrat. Gelangweilt sah er sich ein bisschen um und ging schließlich zum Fenster, um hinaus auf die Straße vor dem Gebäude zu blicken, wo er vor wenigen Minuten Max getroffen hatte. Was dieser wohl damit meinte, dass Micco scheinheilig und ein Feigling war?

Wen juckt's? Wahrscheinlich hat der eine dem anderen die Freundin ausgespannt oder sonst was Banales. Und dieses Büro ist ja wohl das Banalste auf der Welt!

Felix hatte sich bislang nicht damit beschäftigt, was er mal beruflich machen wollte, doch für ihn stand fest, dass er auf keinen Fall in einem solchen Büro enden würde. Der bloße Gedanke fühlte sich einengend an, also wandte er sich zum Gehen – und trat prompt gegen einen Farbeimer, den er neben dem Fenster nicht gesehen hatte. Um sein Gleichgewicht ringend, trat er wild um sich, wobei er mit dem Fuß die Leiter erwischte und ins Schwanken brachte. Die Schwerkraft siegte und er landete hart auf dem Boden.

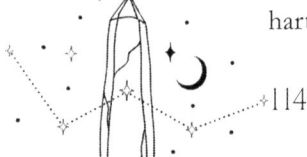

»Scheiße!«, rief er, schier gelähmt von den Schmerzen, die der Sturz seinem Steißbein zugefügt hatte. Unfähig, sich zu bewegen, blieb er liegen. Jetzt konnte er nur noch der Leiter zusehen, wie sie gefährlich auf einem Bein vor sich hin wackelte.

Hätte er so etwas im Fernsehen gesehen, hätte er wahrscheinlich laut gelacht. Doch jetzt biss er nur die Zähne zusammen und stellte sich schon einmal auf die blauen Flecken ein. Das Ding würde umkippen und direkt auf ihm landen. Nichts im Vergleich zu den Schmerzen in seinem Steißbein, aber er hätte trotzdem gerne darauf verzichtet.

Und natürlich kam es wie erwartet, die böse Leiter gehorchte Murphys Gesetz. Von allen Richtungen, in die sie anmutig hätte kippen können, entschied sie sich für die am wenigsten erwünschte, und Felix hatte nicht mehr genügend Zeit, um rechtzeitig aus dem Weg zu rollen. Also schloss er die Augen und schützte sein Gesicht mit beiden Händen, während er auf das Unvermeidliche wartete.

Aber aus irgendeinem Grund kam es nicht dazu. Zögerlich öffnete er ein Auge und spreizte die Finger. Das Metallgestell war immer noch da, wackelte aber nicht mehr. Stattdessen lehnte es jetzt friedlich an der Wand und tat so, als wäre nie etwas gewesen. Hatte es etwa eine Erleuchtung gehabt und beschlossen, niemandem mehr wehzutun?

Verwundert ließ er die Hände sinken. Nein, die Leiter hatte nicht ihre Meinung geändert. Jemand stand neben ihr und hielt sie mit einer Hand fest. Es war Micco, der Felix mit erhobener Augenbraue beobachtete. Er trug eine Sonnenbrille, obwohl sie sich im Inneren eines Gebäudes befanden.

»Du bist auch ständig in Schwierigkeiten, oder?«, stellte er nüchtern fest.

Am liebsten hätte Felix die Augen wieder geschlossen, sie sich noch dazu fest zugehalten und einfach so getan, als wäre er nicht wirklich da. Aber dann wäre das Ganze wohl nur noch peinlicher geworden. Also riss er sich zusammen und setzte sich auf, wobei er sein Bestes tat, die Schmerzen in seinem Hintern zu ignorieren.

Nun, da die Leiter wieder sicher stand, ließ Micco sie los und ging zur Tür. »Was willst du überhaupt hier? Läufst du mir nach? Falls ich neulich auf dem Parkplatz nicht deutlich genug war: Ich will nicht mit dir befreundet sein.«

Felix warf ihm einen verwirrten Blick hinterher. »Wer sagt denn, dass ich wegen dir hier bin?« Er musterte noch einmal misstrauisch die Leiter und bedeutete ihr mit erhobenem Zeigefinger, genau dort zu bleiben, wo sie war. Dann widmete er sich wieder dem größeren Mysterium im Raum, nämlich Micco, der gerade dabei war, Kisten in den Raum zu schleppen. »Aber trotzdem danke. Schon wieder.«

»Kein Problem. Jetzt mach, dass du wegkommst, ich hab noch einiges zu tun.« Micco stellte die Kiste in einer Ecke ab und ging wieder hinaus, von wo er die nächste brachte. »Und pass ein bisschen besser auf dich auf! Ich dachte schon, ich müsste wieder eingreifen, als ich dich draußen mit Max gesehen hab. Aber wie es scheint, schaffst du es ja, dich auf viel banalere Weisen in Gefahr zu bringen.«

Ach ja? Fragt sich, wer hier wem nachläuft!

Aber wahrscheinlich war das alles nur Zufall. Möglicherweise hatte Micco am Steuer des Lieferwagens gesessen, der vor dem Gebäude an Felix vorbeigefahren war, und deswegen alles gesehen. Denn er hatte hier offenbar etwas zu tun, wie er bereits gesagt hatte.

»Was ist mit dir? Was machst du eigentlich hier?«, fragte Felix, der sich langsam vom Boden erhob. Der Schmerz war schon abgeklungen, trotzdem tat es immer noch ein bisschen weh, wenn er sich bewegte. »Arbeitest du hier?«

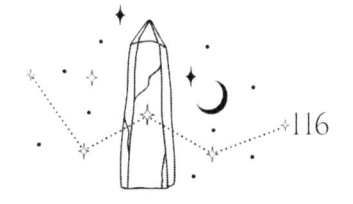

Micco stellte die zweite Kiste auf die erste. »Wie es der Zufall so will: Ja, tue ich. Und was hast du für eine Entschuldigung?« Er ging wieder hinaus und Felix folgte ihm. Neben der Tür standen noch drei Kisten, die ins Büro geschafft werden mussten.

Nachdem Micco sich eine weitere Kiste geschnappt hatte, beschloss Felix, sich nützlich zu machen und ebenfalls eine zu nehmen. »Ich wollte meinen Vater besuchen. Er arbeitet hier in einer ...« Ihm blieb abrupt die Luft weg, als er versuchte, den Karton zu heben.

Meine Fresse, was ist denn da drin?

Er versuchte es weiter, bis Micco zurückkam, doch es war zwecklos. Zwar konnte er die Kiste beim dritten Versuch ein paar Zentimeter in die Luft heben, aber es würde ihm nie gelingen, sie auch nur einen Schritt weit zu tragen, ohne sich zu verletzen – oder schlimmer: Wie ein nasser Sack umzufallen.

»Na dann, geh ruhig zu deinem Vater, ich brauche keine Hilfe hier.« Micco nahm ihm die Kiste ab, als würde sie nichts wiegen. Er hob sie noch etwas höher, drehte sich um und brachte sie in das immer voller werdende Büro.

Im ersten Moment starrte Felix ihm nur hinterher. Die Muskeln an Miccos Oberarmen waren immer noch nicht besonders groß, doch dafür erfüllten sie ihren Zweck besser als erwartet. Wie konnte jemand, der so normal aussah, so unglaublich stark sein?

Felix drehte sich zu der letzten Kiste um, die noch darauf wartete, in den Raum getragen zu werden, verwarf aber den Gedanken, es noch einmal zu versuchen. Letzten Endes würde er sich nur blamieren, denn wenn Micco nicht außerordentlich viel Kraft besaß, dann konnte das nur bedeuten, dass er selbst ein außerordentlicher Schwächling war. Also tröstete er sich mit dem Gedanken, dass er andere Qualitäten hatte und nicht kläglich scheitern musste bei dem Versuch, jemanden mit seiner nicht einmal durchschnittlichen Körperkraft zu beeindrucken.

»Sag mal ... Was machst du eigentlich nächsten Samstag?«, fragte er beiläufig, als Micco kam, um die letzte Kiste zu holen. »Nicht morgen, sondern nächste Woche.«

»Nichts, wo du dabei bist«, antwortete Micco knapp, ohne auch nur kurz mit seiner Arbeit aufzuhören.

Felix seufzte. Normalerweise hätte eine solche Antwort gereicht, um ihn davon abzubringen, sich um die Freundschaft mit jemandem zu bemühen. Aber da er durch Noemi besser verstand, was vermutlich hinter Miccos abweisendem Verhalten steckte, und selbst schon in einer ähnlichen Situation gewesen war, wollte er in diesem Fall nicht so schnell aufgeben.

»Jetzt sei doch nicht so!«, sagte er und folgte Micco in das Büro. »Ich hab nächstes Wochenende Geburtstag und wollte ein paar Mitschüler einladen. Wenn du willst, kannst du gerne dazukommen.«

»Und wozu, wenn ich fragen darf?« Micco stellte die Kiste auf den Boden und sah kurz hinein. Felix erhaschte einen Blick auf etwas, das wie eine große, goldene Schale aussah, und runzelte die Stirn. Wofür war die denn? Da das Büro scheinbar immer noch renoviert wurde, hatte er eher mit Werkzeugen oder noch mehr Farbeimern in den Kisten gerechnet. Aber egal, das sollte nicht sein Problem sein. Er ignorierte die seltsame Schale und wandte sich wieder Micco zu.

»Da könntest du mal ein paar Leute kennen lernen. Ganz ungezwungen, außerhalb der Schule.«

Micco nahm einen schwarzen Stift aus seiner Hosentasche und markierte die Kiste mit einer Ziffer. Dann wandte er sich den anderen Kisten zu und wiederholte den Vorgang. »Und was, wenn ich gar niemanden kennen lernen will? Hast du auch schon mal daran gedacht, dass nicht jeder so ein geselliger Mensch ist wie du?«

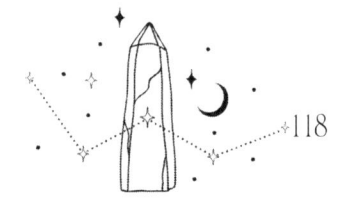

Das hatte Felix natürlich, aber so schnell wollte er nicht aufgeben. »Wenn du erst mal jemanden in deiner neuen Umgebung kennst, fällt es dir auch viel leichter, dich mit der Umgebung an sich anzufreunden. Ich bin selber schon mal umgezogen. Ich weiß, wie das ist.«

»Gar nichts weißt du. Und es wäre gut, wenn das auch so bleibt.« Micco stellte sich vor Felix und blickte zu ihm herab. Es war schwer zu erahnen, was in seinem Kopf vorging, denn diese pechschwarze Sonnenbrille verdeckte zuverlässig seine Augen. Der Rest seines Gesichts zeigte keine Regungen. Es war, als würde man mit einem menschlich aussehenden Roboter sprechen, der noch nicht gelernt hatte, Emotionen auszudrücken.

»Was ist denn los mit dir?«, fragte Felix. »Ich mein's doch nur gut! Und genügend andere Leute, die ich kenne, würden es auch gut mit dir meinen, wenn du ihnen mal eine Chance geben würdest. Für den Anfang könntest du zumindest diese ach so coole Sonnenbrille runternehmen, wenn jemand mit dir redet ...«

Er griff nach Miccos Sonnenbrille, um sie ihm abzunehmen, doch dieser war schneller und packte Felix beim Handgelenk. Diese plötzliche Reaktion ließ Felix zurückweichen, doch weit kam er nicht, solange sein Gegenüber ihn festhielt. Was sollte das? Vielleicht stand es ihm nicht zu, anderen unvermittelt ins Gesicht zu fassen, aber Micco benahm sich geradezu, als hinge sein Leben davon ab, dass dieses nutzlose Accessoire blieb, wo es war.

»Wie gesagt: Ich will niemanden kennen lernen. Wenn du es wirklich so gut mit mir meinst, dann verpiss dich endlich!«

Als sein Handgelenk losgelassen wurde, konnte Felix ein Kribbeln spüren. Micco musste ein bisschen zu fest zugedrückt haben.

»Warum kümmerst du dich nicht einfach um deinen eigenen Scheiß? Wir können uns in der Schule grüßen, wenn dir das so wichtig ist, aber das war's. Ich will weder mit dir noch mit sonst irgendwem auf dieser Schule befreundet sein. Und frag mich nicht, warum, denn das würdest du sowieso nicht verstehen. Geh zu deinem Vater und lass mich meine Arbeit machen. Das Büro hier ist für dich tabu. Alles klar?«

Mit diesen Worten wandte Micco sich ab und ging zügig auf das Treppenhaus zu. Felix verdrehte die Augen, frustriert von so viel Feindseligkeit aus Gründen, die er nicht verstehen konnte. Am liebsten hätte er es dabei belassen und gar nichts mehr gesagt, doch das konnte er nicht. Also folgte er Micco, wenn auch nur einen Schritt, und blieb dann stehen. »Gut, dann mach nur weiter so! Irgendwann werden sich alle von dir abwenden, dann stehst du alleine da und kannst dir überlegen, ob es wirklich das war, was du wolltest!«

Unbeeindruckt drückte Micco die Tür zum Treppenhaus auf und verschwand. Die Tür fiel langsam zu und Felix blieb alleine im Gang zurück.

So ein Arschloch!

»Ach ja – Grüße von Max«, murmelte er, als Micco bereits außer Hörweite war.

»... Ich will weder mit dir noch mit sonst irgendwem auf dieser Schule befreundet sein. Und frag mich nicht, warum, denn das würdest du sowieso nicht verstehen.«

Allmählich bekam Felix das Gefühl, dass Micco mehr war als lediglich ein schwieriger Schüler, dem es nicht gefiel, sich nach einem Umzug mit neuen Leuten in einer neuen Umgebung abzufinden. Umzug hin oder her – mit seinen mindestens achtzehn Jahren war Micco deutlich zu alt, um so lange zu schmollen, nur weil nicht mehr alles so war, wie er es als Kind gekannt hatte.

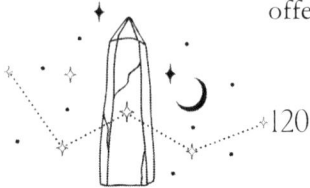

Doch das konnte es nicht sein, zumindest nicht nur. Die Überlegung mit den Anpassungsschwierigkeiten hatte anfangs einen plausiblen Eindruck gemacht, aber immerhin hatte Micco, obwohl er gerade einmal seit anderthalb Monaten hier war, schon einen Job. Es handelte sich offensichtlich um eine Art Umzugshilfe und würde daher vermutlich kaum von längerer Dauer sein, doch es war ein Job. Jemand, dem alles gleichgültig war, hätte sich darum gar nicht erst bemüht.

Und wenn er von seinen Eltern dazu gezwungen wurde? Eltern, die ihn schlecht behandeln, ist es das?

Felix' Lippen wurden zu einem dünnen Strich, während er ins Leere starrte und darüber nachdachte. Ihm war äußerst unwohl bei diesem Gedanken, doch es war immerhin eine weitere mögliche Erklärung für Miccos Verhalten. Vielleicht waren ja seine Eltern ...

Nein, stopp! Mir egal, warum er so drauf ist. Ich soll mich um meinen eigenen Scheiß kümmern, und das mache ich jetzt.

Wegen seiner eigenen Angelegenheiten war Felix schließlich erst hergekommen, und diese führten ihn in Richtung Praxis. Die Zeit, die er warten musste, um mit seinem Vater reden zu können, neigte sich dem Ende zu, und er kehrte langsam zur Praxis zurück. Aber wollte er dort überhaupt noch hin?

Er blieb vor der Tür stehen und sah sich um, nur um sicherzustellen, dass er nicht wieder halluzinierte. Aber da war kein Blut. Es floss nicht urplötzlich durch den Türspalt in den Flur, tropfte nicht von der Decke und lief auch nicht die Wände hinunter. Alles war sauber. Und Felix hatte eigentlich auch keine Lust mehr, sich mit seinem Vater über dieses Problem zu unterhalten.

Vielleicht sollte ich öfter versuchen, anderer Leute Probleme zu analysieren. Das lenkt mich anscheinend prima von meinen eigenen ab!

Er kehrte der Praxis den Rücken und ging.

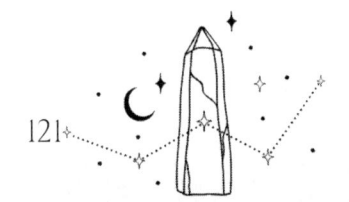

7
GEBURTSTAG VOLLER ÜBERRASCHUNGEN

Am 28. November lag der erste Schnee. Noch nicht genug für eine Schneeballschlacht, aber genug, um den Geburtstag lieber drinnen zu feiern. Felix war schon immer unglücklich darüber gewesen, ausgerechnet in einer so kalten Jahreszeit geboren zu sein, in der man kaum etwas unternehmen konnte; eine Gartenparty mit Grill wäre noch eine Option gewesen, wenn er Feuer nicht noch mehr gehasst hätte als Schnee. Doch er bemühte sich, das Beste aus dem Tag zu machen.

Heute hatte er nur wenige Freunde eingeladen; die Familienfeier war für den Sonntag geplant, erwartet wurden natürlich seine Cousins, ihre Eltern sowie die noch lebenden Großeltern. Für alle gleichzeitig war einfach nicht genug Platz.

Arthur war wie immer einer der ersten Gäste am Abend, denn er hatte aus Ardegen den kürzesten Weg. Sein Bruder Theodor war ebenfalls dabei, und da Felix ihn auch kannte, war das kein Problem. Theo war die Höflichkeit in Person und half Felix' Eltern in der Küche bei der Vorbereitung des Essens, während Arthur und das Geburtstagskind es vorzogen, es sich auf der Couch im Wohnzimmer bequem zu machen.

»Hoffentlich langweilt Theo sich nicht«, sagte Felix. »Findet er es denn immer noch cool, mit seinem großen Bruder überall hinzugehen? Vielleicht kann er mit unseren Freunden gar nichts anfangen.«

»Ach was.« Arthur winkte ab. »Theo hasst es, alleine gelassen zu werden, deshalb begleitet er unsere Eltern auch in die Kirche, in die Schule und sonst überall hin, wenn ich nicht zuhause bin. Keine Sorge, er ist es gewohnt, das einzige Kind unter Erwachsenen zu sein.«

»Unter Erwachsenen?« Felix lachte. »Du nennst das hier ein Treffen von Erwachsenen? Also, ich fühle mich nicht erwachsener als vorher, nur weil ich jetzt siebzehn bin. Wenn, dann mit achtzehn, da darf man den Führerschein machen, nach zwölf noch draußen sein und ...«

Seine Aufzählung wurde von der Türklingel unterbrochen. »Und da kommen auch schon die Gäste!«, rief er und ging zur Tür.

Es war Noemi, die draußen wartete, wie immer fröhlich lächelnd. Es war keine Party, bis diese kleine Stimmungskanone auftauchte, denn ihre gute Laune steckte einfach jeden an.

»Hereinspaziert!« Felix machte mit den Händen eine übertrieben ausladende Geste in Richtung Wohnzimmer.

»Ja, gleich. Ist es okay, dass ich noch jemanden mitgebracht hab?« Noemi deutete hinter sich. Sie wäre auch nicht sie selbst, hätte sie nicht noch eine andere Überraschung dabei als ihr Geburtstagsgeschenk für Felix.

»Wen denn?«

»Claudentina.« Nun senkte sie ihre Stimme, als wäre sie dabei, ihm ein großes Geheimnis zu erzählen, und ihr verstohlenes Grinsen verstärkte diesen Eindruck nur noch. »Ich wollte, dass sie ein paar neue Freunde findet, und hab sie gegen ihren Willen mitgeschleppt. Jetzt sitzt sie im Auto und traut sich nicht her, weil sie nicht offiziell eingeladen ist.«

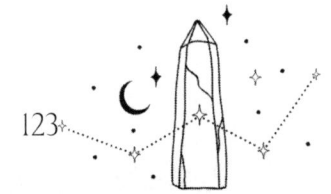

Felix bemerkte erst jetzt, dass das Auto von Noemis Mutter noch an der Straße stand. Eine amüsante Vorstellung, dass Claudentina sich in diesem Moment darin versteckte. »Ist doch kein Problem, bring sie her!«

»Schön.« Noemi lächelte erfreut. »Sie hat übrigens ein total süßes Geschenk für dich, daher wärst du auch ganz schön blöd, sie jetzt wieder nach Hause zu schicken!« Sie lief los in Richtung Wagen, um der schüchternen Claudentina die Botschaft zu überbringen.

Eigentlich hatte Felix bei der Einladung nachdrücklich betont, dass er mehr Wert auf die Gesellschaft seiner Freunde legte als auf Geschenke. Die meisten trafen seinen Geschmack ohnehin nicht, aber das wollte er nur ungern zugeben.

Nur Arthur wusste inzwischen, wie er ihm eine unerwartete Freude machen konnte: Sein Geschenk dieses Jahr war die neueste DVD von Jake Win, einem angeblichen Ex-Geheimagenten, der die ganze Welt bereiste und seine Abenteuer auf Video festhielt. Felix war schon seit Jahren ein großer Fan und betrachtete Jake Win als Vorbild, kaufte sich die DVDs aber bewusst nicht selbst, damit andere ihm etwas schenken konnten, das ihm definitiv gefallen würde – wie auch dieses Jahr. Die Tüte voller Dauerlutscher mit verschiedenen Geschmacksrichtungen, die Arthurs Geschenk begleitet hatte, war nur das Sahnehäubchen gewesen. Ein Leben ohne Lollis war zwar möglich, aber nicht erstrebenswert.

Claudentina konnte eigentlich nichts von Felix' großem Fernsehvorbild wissen, daher war er umso mehr gespannt auf ihr »total süßes« Geschenk, wie Noemi es beschrieben hatte. Als das Auto wegfuhr und die beiden Mädchen zum Haus kamen, boten sie einen äußerst lustigen Anblick: Die Kleine führte die Große an der Hand. Dass Claudentina zu der Party nicht eingeladen war, hatte keine persönlichen Gründe, Felix kannte sie nur kaum. Aber jetzt freute er sich doch darüber, dass sie hier war.

Die Chemie-Expertin der Klasse hatte ihr Haar wie üblich zu Zöpfen geflochten und trug unter ihrer offenen, roten Jacke einen V-förmig ausgeschnittenen Pullover mit einem glitzernden Stern in der Mitte. Ihre blaue Jeans sah auf den ersten Blick unauffällig aus, doch bei näherer Betrachtung würde sich auf ihr mit Sicherheit auch irgendwo ein Stern oder Ähnliches finden. Sie war nun einmal verrückt nach Sternen und anderen kosmischen Objekten.

Ihr Geschenk sprang Felix sofort ins Auge – ein großes, gelbes Plüschtier, mit dekorativen Schleifchen versehen. Claudentina überreichte es ihm noch vor der Tür mit den besten Glückwünschen und einer verlegenen Erklärung. »Das ist eine Glücksente. Ihre Augen sind Tigerauge-Edelsteine. Angeblich sorgen die dafür, dass man sich besser konzentrieren kann. Damit du in Chemie nicht mehr einschläfst und nicht mehr so gestresst bist, wenn du im Arbeitsraum etwas recherchieren musst.«

Mit großen Augen empfing Felix das riesige Entenküken, das ihm von den Hüften bis knapp über die Schultern reichte und mit noch größeren, braun glänzenden Augen zurückstarrte. »Wo findet man denn so was?«, fragte er, noch nicht ganz sicher, wo er es unterbringen würde.

Claudentina lief rot an. »In der Kinderabteilung, um ehrlich zu sein. Für Erwachsene gibt es den Stein als Schmuck, aber ich wusste nicht, ob du gerne Schmuck trägst, und der Vorteil bei der Ente ist, dass man sie auch knuddeln kann, wenn man sich einsam fühlt!«

Felix grinste unwillkürlich. Dieses Geschenk war wirklich niedlich, der Gedanke dahinter traf den Nagel auf den Kopf, und mit Claudentinas Erklärung wirkte es gleich noch niedlicher. Allerdings verstand sie sein Grinsen offenbar falsch und fügte sofort hinzu: »Du musst sie nicht nehmen, wenn sie dir nicht gefällt. Ich dachte nur ...«

»Alles gut, glaub mir!«, sagte er. »Ich finde die Ente super. Und jetzt sofort rein mit euch, es wird kalt!«

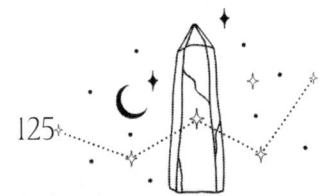

Er führte sie und Noemi ins Wohnzimmer, wo die große Ente sofort sämtliche Aufmerksamkeit auf sich zog.

»Felix, du Aufreißer! Ist das deine neue Freundin?«, fragte Arthur amüsiert.

»Nein, das ist meine Glücksente.« Felix setzte das Kuscheltier auf eines der Sofas und sich selbst daneben. »Und sie feiert heute mit uns, also freundest du dich besser mit ihr an. Du könntest ihr ein Lied vorsingen, das gleiche wie letztes Jahr! Welches war das noch mal?«

Noemi lachte über Arthurs finsteren Blick.

»Was war denn letztes Jahr?«, fragte Claudentina.

»Wir haben Karaoke-Flaschendrehen gespielt«, erklärte Felix. »Das hatte ich erfunden.«

»Ja, auf so einen Mist kann auch nur Felix kommen!« Arthur schüttelte den Kopf.

»Es gab keine Wahl zwischen Wahrheit und Pflicht, sondern nur Wahrheit«, fuhr Felix fort. »Wer die Frage nicht beantworten wollte, musste ein Lied singen, und zwar durften die anderen aussuchen, welches. Du hättest Arthy sehen müssen! Wie er da stand, mit demselben bösen Blick wie jetzt gerade, und vor versammelter Mannschaft ›I'm a big big girl‹ gesungen hat. Das war zum Totlachen!«

»Finde ich gar nicht!«, brummte Arthur, doch auch Claudentina grinste bei dieser Vorstellung. Vielleicht würden sie das Karaoke-Flaschendrehen dieses Jahr wiederholen müssen, damit auch sie in den Genuss kam.

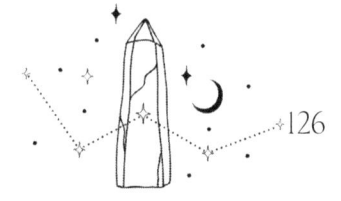

Wenig später trafen auch die anderen Gäste ein. Das Wohnzimmer füllte sich, es wurde gegessen und gelacht, alle schienen bei bester Laune zu sein, soweit Felix das beurteilen konnte. Auch er selbst hatte eigentlich keinen Grund, sich unwohl zu fühlen. *Eigentlich.* Und dennoch war da etwas, das im Laufe des Abends zunehmend an ihm nagte: Amüsierte er sich auch wirklich genug? Ironischerweise war es genau dieser Gedanke, der ihn davon abhielt, sich besser zu amüsieren. Denn er konnte nicht aufhören, sich zu fragen, ob das womöglich der letzte Geburtstag war, den er jemals feiern würde. In Gedanken war er schon längst in der Kirche.

Er wollte dort hingehen, und gleichzeitig auch nicht. Was, wenn der Ort inzwischen eine tödliche Falle war? Dann wäre es klüger, gar nicht erst hinzugehen. Aber was, wenn er wirklich nicht hinging und so lange lebte wie möglich, aber mit schrecklichen Albträumen als ständigen Begleitern? Und das Schlimmste war, dass diese sich nicht einmal mehr nur auf die Nacht beschränkten, um ihn heimzusuchen.

Die Ereignisse der vorherigen Woche hatte er nicht vergessen. Vielleicht hätte er sich vor der Praxis seines Vaters doch nicht einfach umdrehen und wieder gehen sollen. Vielleicht wurde er wirklich verrückt, und wenn er diese Sorge seinem Vater gegenüber damals schon angesprochen hätte, dann ... wäre jetzt auch nicht alles wieder in Ordnung, aber zumindest besser, unbeschwerter. Er könnte in Ruhe seine Party feiern.

Zumindest merkten die anderen es ihm nicht an. Das war gut, denn er wollte keinem von ihnen die Stimmung verderben, nicht auf seiner Geburtstagsfeier, und schon gar nicht, falls es die letzte war. In der Hoffnung, seine eigene Stimmung zu heben, schlug er nach dem Essen sein Lieblingsspiel vor: Tabu. Besonders Arthur war begeistert von dieser Idee, denn er liebte das Spiel genauso.

Besonders gerne blickte Felix einem Gegenspieler über die Schulter und betäubte ihn mit der Hupe, sobald ein verbotenes Wort gesagt wurde. Er war gespannt, wie Noemi ihrem Team den Begriff »Weihnachtsmann« erklären wollte, ohne die Begriffe »Winter«, »Rot«, »Tannenbaum« und »Geschenk« benutzen zu dürfen.

»Okay!«, fing sie an und blickte geradezu ängstlich auf die Sanduhr. Die Zeit für die Runde neigte sich dem Ende zu, und im Gegensatz zu ihr kam das Felix sehr gelegen. »Die drei Grundfarben sind Blau, Gelb und ...«

»Rot!«, rief Jegor, der Musterschüler mit der dicken Brille. Er war ziemlich schlau und könnte deswegen zum Problem werden – Felix warf ihm einen finsteren Blick zu, in der Absicht, ihn zu verunsichern. Doch Jegor schien das nicht einmal zu bemerken.

»Genau«, bestätigte Noemi nickend, und sofort waren Felix' Augen wieder auf ihrer Karte. »Also ... Der Typ, den ich meine, trägt diese Farbe und kommt immer an dem Tag vorbei, an dem Jesus geboren wurde.«

Wieder war es Jegor, der sich meldete, diesmal aber mit einer viel unsichereren Antwort: »Ostern?« Manchmal war er dann doch nicht ganz so schlau, wie Felix mit einem zufriedenen Schmunzeln feststellte.

»Da war Jesus gerade gestorben, du Trottel!«, klärte Arthur ihn mit einer Mischung aus Kopfschütteln und Augenrollen auf. »Weihnachten. Ein roter Typ, der an Weihnachten kommt!«

Noemi sah ihn erwartungsvoll an und gestikulierte heftig mit der Hand, die nicht die Karte hielt. »Und das ist ... ?«

Felix warf Arthur einen herausfordernden Blick zu. Wenn er *jetzt* nicht darauf kam, hatte er den Sieg nicht verdient.

Und Arthur öffnete auch schon den Mund zu einer Antwort, aber zu spät. Der kleine Theo in Felix' Team, der eine große Faszination für die Sanduhr entwickelt hatte, verkündete pünktlich mit dem Fall des letzten Sandkorns das Ende der Runde.

Noemi ließ den Kopf sinken, schlug sich mit der flachen Hand an die Stirn und seufzte sehr viel lauter, als nötig gewesen wäre. Als sie sich allem Anschein nach wieder gesammelt hatte, blickte sie auf und bewarf Arthur mit der Karte. »Und du nennst Jegor einen Trottel? Wenn du es wusstest, warum hast du's nicht einfach gleich gesagt, statt erst mal zu meckern?«

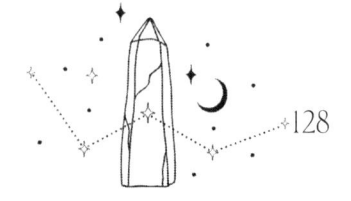

Arthur hielt die Karte zwischen zwei Fingern und betrachtete sie unbeeindruckt. »Ja, der Weihnachtsmann – ich wusste es. Na und? An den hab ich nie geglaubt.«

»Ich auch nicht«, sagte Jegor. »Hab schon immer gewusst, dass meine Eltern dahinterstecken. Aber mir fallen noch andere rote Leute ein, die an Weihnachten kommen könnten. Der Nachbar vielleicht, der sich in der Sonne verbrannt hat, Claudentina mit ihrer roten Jacke, oder der Teufel!«

»Was, der Teufel?«, wiederholte Felix mit einem aufgesetzten Lächeln. »Seit wann kommt denn der *Teufel* an Weihnachten?« Er versuchte, einen Witz daraus zu machen, und womöglich fand diesen auch jemand lustig, nur er selbst nicht. Zu sehr erinnerte ihn der Teufel an etwas, das er vor kurzem über zwielichtige Rituale gelesen hatte.

Daraufhin setzte Noemi dem Ganzen unwissentlich auch noch die Krone auf. »Genau, und der Pfarrer in der Kirche ist in Wahrheit so was wie ein satanischer Magier, der bei der Weihnachtsmesse das Blut junger Christen trinkt, um ihn heraufzubeschwören!«

Arthur nickte. »Durchaus plausibel. Tabu ist nun mal ein Spiel für kreative Leute. Oder, Felix?«

Felix bekam zwar mit, dass jemand mit ihm sprach, hörte aber nicht zu. Seit Noemi einen Magier in Verbindung mit Blut erwähnt hatte, waren die düsteren Gedanken wieder da, die ihn schon die ganze Woche verfolgten. Die Angst vor dem Kirchenbesuch, an dem er nicht mehr vorbeikommen würde, drückte ihm schwer auf den Magen. Zu gerne hätte er das ignoriert und weiter mit seinen Freunden geplaudert. Doch er fürchtete, dass er explodieren würde, sobald er den Mund aufmachte – dass die düsteren Gedanken in seinem Kopf dann einfach unaufhaltsam herausquellen würden. Genau davon hatte das Tabu-Spiel ihn eigentlich ablenken sollen.

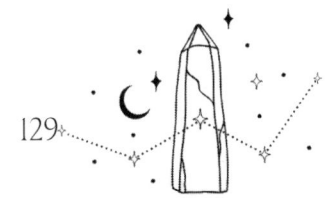

»Äh ... Ich brauch noch was zu trinken!«, sagte Arthur plötzlich an die anderen gerichtet und stand auf. »Spielt ihr schon mal weiter.« Er ging in Richtung Küche und packte Felix am Arm. »Und du kommst mit.«

In Wahrheit musste wohl sein sechster Sinn für Felix' Wohlbefinden wieder angeschlagen haben, denn Arthur nahm sich in der Küche nichts zu trinken. Stattdessen schloss er die Tür hinter ihnen, stellte sich mit verschränkten Armen davor und bedachte Felix mit einem durchdringenden Blick. Diesen Ausdruck kannte Felix wiederum von seinem Vater; spätestens jetzt wusste er, dass er ohne ein klärendes Gespräch hier nicht herauskommen würde. Also machte er es sich auf der Eckbank einigermaßen gemütlich und ignorierte seine Magenkrämpfe, so gut er konnte.

»Nimm's Noemi nicht übel«, sagte Arthur. »Sie hat nicht *unseren* Blutmagier gemeint. Davon weiß sie doch gar nichts.«

»Natürlich nicht. Ich weiß nur nicht, was ich dagegen machen soll!« Felix legte sich rücklings hin und starrte an die Decke. »In all den Jahren, die ich mich gefragt habe, woher diese Träume kommen, habe ich mir immer gewünscht, endlich die Ursache zu erfahren, damit ich meinem Problem auf den Grund gehen kann. Und jetzt, wo ich es weiß, wünsche ich mir, ich wüsste es doch nicht. Ich kann die ganze Zeit nur daran denken, alles erinnert mich daran und verdirbt mir die Laune. Sogar, wenn jemand einfach nur mal ›Blut‹ und ›Magier‹ im gleichen Satz sagt, ohne darüber nachzudenken.«

»Du wirkst heute schon den ganzen Tag etwas abwesend.« Also hatte Arthur es doch bemerkt, nicht erst gerade eben, als es wohl kaum mehr zu übersehen gewesen war.

Eigentlich sollte Felix es besser wissen. Arthur hatte ihn schon immer durchschaut, egal, was mit ihm los war. Resignierend schloss er die Augen. »Als Jegor ›Teufel‹ gesagt hat, musste ich wieder an diese italienische Webseite denken. Du weißt schon, die

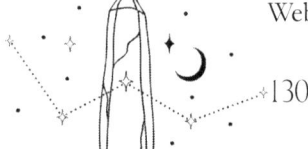

Sache mit der Beschwörung und den vier Elementen, und Pendulum, was auch immer das ist. Leider finde ich sie nicht mehr.«

Aus dem Nebenraum war ein Lachen zu hören. Bestimmt war wieder jemand auf ein lustiges Wort gekommen – oder hatte es auf dramatische Weise *nicht* erraten.

»Vielleicht ist es ja gar nichts«, meinte Arthur. »Der Alte hat schließlich auch von einem Pendel geredet, das in Bewegung ist. Vielleicht ist nur das gemeint. Ein Teil einer Prophezeiung oder so, um auszusagen, dass nicht mehr viel Zeit bleibt. Das sind eben Sekten, die verzapfen doch ständig irgendwelchen Schwachsinn.«

»Wozu dann diese komische ›um‹-Endung?«, fragte Felix und richtete sich wieder auf. »*Pendulum*. Klingt nach Latein, findest du nicht? Ich wüsste gerne, was es bedeutet.«

»Es bedeutet, dass du dir viel zu viele Gedanken machst. Vielleicht sollten wir ... Ups!« Arthur machte einen schnellen Schritt nach vorne, als die Tür ihn von hinten anstieß. Sie wurde geöffnet und Claudentina trat ein.

Felix setzte schnell wieder sein falsches Lächeln auf und fragte: »Alles in Ordnung bei euch da drüben?«

»Ja. Die anderen fragen sich nur, wo ihr bleibt.« Claudentina schluckte und schloss die Tür. Ein Schuldgefühl zeichnete sich auf ihrem Gesicht ab. »Ich muss gestehen, ich habe mitbekommen, worüber ihr geredet habt. Über das Pendulum.«

Augenblicklich vergaß Felix die Rolle, die er zu spielen versuchte, und spitzte die Ohren. »Das Pendulum, genau. Weißt du etwas darüber?«

»Ja. Wahrscheinlich mehr als ich sollte. Aber wenn man bedenkt, was es damit auf sich hat ... Woher wisst ihr eigentlich davon?«

Gute Frage! Felix sah Arthur an, dieser blickte ähnlich ratlos zurück. Allzu viel hab es da nicht zu erzählen.

»Wir wissen im Grunde gar nichts«, gestand Felix schließlich. »Jemand hat da mal was Kryptisches gesagt, ich habe es gegoogelt, bin jetzt aber auch nicht schlauer als vorher. Kannst du uns aufklären?«

»Na ja, ich kann es zumindest versuchen.« Claudentina bewegte sich einige Schritte von der Tür weg, ihr Blick wanderte zwischen ihnen beiden hin und her. Sie sah nicht aus, als wollte sie es spannend machen, sondern schien nur nicht zu wissen, wo sie anfangen sollte. Es gab da wohl so einiges, was sie zu sagen hatte.

Ungeduldig wedelte Arthur mit der Hand. »Na los, raus mit der Sprache! Das würde Felix bestimmt helfen.«

Claudentina atmete tief ein und wieder aus. Noch ein kurzer Moment der Stille, und dann sprudelte es aus ihr heraus wie ein Wasserfall. »Pendulum ist ein chemisches Element … Zumindest wäre das eine sehr vereinfachte Bezeichnung. Die Wahrheit ist natürlich komplizierter, weil sich Wissenschaftler noch heute darum streiten, was es wirklich ist. Deswegen wissen auch nur so wenige davon. Man macht ein Geheimnis daraus, weil man es sich nicht erklären kann und nicht sicher weiß, ob es gefährlich ist oder nicht. Ich würde es vorsichtshalber nicht als chemisches Element, sondern unspezifisch als nicht ausreichend erforschte Substanz bezeichnen.«

Arthurs Gesichtsausdruck verriet seine Ratlosigkeit. »Okay, damit hab ich jetzt am allerwenigsten gerechnet. Und warum sollte ein neues chemisches Element, oder unerforschtes Material, oder was auch immer es ist, gefährlich für die Menschheit sein?«

»Na ja, es hat eben diese besonderen …« Claudentina suchte nach Worten. »Sagen wir, es hat besondere Kräfte.«

»Kräfte«, wiederholte Felix und kratzte sich am Kopf. Hoffentlich würde das Ganze nicht ins Esoterische ausarten.

Aber Claudentina war nicht für ihren Aberglauben bekannt. Bei ihren Erklärungen blieb sie ruhig und vollkommen ernst.

»Es scheint eine unerschöpfliche Energiequelle zu sein. Erinnert ihr euch an dieses Kochsalz-Experiment, das wir vor ein paar Wochen in Chemie gemacht haben?«

»Oh ja!« Felix schauderte bei der Erinnerung. So schnell würde er das nicht vergessen – besonders nicht den Traum.

»Genau das ist die Art und Weise, wie chemische Elemente im Normalfall Energie erzeugen oder sonst irgendetwas machen. Natrium und Chlorgas haben alleine noch nichts bewirkt. Erst als das Wasser dazukam, ist etwas passiert. Durch so eine chemische Reaktion kann alles Mögliche entstehen, wie in diesem Fall Kochsalz, ansonsten aber auch Energie, die wiederum verschiedene Dinge bewirken kann.«

Claudentina legte eine kurze Pause ein, ließ den anderen Zeit, über ihre Worte nachzudenken. Arthur nickte, Felix tat es ihm gleich. Bis hierher waren sie also beide noch mitgekommen.

»Das Pendulum ist in dieser Hinsicht anders«, fuhr Claudentina dann fort. »Es verströmt Energie durch seine bloße Anwesenheit, ohne auf eine messbare Interaktion mit anderen Elementen angewiesen zu sein. Diese Energie kann wiederum elektrischen Strom ersetzen und so unter anderem dafür sorgen, dass zum Beispiel eine Lampe nie ausgeht.«

»Wie ist so was möglich?«

Claudentina schenkte Arthur auf seine Frage einen ratlosen Blick. »Im Normalfall glaube ich nicht an so was wie Magie, aber eine logische Erklärung fällt mir nicht ein. Wie auch? Ich bin nur eine gute Schülerin in naturwissenschaftlichen Fächern, dabei gibt es sogar ranghohe, *richtige* Wissenschaftler, die das Pendulum als magisches Element bezeichnen.«

Also doch ein wenig Esoterik. Aber so wie Claudentina darüber redete, klang es dennoch glaubhaft, und in Felix keimte ein Gedanke auf. »Das heißt im Klartext, man könnte ein Stück von diesem Material in irgendein energiebetriebenes Gerät einsetzen, und das würde dann ewig laufen, ohne Batterien oder Strom? Es wird sozusagen durch Pendulum betrieben?«

»So in etwa, ja«, bestätigte Claudentina mit einem Nicken.

Arthur hingegen wandte sich mit neugieriger Miene an Felix. »Wieso? Woran denkst du gerade?«

»Meine Taschenlampe aus der Kirche, erinnerst du dich? Ich hab dieses alte Ding seit fast sieben Jahren und es funktioniert immer noch, obwohl ich nie die Batterien gewechselt habe, und ...« Felix kratzte sich erneut am Kopf. »Allmählich frage ich mich schon, was es damit auf sich hat.«

Claudentina riss die Augen auf, sah auf einmal aus wie ein Kind an Weihnachten, das ein großartiges Geschenk bekommen hatte. »Darf ich diese Taschenlampe mal sehen?«

»Sie ist in meinem Zimmer.« Felix wollte sich gerade erheben, als die Tür erneut aufgestoßen wurde. So schnell, so plötzlich und so unerwartet, dass alle drei erschraken.

»Wo ist das Monster?«, rief Noemi laut, als sie hereingestürmt kam und sich kampfbereit in der Mitte des Raumes positionierte. Sie warf einen Blick in die Runde und wunderte sich dann. »Wie, kein Monster? Oder habt ihr es schon getötet?«

Ein paar weitere Gäste näherten sich aus dem Wohnzimmer und lachten.

»Monster, hä? Was denn für ein Monster?«, fragte Arthur verwirrt.

»Ihr seid vorhin einfach in die Küche verschwunden und nicht mehr zurückgekommen!«, sagte Noemi zu ihm und Felix. »Also haben wir Claudentina geschickt, um euch zu holen, und sie kam auch nicht mehr zurück. Da dachten wir, ein Monster hält euch gefangen, und sind gekommen, um es zu besiegen und euch zu retten!«

»Ach ja? Was für ein Monster sollte uns denn hier angreifen?«, fragte Arthur lachend. »Ein zum Leben erwachter, wütender Herd?

Der Kühlschrank, der plötzlich anfängt, seinen Inhalt auf uns zu werfen? Oder doch die diabolische Kaffeemaschine, die nur so unschuldig tut?«

Auch Claudentina lächelte nun wieder, nachdem sie zuvor so ernst geworden war. Felix hingegen musste ein ungeduldiges Seufzen unterdrücken, alles andere als glücklich darüber, dass sie bei dieser interessanten, vielleicht wichtigen Unterhaltung gestört worden waren. Er hätte gerne mehr erfahren.

Claudentina weiß also, woher auch immer, was das Pendulum ist. Was weiß sie sonst noch?

»Na, was ist? Kommt ihr jetzt mal wieder zu uns oder sollen wir alleine weiterspielen?« Noemi war schon wieder so schnell im Wohnzimmer verschwunden, wie sie in die Küche gestürmt war. Claudentina folgte ihr lachend, nur Arthur und Felix blieben zurück.

»Gehen wir. Wir können uns später weiter unterhalten«, sagte Arthur leise zu Felix. Dann trat er an den Tisch heran und flüsterte: »Das ist doch mal ne heiße Spur! Freunde dich mit Claudentina an, dann erfährst du bestimmt noch mehr Interessantes!«

Genau das hatte Felix vor, als er aufstand und mit Arthur zurück zu den anderen ging. Nun fühlte er sich ein bisschen besser. Mit der Aussicht, später noch ein aufschlussreiches Gespräch führen zu können und vielleicht seinem Ziel einen Schritt näher zu kommen, statt weiterhin ahnungs- und planlos im Dunkeln zu tappen, konnte er die restliche Geburtstagsfeier viel mehr genießen.

Der Abend ging schnell vorüber. Die Mehrheit der Gäste wollte nach Tabu das Karaoke-Flaschendrehen des letzten Jahres wiederholen, aber Arthur war strikt dagegen, und so entschieden sie sich letzten Endes für etwas anderes.

Es war vermutlich der vorerst letzte Geburtstag, den Felix auf diese Weise feiern würde. Für seinen Achtzehnten würde er sich etwas Besonderes überlegen, das über ein paar Gesellschaftsspiele zu Hause hinausging. Aber so oder so war die kleine Feier auch dieses Jahr wieder ein voller Erfolg. Das bewiesen die fröhlichen Gesichter der Gäste, die am späten Abend gut gelaunt die Party verließen. Warum hätte es auch anders verlaufen sollen? Das Konzept mit den Spieleabenden funktionierte bereits seit Jahren.

Noemi, Claudentina und Arthur blieben länger als die anderen. Theodor war etwas früher von seinen Eltern abgeholt worden, weil er mit seinen zehn Jahren noch nicht so lange außer Haus sein durfte. Die restlichen drei wurden alle von Noemis Mutter abgeholt und nach Hause gefahren, aber diese war Polizistin und arbeitete zurzeit in der Nachtschicht, weswegen sich die anderen nach ihr richten mussten. Es war bereits Viertel nach elf, als die vier zusammen oben in Felix' Zimmer saßen und den Abend gemütlich ausklingen ließen.

»Wisst ihr, was mir gerade auffällt?«, fragte Arthur, der neben Felix auf dessen Bett Platz genommen hatte und mit der Ente spielte. Irgendwie hatte er an dem Plüschtier einen Narren gefressen, nachdem er es zu Beginn eher skeptisch unter die Lupe genommen hatte.

»Dass du mich um meine neue Freundin beneidest?«, fragte Felix, der das schon eine Weile misstrauisch beobachtete.

»Das vielleicht auch.« Arthur warf das übergroße Entenküken in die Luft und fing es wieder auf. »Aber noch was: Wir haben bald Weihnachtsferien!«

»Bis dahin steht aber noch ne fette Klausur in Mathe an!«, gab Noemi zu bedenken, die verkehrt herum auf dem Bürostuhl vor dem Schreibtisch saß und die Arme auf der Lehne abstützte.

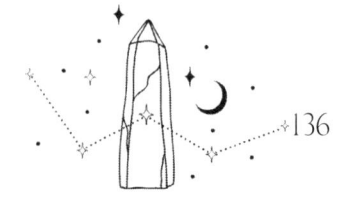

Arthur verzog das Gesicht zu einer angewiderten Grimasse. »Erinner mich doch nicht *daran* ...«

»Ja, allerdings!«, stimmte Felix zu, dem sich schon bei dem bloßen Gedanken an diese Klausur der Magen zusammenzog. Nicht so sehr wie bei dem Gedanken an die Kirche und den Blutmagier, aber die Mathematik belegte immerhin einen würdigen zweiten Platz.

»Ihr habt Recht, ich freue mich auch viel mehr auf die Ferien. Ich feiere Weihnachten dieses Jahr bei meinem Onkel in Süditalien«, verkündete Noemi freudig. »Und Claudentina kommt mit.«

»Na ja, das ist noch nicht ganz sicher«, meldete sich Claudentina zu Wort, die am Fenster stand und in die dunkle, kühle Nacht hinausblickte.

»Aber fast sicher! Ich hab auch schon überlegt, was wir ...«

Gedämpfte Musik schnitt Noemi das Wort ab. Ihr Handy klingelte, eindeutig an der Anime-Musik erkennbar. Sie nahm es aus ihrer Tasche und hob ab. Der Art und Weise nach zu urteilen, wie sie redete, war es ihre Mutter.

Noemi war mit Abstand die internationalste Person, die Felix kannte. Sie wohnte seit ihrer Geburt in Deutschland, aber ihre Familie kam ursprünglich aus Ghana und hatte laut eigenen Angaben Verwandte in Süditalien. Dabei zog es sie eigentlich eher nach Fernost, was ihre Familie nie billigen würde, denn Abiona Abay war eine ebenso überfürsorgliche Mutter wie Regina Kohnen.

Nach einer kurzen Unterhaltung legte Noemi auf. »Meine Mutter ist auf dem Weg. Ich geh noch schnell aufs Klo.« Sie nahm ihre Tasche, ließ das Handy darin verschwinden und ging.

Felix wartete, bis Schritte auf der Treppe zu hören waren, ging dann zum Schreibtisch und öffnete die Schublade. »Du willst bestimmt immer noch die Lampe sehen, oder?«, fragte er Claudentina. Der Moment, auf den er den ganzen Abend gewartet hatte, war endlich gekommen.

Die Angesprochene kam langsam näher und nahm die Taschenlampe entgegen, die er ihr reichte. Sie drehte das Gerät in der Hand hin und her und betrachtete es prüfend. »Hm ... Ich finde daran nichts Ungewöhnliches.«

»Ich auch nicht.« Arthur zuckte mit den Schultern. »Aber wenn es stimmt, was Felix sagt, und er sie in all den Jahren nie mit Batterien gefüttert hat, wird es wohl auch stimmen, dass da ein Stück von eurem Super-Element drin ist.«

»Wo hast du das noch mal her?«, fragte Claudentina.

»Aus der Kirche der Heiligen Theresa am Rand von Branlau«, antwortete Felix. »Dort, wo auch die Brücke nach Ardegen ist. Weißt du, welche ich meine?«

»Ich halte ja nichts von Kirchen, aber ja, ich weiß, welche. Und dort lag einfach so eine Pendulum-Taschenlampe rum?« Claudentina strich mit den Fingern langsam über das Material der Lampe, als würde sie darauf hoffen, etwas Besonderes zu spüren. »Wie gesagt, ich merke jetzt nichts, aber dort, wo das herkommt, gibt es vielleicht noch mehrere solcher Geräte.«

Felix riss alarmiert die Augen auf. »Komm bloß nicht auf die Idee, dort hinzugehen! Diese Kirche ist gemeingefährlich!«

Zum ersten Mal, seit sie die Lampe in die Hand genommen hatte, wandte Claudentina den Blick davon ab und sah ihn an. »Was hast du auf einmal? Es ist doch bloß eine Kirche, was soll denn dort Großartiges passieren? Ich hätte dich nicht für so abergläubisch gehalten.«

Dasselbe hatte Felix damals auch gedacht: Was sollte in einer Kirche schon passieren? Dann war aber ziemlich vieles passiert, und nichts davon gut. Er konnte nicht zulassen, dass dieses scheinheilige Gruselkabinett noch jemanden traumatisierte. »Glaub mir einfach. Diese Taschenlampe lag nicht einfach so auf irgendeiner Bank oder auf dem Altar herum. Ich hab sie aus einem verbotenen Keller, in den ich nie hätte gehen sollen!«

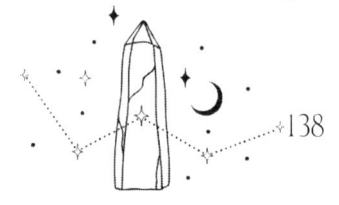

Sämtliche Versuche, Claudentina auszureden, was sie möglicherweise plante, schienen ihre Neugier nur noch stärker anzufachen. »Oh, ein Bereich unter der Kirche, wahrscheinlich streng geheim, wo es Pendulum-Gegenstände gibt? Interessant. Ob die dort vielleicht sogar hergestellt werden? Wenn ja, dann wird bestimmt auch damit experimentiert.«

Der Blick in ihren Augen gefiel Felix nicht. Es schien, als wäre sie fest überzeugt, selbst einmal dort hingehen zu müssen. Möglicherweise würde sie sich in Gefahr begeben und er war schuld daran. Vor seinem inneren Auge sah er sie bereits in den Fängen des Blutmagiers, an ihrem Hals ein Messer, wie es ihm selbst passiert war. Aber das wollte er ihr nicht sagen, nicht, solange er es selbst noch nicht verarbeitet hatte.

»Glaub ihm, das ist wirklich keine gute Idee!« Nun meldete sich auch Arthur zu Wort, der die Ente auf die Seite legte und sich vom Bett erhob. »Wir haben dort unten etwas erlebt, das Felix heute noch verfolgt. Wahrscheinlich werden wir sogar noch mal dort hingehen müssen, damit er endlich darüber hinwegkommt. Tu dir das nicht auch an.«

Oh Mann, Arthy! Warum musstest du ihr das verraten?

»Wenn ihr sowieso noch mal dort hingeht, dann nehmt mich doch einfach mit! Ich bin schon eine Weile hinter dem Pendulum her, und wenn wir zu dritt gehen, ist das für uns alle sicherer, nicht nur für mich.«

So wie sich das anhörte, war es schon beschlossene Sache. Claudentina würde sich die Kirche auf jeden Fall ansehen, mit oder ohne Begleitung. Felix wurde bewusst, dass er keine andere Wahl hatte.

»Na gut«, seufzte er. Die Vorstellung gefiel ihm immer noch nicht. Doch wenn sie schon unbedingt gehen musste, dann lieber mit ihm und Arthur als alleine. Dann konnten sie immerhin noch ein bisschen auf sie aufpassen.

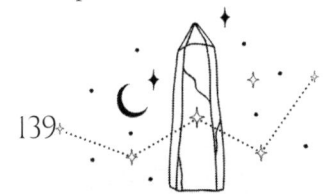

Sie gab ihm die Taschenlampe zurück und lächelte. »Sehr gut! Wann hattet ihr denn vor zu gehen?«

»Haben wir noch nicht entschieden, aber so bald wie möglich«, sagte Arthur, ebenfalls seufzend angesichts der Tatsache, dass eine weitere Person in die Sache verwickelt werden würde – noch dazu eine, die den Ärger regelrecht suchte.

»Na schön, dann gebt mir ein paar Tage vorher Bescheid. Aber bitte nicht vor der Mathe-Klausur in zwei Wochen. Ich hab das Gefühl, dass die ziemlich schwer wird!«

Felix und Arthur wechselten einen vielsagenden Blick. Ohne es auszusprechen, wussten sie, dass sie aufgeschmissen waren. Wenn sogar *Claudentina* die anstehende Mathe-Arbeit fürchtete, wie schwer würde sie dann erst für die beiden werden?

Wenig später kam Noemi zurück und verkündete, dass ihre Mutter draußen wartete. Nachdem Felix sich von seinen übrigen drei Gästen verabschiedet hatte, kamen seine Eltern, die sich im Laufe des Abends zurückgezogen hatten, herunter und halfen ihm beim Aufräumen.

»Und, hattet ihr Spaß?«, fragte seine Mutter, als sie in der Küche zusammen das Geschirr in die Spülmaschine räumten, das sein Vater aus dem Wohnzimmer brachte.

»Oh ja! Und ein paar Überraschungen gab es auch.« Felix dachte bei diesen Worten nicht nur an seine neue Glücksente und andere, zum Teil sehr kuriose Geschenke, die er von seinen Freunden bekommen hatte, sondern auch an das neu erworbene Wissen über dieses chemische, magische oder wie auch immer zu kategorisierende Element namens Pendulum. Dieses würde vermutlich auch noch für ein paar weitere Überraschungen sorgen, wenn er erst einmal mehr darüber erfuhr.

»Wer war denn das neue Mädchen, das heute zum ersten Mal dabei war?«, wollte seine Mutter wissen. »Mit den Zöpfen. Das hab ich hier noch nie gesehen.«

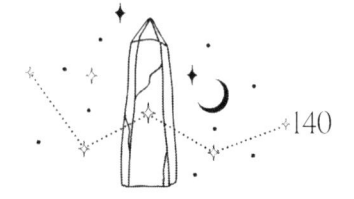

»Claudentina Weddigen. Sie war auch noch nie hier. Ich hatte mit ihr bisher noch nicht viel zu tun.« Während er ein Glas mit einem kleinen Rest Cola in die Spülmaschine einräumte, dachte er daran, dass er in Zukunft wohl etwas mehr mit ihr zu tun haben würde. Zumindest so lange, bis sie einsah, dass sie sich von der Kirche lieber fernhalten sollte, was ihm immer noch Sorgen bereitete.

»Weddigen?« Sein Vater kam gerade mit einem Tellerstapel aus dem Nebenraum und hatte den Namen aufgeschnappt. »Ist sie mit Thomas Weddigen verwandt, dem Architekten, der bei mir im Bürogebäude arbeitet?«

»Schon möglich«, antwortete Felix geistesabwesend. »Viele Familien mit dem Namen wird's hier wohl nicht geben.« In Wahrheit hatte er nicht die geringste Ahnung, was Claudentinas Eltern beruflich machten. Woher auch?

Sein Vater stellte die Teller auf die Arbeitsplatte und kehrte ins Wohnzimmer zurück.

»Bist du sicher, dass alles in Ordnung ist?«, fragte Regina. »Du wirkst ein bisschen gestresst.«

»Ich bin nur müde.«

Ich mache mir Sorgen wegen Claudentina und der ganzen Sache mit der Kirche, außerdem ist mein letzter Bluttraum schon eine Weile her und ich werde wahrscheinlich bald wieder einen haben, aber ja, sonst passt alles.

Er gähnte demonstrativ, um seinen Worten Nachdruck zu verleihen, und zum Glück stellte seine Mutter keine weiteren Fragen. Als sie die Spülmaschine fertig eingeräumt und angeschaltet hatten, zog er sich in sein Zimmer zurück und ließ sich noch einmal die neuen Erkenntnisse des Tages durch den Kopf gehen.

Pendulum ist also ein chemisches Element. Oder ein magisches, oder was auch immer. Aber der Blutmagier benutzt es für eine Art Ritual, für das er ansonsten auch noch Feuer, Wasser, Erde und Luft braucht. Könnte es dann nicht auch sein, dass Pendulum so was wie ein fünftes Element ist?

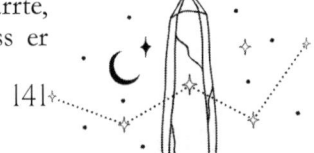

Er dachte noch lange nach, während er auf dem Bett lag und die Decke anstarrte, kam aber nur zu dem Schluss, dass er überhaupt nichts über das alles wusste. Erst der Ausflug in die Kirche würde Antworten auf seine Fragen bringen. Zumindest hoffte er das.

Aber nun standen erst einmal die Geburtstagsfeier mit der Familie am nächsten Tag und die Vorbereitung auf die Klassenarbeit an, von der Claudentina befürchtete, dass sie besonders hart werden würde. Also gab es genug, worum er sich zu kümmern hatte, bevor er sich dem zuwenden konnte, was ihm wirklich durch den Kopf ging.

8
DIE GEHEIME TÜR

Die Zeit bis zu dem »großen Tag« – oder eher der großen Nacht – erschien Felix wie eine Ewigkeit. Zwei Wochen nach seinem Geburtstag stand zunächst die Klausur an, vor der Claudentina nichts hatte unternehmen wollen. Er wusste, dass seine Welt auf dem Kopf stand, wenn sogar etwas so Schreckliches wie eine Mathe-Arbeit eine willkommene Ablenkung von seinen anderen düsteren Gedanken darstellte. Aber ob er es nun glauben wollte oder nicht; seine neue Glückssente schien sich tatsächlich positiv auf seine Konzentration beim Lernen auszuwirken.

Alles eine Frage des Glaubens! Und wenn ich nur fest genug daran glaube, wird auch das hier nicht so sehr nach hinten losgehen, wie ich schon so oft befürchtet habe.

Es war eine sternenklare, aber bitterkalte Nacht mitten im Dezember, als er mit Claudentina auf einer Bank vor der Brücke nach Ardegen saß. Neben ihnen, in der Kirche der Heiligen Theresa, brannten schon lange keine Lichter mehr. Sie warteten nur noch auf Arthur, der jeden Moment über die Brücke zu ihnen stoßen und den Zugang zur Kirche mitbringen würde.

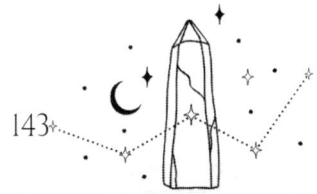

Felix selbst hatte sich um das Licht gekümmert – die alte, nie erlöschende Taschenlampe aus dem Kirchenkeller war erneut mit von der Partie – und um, nun ja, Waffen. Nur für den Fall, dass der Blutmagier sie erneut angriff. Natürlich waren Küchenmesser nicht so gut wie echte Kampfmesser, aber so etwas hatten die Kohnens nun einmal nicht zuhause. Und er hoffte so oder so, dass er sie nicht brauchen würde.

Arthur erschien pünktlich. Sie hatten besprochen, sich um elf Uhr zu treffen, nur waren Felix und Claudentina bereits zwanzig Minuten vorher vor Ort gewesen. Wie die beiden trug auch Arthur dunkle Kleidung, um in der Nacht nicht aufzufallen. Aus der Ferne winkte er ihnen zu, wobei in seiner erhobenen Hand etwas im Licht der Straßenlaternen glänzte: Er hatte den Schlüssel dabei! Somit konnte nichts mehr schiefgehen. Fürs Erste jedenfalls.

Wir kommen rein. Aber kommen wir auch wieder raus?

Felix kam sich allmählich vor wie ein Geheimagent. Und nicht nur wie irgendeiner, sondern wie Jake Win, sein großes Idol. Ob dieser vor seiner Umschulung zum TV-Abenteurer wohl auch mal in eine Kirche eingebrochen war – vielleicht, um geheime Dokumente zu stehlen, die Fehler in den Erzählungen der Bibel nachwiesen?

Doch selbst wenn, war er dabei vermutlich nicht so aufgeregt gewesen, wie Felix gerade. *Agent Kohnen und Agent Weddigen warten im Dunkeln auf Agent Klamm, ihren Kontaktmann, der den Schlüssel zur Vordertür der verdächtigen Einrichtung bringt. Ihre nächste Aufgabe: Eindringen, Informationen besorgen und wieder hinaus, ohne entdeckt zu werden. Keinen Alarm auslösen, Zivilverluste vermeiden, Widersacher liquidieren, bevor sie Hilfe holen können. Sobald es vorbei ist, im Hauptquartier melden, um weitere Instruktionen zu erhalten. Einheitliche Bewaffnung: Drei hervorragende Küchenmesser.*

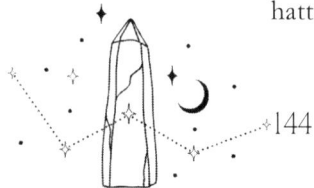

Arthur war etwas außer Puste, als er die beiden erreichte. Um zu zeigen, dass er seinen Teil ihrer Vereinbarung erfüllt hatte, hob er noch einmal demonstrativ den Schlüssel hoch. »Damit kommen wir rein. War gar nicht so leicht, den unbemerkt aus dem Schlafzimmer meiner Eltern zu klauen.«

Felix nickte anerkennend. Agent Klamm hatte gute Arbeit geleistet. Es lohnte sich, einen Freund zu haben, dessen Eltern sich in der Kirche engagierten. So ersparten sie sich lästiges Warten und Umwege.

»Die Messer, Felix?«, fragte Claudentina und sah ihn an. Sie selbst hatte nichts von Bedeutung mitgebracht, würde jedoch ihr unverzichtbares chemisches Fachwissen beisteuern, wenn sie dort unten tatsächlich etwas fanden, das mit Pendulum zu tun hatte. Und so waren alle drei aus unterschiedlichen Gründen und mit unterschiedlichen Zielen gekommen: Felix wollte das Rätsel um seine Vergangenheit lösen. Arthur begleitete ihn als sein Freund und Bodyguard. Und Claudentina war an dem geheimnisvollen Element interessiert. Aber das würde sich sicherlich alles verbinden lassen, ohne dass einer zu kurz kam.

Felix nahm den kleinen Rucksack ab, den er mitgebracht hatte, und zog ein Tuch heraus, in das er die Messer sorgfältig eingewickelt hatte. Er gab Arthur und Claudentina je eines und behielt das letzte für sich, wobei er sich auf einmal ziemlich albern vorkam.

Ich bin ja doch kein Geheimagent. Wäre ich einer, würde das Messer für alle Fälle in einem meiner Stiefel stecken und in der Hand hätte ich stattdessen eine schallgedämpfte Pistole. Wir würden uns nicht die Mühe machen, den Schlüssel für den Haupteingang zu stehlen, sondern durch einen versteckten Nebeneingang eindringen, den wir vorher mit unserem als Gabel getarnten Dietrich geknackt hätten.

»Warum grinst du so?« Arthurs Stimme riss Felix aus seinen Gedanken.

»Ach, nichts. Ich bin einfach nur froh, dass diese Sache bald vorbei ist«, antwortete er und schulterte den Rucksack, nun bemüht um ein möglichst seriöses Pokerface. Ihm war nicht einmal aufgefallen, dass seine Fantasien ihn zum Grinsen gebracht hatten, aber damit war es jetzt vorbei. Die Lage war ernst, und so musste er sie auch betrachten. »Also, gehen wir?«

»Gehen wir.« Mit gezücktem Schlüssel ging Arthur voraus.

Während sie zügig die knapp zwanzig Meter zwischen ihrem Treffpunkt und dem Vordereingang zurücklegten, warf Felix mehrmals einen misstrauischen Blick über die Schulter. Die Straßen waren leer, dennoch kam es ihm so vor, als würde jemand sie beobachten. Er war so sehr mit Umsehen beschäftigt, dass er nicht bemerkte, dass sie die Tür erreicht hatten, bis er gegen Arthur prallte. Sein Freund fiel gegen die Tür, die er gerade hatte aufschließen wollen, und warf einen tadelnden Blick zurück.

»Entschuldige.« Felix trat ein paar Schritte zurück, während Arthur sich wieder der Tür widmete. Wenige Sekunden später hatte er sie aufgeschlossen und drückte sie nun langsam nach innen auf.

Ein letztes Mal ließ Felix seine Blicke prüfend durch die Umgebung schweifen; die Straßen blieben leer. Da er die einzige Lichtquelle bei sich trug, ging er voraus ins Gebäude. Arthur kam als Letzter nach, zog die Tür hinter sich zu und verschloss sie wieder – nur für den unwahrscheinlichen Fall, dass jemand sie gesehen hatte und plante, ihnen zu folgen. Obwohl Felix beschlossen hatte, ab sofort die Ernsthaftigkeit in Person zu sein, konnte er sich ein leicht hämisches Grinsen nicht verkneifen; offenbar war er nicht der Einzige, der angesichts der Umstände ein kleines bisschen paranoid wurde.

»Vorsicht ist immer besser als Nachsicht«, flüsterte Arthur und zwinkerte mit einem Auge.

Obwohl er das Gebäude seit seinem ersten Besuch vor Jahren nie wieder betreten hatte, erkannte Felix den Saal auf der Stelle wieder. Alles sah noch genauso aus wie damals, bis auf die Tatsache, dass diesmal keine Menschenseele hier war. Zumindest keine, die zum Beten gekommen war. Er erinnerte sich auch noch, wo der Wandteppich hing, der den Zu-gang zum unterirdischen Verlies verdeckte. Offenbar verdeckte er ihn nicht gut genug, wenn sogar Arthur als Kind ihn hatte finden können.

»Ich hätte nie gedacht, dass ich je so etwas in einer Kirche finden würde«, staunte Claudentina, als Felix an der entsprechenden Stelle den Wandteppich beiseiteschob und den geheimen Gang enthüllte. »Wahnsinn!«

»Wart erstmal ab, bis du gesehen hast, was da unten ist!«, sagte Arthur. »Das ist der Wahnsinn, aber nicht im positiven Sinne. Mich hat schon immer beschäftigt, wozu dieses runde Loch da ist.«

»Was für ein rundes Loch?«, fragte Claudentina.

»Wirst schon sehen«, antwortete Arthur knapp, jedoch mit einem wissenden Nicken, das Felix neugierig gemacht hätte, wenn er die Wahrheit nicht bereits gekannt hätte. Claudentina machte ein skeptisches Gesicht, fragte jedoch nicht weiter nach.

Mit erhobener Taschenlampe betrat Felix den kurzen Gang. Bei ihrem letzten Besuch hatten er und Arthur kein Licht gehabt; nachdem sich der Wandteppich zurück in seine ursprüngliche Position bewegt hatte, waren sie in völliger Dunkelheit versunken. Jetzt Licht dabei zu haben, machte die ganze Angelegenheit auf den ersten Blick etwas weniger gruselig. Dafür waren sie jetzt allerdings bei Nacht hier und ganz alleine in der Kirche. Niemand würde ihre Hilfeschreie hören, falls es so weit kam, und das glich den Gruselfaktor wieder aus.

Uns wird nichts passieren!, sagte er sich. *Diesmal sind wir immerhin zu dritt, bewaffnet und älter als beim letzten Mal! Wenn jemand Angst haben sollte, dann der Blutmagier.*

Ein Anflug von Selbstbewusstsein – das war gut. Hoffentlich verflog es nicht genauso schnell wieder, sobald er in dem unheimlichen Kellerverlies stand.

Langsam und vorsichtig führte er seine Freunde die Wendeltreppe hinunter. Er konnte immer noch nicht richtig fassen, dass er wieder hier war. Nach all den Jahren, all den Momenten, in denen er sich gefragt hatte, ob es richtig war. Nach all den Gesprächen mit Arthur darüber, und letzten Endes auch noch mit Claudentina. Nun waren sie hier, bereit, die Wahrheit ans Licht zu bringen.

Es war dunkel und still, auch aus dem Keller drang kein Licht und kein Geräusch ins Treppenhaus. Das konnte eigentlich nur bedeuten, dass niemand unten auf sie wartete – oder doch? Das plötzliche Erscheinen des Blutmagiers beim letzten Besuch war Felix eine Lehre gewesen. Besser, er sah sich noch einmal ausgiebig um.

Ich weiß bis heute nicht, wo er hergekommen ist. Gibt es noch mehr Geheimgänge und geheime Räume in dem geheimen Raum selbst?

Es musste so sein. Anders konnte er sich das Auftauchen des Blutmagiers nicht erklären, wenn er sich so umsah. Gab es einen Geheimgang? Eine Art Portal?

Unten angekommen, erwartete sie tiefe Dunkelheit – mit einem Unterschied: Die Taschenlampe von damals lag nicht auf dem Boden, sondern in Felix' Hand. Er konnte sich nicht auf Anhieb erinnern, wo er den Lichtschalter gefunden hatte, brauchte aber nicht lange, um ihn ein weiteres Mal zu entdecken. Die losen Glühbirnen gingen an und tauchten das unheimliche Verlies mit ihrem Wackelkontakt in flackerndes Licht – ein Wunder, dass sie noch brannten, falls es noch die gleichen waren.

»Hat von seiner gruseligen Atmosphäre nichts verloren«, stellte Arthur trocken fest, ohne eine Miene zu verziehen.

»Das dachte ich auch gerade.« Seit er die Höhle des Löwen betreten hatte, kämpfte Felix im Stillen wieder mit denselben Magenschmerzen, die ihm schon seine Geburtstagsfeier verdorben hatten. Dabei war das, wovor er sich am meisten fürchtete, noch nicht einmal da. »Nur das Schreckgespenst fehlt, aber das hat sich letztes Mal auch Zeit gelassen. Es muss hier irgendwo noch eine Tür geben, die wir nicht gesehen haben.«

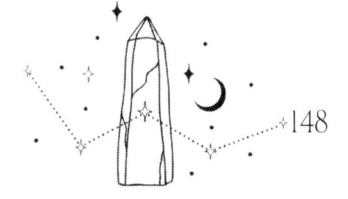

Sein Blick glitt durch den Raum und blieb schließlich an der schweren Eisentür auf der linken Seite des Raumes haften. Diese hatte er damals zwar schon gesehen, aber nicht öffnen können. Er versuchte es noch einmal, körperlich stärker als früher, aber mit dem gleichen enttäuschenden Ergebnis. Sie war wohl verschlossen, doch ohnehin zu weit von der Stelle entfernt, wo der Blutmagier ihn von hinten gepackt hatte. Diese Tür war, abgesehen von der Treppe, lediglich die offensichtlichste Möglichkeit, den Raum zu betreten oder zu verlassen. Deswegen musste sie aber noch lange nicht die einzige sein.

»Was ist denn das?« Claudentina hatte wohl gerade eine der vielen Besonderheiten des Ortes entdeckt, während Felix sich weiterhin nach versteckten Türen umsah.

»Darf ich vorstellen, das mysteriöse Loch, von dem ich gesprochen habe«, sagte Arthur.

»Geh nicht zu nah ran! Es ist stockdunkel und wir wissen nicht, wie tief es ist«, fügte Felix warnend hinzu, während er mit der Untersuchung des ersten Bücherregals begann. Nichts Ungewöhnliches, nur Bücher eben – teilweise auf Italienisch, der gleichen Sprache wie auf der Internetseite, auf der von Pendulum die Rede war.

Zufall?

»Wozu braucht man so ein rundes Loch in der Mitte des Raumes?«, wunderte sich Claudentina. »Ist das nicht gefährlich und unpraktisch? Was auch immer hier getrieben wird, es ist bestimmt nicht leicht, entspannt zu arbeiten, wenn andauernd die Gefahr besteht, in das Loch zu fallen.«

»Vielleicht haben wir Glück und unserem Blutmagier ist genau das passiert«, überlegte Arthur hoffnungsvoll. »Dann liegt er jetzt mit gebrochenem Genick da unten und wird nie wieder jemandem wehtun.«

Das italienische Buch war mit Sicherheit ein Zufall, wie Felix bald erkannte. In den Regalen fanden sich auch Bücher auf Französisch, Englisch und anderen Sprachen, aber nichts auf

Deutsch. Derjenige, der hier arbeitete, hatte dafür offenbar das gesammelte Wissen der ganzen Welt herangezogen. Umso erstaunlicher, dass allem Anschein nach noch kein Deutscher etwas über das Thema geschrieben hatte.

Was auch immer »das Thema« war. Im Grunde waren es mehrere Themen. Es gab Bücher über Chemie, die Elemente, Religion und Esoterik. Auf keinem stand unübersehbar »Pendulum« drauf, doch bei allem, was er inzwischen wusste, konnte Felix zumindest einen Zusammenhang dazu herstellen. Nur die vergleichsweise wenigen Titel, die sich mit menschlicher Biologie und Anatomie beschäftigten, wirkten ein bisschen deplatziert. Was hatte das alles plötzlich mit dem menschlichen Körper zu tun?

»Okay. Und was genau machen wir jetzt hier?« Arthur klang lustlos, geradezu gelangweilt.

Felix beneidete ihn um diese Gelassenheit angesichts ihrer Situation. Er selbst war inzwischen etwas ruhiger als am Anfang, aber immer noch angespannt, als er von einem Regal zum nächsten ging. »Uns umsehen. Ich will wissen, wo der Mann letztes Mal so plötzlich hergekommen ist. Und was er hier treibt. Und warum.«

»Du willst aber ne ganze Menge wissen!«

»Tja, da wären wir dann schon zwei«, sagte Claudentina, die sich nun ebenfalls den Regalen zugewandt hatte, wie Felix aus den Augenwinkeln sehen konnte. Anscheinend hatte etwas Interessantes ihren Blick auf sich gezogen. »Da ist ein Buch über Astronomie!«

Oh, super!, dachte Felix sarkastisch. *Jetzt sind auch schon die Sterne mit von der Partie. Was kommt als Nächstes? Die Autobiografie einer Reinigungskraft im Windolf-Gymnasium? Oder Außerirdische?*

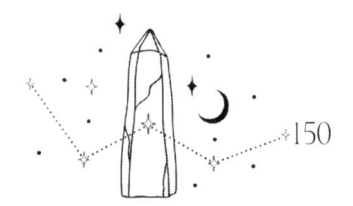

»Und eins über Außerirdische«, sagte Claudentina wie aufs Stichwort. »Aber wenn so ein Buch hier rumsteht, dann heißt das ...« Sie nahm das besagte Buch in die Hand und unterzog es einer gründlichen Musterung. »Hm. Das heißt eigentlich nichts.«

»Suchst du nach was Bestimmtem?« Arthurs Stimmlage verriet seine Verwirrung, die Felix nur allzu gut nachempfinden konnte. Auch er fühlte sich überfordert von Claudentinas Gedankensprüngen.

»Na ja, wie man's nimmt.« Claudentina zögerte. »Auf der Geburtstagsfeier hab ich euch nichts davon erzählt, weil ich nicht wollte, dass ihr mich für verrückt haltet, aber ...«

»... aber du bist in Wirklichkeit einer der letzten lebenden Überbleibsel einer Zivilisation, die vor vielen Jahrhunderten friedlich auf dem Mars wohnte, bis ein gigantischer Vulkanausbruch mit einem Schlag fast eure gesamte Existenz ausgelöscht und die wenigen Überlebenden zur Flucht auf die Erde gezwungen hat?«, witzelte Arthur.

Claudentina sah ihn direkt an und antwortete, ohne eine Miene zu verziehen: »Wie kommst du darauf, dass das Jahrhunderte her ist? Es geschah in der Nacht des Übergangs von 1999 auf 2000, als ihr Erdlinge alle dachtet, die Welt geht unter, weißt du noch?«

Arthur starrte schweigend zurück, und auch Felix warf ihr einen ungläubigen Blick zu. Doch ihr Gesicht blieb gänzlich unbewegt. Wäre das Thema nicht so absurd gewesen, hätte niemand mit Sicherheit sagen können, ob sie scherzte oder nicht.

Felix brach die Stille mit einem Kichern. Dieser Witz, so albern er war, hatte ihn kurzfristig von seinen Sorgen abgelenkt. *Und ihre Zöpfe sind in Wirklichkeit keine Haare, sondern Tentakeln, die zur Fortpflanzung dienen. Nur deshalb kann sie ihre Frisur nicht verändern; weil es gar keine Frisur ist!*

»Ernsthaft.« Claudentina betrachtete wieder das Buch in ihrer Hand. »Was ich sagen wollte: Ich kann mir sehr gut vorstellen, dass Außerirdische wirklich existieren.«

Auch Felix wurde wieder ernst, und seine Sorgen kehrten augenblicklich zurück. Eine innere Stimme forderte ihn auf, diesen Ort so schnell wie möglich zu verlassen. Doch nachdem die gleiche Stimme ihm so lange eingetrichtert hatte, dass es keinen anderen Weg gab als den hierher, war er nicht mehr so sicher, ob er wirklich auf sie hören sollte. Falls es überhaupt die gleiche Stimme war.

So oder so brauchte die Stimme offenbar noch Zeit, sich zu entscheiden. Er unterhielt sich derweil lieber mit Claudentina. »Warum dachtest du, wir würden dich deswegen für verrückt halten? Viele Menschen glauben doch an Außerirdische.«

»Bei mir geht das noch ein bisschen weiter«, sagte sie. »Ich will es nicht nur glauben, sondern irgendwann auch beweisen. Ja, das klingt vielleicht bescheuert. Vielleicht überschätze ich mich auch total. Aber bevor das Pendulum entdeckt wurde, dachte niemand, dass es so etwas geben könnte, und jetzt scheint irgendwie alles möglich zu sein. Vielleicht können die meisten von uns nur deshalb nichts mit dem Pendulum anfangen, weil es nicht von dieser Welt ist.«

»Wie soll es dann in unsere Welt gekommen sein?«, fragte Arthur. »Durch einen Meteoriteneinschlag?«

»Durchaus möglich«, antwortete Claudentina und nickte, trotz der skeptischen Mienen, die ihren Blick erwiderten. »Es gibt eine Theorie, die besagt, dass auch das Leben so auf unseren Planeten gekommen ist. Aber das Buch hier wirkt sehr unseriös und wird uns bestimmt nicht aufklären.« Mit diesen Worten und einem enttäuschten Gesicht stellte sie das besagte Buch zurück ins Regal.

»Was ist mit dir?«, fragte Arthur. »Glaubst *du* denn, dass es so war ?«

Felix ahnte, worauf er hinauswollte, und fühlte sich plötzlich wie das dritte Rad am Fahrrad. Wenn der Gläubige und die Naturwissenschaftlerin diskutierten, war er nun einmal überflüssig.

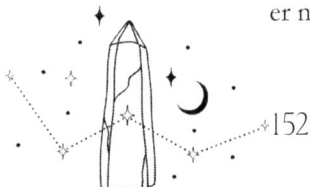

»Ich bin im Grunde für alles offen, weil ich alles für möglich halte.« Claudentina suchte sich ein weiteres Buch, um es in Augenschein zu nehmen. »Na ja ... Mal abgesehen von dieser uralten Adam-und-Eva-Geschichte. Die halte ich nicht für sehr wahrscheinlich, zumindest nicht in der Art und Weise, wie sie bis heute erzählt wird.«

Da war es. Sie hatte die »uralte Adam-und-Eva-Geschichte« eingebracht und noch im gleichen Satz für unwahrscheinlich erklärt, ohne zu wissen, dass ein überzeugter Vertreter dieser Geschichte direkt vor ihr stand. Aber Arthur ging nicht weiter darauf ein. Er hatte bekommen, was er wollte: das Wissen darüber, wie Claudentina über seinen Glauben dachte. Eines der ersten Dinge, die er stets herauszufinden versuchte, wenn er jemanden näher kennen lernte. Bei Claudentina hatte er sich für seine Verhältnisse erstaunlich viel Zeit gelassen.

Felix ließ schon das zweite Regal hinter sich und ging weiter zum nächsten. Dort war er damals von dem Blutmagier überrumpelt worden. Der Mann war von hinten gekommen, aus Richtung dieses Regals. Allein deswegen würde Felix es sich genauer ansehen als die anderen – wenn es eine Geheimtür gab, dann dort.

Die Glühbirnen, die immer stärker flackerten und bald den Geist aufgeben würden, machten es nicht gerade einfach, sich ausgiebig umzusehen. Arthur hatte sich auf die Treppe gesetzt, Claudentina mit einem neuen Buch neben eines der Regale. Dieses schien ihren Ansprüchen eher gerecht zu werden als das vorherige über die Außerirdischen, denn sie machte einen konzentrierten und gleichzeitig zufriedenen Eindruck.

Felix spürte ein leichtes Kribbeln in den Fingern, als er das verdächtige Regal abtastete. Irgendetwas stimmte damit nicht, wie mit so vielen Dingen in diesem Raum. Das Kribbeln wanderte durch seine Hand in den Arm und verursachte ein Kitzeln in seinen Adern.

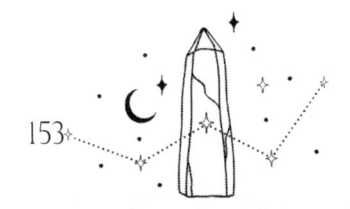

Er klemmte die Taschenlampe und das Messer vorsichtig zwischen seine Knie und legte auch die andere Hand auf das unscheinbare Holz. Dasselbe Ergebnis, aber nur bei diesem einen Regal; die anderen hatten keine derartige Wirkung auf ihn. Es war unheimlich und aufregend zugleich. Er wollte mehr davon. Alles andere rückte in den Hintergrund, sogar seine Ängste und Albträume waren schlagartig vergessen. Er drückte sich mit seinem ganzen Körper dagegen, ließ das Kribbeln mit geschlossenen Augen auf sich wirken. Es war überall! Verhielt er sich merkwürdig? Wahrscheinlich schon. Wollte er sich darüber jetzt Gedanken machen? Aber so was von gar nicht!

»Sag mal, Felix, was machst du da eigentlich?«, fragte Arthur schließlich.

Was er machte? Felix wusste es selbst nicht so genau. Aber dem Klang von Arthurs Stimme nach zu urteilen, musste es wirklich sehr seltsam aussehen.

»Das ist echt toll! Solltest du auch mal probieren!« Etwas anderes brachte er nicht hervor, auf Erklärungen hatte er keine Lust. Dafür war das Gefühl einfach zu schön. So schön, dass er zwischenzeitlich vergaß, das Messer und die Taschenlampe mit seinen Knien festzuhalten, und beides scheppernd fallen ließ.

»Tz ...«, machte Arthur. Neugierig musste er aber trotzdem sein, denn er stand hörbar auf und kam näher. »Da schenkt dir Claudentina zum Geburtstag ein Plüschtier für einsame Stunden, und was machst du? Kuschelst lieber mit einem Regal.«

Felix öffnete die Augen und musste viel Kraft aufbringen, um sich von dem Regal zu lösen – er musste sich regelrecht davon abstoßen, um die imaginäre Anziehungskraft zu überwinden, die es auf ihn ausübte. Er wollte es nicht loslassen, und in den ersten Sekunden ohne direkten Kontakt, als das Kribbeln langsam abklang, wuchs in ihm die Sehnsucht, das Holzgestell noch einmal zu berühren. Doch dann verschwand das Kribbeln vollständig, und mit ihm auch die sonstigen Gefühle, die es aus unerfindlichen Gründen in ihm ausgelöst hatte. Plötzlich kam er sich fürchterlich albern vor. Was zum Teufel hatte er da nur gemacht?

»Also, ich fühle nichts. Na ja, Holz. Aber sonst nichts.« Arthur hatte seine Hand über das Regal gleiten lassen. Die Skepsis stand ihm ins Gesicht geschrieben, als Felix seinen Blick auffing. »Claudentina, willst du nicht auch mal herkommen und dieses ganz besondere, neue Wohlfühl-Regal ausprobieren?«

»Ich weiß auch nicht, was da gerade mit mir los war. Ehrlich nicht!« Felix schämte sich und spürte, wie seine Wangen heiß wurden. Doch es war zu spät. Was auch immer gerade geschehen war, hatte nun auch Claudentinas Aufmerksamkeit erregt. Sie legte ihr Buch beiseite und kam näher, um ebenfalls das wundersame Regal berühren zu können. Felix war nicht gläubig, bei weitem nicht, hätte jetzt aber nichts dagegen, wenn Gott ihn erhören und die beiden vom Regal ablenken würde.

»Ich weiß nicht, was ihr meint«, erklärte sie, während ihre Hand über die Oberfläche wanderte, und Felix wich ihrem fragenden Blick aus.

»Ja, schon gut!« Sein Kopf musste inzwischen rot sein wie eine Tomate, und in Gedanken fragte er sich, wie es wohl aussah, wenn seine Gesichtsfarbe auf einmal so gut zu seinen Haaren passte. Er drehte sich um, von den anderen weg. »Also ... Ich geh dann mal nachschauen, ob es hier noch mehr Interessantes zu finden gibt als dieses dämliche ...«

Ein plötzliches Geräusch erschreckte ihn. Dumpf und unheimlich, als würde jemand etwas Schweres über den Boden ziehen. Arthur schrie auf und schnitt damit Felix das Wort ab. Alarmiert fuhr er auf dem Absatz herum. Er wollte sein Messer heben und verstand nicht, warum er es auf einmal nicht mehr bei sich trug. Dann fiel ihm wieder ein, dass er es zuvor hatte fallen lassen. Aber was sollte er nun tun, falls der Blutmagier tatsächlich wieder da war?

Zum Glück war er es nicht. Das Messer und die Taschenlampe lagen auf dem Boden vor dem Regal. Irgendjemand hatte sie verschoben. Arthur stand auch da und starrte das Regal an ... und sonst nichts. Es dauerte einige Sekunden, bis Felix registrierte, was fehlte, oder wer: Claudentina!

»Wo ist sie?« Er wusste nicht, ob er nur verwirrt oder bereits ängstlich war. Mit einem großen Schritt überdrückte er die Distanz zwischen sich und Arthur.

»Sie ist einfach verschwunden!«, stammelte Arthur, ratlos und aufgelöst. »Verschwunden hinter diesem Ding.« Er deutete auf das Regal, offensichtlich mit der Situation überfordert.

Felix starrte das Holzgebilde misstrauisch an. Also war es eine geheime Tür. Und egal, was sich dahinter befand, ein Raum, ein Gang, eine Treppe oder sonst etwas – nun war definitiv klar, dass der Blutmagier das letzte Mal genau dort und nirgendwo anders herausgekommen war. Nachdem dieses Rätsel gelöst war, blieb nur noch eines zu klären: Wie war die Geheimtür zu öffnen?

»Claudentina?« Um Fassung bemüht, trat Felix an das Regal heran und tastete es ab. Diesmal suchte er bewusst nach dem versteckten Hebel. »Hörst du mich? Wie hast du das gemacht?«

Keine Antwort. Er presste ein Ohr an das Regal. Das Einzige, was er wahrnahm, war, dass nach wenigen Sekunden dieses Kribbeln wieder anfing. Noch ein paar weitere Sekunden und er fand es überhaupt nicht mehr lächerlich, wie er sich vorhin verhalten hatte.

Bis Arthur ihn packte und von dem Regal wegzog. »Lass mich das machen!«, sagte er. »Du bist zu befangen.«

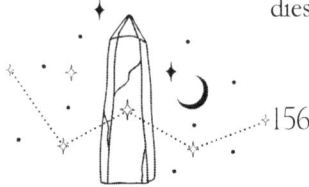

Er hob die Taschenlampe und das Messer vom Boden auf und drückte Letzteres Felix in die Hand. Dabei wollte Felix dieses dämliche Messer gar nicht. Er wollte das Regal! Stattdessen durfte er nun entrüstet Arthur zusehen, wie dieser es mit der Taschenlampe nach dem versteckten Mechanismus absuchte, den es zweifelsohne irgendwo gab. Dabei entdeckte Arthur jedoch etwas ganz anderes. »Wow, schau dir das an!«

Felix erkannte sofort, was gemeint war. Das Holz des Regals glitzerte im Licht der Taschenlampe violett, als wäre die raue Oberfläche mit einer Substanz besprüht oder bepinselt worden, die ebenfalls diese Farbe hatte. Das war allerdings nur sichtbar, solange der Strahl der Taschenlampe auf das Regal gerichtet war. Ohne diese direkte Bestrahlung verschwand das Glitzern.

Ob die anderen Regale auch so einen violetten Schein hatten? Wahrscheinlich nicht. Felix vermutete, dass das Glitzern des Holzes und das Kribbeln in seinem Körper nicht rein zufällig gleichzeitig auftraten. Allerdings gab es jetzt erst einmal Dringlicheres. Claudentina war durch eine Geheimtür verschwunden und schwebte möglicherweise in Gefahr. Dass sie nicht antwortete, als sie nach ihr riefen, war jedenfalls kein gutes Zeichen.

Arthur drückte, schob und zog an verschiedenen Büchern und Regalteilen und ließ nicht locker, bis er es gefunden hatte. Eines der Bücher entpuppte sich als getarnter Hebel. Als er es nach vorne kippen ließ, erklang das klickende Geräusch eines Mechanismus, und die Regalhälfte rotierte in die dahinter gelegene Dunkelheit hinein. Die andere Hälfte kam genauso schnell hervor und versetzte dem unvorbereiteten Arthur einen Stoß, der ihn ebenfalls ins Dunkel beförderte. Nach einer Drehung um genau hundertachtzig Grad kam das Regal wieder zum Stillstand und präsentierte seine vermeintliche Rückwand, die genau so aussah wie die Vorderseite. Es war, als wäre nichts geschehen – außer dass nun auch Arthur verschwunden war.

Unfähig, darauf zu reagieren, blieb Felix wie angewurzelt stehen. Falls das eine Todesfalle sein sollte, funktionierte sie ziemlich gut: Das Regal drehte sich und stieß einen Menschen in den dahinter gelegenen Raum hinein, bevor dieser überhaupt merkte, was mit ihm geschah.

Doch was genau war auf der anderen Seite? Einfach nur eine leere Kammer? Das würde nicht erklären, warum man von dort aus offensichtlich nicht antworten konnte. War es vielleicht ein tiefer Schacht oder eine Rutsche? Das würde jedoch ausschließen, dass der Blutmagier durch diese Tür in den Raum gekommen war.

Erst jetzt stellte Felix fest, dass er sich um diesen heimtückischen Mann überhaupt keine Sorgen mehr machte. Im Moment hatte er viel mehr Angst um seine Freunde. Er näherte sich dem Regal erneut und rief aus einem Reflex heraus Arthurs Namen, doch wie auch Claudentina antwortete dieser nicht.

Felix betrachtete den Hebel, der sich auf dieser Seite des Regals an der gleichen Stelle befand und genau so aussah wie drüben. Er wusste nun, wie es funktionierte. Er wusste auch, dass er den anderen unbedingt helfen musste, denn es war seine Schuld, dass ihnen das passiert war.

Bereit, seine Freunde zu retten – und auch, seine Neugier zu befriedigen –, betätigte Felix den Hebel. Mit angehaltenem Atem wartete er, bis das Regal sich weit genug bewegt hatte, bevor er in die Dunkelheit eintauchte.

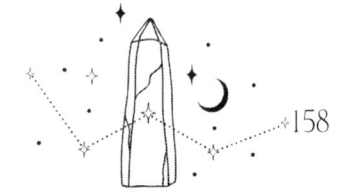

9
NERBESAR

Es fühlte sich an, als würden Millionen von Ameisen über seinen Körper krabbeln, sowohl an der Außen- als auch an der Innenseite der Haut. Für einen extrem kurzen Moment, in dem er trotzdem alles Geschehende genau wahrnahm, war alles um ihn herum dunkel, ihm wurde heiß und kalt zugleich und es fiel ihm schwer, klar zu denken. Alles in seinem Körper pulsierte, vibrierte und kitzelte, ein Gefühl, das er niemals angemessen hätte beschreiben können. Es war so intensiv, dass er schreien wollte, aber schon wieder vorbei, bevor er auch nur den Mund öffnen konnte.

Innerhalb eines Sekundenbruchteils war das Kribbeln verschwunden, er flog etwa einen Meter durch die Luft und landete hart auf hölzernem Untergrund. Doch die Nachwirkungen des unbeschreiblichen Gefühls waren noch immer spürbar. Er verdrehte die Augen, die daraufhin von ganz alleine zufielen, und fing an, schwer zu atmen, als wäre er die Treppe in seinem Haus zehnmal rauf- und runtergelaufen. Er war aufgedreht, aber gleichzeitig auch erschöpft. So hatte er sich noch nie gefühlt.

Was zum Teufel ...

»Felix!«

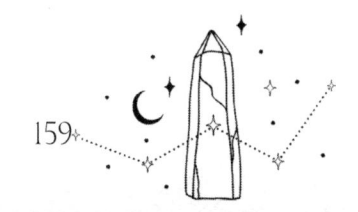

Er hörte Claudentina und Arthur gleichzeitig seinen Namen rufen. Hände griffen nach ihm und Felix hoffte inständig, dass sie seinen Freunden gehörten. Erschrocken öffnete er die Augen und war zunächst erleichtert, wieder etwas sehen zu können. Irgendjemand hatte wohl einen Lichtschalter gefunden. Dann blickte er in die vertrauten Gesichter seiner Begleiter und entspannte sich ein wenig. Die beiden standen lebendig und unversehrt vor ihm und waren allem Anschein nach in keine Todesfalle getappt, genauso wenig wie er selbst. Andererseits fing er sofort an, darüber zu grübeln, was passiert war, und kam schnell zu dem Schluss, dass es ihm besser nicht zu gut gefallen sollte. Es war zwar auf eine sehr bizarre Weise schön gewesen, aber dennoch zutiefst beunruhigend. Ein Rausch, der ihn immer wieder in den Bann zog.

Die lähmende Aufregung wich allmählich aus seinem Körper, nicht so blitzschnell wie sie gekommen war, doch schon bald würde er aufstehen können. Dennoch spürte er das Bedürfnis, darüber zu sprechen, was gerade passiert war. »Habt ihr das auch gefühlt?«

Arthur schüttelte ungläubig den Kopf. »Was ist eigentlich mit dir los? Erst dieses Regal-Kuscheln und jetzt sollen wir fühlen? *Was* sollen wir denn fühlen?« Er klang, als würde er allmählich die Geduld verlieren.

Noch immer schwer atmend, versuchte Felix seinen Gedanken Ausdruck zu verleihen. »Das hat euch also nicht total umgehauen? Als ihr durch das Regal gegangen seid, habt ihr da nichts ... Besonderes gespürt?«

Seine Freunde starrten ihn an, als hätte er den Verstand verloren, und schüttelten beide den Kopf.

»Kein Kribbeln?«, bohrte er weiter. »So ähnlich wie in einer Achterbahn, nur tausendmal besser?«

Claudentina legte den Kopf schief, ihr Blick immer noch ungläubig, aber auch mit einer Spur von stiller Faszination. »War es für dich denn so?«

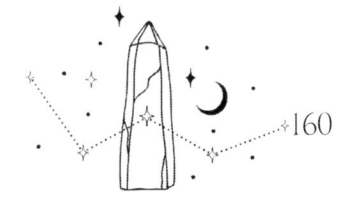

»Oh ja! Eine Sekunde länger und ... keine Ahnung, entweder wäre ich ohnmächtig geworden oder davongeflogen.«

»Aber warum war es für dich denn so viel *intensiver* als für uns?« In Claudentinas Stimme schwangen Neugier, Misstrauen und, wenn sich Felix nicht täuschte, auch Furcht mit.

»Aus demselben Grund, aus dem Felix auch jedes Mal so ein Hochgefühl erlebt, wenn er sich an dieses Regal lehnt. Es ist ein rätselhaftes Phänomen und wir werden nie mehr darüber erfahren. Akte geschlossen«, antwortete Arthur mit derselben Ungeduld wie zuvor. Falls er der Ansicht war, dass es im Moment Wichtigeres zu besprechen gab als Felix' seltsame »Hochgefühle«, hatte er damit sicherlich Recht – zum Beispiel die Frage, wo sie eigentlich gelandet waren.

Felix stellte die Gedanken an seine eigenen seltsamen Gefühle fürs Erste zurück und sah sich ausgiebig um. Sie befanden sich in einem länglichen Raum, dessen einzige Einrichtung aus Dutzenden nebeneinander an der Wand stehenden Regalen bestand, darunter auch dasjenige, durch das sie gekommen waren. Eine Tür an der Wand gegenüber stellte den einzigen offensichtlichen Ein- und Ausgang dar, wenn man diese Regale, die möglicherweise alle Geheimtüren waren, nicht mitzählte.

Was auch immer das für ein Ort war, er war hell genug erleuchtet, dass man ihn von der anderen Seite des Regals aus auf jeden Fall hätte sehen müssen, insofern Claudentina und Arthur nicht in völliger Dunkelheit angekommen waren und zusammen nach einem Lichtschalter gesucht hatten.

»Ich hab keine Ahnung, was passiert ist, aber wir sind uns wohl einig, dass hier mal wieder etwas faul ist«, sagte Arthur. »Erst der Eingang, der hinter einem Wandteppich versteckt war, dann eine weitere Geheimtür hinter einem Regal – wer auch immer hier etwas zu verbergen hat, verbirgt es gut. *Zu* gut.

Ich wette, wenn wir hier erwischt werden, leben wir in Zukunft gefährlich. Wenn wir dann überhaupt noch leben, heißt das.«

Nun, da seine Freunde in Sicherheit waren, überkam Felix wieder die Furcht vor dem Blutmagier. Dieser war damals schon rasend gewesen, weil zwei Kinder sein geheimes Versteck gesehen hatten; wie würde er erst reagieren, wenn er sah, dass sie nun auch das noch geheimere Versteck hinter dem Regal entdeckt und eine dritte Person mitgebracht hatten?

Vielleicht sollten wir umkehren. Aber jetzt sind wir schon so weit gekommen!

Um das anhaltende Schweigen zu brechen, das nach seiner Aussage gefolgt war, hob Arthur das Messer. »Ich gehe voraus.« Ohne eine Antwort abzuwarten, bewegte er sich auf die einzige Tür zu. Sie war mit einem Pfeilsymbol versehen.

Felix hörte leise Musik, die dumpf durch die Wand drang. Er hoffte, dass es sich um nichts Zeremonielles handelte. Dass er und die anderen, wenn sie durch die hölzerne Tür gingen, nicht mitten in ein diabolisches Ritual eines menschenverachtenden Kultes hineinplatzen würden. Womöglich endeten sie sonst noch als Opfer auf einem gruselig dekorierten Altar.

Vorsichtig öffnete Arthur die Tür ins Unbekannte. Er deutete mit einem Nicken auf die Öffnung, bevor er einen Blick hineinriskierte. So schnell, wie er den Kopf hineingesteckt hatte, zog er ihn auch wieder zurück. »Da ist jemand!« Er blickte die anderen erschrocken an.

»Der Blutmagier?« Ohne dass sich Felix dessen bewusst war, verstärkte er den Griff um sein Messer. Währenddessen verzog Claudentina neben ihm den Mund, wie um ein Grinsen zu unterdrücken. Er und Arthur hatten ihr erklärt, wen sie mit dem Blutmagier meinten, und offenbar fand sie diese Bezeichnung nach wie vor so albern, dass sie selbst in einer so heiklen Situation darüber lächeln musste.

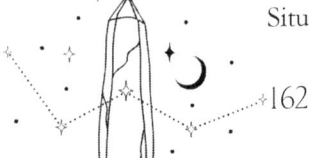

Arthur schüttelte den Kopf. »Keine Ahnung, wer das ist, aber es gibt keinen anderen Weg als da durch, und das heißt, wir kommen nicht ...«
Schritte.
Arthur hörte abrupt auf zu sprechen, als von der anderen Seite das Geräusch klackender Absätze auf Holzboden zu hören war. Alle drei wechselten einen Blick. Wie auf Kommando eilten sie zu der Geheimtür und versuchten, sie zu öffnen. Es gab in diesem langen, leeren Raum absolut keine Möglichkeit, sich zu verstecken. Sie mussten zurück.

Claudentina erreichte das Regal als Erste. Noch während sie verzweifelt versuchte, die Geheimtür zu öffnen, suchte Felix nach etwas, das ihnen helfen konnte. Dabei fiel ihm eine Inschrift über der Tür auf – nein, ein auf Englisch beschriftetes Schild, das jedem, der es noch nicht wusste, das Offensichtliche verriet: Wohin die Tür führte.

St. Theresa's Church
Leuchtenburg, Germany

Auch die anderen Regale waren mit solchen Ortsangaben versehen. Die meisten nannten eine öffentliche Einrichtung, eine Stadt oder Region sowie ein Land, wobei einige größere Fragen aufwarfen als andere.

Serpentine Monastery
Haunted Serpent Swamp, Romania

Felix las neugierig die Schilder. Ein weiteres war mit »Alpen« beschriftet. Aber was hatte das zu bedeuten?
»Verdammt, das Ding bewegt sich nicht!« Claudentina zog an dem Hebel, der sich nicht einen Millimeter von der Stelle bewegte, seit sie damit begonnen hatte. »Ich konnte es schon nicht aufmachen, bevor ihr gekommen seid. Vielleicht geht es nur von der anderen Seite.«

Bevor sie sich einen Alternativplan zurechtlegen konnten, war es auch schon zu spät dafür. Die Tür ging auf und eine dünne Frau mit hochgestecktem, schwarzem Haar betrat den Raum. Sie trug ein Kostüm und glänzende Halbschuhe mit hohen, breiten Absätzen. Mit der randlosen Brille auf der kleinen Nase machte sie den Eindruck einer Empfangsdame in einem noblen Hotel.

»Ihr seid Freunde von Andrea, nicht wahr?« Ihre Stimme klang freundlich, doch der bestimmende Tonfall darin war nicht zu überhören. Er verlangte nach einer Antwort, und zwar sofort.

»Äh, ja, sind wir!«, antwortete Felix – auf Englisch, wie ihm gleich darauf auffiel, denn auf dieser Sprache hatte sie ihn angesprochen. Unter normalen Umständen hätte er sich vermutlich darüber gewundert. Doch im Moment war er zu sehr darauf konzentriert, sein Messer unauffällig hinter seinem Rücken zu verstecken.

Das Gesicht der Empfangsdame hellte sich ein wenig auf. »Gut, dann willkommen bei uns!« Sie sprach weiterhin Englisch, und diesmal war deutlich ein Akzent zu hören. Sie war keine Muttersprachlerin. »Andrea sagte bereits, dass jemand kommen wird, um etwas abzuholen. Eigentlich war von nur einem jungen Mann die Rede, aber das macht nichts. Je mehr wir werden, desto besser. Solange ihr das Codewort kennt, ist alles in Ordnung.«

Oh, oh!

Felix verkrampfte innerlich, tat jedoch sein Möglichstes, nichts davon nach außen dringen zu lassen. Er durfte jetzt keinen Verdacht erregen. Bemüht um einen neutralen Gesichtsausdruck, wechselte er kurz einen Blick mit seinen Freunden, als würde er überlegen. »Ja, äh ... Darüber hatten wir doch gesprochen!«

Arthur spielte mit, ohne eine Miene zu verziehen. »Ich dachte, Andrea hätte es *dir* gesagt.«

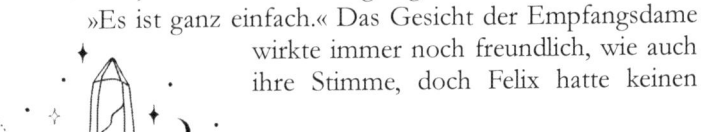

»Es ist ganz einfach.« Das Gesicht der Empfangsdame wirkte immer noch freundlich, wie auch ihre Stimme, doch Felix hatte keinen

Zweifel daran, dass sich das ganz schnell ändern würde, wenn er jetzt etwas Falsches sagte. »Der richtige Weg ist nicht der Weg der Stecknadeln, sondern ...«

Sein Herz machte einen Sprung. Das kannte er doch! »Nähnadeln! Wir gehen den Weg der Nähnadeln!« Wer hätte gedacht, dass seine Liebe zu dem Märchen *Rotkäppchen* ihm eines Tages aus der Patsche helfen würde.

Aber noch war das nicht sicher. Die Frau antwortete nicht sofort und ließ ihn zappeln, während sie kurz die anderen ansah. Felix' Blick blieb die ganze Zeit über auf sie fixiert. Schließlich nickte sie. »Das ist korrekt.«

Mit einer großen Last weniger auf seinen Schultern, wandte Felix sich Arthur zu und lächelte, diesmal sogar ehrlich. Das war aber auch schon alles, was er sich von seiner Erleichterung anmerken ließ. »Du hattest Recht, Andrea hat es mir gesagt. Ich war nur ein bisschen verwirrt wegen der Metapher.«

Arthur nickte nur, schlau genug, nicht hier und jetzt nachzufragen, was das bedeutete. Dafür würde später noch Zeit sein.

Zum Glück stellte die Empfangsdame keine weiteren Fragen und bedeutete ihnen mit einer Kopfbewegung, ihr zu folgen, als sie sich umdrehte und in den Raum zurückkehrte, aus dem sie gekommen war. Bevor sie weitergingen, hielt Felix seine Freunde zurück.

»Moment! Wir sollten die hier lieber wieder wegpacken, bevor sie noch misstrauisch wird«, sagte er mit Blick auf sein Messer, nun wieder auf Deutsch.

»Aha? Du glaubst also, hier ist es sicher?«, fragte Arthur.

»Ich glaube jedenfalls nicht, dass uns etwas passieren wird. Zumindest nicht jetzt. Ist nur so ein Gefühl.« Felix gab sein Messer Arthur und drehte sich um, damit sein Freund den Rucksack öffnen konnte. Ganz wohl war ihm bei der Sache aber nicht.

»Hoffentlich geht das gut!«, sagte Arthur, als er Claudentinas Messer ebenfalls an sich nahm und sie alle in das vorgesehene

Tuch aus dem Rucksack einwickelte. Seine Nervosität war ihm deutlich anzuhören, und er senkte seine Stimme. »Freunde von Andrea ... Wer ist Andrea? Und woher kanntest du das Codewort? Ich wette, du weißt nicht, was du uns da gerade eingebrockt hast, Felix.«

»Und wer weiß, was ich uns stattdessen eingebrockt hätte, wenn ich was anderes gesagt hätte. Ich erkläre euch alles später, wir können jetzt nicht trödeln.« Wehmütig dachte Felix zurück an das alte Rotkäppchen-Bilderbuch, das er damals auf der Bank vor der Kirche hatte liegen lassen. Bei seiner panischen Flucht vor dem Blutmagier war ihm nicht einmal in den Sinn gekommen, es wieder einzusammeln, und als er sich nach langer Zeit wieder dorthin getraut hatte, war es nicht mehr da gewesen. Aber immerhin hatte es ihm und seinen Freunden heute die Tarnung gerettet – und womöglich sogar das Leben, wenn er bedachte, warum sie hier waren.

Als Arthur den Reißverschluss seines Rucksacks zugezogen hatte, drehte Felix sich um und ging, gefolgt von den anderen, auf die Tür zu. »Wie stehen wohl die Chancen, dass diese Andrea etwas mit unserem Blutmagier zu tun hat?«

»Recht gut, würd ich sagen«, meldete sich Claudentina zu Wort. »Jedenfalls denke ich nicht, dass besonders viele Leute durch dieses Regal hier reinkommen, sonst würde diese Frau uns doch nicht einfach so vertrauen, nur weil wir behaupten, dass wir zu Andrea gehören.«

»Da ist was dran.« Felix war der Erste, der die Tür erreichte – und was er dahinter sah, ließ ihn erstaunt blinzeln. Er hatte alles erwartet, aber nicht das.

Der angrenzende Raum sah aus wie ein Büro. Das war an sich schon merkwürdig genug, aber da gab es auch noch diese riesengroßen Fenster überall an den Wänden. Und das war nicht einmal die Spitze des Eisberges. Durch das Glas blickte man hinab auf ein tiefer gelegenes Gelände voller Menschen, dazu noch steile Hügel,

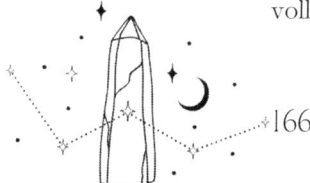

Bäume und der klare, dunkelblaue Sternenhimmel inklusive Mond. Das war unmöglich! Sie befanden sich doch unter der Erde!

Die Dame stand an einem der Fenster und winkte. »Kommt! Ich zeige euch, wo ihr hingehen müsst.«

Felix widerstand der Versuchung, sie zu fragen, was das für ein Ort war. Das hätte womöglich die Tarnung zerstört, die er sich und seinen Freunden gerade erst aufgebaut hatte. Er rief sich in Erinnerung, was er und die anderen waren: Freunde von Andrea, die sie geschickt hatte, um irgendetwas für sie abzuholen.

Der Außenbereich sah nicht im Geringsten so aus, wie er hätte müssen. Hinter der Kirche der Heiligen Theresa standen einige Bäume, an denen ein breiter Kiesweg vorbeiführte. Auf der anderen Seite verlief der Fluss, und wenn man dem Weg nur ein kleines Stück folgte, sah man bereits die niedrigen Steinmauern des kleinen Friedhofs, der zur Kirche gehörte.

Nichts davon sah Felix durch das Fenster des Büros, in dem er gerade stand. Stattdessen blickte er hinab auf eine Art Marktplatz in einer kleinen Schlucht, in der nicht einmal Schnee lag. Das Büro hatte noch eine weitere Tür, von wo aus eine einzige Treppe im Freien hinunter auf den Platz führte, und eine dritte, hinter der vermutlich die Außenwelt oberhalb des vermeintlichen Marktplatzes lag. Es gab keine weiteren Treppen, die die steilen Felswände begehbar machten. So erweckte es den Anschein, als wäre das Büro der einzige Weg, nach unten und wieder nach oben zu gelangen.

Die Frau zeigte aus dem Fenster in eine bestimmte Richtung. »Seht ihr das kleine Uhrengeschäft dort drüben?« Gemeint war offenbar ein kleiner Stand direkt neben einer Ansammlung von großen Kuscheltieren. »Da wartet Carlo Verducci auf euch. Geht hin und sagt einfach nur, dass Andrea euch schickt.«

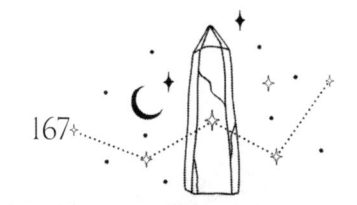

Mehr gab es nicht zu sagen, also machten sie sich auf den Weg zu dem besagten Stand.

Keiner sprach ein Wort, doch Felix wusste, dass die anderen dafür umso mehr nachdachten. Es war überhaupt nicht möglich, *nicht* über diese seltsame Situation nachzudenken.

Beim Hinabsteigen der Treppe fand er heraus, wo die Musik herkam, die er im Raum mit den Regalen gehört hatte: Auf dieser Seite des Marktplatzes war eine Bühne aufgebaut, auf der einige Männer in legerer Kleidung mit verschiedenen Instrumenten für musikalische Unterhaltung sorgten. Stühle waren vor der Bühne aufgestellt, aber die meisten Leute hielten sich nicht dort auf, sondern bei den verschiedenen Ständen. Was das wohl für eine Veranstaltung war?

Es schien jedenfalls etwas unheimlich Wichtiges zu sein, denn Menschen aus aller Welt waren gekommen, um in dieser Nacht hier zu sein. Die Besucher hatten die verschiedensten Gesichtszüge, Kleider, Haut- und Haarfarben, und während er durch die Menge schlenderte, vernahm Felix zudem verschiedene Sprachen. Als hätte sich die ganze Welt an diesem Ort versammelt. Doch was führte sie ausgerechnet nach Branlau in Leuchtenburg?

»Hey, Claudentina! Das Ding dort sieht aus wie das, was du Felix zum Geburtstag geschenkt hast!« Arthur zeigte auf eine große, gelbe Ente an einem Stand mit Kuscheltieren, an dem sie ihr Weg vorbeiführte. »Man könnte fast meinen, du hättest es hier gekauft.«

»Mit der Ausnahme, dass die Augen der Viecher hier wohl eher aus Pendulum bestehen und nicht aus Tigerauge«, sagte Claudentina.

Felix sah sie verblüfft an. Auf diese Idee war er selbst noch gar nicht gekommen. »Du meinst also ...« Er senkte die Stimme, für den Fall, dass noch jemand in seiner Umgebung ihn verstand. »... hier wird mit Gegenständen gehandelt, in denen Pendulum drin ist?«

Claudentina zuckte mit den Schultern. »Ist nur ne Vermutung. Aber es würde zumindest erklären, wo deine Taschenlampe herkommt.«

Das leuchtete Felix ein. Dennoch hätte er gerne gewusst, wo er sich eigentlich befand. Er warf einen nachdenklichen Blick auf die Felswände, die den Marktplatz umgaben. Ob man wohl dort hinaufklettern und auf diese Weise zurück zur Kirche kommen konnte? Nicht nur, dass er keine Lust hatte, noch einmal durch den Psycho-Keller zu gehen; es interessierte ihn auch brennend, wie man von seiner Wohngegend aus zu diesem Ort kam.

Leider scheiterte sein Plan schon in der Theorie. Die Wände waren zu steil, um sie ohne Kletterausrüstung zu erklimmen. Es gab also keinen anderen Weg als den, auf dem sie gekommen waren, womit sein vorheriger Verdacht sich bestätigte.

Am Uhrenstand war nichts los. Nur zwei Leute hielten sich dort auf, die allerdings weiterzogen, als Felix, Arthur und Claudentina sich näherten. In dem Häuschen stand eine Person mit zotteligem, schwarzem Haar bis zu den Schultern, die ihnen den Rücken zuwandte und gerade dabei war, einige der Uhren an der Wand umzuhängen.

»Carlo?« Felix ging davon aus, dass dieser Mann derjenige war, den sie suchten, denn eine allzu große Auswahl hatte er nicht.

»Ja, das bin ich«, antwortete der Mann mit einer tiefen, freundlichen Stimme, bevor er sich umdrehte. Sein Englisch hatte einen ähnlichen Akzent wie das der Empfangsdame.

Felix beschloss, nicht viele Worte zu verlieren und seine Rolle weiterzuspielen, etwas weniger nervös als zuvor bei der Empfangsdame. Sie hatte ihm, ohne es zu wissen, bereits seine Hintergrundgeschichte geliefert. »Wir sind Freunde von Andrea und wurden her-geschickt, um etwas abzuholen.«

»Sprich nicht weiter.« Carlo nickte und drehte sich wieder um. »Ich weiß schon, worum es geht. Einen Moment.«

Die drei warfen sich verwunderte Blicke zu. Sie waren alle gleichermaßen erstaunt, wie schnell das ging. Niemand fragte sie nach irgendwelchen Erklärungen. Sobald es hieß, dass sie zu Andrea gehörten, schien auch Carlo zu wissen, was er zu tun hatte, wie es schon die Empfangsdame gesagt hatte. Zudem bestand auch nicht der geringste Zweifel daran, dass er das, was er gerade aus einer Schublade holte, ihnen einfach mitgeben würde, in der festen Überzeugung, sie würden es zu Andrea bringen. Dabei wussten sie nicht einmal, wer diese Andrea eigentlich war, und die anderen wussten nicht, wer sie waren.

Als der bärtige Verkäufer mittleren Alters sich ihnen wieder zuwandte, hielt er in der Hand einen kleinen, rechteckigen Gegenstand, der in ein dickes Tuch gewickelt war. Beim Entpacken auf der Theke kam ein Mobiltelefon mit großem Display und einem violetten Gehäuse zum Vorschein.

Andrea schickt Leute los, um für sie ein Handy zu besorgen? Dann ist das hier wohl eins, das man nicht überall findet. Felix biss sich auf die Lippe, als er realisierte, was das bedeutete: Was, wenn sie das Handy bezahlen mussten? Was, wenn sie dafür etwas geben mussten, ein Tauschgeschäft? Sie hatten ja nichts, nur diesen einen Anhaltspunkt.

»Es ist noch besser geworden als erwartet! Das könnt ihr gerne ausrichten, aber Andrea wird es bestimmt auch selbst bemerken.« Carlo wirkte überaus stolz. So stolz, dass sich Felix unwillkürlich fragte, ob er auch am Zusammenbau dieses Geräts mitgewirkt hatte, das eindeutig keine Uhr war. »Und dank des Pendulums geht es auch nie wieder aus!«

Die Erwähnung des Pendulums ließ Felix aufhorchen. *Aha. Daher weht der Wind.*

Claudentina schien es ähnlich zu gehen, denn ihre Augen waren plötzlich viel größer geworden. »Also stimmt es wirklich? Hier werden Pendulum-Produkte verkauft?«

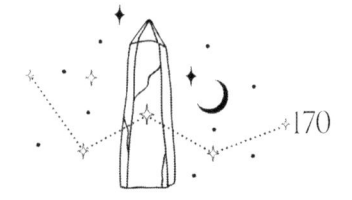

Genau diese Frage hatte Felix sich verkniffen, und nun hoffte er, dass dadurch nicht ihre Tarnung aufflog. Aber was hatten sie schon zu befürchten? Das Schlimmste, was passieren konnte, war zum Glück nur, dass sie einen Gegenstand, der sowieso nicht ihnen gehörte, am Ende doch nicht bekamen. Hoffentlich.

Carlo schien diese Frage jedoch nicht zu überraschen, und falls doch, ließ er es sich nicht anmerken. »Verkauft, verliehen, getauscht, geschenkt. Alles, was du dir vorstellen kannst, Mädchen. Nerbesar ist ein Ort für Menschen rund um den Globus, die von der Existenz des Pendulums wissen und sich damit beschäftigen. Es gibt auch Informationsstände für Neulinge, aber wenn ihr etwas wissen wollt, könnt ihr ruhig auch mich fragen.«

Während Arthur fasziniert das Telefon anstarrte, begriff Felix, dass er so eine Chance nicht allzu bald wieder bekommen würde, und überlegte fieberhaft, was er Carlo fragen konnte. Es war nicht so, dass ihm gerade nichts einfiel, eher im Gegenteil – er wusste nicht, wo er anfangen sollte. Vielleicht am Anfang selbst.

Zu Arthurs Enttäuschung fing Carlo bereits an, die Ware einzupacken, nachdem er sie seinen Kunden gezeigt hatte. Felix nahm all seinen Mut zusammen und platzte mit der ersten Frage heraus, die er greifen konnte. »Woher kommt eigentlich der seltsame Name? Pendulum ... Ohne das ›um‹ am Ende wäre ich nie darauf gekommen, es mit einem chemischen Element in Verbindung zu bringen.«

»Oh, gute Frage! Sie zeigt mir, dass du am Wesen der Dinge interessiert bist und nicht nur an der Oberfläche. Das gefällt mir.«

Felix unterdrückte ein Grinsen. Sein Rollenspiel funktionierte tadellos. Wäre es doch auch so einfach, sich durch eine Mathe-Arbeit zu schummeln ...

Sobald Carlo es fertig eingewickelt hatte, gab er das Gerät Claudentina, die erst einmal eine Weile ehrfurchtsvoll auf das blickte, was sie in den Händen hielt, und dann hinter Felix trat, um es in seinem Rucksack zu verstauen. Eigentlich hatten sie den Rucksack nur mitgebracht, um ihre eigenen Sachen darin zu transportieren, aber nun verstärkte er außerdem den Eindruck, dass sie tatsächlich im Auftrag von jemandem gekommen waren, um etwas abzuholen. Auch wenn es nur ein Telefon war, das sicher nicht den ganzen Rucksack ausfüllte. Ein glücklicher Zufall, aber Felix freute sich noch mehr darüber, bei Carlo mit seiner Frage Punkte gesammelt zu haben.

»Nun, der Name des Elements ist seltsam, weil auch eine ziemlich seltsame Geschichte dahintersteckt. Es hat mit seiner Entdeckung zu tun. Das war vor siebzig Jahren, irgendwann im Laufe der dreißiger Jahre. Es wird von 1935 ausgegangen, aber das genaue Datum ist unbekannt.«

Die Jahreszahl verwunderte Felix. In seinem bisherigen Leben hatte er noch nie direkt mit dem Pendulum zu tun gehabt und konnte es daher nicht besser wissen. Instinktiv hatte er jedoch erwartet, dass diese ganze Sache schon länger lief als nur etwas über siebzig Jahre. *Viel* länger.

»Dass wir uns heute hier treffen können, verdanken wir einem jungen Geschwisterpaar aus England«, fuhr Carlo fort. »Vor besagten siebzig Jahren lebten die zwei in einer kleinen, einsamen Hütte mitten im Nirgendwo und hatten nicht viel. Ihr wahrscheinlich wertvollster Besitz war eine alte Penduluhr, ein Erbstück, das über dem Kamin an der Wand hing.«

Während er erzählte, klang er wie ein Großvater, der seinen Enkeln eine Gute-Nacht-Geschichte vorlas. Und die »Enkel«, in diesem Fall Felix und seine Freunde, hörten schweigend zu und unterbrachen ihn nicht.

»Eines Tages bemerkten sie, dass die Uhr niemals stehen blieb, obwohl keiner von beiden sich erinnerte, sie je aufgezogen zu haben. Und als sie zusammen mit ein paar Freunden die Uhr untersuchten, erkannten sie den Grund dafür: Es war gar keine richtige Penduluhr. Sie war scheinbar elektrisch, das Pendel im

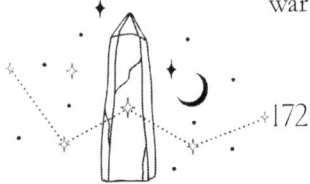

Grunde nur eine Zierde – das dachten sie zumindest, bis sich herausstellte, dass es die Energiequelle der Uhr enthielt. Also doch nicht elektrisch.«

Claudentina schüttelte den Kopf. Sie schien ernsthaft verwirrt. »Was denn nun? War die Uhr elektrisch oder nicht?«

Carlo lachte. »Nun ja, sie war aufgebaut wie eine elektrische Uhr, mit dem Unterschied, dass sie weder von Strom noch von Batterien betrieben wurde, sondern von dem geheimnisvollen Material in ihrem Pendel.« Unbeirrt sprach er weiter. »Jedenfalls war das ein purer Glücksfall. Wären die Freunde der Geschwister nicht zufällig Wissenschaftler gewesen ... wer weiß, wann und wo das Pendulum entdeckt worden wäre und wie es heute heißen würde. Zudem bin ich überzeugt, dass es schon vorher von anderen Menschen entdeckt, aber nicht als etwas Besonderes erkannt wurde, weil keiner in der Nähe war, der das beurteilen konnte. Die Pendeluhr muss schließlich von irgendjemandem gebaut worden sein, nicht wahr?«

»Es heißt also nur deshalb Pendulum, weil es in dem Pendel einer Uhr gefunden wurde?« Claudentinas Gesichtsausdruck nach zu urteilen, stellte diese simple Erklärung sie lange nicht zufrieden. Zudem konnte Felix sehen, dass sie immer noch verwirrt war.

»Richtig«, bestätigte Carlo. »Es wurde zum Gegenstand wichtiger Untersuchungen und Experimente. Als man der Uhr das Pendel entnahm, blieb sie kurze Zeit später stehen und musste fortan mit Batterien versorgt werden. Das Pendel brachte alles zum Laufen, womit es in Berührung kam, und nach seiner Entfernung aus der Uhr benutzte man, in Ermangelung einer besseren Bezeichnung, einfach weiterhin das englische Wort ›pendulum‹, um sich auf diese unerschöpfliche Energiequelle zu beziehen. Als es wenig später inoffiziell zu einem chemischen Element erklärt wurde, behielt man die Bezeichnung bei.« Er grinste. »Ihr seht, am Anfang von allem steht eine Uhr, also seid ihr bei mir genau am richtigen Stand.« Zwinkernd deutete er auf das Angebot an Armbanduhren auf seiner Theke und wechselte das Thema. »Braucht nicht zufällig einer von euch eine neue Uhr, die nie stehen bleibt?«

Arthur grinste schief. »Als ob wir uns eine von denen leisten könnten.«

Damit sprach er genau das aus, was Felix gedacht hatte. Am liebsten würde er all seine alltäglichen Geräte und Maschinen durch Pendulum-betriebene Versionen ersetzen. Wie viele Probleme der Menschheit könnten gelöst werden, wenn alle das täten? Doch sicherlich war nichts davon umsonst, sonst *würden* es bereits alle tun.

»Nun ja, gute Qualität hat durchaus ihren Preis«, sagte Carlo mit einem selbstzufriedenen Nicken.

Die Armbanduhren auf der Theke hatten rein äußerlich nichts Außergewöhnliches an sich. Die Farbe des Zifferblatts war ein deprimierendes Violett, das metallene Uhrband pechschwarz. So sahen die Uhren höchstens etwas seltsam aus, vermittelten jedoch nicht den Eindruck, dass sie anders oder besser waren als sonstige Uhren dieser Art. Außer dass sie nie stehen bleiben sollten, angeblich.

Dennoch musste Felix beim Betrachten der Uhren interessierter aussehen, als er tatsächlich war, denn gleich darauf sprach Carlo ihn an. »Hey, du. Wie heißt du?«

»Alex. Alexander Beck .«

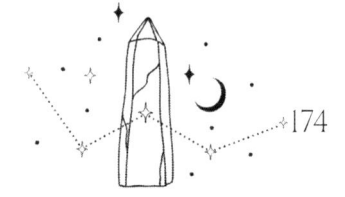

Wenn das hier vorbei war, würde Felix seinen Freunden nicht nur das Rotkäppchen-Codewort erklären müssen, sondern auch diesen falschen Namen, den er dem Uhrenhändler nannte, ohne mit der Wimper zu zucken. Auch das ging wieder einmal auf Jake Win zurück; in einem von dessen älteren Videos waren die vielen falschen Identitäten zur Sprache gekommen, die er während seiner Zeit beim Geheimdienst verwendet hatte. Daraufhin hatte Felix sich auch einen Decknamen für sich ausgedacht – einen möglichst inter-nationalen, den er auch im Ausland verwenden konnte. Nur hätte er nie damit gerechnet, dass er ihn eines Tages auch benutzen würde. Jetzt, da er es tat, fühlte er sich fast wie ein richtiger Spion.

Nicht einmal Arthur wusste davon. Umso höher rechnete Felix es ihm, und auch Claudentina, an, dass sie keine Fragen stellten oder Gesichter verzogen. Felix wollte immer noch nicht hier sein – zumindest nicht aus dem schrecklichen Grund, der ihn hergeführt hatte –, konnte aber nicht leugnen, wie aufregend es war, dieses Spiel zu spielen. Der Uhrenhändler schien bisher jedenfalls keinen Verdacht zu schöpfen. »Willst du nicht wenigstens mal eine anprobieren, Alex?«, fragte er, freundlich und hilfsbereit, wie er schon die ganze Zeit gewesen war. Felix konnte ihm nach wie vor nicht so einfach vertrauen wie umgekehrt, doch gegen das bloße Anprobieren hatte er nichts einzuwenden.

Das Erste, was ihm auffiel, als er die Uhr am Handgelenk trug, war ihr Gewicht. Sie war schwerer als andere Armbanduhren. Die zweite Erkenntnis, die sie besonders machte, kam, als er das Zifferblatt aus der Nähe betrachtete. Dieses verdächtige violette Glitzern hatte er an diesem Abend schon einmal gesehen.

»Hey, schaut euch das an!« Er drehte sich zu Claudentina und Arthur um. »Dieses Glitzern! Kommt euch das bekannt vor?«

Claudentina war nicht mehr dabei gewesen, als er und Arthur mit Hilfe der Taschenlampe zum ersten Mal das Glitzern des Regals gesehen hatten, aber Arthur erkannte es sofort und riss die Augen weit auf. »Das sieht aus wie bei dem Wohlfühl-Regal! Das heißt, dort war auch eine ordentliche Portion Pendulum drin.«

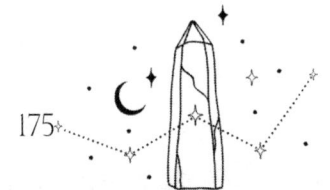

Kaum hatte Arthur das laut ausgesprochen, spürte Felix erneut dieses Kribbeln, ganz deutlich in seinem Handgelenk. Genau unter der Stelle, wo das Zifferblatt war, fing es an und breitete sich auf die Hand und den Unterarm aus. Gleichzeitig brachte es auch seine Mundwinkel dazu, sich nach oben zu bewegen, und er konnte nichts dagegen tun.

»Oh nein, jetzt geht das schon wieder los!« Arthur griff nach Felix' Handgelenk und fing an, sich an dem Verschluss der Armbanduhr zu schaffen zu machen. »Weg mit dem Ding, sofort! Es liegt an dem Material!«

Eigentlich wollte Felix es gar nicht, aber er wusste, dass es das Richtige war. Also wehrte er sich nicht, als sein Freund ihm die Uhr abnahm und sie zurücklegte. Ob er sich auch selbst ohne Weiteres von ihr hätte trennen können, wusste er jedoch nicht, und sein Grinsen ließ sich nicht so leicht wieder ablegen.

Nicht annähernd so entrückt, sondern eher verwundert, starrte Carlo ihn an. »Stimmt etwas nicht?«

»Keine Sorge, mit der Uhr ist alles okay.« Arthur winkte ab. »Nur mit Alex scheint was nicht zu stimmen.«

»Er reagiert auf Berührungen mit dem Pendulum stärker als andere Leute«, fügte Claudentina erklärend hinzu.

»Oh.« Carlo musterte Felix plötzlich mit einem eindringlichen Blick. »Interessant. Das heißt, du bist einer von *diesen* Menschen!«

Felix verstand nicht, was der Mann ihm damit sagen wollte, aber es verunsicherte ihn – genug, dass sein Grinsen nun doch ohne größere Anstrengung verschwand. Es wurde Zeit, wieder klar zu denken. Hoffentlich hatten er und seine Freunde nicht zu viel verraten. »Ich bin *was*?«

»Zu spät dran fürs Bettchen.« Claudentina packte ihn an den Schultern, drehte ihn ruckartig in die Richtung, aus der sie zuvor gekommen waren, und schob ihn vorwärts. Offenbar fühlte auch sie sich nicht mehr ganz sicher, so eilig wie sie es plötzlich hatte. Mit einem beinahe entschuldigenden Lächeln in Carlos Richtung fügte sie hinzu: »Vielen Dank für alles, aber wir müssen jetzt gehen.«

Nach einigen Schritten ließ sie Felix wieder los, und er drehte sich noch einmal zu Carlo um, der ihnen nachsah. Eine wilde Mischung der

Emotionen tobte in seinem Blick: Miss-trauen, Verachtung oder auch Sorge. Es war nicht genau herauszulesen, aber irgendetwas daran musste Claudentinas Kampf-oder-Flucht-Reaktion ausgelöst haben.

»Was ist denn los?«, wollte Felix von ihr wissen, als er den Blick von Carlo losriss und stattdessen sie ansah.

Sie warf nun ebenfalls einen flüchtigen Blick zurück, bevor sie sich wieder ihm zuwandte. »Hast du nicht gesehen, wie der Typ dich angeschaut hat? Du scheinst in besonderer Weise auf das Pendulum zu reagieren, und das hat ihm nicht gefallen. Das war ihm anzusehen.«

»Aber wieso?« Felix wollte sich ein letztes Mal umdrehen, nur um zu prüfen, ob Carlo ihm immer noch nachsah, ließ es dann aber bleiben.

»Es gibt genug Menschengruppen, gegen die man Vorurteile haben kann, und hier scheinen Leute wie du, die bei dem kleinsten Kontakt mit dem Pendulum gleich zu kichern anfangen, auch so eine Gruppe zu bilden«, vermutete Arthur. »Aber dafür sind die Leute hier zumindest überhaupt nicht ausländerfeindlich, wie's aussieht.«

Das stimmte allerdings. Carlo hatte gesagt, dass es Pendulum-Kenner aus aller Welt hierher lockte.

Gleichzeitig fiel ihm wieder auf, wie merkwürdig diese ganze Situation war. Er befand sich aus Gründen, die er nicht richtig verstand, mit Arthur und Claudentina an einem Ort, der von den Anwesenden Nerbesar genannt wurde. Hier gab er vor, im Auftrag einer Fremden namens Andrea unterwegs zu sein, um ein Mobiltelefon abzuholen, das mit einem relativ unbekannten Material ausgestattet war, auf das er merkwürdig reagierte. Aber was ihn am meisten verwirrte, war die vermeintliche Lage dieses Ortes. Darüber hatte er sich schon gewundert, als er ihn zum ersten Mal vom Büro der Empfangsdame aus überblickt hatte, und bis jetzt war ihm keine plausible Erklärung dafür eingefallen. In den sieben Jahren, die er bereits in Branlau wohnte, war er noch nie über einen Marktplatz unter freiem Himmel gestolpert, so nahe bei der Kirche, dass man ihn durch eine Tür in deren Keller erreichen konnte. Nerbesar sollte nicht hier sein.

Meine Güte, wenn ich das irgendjemandem erzähle, sperren sie mich weg!

Vielleicht war es eine neue Ergänzung. Er würde wieder hierher kommen, aber nicht durch die Geheimtür im Kirchenkeller. Stattdessen würde er die nähere Umgebung der Kirche auskundschaften und versuchen, den Marktplatz auf diesem Weg zu finden. Dann würde er auch den Ort selbst ausgiebiger erkunden, irgendwann in naher Zukunft. Fürs Erste musste er jedoch von hier weg, bevor Carlo oder jemand anderes ihm zu viele Fragen über seine Reaktion auf das Pendulum stellte, die er nicht beantworten konnte. Also hielt er sich an Claudentina, die mit zügigen Schritten in Richtung Ausgang voranging, und auch Arthur ließ nicht auf sich warten.

Als sie das Büro erreichten, war die Empfangsdame gerade mit einem Telefonat beschäftigt und beachtete sie gar nicht. Dann waren sie zurück in dem Raum mit den Regalen, wo sie nur noch mit Hilfe der beschrifteten Schilder feststellen konnten, welches ihres war.

»Sollten wir uns nicht lieber wieder bewaffnen, bevor wir zurück in die Kirche gehen?« Claudentinas berechtigte Frage hätte in jedem anderen Zusammenhang äußerst merkwürdig geklungen. Wenn man allerdings bedachte, dass sie wieder durch einen Geheimgang gingen, zurück in einen potenziell gefährlichen Raum, der in einer Kirche verborgen lag – nun, dann war das durchaus angebracht.

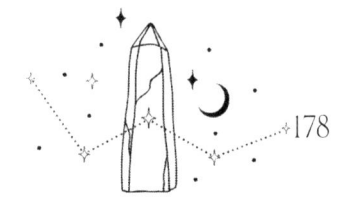

Arthur nickte und fing an, in Felix' Rucksack zu kramen. Er zog eines der Messer heraus und hielt es demonstrativ in die Höhe. »Falls der Blutmagier noch auftaucht und Ärger macht, kriegt er es mit mir zu tun.« Mit diesen Worten trat er vor zu dem Regal, legte die freie Hand um den als Buch getarnten Hebel und versuchte, ihn zu bewegen, jedoch ohne Erfolg. Das hatte ihnen gerade noch gefehlt.

»Stimmt ja! Das Regal klemmt!« Claudentina kratzte sich am Kopf. »Das haben wir doch schon vorhin festgestellt.«

»Na toll. Und was machen wir jetzt?«

Arthur wandte sich mit besorgter Miene an die anderen.

Felix blickte zurück zur Tür zum Büro und fragte sich, wie oft er noch ratlos vor einer neuen Situation stehen durfte, bevor die Empfangsdame misstrauisch wurde. Doch im Grunde war es nicht seine Schuld, dass das Regal sich nicht öffnen ließ, also musste er sich eigentlich keine Sorgen machen, verdächtig zu wirken.

Er bedeutete den anderen mit einer kurzen Geste, zu bleiben, wo sie waren, und klopfte an die Tür des Büros. Als er eintrat, stand die Empfangsdame am Fenster und blickte wachsam hinunter auf den belebten Marktplatz. Dass sie nicht mehr allein war, fiel ihr erst auf, als Felix noch einmal an den Rahmen klopfte.

»Entschuldigung, aber könnten Sie uns noch mal helfen? Die Tür klemmt.«

Sie starrte ihn nur verwirrt an, und sofort bangte er wieder um seine Tarnung. Hatte er etwas Falsches gesagt? Doch dann fiel ihm wieder ein, dass es an der Sprache lag; sie hatten bei ihrer ersten Begegnung auch nicht Deutsch gesprochen. Da er nicht wusste, welche Sprache sie sonst sprach, wiederholte er sein Anliegen auf Englisch.

Aber der verständnislose Gesichtsausdruck der Frau änderte sich kaum. Was immer sie verwirrte, bewegte sie dazu, mit ihm zu kommen. Zusammen gingen sie hinüber in den Nebenraum. Nachdem sie einen Blick auf das Regal geworfen und vorsichtig den Hebel berührt hatte, schüttelte sie den Kopf und sagte: »Es ist doch alles in bester Ordnung. Ihr braucht nur den Schlüssel. Den muss Andrea euch doch mitgegeben haben!« Sie griff in die Brusttasche ihres Blazers und zog einen kleinen, weißen Schlüssel hervor.

»Sie hat uns keinen Schlüssel mitgegeben, nein.«

Dass diese Antwort von Felix ihr nicht gefiel, war ihr deutlich anzusehen. Aus Verständnislosigkeit wurde unverhohlenes Misstrauen, und sie formte ihre Augen zu Schlitzen. Felix wich zurück vor ihrem strengen Blick, als hätte sie die Hand gegen ihn erhoben. *Okay, jetzt hab ich definitiv etwas Falsches gesagt!*

»Stimmt etwas nicht?«, fragte Arthur.

»Allerdings, und zwar mit euch. Ihr wart mir von Anfang an verdächtig!« Ihre Stimme klang kalt, peitschte regelrecht über sie alle hinweg. »Gebt mir den Gegenstand, den ihr angeblich für Andrea mitnehmen wolltet, und zwar sofort!«

Sie streckte die Hand aus, um ihrer Forderung Nachdruck zu verleihen. Anscheinend wusste sie nicht, um welchen Gegenstand es sich handelte, allerdings hielt sie das nicht davon ab, für Recht und Ordnung zu sorgen.

Felix hatte keine Ahnung, was das plötzlich sollte. »Nur weil Andrea dummerweise vergessen hat, uns einen Schlüssel mitzugeben, trauen Sie uns nicht mehr? So was kann doch jedem mal passieren, auch einer Frau wie Andrea.« Ihm war bewusst, dass er sich damit auf sehr dünnes Eis begab, denn er wusste überhaupt nichts über Andrea.

»Es reicht!« Inzwischen war es nicht mehr nur ihr Blick, sondern auch ihre plötzliche Lautstärke, die Felix erschreckte. »Wo ist dieser Gegenstand? Im Rucksack?«

Sie trat einen großen Schritt auf ihn zu, erreichte ihn jedoch nicht. Sofort stand Arthur zwischen den beiden, wie er sich schon immer vor Felix gestellt hatte, wenn ihm jemand unerlaubt zu nahe gekommen war. Dabei hob er das Messer, nicht hoch genug, um die Frau direkt zu bedrohen, aber die Geste war unmissverständlich. »Kommen Sie uns bloß nicht zu nahe, ich warne Sie!«

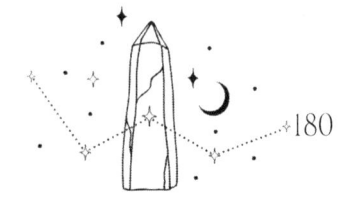

Obwohl Arthur angesichts der heiklen Lage instinktiv wieder zum Deutschen gewechselt hatte, schien die Frau ihn zu verstehen. Die unverhohlene Drohung in seinem Blick und das Messer in seiner Hand sprachen allerdings auch für sich, ohne dass es irgendwelcher Worte bedurfte.

Sie hob erschrocken die Hände, wie es Leute in Filmen taten, wenn sie mit Schusswaffen bedroht wurden. Zögerlich trat sie einen Schritt zurück, ihr Blick wechselte zwischen Arthur und Felix hin und her. Dass Claudentina sich hinter sie geschlichen hatte, bemerkte sie erst, als diese ihr den Schlüssel aus der Hand riss und damit zum Regal rannte.

»Stehen bleiben!« Arthur hielt das Messer noch höher, als die Empfangsdame Anstalten machte, Claudentina hinterherzulaufen, und sie erstarrte augenblicklich mitten in der Bewegung.

Felix ging ebenfalls zügig auf das Regal zu, ohne den Blick von dem Geschehen in der Mitte des Raumes abzuwenden. Er machte sich Sorgen – seltsamerweise weniger um das, was gerade passierte, als darum, wie sein bester Freund später damit umgehen würde. Arthur war, auch wenn einige seiner üblichen Sprüche das Gegenteil vermuten ließen, normalerweise ein friedliebender Mensch, der ungern Ärger machte oder darin verwickelt wurde. Aber das konnte sich unter bestimmten Voraussetzungen schnell ändern. Und die Situation, in der sie sich gerade befanden, erfüllte jene Voraussetzungen auf jeder Ebene.

Der Blutmagier und diese Andrea stecken unter einer Decke, so viel ist sicher, denn sonst hätte sie bestimmt keinen Zugang zu seinem Geheimversteck unter der Kirche. Wenn sie herausfindet, dass wir in ihrem Namen ein Handy mitgenommen haben, erfährt der Blutmagier das bestimmt auch, und wer weiß, was dann passiert.

»Los, geh du zuerst!« Claudentina winkte Felix zu sich. Wo sie den Schlüssel hineingesteckt hatte, wusste er nicht, aber das war im Moment auch irrelevant. Hauptsache war, dass das Regal nun wieder funktionierte.

»Na los!«, trieb sie ihn an, und er zögerte nicht und betätigte den Hebel. Doch bevor er durch das Regal trat, warf er noch einen kurzen Blick dahinter und sah genau dasselbe, was er auch von der anderen Seite aus gesehen hatte: Dunkelheit. Dabei hätte auf der anderen Seite eigentlich der Kellerraum der Kirche zum Vorschein kommen müssen.

Beim Betreten des Zwischenraumes ließ das ihm mittlerweile vertraute Kribbeln nicht auf sich warten und überwältigte ihn sofort.

10
BRENNENDE NEUGIER

Felix hatte schon lange sein Gleichgewicht verloren und lag auf dem Boden. Wie schon beim ersten Übergang durch das Regal hatten die wenigen Sekunden in dessen kribbelndem, schwarzem Vakuum ihm einiges an Energie entzogen. Aber wo blieben die anderen beiden? Wieso folgten sie ihm nicht?

Sobald er dazu in der Lage war, erhob er sich, entfernte sich ein paar Schritte von dem Regal und wartete. Aber Arthur und Claudentina kamen nicht. Was trieben die noch da drüben?

Was, wenn sie meine Hilfe brauchen? Vielleicht hat diese Kuh es geschafft, sie zu überwältigen!

Er musste ihnen helfen, auch wenn das bedeutete, eine weitere energieraubende Begegnung mit dem Regal auf sich zu nehmen. Doch es ging nicht. Das dämliche Regal »klemmte« schon wieder, der Hebel bewegte sich nicht, als wäre die Tür erneut verschlossen worden.

Warum war sie überhaupt verschlossen, als wir auf der anderen Seite waren? Eine Tür kann doch nicht auf einer Seite verschlossen sein und auf der anderen nicht!

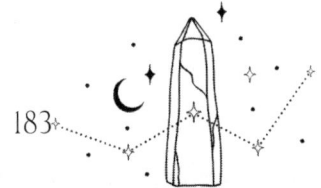

Leise fluchend fuhr er sich durch die Haare, denn jetzt war die Geheimtür auf beiden Seiten verschlossen. Deswegen kamen die anderen nicht zu ihm herüber und er konnte nicht zu ihnen.

Er dachte darüber nach, die Tür gewaltsam zu öffnen, doch ein unerwartetes Geräusch lenkte ihn ab. Es hörte sich an wie der Stundenschlag einer Uhr. Alarmiert fuhr er herum und suchte nach der Quelle des Geräusches. Allerdings hing an der gegenüberliegenden Wand, neben der Treppe, plötzlich eine Uhr.

Wo kam die denn auf einmal her? Jemand musste sie hingehängt haben, während er die andere Seite des Regals erkundet hatte, und dann sehr schnell verschwunden sein. Oder war die Uhr tatsächlich schon vorher da gewesen und ihm nur nicht aufgefallen?

Nein! Ich könnte schwören, dass sie noch nicht da war. Das wäre uns doch aufgefallen neben all den Möbeln!

Neugierig durchquerte er den Raum, ging an dem runden Loch im Boden vorbei und auf die Uhr zu. Etwas an ihr stimmte nicht, er konnte nur nicht auf den ersten Blick sagen, was. Dann fiel es ihm auf: Sie zeigte fünf Minuten vor zwölf an. Wegen des Stundenschlags war er davon ausgegangen, dass es bereits Mitternacht war. Er hatte jedenfalls noch nie eine Uhr gesehen, die nicht zur vollen Stunde Töne von sich gab, sondern schon fünf Minuten vorher.

Als er sich der Uhr näherte, fing es wieder an, dieses Kribbeln, das er an diesem Abend oft genug gespürt hatte, um es wiederzuerkennen. Er sah sich das Zeitmessgerät an, das liebevoll geschnitzte Holz, das Zifferblatt, das violette Pendel, das sich gleichmäßig von der einen Seite zur anderen bewegte und wieder zurück ...

Unwillkürlich musste er an die Geschichte denken, die er zuvor gehört hatte. Die über die Entdeckung des Pendulums.

Das kann nicht sein, oder?, dachte er ungläubig.

Aber es schien ja doch so zu sein. Irgendetwas an oder in dieser Uhr enthielt Pendulum, das sagte ihm sein innerer Radar, der ungewollt auf diese Substanz reagierte und der violetten Farbe nach zu urteilen musste es das Pendel selbst sein. Jeder Pendulum-Gegenstand, mit dem er bis zu diesem Zeitpunkt bewusst in Berührung gekommen war, hatte irgendwo eine violette Stelle gehabt – außer seiner Taschenlampe, aber auch diese löste ein schwaches Kribbeln aus, von dem er nun endlich wusste, woher es kam. Der Unterschied zu dieser Uhr war nur, dass er es hier schon spürte, obwohl er sie noch gar nicht berührte.

Andere Leute brauchen Drogen und Alkohol, um sich die Sinne zu vernebeln. Ich muss nur bestimmte Gegenstände berühren. Juhu?

Bei diesem Gedanken kam ihm Carlos seltsame Äußerung wieder in den Sinn, Felix wäre »einer von diesen Menschen«. Was genau hatte er damit nur gemeint? Was sagte die Tatsache, dass Felix bei Kontakt mit dem Pendulum ein Kribbeln spürte, über ihn aus?

Er würde es erfahren, wenn er die Wanduhr berührte. Das wusste er – irgendwie. Also stellte er sich direkt davor, hob die Hand und führte sie langsam zu der Uhr. Das Kribbeln wurde stärker. Nur noch ein paar Zentimeter und dann …

… hörte er hinter sich ein Geräusch. In der Hoffnung, Arthur und Claudentina würden nun endlich durch das Regal stolpern, vergaß er die Uhr und wirbelte herum. Die Geheimtür bewegte sich aber nicht. Es war eine andere Tür, die seine Aufmerksamkeit auf sich zog.

Die Eisentür an der linken Wand blieb verschlossen, doch unter ihr floss eine dunkelrote Flüssigkeit hindurch, die sich auf die Mitte des Raumes zuzubewegen schien. Felix brauchte weder Proben davon noch viel Fantasie, um sie als Blut zu identifizieren.

Das Blut erreichte das Loch und floss hinein. Schon bald bildete sich ein regelrechter Fluss, der zielsicher das Loch ansteuerte, um dann in Form eines blutigen Wasserfalls in der Dunkelheit zu verschwinden. Dabei war der Boden bis auf wenige Stellen glatt und eben; wie die Flüssigkeit ihren Weg fand, war fraglich.

Weitere Zeit verging und der Blutfluss wurde breiter, stärker und schneller, um dann, nachdem eine ordentliche Menge in das Loch geflossen war, einfach aufzuhören. Was blieb, war eine frische Blutspur auf dem Boden, von der Tür bis zu dem Loch, und ein verwirrter Felix, der sich wie schon so oft in dieser Nacht nicht im Stande fühlte, die Situation zu bewerten oder einzuschätzen. Alles konnte passieren, und zwar zu jeder Zeit, das war ihm mehr denn je bewusst.

Was als Nächstes geschah, erschreckte ihn zwar, erstaunte ihn aber nicht mehr. Dafür war an diesem Abend schon zu viel passiert. Er spürte lediglich einen kalten Schauer, der ihm über den Rücken lief, als sich die eiserne Tür von selbst öffnete und langsam nach innen aufging. Dahinter kam nichts zum Vorschein, was man hätte sehen können, nur totale Finsternis.

Dieser Raum war ihm bisher verschlossen geblieben. Auch jetzt konnte er nicht sehen, was sich darin befand. Er ging einen Schritt auf die offene Tür zu, und plötzlich flog ihm etwas entgegen. Blitzschnell warf er sich zur Seite. Das Wurfgeschoss verfehlte ihn um Haaresbreite und landete krachend und scheppernd in der Uhr. Es war eine Axt – jemand hatte tatsächlich eine *Axt* nach ihm geworfen! Nun steckte sie in der Uhr, die augenblicklich stehen geblieben war und – was noch bizarrer war – blutete.

Felix war das zu viel. Seinem ersten Instinkt folgend drehte er sich um und floh ins Treppenhaus. Einfach nur weg von diesem Ort. Aber schon auf der fünften Stufe blieb er stehen. Seine Freunde waren immer noch auf der anderen Seite des rotierenden Regals. Und in dem dunklen Raum saß der Blutmagier, Andrea, oder wer auch immer, und warf mit Äxten um sich. Die nächste würde ihr Ziel vielleicht nicht verfehlen ...

Aber Felix konnte nicht wieder zurück. Also blieb er dort, wo er war: im Treppenhaus, im Schutz der Dunkelheit. Der Keller hingegen war hell erleuchtet. Sollte ihm von dort jemand entgegenkommen – seine Freunde oder der Feind – hatte er genug Zeit, um zu reagieren.

Er setzte sich auf die Treppe und schloss kurz die Augen bei dem Versuch, etwas zu hören. Schritte, das Geräusch des sich bewegenden Regals, weitere fliegende Äxte, die die Luft zerschnitten – doch er hörte nichts.

Als er die Augen wieder öffnete, sah er auch nichts mehr. Alles war nur schwarz. Er stand auf, drehte sich, suchte nach einer Lichtquelle. Dabei war er nicht mehr sicher, ob er sich überhaupt bewegte. Keine einzige seiner vermeintlichen Bewegungen konnte er sehen oder spüren. Auch seinen Körper spürte er nicht mehr richtig.

Erst als er aufhörte, sich zu bewegen, klärte sich seine Sicht. Es waren Buchstaben und Zahlen, die vor seinen Augen erschienen. Gleichzeitig drangen zwei vertraute Stimmen durch die Dunkelheit zu ihm, aufgebrachte Stimmen, die ihn riefen. Verwirrt hielt er inne – und die Erkenntnis traf ihn wie ein Blitz. Er träumte. Er *träumte*! Zum ersten Mal, seit er diese Albträume hatte, stellte er fest, dass es nur ein Traum war, *bevor* er wieder zu sich kam.

Er konzentrierte sich auf den Zahlen- und Buchstabencode, versuchte ihn sich zu merken. Wenn er den noch wusste, wenn er wach war, konnte er vielleicht endlich herausfinden, was er bedeutete.

»Wach auf!«

Ein Rütteln an seiner Schulter, die er nun wieder fühlte, und im nächsten Moment fand er sich auf dem Boden vor dem Regal wieder. Die anderen waren auch da, saßen neben ihm in der Hocke und versuchten scheinbar schon länger, ihn zu wecken. Dafür sprach auch der erleichterte Ausdruck auf ihren Gesichtern, als es ihnen endlich gelang.

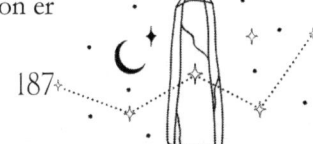

Felix richtete sich auf und versuchte, sich zu erinnern, was passiert war und wie er das Bewusstsein verloren hatte. Das Letzte, wovon er noch wusste, war die Benutzung des Regals, um in diesen Raum zurückzukehren. Alles, was danach geschehen war, die Entdeckung der Uhr an der Wand, das Blut, die Axt und die Flucht ins Treppenhaus, musste bereits Teil des Traums gewesen sein.

Ein kurzer Blick auf seine Umgebung bestätigte dies: An der Wand neben der Treppe hing weder eine Uhr noch steckte dort eine Axt. Es gab keine Blutspur zwischen dem Loch und der Eisentür. Und diese war nach wie vor verschlossen.

»Mein Gott, du warst ja total weggetreten!« Arthur streckte ihm die Hand hin.

Felix ließ sich auf die Beine helfen und bemerkte dabei eine blutende Wunde an Arthurs Handgelenk. »Wie ist denn das passiert? Hat die Empfangskuh es doch noch irgendwie geschafft, euch anzugreifen?«

Als er besorgt zum Regal blickte, schüttelte Claudentina den Kopf. »Wir sind gerade so davongekommen. Keine Ahnung, was die da drüben machen, aber gefolgt ist uns bisher keiner. Hoffentlich bleibt das auch so.«

»Nicht die Frau hat mich verletzt«, beantwortete Arthur Felix' Frage. »Das hab ich ganz alleine hingekriegt, als ich durch das Regal gerannt und hier ziemlich doof hingefallen bin.« Er hob kurz sein Messer, an dem ein paar Tropfen Blut klebten.

»Sei froh! Das hätte schlimmer ausgehen können!« Besorgt sah Felix sich die Wunde genauer an. Doch es war nur ein oberflächlicher Schnitt, wie er erleichtert feststellte.

»Wahrscheinlich verdiene ich es nicht anders«, seufzte Arthur niedergeschlagen. »Ich hab innerhalb weniger Minuten gelogen, gestohlen und jemanden mit einem Messer bedroht. Oh Mann, wenn meine Eltern nur von einem davon erfahren, bin ich so was von dran! Dazu kommt noch, dass ich davor unerlaubt den Schlüssel zur Kirche mitgenommen habe – und zwar nicht, um Gott näher zu sein!«

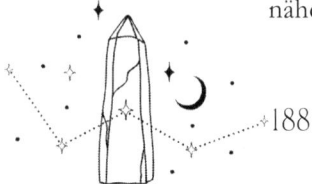

Felix zuckte mit den Schultern. »Du kannst Gott gerne erzählen, dass ich dich dazu angestiftet habe. Wenigstens haben wir, was wir wollten.«

»Aha, und das wäre?«

Felix öffnete den Mund, um Arthur zu antworten, als er merkte, dass er die Antwort selbst nicht kannte. Ja, was eigentlich?

»Ob wir nun etwas haben oder nicht, wir sollten gehen!« Claudentina warf einen letzten verunsicherten Blick zum Regal und ging schließlich in Richtung Treppe voran.

Derweil fragte sich Felix mehr denn je, was sich hinter dieser Eisentür verbarg. Er war der Letzte, der ging, holte Arthur aber schnell ein. »Mach dir keine Sorgen. Was auch immer du angestellt hast: Ich bin schuld, okay?«, versicherte er ihm noch einmal.

»Und du glaubst, jetzt geht's mir besser? Seit wann musst denn *du* auf *mich* aufpassen?«, entgegnete Arthur, als sie die Treppe erreichten. »Ich frage mich nur eins: Warum waren wir alle so scharf darauf, dieses Handy zu beschützen? Das Ding gehört uns doch nicht mal, also warum haben wir es nicht einfach dieser Frau gegeben und es gut sein lassen?«

»Weil sie es *nicht* hätte gut sein lassen.« Felix hatte es eilig, diesen Ort zu verlassen, und nahm zwei Stufen auf einmal. »Auf diesem komischen Marktplatz läuft doch was. Etwas Geheimes. Und wenn dort erst mal jeder weiß, dass wir uns als andere ausgegeben haben, um dieses komische Handy mitgehen zu lassen – was glaubst du wohl, was man dann von uns denken wird?«

»Dass wir Spione sind?«, vermutete Arthur.

»Ganz genau.« Nun fühlte sich Felix auf einmal doch wieder wie ein Geheimagent, auch wenn er in diesem Fall eher unfreiwillig in die Rolle hineingeraten war. »Claudentina hat gesagt, dass das Pendulum etwas ist, von dem nicht jeder wissen darf, aber wir wissen zufällig davon. Das gefällt diesen Leuten bestimmt nicht, und ich will lieber nicht am eigenen Leib erfahren, was sie mit Eindringlingen machen.«

Sie hatten das Ende der Treppe erreicht und gingen nun durch den Kirchensaal auf die Tür zu, wo Claudentina wartete.

»Irgendwie hab ich trotzdem ein schlechtes Gefühl dabei, das Handy zu behalten.« Arthurs unsicherer Blick wanderte von Felix zu Claudentina und wieder zurück zu Ersterem, während er mit dem Schlüssel die Tür aufsperrte. »Vielleicht bringen wir es lieber wieder runter und legen es vor das Regal oder so, dort findet es bestimmt jemand.«

»Wer soll was finden?« Die Stimme kam von draußen und ließ alle drei gleichzeitig zusammenzucken. Jemand hatte sie erwischt!

Als sie die Tür weiter öffneten, konnten sie erkennen, wem die Stimme gehörte: Noemis Mutter, Abiona Abay. In voller Polizeimontur stand sie vor ihnen und wirkte alles andere als begeistert.

»Haben Sie die Einbrecher gefunden?« Eine weitere Stimme mischte sich ein, kurz bevor der, zu dem sie gehörte, aus der Dunkelheit der Nacht erschien und sich zu der Polizistin gesellte. Es war Herr Läufer, wie Felix mit großer Verwunderung feststellte. Er verstand die Welt nicht mehr. Eine Polizistin, das konnte er angesichts der Umstände noch nachvollziehen. Aber was hatte ausgerechnet sein Chemie- und Englischlehrer hier zu suchen?

Felix trat aus der Kirche heraus und fröstelte erst einmal, als die kühle Nachtluft ihm entgegenwehte, viel kälter als auf der anderen Seite des Gebäudes. Auch der Schnee war nun wieder da. Aber nicht das zog seine Aufmerksamkeit auf sich, sondern das Polizeiauto am Straßenrand. Er fröstelte erneut, diesmal bei dem Gedanken daran, was ihn und seine Freunde jetzt erwarten würde.

Ups!

»Felix? Was machst du hier? Und Claudentina und Arthur auch?« Herr Läufer war offenbar sehr überrascht, drei seiner Schüler vorzufinden. »Das wart also ihr?«

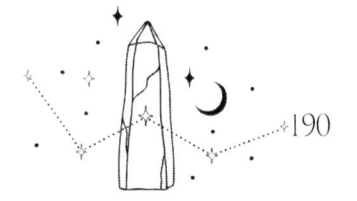

»Was waren wir?«, fragte Felix, obwohl er glaubte, es bereits zu wissen. Aber er musste Zeit schinden, um eine glaubhafte Ausrede zu erfinden.

Herr Läufer gab ihm genau die Antwort, die er erwartet hatte. »Ich war zufällig in der Gegend und habe beobachtet, wie drei schwarz angezogene Gestalten in die Kirche eingedrungen sind.«

Also hatte Felix nicht grundlos dieses hartnäckige Gefühl gehabt, dass jemand ihn und die anderen beim Betreten der Kirche beobachtet hatte. Er fragte sich nur, warum ihm niemand aufgefallen war, obwohl er sich doch so ausgiebig umgesehen hatte.

»Da man in letzter Zeit oft Geschichten von Einbrüchen in diese Kirche gehört hat, habe ich die Polizei gerufen. Ich hatte ja keine Ahnung, dass *ihr* das wart ...«

»Egal, es ist gut, dass Sie mich gerufen haben«, versicherte Abiona dem Lehrer. »Das Gesetz darf auch vor Ihren Schülern nicht haltmachen. Wo kämen wir sonst hin?«

»Aber wir sind nicht eingebrochen!«, protestierte Felix. Anders als Herr Läufer wusste er auch nichts von sonstigen Einbrüchen in die Kirche der Heiligen Theresa, weder vor kurzem noch in den letzten Jahren. Irgendetwas ging hier nicht mit rechten Dingen zu.

Abiona bedachte ihn mit einem strengen Blick, der dann zu Arthur wanderte. »Mich würde interessieren, was genau ihr da drin gemacht habt, und wie *das* passiert ist!« Sie zeigte auf das Messer in Arthurs Hand, an dem noch Blut klebte, und Felix musste zugeben, dass er und seine Freunde gerade wirklich keinen vertrauenswürdigen Eindruck erweckten.

Arthurs Wangen färbten sich leicht rötlich, und das lag sicherlich nicht an der Kälte der Abendluft. »Ich hab mich aus Versehen mit dem Messer verletzt. Sonst ist keiner zu Schaden gekommen.«

»Warum habt ihr überhaupt so ein Messer dabei?«, wollte die Polizistin wissen. »Zum Beten wohl eher nicht.«

Stille. Felix wechselte betreten einen Blick mit seinen Freunden. Es sah im Moment wirklich nicht gut aus für sie.

»Abiona, du kennst uns doch!«, meldete sich Claudentina zu Wort. »Wir sind Freunde von Noemi!«

»Genau das ist es ja, was mir Sorgen macht!«, lautete die nicht sehr beruhigende Antwort. »Interessant, was man über die Freunde seiner Tochter alles rausfindet, wenn es dunkel wird und man sich einfach nur mal draußen umsieht. Also, was jetzt? Verratet ihr mir endlich, was passiert ist, oder muss ich erst ungemütlich werden? Wir können das auch gern mit euren Eltern klären! Die werden von mir sowieso informiert.«

Mit dieser Frau war nicht zu spaßen. Hatte erst einmal etwas ihre Aufmerksamkeit erregt, war es schwer, sie davon abzulenken. Im Gegensatz zu Claudentina, die Noemi sehr oft zuhause besuchte und deren Mutter gut kannte, hatten Felix und Arthur bisher nur wenig mit ihr zu tun gehabt. Genug aber, um zu wissen, wie nachdrücklich sie sein konnte. Und nachtragend. Dass sie drei Freunde ihrer Tochter mitten in der Nacht bei fraglichen Aktivitäten erwischt hatte, würde sie so schnell nicht vergessen.

»Wir können das erklären.« Felix beschloss, die Karten offen auf den Tisch zu legen. Mit etwas Glück würde das nicht nur ihn und seine Freunde entlasten, sondern auch etwas dazu beitragen, dass die Wahrheit endlich ans Licht kam. »Da ist ... ein geheimer Raum unter der Kirche. Man kommt dort durch einen versteckten Gang neben dem Beichtstuhl hin, und da ist auch ein unheimlicher Mann, der mich mal bedroht hat. Kommen Sie mit, wenn Sie mir nicht glauben.«

Abiona wirkte noch unentschlossen, während Herr Läufer sich sofort in Bewegung setzte und an Felix und den anderen vorbei in die Kirche ging, mit den Worten: »Dann gehen wir eben mal nachsehen! Wenn die Kinder sagen, dass da etwas faul ist, dann wird es wohl so sein.«

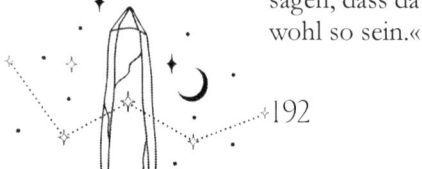

Noch einen Moment zögerte Abiona. Vermutlich fragte sie sich gerade, was zum Teufel sie da eigentlich tat. Doch schließlich setzte sie sich ebenfalls in Bewegung. »Ich warne euch – wehe, ihr führt mich hier an der Nase herum!«

Arthur blieb standhaft. »Sie werden schon sehen!« Sein provozierender Tonfall drückte deutlich sein Missfallen darüber aus, dass sie es nicht zu glauben schien. Aber Abiona machte nur ihren Job, und Felix tröstete sich mit dem Gedanken daran, dass sich ohnehin gleich alles aufklären würde.

Herr Läufer wartete in der Nähe des Beichtstuhls. »Also, hier ist nichts. Wo genau soll dieser Geheimgang denn sein?« Er machte nicht den Eindruck, als würde er seinen Schülern nicht glauben. Im Gegenteil – seinem Gesichtsausdruck nach zu urteilen, schien er sogar zu hoffen, dass sie die Wahrheit sagten.

»Dort ist es auch nicht.« Arthur deutete auf den Wandteppich. »Sondern dort!« Ohne abzuwarten, ob Abiona möglicherweise selbst die verdächtige Stelle überprüfen wollte, ging er hin, packte den Wandteppich und zog ihn schwungvoll zur Seite. Was dahinter zum Vorschein kam, brachte nicht nur die Polizistin dazu, die Stirn zu runzeln, sondern überraschte auch alle anderen.

»Das kann doch nicht sein!«, sagte Arthur fassungslos.

Auch Felix traute seinen Augen nicht. Der Gang, der zum Treppenhaus in den Keller führte, war verschwunden. Alles, was der Wandteppich an dieser Stelle verdeckt hatte, war ein Stück Wand.

Abiona räusperte sich. »Falls das ein Witz sein soll, ist er nicht besonders komisch.«

»Aber das ist kein Witz!«, beteuerte Claudentina. »Hier war bis vor ein paar Minuten noch ein geheimer Gang!«

Die Polizistin schüttelte den Kopf. »Gerade von dir hätte ich etwas mehr Vernunft erwartet, Claudentina.« Sie sah sich noch einmal ausgiebig im Kirchensaal um und wandte sich dann zum Gehen. »Kommt mit.«

Arthur ließ den Teppich los, der zurück in seine Position fiel. Felix konnte nicht glauben, dass der Gang einfach verschwunden war, und suchte in den Gesichtern seiner Freunde nach möglichen Erklärungen. Doch diese blickten genauso ratlos drein.

Auch Herr Läufer wirkte ehrlich betroffen. »Es tut mir leid, dass ich euch in diese Situation gebracht habe. Hätte ich gewusst, dass ihr es seid, hätte ich erst selbst versucht, mit euch zu reden.«

»Schon gut«, sagte Felix und meinte es auch so. Immerhin hatte Herr Läufer ihm und seinen Freunden sehr schnell geglaubt und Abiona dazu bewegt, ihnen in die Kirche zu folgen. Nun folgten sie alle der Polizistin wieder hinaus, während Felix' Gedanken weiterhin um den Wandteppich und den Geheimgang kreisten.

Es kam ihm vor wie ein merkwürdiger Traum. Dabei war dieser Vorfall nicht einmal das Merkwürdigste, was er binnen der letzten Wochen erlebt hatte. Aber in den meisten anderen solchen Fällen war er früher oder später aufgewacht. Wenigstens hatte sich Arthurs Idee, das Handy zurückzubringen, damit nun ebenfalls erledigt.

Als sie draußen waren, vernahm Felix in der Ferne schrille Sirenen, die er nicht zuordnen konnte. Es mochte die Polizei sein, oder ein Rettungswagen oder die Feuerwehr.

Abiona kümmerte sich nicht darum. Sie achtete nur sorgsam darauf, dass Arthur die Kirchentür von außen abschloss. Dann deutete sie auf ihr Auto und wies die anderen an, einzusteigen. »Gestatten, ich bin heute Abend euer Chauffeur.«

»Aber wir können es immer noch erklären!«, beharrte Arthur. »Lassen Sie uns hinter die Kirche gehen. Da ist ein Ort, der da nicht sein sollte.«

»Ruhe jetzt! Ich will nichts mehr hören.« Abionas Ton duldete keinen Widerspruch. »Hinter der Kirche ist nichts, was dort nicht hingehört. Ein paar Bäume und ein

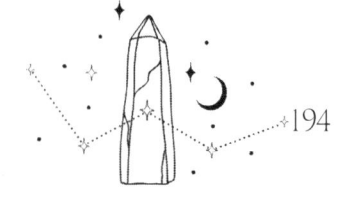

Friedhof, das war's. Dort gehen wir heute nicht hin. Und ihr drei geht heute auch sonst nirgendwo anders mehr hin als nach Hause.«

»Aber ...« Felix wollte gerade protest-ieren, als die Worte der Polizistin in seinem Kopf widerhallten. Hatte sie »nach Hause« gesagt?

Claudentina schien den gleichen Gedanken zu haben und wirkte erleichtert, als sie fragte: »Heißt das, du nimmst uns nicht mit aufs Revier?«

Abiona zuckte mit den Schultern. »Dazu gibt es wohl keinen Grund. Da mir in der Kirche nicht aufgefallen ist, dass etwas gestohlen oder beschädigt wurde, drücke ich noch mal ein Auge zu. Für heute. Sollte ich euch noch mal erwischen, könnt ihr euch aber auf etwas gefasst machen! Und jetzt ab ins Auto, ich bringe euch persönlich nach Hause, damit ich auch sicher sein kann, dass ihr wirklich ankommt. Es ist fast Mitternacht, da sollten Minderjährige wie ihr schon längst im Bett sein!«

Wenigstens das. Felix war erleichtert. So konnte er zumindest *versuchen*, sich ins Haus zu schleichen, ohne von seinen Eltern erwischt zu werden. Nicht auszudenken, was passieren würde, wenn sie erfuhren, dass er eine polizeiliche Aktion ausgelöst hatte. Er konnte sich bereits vorstellen, auf was für absurde Ideen sie schon wieder kämen.

»Was hast du angestellt? Jemanden ermordet? Dich prostituiert? Drogen genommen? Schatz, wieso tust du das? Wieso redest du denn nicht mit uns?« ... *Als ob ich irgendetwas davon jemals tun würde.*

»Herr Läufer, kann ich Sie auch noch irgendwo hinbringen?«, fragte die Polizistin, nachdem sie sich vergewissert hatte, dass ihre Verdächtigen angeschnallt im Auto saßen.

»Nicht nötig, danke. Ich wohne in der Nähe.« Herr Läufer wandte sich ein letztes Mal seinen Schülern zu. »Euch noch ein schönes Wochenende, und stellt ja nichts mehr an! Wir sehen uns am Montag in der Schule.«

Felix blickte seinem Lehrer nach und fragte sich, warum er diesem nie außerhalb des Schulgebäudes begegnet war. Wenn sie beide hier in Branlau wohnten, hätten sie sich doch irgendwann über den Weg laufen müssen! Aber das war nun wirklich sein kleinstes Problem.

Abiona schloss die hintere Tür des Wagens und setzte sich ans Steuer, während Felix, Arthur und Claudentina still auf dem Rücksitz verharrten. Keiner von ihnen war jemals von der Polizei nach Hause gebracht worden.

Sie fuhren zunächst über die Brücke nach Ardegen, da der Weg zu Arthur am kürzesten war. »Ich lade euch jetzt zuhause ab, und dort bleibt ihr auch bis mindestens morgen früh, verstanden?«, verkündete Abiona gleich zu Beginn der Fahrt.

»Ja«, antworteten alle drei im Chor.

Unter normalen Umständen hätten sie Arthur binnen weniger Minuten abgeliefert; nach der Brücke links, dann nach wenigen Blöcken rechts, an der Grundschule und dem Park vorbei, und man war da. Sogar zu Fuß wäre es recht schnell gegangen. Heute aber nicht.

Schon beim Überqueren der Brücke war ein orange-roter Schimmer zu sehen, der den Nachthimmel erhellte – genau in der Richtung, wo Arthur wohnte. Die Sirenen, die schon bei der Kirche zu hören gewesen waren, wurden lauter. Kurz darauf traten auch die dazugehörigen Blaulichter in Erscheinung.

»Was ist denn da los?« Abiona richtete die Frage mehr an sich selbst als an ihre Mitfahrer, als sie in die Straße mit der Schule einbog. Der Anblick, der sich ihnen sogleich bot, gab ihr die Antwort: Die Schule stand in Flammen.

Trotz der sicheren Entfernung, in der er sich befand, wich Felix das Blut aus dem Gesicht.

Schon wieder Feuer ... Warum ausgerechnet Feuer?

Arthur schien es ähnlich zu ergehen, wenn auch aus anderen Gründen. Entsetzt starrte er aus dem Fenster. »Oh Gott! Das ist die Schule, auf die ich als Kind gegangen bin!«

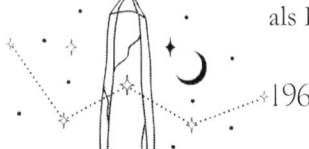

Die anderen sagten nichts.

Abiona verlangsamte ihr Tempo, doch schon bald erkannte sie, dass sie hier nicht durchkommen würde. Polizei- und Feuerwehrautos, Wasserschläuche, Absperrungen und verschiedene Personen, sowohl Hilfskräfte als auch Gaffer, blockierten die Fahrbahn. Es war kein schöner Anblick. Zwar schienen die Feuerwehrleute gut voranzukommen, denn ein Großteil des Gebäudes war gelöscht, aber das Feuer hatte überall, wo es gewütet hatte, seine hässlichen, schwarzen Spuren aus Ruß und Asche hinterlassen.

Es schien auch Verletzte zu geben, denn ein Krankenwagen stand wenige Meter vom Hauptgeschehen entfernt am Straßenrand, Sanitäter liefen durch die Gegend. Alle wirkten gehetzt und hektisch, doch im Allgemeinen schien die Feuerwehr die Situation unter Kontrolle zu haben.

Schließlich hielt Abiona an und setzte sich über ihr Funkgerät mit den Polizisten vor Ort in Verbindung. Nachdem sie ein paar Worte mit diesen gewechselt hatte, schaltete sie in den Rückwärtsgang.

»Die brauchen mich hier nicht. Ich fahre euch nach Hause.« Sie drehte um, um einen anderen Weg zu finden.

Arthur sprach kein Wort und war offensichtlich bemüht, sich ruhig zu verhalten. Dabei hing seine große innere Anspannung fast greifbar in der Luft. Für ihn musste dieser Anblick am schlimmsten sein. Es war nicht nur seine ehemalige Schule, die hier brannte. Es war auch der Ort, an dem seine Mutter arbeitete, und nur einen Katzensprung von seiner Wohnung entfernt. Er machte sich Sorgen um seine Eltern, die um diese Zeit natürlich schon längst zuhause waren – aber was, wenn das Feuer um sich gegriffen hatte? Das würde eine kurze, aber dennoch sehr lange Fahrt nach Hause werden.

Dem Feuer ist alles zuzutrauen. Feuer ist böse!

Felix hätte seinem Freund wohl helfen, zumindest irgendetwas Beruhigendes sagen sol-len. Doch ihm fiel nichts ein, denn er konnte sich nicht einmal selbst beruhigen. Wenn es um Feuer ging, konnte das auch sonst niemand. Sein Verstand reagierte geradezu allergisch darauf.

Umso größer war die allgemeine Erleichterung, als sie das dreistöckige Wohnhaus erreichten, in dem Arthurs Familie wohnte, das zwar von den Flammen orange beleuchtet, ansonsten aber in Ruhe gelassen wurde.

Herr und Frau Klamm waren zum Glück unversehrt. Arthurs Eltern standen auf dem Balkon des zweiten Stocks und starrten in das Feuer, kaum zweihundert Meter weiter. Auch aus den anderen Wohnungen waren Leute gekommen, die teilweise fasziniert, teilweise entsetzt dem Feuer beim Brennen und den Feuerwehrleuten beim Löschen zusahen. An Schlaf dachte hier trotz der späten Stunde niemand, alle waren zu aufgewühlt.

Arthurs Gesicht verriet, wie er sich fühlte: eine seltsame, schwer zu beschreibende Mischung aus Erleichterung darüber, dass seinen Eltern offensichtlich nichts zugestoßen war, und Angst vor etwas anderem, als der Wagen vor dem Haus anhielt.

»So ein Mist!«, fluchte er. »Versteht mich nicht falsch, ich bin ja froh, dass bei ihnen alles okay ist, aber warum müssen sie unbedingt gerade dann auf dem Balkon stehen, wenn ich von der Polizei hier abgeliefert werde? Was soll ich ihnen erzählen?«

»Wenn euer Ausflug in die Kirche wirklich so frei von jeder kriminellen Energie war wie ihr behauptet, dann dürftest du mit der Wahrheit am besten beraten sein«, sagte Abiona.

»Wozu? Die glaubt mir ja sonst auch niemand!« Arthur gab Felix das Messer zurück, das er die ganze Zeit über bei sich getragen hatte, und warf einen Blick auf die Wunde an seinem Handgelenk. »Was das hier angeht, sag ich einfach, ich wäre auf einen Stein gefallen.«

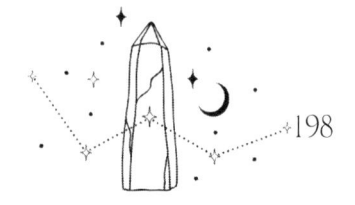

»Und was den Rest angeht, sagst du, wir hätten das Feuer gesehen und wären zur Grundschule gegangen, um herauszufinden, was los ist, bis Abiona uns aufgesammelt und netterweise nach Hause gefahren hat«, fügte Claudentina hinzu.

»Dann muss ich ja schon wieder lügen!« Arthur seufzte und ließ den Kopf hängen.

Augenblicklich drehte sich Abiona auf dem Fahrersitz um und starrte ihn an. »Wie war das, *schon wieder*? Wann genau hast du heute denn schon mal gelogen?«

»Hat nichts mit Ihnen zu tun!«, besänftigte Felix sie schnell. »Und auch nichts mit dem, was wir in der Kirche gemacht haben.«

Abionas misstrauischer Blick wanderte zu ihm, doch dann zuckte sie mit den Schultern und sah wieder Arthur an. »Na, dann will ich euch das mal glauben. Aber jetzt schnell raus hier, bevor ich's mir anders überlege und dich nach oben begleite!«

Das ließ sich Arthur sicher nicht zweimal sagen. »Ich lass mir was einfallen. Bis spätestens Montag«, sagte er schnell zu seinen Freunden, bevor er aus dem Wagen stieg und die Tür zuwarf. Er drehte sich um, ging zum Haus und winkte dabei seinen Eltern zu, die verwundert vom Balkon herunterblickten.

Claudentina beobachtete Arthur weiterhin durch das Fenster, während für sie und Felix die unfreiwillige Taxifahrt weiterging. »Glaubst du, sie kaufen es ihm ab?«

Felix zuckte mit den Schultern. »Das wird er uns ja dann am Montag in der Schule erzählen.«

Abiona umfuhr das brennende Hindernis auf demselben Weg wie zuvor und fragte dabei noch mehrere Male, was passiert war. Doch Felix und Claudentina hatten ihr die Wahrheit bereits gesagt, und sie hatte ihnen nicht glauben wollen. Also enthielten sie sich fortan dazu .

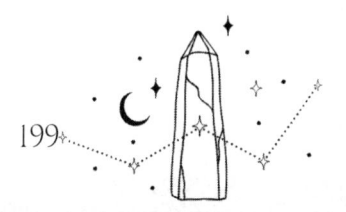

Später in der Nacht, als er eigentlich schon längst schlafen sollte, saß Felix immer noch hellwach in seinem Bett und begutachtete sein neues Spielzeug. Er wollte das geheimnisvolle Telefon aus Nerbesar nicht mehr aus der Hand legen, musste es jedoch hin und wieder, denn wann immer er nur ein paar Sekunden Körperkontakt damit hatte, fing das Kribbeln wieder an, und er konnte sich nicht mehr konzentrieren. Nach einiger Zeit kam er schließlich auf die Idee, es nur noch mit einem Tuch anzufassen, was es zwar schwieriger machte, die Tasten zu drücken, aber immerhin hielt das aufregende und zugleich nervige Kribbeln sich zurück.

Was die Bedienung anging, unterschied es sich kaum von der Allgemeinheit der Mobiltelefone. Was es allerdings nicht hatte, war ein Ladebalken oder eine Öffnung für ein Ladegerät; entweder musste man es auf eine ihm unbekannte Weise aufladen, oder es stimmte tatsächlich, was Carlo gesagt hatte, und ihm ging nie der Saft aus – und mit ein bisschen Glück auch das Guthaben nicht.

Finden wir's raus!

Felix hatte Arthurs Nummer schon oft genug gewählt, um sie auswendig zu können, und beschloss, ihn anzurufen. Er wollte sich ohnehin erkundigen, wie bei den Klamms der Haussegen hing. Es klingelte, einmal, zweimal – erst nach dem fünften Mal hob jemand ab, und auch dann dauerte es noch einige Sekunden, bis Arthurs verschlafene Stimme sich meldete. »Hallo?«

»Hey, ich bin's!«, sagte Felix heiter und unbeschwert, um seine Aufregung zu überspielen. Als hätte er nicht gerade zu einer unmöglichen Uhrzeit in tiefster Nacht jemanden aus dem Bett geklingelt. »Wie geht's, was treibst du so?«

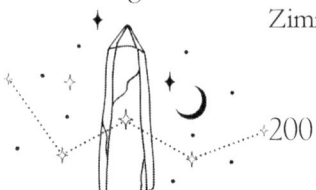

Die erste Antwort, die er hörte, war ein schwerer Seufzer am anderen Ende der Leitung. »Hm, was soll ich wohl treiben? Es ist spät am Abend, oder wohl eher früh am Morgen. Da werde ich höchstwahrscheinlich in meinem Zimmer hocken und gelangweilt darauf warten, dass du anrufst.« Für seinen Zustand war Arthur erstaunlich schlagfertig. »Sag mal, was ist das überhaupt für eine Nummer?«

Felix grinste. »Rate mal!«

Erneut ein Seufzer von Arthur, doch diesmal lauter und eindringlicher, eher wie ein Stöhnen. Er schien *wirklich* keine Lust auf dieses Gespräch zu haben. »Nee, sag's mir. Ich bin jetzt nicht in der Stimmung zum Raten. Nach allem, was heute passiert ist, konnte ich kaum einschlafen, und jetzt weckst du mich wieder auf! Du kannst demnach wohl auch nicht schlafen.«

Das kam Felix noch nicht einmal in den Sinn. Ja, es war einiges passiert, und hin und wieder hatte er sich gewünscht, woanders zu sein. Aber gerade deswegen konnte er sich jetzt nicht einfach hinlegen und schlafen. Und weil es trotz allem auch ziemlich aufregend gewesen war. »Ich rufe dich gerade von unserem neuen Pendulum-Handy aus an!«

»Spinnst du?« Plötzlich war Arthur hellwach. »Du hast doch keine Ahnung, wie das abgerechnet wird! Oder vielleicht hört jemand mit! Was machst du, wenn diese Andrea oder wer auch immer gleich vor deiner Tür steht und das Ding zurück will? Und überhaupt, ich kann immer noch nicht fassen, dass wir ein Handy geklaut und dafür sogar eine Frau mit einem Messer bedroht haben! Wie kannst du jetzt einfach damit rumspielen, als wäre es das Normalste auf der Welt!«

Weil es nun mal so schön kribbelt!

Felix fühlte sich wie ein Kind, das von einem Elternteil getadelt wurde. Wahrscheinlich hatte Arthur sogar Recht; es war leichtsinnig, dieses neue Pendulum-Wunderwerk zu behalten und auch zu benutzen, ohne genau zu wissen, wie es funktionierte. Aber was sollten sie sonst tun? Es zurückzubringen, könnte gefährlich werden. Es wegwerfen wollte Felix ebenso wenig, dazu war es zu besonders. Nun, da sie es schon hatten, konnten sie ebenso gut das Beste daraus machen, fand er.

Egal – das war nicht der einzige Grund, warum er anrief. »Scheiß dir nicht gleich in die Hose! Ich wollte nur kurz hören, wie's dir geht. Was hast du deinen Eltern erzählt, und wie sieht's mit der Grundschule aus? Die Feuerwehr ist doch bestimmt schon fertig mit ihrer Arbeit, oder?«

Der Gedanke jagte ihm einen Schauer über den Rücken. Schon seltsam, dass ihm von allem, was er in den letzten Stunden erlebt hatte, ausgerechnet der Brand so stark im Gedächtnis blieb – das eine Ereignis, das er nur passiv aus der Ferne beobachtet hatte. Aber er hasste nun einmal Feuer, egal, wie weit es weg war.

»Ja, die sind fertig und ruhen sich aus oder liegen im Bett, wie jeder normale Mensch um diese Uhrzeit!«, antwortete Arthur gereizt. »Die Schule muss wohl erst mal für einige Zeit ausfallen, aber das wird schon wieder. Und meinen Eltern hab ich das erzählt, was Claudentina vorgeschlagen hat. Zum Glück haben sie mir geglaubt und keine Fragen mehr gestellt. Und du? Hast du sonst noch Fragen oder darf ich jetzt noch ein paar Stunden schlafen, bevor die Sonne aufgeht?«

»Ist ja schon gut! Dann schlaf mal schön, du Spielverderber.« Grinsend legte Felix auf. Es war gut zu wissen, dass es Arthur und seiner Familie gut ging, die brennende Schule gelöscht und auch sonst alles in Ordnung war.

Noch ein weiterer Blick auf die Uhr und ihm wurde klar, dass er bald aufhören musste, mit dem Handy herumzuspielen. Morgen war schließlich auch noch ein Tag.

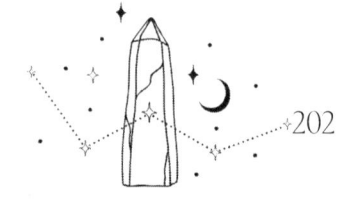

11
UNTERWEGS MIT MICCO

Die anstehenden Weihnachtsferien kamen näher und der folgende Montag war einer der letzten Schultage. Grund genug, in den letzten Stunden nicht mehr ganz so aufmerksam dem Unterricht zu folgen und sich spannenderen Dingen zu widmen, wie beispielsweise einem neuen Telefon.

Einen Teil des Wochenendes hatte Felix damit verbracht, sein Handy genauer zu untersuchen, mal mit und mal ohne Tuch, das ihn vor dem Kribbeln schützte. Dabei hatte er gelernt, das Gefühl einigermaßen zu unterdrücken, um sich davon nicht mehr so schnell überwältigen zu lassen. Es war immer noch da, jedes Mal, wenn er das Telefon oder auch nur die Taschenlampe mit bloßen Händen anfasste, stärker noch bei unvermitteltem Körperkontakt, doch allmählich gewöhnte er sich daran.

So kam es, dass er während einer besonders langweiligen Doppelstunde Erdkunde die Internet-Funktion seines neuen Spielzeuges testen konnte – ohne schützendes Tuch. Leider wussten nicht alle diesen kleinen Erfolg so sehr zu schätzen wie er.

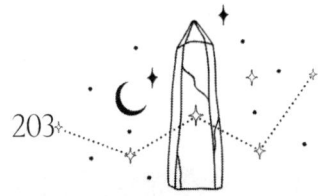

»Könntest du das blöde Ding mal für eine Minute aus der Hand legen und hier dem Unterricht folgen?«, fragte neben ihm Arthur, dem das Tippen wohl schon auf die Nerven ging.

»Du bist doch sonst nicht so spießig!« Felix nahm nicht einmal den Blick vom Telefon.

»Nein, aber das ist Erdkunde! Und das bedeutet, dass ich dir am Ende wieder alles erklären muss.«

»Ach was. Die Erde ist ne Kugel, sie dreht sich, die Sonne geht auf und unter, passt schon. Da ist nichts, was du mir erklären müsstest.«

Streng genommen hatte Arthur nicht Unrecht, was seine Rolle bei der gelegentlichen Nachbereitung von versäumtem Unterrichtsstoff anging, aber dafür bekam er schließlich kostenlose Französisch-Nachhilfe. Im Grunde mochte Felix dieses Fach auch nur deswegen nicht, weil es sich sehr viel seltener mit Erdkunde im klassischen Sinne beschäftigte, als mit eintöniger Wirtschaftspolitik; da hatte das, was er gerade mit dem Handy machte, um einiges mehr mit echter Erdkunde zu tun, wie er zu seinem Erstaunen feststellte.

Seit seiner kurzen Ohnmacht im Kirchenkeller konnte er sich erstmals an die Zahlen- und Buchstabenfolge erinnern, die er bisher in jedem seiner Blutträume gesehen, sich jedoch nie gemerkt hatte. Im Grunde waren es überwiegend Zahlen und nur zwei Buchstaben. Das Internet danach zu befragen, hatte zu keinem Ergebnis geführt – zumindest nicht zuhause an seinem Laptop. Sein neues Handy hingegen schien damit um einiges mehr anfangen zu können.

»Schau mal!« Felix wusste, dass Arthur in Fächern, die er mochte, nicht gern vom Unterricht abgelenkt wurde, aber es gab nun einmal Wichtigeres als Wirtschaftspolitik, die sich als Erdkunde ausgab.

Erst nach der zweiten Aufforderung reagierte Arthur endlich. »Was ist denn?«

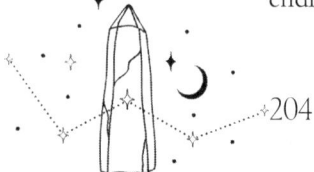

Felix zeigte ihm, was er gerade auf dem Bildschirm stehen hatte, während die Lehrerin damit beschäftigt war, etwas an die Tafel zu schreiben.

»Toll, eine Landkarte von Italien«, stellte Arthur unbeeindruckt fest. »Na und?«

»Das sind die Buchstaben und Zahlen, die ich immer im Traum sehe. Dort führen sie hin.« Felix zeigte auf eine Stelle in der unteren Hälfte der virtuellen Karte, die rot markiert war. »Das sind Koordinaten!«

Nun war Arthurs Interesse geweckt. »Und was heißt das?« Mit einem Mal klang er erwartungsvoll und Felix glaubte, ein Funkeln in den Augen seines Freundes zu erkennen.

»Kann ich dir jetzt nicht sagen, du musst ja aufpassen.«

Arthur warf Felix einen finsteren Blick zu, den dieser mit einer herausgestreckten Zunge beantwortete. Dann widmete er sich wieder seinen fein säuberlich geschriebenen Notizen, um sie mit dem Tafelanschrieb zu vervollständigen. Als einer der wenigen braven Schüler, die noch bis in die elfte Klasse mit Füller in Hefte schrieben, statt wie Felix seit der siebten Klasse endlich auf Kugelschreiber und Blöcke umzusteigen, musste er einen gewissen Schein wahren.

»Ich erklär dir nachher in Bio alles«, versprach Felix daraufhin, ging aus dem Internet und legte das Handy zum ersten Mal seit Beginn der Doppelstunde aus der Hand.

Die meisten anderen Schüler im Zimmer schrieben zwar brav den Tafelanschrieb ab, aber ihnen war deutlich anzusehen, wie sehr sie sich auf die Ferien freuten. Der Einzige, der überhaupt kein Interesse daran zeigte, in irgendeiner Form dem Unterricht zu folgen – abgesehen von Felix –, war Micco.

Die Art und Weise, wie er alleine in der vordersten Reihe saß, die Arme auf dem Tisch verschränkt und der Kopf darauf ruhend, strahlte eine Gleichgültigkeit aus, wie sie selten zu beobachten war. Selbst Schüler, die sich für ein bestimmtes Fach nicht interessierten, achteten zumindest einigermaßen darauf, es nicht so überdeutlich zur Schau zu stellen wie Micco gerade. Doch ihm schien nicht nur die Schule egal zu sein, sondern auch, was für einen Eindruck er auf seine Mitschüler machte.

Dass er trotzdem immer in der ersten Reihe saß, ganz nah beim Lehrer, hatte bestimmt nichts mit einem unterdrückten Wunsch zu tun, von der Materie doch noch etwas mitzukriegen. Viel eher symbolisierte es seine Faulheit, sich einen Platz zu suchen, der weiter von der Tür entfernt war als nötig. Wo er saß, hätte sich normalerweise nur ein Streber hingesetzt – oder jemand, der das Pech hatte, am ersten Schultag zu spät zu kommen und keinen anderen Platz mehr zu ergattern.

Felix hatte sich schon so einige Gedanken über die Gründe für dieses Verhalten gemacht und war auf verschiedene mögliche Erklärungen gekommen. Je mehr er darüber nachdachte, desto weniger mysteriös erschien Micco ihm. Die einzige Frage, die er sich immer noch nicht beantworten konnte, war die nach dem Warum.

Gelangweilt von Erdkunde und nicht motiviert genug, alles von der Tafel abzuschreiben, saß Felix nur da und starrte Micco an. Aber nicht lange, denn kurz darauf drehte dieser den Kopf und starrte zurück. Ertappt tat Felix so, als hätte sich sein Blick nur zufällig in diese Richtung verirrt.

Dabei bemerkte er etwas. Als Micco träge den Kopf hob und sein linker Arm, auf dem er sich ausgeruht hatte, kurz sichtbar wurde, kam seine Armbanduhr zum Vorschein. Sie war schwarz und hatte ein violettes Zifferblatt, dessen Schimmern Felix wahrscheinlich nie aufgefallen wäre, wenn nicht in dieser Sekunde ein paar Sonnenstrahlen sich durch die winterlich graue Wolkendecke gekämpft und es beleuchtet hätten. Doch nun war es ganz deutlich zu sehen.

Seine Uhr wies eine verdächtige Ähnlichkeit mit den Armbanduhren auf dem Marktplatz Nerbesar auf, und Felix war unsicher, was er davon halten sollte. Hatte Micco etwas mit dem Pendulum zu tun? *Oder noch schlimmer ... Hat er mit Nerbesar, dem Kirchenkeller und dem Ritual zu tun?*

Micco streckte sich und gähnte, ohne eine Hand vor den Mund zu halten, legte die Arme dann wieder auf den Tisch und den Kopf darauf, als wäre nichts gewesen. Die Uhr verschwand aus Felix' Sichtfeld. Dennoch bestand kein Zweifel daran, dass es eine von diesen Uhren war. Und Felix wusste, dass sein Misstrauen und seine Neugier keine Ruhe geben würden. Zumindest nicht, bis er herausgefunden hatte, was dahintersteckte.

Er überlegte, Arthur Bescheid zu geben, entschied sich jedoch dagegen. Sein bester Freund hatte in letzter Zeit zu viel auf sich genommen und sich sogar in große Gefahr begeben, um ihm zu helfen, und das sollte nicht zur Gewohnheit werden.

Bis zum Ende der Doppelstunde verblieben noch wenige Minuten, die sich für Felix wie eine Ewigkeit anfühlten. Eine besonders ewige Ewigkeit. Aufregung war schlimmer als Langeweile, denn sie ließ unangenehme Gedanken aufkommen. Er musste mit Micco sprechen, und zwar möglichst bald. Das ließ sich nicht vermeiden.

Als endlich die Pausenglocke läutete, hatte Felix in Sekundenschnelle seine Sachen zusammengepackt und seinen Sitzplatz verlassen. Arthur rief ihm etwas hinterher, doch er beachtete es nicht und war nur auf Micco fixiert, der es allem Anschein nach eilig hatte, aus dem Klassenzimmer herauszukommen. War ihm Felix' Reaktion auf seine Uhr aufgefallen? Felix hatte sich bemüht, nicht zu auffällig das Gesicht zu verziehen, doch es bestand immer noch die Möglichkeit, dass Micco Gedanken lesen konnte. Gewundert hätte es ihn nicht.

Er folgte Micco unauffällig bis zum Rand des Pausenhofs und beobachtete aufmerksam jede seiner Bewegungen. Micco setzte sich auf eine Bank, platzierte seine Tasche neben sich und zog eine Zigarettenschachtel samt Feuerzeug heraus. Er war also Raucher. Mit seiner üblichen Sonnenbrille auf der Nase, die er scheinbar nie ablegte, saß er da und rauchte langsam und genüsslich eine Zigarette.

Felix hatte noch nie nachvollziehen können, was manche seiner Mitmenschen an Zigaretten so toll fanden. Wenn man das starke Bedürfnis hatte, an etwas zu nuckeln, was sprach dann gegen einen viel schmackhafteren Lolli?

Dass es nach ein paar Minuten allmählich Zeit wurde, in Richtung des nächsten Klassenzimmers aufzubrechen, nahm Micco nichts von seiner Ruhe. Wie es aussah, hatte er ohnehin vor, wieder zu schwänzen.

Erst nachdem die besagten Minuten vergangen waren, fiel Felix auf, dass er sich die ganze Zeit in sicherem Abstand zu Micco aufgehalten hatte, statt, wie eigentlich geplant, hinzugehen und mit ihm zu sprechen. Doch allein beim Gedanken daran fühlte er sich unwohl. Seit Carlo auf dem Marktplatz merkwürdige Andeutungen gemacht hatte, tendierte Felix dazu, allen zu misstrauen, die womöglich etwas mit dem Pendulum zu tun hatten. Vielleicht war es fürs Erste wirklich besser, einfach nur zu beobachten, was Micco so trieb.

Da, er stand auf! Warf die Zigarette weg, die noch brannte, aber im Schnee nur noch kurz vor sich hin qualmte und schnell erlosch. Schulterte seinen Rucksack und ging los, wobei er allem Anschein nach die Sporthalle ansteuerte. Oder, was wahrscheinlicher war, den Parkplatz, der sich in der gleichen Richtung befand. Es war wie Felix vermutete: Micco hatte weder Lust auf Biologie noch auf die paar Stunden danach, er würde schwänzen – und ließ Felix keine Wahl, als ihm unauffällig zu folgen.

Je weiter Micco ging, desto klarer wurde es, dass er wirklich zum Parkplatz wollte. Doch dann, als hätte er es sich plötzlich anders überlegt, machte er vor einem der Eingänge eine scharfe Kurve und kehrte ins Schulgebäude zurück.

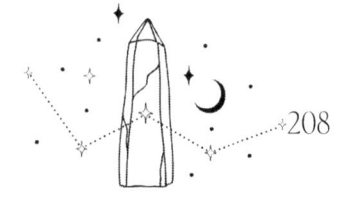

Felix war verwirrt, dackelte aber weiterhin brav hinterher und fragte sich, ob er nun endgültig von allen guten Geistern verlassen war. *Was mach ich hier eigentlich? Ich könnte auch einfach hingehen und ihn direkt auf seine Uhr ansprechen. Vielleicht tue ich einfach so, als fände ich sie schön. Er wird mir schon nichts antun ... Oder?*

Fest entschlossen, Micco nicht weiter hinterherzulaufen, beeilte sich Felix, um aufzuschließen und ihn zur Rede zu stellen. Ein mulmiges Gefühl hatte er dabei aber immer noch, und allzu schnell würde dieses nicht weggehen. Was, wenn Micco tatsächlich zu den Leuten gehörte, die sich in Nerbesar trafen, längst wusste, dass Felix und die anderen unerlaubt dort gewesen waren, und nur darauf wartete, dass einer von ihnen sich verriet?

Die Gänge der Schule waren nahezu verlassen. Der Unterricht hatte vor ein paar Minuten wieder begonnen, daher waren die meisten in ihren Klassenzimmern, und vielleicht war Micco nun auch auf dem Weg dorthin. Er ging zumindest in die richtige Richtung, was Felix eine Ausrede verschaffte, falls er gefragt wurde, warum er ihn verfolgte; sie waren einfach beide zur selben Zeit auf dem Weg zu ihrem Klassenraum, nicht mehr und nicht weniger.

Als besagter Raum nur noch zwei Ecken entfernt war, verschwand Micco hinter der ersten, lange bevor Felix sie erreichte. Als er selbst um die Ecke bog, war Micco auf einmal nicht mehr da. Keine Schritte waren zu hören, auch keine sich schließende Tür.

Verwundert blieb Felix stehen. Hatte Micco so schnell das Klassenzimmer erreicht? Nein, dafür hätte er rennen müssen, und dazu gab es keinen Grund, denn so oder so wäre er zu spät gekommen. Ansonsten blieb nur noch die Möglichkeit, dass er sich vielleicht im Flur hinter dem Schließfächerschrank oder dem Aquarium versteckte, um jeden zu erschrecken, der vorbeikam, doch das war einfach nur albern.

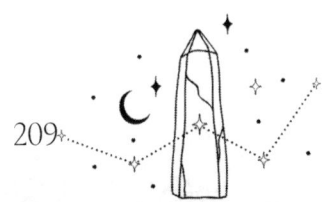

Felix blieb reglos auf der Stelle stehen und suchte den Flur mit den Augen ab – nichts. Dann drehte er sich zur Seite und ließ vor Schreck seinen Rucksack von der Schulter rutschen. Derjenige, den er suchte, stand urplötzlich neben ihm und beobachtete ihn.

Es vergingen einige Sekunden, in denen Felix' schneller Herzschlag und der Aufprall seines schweren Rucksacks auf dem gefliesten Boden die einzigen Geräusche im leeren Korridor waren. Erschrocken starrte er Micco an, dessen Augen hinter der schwarzen Sonnenbrille verschwanden. Seine Gesichtszüge zeigten keine Regung.

Hat dir eigentlich schon mal jemand gesagt, dass du gruselig bist?, dachte Felix, traute sich aber nicht, den Gedanken laut auszusprechen. Die Antwort wäre sowieso »Nein« gewesen, denn bisher hatte es bestimmt noch nie jemand gewagt, das zu sagen – oder er war danach spurlos verschwunden.

»Äh, hallo«, war so ziemlich das Einzige, was Felix über die Lippen brachte, während sein Verstand auf Hochtouren arbeitete. Wie hatte sein Gegenüber es geschafft, erst unvermittelt von der Bildfläche zu verschwinden und gleich darauf aus dem Nichts neben ihm aufzutauchen? »Na, auf dem Weg zu Bio?« Seine Versuche, einigermaßen unbeschwert und nicht allzu ertappt zu klingen, scheiterten. Um diesen Eindruck zu erwecken, hätte er erst einmal den Rucksack nicht fallen lassen dürfen.

»Schon möglich.« Micco schwieg einen Moment. Seine Stimme klang ruhig und gefasst. Felix bezweifelte, dass er Lust auf ein Schwätzchen hatte. Dennoch sagte Micco: »Mich würde eher interessieren, wohin *du* wolltest.«

Streng genommen eine ganz normale Frage unter Schülern, wenn man ihre Situation bedachte. Felix hielt an seinem Vorhaben fest, seine Verunsicherung zumindest nicht durch seine Wortwahl zu verraten, und antwortete ebenfalls ganz normal. »Ich? Na ja ... Auch zu Bio, natürlich.«

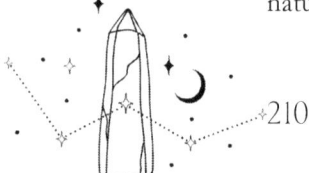

Micco lächelte, aber nur mit einem Mundwinkel, der sich für einen kurzen Moment hob. Es war definitiv kein freundliches oder einladendes Lächeln. »Netter Versuch!« Er packte Felix an den Schultern und stieß ihn zurück.

Für einen Augenblick war sich Felix sicher, gleich die Abreibung seines Lebens zu bekommen. Micco drückte ihn gegen die Wand und platzierte die Arme links und rechts von seinem Kopf, um jeden möglichen Fluchtversuch im Keim zu ersticken. Er kam so nahe heran, dass Felix nicht einmal einen kleinen Schritt nach vorne machen konnte, ohne ihm buchstäblich direkt in die Arme zu laufen.

Micco hatte ihn umzingelt – und Felix musste ein Grinsen unterdrücken, als ihm eine kuriose Fantasie durch den Kopf schoss, die er aber gleich wieder verdrängte.

»Also.« Micco sprach leise, aber mit einer Selbstsicherheit, die keinen noch so kleinen Zweifel an seiner Überlegenheit in dieser Situation zuließ. »Was machst du hier?«

»Gar nichts! Ich wollte nur zum Unterricht.« Felix wusste im Grunde, dass es nichts nützte, zu lügen. Er konnte nirgendwo anders hinsehen als in die verborgenen Augen des anderen. Dabei spürte er, wie er rot im Gesicht wurde. In diese subtile Angst, die ihn schon die ganze Zeit begleitete, mischte sich nun auch noch eine Spur Scham ein. Was für eine peinlich offensichtliche Ausrede!

»Erzähl mir doch keinen Scheiß! Oder glaubst du, ich hab nicht bemerkt, wie du mir da draußen nachgeschlichen bist? Ein guter Spion wird aus dir jedenfalls nicht!«

Jetzt hatte es erst recht keinen Sinn mehr, irgendetwas zu leugnen. Felix wandte den Blick ab und sah auf Miccos Uhr direkt neben seinem Gesicht, die der Grund für seine momentane Situation war. Bei ihrem bloßen Anblick glaubte er für einen Moment, das Kribbeln zu spüren, wusste aber, dass er sich das nur einbildete. Ohne direkten Kontakt konnte es auch kein Kribbeln geben.

Micco schien zu verstehen, dass er keine weitere Antwort bekommen würde, stieß sich von der Wand ab und trat einen Schritt zurück. Sein Blick blieb weiterhin auf Felix gerichtet, oder zumindest vermutete Felix das. Diese Sonnenbrille störte jede nonverbale Konversation auf eine Art und Weise, die ihm bislang nicht wirklich bewusst gewesen war. Micco legte die Stirn in Falten, als müsste er überlegen, was er nun tun sollte. Dann wandte er sich ab und ging langsam zurück in die Richtung, aus der beide gekommen waren.

»Ich weiß doch, was du willst. Komm mit.«

Unsicher, wie er darauf reagieren sollte, sah Felix Micco nach. Was hatte das alles zu bedeuten? Diese seltsame Begegnung würde ihn bestimmt noch tagelang beschäftigen, wenn er die Chance, die sich ihm gerade bot, nicht nutzte, aber ...

Nach wenigen Schritten blieb Micco stehen und drehte sich um. »Na, komm schon!« Er machte eine Kopfbewegung in die Richtung, in die er wollte, und ging weiter, als hätte er keinerlei Zweifel daran, dass Felix ihm jetzt folgen würde. Wohin er ging, verriet er nicht. Er verriet überhaupt nichts.

Felix' Gehirn versuchte wie üblich, die Lücken zu füllen. Die Armbanduhr war eindeutig vom Marktplatz, daran hatte er keine Zweifel mehr. Allerdings wusste er nicht, wie er Micco darauf ansprechen sollte. In seinem Kopf läuteten sämtliche Alarmglocken, doch er konnte nicht anders. Er hob seinen Rucksack auf und lief Micco hinterher. Schnell hatte er diesen eingeholt, blieb aber einen Schritt hinter ihm, warum auch immer.

Draußen steuerten sie den Parkplatz an. Felix hatte keine Ahnung, wo genau Micco ihn hinbringen wollte, um was genau mit ihm anzustellen. Sein Verhalten war im Grunde völlig irrational und unvorsichtig. Dennoch siegte die Neugier und zu einem gewissen Grad auch seine Abenteuerlust über jedes logische Denken. Fühlten sich die Menschen so, die sagten, dass sie die Gefahr liebten?

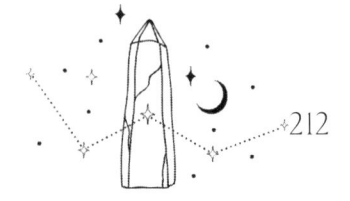

Mit einer kleinen Fernbedienung schloss Micco sein Auto auf. Das blaue Cabrio glänzte, als käme es gerade aus der Waschanlage, und trotz des kalten Winterwetters war das Dach offen.

»Schmeiß dein Zeug einfach auf den Rücksitz und steig ein«, wies er Felix an, während er bereits selbst seine Sachen auf den Rücksitz warf. Dann stellte er eine Schneekugel neben das Lenkrad, woher auch immer er diese so plötzlich genommen hatte.

Felix legte seinen Rucksack ab, ging um das Auto herum und nahm auf dem Beifahrersitz Platz. Dabei betrachtete er die Schneekugel, die eine Großstadt mit einigen Wolkenkratzern zeigte, und fragte sich, ob das wohl Miccos Glücksbringer oder so etwas Ähnliches war.

Die Tür wurde zugezogen und der Motor gestartet. Seit sie die Schule verlassen hatten, war abgesehen von Miccos Anweisung kein Wort zwischen ihnen gefallen. Felix fiel einfach nichts ein, was er sagen konnte, und Micco schien nun auch nicht der Typ für Smalltalk zu sein.

Das Auto fuhr recht schnell aus der Parklücke. Micco trat großzügig aufs Gas, wodurch Felix sofort in den Sitz gedrückt wurde. Einen solchen Fahrstil war er nicht gewohnt. Normalerweise saß er nur bei seinen Eltern oder den Eltern von Freunden im Auto, und diese pflegten alle einen vorsichtigen Fahrstil. Da weder er noch Arthur bereits volljährig waren, war es für Felix eine völlig neue Erfahrung, bei einem Gleichaltrigen mitzufahren.

Je weiter die Fahrt ging, desto offensichtlicher wurde es, dass das Ziel im Norden der Stadt lag. Das Auto fuhr stets etwas zu schnell quer durch die Innenstadt und kam anschließend an Häusern und Straßen vorbei, die Felix noch nie gesehen hatte. Er hatte in seinem Alltag noch nie so weit nach Norden fahren müssen, außer das eine Mal bei der Schulabschlussfeier seiner Cousine Amélie in einem weit nördlich gelegenen Milchwerk. Selbst das war bereits zwei Jahre her.

Als die Gegend für Felix immer fremder wurde, beschloss er, nicht mehr darüber nachzudenken und sich einfach überraschen zu lassen; etwas anderes blieb ihm sowieso nicht übrig. Dieses mulmige Gefühl in seinem Bauch ließ ihm keine Ruhe, und nun kamen auch noch Spannung und Aufregung hinzu. Erneut wanderte sein Blick zu Micco, der schweigend neben ihm saß, bevor er auf die Schneekugel fiel, und Felix fragte sich erneut, was sie Micco wohl bedeutete.

Ohne um Erlaubnis zu fragen, nahm er sie in die Hand und schüttelte sie kräftig. Die künstlichen Flocken wirbelten verspielt um die kleinen Gebäude herum und erschufen ein Bild, das auf den ersten Blick die aktuelle Wettersituation in der Stadt perfekt repräsentierte. Momentan schneite es zwar nicht, aber Schnee lag auf den Straßen, und wenn man dem Wetterbericht glaubte, sollte der Himmel im Laufe des Abends noch großzügigen Nachschub liefern.

Bei genauerem Hinsehen erkannte Felix aber, dass die weißen Partikel keine Schneeflocken waren, sondern winzige Schmetterlinge. Dass er die Kugel genommen hatte, erregte für einen kurzen Moment Miccos Aufmerksamkeit; er drehte den Kopf zur Seite, blickte für eine Sekunde auf das schöne Spielzeug und widmete sich gleich wieder der Fahrbahn, ohne etwas zu sagen.

Es ging weiter durch ein hübsches, ruhiges Wohnviertel mit Ein- und Mehrfamilienhäusern, eingebettet in eine Landschaft aus blattlosen Bäumen und verschneiten Gärten. Dieses Gebiet kannte Felix definitiv nicht, doch da das Auto immer langsamer wurde, ging er davon aus, dass sie ihr Ziel erreicht hatten – nur um sich gleich danach zu fragen, warum genau sie nun hier waren.

Wohnte Micco vielleicht hier? Es schien absurd. Felix wusste nicht, wo er war, wohl aber, dass sich dieses Wohngebiet im Norden Leuchtenburgs befand und damit ein beachtliches Stück näher an der Geschwister-Scholl-Schule als am Windolf-Gymnasium. Sollte Micco wirklich hier wohnen, dann nahm er einen ziemlichen Umweg auf sich, nur um zur Schule zu gehen – auf die er offensichtlich keinen Wert legte. Jeden Tag würde er diese Strecke nicht fahren wollen.

Die Fahrt endete vor dem kleinen Vorgarten eines zweistöckigen Wohnhauses mit mehreren Parteien, das mit einer makellosen, weißen Fassade und zwei Balkonen perfekt in seine gepflegte Umgebung passte.

»Bleib ruhig sitzen. Ich bin gleich wieder da.« Micco sprang aus dem Auto, schnappte sich seine Tasche und verschwand im Haus. Damit war es offensichtlich, dass er hier wohnte, und auch, dass er nicht die Absicht hatte, Felix mit in seine Wohnung zu nehmen. Also konnte dieses Wohngebiet doch noch nicht das endgültige Ziel ihrer Reise sein.

Ich könnte ihn auch einfach fragen, überlegte Felix, entschied sich jedoch dagegen, denn es war Zeitverschwendung. Hätte Micco ihm etwas sagen wollen, hätte er das längst getan.

Während er auf Miccos Rückkehr wartete, beschloss er, auszusteigen. Zwar hatte er nicht die Absicht, ins Haus zu gehen, aber es sprach nichts dagegen, sich umzusehen.

Das Haus sah aus der Nähe noch genauso hübsch aus wie aus der Ferne, zumindest konnte Felix keine verborgenen Schönheitsfehler finden. Anfangs war er davon ausgegangen, dass dieses Viertel den wohlhabenden Bewohnern Leuchtenburgs vorbehalten war, doch bei genauerem Hinsehen fehlten die teuren Accessoires. Die Häuser hier waren einfach nur sehr sauber, hübsch angeordnet und bekamen durch die sie umgebende Flora einen zusätzlichen Glanz verliehen.

Ein kniehoher Holzzaun markierte die Grenze zu dem benachbarten Grundstück auf der rechten Seite, das an Stelle einer Wiese eine ansehnliche Terrasse zur Schau stellte. Ein schmaler Weg zwischen den beiden Häusern führte auf einen kleinen Basketballplatz mit nur einem Korb. Dem Verlauf des Zauns nach zu urteilen, gehörte dieser Bereich noch zu Miccos Grundstück.

Ob Micco oft spielte, oder überhaupt? Oder hatte er kein Interesse daran, was auch sein Verhalten im Sportunterricht erklären würde? Fragen über Fragen – Felix wusste nicht, mit welcher er anfangen sollte. Im Grunde gab es doch ziemlich viel, worüber sie während der Fahrt hätten sprechen können, statt sich die ganze Zeit anzuschweigen.

Felix kehrte zum Auto zurück, stieg ein und nahm erneut die Schneekugel in die Hand. Etwas daran faszinierte ihn. Aber da er nicht zu kichern anfing, wenn er sie ein paar Sekunden in der Hand hielt, konnte er davon ausgehen, dass es zumindest nichts mit dem Pendulum zu tun hatte. Die violette Farbe sowie das verräterische Funkeln fehlten ihr sowieso.

Micco ließ sich Zeit, doch nach ein paar Minuten ging die Tür wieder auf und er kam zurück. Den Schulranzen hatte er nicht mehr dabei, dafür aber ein Päckchen Zigaretten. Er setzte sich ins Auto und schüttelte eine Zigarette heraus, die er Felix anbot. Als dieser nur den Kopf schüttelte, verstaute Micco die Packung in einer Jackentasche und ließ aus einer anderen ein Feuerzeug erscheinen. Als er sah, dass Felix ihm im Gegenzug einen Lolli anbieten wollte, schmunzelte er nur und steckte sich den Glimmstängel an.

Scheinbar verstehen wir uns ganz ohne Worte.

Felix wartete noch, bis Micco sich die Zigarette angezündet hatte, fasste Mut und fragte: »Gehört der Basketballplatz hinter dem Haus deiner Familie?«

Nicht gerade die spannendste Frage, die ihm auf der Zunge brannte, aber irgendwo musste er schließlich anfangen.

Micco nahm einen tiefen Zug, blies den Rauch rücksichtsvoll in die andere Richtung und wandte sich dann Felix zu. »Ja. Warum fragst du?«

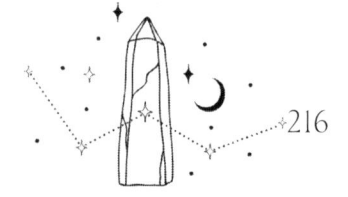

Er trug immer noch diese Sonnenbrille auf der Nase, was Felix ziemlich albern fand, aber er ignorierte sie und fragte weiter: »Spielst du dort auch ab und zu?«

»Ab und zu schon, ja. Willst du auch mal? Ich könnte dir Tricks zeigen.«

»Tricks?« Felix wusste nicht, was er von dieser plötzlichen Freundlichkeit halten sollte. »Danke, aber ich spiele in meiner Freizeit keine Mannschaftsspiele, von daher ...«

»Aber du könntest deine Note in Sport verbessern«, meinte Micco. »Bist ja eigentlich ganz gut in Basketball, aber ein paar Sachen würde ich an deiner Stelle anders machen.«

»Ich an deiner Stelle auch.« Felix freute sich, dass das Gespräch sich nun von alleine in die Richtung entwickelte, in die er es hatte lenken wollen. »Wenn ich du wäre, würde ich zum Beispiel allmählich aufhören, so zu tun, als könnte ich nichts. Warum stellst du dich in Sport und auch in so ziemlich allen anderen Fächern so an? Das ist doch Absicht, oder?«

Micco antwortete nicht und nahm einen weiteren Zug von der Zigarette.

»Ich meine, ich hab dich in Aktion gesehen!«, fuhr Felix fort. »Damals, als du mich vor diesen Möchtegern-Gangstern beschützt hast, warst du nicht nur erstaunlich schnell, sondern genauso stark! Aber in Sport benimmst du dich wie ein alter Sack, der in seinem Leben noch nie einen Ball gesehen hat.«

Der Ausdruck »alter Sack« entlockte Micco ein unwillkürliches Grinsen. Es dauerte nur eine Sekunde, dann bekam er es unter Kontrolle und wurde wieder ernst. Aber gegrinst hatte er trotzdem, das ließ sich nicht ungeschehen machen, und es war das erste Mal, dass Felix ihn so gesehen hatte.

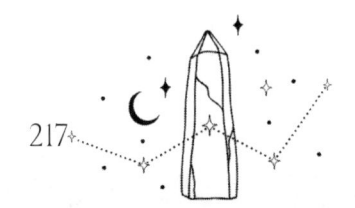

»Ist doch so!«, sagte Felix. »Und ich wette, in anderen Fächern könntest du auch besser sein. Ich bin zwar kein Fan von Chemie, aber eine Sechs hab ich in meinem ganzen Leben noch nie bekommen. Und du ... Du lässt dich so gehen. Warum?«

Micco antwortete nicht gleich, sondern zog noch ein paar Mal an der Zigarette. Dabei blickte er wie in Gedanken versunken auf die Straße auf seiner Seite. Entweder hatte er kein Interesse am Gespräch, oder er musste sich überlegen, was er sagen sollte. Für einen Moment sah es aus, als würde er nach jemandem Ausschau halten Seine Pendulum-Armbanduhr glitzerte derweil in der Sonne, die nicht mehr lange gegen die dichter werdende Wolkenwand ankommen würde.

»Fahren wir weiter«, sagte er schließlich. »Das ist nicht der richtige Ort, um zu reden.« Er ließ den Motor an und fuhr los, rauchte während der kurzen Fahrt seine Zigarette zu Ende, um sie dann auf die Straße zu schnipsen. Der Schnee würde den Rest erledigen und verhindern, dass die Glut einen Brand auslöste.

Während Felix im Auto saß und seine Blicke durch die ihm fremde Umgebung schweifen ließ, fragte er sich wieder, aus welchem Grund Micco auf das Windolf-Gymnasium ging. Seine ehemalige Schule lag doch so viel näher! Hatte es überhaupt je einen Umzug gegeben? Vermutlich nicht, also war er auch nicht deswegen so schlecht drauf. Aber was genau nun der Fall war, würde sich hoffentlich bald herausstellen.

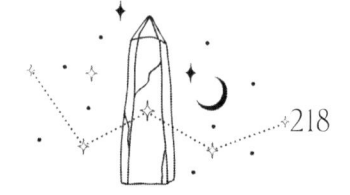

12
GEFÜHL UND VERNUNFT

Alles um ihn herum war schwarz. Eine Farbe, die Felix zu verfolgen schien, so oft wie er sie sah. Das Schwarz der Bänder einer Armbanduhr aus Pendulum, das Schwarz hinter dem rotierenden Regal, die Schwärze der Dunkelheit der Ohnmacht.

Während er langsam wieder zu sich kam, spürte er einen dumpfen, pochenden Schmerz irgendwo an oder in seinem Kopf. Da waren noch mehr Schmerzen, die er nicht eindeutig zuordnen konnte. Alles war so verschwommen.

»Er wacht auf!«

Da – ein Geräusch. Eine vertraute Männerstimme, gefolgt von dem Klappern hochhackiger Schuhe auf Linoleum. Benommen öffnete Felix die Augen und sah seine Mutter, die von einem Fenster in einem ihm unbekannten Raum heranstürmte. Es waren ihre Schuhe, die diese lauten Schritte verursachten. Sein Vater war auch da, stand direkt neben dem ...

... Bett? Moment mal – wieso liege ich in einem Bett?!

Erschrocken richtete Felix sich auf und sah sich um. Hellgraue Wände, ein Fenster mit zweckmäßigen Gardinen, keine Möbel außer einer Kommode und einem Nachttisch an einer Seite des

Bettes, auf dem er saß. Ein Krankenzimmer? Und seine Eltern waren da. Er war verwirrt. Was war geschehen? Wie war er hierher gekommen?

»Schatz, was machst du nur für Sachen? Ist alles in Ordnung bei dir?« Seine Mutter trug ihre Bürokleidung.

Felix' Blick wanderte zu seinem Vater, ebenfalls formell gekleidet, und er fragte sich, was um alles in der Welt er angestellt haben musste, wenn seine Eltern beide mitten am Tag ihre Arbeitsplätze verließen, um nach ihm zu sehen. Er versuchte sich zu erinnern, aber da war einfach nichts.

»Jetzt sag doch was!« Seine Mutter klang fast verzweifelt, als sie sein Gesicht in beide Hände nahm und selbst eine Miene zog, als würde die Welt untergehen. »Geht's dir gut? Tut dir was weh?«

Allmählich bekam er es mit der Angst zu tun. Sah er wirklich so schlimm aus, oder warum machten die beiden so ein Theater? Ein paar seiner Gliedmaßen schmerzten, aber sie waren alle noch dran, daher konnte es gar doch nicht so ernst sein.

… Oder?

»Lass ihn doch erst einmal zu sich kommen«, sagte sein Vater mit ruhiger Stimme. »Wahrscheinlich ist er selbst gerade ein bisschen verwirrt.«

Ein bisschen ist gut, dachte Felix, der sich bei bestem Willen nicht erinnern konnte, wieso er hier war. Seine Erinnerungen im Allgemeinen waren schwammig.

Seine Mutter ließ ihn los, sah aber weiterhin besorgt zu ihm herab. »Sollen wir den Arzt rufen?«

»Nein.« Seine Stimme klang in seinen eigenen Ohren ein wenig schwach und angeschlagen, doch die Aufmerksamkeit war ihm unangenehm. »Mir geht's gut … glaube ich.«

»Wo warst du?«, fragte sie, die es trotz der beschwichtigenden Worte ihres Mannes nicht schaffte, sich zurückzuhalten. »Kannst du dir vorstellen, was für ein gewaltiger Schock das ist, wenn man in der Arbeit plötzlich einen An-ruf kriegt und jemand Fremdes einem erzählt, dass das eigene Kind ins Krankenhaus eingeliefert wurde?«

»Regina ...« Benjamins Beruhigungsversuche blieben erfolglos. Nicht einmal die Hand, die er ihr beruhigend auf den Arm legte, konnte sie zurückhalten.

»Ich hab danach Arthur angerufen und ihn gefragt, ob er weiß, was mit dir passiert ist, aber er hat nur gesagt, dass du auf einmal aus der Schule verschwunden bist und nicht auf dem Handy zu erreichen warst. Machst du das jetzt öfter? Schule schwänzen und dich in Gefahr bringen?«

Die Schule! Daran erinnerte Felix sich noch. Micco war der Grund dafür gewesen, dass er die Schule vorzeitig verlassen hatte. Aber wo war dieser jetzt?

Die Tür flog auf und Arthur stürmte herein. Als er Felix hellwach und den Umständen entsprechend unversehrt auf dem Bett sitzen sah, fiel ihm sichtlich ein Stein vom Herzen. Sein Gesichtsausdruck blieb hingegen ziemlich düster.

»Arthy!«, sagte Felix mit großen Augen. »Du bist ja auch da.« Mehr fiel ihm nicht dazu ein. Sollte Arthur da sein? Sollte er nicht da sein? Felix wusste es einfach nicht.

»Ich bin da, ja. Und wo warst du?« Arthur eilte zum Bett, während die Tür hinter ihm ins Schloss fiel.

»Fragt mich das nicht alle, ich weiß es ja selber nicht. Ich saß in einem Auto. Mit Micco. Und dann ...«

»Mit Micco«, wiederholte Arthur und sah Felix dabei an, als hätte dieser den Verstand verloren.

»Micco? Wer ist das?« Reginas Blick wanderte fragend zwischen ihrem Sohn und dessen Freund hinterher.

»So ein komischer Typ in unserer Klasse«, erklärte Letzterer, bevor Felix die Chance hatte, etwas zu sagen. »Ein Unruhestifter, mit dem man sich lieber nicht abgeben sollte, aber Felix ist das egal. Er musste unbedingt versuchen, sich mit ihm anzufreunden, und dreht dabei ganz schön krumme Dinger, so wie's aussieht.«

»Jetzt reicht's aber!« Felix versuchte sich aufzurichten, doch akute Kopfschmerzen und ein Schwindelanfall zwangen ihn dazu, liegen zu bleiben. Verärgert war er trotzdem. Dass Arthur Micco nicht traute, war nachvollziehbar. Aber musste er ausgerechnet jetzt damit anfangen, direkt vor Felix' Eltern, die ohnehin schon außer sich vor Sorge waren? »Auch wenn du's nicht glaubst, er ist eigentlich ganz nett.«

Arthur lachte humorlos auf. »Du meinst, nett genug, um dich noch kurz ins Krankenhaus zu bringen, nachdem er dich verprügelt hat? Oder was auch immer er sonst mit dir gemacht hat?«

»Er hat mich nicht verprügelt!« Erleichtert stellte er fest, dass seine Stimme wieder kräftiger und fester klang. Und das, obwohl alles zwischen der Autofahrt und dem Erwachen im Krankenhaus höchstens bruchstückhaft irgendwo in seinem Gedächtnis herumschwamm. So konnte er zwar nicht ganz sicher sein, was passiert war, aber er wusste, dass es nicht das war. Micco hatte ihm keine Gewalt angetan – warum auch? Dass Arthur in solchen Fällen immer gleich vom Schlimmsten ausgehen musste!

»Und was dann? Was war so wichtig, so geheim, dass ihr nicht gestört werden wolltet?« Arthur war sehr aufgebracht. Seine Augen, zu schmalen Schlitzen geformt, und die Augenbrauen, die beinahe zu einer verschmolzen, verrieten alles, was er nicht laut aussprach. »Ich hab versucht, dich anzurufen, aber es hat nur ein paar Mal geklingelt, dann hast du mich weggedrückt.«

»Hab ich?«

»Ja, hast du. Und danach ging nur noch die Mailbox ran, als hättest du das Handy ausgeschaltet.«

Bei Arthurs Worten regte sich etwas in Felix' Gedächtnis. Er erinnerte sich daran! Nach wie vor nur bruchstückhaft, aber auf einmal sah er vor seinem geistigen Auge das Bild des neuen Handys, wie er es in der Hand hielt, feststellte, dass Arthur ihn anrief, und auflegte. Aber was ihm in diesem Augenblick durch den

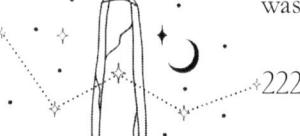

Kopf gegangen war, konnte er nicht mehr nachvollziehen. Welchen Grund könnte er gehabt haben, seinen besten Freund wegzudrücken? Das hatte Arthur auch nicht getan, als er ihn mitten in der Nacht angerufen hatte.

In seinem Kopf spukten einzelne Gedanken, Gefühle und Sinneseindrücke herum. Das Auto. Die Schneekugel. Bäume. Das Plätschern von Wasser in der Nähe. Miccos Sonnenbrille. Ein Kribbeln … Doch alles war so verschwommen, als versuchte er, sich an einen wirren Traum zu erinnern, und sein Kopf tat dabei weh.

»Na ja, Hauptsache ist doch, dass mir nichts allzu Schlimmes passiert ist«, sagte er, wobei er seine Eltern und Arthur der Reihe nach ansah. Keiner von ihnen wirkte überzeugt. Sein Vater wirkte vor allem besorgt, Arthur wütend, und seine Mutter beides gleichzeitig. Aber es ging ihm gut, das war das Wichtigste. Alles Weitere würde sich im Laufe der Zeit klären. »Also dann, rufen wir den Arzt, damit ich hier raus kann?«

Seltsamerweise hatte Felix seinen Rucksack bei sich. Wer auch immer mit ihm ins Krankenhaus gegangen war, hatte netterweise auch dafür vorgesorgt, dass er seinen Besitz nicht vermisste, wenn er aufwachte. Nach der Beschreibung der Schwester in der Notaufnahme hielt er es für sehr wahrscheinlich, dass sein Wohltäter Micco war. Leider hatte dieser ihn nur abgeliefert und war dann ohne ein Wort gleich wieder verschwunden.

Zuhause räumte Felix den Rucksack erst einmal aus und sah sich jeden einzelnen Gegenstand darin an, um sich zu vergewissern, dass nichts fehlte. Seine Schulbücher waren noch da – auch das verhasste Mathebuch, das er nicht vermisst hätte. Alles war vorhanden, selbst sein Geldbeutel inklusive Inhalt. Das bedeutete, dass er seine

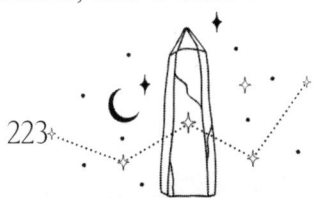

Kopfverletzung keinem Dieb verdankte. Und falls doch, hatte dieser sich beim Ausrauben ziemlich dämlich angestellt.

Oder Micco hat mich schon wieder vor irgendjemandem beschützt, konnte dieses Mal aber nicht verhindern, dass ich auch etwas abkriege, möglicherweise einen harten Schlag auf den Kopf. Obwohl ... Schon zum zweiten Mal in so kurzer Zeit? Kann ich wirklich so sehr vom Pech verfolgt sein?

Keine besonders naheliegende Vermutung. Leuchtenburg war in der Regel nicht gefährlich, aber er wusste ja nicht, was »in der Regel« für den Norden der Stadt bedeutete und wie viele Leute wie Max es dort oben gab.

Plötzlich schoss ihm ein anderer Gedanke durch den Kopf. Was, wenn Arthur Recht hatte? Was, wenn Micco ihm diese Verletzung zugefügt hatte? Einige der zusammenhangslosen Bilder, die er im Kopf hatte, zeigten einen Baum oder mehrere Bäume, dazu eine Wiese und einen Fluss. Kurz gesagt, eine Umgebung, die nicht aussah, als würde man sie mitten in der Stadt vorfinden. Was also, wenn Micco ihn unter einem Vorwand zu diesem stillen, kaum besuchten Ort außerhalb der Stadt gelockt hatte, um ihn zu ...

Tja, was eigentlich? Auszurauben? Zu verprügeln? Zu vergewaltigen? Kann ich mir alles nicht vorstellen!

Er ließ kurz von dem Rucksack ab und starrte ins Leere, während er darüber nachdachte. Wäre etwas davon wirklich passiert, hätte das Spuren hinterlassen. Bestimmt hätte er sich gewehrt und dabei mehr als nur einen Schlag auf den Kopf eingesteckt. Aber sonst tat ihm nichts weh, die Ärzte hatten nichts anderes festgestellt, und er fühlte sich auch nicht anders als vorher.

Auf der Suche nach irgendwelchen Hinweisen durchwühlte er weiterhin seine Sachen, bis seine Hände auf etwas Hartes stießen, das er nicht erwartet hatte. Hart, rund und kalt. Erstaunt griff er zu und zog den Gegenstand heraus. Dabei ertastete er eine flache Seite – und eine Halbkugel, die darauf saß. Er hatte an diesem Tag nur einen einzigen Gegenstand in der Hand gehalten, der sich so anfühlte: die Schneekugel aus Miccos Auto.

So wie er sich und seinen kaum ausgeprägten Ordnungssinn kannte, erstaunte es ihn normalerweise nicht, wenn er hin und wieder unter seinen Schulsachen Dinge vorfand, die eigentlich nicht oder nicht mehr in den Rucksack gehörten – alte Hefte, längst nicht mehr aktuelle Notizen, gelegentlich ein Tennisball oder ein Spielzeug waren nichts Besonderes. Eine Schneekugel schon. Und es war tatsächlich die von Micco, zu erkennen an den herumwirbelnden Schmetterlingen. Wie kam dieses Ding in Felix' Rucksack?

Aha, jetzt wissen wir also, was passiert ist. Micco hat nicht versucht, mich auszurauben, sondern ich ihn! Dafür hab ich dann ne ziemlich harte Kopfnuss einkassiert und musste ins Krankenhaus gebracht werden. Fall gelöst.

Er konnte noch den Rest des Tages damit verbringen, sich absurde Theorien zurechtzuspinnen, oder einfach Micco fragen. Wenn jemand wusste, was geschehen war und wie die Schneekugel in den Rucksack kam, dann doch derjenige, dem sie eigentlich gehörte. Felix' Handy steckte noch in seiner Hosentasche; mit etwas Glück hatten er und Micco in der Zeit, an die er sich nicht erinnerte, ihre Nummern ausgetauscht.

Fehlanzeige. Schlimm war das jedoch nicht, denn morgen war auch noch ein Schultag, der vorletzte vor den Ferien. Da würde es noch genug Gelegenheit geben, Micco auf den Zahn zu fühlen.

Ein weiteres Mal wurde Felix bewusst, wie verrückt das alles war. Sein Versuch, Micco auf die Pendulum-Armbanduhr anzusprechen, hatte nur dazu geführt, dass er ihm nun schon wieder hinterherlaufen musste. Er wusste immer noch nicht, was es mit dieser Uhr auf sich hatte. Was kam wohl als Nächstes?

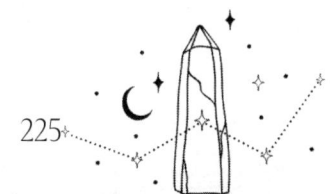

Der Ausflug mit Micco hatte alles verändert, nicht nur für ihn. Das merkte Felix in erster Linie an den Gesprächen mit seinem Sitznachbarn am nächsten Tag. Die erste Unterrichtsstunde war Geschichte, ein Fach, das Arthur normalerweise mochte. Doch statt sein Material auf den Tisch zu legen und sich vorzubereiten, beschäftigte er sich lieber damit, Felix eine Predigt zu halten.

»Und wenn du den Typen siehst, gehst du sofort hin und fragst ihn aus! Er soll dir jedes Detail erzählen, und ich will auch alles wissen! Deshalb werde ich natürlich dabei sein, du triffst ihn nicht alleine!«

Felix sah sich um. Es hatte vor über einer Minute geklingelt und der Klassenraum füllte sich allmählich, aber Micco ließ sich nicht blicken. Noch war das kein Grund zur Sorge, denn dass er erst ein paar Minuten nach Unterrichtsbeginn hereingeplatzt kam, war nichts Ungewöhnliches.

»Ich finde, du solltest auch noch einmal zum Arzt gehen«, meinte Arthur. »Dich gründlich durchchecken lassen.«

»Wieso das?«

»Weil du keine Ahnung hast, was Micco mit dir gemacht hat. Wer weiß, vielleicht hat er dir irgendwelche Drogen gegeben!«

Felix schüttelte hastig den Kopf und bereute es sogleich. Er hatte immer noch Schmerzen. »Drogen hätte ich nie freiwillig genommen.«

»Von ›freiwillig‹ hab ich auch nichts gesagt!«

»Ach, du übertreibst. Warten wir doch erst mal ab, was er zu seiner Verteidigung zu sagen hat.«

Aber dazu würde es allzu schnell nicht kommen. Der Lehrer kam herein, die Zeit verging, und plötzlich war die ganze Stunde um. Kein Zeichen von Micco, auch nicht in den folgenden Stunden.

»Feigling!«, sagte Arthur immer wieder. »Erst was ausfressen und dann nicht mal dazu stehen!« Hin und wieder fügte er hinzu: »Du solltest wirklich noch mal zum Arzt gehen!«

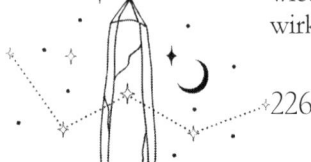

Mit jeder Stunde, zu der Micco nicht aufkreuzte, schwand Felix' Hoffnung, ihn vor den Weihnachtsferien noch einmal zu sehen. Schließlich ging auch der letzte Unterricht des Tages ohne ihn vorüber. Felix hatte zwar mitbekommen, wo Micco wohnte, sich aber den Weg dorthin und den Namen der Straße nicht eingeprägt, also fiel ein Hausbesuch flach.

Und wer weiß, ob das überhaupt so gut wäre ... ?

Felix beschloss, dass es momentan am besten wäre, auf andere Gedanken zu kommen. Also nahm er sein neues Spielzeug heraus, das Handy, um noch einmal einen Blick auf den merkwürdigen Code aus seinen blutigen Träumen zu werfen, den er am Vortag als Koordinatencode erkannt hatte. Er war ziemlich sicher, dass er bisher in seinen Träumen immer den gleichen Code gesehen hatte, und dieser verwies auf einen Ort irgendwo im Süden Italiens. Was es wohl dort zu finden gab?

»Hey! Alles klar bei euch?«

Die Französisch-Stunde würde gleich anfangen, und Felix und sein ewig treuer Banknachbar in guten wie in schweren Zeiten sahen auf zu Claudentina, die wie üblich in letzter Sekunde hereingekommen war. Seit dem gemeinsamen Abenteuer in der Kirche, dessen unheimliche Vorgeschichte auch sie beide vor Jahren zusammengeschweißt hatte, standen sie ihr deutlich näher.

»Mehr oder weniger. Sind einfach beide reif für die Ferien«, beantwortete Arthur ihre Frage und nickte, um seinen Worten Nachdruck zu verleihen.

Sie nickte ebenfalls. »Geht mir genauso. Habt ihr was Besonderes vor?«

»Claudentina, du fährst doch mit Noemi nach Süditalien, richtig?«, warf Felix ein, dem in diesem Moment ein Gedanke kam.

»Ja, zum Glück!« Sie verschränkte die Arme und blickte leicht betrübt hinüber zu Noemi, die an ihrem Tisch gerade etwas in ihren Block schrieb. »Ich hatte schon Angst, dass Abiona das nicht mehr erlaubt, nach allem, was letztens passiert ist. Gut, dass sie nicht mitkommt!«

»Ihr fahrt nicht rein zufällig an diesen Ort hier?« Felix hielt ihr sein Handy hin, auf dessen Bildschirm die Karte Italiens mit einem roten Kreuz über der südlichen Hälfte zu sehen war, und sie wandte sich wieder ihm zu.

»Hm.« Mit zusammengekniffenen Augen studierte sie die Karte und verzog dann das Gesicht. »So genau kann ich dir das jetzt nicht sagen, aber die Himmelsrichtung stimmt schon mal.«

»Gut. Hast du Lust auf ein neues Abenteuer? Und diesmal wird Noemis Mutter uns bestimmt nicht erwischen, höchstens einer ihrer italienischen Kollegen. Aber nur vielleicht!« Felix zwinkerte Claudentina zu, die offenbar nicht verstand, was er damit sagen wollte.

Anscheinend war es Arthur ebenfalls nicht klar. »Was soll das jetzt schon wieder werden?«

»Ich werde dort hingehen«, verkündete Felix entschlossen und sah ihn an. »So oft, wie ich von den Koordinaten dieses Ortes träume, muss ich das wohl.«

»Hey, immer mit der Ruhe, du Amateur-Hellseher!«, sagte Arthur. »Willst du dich nicht erst mal darum kümmern, hier gewisse *Mysterien* aufzuklären, bevor du gleich nach neuen suchst? Als wir das letzte Mal deiner Intuition gefolgt sind, hat sie uns an einen Ort geführt, den es seitdem nicht mehr gibt, und der eigentlich mehr neue Fragen als Antworten geliefert hat.«

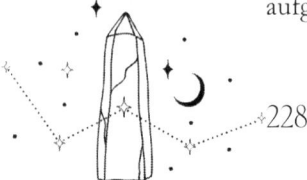

Er hatte nicht Unrecht. Felix hatte sich in der näheren Umgebung der Kirche umgesehen und dabei nur festgestellt, dass es dort immer noch genau so aussah, wie er es in Erinnerung hatte. Es gab Bäume, einen Kiesweg, den Fluss und den Friedhof mit seinen niedrigen Steinmauern, aber nirgends auch nur eine Spur von Nerbesar. Dieser Ort war so schnell wieder ins Nichts verschwunden, wie er aufgetaucht war, und Felix konnte nicht aufhören, darüber nachzudenken. Alles andere würde sich irgendwie aufklären lassen, aber *das* ergab schlicht und einfach keinen Sinn.

Arthur hingegen schien sich an etwas anderem noch mehr zu stören. Felix wusste bereits, was sein bester Freund als Nächstes sagen würde, auch ohne das dramatische Stöhnen, mit dem dieser es ankündigte. »Und dann diese Sache mit Micco ...«

»Darum kümmere ich mich schon.« Das war alles, was Felix zu ihm sagte, bevor er sich wieder Claudentina zuwandte. »Wann fährt euer Zug?« Er ließ ihr bewusst keine Zeit, nachzubohren, was das für eine »Sache mit Micco« war. Das Letzte, was er im Moment brauchte, war, dass auch noch sie misstrauisch wurde.

»Mittwochnachmittag um halb vier, glaub ich ... Also, du kannst uns gerne begleiten, aber ich weiß nicht, ob wir auch dort hinfahren, wo du hin willst.«

»Macht nichts. Ich finde meinen Weg schon. Notfalls folge ich meinem Gefühl.«

Felix sah Arthur an, der sein Grinsen mit einem finsteren Blick beantwortete und wohl beschlossen hatte, nichts mehr dazu zu sagen. Das war vielleicht auch besser so, denn wenn Felix ein Gefühl hatte, dann ... na ja, dann hatte er eben ein Gefühl. Und jede daraus resultierende Entscheidung hatte in etwa den Stellenwert eines Gerichtsbeschlusses.

Arthur fand seine Sprache erst wieder, als er sich am Ende der letzten Stunde von seinem Stuhl erhob. »Dir ist aber schon klar, dass du mich indirekt dazu verdonnerst, auch nach Italien zu fahren, oder?« Es war offensichtlich, dass ihm der Gedanke an seine verplanten Weihnachtsferien nicht besonders gefiel. »Wie gut, dass deine Mutter das eh nicht erlauben wird.«

»Gefallen wird es ihr nicht, aber erlauben wird sie es trotzdem, wenn ich ihr sage, dass ich nicht alleine gehe. Tue ich streng genommen auch nicht, Claudentina und Noemi sind ja dabei. Du musst nicht mit, wenn du nicht willst.« Felix erhob sich ebenfalls, schulterte seinen Rucksack und bewegte sich auf den Ausgang zu. Er konnte es kaum erwarten, wieder allein zu sein, denn allmählich fühlte sich jede Unterhaltung mit Arthur wie eine Grundsatzdiskussion an. »Ich bin kein Kleinkind, und in Italien finde ich mich schon zurecht.«

»Oh, du fährst über die Ferien nach Italien?«

Die beiden blieben vor dem Pult stehen und wandten sich ihrer Lehrerin zu, die noch dabei war, Unterrichtsmaterialien zu sortieren und zusammenzupacken.

»Gute Idee! Italien ist ein faszinierendes Land«, meinte sie. »Ich persönlich fühle mich eher in Frankreich zuhause, aber meine Reise nach Rom letztes Jahr werde ich so schnell nicht vergessen. Florenz soll auch toll sein! Wo genau geht es denn hin?«

»Ich weiß nicht, wie der Ort heißt, aber diese Reise werde ich bestimmt auch nie vergessen, darauf wette ich!« Seine Worte klangen so sicher, dass es Felix beinahe unangenehm war. Um seine Verlegenheit zu überspielen, fragte er: »Was ist mit Ihnen, Frau Rainhold? Fahren Sie auch irgendwo hin?«

»Also, *fahren* werde ich hoffentlich nur ein bisschen, danach nur noch wandern. Eigentlich hatte ich geplant, Gleitschirmfliegen zu gehen, das habe ich früher immer gerne gemacht, aber dafür ist es jetzt einfach zu kalt. Deswegen gehe ich zum Bergsteigen in die Alpen.«

»Die Alpen zu dieser Jahreszeit? Ist es da nicht auch ziemlich kalt?« Felix fröstelte bei dem bloßen Gedanken. War seine Lehrerin etwa einer dieser seltsamen Menschen, die Schnee mochten?

»So hoch in den Bergen ist es die meiste Zeit kalt, egal, ob man im Sommer oder im Winter hingeht.« Arthur musste natürlich zeigen, dass er von Erdkunde, Wetter und Klima mehr verstand als Felix. »In einigen Regionen der Alpen liegt sogar das ganze Jahr über Schnee.«

Felix schüttelte vehement den Kopf. »Nein, nein, nein! Das wäre nichts für mich. Ich mag es lieber warm.«

»Ich normalerweise auch. Aber vielleicht tut mir die kühle Luft zur Abwechslung ganz gut.« Frau Rainhold steckte ihre Mappe in die Tasche, nahm diese und stand auf. Als sie sich der Tür zuwandte, fügte sie murmelnd hinzu: »Vielleicht hören dann endlich diese Albträume auf.«

Diese letzte Hoffnung sprach sie sehr leise aus. So leise, dass sie es vermutlich nur zu sich selbst gesagt und nicht gewollt hatte, dass es irgendjemand hörte. Aber Felix hatte es dennoch gehört.

»Sie haben Albträume?«, rief er ihr nach. »Was denn für Albträume?«

Er wusste, dass ihn das nichts anging, doch er war neugierig. Welche Albträume hatte eine Lehrerin mit einer widernatürlichen Vorliebe für kalte Orte? Konnte es etwas noch Schlimmeres geben?

Sie blieb stehen und drehte sich zu ihm um. Während die letzten anderen Schüler hinter ihr durch die Tür gingen und sie mit Arthur und Felix alleine blieb, wartete sie schweigend.

»Ach, hab ich das etwa laut gesagt?« Sie lächelte, doch ihr war deutlich anzusehen, wie unangenehm die Situation für sie war. »Tut mir leid. Das ist wirklich nichts, was euch beschäftigen sollte. In letzter Zeit habe ich immer wieder gruselige Träume, in denen Blut vorkommt. Das letzte Mal hat eine gigantische Blutwelle diese Tür aus den Angeln gedrückt und das ganze Klassenzimmer überflutet!«

Sie lachte auf, als hätte sie gerade etwas absolut Banales erzählt, und schüttelte gleich darauf verlegen den Kopf. »Ich weiß wirklich nicht, warum ich euch das erzähle, aber ... ich musste wohl einfach darüber sprechen. Mir selbst anhören, wie verrückt es klingt! Da seht ihr's, auch eure Lehrer können manchmal ein bisschen spinnen. Als hättet ihr das nicht schon gewusst.«

Arthur öffnete den Mund, wie um etwas zu sagen, blieb aber letztlich stumm und blickte zu Felix, der seinen verwirrten Blick mit großen Augen erwiderte .

Sie auch?

Die Lehrerin winkte ab. Offensichtlich waren ihr die Mienen ihrer Schüler nicht entgangen. »Ich werde älter, vielleicht gehört das einfach dazu.«

Nicht gerade eine einleuchtende Schlussfolgerung, aber sicherlich schämte sie sich dafür, dass sie vor ihren Schülern so ein privates Thema angesprochen hatte. Jetzt versuchte sie es zu verharmlosen, aber Felix nahm es ihr nicht übel. Im Gegenteil: Dieses Gespräch war gerade spannender als jede ihrer Französisch-Stunden.

»Die Träume habe ich etwa seit meinem Geburtstag. Noch ein Grund, der für das Alter spricht«, fügte sie hinzu. »Aber ich muss jetzt los, habe heute noch eine Stunde. Euch wünsche ich schon mal schöne Ferien, und Felix, mach in Italien viele Fotos! Du wirst es nicht bereuen.«

Sie wollte gerade zur Tür hinaus gehen, da kam Felix ein beunruhigender Gedanke. Aus einem Impuls heraus stieß er eine Frage hervor, die ihm schon lange auf der Seele brannte. »Wissen Sie, warum Micco die Schule gewechselt hat?« Er ignorierte den fragenden Blick, den Arthur ihm daraufhin zuwarf.

»Du meinst Dominic?« Frau Rainhold blickte nachdenklich zur Decke. »Ich ... habe gehört, was man sich erzählt. Aber selbst wenn ich Genaueres wüsste, dürfte ich euch nichts sagen. Da müsst ihr ihn schon selbst fragen.«

»Ich weiß, dass er nicht umgezogen ist«, sagte Felix. »Also muss es einen anderen Grund geben. Kann man so etwas eventuell in den Akten der Schule nachlesen oder sonst irgendwie in Erfahrung bringen?«

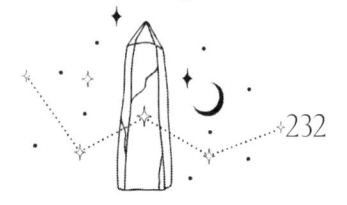

Die Lehrerin hob ratlos die Schultern. »Da bist du bei mir an der falschen Adresse. Das Privatleben meiner Schüler geht mich nichts an.«

Felix seufzte, drängte die Enttäuschung aber zurück. Von ihr würde er wohl nicht mehr erfahren, doch was hatte er erwartet? Sie war weder seine Klassenlehrerin noch die Direktorin der Schule. Woher sollte sie also etwas wissen?

»Passt schon«, sagte er dann, während er bereits überlegte, wen er sonst noch fragen konnte. »Ihnen auch schöne Ferien, und erholen Sie sich gut von den Albträumen!«

Frau Rainhold nickte lächelnd und ließ Felix und Arthur im Zimmer allein.

»Äh ...«, begann Letzterer. »Klär mich auf! Worauf wolltest du gerade hinaus?«

»Diese Albträume!«, erwiderte Felix mit ernstem Blick. »Ist dir gar nichts aufgefallen? Sie träumt, dass ein Blutstrom das Klassenzimmer überflutet. Genau den gleichen Traum hatte ich letzten Monat.«

»Okay, ihr hattet beide zufällig den gleichen Traum.« Arthur betonte das Wörtchen »zufällig« besonders. »Vielleicht hat sie gerade ihre Tage und träumt dabei immer von Blut. Wäre das nicht möglich, ich meine, dass man einfach von etwas träumt, das man gerade erlebt oder gesehen hat, ohne tiefere Bedeutung?«

Felix warf ihm einen schiefen Blick zu. »Demnach habe ich wohl auch gerade meine Tage, oder was willst du damit sagen?«

»Nein, eben nicht, bei dir ist das ja was anderes. Ich schmeiße nur mit Ideen um mich. Aber was hat das jetzt damit zu tun, warum Micco die Schule gewechselt hat?«

»Sie hat die Albträume seit ihrem Geburtstag. Und seit ihrem Geburtstag ist Micco in unserer Klasse.«

»Na und? Glaubst du wirklich, dass es da eine Verbindung gibt? Ich glaube, du interpretierst inzwischen ein bisschen zu viel in diese Sache hinein.«

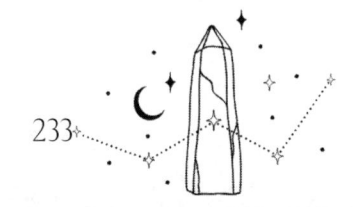

Felix ging zur Tür. »Möglich wär's. Überleg mal, wie viel Komisches mir schon passiert ist, seit er hier ist.«

»Stimmt schon.« Arthur folgte ihm. »Aber das Meiste davon hast du dir auf die eine oder andere Weise selber eingebrockt, die Albträume hattest du schon vorher, und den Rest würde ich mir einfach mal mit verrückt spielenden Hormonen erklären.«

»Ich muss so oder so rausfinden, was gestern passiert ist.« Felix verließ das Klassenzimmer und ging mit zügigen Schritten auf den Ausgang zu, wobei er auf dem Flur einer Gruppe spielender Kinder auswich.

»Soll heißen?«, fragte Arthur und war sichtlich bemüht, mit dem schnellen Tempo mitzuhalten.

»Soll heißen: Wenn er nicht zu mir in die Schule kommt, dann geh ich zu ihm nach Hause.«

Arthur antwortete nicht sofort darauf, aber Felix konnte sich bereits vorstellen, was er dachte, und was für eine Grimasse er gerade zog. Sie musste in etwa so aussehen wie Felix' Gesicht bei der Ankündigung einer Mathe-Arbeit, nur noch ein kleines bisschen angewiderter.

Als sie draußen waren, meldete Arthur sich schließlich zu Wort. »Willst du nicht lieber doch noch mal unsere Lehrerin fragen?«

Nicht gerade die Schimpftirade, die Felix erwartet hatte, aber auch nicht besonders hilfreich. »Wozu? Sie hat gesagt, dass sie nichts weiß.«

»Was vielleicht gar nicht stimmt. Weißt du, was man sich hier erzählt? Dass die beiden eine Affäre haben. Wahrscheinlich schläft sie gar nicht schlecht, sondern einfach nur zu wenig, weil sie die ganze Nacht …«

»Ich weiß, dass die anderen das glauben«, fuhr Felix dazwischen, bevor in seinem Kopf noch Bilder entstehen konnten, die dort nicht hingehörten. »Aber nicht, dass du auch einer von denen bist. Frau Rainhold und ein Schüler – weißt du, was dieses böse Gerücht für ihre Karriere als Lehrerin bedeuten könnte, selbst wenn es nicht stimmt?«

»Damit will ich eigentlich auch nur sagen, dass es mir lieber wäre, du würdest doch erst noch mal mit ihr reden, oder von mir aus mit irgendjemand anderem, bevor du zu diesem Kerl nach Hause gehst!«, erklärte Arthur. »Obwohl ... Sei mir nicht böse, aber ehrlich gesagt hätte es mich auch gewundert, wenn du aus deinen Fehlern gelernt hättest.«

Felix blieb abrupt stehen, verdrehte die Augen und atmete tief durch. »Du bist genau wie meine Eltern! Dabei warst du es, der gesagt hat, ich soll mich erst einmal um die Mysterien hier kümmern, bevor ich nach neuen suchen gehe.«

»Aber doch nicht, indem du den Löwen in seiner Höhle besuchst! Das ist leichtsinnig, vor allem nach deinem Blackout gestern!« Arthur griff sich an die Stirn, konnte offensichtlich nicht glauben, was sein Freund vorhatte.

Felix drehte sich zu ihm um. »Wieso glaubt jeder, alles besser zu wissen als ich?« Und es erschreckte ihn, wie schnell die Antwort kam.

»Weil jeder außer dir vernünftig nachdenkt! Diese ganze Aktion mit der Kirche hat uns mehr Probleme eingebrockt, als sie lösen konnte. Kurze Zeit später lässt du spontan den Unterricht ausfallen, um jemandem nachzulaufen, den du gar nicht kennst und der mehr als einmal gemein zu dir war. Dann wachst du auf und hast keine Erinnerung, was passiert ist, und trotzdem ...«

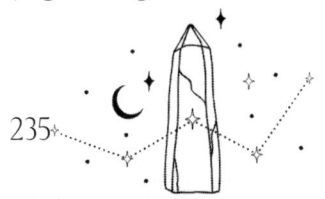

Er machte nur eine kurze Pause, um Luft zu holen. »Jeder normale Mensch würde spätestens jetzt vorsichtiger werden, aber nein, du willst gleich noch mal zu ihm, weil du ihm die Schuld daran gibst, dass deine Lehrerin in der Nacht schlecht geträumt hat. Und das ist noch nicht alles, jetzt willst du auch noch mit Claudentina nach Italien, weil du erwartest, dass dort auf wundersame Weise die Antworten auf deine Fragen nur darauf warten, von dir gefunden zu werden. Und das alles nur, weil du ab und zu mal ein Gefühl hast? Ich würde dir ja gerne sagen, dass dabei nichts Vernünftigeres rauskommen kann als bei unserer letzten Geheimagentenmission in der Kirche, aber würdest du mir zuhören? Nein!«

Felix spürte Wut in ihm aufsteigen. Er hätte auf jedes einzelne Argument, das Arthur hervorbrachte, eine Antwort gehabt. Er hätte ihm sagen können, dass die »Geheimagentenmission in der Kirche« ein leider missglückter Versuch gewesen war, mit seiner verstörenden Vergangenheit ins Reine zu kommen. Dass er Micco nur deshalb verfolgt hatte, weil ihm die Pendulum-Uhr an dessen Hand aufgefallen war. Dass der geplante Besuch bei Micco zu einer Klärung beitragen sollte, die ansonsten vor den Ferien nicht mehr möglich wäre. Dass Frau Rainholds Träume nach allem, was passiert war, einfach keine Zufälle mehr sein konnten. Und dass er den Ort, dessen Koordinaten er ständig in seinen Träumen sah, aus gegebenen Gründen einfach besuchen *musste*, erklärte sich seiner Meinung nach von selbst.

Aber nichts davon sprach er aus.

Arthur hätte es ohnehin nicht verstanden und nur weitere Argumente dagegen angeführt.

»Weißt du was?« Das waren Felix' erste Worte, nachdem er für seine Verhältnisse lange geschwiegen hatte. »Wenn dir wirklich so viel daran liegt, unter allen Umständen *vernünftig* zu handeln, dann geh jetzt brav nach Hause, mach Hausaufgaben und lass einen verrückten Gefühlsmenschen tun, was er für richtig hält, denn ändern kannst du es sowieso nicht. Klingt das vernünftig genug?«

Nun schwiegen beide. Sie standen sich gegenüber und sahen sich an, während andere Schüler an ihnen vorbei die Stufen zum Hof hinunterstiegen. Nach diesem kurzen, aber geladenen Gespräch war keiner mehr bereit, auf den anderen einzugehen. Felix zumindest hatte genug von Arthurs logischen Argumenten gehört, um seinen Standpunkt nachvollziehen. Das bedeutete aber nicht, dass er ihm zustimmte.

In dieser einen Sache schienen sie sich einig zu sein; auch Arthur war offenbar der Meinung, dass es nichts mehr zu sagen gab. Er schüttelte den Kopf und ging die Treppe hinunter, zielstrebig in Richtung Bushaltestelle.

Felix wartete noch einen Moment und folgte ihm dann, aber nur bis zum Fuß der Treppe. Heute würde er einen Bus in Richtung Nordstadt nehmen, und dessen Haltestelle befand sich am anderen Ende des Geländes. Wenn er alleine gehen musste, dann ging er eben alleine; sollte Arthur ruhig nach Hause fahren.

Er musste herausfinden, was hier eigentlich los war, ohne sich erst in einem teuren Cabrio durch die Stadt kutschieren zu lassen. Antworten, er wollte einfach Antworten. Und diesmal würde er direkter danach fragen und sich nicht so leicht abwimmeln lassen.

Dennoch konnte er auf seinem Weg zu der ungewohnten Haltestelle nicht vermeiden, sich noch einmal zu Arthur umzudrehen, der ihm den Rücken zugewandt hatte und in die entgegengesetzte Richtung ging. Ob an den Worten seines besten Freundes vielleicht doch etwas dran war?

13
GERÜCHTE

Felix brauchte länger als geplant zur Geschwister-Scholl-Schule. Den letzten Bus in Richtung Norden hatte er knapp verpasst, so dass ihm nichts anderes übrig geblieben war als eine halbe Stunde auf den nächsten zu warten. Auch die Fahrt dauerte lange.

Obwohl bis zum Abend noch einige Stunden verblieben, war es durch die dichte Wolkendecke ungewöhnlich dunkel. Als Felix in der Nähe seines Zielortes aus dem Bus stieg, wünschte er, die Straßenlaternen würden bereits brennen, um ihm den Weg zur Schule zu leuchten. Dort würde jemand Micco kennen und ihm mit Sicherheit etwas über seinen ehemaligen Mitschüler erzählen können.

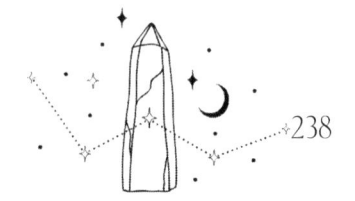

So wie die Straße aussah, in der er ausstieg, glaubte er fast, sein eigentliches Ziel schon erreicht zu haben. Alles war so sauber und ordentlich wie zuletzt in Miccos Wohngebiet. Offenbar legte das ganze Viertel Wert auf ein makelloses Erscheinungsbild. Die Schule, die er schnell gefunden hatte, bildete keine Ausnahme; ein altes, weißes Gebäude, aber gut erhalten, direkt an der Straße. Wie es im Inneren aussah, blieb abzuwarten. Hinter einer so astreinen Fassade musste sich irgendwo ein schmutziges Geheimnis verstecken, das sagte die Erfahrung.

In einigen Räumen brannte Licht, was im Kontrast zu der Dunkelheit draußen besonders auffiel, und durch die großen Fenster waren von hinten die Schüler zu sehen, die zwar unterschiedliche Frisuren und Kleider trugen, aber alle eine Gemeinsamkeit aufwiesen: Kerzengerade und seelenruhig saßen sie an ihren Plätzen, die Gesichter nach vorne gerichtet, aufmerksam dem Unterricht folgend. Kein Einziger drehte sich zu seinem Nachbarn um oder schien sich ablenken zu lassen.

Unheimlich. Als wären die alle dressiert! Wenn ich Micco wäre, hätte ich es hier bestimmt auch nicht bis zum Schluss ausgehalten.

Ob er wollte oder nicht, er musste wohl die Schule betreten und sich umsehen, auch wenn sie keinen wirklich einladenden Eindruck erweckte. Felix riss sich zusammen – es kostete ihn tatsächlich etwas Mut – und ging auf die weiße, hölzerne Doppeltür zu, die er für den Haupteingang hielt. Die altmodische Klinke musste tief nach unten gedrückt werden, um die Tür zu öffnen – kein Vergleich zu den modernen, verglasten Türen des Windolf-Gymnasiums mit ihren großen, quadratischen Griffen. Felix wusste nicht, was er davon halten sollte. Alles hier war so anders, so ungewohnt und ... ungemütlich. Aber womöglich würden die Geschwister-Scholl-Schüler dasselbe über seine Schule denken.

Die Tür öffnete sich in ein kleines Foyer mit einer breiten Treppe am anderen Ende. Rechts und links davon grenzten Gänge an, die zu den Unterrichtsräumen zu führen schienen. Bis auf einige Bänke und Aushänge an den ansonsten kahlen Wänden, die für Felix' Mission keine Rolle spielten, enthielt der Raum nichts Erwähnenswertes.

Aus dem linken Gang drangen leise Stimmen zu ihm. Ein wenig nervös ging er in die Richtung, spähte in den Gang hinein und entdeckte auf der Bank neben einer der Türen ein Pärchen, das zwischen viel Fummelei auch hin und wieder Zeit fand, kurz ein paar Worte zu wechseln.

Sie waren wohl in seinem Alter, also vielleicht auch in der gleichen Klassenstufe, und er überlegte, wie hoch wohl die Wahrscheinlichkeit war, dass einer von ihnen ihm etwas über Micco erzählen konnte.

Nach kurzem Zögern ging er hin, um die beiden auszufragen, denn irgendwo musste er ja anfangen. Die beiden waren so sehr mit sich selbst beschäftigt, dass sie seine Anwesenheit überhaupt nicht zur Kenntnis nahmen. Ihm war das sehr unangenehm; es kam ihm unhöflich vor, ein frisch verliebtes Pärchen bei solch wichtigen Kennenlernritualen zu stören. Aber eigentlich fand er es genauso unhöflich, an einem öffentlichen Ort so übereinander herzufallen.

Als die beiden auf sein Räuspern nicht reagierten, sprach er sie direkt an. »Äh, Entschuldigung?«

Endlich ließen die Jugendlichen voneinander ab und nahmen die Welt um sich herum wieder wahr.

»Was gibt's?« Das Mädchen sah Felix leicht verärgert durch eine dicke Hornbrille an, die seine dunklen Augen auf unheimliche Weise vergrößerte. Zerzaustes Haar und altmodische Kleidung ließen sie wie eine typische Streberin wirken, wie man sie aus Filmen kannte. So jemand würde sich normalerweise kaum zum Knutschen im Schulflur hinreißen lassen, und doch war offensichtlich genau das passiert.

»Ich wollte euch nicht stören, ehrlich nicht.« Felix spürte, wie seine Wangen heiß wurden. Die Vorstellung, selbst beim Knutschen von jemand Fremdem unterbrochen zu werden, gefiel ihm nicht – kein Wunder, dass die beiden ihn so feindselig ansahen. »Ich suche nur jemanden. Jemand, der mal auf dieser Schule war.«

»Ehemalige kennen wir nicht gerade viele, aber versuch's mal«, antwortete der Junge, und Felix konnte nicht anders, als ihn zu mustern. Ein langer Lulatsch war er, wie seine Mutter sagen würde, mit mehr Pickeln als Bartstoppeln und einem unglaublichen Babyface.

Beeindruckend, dass ausgerechnet diese beiden wandelnden Klischees etwas so Unerhörtes taten.

»Vielleicht kennt ihr ihn ja doch. Er geht jetzt auf meine Schule. Sein Name ist Micco.«

Mit einem Schlag wurden ihre Mienen bitterernst und sie wechselten einen vielsagenden Blick. Dann wandte sich das Mädchen wieder Felix zu. »Du meinst doch nicht etwa Dominic Bermicci?« Unverhohlene Verachtung mischte sich in ihre Worte.

Auch der Junge blickte wieder auf und starrte Felix an, als hätte er nach dem Teufel höchstpersönlich gefragt. Aus seinem ohnehin schon unguten Gefühl wurde langsam, aber sicher richtiges Bauchweh.

»Bist du etwa ein Freund von dem?« Das Mädchen war sichtlich empört. Ihrem Gesichtsausdruck nach zu urteilen, durfte Felix jetzt nichts Falsches sagen. Er ahnte, dass Micco auf dieser Schule keinen guten Ruf zu haben schien.

»Nicht direkt«, antwortete er zögernd. »Ich, ähm … Ich weiß nur, dass mit ihm etwas nicht stimmt.«

»Oh ja, das kannst du laut sagen!«, fuhr sie dazwischen, doch er sprach weiter, ohne sich davon aus der Ruhe bringen zu lassen.

»… und jetzt würde ich gerne wissen, ob es einen bestimmten Grund dafür gibt, dass er die Schule gewechselt hat, obwohl er immer noch hier in der Nähe wohnt.«

»Natürlich hat er die Schule gewechselt. Das musste er ja!« Der Junge starrte Felix mit großen Augen an und schüttelte den Kopf, als hätte er selten eine so dumme Frage gehört. »Jeden Tag in eine Schule zu gehen, wo jeder dich kennt und anstarrt und weiß, was du getan hast, das wäre für dich bestimmt auch nicht leicht, wenn du ein Mörder wärst.«

Mörder? Felix erschauderte. »Wer ist ein Mörder?«, fragte er, obwohl er fürchtete, die Antwort bereits zu kennen.

Der Junge bestätigte seine Vermutung. »Micco natürlich! Jeder weiß, was er mit Sandra gemacht hat.«

»Sandra?«, hakte er nach, auch auf die Gefahr hin, sich mit seinem Unwissen noch mehr zum Gespött zu machen.

»Na, Sandra Dannecker!«, schaltete sich das Mädchen wieder ein, das nun ebenfalls den Kopf schüttelte.

Dannecker. Der Name sagte Felix etwas, aber seine Gedanken gingen gerade zu sehr in andere Richtungen, um ihn im selben Moment zuzuordnen.

»Arme Sandra!« Die Empörung des Mädchens schlug in Betroffenheit um, oder zumindest versuchte es, mit trauriger Miene und einem dramatischen Seufzer diesen Eindruck zu erwecken. »Sie hat sich gut mit Micco verstanden. Zu dieser Zeit war er hier noch ziemlich beliebt, intelligent und gutaussehend wie er war. Er hatte so gut wie alle Vorzüge, die die meisten Mädchen schätzen. Und die Jungs, die nicht mit ihm befreundet waren, haben ihn beneidet.«

»Ich nicht!«, stellte ihr Freund sofort klar.

Schon klar, du Gockel! Felix musste sich beherrschen, um nicht die Augen zu verdrehen.

»Na ja, ich hab ihn ja von Anfang an nicht gemocht. Wie er sich immer mit den Lehrern gestritten und den Unterricht gestört hat!« Sie seufzte erneut. »Aber das ist natürlich nichts im Vergleich zu dem, was er im Sommer getan hat. Danach wollten auch seine Bewunderer nichts mehr mit ihm zu tun haben. Es war einfach nur schrecklich und ich bin froh, dass er nicht mehr in meiner Klasse ist.«

»Was genau *hat* er denn getan?« Felix verschränkte die Arme und trommelte mit den Fingern unruhig auf seinem Oberarm. Allmählich ging es ihm auf die Nerven, den beiden zuzuhören, wie sie pausenlos nur um den heißen Brei herumredeten.

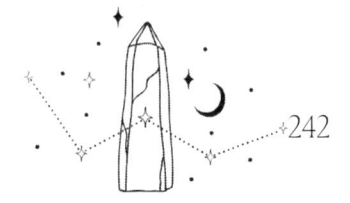

Das Mädchen zuckte mit den Schultern. »Tja, wo soll ich da anfangen? Obwohl ... Die zeitliche Reihenfolge ist eigentlich ziemlich klar. Erst hat er die naive Sandra mit seinem Charme in sich verliebt gemacht, dann zu sich nach Hause gelockt und vergewaltigt, bevor er sie vom Balkon gestoßen hat.«

Felix traute seinen Ohren nicht und schluckte hart angesichts dieser schwerwiegenden Anschuldigungen. Vergewaltigung, Mord? Wenn das stimmte, konnte er froh sein, dass er selbst mit nichts weiter als einer Gehirnerschütterung davongekommen war.

Vorausgesetzt, das war wirklich alles.

Ein erneuter Schauder schüttelte ihn, als er sich erinnerte, dass er bis vor wenigen Minuten noch entschlossen gewesen war, in dieser Schule nur nach Miccos Adresse zu fragen und dann geradewegs dorthin zu gehen.

»Ich weiß nicht, was du mit ihm zu tun hast«, meldete der Junge sich wieder zu Wort, »aber du siehst so ... *brav* aus, so wie Sandra damals! An deiner Stelle würde ich mir lieber andere Freunde suchen. Micco ist ...«

»... gerade nicht anwesend, also Maul halten, verdammt!«

Felix fuhr herum, als hinter ihm eine weibliche Stimme zu hören war, die sehr wütend klang.

»Ihr eingebildeten Hackfressen könnt nicht anders als die ganze Zeit hinterrücks über andere zu lästern, was? Seid ihr so langweilig, dass ihr Gerüchte über andere erfinden müsst, um selbst interessant zu wirken?« Das aufgebrachte Mädchen kam näher, blieb neben Felix stehen und betrachtete das Pärchen einige Sekunden mit einem herablassenden Blick. »Mist, ich vergaß ... Ja, ihr *seid* so langweilig.«

»Ha! Mit einer wie dir müssen wir uns jedenfalls nicht abgeben!«, konterte der Junge.

»Kein Wunder, dass die Grufti-Schlampe zu ihm hält, die ist ja genauso schlimm!«, sagte seine Freundin. »Komm, Tony, wir gehen!«

Die beiden sprangen auf und stampften mit großen, wütenden Schritten in Richtung Treppe davon.

»Gut, verpisst euch nur, ihr jämmerlichen Arschgeigen!«, schrie das neue Mädchen ihnen hinterher. »Blöde Lästermäuler! Schaut lieber wieder in eure geliebten Schulbücher!«

Felix betrachtete die »Grufti-Schlampe«, wie sie verächtlich bezeichnet worden war, und bewunderte ihr großes Mundwerk. Sie war kleiner als er, hatte glattes, braunes Haar, das ihr an den längsten Stellen fast bis zur Hüfte reichte, und war von oben bis unten in schwarze Kleidung gehüllt. Dunkler Lidschatten und dicker Lidstrich umrandeten ihre braunen Augen, von ihren Ohren hingen kleine, graue Totenköpfe. Auch sie hätte an seiner Schule bequem in eine Schublade gepasst und wäre kaum weiter aufgefallen, aber hier stach sie heraus wie ein bunter Papagei – oder eben wie eine Schattengestalt vor einer sterilen, weißen Wand.

Neben der Bank, auf der das Paar geknutscht hatte, öffnete sich eine Tür und ein deutlich übergewichtiger Mann im grauen Anzug trat heraus. Sein Gesichtsausdruck entsprach in etwa dem, den die beiden Schüler aufgesetzt hatten, als sie vertrieben worden waren.

»Ich darf doch sehr bitten, Lorena! Wieso bist du so laut, und was sind das für schreckliche Schimpfwörter?«, fuhr er das Mädchen an.

Sie ignorierte ihn und drehte sich zu Felix um. »Komm mit, gehen wir woanders hin. Zu viel *Unkraut* hier.« Was auch immer sie damit meinte.

Sie entfernten sich von dem Lehrer, der nach wie vor empört blickte, aber nichts mehr sagte, wobei Felix sich schon wieder ein bisschen leichtsinnig vorkam. *Na, so was! Kaum ein Tag ist vergangen und ich laufe wieder jemandem hinterher, den ich gar nicht kenne.*

Das Mädchen – Lorena – führte ihn um die Ecke zurück in den Abschnitt des Flurs, der den Eingangsbereich darstellte. Die Bank, auf der sie Platz nahm, war genauso weiß wie die Räumlichkeit, in der sie stand. Felix blieb davor stehen und sah verdutzt zu, wie Lorena eine Packung Zigaretten aus der Tasche zog und sich eine anzündete.

»Auch eine?«, fragte sie ihn.

Er schüttelte den Kopf und hatte im selben Moment ein weiteres Déjà-vu. Auch Micco hatte ihm eine Zigarette angeboten, nachdem er ihn mit einem simplen »Komm mit« dazu überredet hatte, ihm zu folgen. Und auch diese Zigarette hatte Felix abgelehnt. Nun wiederholte sich die Situation.

Sag mir, dass du mit Micco befreundet bist, ohne mir zu sagen, dass du mit Micco befreundet bist ...

»Du hältst dich nicht gerne an Regeln, oder?« Es war mehr eine Feststellung seinerseits als eine Frage.

Als stünde ihr die Gleichgültigkeit nicht schon mit Großbuchstaben ins Gesicht geschrieben, zuckte Lorena mit den Schultern und zeigte auf einen Rauchmelder an der Decke. »Der ist kaputt, und falls mich die Lehrer erwischen, werden sie mich auch nicht noch mehr hassen können als ohnehin schon.«

Da es weit und breit keinen Aschenbecher gab, ließ sie die Asche auf den Boden fallen, ohne Rücksicht auf das ansonsten so saubere Bild dieser Schule. Felix sagte dazu nichts.

»Du kennst also Micco«, sagte sie und musterte ihn prüfend von oben bis unten. »Wie geht es ihm? Wie macht er sich?«

»Das weiß ich nicht, er war heute nicht in der Schule.« Felix hielt einen Moment inne, um sich für seinen geplanten Besuch bei Micco eine plausible Ausrede zu überlegen. »Ich wollte nach ihm sehen und ihm die Hausaufgaben vorbeibringen, wusste aber nicht, wo genau er wohnt, und dachte, hier könnte das jemand wissen.«

»Und dafür kommst du extra in diese verkappte Jugendstrafanstalt?« Lorena winkte ab. »Wenn Micco immer noch der Alte ist, wird er die Hausaufgaben sowieso nicht machen, also hättest du dir die Mühe ruhig sparen können. Aber gibt's bei euch Windolfern keine Klassenliste, auf der die Adressen stehen?«

Felix hatte ihr gegenüber mit keinem Wort erwähnt, dass er auf das Windolf-Gymnasium ging, aber als die gute Freundin von Micco, die sie offenbar war, musste sie wohl wissen, auf welche Schule er gewechselt hatte.

Er merkte, dass zumindest der letzte Teil seiner Geschichte nicht so plausibel klang, wie er gehofft hatte, aber auf die Schnelle war ihm einfach nichts Besseres eingefallen. Also beschloss er, dass er genauso gut die Wahrheit sagen konnte.

»Um ehrlich zu sein, bin ich auch noch wegen etwas anderem hier«, gab er schließlich zu. »Micco hat mir nie erzählt, warum er die Schule gewechselt hat und trotzdem noch hier wohnt, da dachte ich …«

Er hörte abrupt auf zu sprechen, als Lorena einige Sekunden länger als sonst von ihrer Zigarette abließ und ihn mit einem durchdringenden Blick anstarrte. Was war los? Hatte er etwas Falsches gesagt?

Dann zuckte sie erneut mit den Schultern, sah woanders hin und bot sogleich eine Erklärung für ihr Verhalten. »Mir war nicht bewusst, dass er immer noch hier wohnt. Ich dachte, er wäre in die Nähe der neuen Schule gezogen.«

»Das dachte ich anfangs auch. Wäre für ihn wohl das Vernünftigste gewesen.«

»Hm … Sprich weiter. Was willst du wissen?«

»Ob an dem, was das Pärchen gerade erzählt hat, was dran ist.« Felix bereute seine Worte sofort, als Lorena ihn wieder ansah. Sie war ihm nicht geheuer. Etwas an ihrer Art beunruhigte ihn.

Noch ein Schulterzucken, als wäre es ihre Lieblingsbewegung. »Teilweise«, antwortete sie auf seine Frage, nahm dann einen ausgiebigen Zug von der Zigarette und sorgte damit für eine unangenehm lange Pause, ehe sie fortfuhr. »Sandra Dannecker und ihr

Tod vor einem halben Jahr sind wirklich die Gründe dafür gewesen, dass Micco von hier abgehauen ist. Das ist wahr. Aber er hat sie nicht umgebracht.«

Felix fiel ein Stein vom Herzen. Dieses Mädchen war für ihn nach wie vor eine Unbekannte, doch das waren die beiden anderen auch gewesen, und Lorenas Worte klangen in seinen Ohren deutlich sinniger. Ob sie deswegen auch glaubwürdiger waren oder er sich das nur einreden wollte, war ihm noch nicht klar.

»Aber wie können so schlimme Gerüchte dann überhaupt entstehen?«, wollte er wissen. »Er soll sie nicht nur von dem Balkon gestoßen haben, sondern davor auch noch ...« Er biss sich auf die Lippe. Bei der Wiederholung dessen, was Micco angeblich getan haben sollte, wurde ihm schlecht.

»Oh, das ist ganz einfach – leider! Solche Gerüchte entstehen dadurch, dass ein beliebter Schüler sie erzählt, in diesem Fall ein besonders hinterfotziges Sportler-Arschloch namens Robbie Mock. Auf den steht fast jeder hier auf die eine oder andere Weise, und er konnte Micco noch nie leiden, weil er ihn wohl als Konkurrenten angesehen hat. Dabei war er selbst der Einzige, der diesen lächerlichen Schwanzvergleich jemals ernst genommen hat.«

Felix nickte bestätigend, denn so jemanden hatte er auch in der Klasse. Robbie Mock war also der Karsten Schilk der Geschwister-Scholl-Schule. Er konnte sich aber kaum vorstellen, dass Karsten jemals tief genug sinken würde, um solche Verleumdungen zu verbreiten.

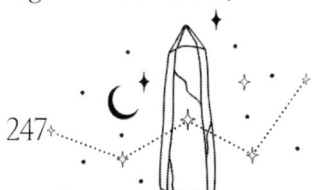

Lorena zog lange an der Zigarette. Ihre Miene wirkte angestrengt und verdunkelte sich, als sie fortfuhr. »Das Märchen mit der Vergewaltigung kam erst später dazu und ist nicht das Einzige, was erfunden wurde. Aber selbst wenn Robbie nie angefangen hätte, Scheiße zu labern – schon dass Sandra mit Micco in seiner Wohnung war, als sie gestorben ist, macht ihn verdächtig. Und die Blicke, das Geläster und die Gemeinheiten seiner Mitschüler, von denen ihn vorher so viele vergöttert haben, sind ihm einfach zu viel geworden.«

Felix senkte betroffen den Kopf. Beinahe hätte er selbst all diesen Unsinn geglaubt und wäre damit nicht besser gewesen als die Schüler dieser Schule.

»Aber weißt du, mir geht es am Arsch vorbei, was die anderen denken. Laut Micco war es ein Unfall und die Polizei konnte nichts anderes beweisen, also glaube ich ihm. Anders als die beiden Hackfressen von vorhin weiß ich nämlich, wie *echte* Vergewaltiger und Mörder aussehen.«

Felix' Mund wurde zu einem dünnen Strich, seine Augen dafür umso größer. »Ach so? Wo hast du denn schon mal welche gesehen?«

Sein Gegenüber schüttelte nur den Kopf. »Vergiss es«, war alles, was sie dazu sagte. Immerhin eine weniger beunruhigende Antwort als »Im Spiegel«.

»Standet ihr euch nahe, du und Micco?«, fragte Felix dann, um nicht weiter darüber nachdenken zu müssen.

Lorena vermied es, ihn direkt anzusehen. Offenbar fiel es ihr schwer, darüber zu reden. »Kann man wohl sagen. Micco war der beste Freund, den ich seit langem hatte – nein, den ich *je* hatte. War immer für mich da, wenn ich nen schlechten Tag hatte, und ... na ja, da meine Tage so gut wie immer schlecht sind, kann man wohl sagen, dass er immer für mich da war, und ich auch für ihn. Nicht wie Carlos, diese falsche Ratte, die einen auf bester Freund gemacht hat und dann bei der ersten Gelegenheit ...« Sie hielt inne. »Ach, vergiss es. Jetzt ist Micco jedenfalls weg, und es ist keiner mehr da.«

»Klingt so, als hättest du heute überhaupt keinen Kontakt mehr zu ihm«, schlussfolgerte Felix.

Sie schüttelte den Kopf. »Habe ich auch nicht. Er hat alle Kontakte abgebrochen, als er umge... sorry, als er die Schule gewechselt hat. Auch davor konnte man eigentlich kaum noch mit ihm sprechen. Er war immer so abweisend.«

Ja, das klingt eher nach dem Micco, den ich kenne.

»Aber egal, mach dir keinen Kopf.« Sie hatte die Zigarette zu Ende geraucht und ließ sie auf den Boden fallen, statt sich die Mühe zu machen, sie in den nahe gelegenen Mülleimer zu werfen. »Was auch immer man dir hier über Micco erzählt, glaub es nicht. Er hat in der Vergangenheit das eine oder andere krumme Ding gedreht, aber umbringen würde er keinen, schon gar nicht jemanden, der ihm so nahesteht, wie Sandra Dannecker es getan hat.«

Endlich begriff Felix und er erinnerte sich, woher er diesen Familiennamen kannte: Dannecker war der Nachname von Max, dem Schlägertypen aus dem Sterncafé, dessen Schwester laut Rudolf Sterner kürzlich in den Nachrichten war.

Das passt zusammen. Sandra war hier auf der Schule, vielleicht sogar in Miccos Klasse, bis sie bei ihm tödlich verunglückt ist. Max gibt ihm die Schuld, wie die meisten anderen hier, und daher kennen und hassen sich die beiden. Zumindest das ergibt jetzt Sinn ...

»Bestimmt geht es ihm auf deiner Schule besser«, vermutete Lorena. »Da ist er vielleicht von normalen Schülern umgeben, nicht so wie hier ... Das sind keine normalen Menschen, sondern dressierte Dackel!«

Felix schmunzelte. »Oh ja, das hab ich gemerkt.«

»Weißt du, wo wir uns hier befinden? In einer Elite-Schule!« Lorena wackelte mit den Augenbrauen und schnitt eine Grimasse. »Das ist in allererster Linie zwar eine Eigenzuschreibung, aber gar nicht so abwegig, denn hier wird man ja teilweise schon wegen einer Zwei schief angeschaut. Die meisten Schüler sind Streber hoch zehn! Schon erstaunlich, dass sich hier überhaupt Pärchen bilden wie Irina und Tony, die du leider gerade kennen lernen musstest. Ich bin bisher davon ausgegangen, dass die alle nur ihre Bücher lieben. Und weil das so ironisch ist, hab ich Irina und Tony zu einer Person zusammengefasst: Irony. So wie Ironie. Verstehst du?«

Wieder musste Felix grinsen. Das Mädchen sah vielleicht ein bisschen düster aus, hatte aber Humor.

»Und Micco? Hat er auch zu dieser ›Streberfraktion‹ gehört?«, fragte er, wobei er die *Streberfraktion* mit den Fingern in Anführungszeichen setzte.

»Nein«, antwortete Lorena spöttisch. »Er hatte den ganzen Idioten hier etwas Entscheidendes voraus: Intelligenz! Während die meisten anderen vor jeder Klausur ihr ganzes Leben zuhause mit den Nasen in ihren Schulbüchern verbracht haben, hat er immer nur das Nötigste gemacht und kam trotzdem durch. Zum Beispiel hat er gerne Französisch geschwänzt, aber seine Noten waren trotzdem gut. Er hat diese Sachen nicht lernen müssen. Er hat sie einfach verstanden. Niemand konnte herausfinden, was sein Geheimnis war.«

Oh, wenn du wüsstest ... Er hat mehr als eins, das ist heute noch so.

Also war Micco einst sehr gut in der Schule gewesen. Und beliebt bei seinen Mitschülern. Inzwischen war in beiden Fällen das genaue Gegenteil wahr geworden.

Lorena erhob sich seufzend von der Bank. »Ich sollte wieder in den Unterricht gehen. Dass ich so lange auf dem Klo gebraucht habe, nimmt mir sonst niemand ab. Ist mir zwar scheißegal, was die Lehrer denken, aber nachdem ich gerade Irony und Unkraut sehen musste, hatte ich für heute schon genug Stress.«

Mit »Unkraut« musste der Lehrer von zuvor gemeint sein, denn ansonsten hatten sie zusammen niemanden gesehen. Felix hätte zu gerne erfahren, was es mit dem Spitznamen auf sich hatte, aber das war eine Frage für einen anderen Tag. Er nickte Lorena zu. »Danke für dieses Gespräch. Dadurch ist mir einiges klar geworden.«

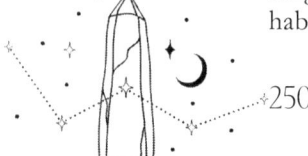

»Falls du Micco siehst, richte ihm doch bitte einen Gruß von mir aus«, sagte sie. »Ich wär dir auch sehr dankbar, wenn du ihm nicht auf die Nase binden würdest, dass ausgerechnet ich dir von Sandra erzählt hab. Er hasst dieses Thema. Aber ich konnte nicht zulassen, dass Irony solchen Quatsch labern. Irgendwann kriegen die von mir noch so eine gescheuert, dass sie vor lauter Schmerzen nicht mehr rumknutschen können!«

Felix lächelte. Seine neue, flüchtige Bekanntschaft nahm kein Blatt vor den Mund, sah ein bisschen komisch aus und machte, was sie wollte. Trotzdem war sie ihm viel sympathischer als Irina und Tony. Jemand, der sich so für seine Freunde einsetzte, wie sie es für Micco getan hatte, musste einfach ein gutes Herz haben.

Und jemand, der solche Freunde hat, kann doch gar kein so schlechter Mensch sein ...

Sie wandte sich gerade zum Gehen, als ihm etwas Wichtiges wieder einfiel – der Grund, aus dem er überhaupt hierher gekommen war.

»Warte!«, rief er. »Wo genau finde ich ihn denn nun?«

Lorena blieb stehen und drehte sich um. »Wenn er wirklich nie umgezogen ist, dürfte er immer noch in seiner alten Wohnung im Sonnenweg zuhause sein.«

Es folgte eine kurze, aber präzise Wegbeschreibung, wie man von der Schule aus am besten den Sonnenweg erreichte. Zur Sicherheit gab sie ihm noch ihre Handynummer, damit er sie anrufen konnte, falls er Schwierigkeiten hatte.

»War nett, dich kennen zu lernen«, sagte sie schließlich. »Und du bist ... ?«

»Felix.«

»Alles klar, Felix. Wie gesagt, einen schönen Gruß an Micco, pass auf ihn auf, und bis bald!«

Dann ging sie. Auch Felix drehte sich um, denn er hatte nun ein neues Ziel: den Sonnenweg. Und das bedeutete, dass er diese seltsame Schule mit ihren noch seltsameren Schülern endlich verlassen durfte.

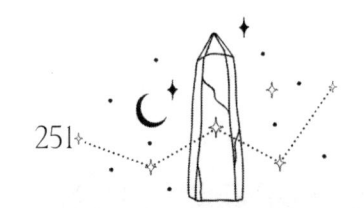

14
DER MANN SEINER ALBTRÄUME

Mit Hilfe von Lorenas Beschreibung fand Felix die Straße ohne größere Probleme und erkannte sie sofort wieder. Er stand auf der anderen Straßenseite, genau gegenüber von dem Haus, in dem Micco wohnte. In welcher Wohnung, das wusste Felix nicht, aber er tippte auf die obere, denn Sandra war durch einen Sturz von einem Balkon gestorben. Das wäre im Erdgeschoss kaum möglich gewesen.

Das gelbliche Licht der Straßenlaternen ließ das Haus auf eine Weise erstrahlen, dass es beinahe wie aus einer anderen Welt wirkte. Die Stille der Allee tat ihr Übriges, um eine Atmosphäre zu erzeugen, die fast so gespenstisch war wie in Felix' Albträumen. Matschige Überreste des Schnees vom Vortag beschmutzten das Bild der ansonsten viel zu sauberen, zu aufgeräumten Straße, und ein ferner Donner war leise zu hören, der Vorbote eines aufziehenden Gewitters.

Ein kühler Tropfen klatschte auf Felix' Nase und riss ihn aus seinen Gedanken. Er sah zu den dunklen Wolken am Himmel hinauf und vernahm den Geruch von Regen, der in der Luft hing.

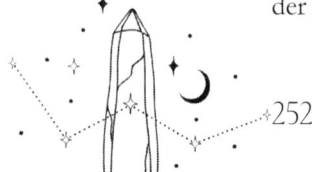

Na klasse. Als wäre mir nicht schon unwohl genug. Jetzt werde ich auch noch nass!

Er hasste es, nass zu sein. Aber darüber hinaus musste er sich eingestehen, dass die üblen Anschuldigungen von »Irony« mehr Eindruck auf ihn gemacht hatten, als ihm lieb war. Zwar hatte die Unterhaltung mit Lorena alles in ein anderes Licht gerückt, doch so ganz traute er der Sache nicht. Sonst würde er nicht schon seit fünf Minuten unschlüssig in der Kälte stehen und sein Ziel angaffen, statt hinzugehen, zu klingeln und endlich Klarheit zu schaffen.

Wenn wenigstens irgendjemand auf diesen Straßen unterwegs wäre! Aber hier hört einen wirklich keiner, wenn man schreit.

Sein Blick blieb lange am Balkon des oberen Stockwerks hängen, durch dessen undurchsichtiges Geländer er nicht sehen konnte, ob und wie er eingerichtet war. Es war ihm ein Rätsel, wie der Unfall – der hoffentlich wirklich nur ein Unfall gewesen war – hatte passieren können. Was hatte Sandra dort gemacht? War sie aufs Dach geklettert? Hatte sie zu viel getrunken? Einfach so fiel jedenfalls niemand von einem Balkon.

Also war es vielleicht doch kein Unfall.

Kopfschüttelnd verdrängte er diesen Gedanken und atmete tief durch. Solange er einfach nur vor dem Haus herumlungerte, würde sich nichts ändern. Etwas Unheimliches verbarg sich hinter diesen blitzblanken Wänden, das spürte er deutlich. Also nahm er all seinen Mut zusammen und überquerte die leere Straße. Schließlich lag die Antwort auf eine seiner im Moment dringendsten Fragen ebenfalls hinter diesen Wänden verborgen – vorausgesetzt, Micco hatte nicht wie er mit einer Amnesie zu kämpfen, doch das war höchst unwahrscheinlich.

Du bist kein Kleinkind mehr, sondern siebzehn Jahre alt, also benimm dich gefälligst entsprechend!, ermahnte ihn seine innere Stimme. Er ging näher an das Haus heran und sah sich die Klingeln an. Seine Vermutung bestätigte sich:

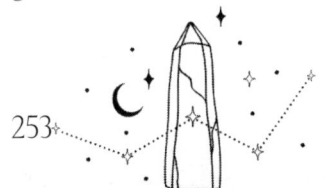

Micco wohnte in der oberen der beiden Wohnungen, wahrscheinlich mit seinen Eltern. Der Familienname stand fett gedruckt und gut lesbar neben der oberen Klingel.

Ein letztes Mal atmete er tief durch, dann drückte er zweimal kurz den runden Klingelknopf. Und wartete. Es meldete sich niemand, auch hinter den Vorhängen rührte sich nichts .

Deine letzte Chance! Noch kannst du abhauen!, sagte eine zweite innere Stimme und widersprach damit der ersten.

Und dann? Dann sitzt du wieder in deinem Zimmer und heulst rum, weil du so kurz vor dem Ziel plötzlich kalte Füße gekriegt hast!, meldete sich sofort die andere Stimme wieder. *Am nächsten Tag kommst du ja doch wieder her, weil du gar nicht anders kannst. Also reiß dich zusammen und bring es hinter dich, Agent Kohnen!*

Die erste Stimme hatte die besseren Argumente. Also klingelte er erneut, dieses Mal länger.

Eine raue Männerstimme ertönte durch den Lautsprecher. »Wer ist da?«

Felix zuckte zusammen, obwohl es genau das war, worauf er gehofft hatte: Es war jemand zuhause. Der Stimme nach zu urteilen war das aber nicht Micco.

»Hallo, ich bin Felix«, stellte er sich vor. »Ich wollte kurz zu Micco wegen ...«

»Der ist nicht da!«, fuhr ihm die Stimme dazwischen.

Irgendwie kam ihm die Stimme bekannt vor. Er konnte ihr weder einen Namen noch ein Gesicht zuordnen, aber sein Gefühl sagte ihm, dass er ihr nicht trauen sollte. Und dass sie nicht die Wahrheit sagte.

»Lassen Sie mich doch wenigstens kurz hochkommen. Ich will gar nicht lange bleiben. Aber es ist sehr wichtig, ich muss ... Micco etwas bringen«, beharrte er.

Stille. Der andere schien zu überlegen.

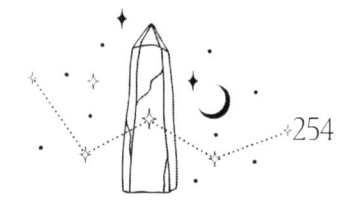

Du überlegst wohl, wie du mich abwimmeln kannst, hm? Aber das wird nicht funktionieren! Ich bin gekommen, um mit Micco zu reden, und gehe erst, wenn ich das getan habe, auch wenn ich dafür über den Balkon einsteigen muss!

Als hätte der Mann am anderen Ende der Leitung seine Entschlossenheit gespürt und sich davon überzeugen lassen, lenkte er ein. »Na schön, komm hoch. Aber nicht zu lange! Wir haben noch zu tun und können gerade keine Gesellschaft gebrauchen.«

Kaum waren die Worte ausgesprochen, ertönte ein Summen an der Tür. Verwundert, aber zufrieden, drückte Felix sie auf. Er sah sich nicht lange um, sondern eilte die Treppe hinauf, denn wie es aussah, wurde ihm nicht viel Zeit gelassen. Auf der winzigen Galerie vor der geschlossenen Tür der oberen Wohnung blieb er stehen.

Einige Augenblicke später stand er immer noch dort und seufzte genervt. Hätte er in dieser Wohnung gelebt und gewusst, dass Gäste auf dem Weg nach oben waren, wäre er neben der Tür stehen geblieben und hätte sie im Idealfall sogar schon aufgemacht, bevor sie noch einmal klingeln mussten. Doch jetzt wusste er immerhin, von wem Micco seine schlechten Manieren geerbt hatte.

Ihm blieb jedenfalls nichts anderes übrig, als anzuklopfen und den Herrn auf der anderen Seite auf diese Weise daran zu erinnern, dass er vor nicht einmal einer Minute einen Gast hereingelassen hatte. Einen Gast, der nun wartete.

»Ich komme ja schon!« Die Stimme des Mannes klang ärgerlich und gehetzt. Aber was hatte er erwartet? Dass Felix eine halbe Ewigkeit vor der Tür stehen blieb, sich schließlich umdrehte und wieder ging?

Das hättest du wohl gerne!

Das Geräusch eines Schlüssels, der sich im Schloss drehte, drang durch die Tür, bevor diese sich endlich öffnete. Langsam ging sie nach innen auf. Felix konnte einen ersten Blick in das angrenzende Wohnzimmer werfen – und erstarrte.

Nein!

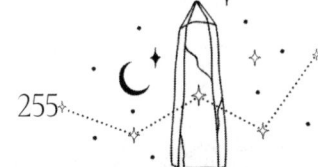

Vor ihm stand ein dicklicher Mann, etwa so groß wie er, mit kurzem, schwarzem Haar an den Seiten des runden Kopfes, einem Schnäuzer und dunklen, strengen Augen. An sich nichts Außergewöhnliches; er sah aus wie viele andere. Dennoch hätte Felix nie im Leben *diesen* Mann erwartet!

Das ist doch nicht möglich! Nein, das kann nicht sein. Ich bilde mir das nur ein!

Felix versuchte sein Bestes, um sich einzureden, dass es nur seine angespannte Stimmung war, die sein Denken beeinflusste. Sein eigener Verstand spielte ihm einen Streich! Und dennoch sahen seine weit aufgerissenen Augen immer noch klar. Dieser Mann war genau derjenige, für den er ihn hielt, und er war auch sicherlich keine Erscheinung. Wie hätte er dieses Gesicht jemals vergessen können?

»Gerade eben warst du noch so hartnäckig. Willst du jetzt gar nicht reinkommen?« Diese raue, aber ruhige Stimme. So hatte er schon damals gesprochen, und deswegen hatte Felix sie gleich erkannt. Als könnte ihn nichts aus der Ruhe bringen.

Felix' Herz hingegen flatterte vor Angst und Aufregung. Was machte er hier eigentlich? Arthur hatte ihn gewarnt, nicht herzukommen. *Seine eigene innere Stimme* hatte ihn davor gewarnt, ihm gesagt, dass mit diesem Haus etwas nicht stimmte. Ob er nun wusste, was am Vortag mit Micco passiert war, oder nicht, er hätte einfach darauf hören und verschwinden sollen. Aber er musste ja immer neugierig sein, allem auf den Grund gehen, konnte keine Ruhe geben, bis er bekam, was er wollte! Nur das hier hatte er definitiv nicht gewollt. Zitternd vor Entsetzen, stand er seinem personifizierten Albtraum gegenüber. Der Mann, der ihn in die Wohnung bat, Miccos Vater, war der Blutmagier!

Das war das Letzte, womit er gerechnet hatte. Endlose Sekunden verstrichen, in denen er wie angewurzelt auf der Stelle verharrte und sein Gegenüber anstarrte. War das eine Falle? Wusste der Blutmagier, wer da gerade vor ihm stand und seinen Sohn sehen wollte? Hatte er ihn erkannt? Und wusste er von der Aktion in der Kirche?

Weitere Sekunden vergingen. Zeit spielte keine Rolle mehr. Sie hätte genauso gut stehen bleiben können, denn Felix konnte sich nicht bewegen. Konnte nicht auf dieses unerwartete Wiedersehen reagieren.

Der unheimliche Mann bemerkte seine Reaktion entweder nicht, oder es war ihm einfach egal. Mit einem aufgesetzten Lächeln trat er zur Seite und zeigte auf einen kleinen Gang gegenüber, der ohne Verbindungstür ans Wohnzimmer angrenzte. »Die Tür auf der linken Seite im Gang. Da ist Dominics Zimmer. Willst du nicht zu ihm gehen?«

Es kostete Felix unnatürlich viel Kraft, sich aus seiner Starre zu lösen. Schnell, aber vorsichtig, schob er sich an dem Mann vorbei ins Wohnzimmer. Sein Blick blieb auf dessen Gesicht fixiert, dieses auf furchtbare Weise vertraute Gesicht. Auch auf dem Weg zu Miccos Zimmer schaffte er es nicht, auch nur irgendetwas anderes von seiner Umgebung wahrzunehmen. Zu viel Angst hatte er vor dem Gedanken, diesem heimtückischen Mann den Rücken zuzuwenden. Das Herz in seiner Brust schlug viel zu schnell und ein Schauer lief ihm kalt vom Nacken hinunter bis in die Beine, als würde sämtliches Blut aus seinem Körper weichen.

Auf einmal kamen die Erinnerungen an jenen Tag wieder hoch. Die schrecklichen Minuten im Keller der Kirche, als der Blutmagier ihn festhielt. Die kalte, scharfe Klinge des Messers an seinem Hals. Die unheimlichen Worte des Mannes, die keinen Sinn ergaben. Diese gesamte Situation, die Todesangst, die sie erfüllte und bis über die Flucht hinaus anhielt. All diese schrecklichen Albträume, die ihn in den Nächten und sogar an den Tagen danach verfolgt hatten, und das alles nur wegen dieses Mannes, der jetzt an der Tür stand und so furchterregend falsch lächelte.

Felix erreichte endlich die Tür, griff rücklings nach der Klinke und hoffte, auf der anderen Seite nicht direkt in den brodelnden Kessel des bösen Hexers zu fallen. Sein Instinkt schrie ihm zu, so schnell wie möglich aus der Wohnung zu verschwinden, doch dazu war es zu spät.

Diese verfluchte Klinke, die er einfach nicht zu fassen bekam, trieb ihn an den Rand des Wahnsinns. Er konnte diesen Blick nicht ertragen, mit dem Miccos Vater jede seiner Bewegungen verfolgte, wie ein Jäger, der nur darauf wartete, dass seine Beute einen Fehler machte ...

Da war sie! Er hatte die Klinke gefunden. Ohne sich Gedanken darüber zu machen, wie sein Verhalten wohl wirkte, flüchtete er in das Zimmer hinter der Tür. Der Knall, mit dem er sie von innen zuwarf, erregte sofort die Aufmerksamkeit von Micco, der an einem Schreibtisch saß.

»Was machst du hier?« Miccos verwirrter Blick traf den von Felix, der verlegen vor der Tür stand. Seiner Reaktion nach zu urteilen, hatte er nicht mit Besuch gerechnet. Nach einem kurzen Augenblick griff er nach seiner Sonnenbrille, die neben dem Computer auf dem Schreibtisch lag, und setzte sie auf.

Dieses kleine Detail entging Felix beinahe, denn er konnte nur starr geradeaus blicken. Er war nicht mehr im gleichen Raum wie der Blutmagier – das war gut. Doch sein Herz raste nach wie vor, und sein Gesicht fühlte sich immer noch an, als hielte er es in eiskaltes Wasser.

Zitternd lehnte er sich gegen die Tür. Er schloss die Augen, versuchte sich zu sammeln, doch die Kraft verließ ihn und er rutschte am Holz entlang auf den Boden.

»Hey!« Micco sprang auf. Schnell überbrückte er die Distanz zu Felix und ging neben diesem in die Hocke. »Was ist denn los? Geht's dir nicht gut?«, fragte er und wirkte ernsthaft besorgt.

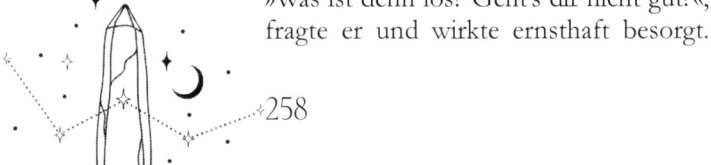

Sein bisheriges Verhalten hatte nicht vermuten lassen, dass er zu solchen Empfindungen überhaupt fähig war, und unter normalen Umständen hätte Felix sich wahrscheinlich darüber gewundert. Doch im Moment hatte die Angst ihn zu fest im Griff, als dass er noch an irgendetwas anderes hätte denken können.

In der Vergangenheit hatte er sich oft ein Wiedersehen mit dem Blutmagier ausgemalt. In der Kirche letztens hatte er es ja regelrecht darauf angelegt. Doch nie hätte er erwartet, dass ihn das dermaßen aus der Fassung bringen würde. Inzwischen zitterte er am gesamten Körper und Übelkeit drohte ihn zu überwältigen. Sterne tanzten vor seinen Augen, seine Sicht verschwamm. Wann hatte er das letzte Mal eine solche Angst gehabt?

»Hey!«, wiederholte Micco und schnipste mit den Fingern vor Felix' Augen. »Es ist alles in Ordnung, okay? Du musst keine Angst haben.«

Felix schloss die Augen, versuchte, gleichmäßig zu atmen und zwang sich, wieder zur Ruhe zu kommen. Das Tempo seines Herzschlags verlangsamte sich allmählich, bis es nur noch ein wenig schneller schlug als es sollte. Kaum hatte er es so weit geschafft, fing er an, sich zu schämen. Dieser Schock war zu viel gewesen. Beinahe wäre er zusammengebrochen, und das auch noch ausgerechnet vor Micco!

Trau ihm nicht! Er ist der Sohn des Blutmagiers, zum Teufel noch mal! Und vor einem halben Jahr ist ein Mädchen in seiner Wohnung gestorben. Zufall? Nie im Leben!

Bei diesem Gedanken kam Felix sofort wieder zu Kräften und stieß Micco von sich. Dann sprang er auf die Beine und wich einen Schritt zurück. »Steckst du mit ihm unter einer Decke? Seid ihr Komplizen?« Felix' Stimme bebte.

Hätte ich nur auf Arthy gehört. Hätte ich doch verdammt noch mal auf Arthy gehört!

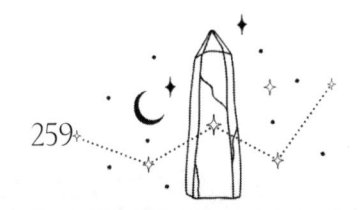

Micco blickte zu ihm auf, wobei die Sonnenbrille wieder einmal seine Augen bedeckte. Dennoch glaubte Felix, so etwas wie Verwirrung in seinen Zügen zu erkennen.

»Der Mann da draußen ist dein Vater, oder nicht? Macht ihr gemeinsame Sache bei seinem Ritual? Sag's mir!« Felix kämpfte gegen die Panik an, die erneut in ihm aufkam. Er versuchte, sie zumindest aus seiner Stimme zu verbannen, doch es gelang ihm nicht. Sein Blick wanderte unruhig zwischen der Zimmertür und Micco hin und her.

»Das ist mein Vater, ja.« Micco richtete sich langsam auf, offensichtlich bedacht darauf, keine schnellen Bewegungen zu machen. Felix wich instinktiv noch einen Schritt zurück und ballte die Hände zu Fäusten. Er wusste, dass er keine Chance hätte, wenn es Micco in den Sinn käme, ihn anzugreifen, doch leicht würde er es ihm nicht machen.

»Was ist mit dir los, Felix?« Micco stand die Verwirrung inzwischen wie gedruckt ins Gesicht geschrieben, sodass sie fast echt wirkte. »Was hab ich denn gemacht?«

»Das würde ich auch gerne wissen! Also, was hast du gemacht? Mit mir, gestern?«

Nun, da er wieder aufrecht stand, überragte Micco Felix um einen halben Kopf und ließ ihn nicht aus den Augen. Felix suchte nach Fluchtmöglichkeiten. Der Weg, auf dem er gekommen war, kam von vornherein nicht in Frage, denn dort konnte der Blutmagier lauern. Vielleicht stand er sogar direkt hinter der Tür und lauschte.

Ansonsten blieb die Flucht über den Balkon, doch die gläserne Tür, die nach draußen führte, war nicht nur geschlossen, sondern auch hinter einem Vorhang. Es würde zu lange dauern, diesen zur Seite zu schieben und die Tür zu öffnen, aber vielleicht war es besser so; schließlich war dort schon einmal jemand gestorben, und das war noch nicht einmal sehr lange her.

Vielleicht wollte sie auch fliehen? Dann sitze ich wirklich in der Scheiße! Wär ich doch bloß nie hergekommen!

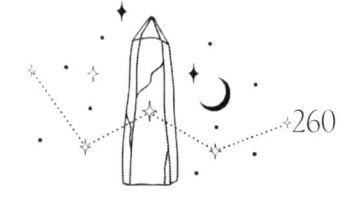

Schon die Begegnung an der Eingangstür hätte ihm eine Lehre sein müssen. Jetzt war es zu spät.

»Du ... du weißt nicht mehr, was gestern passiert ist? Was ich dir erzählt habe? Alles vergessen?« War Micco etwa enttäuscht? Es klang beinahe so. Er war sehr schwer zu lesen, verzog nicht einmal das Gesicht, und alles, was seine Augen womöglich hätten verraten können, kam nicht durch seine Sonnenbrille. Aber Felix glaubte, einen Hauch von Missmut aus der Stimme des anderen herauszuhören.

Vielleicht war seine Situation nicht so schlimm wie befürchtet. Vielleicht konnte er ja doch mit Micco reden; dieser Gedanke beruhigte ihn etwas, doch er blieb achtsam.

»Ich weiß nichts mehr von dem, was passiert ist, nachdem wir in deinem Auto von hier weggefahren sind. Nur dass ich plötzlich im Krankenhaus aufgewacht bin. Warum war ich dort? Was hast du gemacht?«

»Gar nichts!«, verteidigte sich Micco. »Ich habe dir nur etwas erzählt. Aber wenn du es vergessen hast, ist das vielleicht auch besser so. Ein Wink des Schicksals. Ich hätte nie damit anfangen sollen!« Nun schüttelte er auch noch den Kopf und wirkte dadurch nur noch enttäuschter.

Felix hingegen kam gerade erst richtig in Fahrt. Er durfte jetzt nicht aufhören, nachzubohren. »Anfangen, womit?«

»Leute einzuweihen.« Micco nahm wieder auf dem Stuhl vor dem Schreibtisch Platz. »Dann wäre Sandra noch am Leben ...«

Seine Stimme klang traurig, als er Sandra erwähnte, und trotz des Misstrauens, das Felix ihm gegenüber hegte, verspürte er Mitleid.

Aber davon darf ich mich jetzt nicht beeinflussen lassen! Es könnte auch gespielt sein.

Micco wandte sich dem Computer zu und fing an, irgendetwas einzutippen. Ein buntes Fenster öffnete sich auf dem Bildschirm, doch das war Felix völlig egal, und

Micco vermutlich auch. Das war wohl nur seine Art, dem ungebetenen Besuch zu signalisieren, dass er gehen sollte. Felix rührte sich nicht von der Stelle.

»Was auch immer du von mir willst, ich habe es nicht«, sagte Micco schließlich. »Lass mich doch einfach in Ruhe.«

Felix wusste nicht, was er davon halten sollte. War das alles nun eine Falle oder nicht? Sein Gefühl sagte ihm, dass er dem Blutmagier nicht trauen konnte, aber das war ja nichts Neues. Bei Micco allerdings war er sich nicht sicher.

Erst rettet er mich vor Max und seiner Bande, nur um am nächsten Tag total abweisend zu sein. Eines Tages nimmt er mich mit auf eine spontane Spritztour quer durch die Stadt, ist dabei zwar immer noch wortkarg, aber viel freundlicher als vorher, und jetzt, nur einen Tag später, will er plötzlich wieder seine Ruhe haben ... Wer soll denn da noch durchblicken?

Die ganze Situation war mehr als merkwürdig. Aber vielleicht wurde es Zeit, einiges zu klären. Und vielleicht war Micco selbst nur ein Opfer.

Felix beschloss, alles auf eine Karte zu setzen. »Du kannst deine Ruhe haben, aber zuerst müssen wir reden.«

»Ist das so? Ich wüsste nicht, worüber.« Micco machte sich nicht einmal die Mühe, den Blick vom Bildschirm abzuwenden.

»Okay, wenn du mir schon nicht sagen willst, was gestern war, dann lass uns wenigstens über deinen Vater reden! Es ist sehr wichtig. Nur ... bitte nicht in diesem Zimmer und auch nicht in dieser Wohnung!« Felix behielt misstrauisch die Tür im Auge und sprach absichtlich mit gedämpfter Stimme. Nur für den Fall, dass der Blutmagier wirklich auf der anderen Seite sein Ohr gegen die Tür presste.

»Wenn du was über meinen Vater wissen willst, dann frag ihn besser selber. Mir sagt er ja auch nichts.«

»Dein Vater hat mir etwas angetan. Etwas, womit ich jahrelang zu kämpfen hatte und immer noch kämpfe.«

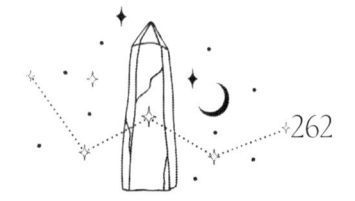

Falls diese Worte eine Reaktion hervorriefen, war sie nicht sichtbar. Micco starrte nach wie vor auf seinen Bildschirm. Und dabei hatte Felix bis vor einer Minute noch das Gefühl gehabt, endlich zu ihm durchzudringen. Es war frustrierend.

»Was ist? Willst du denn nicht wissen, *was* er getan hat?«, hakte er nach.

»Ich vermute, du wirst es mir sowieso gleich erzählen, ob ich will oder nicht.«

Was für eine Antwort! War das, was auch immer Micco gerade am Computer machte, so interessant, dass er sich keine Sekunde länger als nötig davon abwenden wollte? Oder interessierte es ihn kein bisschen, was sein Vater so trieb und wen er dabei verletzte ?

Wird wohl Zeit für eine andere Strategie.

Distanziert sein, das konnte Felix auch. Aber dafür musste er sich zusammenreißen, die Emotionen außen vor lassen und sich auf die Fakten konzentrieren, auf die Micco vielleicht eher ansprechen würde. Auf keinen Fall wollte Felix noch einmal zusammenbrechen, weder im wörtlichen noch im übertragenen Sinne. Also achtete er darauf, aufrecht und mit beiden Füßen fest am Boden zu stehen, und atmete tief durch. »Wenn du's nicht wissen willst, kann ich's für mich behalten. Ich bin auch nicht scharf darauf, mich immer wieder daran zu erinnern. Aber ich hatte Albträume. Ich habe sie noch immer, und am Ende sehe ich jedes Mal die Koordinaten eines Ortes in Süditalien. Ich werde dort hinfahren und rausfinden, was es damit auf sich hat. Bisher weiß ich nur, dass es irgendwie mit dem Pendulum zusammenhängen muss.«

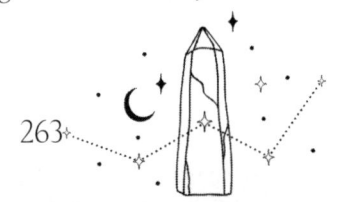

Das funktionierte. Nicht erst als das Pendulum ins Spiel gebracht wurde, sondern schon bei der Erwähnung von Italien schien sich in Micco etwas zu regen, denn er zog kaum merklich seine Finger von der Tastatur zurück und senkte den Kopf. Felix glaubte regelrecht zu sehen, wie die harte Fassade bröckelte, wenn auch nur für einen kurzen Moment. Danach widmete Micco sich wieder dem Bildschirm. Er wusste etwas, so viel stand fest.

Auch Felix wusste etwas, nämlich, dass alle fünf Themen, die er angesprochen hatte – die Ereignisse des Vortages, Miccos Vater, Sandra, die Albträume und das Pendulum –, irgendwie zusammenhingen. Auch wenn ihm der Zusammenhang auf den ersten und selbst auf den zweiten Blick nicht ersichtlich wurde. Das Pendulum war nicht nur das verbindende Element, sondern vermutlich auch der Grund dafür, dass alles andere passiert war.

Während Micco so tat, als würde ihn das alles nichts angehen, nutzte Felix die Gelegenheit, um sich ausgiebig im Zimmer umzusehen. Die Eingangstür und die Tür zum Balkon befanden sich einander gegenüber, dazwischen der Schreibtisch und ein Regal an der Querwand. Das war vermutlich Miccos Büro. Die Mitte des Raumes mit Sofa, Couchtisch und modernem Flachbildfernseher wirkte hingegen wie ein kleines Wohnzimmer. Nur nach einem Bett und einem Kleiderschrank suchte Felix vergebens, bis ihm ein zugezogener Vorhang in einer hinteren Ecke auffiel. Vermutlich befand sich dahinter der Schlafbereich, der Miccos eigene Mini-Wohnung in seinem Zimmer abrundete .

»Kommt da noch was, oder war das schon die ganze traurige Geschichte?«, fragte Micco plötzlich. Er hatte sich auf dem Stuhl umgedreht und sah Felix nun direkt an.

»Nein, das war alles. Ich finde allein raus.«

Es war nicht die Reaktion, die Felix sich erhofft hatte, und seine Neugier war noch lange nicht befriedigt. Doch mehr würde er im Moment wohl nicht aus Micco herausbekommen. Es war Zeit zu gehen.

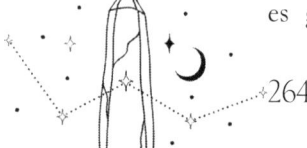

Vor der Tür hielt Felix für einen kurzen Moment inne, als seine Gedanken automatisch wieder um das zu kreisen begannen, was ihn womöglich auf der anderen Seite erwartete – der Blutmagier. Aber es gab keinen anderen Weg, denn er konnte schließlich nicht auf den Balkon gehen und hinunterspringen. Also atmete er noch einmal tief durch, öffnete dann die Tür und verließ das Zimmer.

Zu seiner großen Erleichterung war Miccos Vater nicht mehr da. Trotzdem verlor er keine Zeit und verließ so schnell wie möglich die Wohnung.

15
AUSSPRACHE

Den Mittwoch ließ Felix ausfallen, denn am letzten Tag vor den Weihnachtsferien hatten die wenigsten Lehrer noch Lust, richtigen Unterricht zu machen, und er selbst hatte ohnehin Wichtigeres, worüber er sich Gedanken machen musste.

Er hatte keine Ahnung, was ihn in Süditalien erwartete. Aber auch eine solche Reise ins Ungewisse – *vor allem* eine solche Reise – musste gut geplant werden. Um das wichtigste Gepäck hatte er sich bereits gekümmert: warme Kleidung, so viel Geld, wie er zuhause hatte finden können, und das kleine deutsch-italienische Wörterbuch seiner Mutter. Letzteres würde ihm im Gespräch mit einem Italiener wohl nicht sehr viel nützen, weil er nicht nur den Wortschatz, sondern auch die Grammatik nicht beherrschte, aber sollte er doch einmal in eine Situation geraten, in der er es brauchen konnte, wollte er es nicht missen. Der Zug, den Noemi und Claudentina nahmen, würde erst um halb vier am Nachmittag fahren. Ein Blick auf die Uhr verriet Felix, dass es erst kurz nach zwölf war. Er hatte also noch genug Zeit für ein Mittagessen, die restlichen Vorbereitungen, dann ohne Eile zum Bahnhof zu gehen und sich ein Ticket zu kaufen. Sein Plan war, mit den Mädchen bis zu deren Zielort mitzufahren, von dort aus dann irgendwie zu seinem eigenen zu kommen und sich ein billiges Motelzimmer zu mieten. Immerhin kannte er bereits das italienische Wort für »Zimmer« – »camera« – und für den Rest würde ihm sein Englisch helfen. Irgendjemand da unten würde ihn bestimmt verstehen.

Es klopfte an der Tür und seine Mutter kam ins Zimmer. Für sie hätte der Urlaub eigentlich erst am nächsten Tag beginnen sollen, aber wie sie nun einmal war, hatte sie sich den Mittwoch freigenommen, um ihren Sohn noch einmal sehen zu können, bevor er wegfuhr.

»Schatz, du hast Besuch im Wohnzimmer«, verkündete sie mit einem etwas unzufriedenen Gesichtsausdruck. »Kommst du runter?«

Felix nickte, woraufhin sie wieder ging, und er fragte sich, was es mit ihrem Blick auf sich hatte. Wer kam ihn da wohl besuchen? Ausgerechnet heute? Sein erster Gedanke war Arthur, aber der war jetzt sicher noch in der Schule. Ansonsten fiel ihm niemand ein. Er steckte noch das Pendulum-Handy in seinen Rucksack und ging nach unten. Das Erste, was er von seinem Gast sah, als er die Treppe ins Wohnzimmer hinunterging, war dessen kurzes, braunes Haar. Der Gast, der auf einem der Sofas saß, drehte sich um, als er die Schritte hörte – und Felix bleib wie erstarrt auf der Stufe stehen. Er hatte mit jedem gerechnet, aber nicht mit *ihm*!

Es war Micco, der im Wohnzimmer auf ihn wartete. Eine ziemliche Überraschung, die ihm das Herz sofort in die Hose rutschen ließ. Der Schock vom Vortag saß nach wie vor tief in seinen Knochen.

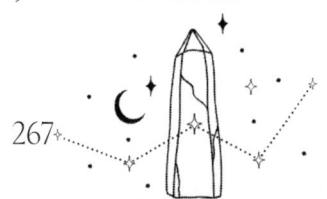

Er beruhigte sich mit dem Gedanken, dass ihm hier nichts passieren konnte. Diesmal war Micco zu ihm nach Hause gekommen, nicht umgekehrt, und in der Küche nebenan bereitete seine Mutter das Mittagessen vor. Also riss er sich zusammen, atmete tief durch und löste sich aus seiner Starre.

»Mit dir hab ich jetzt überhaupt nicht gerechnet.« Felix setzte sich so weit wie möglich von seinem Gast entfernt.

Dieser hatte nicht einmal seine Jacke ausgezogen, als wollte er gleich wieder gehen, und er kam ohne Umschweife zur Sache. »Wir müssen reden.« Das klang ernst, und das Fehlen jeglicher Regungen in seinem Gesicht trug nicht dazu bei, die Stimmung aufzulockern.

Felix legte den Kopf schief und runzelte die Stirn, versuchte für sich zu behalten, wie sehr ihn Miccos Verhalten beunruhigte. »Warum jetzt auf einmal? Ich bin gestern zu dir gekommen, um zu reden, aber da hast du ja kaum ein Wort rausgebracht.«

»Es ist wichtig! Gestern hast du behauptet, mein Vater hätte dir etwas getan. Ich hab dich ignoriert, aber das war blöd von mir. Also, was hat er getan?«

Der Gedanke an die erneute Begegnung mit dem Blutmagier schüttelte Felix, aber er ließ es sich nicht anmerken, zumal ihn der plötzliche Sinneswandel irritierte. Micco schien es ernst zu meinen. Doch was war passiert? Warum war er plötzlich wie ausgewechselt?

Vielleicht konnte er gestern einfach nicht reden, weil sein Vater nebenan war. Na, wollen wir doch mal sehen, ob sich das nicht irgendwie ausnutzen lässt.

»Okay, wir machen einen Deal«, schlug Felix vor. »Ich erzähle dir, was dein Vater mit mir gemacht hat, wenn du mir dafür erzählst, was *du* mit mir gemacht hast.«

Micco seufzte. »Gestern hast du noch keine Bedingungen gestellt.«

»Gestern war gestern und heute ist heute. Mich persönlich würde im Moment am meisten interessieren, was *vorgestern* war.«

Stille.

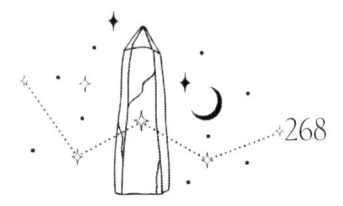

Felix würde nicht nachgeben. Was er vorgeschlagen hatte, war ein fairer Deal, wie er fand. Wenn Micco sich nicht darauf einlassen wollte, würde er wieder gehen müssen, ohne Antworten auf seine Fragen.

Auch gut. Dann erfährt er mal, wie das ist!

Micco seufzte erneut. Er wusste wohl, dass er keine Wahl hatte. »Also, erst einmal, dass du ins Krankenhaus musstest, hast du nicht mir zu verdanken«, begann er, schwieg aber daraufhin wieder. War das etwa alles, was er zu beichten hatte? Sicherlich nicht.

»Gut ... Und wem *habe* ich es zu verdanken?«, hakte Felix nach.

»Meinem Lieblingsfreund, Max Dannecker.« Die bloße Erwähnung des Namens verleitete Micco dazu, mehr Reaktionen zu zeigen, als Felix von ihm gewohnt war: Er stöhnte genervt. »Der ist wieder mal mit seinen zwei Vollpfosten aufgekreuzt und meinte, Ärger machen zu müssen. Aber das hatte nie was mit dir zu tun. Du hattest nur das Pech, zur falschen Zeit am falschen Ort zu sein und einen Schlag auf den Hinterkopf abzukriegen. Dann habe ich dich ins Krankenhaus gebracht. Wie gesagt, du hast von denen nichts zu befürchten – die sind nur hinter mir her, und das schon seit Monaten.«

Max Dannecker. An den hatte Felix auch schon gedacht. Allerdings musste sich das auch erst einmal als wahr erweisen.

»Was wollen die Typen von dir?«, fragte Felix weiter. »Hat es was mit Sandra zu tun? Sie war die Schwester von Max, nicht wahr?«

Miccos Augen blieben hinter der Sonnenbrille verborgen, an die sich Felix schon so sehr gewöhnt hatte, dass sie ihm inzwischen kaum mehr auffiel. Aber auch sie konnte das Stirnrunzeln nicht verstecken, das er kurz darauf erkennen konnte.

»Du wolltest wissen, was zwischen *dir* und *mir* passiert ist, also bleib dabei! Sandra geht dich nichts an.«

Dass Sandra offensichtlich kein Thema war, über das Micco sprechen wollte, begriff auch Felix und beschloss daher, es gut sein zu lassen. Von dieser Geschichte kannte er mittlerweile genügend Versionen, dass er sich eines Tages selbst würde denken können, welche davon am wahrscheinlichsten war. Fürs Erste wollte er jedenfalls nicht riskieren, mit Micco Ärger zu bekommen, wo er doch gerade so gesprächig war.

Micco schüttelte den Kopf, wie um einen lästigen Gedanken zu vertreiben. »Wir haben nur geredet. Am Montag, meine ich. Ich hab dir von meiner Mutter erzählt, von ihrem Tod ... und davon, was mein Vater so macht.«

»Was macht der denn?« Felix kam sich etwas taktlos vor, weil er gleich nach Miccos Vater fragte, statt ihm für den Tod seiner Mutter Beileid auszusprechen. Aber das hatte er bestimmt schon am Montag getan. Er erinnerte sich nur nicht mehr daran.

»Mein Vater beschäftigt sich mit dem Pendulum und betreibt damit naturwissenschaftliche Forschung«, erklärte Micco ausdruckslos, wie immer. Langsam gewöhnte sich Felix daran, auch wenn ihn die fehlenden Emotionen ein wenig verunsicherten. Vielleicht war das aber Miccos Art mit seinen Problemen umzugehen? »Er glaubt, dass dieses neue Element auf jede Frage der modernen Wissenschaft eine Antwort hat.« Er sah Felix an. »Du weißt ja, was das Pendulum tut.«

»Vom Hörensagen. Abgesehen davon, dass es ein Kribbeln in mir auslöst, hab ich keine Ahnung, was es alles kann. Angeblich soll es eine unerschöpfliche Energiequelle sein. Ist es das?«

»So ähnlich, ja. Meinem Vater geht es darum, ob und wie man Pendulum theoretisch in der Medizin einsetzen könnte, zum Beispiel, um kaputte Organe wieder aufzupäppeln. Er hat es zuerst bei Tieren getestet und da funktioniert es schon. Wenn es auch bei Menschen möglich wäre, könnte man Krankheiten effektiver behandeln, und dann würden vielleicht auch die Nörgler endlich einsehen, dass es nichts Gefährliches oder Teuflisches ist. Es gibt noch zu viele, die so denken, und deswegen hält mein Vater seine Forschung geheim. Du darfst auch niemandem davon erzählen – darum habe ich dich schon am Montag gebeten.«

Felix wusste nicht, was er daraufhin erwidern sollte. Er fand es faszinierend und erschreckend zugleich, wie manche Leute die Fakten verdrehen konnten, um andere glauben zu lassen, sie würden es ja nur gut meinen. Wütend machte es ihn ebenfalls. Als er seine Sprache wiederfand, musste er sich beherrschen, um nicht laut zu werden.

»Dein Vater hat eine sehr effektive Methode, um zu verhindern, dass Unbefugte irgendetwas über seine sogenannte Forschung zum Wohle der Menschheit ausplaudern. Mich hätte er damals fast umgebracht!«

Micco schüttelte den Kopf und musste dabei beinahe auflachen. »So ein Blödsinn! Weißt du eigentlich, was du da sagst?«

»Du wolltest doch wissen, was dein Vater mit mir gemacht hat, und ich sage dir die Wahrheit. Jetzt musst du sie eben auch verkraften. Wenn nicht ... « Felix nickte zur Haustür. »Da ist die Tür.«

Vergriff er sich im Ton gegenüber jemandem, der nichts dafürkonnte? Vielleicht. Doch im Moment war ihm das herzlich egal. Wann immer er an dieses Unrecht dachte, das ihm widerfahren war, konnte er nicht anders, als sich darüber aufzuregen. Das würde Micco bestimmt auch, wenn er die Wahrheit kennen oder glauben würde.

»Hast du jemals mit eigenen Augen gesehen, was für weltverbessernde Dinge dein Vater tut? Und vor allem, *wo* er sie tut? In einem staubigen Kirchenkeller! Nicht gerade ein geeigneter Ort für medizinische Forschung, oder? Ich weiß ja nicht, was er dort *wirklich* macht, und ich wette, du weißt es auch nicht, aber wenn er überhaupt irgendetwas erforscht, dann ein okkultes Ritual!«

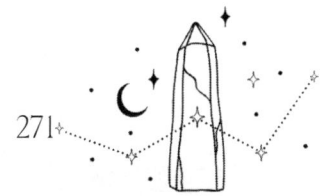

Dass es sich bei diesem Ritual möglicherweise um die Beschwörung eines übernatürlichen Wesens handelte, erwähnte Felix nicht. Dafür stand er der ganzen Religionsgeschichte viel zu skeptisch gegenüber, und sein Verdacht tat ohnehin nichts zur Sache. Er wusste, dass an der Arbeit des Blut-magiers etwas faul war; nur das zählte. Und dass Micco ihm zuhörte.

»Als Arthy und ich deinen Vater dabei erwischt haben, hat es ihm nicht gereicht, uns einfach davonzujagen. Nein, er musste uns auch mit einem Messer bedrohen, und ich weiß bis heute ganz genau, wo er es mir an den Hals gedrückt hat.« Felix legte einen Finger auf die entsprechende Stelle. Er hatte das Gefühl, dass sie immer noch wehtat. »Genau hier. Und wenn du mir nicht glaubst, frag Arthy, der hat alles gesehen.«

Micco fand offenbar keine Worte dazu. Schweigend starrte er Felix an, wobei niemand hätte sagen können, was in seinem Kopf vorging. Bis er mit einem erneuten Kopfschütteln den Blick abwandte. »Du spinnst doch.«

Und schon war Felix' Hoffnung dahin. Frustriert beobachtete er Miccos Verhalten. So würde er auf jeden Fall nicht aus diesem Typen schlau werden.

»Ach ja? Wenn ich spinne, dann sag mir doch bitte mal, woran du gedacht hast, *bevor* ich dir die Wahrheit gesagt habe. Was, dachtest du, hat dein Vater mir angetan?«

Miccos hob abwehrend die Hand. »Jetzt mach mal halblang! Abgesehen davon, dass die Ritual-Geschichte lächerlich ist und ich von dir eigentlich nicht erwartet hätte, dass du an so was glaubst, würde mein Vater *ganz bestimmt* auch nicht daran glauben!«

»Aber dass er ein wehrloses, zehnjähriges Kind mit einem Messer bedroht, das kannst du dir schon eher vorstellen?« Verärgert schnaubte Felix und verschränkte die Arme. Dass Micco seinen Vater verteidigte, verstand er ja, allerdings wusste er doch genau, was er erlebt hatte.

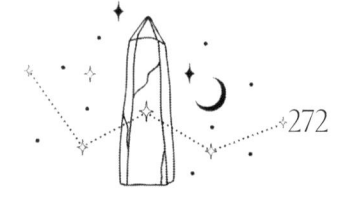

»So ein Blödsinn! Du hast wirklich einen Schuss!« Micco winkte ab und stand auf. Nichts an seinem Gesichtsausdruck verriet, ob er wirklich glaubte, was er sagte. Auch an seinem Tonfall war nicht zu erkennen, wie er sich fühlte. Ob er nicht vielleicht doch Zweifel hatte. Felix hoffte es, spürte jedoch, wie sein eigener Frust wuchs. »Es war Zeitverschwendung, hierher zu kommen.«

Eine Abwehrreaktion, wie Felix sie nur zu gut kannte. Wenn etwas einfach nicht wahr sein durfte. Micco wusste wohl, dass sein Vater Dreck am Stecken hatte, sonst hätte es ihn gar nicht so brennend interessiert, was dieser getan hatte. Sonst hätte er sich nicht die Mühe gemacht, den weiten Weg bis nach Branlau zu kommen, um mehr darüber zu erfahren.

Er durfte nicht einfach gehen. Nicht ausgerechnet jetzt, bei ihrem ersten ehrlichen Gespräch. Felix tadelte sich in Gedanken für das, was er gleich tun würde, dass er Micco schon wieder hinterherlief. Aber es ging nicht anders, sonst würde ihn diese Angelegenheit noch bis nach Italien verfolgen. Also erhob er sich ebenfalls. »Micco, warte!« Er griff nach Miccos Arm und erwischte nur das Handgelenk. Aber das reichte auch, um ihn festzuhalten. Eigentlich wollte er noch etwas sagen, als ihn ein merkwürdiges Gefühl in der Hand davon abhielt. Er senkte den Blick und wunderte sich über das Kribbeln, das die Berührung in ihm auslöste. Was hatte das nun zu bedeuten?

Er schob den Gedanken zur Seite. Es gab jetzt erst einmal Dringlicheres zu klären. Micco war ohnehin stehen geblieben, daher gab es keinen Grund mehr, ihn festzuhalten. Das Kribbeln hörte auf.

»Ich weiß, es ist schwer zu glauben«, sagte Felix. »Aber ich schwöre, es ist die Wahrheit! Dein Vater hat mich bedroht, und er hat allerhand komisches Zeug gelabert, von Blut, das Feuer löscht und Wasser rot färbt und so weiter. Seit diesem Tag träume ich von diesen Dingen!«

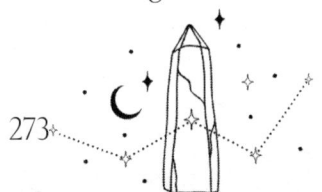

»Dann solltest du dir dringend Hilfe suchen. Egal, was für Probleme du hast, mein Vater ist sicher nicht daran schuld.« Mit diesen Worten drehte Micco sich um und ging endgültig.

Felix versuchte kein weiteres Mal, ihn aufzuhalten. Die Tür fiel ins Schloss und damit hatte sich die Sache erledigt. Die Augen geschlossen, fasste er sich an die Stirn. Nun hatte er auch noch Kopfweh. Er war sich sicher, dass Micco die Wahrheit irgendwann akzeptieren würde, aber das konnte noch länger dauern.

Ach, was kümmert's mich? Ihm tut sein Vater bestimmt nichts an ... Hoffe ich zumindest.

Die Tür zur Küche ging auf und seine Mutter kam herein. Verwundert sah sie sich um, blickte zur Tür, danach zu ihm. »Wo ist dein Freund hin? Er hätte ruhig zum Essen bleiben können. Geht es dir gut?«

Er nahm die Hand aus seinem Gesicht und setzte schnell ein Lächeln auf. Sonst kam sie noch auf die Idee, ihren mütterlichen Röntgenblick einzusetzen und zu erkennen, dass er Kopfschmerzen hatte. »Ja, alles gut. Micco konnte nicht bleiben, er hat noch viel zu tun. Wir mussten nur kurz etwas wegen der Schule klären.«

Sie sah ihn lange an, und an ihrem traurig-betrübten Blick erkannte er, woran sie dachte, noch bevor sie es aussprach. »Und du bist dir absolut sicher, dass du unbedingt schon heute wegfahren willst? Weihnachten steht vor der Tür. Du könntest wenigstens noch warten, bis ... «

»Hier feiere ich doch sonst jedes Jahr Weihnachten. Ich würde es gerne auch mal mit meinen Freunden feiern. Woanders als sonst, verstehst du?«

»Schon, und ich sehe auch, dass du dich sehr darauf freust. Es ist nur ... Bitte stellt nichts Dummes an, okay?«

Felix nickte und verlieh mit einem aufgesetzten Lächeln seiner Vorfreude Nachdruck. Es gefiel ihm nicht, seine Mutter anzulügen, aber Arthur hatte Recht: Sie würde es ansonsten nie erlauben.

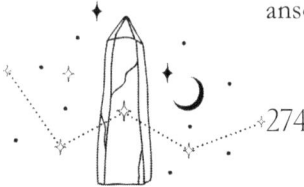

»Also gut«, sagte sie resignierend, als sie einsah, dass auch dieser Versuch, ihren Sohn in letzter Minute noch umzustimmen, zum Scheitern verurteilt war. »Essen ist fertig.«

Nicht lange darauf stand Felix am Bahnhof und wartete, auf seinem gepackten Koffer sitzend mit einem Ticket in der Hand, auf Claudentina und Noemi. Er war eine halbe Stunde zu früh dran, ärgerte sich über die Kälte und auch über sich selbst, dass er nicht einfach zwanzig Minuten später losgegangen war.

Eigentlich hatte seine Mutter ihn fahren wollen, doch das hätte den Abschied nur schwerer gemacht – in erster Linie für sie. Also hatte er darauf bestanden, dass er alt genug war, den Weg zum Bahnhof alleine zu finden. Es war nicht leicht gewesen, aber sie hatte die Entscheidung akzeptiert und sich schon an der Bushaltestelle in der Nähe der Haustür von ihm verabschiedet.

Jetzt müssen nur noch Claudentina und Noemi hier aufkreuzen, dann nehmen wir den Zug nach Süditalien und sehen dort weiter.

Höchstwahrscheinlich würde eine von beiden ihm auch über die Zugfahrt hinaus nicht von der Seite weichen, selbst wenn das Ärger mit sich bringen würde – immerhin hatten die beiden ja einen eigenen Urlaub geplant und wurden erwartet. Noemi wusste nach wie vor von nichts, aber Claudentina würde sich nicht so leicht abschütteln lassen. Sie ahnte, dass sein Vorhaben etwas mit dem Pendulum zu tun hatte, und nahm ihre selbst auferlegte Mission, so viel wie möglich über dieses Mysterium in Erfahrung zu bringen, sehr ernst. Was er nicht wusste, war, ob er wollte, dass sie ihn begleitete – es konnte gefährlich werden. Wenn ihr etwas zustieß, dann wäre das seine Schuld. Hätte er sie doch bloß nicht so direkt gefragt, wo sie in den Ferien mit Noemi hinging!

Außer ihm hielten sich bislang nur wenige Menschen auf dem Gleis auf. Die meisten waren wohl schlauer gewesen als er und hatten sich nicht darum bemüht, schon eine gute halbe Stunde vor der Einfahrt des Zuges herzukommen. Doch bevor er sich über seine Einsamkeit beschweren konnte, hörte er, dass er Gesellschaft bekam. Schritte näherten sich von der Seite, begleitet von dem Geräusch eines Koffers mit Rädern, der über den Boden gerollt wurde, und dann blieb neben ihm jemand stehen.

»Du bist früh dran«, sagte eine Stimme, die Felix kannte, aber überhaupt nicht erwartet hatte. Er sah auf und war völlig überrascht, Arthur zu sehen, der in einer dicken Jacke mit einer Hand am Griff seines Koffers vor ihm aufragte.

»Wo kommst du denn her?«, war das Einzige, was ihm in seiner Verwunderung über die Lippen kam.

»Von zuhause«, antwortete Arthur trocken. »Und das werd ich jetzt wohl ne Weile nicht mehr sehen. Ich hab dir ja gesagt, ich lass dich nicht allein dort hinfahren. Das ist viel zu gefährlich!«

Felix versuchte vergeblich, das Lächeln zu unterdrücken, das sich über sein Gesicht ausbreitete. Dann sprang er auf, wie von einer Wespe gestochen, und erschreckte Arthur mit einer unvermittelten Umarmung.

»Ich hätte nicht gedacht, dass du doch mitkommen würdest, also, nach dem Streit gestern!« Und nicht nur das. Nach allem, was er gesagt hatte, war ihm sogar der Gedanke gekommen, dass er seinen besten Freund womöglich ganz verloren hatte. Umso glücklicher war er, dass Arthur nun da war.

»Natürlich!«, antwortete dieser. »Du bist zwar manchmal ne Zicke, aber trotzdem kann ich dich doch nicht einfach in dein Verderben rennen lassen! Wer soll mir denn dann Französisch beibringen?«

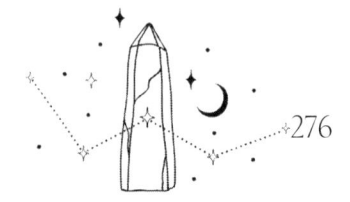

Felix löste die Umarmung und blickte ihm ernst in die Augen. »Diesmal bin ich sicher. Irgendwas ist dort unten ... muss einfach sein! Ich hab diese Träume nicht umsonst.«

»Alles klar, hab ich eingesehen. War noch was mit Micco gestern? Ich hab mir Sorgen gemacht, weil du heute nicht in der Schule warst, und ihn hab ich auch nicht gesehen, bis er nach der dritten Stunde auf einmal vor mir stand und wissen wollte, wo du bist ... «

Nervös biss sich Felix auf die Lippe. Er hatte befürchtet, dass diese Frage kommen würde. Aber irgendwann musste er Arthur erzählen, was er Neues herausgefunden hatte, und es ewig hinauszuzögern, half dabei nicht. Er ließ sich Zeit und suchte nach den richtigen Worten. »Also ... Micco ist in Ordnung. Er war es, der mich ins Krankenhaus gebracht hat, nachdem Max oder einer seiner Freunde mir auf den Kopf geschlagen hat.«

»*Der* Max? Unser Gangster-Max?« Arthur kniff die Augen zusammen. »Will der immer noch was von dir? Ist der nachtragend!«

»Nicht von mir, aber von Micco.« Felix blickte auf die große Uhr an der flachen Decke über dem Gleis. Es war noch Zeit, bis der Zug kam, genug für eine längere Geschichte. Also gab er Arthur eine Kurzfassung seines Gesprächs mit Micco und der Ereignisse des Vortages bis zu seinem Treffen mit Lorena. Seine erneute Begegnung mit dem Blutmagier ließ er vorerst weg, damit Arthur zunächst alles andere verarbeiten konnte.

Am Ende der Geschichte wurde Arthurs Mund zu einem dünnen Strich. »Und du glaubst Micco?«

Felix nickte lediglich. Er wusste nicht, ob er sonst noch etwas dazu hätte sagen sollen, daher beließ er es dabei.

Arthur schloss die Augen und nickte ebenfalls. »Also gut. Ich traue dem Kerl zwar nicht, aber dir schon, und wenn du glaubst, dass er die Wahrheit sagt, dann wird das wohl so sein.«

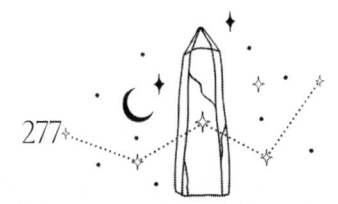

Felix freute sich über Arthurs Offenheit, wusste aber, dass ihnen beiden die schlimmste Offenbarung noch bevorstand. Bevor er diese aussprechen konnte, musste er zunächst seine Gedanken ordnen. Doch als er gerade damit fertig war und den Mund öffnete, erschienen die beiden Mädchen wie aus dem Nichts.

»Hallöchen!«, rief Noemi heiter, als sie von der Treppe angestürmt kam, mit Claudentina im Schlepptau.

Felix schaute noch einmal auf die Uhr. Noch knapp zehn Minuten bis zur geplanten Abfahrt des Zuges.

»Dann sind wir jetzt vollzählig«, verkündete Arthur. »Hi, Noemi. Hallo, Claudi.«

Claudentina starrte ihn mit großen Augen an, sagte aber nichts und zeigte auch ansonsten keine weitere Reaktion. Also fragte Felix: »Was ist denn los?«

»Nichts«, erwiderte sie mit einem verwirrten Blick. »Ich war nur ... überrascht, weil mich noch nie jemand so genannt hat.«

»Und wie dann?«, wollte Arthur wissen. »Tina?«

Sie verneinte mit einem Kopfschütteln und starrte ihn dabei an, als hätte er den Verstand verloren.

»Ach was! Erzähl mir nicht, es hat bisher noch nie jemand versucht, deinen ewig langen Namen irgendwie abzukürzen.« Felix war gelinde schockiert, riss demonstrativ die Augen auf und fasste sich an die Brust, als hätte er plötzlich Herzprobleme .

Erneut schüttelte sie den Kopf, diesmal schmunzelnd über seine dramatische Überreaktion. »Wieso auch? Macht man das denn mit deinem Namen?«

»Nein, aber ich weiß auch nicht, wie man meinen Namen noch abkürzen könnte.«

»Ich hab ihn mal ne Zeit lang Fee genannt«, offenbarte ein grinsender Arthur und wies mit einer Kopfbewegung auf Felix. »Aber ich fürchte, den Spitznamen mochte er nicht.«

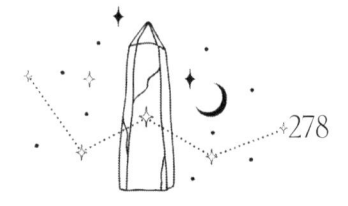

»Oh Gott, erinner mich nicht daran!« Felix, der bis heute nicht wusste, wie er vor wenigen Jahren zu der zweifelhaften Ehre gekommen war, von seinem besten Freund Fee genannt zu werden, verdrehte die Augen.

»Was ist denn so schlimm daran?«, fragte Noemi lachend. »So eine Fee ist doch was Tolles!«

»Feen sind in meiner Vorstellung weiblich und klein und fliegen in pinken Kleidchen durch die Gegend, wobei ihnen glitzernder Zauberstaub aus dem Hintern rieselt«, klärte Felix sie auf. »So was bin ich ganz bestimmt nicht, und wehe, jemand stellt sich das jetzt bildlich vor!«

Das Verbot kam selbstverständlich einer direkten Aufforderung gleich, und nachdem ihn seine Freunde erst ein paar Sekunden lang schweigend angestarrt hatten, brachen sie alle gleichzeitig in schallendes Gelächter aus, während er selbst ein beleidigtes Gesicht machte.

Während die Mädchen auf einer Sitzbank Platz nahmen, verbrachte Felix die restlichen Minuten lieber im Stehen. Im Zug würde er später noch lange genug sitzen.

»Wolltest du mir vorhin eigentlich noch was sagen?«, fragte Arthur, der bei ihm geblieben war.

Felix sah ihn an, dachte kurz nach und erwiderte, um Zeit zu schinden: »Wie kommst du darauf?«

»Du sahst aus, als wolltest du gerade etwas sagen, als Noemi und Claudentina gekommen sind.«

Felix überlegte immer noch. Er wusste, dass es unter normalen Umständen besser war, ehrlich zu sein, aber die Umstände waren gerade alles andere als normal – vielleicht war das plötzliche Auftauchen der Mädchen genau in dem Moment, als er es hatte sagen wollen, so etwas wie ein Zeichen gewesen. Musste Arthur denn unbedingt wissen, dass Miccos Erzeuger ausgerechnet der Blutmagier war?

Diese Überlegungen spielten sich binnen weniger Sekunden in Felix' Kopf ab, und statt auf sein Bauchgefühl, hörte er dieses Mal auf die Vernunft. Sie sagte ihm, dass es nur zu unnötigen Problemen und Misstrauen führen würde, wenn Arthur dieses Detail erfuhr. Es spielte gerade ohnehin keine Rolle, denn dort, wo sie hinfuhren, würden sie weder Micco noch seinen Vater antreffen.

»Hab's vergessen«, behauptete er schließlich. »Wird wohl nicht so wichtig gewesen sein.« Er zuckte mit den Schultern, als der Zug einfuhr.

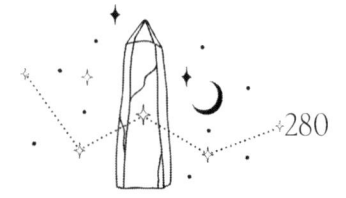

16
BLUTREGEN

Die lange Fahrt zerrte an seinen Kräften, und dass bei Einbruch der Dunkelheit noch nicht einmal die Hälfte des Weges zurückgelegt war, machte die Sache nicht besser.

Mit geschlossenen Augen lehnte sich Felix in seinem Sitz zurück und versuchte es mit einem Nickerchen. Doch seine Gedanken kamen nicht zur Ruhe und wanderten wirr in alle Richtungen. Im Sitzen zu schlafen war sowieso schon nicht seine Stärke, aber vielleicht würde die Müdigkeit ausreichen – in Chemie war ihm das ja auch schon mal gelungen. Seinen Freunden schien es ähnlich zu gehen, wenn er die Stille um sich herum richtig deutete. Noch vor wenigen Minuten hatten sie sich unterhalten, nun waren nur noch die üblichen Zuggeräusche zu hören.

Je mehr Zeit verstrich, desto nervöser wurde er. Es würde noch eine ganze Weile dauern bis nach Süditalien, und selbst dann hatte er seinen eigentlichen Weg noch vor sich, mit nichts außer ein paar Koordinaten zur Orientierung. Aber die lange Warterei, das Wissen, dass das »große Abenteuer« noch nicht direkt vor seiner Tür stand, trug auch nicht gerade zu seiner Entspannung bei. Im Gegenteil: Sein ganzer Körper fühlte sich verspannt an, er rutschte auf seinem Sitz hin und her, suchte vergeblich nach einer bequemen Position. Alle anderen um ihn herum gaben keinen Mucks von sich, als würden sie friedlich schlafen; ein Wunder, dass Arthur ihn noch nicht mit einem Ellbogenstoß ermahnt hatte, endlich still zu sitzen.

Noch schlimmer als etwas zu tun, das ihm nicht geheuer war, fand er die Wartezeit bis dahin. Ständig fragte er sich, ob er das Richtige tat, was er überhaupt tun würde, und ob es nicht vielleicht besser wäre, umzukehren. Noch war es nicht zu spät dazu.

Er atmete tief durch und wollte an etwas Schönes denken. Er stellte sich vor, auf dem Weg zu einem Weihnachtsfest zu sein, zu Freunden oder zum Schützenverein. Aber nichts half. Auch sein Gefühl war ihm keine Hilfe. Sollte er hier bleiben oder bei der nächsten Station aussteigen und zurückfahren? Niemand war da, um es ihm zu sagen.

Nein, ich kneife jetzt nicht! Wenn ich jetzt zurückfahre, verschlägt es mich irgendwann doch wieder hierher, aber diesmal habe ich es sogar geschafft, Arthy zu überzeugen!

Der Gedanke, dass Arthur ihn begleitete, verlieh ihm ein Gefühl von Sicherheit. Er war froh, nicht ganz alleine gehen zu müssen.

Und sobald ich aus Italien zurückkehre, ist vielleicht endlich alles vorbei. Dann weiß ich, was die Träume bedeuten und wieso sie mich überhaupt zu diesem Ort geführt haben.

Felix öffnete langsam die Augen und starrte ziellos in die Luft über ihm. Das Dämmerlicht von draußen erhellte das Zugabteil gerade noch so weit, dass er alles sehen konnte, ohne auf das künstliche Licht angewiesen zu sein. Er drehte den Kopf, um einen Blick aus dem Fenster zu werfen, und sah in der Nähe eine Reihe einzelner Bäume im dichten Nebel vorbeiflitzen.

In der Reflektion des Glases bemerkte er etwas, das ihn stutzen ließ. Der Platz neben ihm war leer. Arthur war nicht da. Verwundert sah Felix sich um. Nicht nur Arthur war verschwunden.

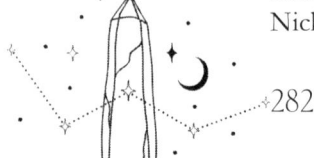

Auch Claudentina und Noemi waren auf einmal weg. Zurück blieben nur ihre gepackten Koffer auf den zwei leeren Sitzen des Abteils, das Platz für sechs Leute bot.

Einen Moment lang blieb Felix sitzen und wusste nicht, wie er das finden sollte. Warum waren die anderen plötzlich alle weg? Wo waren sie hingegangen? Hatten sie etwa alle gleichzeitig auf die Toilette gehen müssen? Und wieso hatte er nichts davon mitbekommen? Allein schon die Schiebetür des Abteils hätte ihn doch aufmerksam machen müssen!

Kurz überlegte er, nach ihnen zu rufen, doch die Idee, dass sie sich versteckten, erschien ihm nicht sehr plausibel. Ihm blieb also nichts anderes übrig, als sie zu suchen.

Als er hinaus in den engen Gang trat, steuerte er zuerst die Toiletten an. Wo sonst konnten sie schon sein? Er ging ein Stück weiter in Fahrtrichtung, aber als er an seinem Ziel ankam, stellte er fest, dass es wider Erwarten nur eine Kabine gab. Sie schien sogar besetzt zu sein, allerdings wohl kaum von all seinen Freunden gleichzeitig.

Aber vielleicht von einem von ihnen, dachte er, und um sich zu vergewissern, tat er etwas, das er unter normalen Umständen schon aus Gründen der Höflichkeit nie tun würde: Er klopfte an. Dann wartete er auf eine Antwort, aber es kam keine, und sofort schämte er sich.

Dennoch glaubte er, dass etwas an der ganzen Situation nicht stimmte. Er brauchte Gewissheit, dass wirklich niemand von seinen Freunden in dieser Kabine saß. Mit hochroten Wangen klopfte er erneut. »Arthy? Bist du hier drin?«

»Ist besetzt, hau ab!«, rief eine Stimme aus der Kabine, so laut, dass er erschrocken zusammenzuckte. Da klang aber jemand ziemlich verärgert! Doch es war weder die Stimme von Arthur noch von einem der Mädchen, denn sie klang eindeutig erwachsen und männlich.

Felix trat einen Schritt zurück. Wo konnte er noch suchen? Unbehagen breitete sich in ihm aus. Auch die Welt außerhalb des

Zuges war nun etwas anders. Er konnte nicht sagen, ob es dunkler geworden war, die Farbe des Umgebungslichtes sich verändert hatte oder sonst etwas – es war einfach nur *anders*.

Ein Geräusch hinter ihm ließ ihn herumwirbeln. Die Tür der Toilettenkabine wurde aufgeschoben und verschwand in der Wand. Nervös mit den Fingern spielend, wartete er darauf, gleich das Gesicht der verärgerten Person zu sehen, die er bei ihren wichtigen Geschäften gestört hatte. Aber zu seiner Überraschung kam lediglich eine leere Kabine zum Vorschein. Wer auch immer auf sein Klopfen reagiert hatte, war einfach nicht mehr da. Wie konnte das sein?

Aber das habe ich mir doch nicht nur eingebildet! Oder doch?

Verwirrt trat Felix näher an den kleinen Raum heran und warf einen Blick hinein, doch der Raum blieb leer. Und dann, ohne Vorwarnung, flog die Tür wieder aus der Wand heraus und knallte mit einer Wucht und einer Lautstärke, die Tote hätte aufwecken können, ins Schloss. Felix dachte nicht zu lange nach, sondern nahm seine Beine in die Hand und floh in den nächsten Waggon.

Verdammt noch mal! Wie soll ich mein Ziel denn jemals erreichen, wenn ich schon auf der Fahrt dorthin einen Herzinfarkt kriege? Noch so ne Aktion und ich brauch ne Toilette, damit ich mir nicht in die Hosen scheiße!

Auf beide Erfahrungen konnte er getrost verzichten, fand er. Er schloss kurz die Augen und öffnete sie wieder, nachdem er einen langen und tiefen Atemzug zur Beruhigung genommen hatte. Dann sah er sich um, wo er nun gelandet war.

Vor ihm lag kein weiterer Gang mit einzelnen Abteilen an der Seite, sondern ein vergleichsweise weitläufiger Raum, der aussah wie ein Restaurant; einzelne, am Boden befestigte Tische, umgeben von gepolsterten Bänken, ebenfalls befestigt, eine Art Buffet auf der anderen Seite, mit Essen belegte Teller auf den Tischen. Offensichtlich das Bordrestaurant.

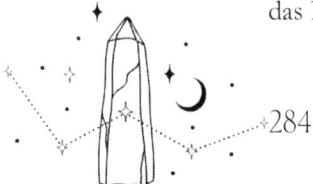

Sein Magen knurrte, als er mit dem köstlichen Duft von frischen, warmen Mahlzeiten konfrontiert wurde, der hier die Luft erfüllte. Doch an Essen war gerade nicht zu denken, denn zu seiner weiteren Beunruhigung fehlte etwas Entscheidendes in diesem Speisewaggon: die Leute. Das Essen stand auf dem Tisch, dampfte noch, als wäre es erst kürzlich serviert worden. Einige Teller waren nicht mehr ganz voll, hier und da stand ein halb ausgetrunkenes Glas – jedoch keine Spur der Fahrgäste. Es erweckte den Eindruck, als hätten sie alles stehen und liegen lassen und wären gegangen. Diesmal bestand aber eindeutig *nicht* die Möglichkeit, dass sie alle gleichzeitig mal kurz dem Ruf der Natur aufs Klo gefolgt waren. Das wäre zu bizarr.

Doch was war hier eigentlich noch normal? Langsam, aber sicher schlug das Gefühl des Unbehagens in Angst um. Felix brauchte sofort jemanden, der ihm erklärte, was hier vor sich ging. Fand hier ein Experiment mit versteckter Kamera statt, mit ihm als einzigem, unfreiwilligem Teilnehmer? Oder gab es doch für alles eine logische Erklärung, die nur so einfach war, dass er nicht darauf kam?

Er durchquerte den Waggon auf dem Weg bis nach vorne, zum Anfang des Zuges. Wenn auch alle restlichen Fahrgäste verschwunden waren, mindestens ein Schaffner musste noch da sein. Schließlich konnte der Zug nicht von alleine fahren.

... Kann er doch nicht, oder?

Es war nicht mehr weit. Ein letzter Gang und er hatte das vordere Ende erreicht. Sein Klopfen an die undurchsichtige Tür zur Fahrerkabine übertönte das Hämmern des Herzens in seiner Brust nur schwach. Kaum war eine Sekunde vergangen, ohne dass er eine Antwort bekommen hatte, klopfte er noch einmal, lauter und länger. Das Ergebnis war dasselbe: keine Reaktion. Das Ganze wurde allmählich absurd, aber deswegen nicht weniger beängstigend.

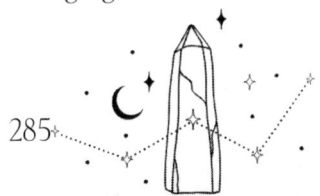

Erfolglos versuchte er, die Tür von außen zu öffnen, doch sie bewegte sich nicht, also klopfte er noch ein drittes Mal – und plötzlich gab sie nach, als wäre sie nie richtig geschlossen gewesen. Nur ein kleines Stück schwang sie nach innen auf, wurde dann aber sofort von einem starken und sehr lauten Windstoß zurück ins Schloss gedrückt und zerbröckelte wie eine Wand aus altem Lehm.

Auf einmal wehte ein schneidend kalter Wind Felix entgegen, so heftig, dass er sein Gesicht mit den Händen schützen musste. Ein Blinzeln reichte schon, um ihm zu zeigen, was sich an Stelle der erwarteten Fahrerkabine wirklich hinter der Tür befand: eine trübe Landschaft unter freiem Himmel, Nebel, die Schienen ...

Er hatte schon längst begriffen, was das bedeutete, wollte es aber nicht wahrhaben. Er stellte sich in den leeren Türrahmen, hielt sich mit den Händen an beiden Seiten fest und suchte nach einem Anhaltspunkt. Etwas, das ihm sagen konnte, wo sich der herrenlose Zug im Moment ungefähr befand und was vor ihm lag. Doch der immer dichter werdende Nebel ermöglichte keine sehr weite Sicht. Bereits nach wenigen Metern verschwanden die Schienen im Nebel, von der Umwelt war so gut wie gar nichts mehr zu sehen.

Spätestens jetzt wusste Felix nicht nur, dass er in Gefahr schwebte, sondern auch, dass er der einzige Fahrgast in diesem Zug war. Es hatte keinen Sinn, länger hier zu bleiben; er musste einen Weg hinaus finden, aber durch den Türrahmen direkt auf die Schienen vor dem Zug zu springen, war keine gute Idee. Er kehrte um und eilte den Weg zurück, den er gekommen war. Die nächste seitliche Zugtür konnte nicht allzu weit weg sein.

Im ersten Gang, den er betrat, zerbarsten gleichzeitig alle Fenster an der langen Wand und ließen eisig kalte Luftzüge herein. Obwohl der Wind eigentlich nicht aus dieser Richtung hätte kommen können, blies er Felix entgegen, als wollte er ihn aufhalten. Aber er gab nicht auf und lief weiter.

Noch ein kleiner Raum trennte ihn von dem Speisewaggon, und genau dort hinein wollte er. Dort befand sich nämlich neben einer weiteren Toilette eine der Doppeltüren, durch die man ein- und aussteigen konnte. Obwohl das während der Fahrt eigentlich nicht möglich war, öffnete sich die Tür von selbst, als er sich näherte, und sorgte erneut für eisige Luftzüge. Er ignorierte diese so gut es ging und bereitete sich auf den Sprung nach draußen vor. Nur der Anblick des Nebels, der so dicht geworden war, dass er kaum noch etwas erkennen konnte, ließ ihn zweifeln. Er würde blind ins Ungewisse springen müssen. Und als wäre der Gedanke daran nicht schon unheimlich genug, hatte der Nebel plötzlich eine blutrote Farbe angenommen.

Aber ist es besser, hier drin zu bleiben und zu warten, bis der Zug entgleist oder in einen anderen hineinfährt?

Während er überlegte, ob diese Alternative wirklich angenehmer war als ein Sprung aus einem fahrenden Zug, schien ihm der Zug selbst die Entscheidung abnehmen zu wollen, indem er beschleunigte. Mit jeder Sekunde wurde es unwahrscheinlicher, diesen Sprung zu überleben. Felix entschied sich trotzdem dafür. Eine Entgleisung bei dieser Geschwindigkeit würde ihn definitiv töten, und eine geringe Überlebenschance war in seinen Augen immer noch besser als überhaupt keine. Also trat er so nahe wie möglich an den Ausgang, wobei er sich wieder an den Seiten festhielt.

Jetzt oder nie!, sagte er sich und nahm seinen ganzen Mut zusammen. Doch gerade als er springen wollte, spritzte ihm von draußen Wasser ins Gesicht und ließ ihn erschrocken zurückweichen. Um Gleichgewicht ringend taumelte er nach hinten, verlor schließlich den Kampf und landete auf dem Hintern. Das Wasser rann ihm übers Gesicht, er wischte es mit einer Hand weg und stellte fest, dass es gar kein Wasser war – dafür war seine Hand zu rot.

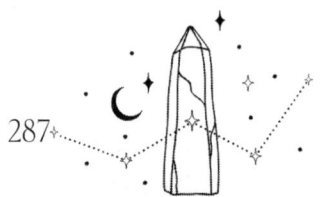

Der Nebel wurde noch dichter und suchte sich seinen Weg in den Zug, während durch die immer noch offene Tür Blut hereinregnete. Felix sprang auf, lief in Richtung Speisewaggon, ohne zu wissen, was er dort eigentlich wollte, und riss die Tür auf. Ein schneller Schritt nach vorne, den zweiten konnte er gerade noch verhindern, um nicht zu stolpern und kopfüber auf die Schienen zu fallen. Denn von dem Speisewaggon fehlte nun jede Spur.

Umso besser!, dachte Felix, denn der Nebel schien auf dieser Seite nicht so stark zu sein. Er konnte zumindest ein bisschen von seiner Umgebung erkennen und bereitete sich erneut auf den Sprung vor. Allerdings kam er schon wieder nicht dazu, denn die Tür schloss sich von selbst und ließ sich danach nicht mehr öffnen.

Fluchend trat er zurück und dachte über weitere Alternativen nach. Der Gedanke, dass es keine mehr gab und dieses auf Schienen fahrende Gefängnis zu seiner letzten Ruhestätte werden könnte, schlich sich immer wieder ein. Aber er versuchte verzweifelt, ihn zu verdrängen.

Um ihn herum sah es aus, als wäre an diesem Ort erst vor kurzem jemand abgeschlachtet worden – wenn nicht sogar gleich ein ganzer Haufen Menschen. Blut klebte an Wänden, Boden und Decke, einfach überall, und durch die offene Tür regnete unaufhörlich neues herein, das weit genug spritzte, um sogar die Tür der Toilettenkabine auf der gegenüberliegenden Seite des Raumes zu besudeln. Als Felix' Blick der Spur folgte, fiel ihm etwas Seltsames auf: Neben der Tür leuchtete das »Besetzt«-Zeichen in einem hellen Rot. Wie immer, wenn jemand gerade die Toilette benutzte. Aber das musste bedeuten ...

Es ist noch jemand hier!

Ein Hoffnungsschimmer. Die Chance, aus dieser Situation heil herauszukommen, war nach wie vor gering, aber zwei Menschen kamen zusammen auf bessere Ideen als einer alleine. Meistens jedenfalls.

Felix rannte zu der Tür und klopfte kräftig dagegen. »Hallo! Ist da jemand drin?« Dabei achtete er nicht auf die Blutspritzer, die sein Rücken abbekam. Zudem ignorierte er die bohrende Frage, wie jemand in aller Seelenruhe auf dem Klo sitzen konnte, während sich um ihn herum ein solches Unglück ankündigte. Zumindest den Lärm der zerbrechenden Fenster und das Pfeifen des Windes musste man doch bis in die Kabine hinein hören!

Das Lämpchen des »Besetzt«-Zeichens erlosch. Die Tür glitt zur Seite, kaum hörbar vor der mächtigen Geräuschkulisse des pfeifenden Windes und der Räder auf den Schienen. Inzwischen war der Nebel sogar im Inneren des Zuges so dicht geworden, dass die Person in der Kabine nur noch als dunkler Schemen auszumachen und nicht zu erkennen war. Aber wenigstens hatte überhaupt jemand aufgemacht.

Angesichts der drohenden Gefahr dieser Situation sparte Felix sich sämtliche Formalitäten, die ihm im Moment ohnehin lachhaft erschienen. »Ich glaube, der Zug entgleist! Wissen Sie, wie man hier rauskommt?«

Die unbekannte Person antwortete nicht, bewegte sich auch nicht.

»Hallo? Können Sie mich verstehen?«, fragte Felix.

Dann kam die Antwort, allerdings nicht wie erwartet. Der andere setzte sich in Bewegung, ein langer Gegenstand in der Hand. Felix konnte gerade noch erkennen, dass es sich dabei um eine Axt handelte, als er dieser auch schon ausweichen musste. Der Mann holte aus und schlug nach ihm.

Natürlich! Die Situation ist ja nicht schon tödlich genug, jetzt brauch ich hier natürlich auch noch so einen gestörten Axtmörder, der vermutlich aus irgendeinem billigen Horrorfilm geflohen ist! Ach, heute ist so was von überhaupt nicht mein Tag ...

Nachdem er dem Angriff mit einem nicht sehr eleganten, aber rettenden Sprung zur Seite ausgewichen war, entschied er sich für die Flucht. Zuerst lief er in Richtung Speisewaggon, rief sich dann aber wieder ins Gedächtnis, dass dieser nicht mehr da war. Dann wechselte er die Richtung und hielt auf die andere Tür zu, die ihn weiter nach vorne bringen würde.

Der Angreifer kam ihm dabei nicht in die Quere und bewegte sich nur sehr langsam. Zunächst fühlte Felix sich dadurch etwas sicherer. Aber was, wenn der Mann nur deswegen keine Eile hatte, weil er sich absolut sicher war, dass er sein Opfer erwischen würde? Vielleicht wollte er sich vorher nur noch ein bisschen über dessen sinnlose Fluchtversuche amüsieren!

Und was, wenn er damit Recht hatte? Langfristig betrachtet gab es weder einen Fluchtweg noch ein Versteck. Wo sollte man in einem fahrenden Zug auch hingehen?

Als Felix die Tür aufriss, musste er erschrocken erkennen, dass seine Flucht früher endete als es ihm lieb war. Der vordere Waggon war genauso verschwunden wie der Rest des Zuges, und alles, was es durch diese Tür noch zu sehen gab, waren Schienen, roter Nebel und blutiger Regen.

Panisch drehte er sich wieder um und starrte den Mann an, der ihm mit der Axt in der Hand folgte. Er legte immer noch keinen Wert darauf, sich schnell zu bewegen, doch das hatte er auch nicht nötig. Dieser einzelne, winzige Abschnitt des Zuges, der im Nirgendwo führerlos über die Schienen raste, war zu klein, um davonzulaufen. Er war zu klein zum Ausweichen, fast sogar zu klein für zwei Leute, die sich gleichzeitig darin aufhielten.

Binnen weniger Augenblicke ging Felix all seine dürftigen Optionen durch. Einerseits konnte er versuchen zu kämpfen. Dagegen sprach jedoch, dass der andere eine Axt hatte und er gar nichts. Andererseits konnte er noch immer aus dem Zug springen.

Oder ihn aus dem Zug stoßen ...

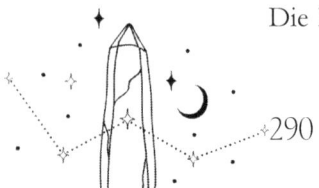

Ohne weiter darüber nachzudenken, stellte er sich mit dem Rücken zu der Tür, die er gerade geöffnet hatte, und wartete auf einen erneuten Angriff seines Gegenübers. Die kalte Luft und der blutige Regen in seinem Nacken brachten ihn zum Frösteln, aber das war im Moment unwichtig. Er konzentrierte sich voll und ganz auf das Bevorstehende.

Dann, ohne jegliche Vorwarnung, sprang der Mann mit erhobener Axt aus dem Schatten hervor. In dem Bruchteil einer Sekunde, den er brauchte, um die Distanz zwischen sich und Felix zu verringern, lichtete sich der Nebel und sein Gesicht kam deutlich zum Vorschein. Felix erkannte sofort, wer es war – der Blutmagier. Wer sonst?

Felix ignorierte seinen ersten Instinkt, zur Seite auszuweichen, und zwang sich, noch ein wenig länger an Ort und Stelle stehen zu bleiben. Erst als der Blutmagier die Axt schwang, duckte er sich zur Seite weg und ließ seinen Gegner auf die offene Tür zurennen. Der Blutmagier begriff seine Absicht nicht sofort. Zu spät versuchte er zu bremsen, sich mit beiden Händen vor dem drohenden Sturz zu bewahren. Felix versetzte ihm einen Stoß und brachte ihn damit endgültig aus dem Gleichgewicht. Der Angreifer stürzte auf die Schienen vor dem noch übrigen Teil des Zuges.

Die Kälte und das Adrenalin ließen Felix erzittern. Der Blutmagier, der zu seinem ärgsten Feind geworden war, war tot. Er selbst hatte ihn besiegt. Aber was nun?

Wie um seinen Sieg zu feiern, lichtete sich auf einmal der Nebel draußen. Schlagartig wurde es heller und wärmer, als die roten Wolken vor dem Zug sich verzogen. Die Schienen waren jetzt wieder zu sehen, die Strecke wurde länger, je weiter sich die Wolken zurückzogen. Sonnenstrahlen fielen von oben herab und beleuchteten die üppige, grüne Umgebung, die Stück für Stück sichtbar wurde. Auch der Blutregen löste sich auf, ein Regenbogen trat an seine Stelle und verwandelte die Umgebung in ein kitschiges Märchenland.

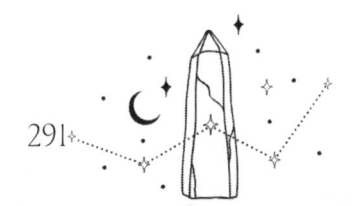

Aber ob es nun kitschig war oder nicht – es war überstanden. Endlich! Der Tod des Blutmagiers schien Felix erlöst zu haben. Ab jetzt würde es keine schlimmen Träume mehr geben und keine unlösbaren Rätsel. Es war vorbei.

Als er sich umdrehte, sah er durch die offen stehende Tür, dass der Speisewaggon auf einmal wieder da war. Noch bevor er sich fragen konnte, wie das möglich war, bekam er Gesellschaft – diesmal deutlich angenehmerer Natur als letztes Mal. An Stelle eines weiteren Axtmörders kam Arthur aus dem Speisewaggon gelaufen. Felix fiel ein Stein vom Herzen.

»Da bist du ja!«, rief er seinem Freund entgegen. »Verdammt, wo warst du? Und wo sind Claudentina und Noemi?«

Arthur starrte ihn entgeistert an, dann schüttelte er den Kopf. »Noemi? Was hat denn Noemi damit zu tun? Sie ist immer noch in Italien, wie auch Claudentina.«

»Arthy! Hast du sie gefunden?«, ertönte eine Stimme aus dem Speisewaggon. Felix traute seinen Ohren nicht, denn diese Stimme klang wie seine eigene. Als derjenige, der gesprochen hatte, hervortrat, glaubte Felix, endgültig den Verstand zu verlieren. Vor ihm stand ein Doppelgänger, der genau so klang und aussah wie er selbst und seinen Blick völlig gelassen erwiderte.

Auch Arthur schien an dieser Situation nichts Merkwürdiges zu finden. »Alles klar bei Ihnen?«, fragte er und hob eine Augenbraue. Der Blick, den er Felix zuwarf, legte nahe, dass die Frage ernst gemeint war.

Felix verstand die Welt nicht mehr. Wie konnte Arthur so tun, als wäre nichts?

»Scheiße, passt auf! Da vorne!«, schrie plötzlich sein Doppelgänger. Er zeigte an ihm vorbei auf die Tür, die sich hinter ihm befand.

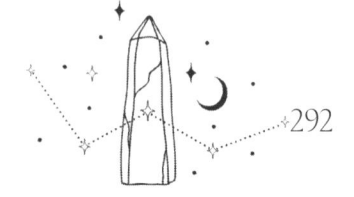

Blitzschnell drehte Felix sich um. Schnell genug, um den gigantischen Felsbrocken zu sehen, der auf den Schienen lag. Nur wenige Sekunden, bevor der Zug mit gefühlter Höchstgeschwindigkeit hineinraste.

Mit einem Ruck fuhr Felix hoch und schrie auf.

»Hey, immer mit der Ruhe!« Arthurs Stimme neben ihm war nur ein Flüstern. »Nicht so laut!«

Felix nickte beschämt, während er sein Möglichstes tat, die Panik zu unterdrücken, die gerade in ihm aufstieg. Der Zug entgleiste nicht wirklich, es war wieder einmal nur ein Traum gewesen, nichts weiter. Allerdings war es ihm unmöglich, zu sagen, ob sich wirklich *alles* nur im Traum abgespielt hatte. Etwas daran hatte sich anders angefühlt als sonst. Möglicherweise waren es aber auch nur der unglaubliche Detailreichtum und die Länge des Traumes, die ihn verwirrten.

Ein Blick in die Runde verriet ihm, dass theoretisch alles noch in Ordnung war. Auf dem Platz neben ihm saß Arthur mit einer aufgeschlagenen Zeitung in den Händen, auf der anderen Seite das große Fenster des Zugabteils, durch das er nichts anderes sehen konnte als die schwarze Dunkelheit der Nacht. Gegenüber schlief Noemi in ihrem Sitz, Claudentina hatte sich über den freien Sitz neben der Tür gelehnt und benutzte ihren Koffer als Kissen.

Alle waren da, auch Noemi. Keine Spur von einem Felix-Klon, kein Blutmagier, kein Felsbrocken, auf den der Zug unaufhaltsam zuraste. Der Speisewaggon war mit Sicherheit auch noch da, war nie weg gewesen, wie auch die Fahrerkabine mit dem Zugführer.

Felix spürte nun den sanften Ellbogenstoß, den er bereits in seinem Traum erwartet hatte. »Du siehst gar nicht gut aus. Alles klar bei dir?«, fragte Arthur im Flüsterton.

»Wenn ich das wüsste!« Felix seufzte. »Der Traum gerade hatte es in sich. Ihr wart alle weg, die anderen Fahrgäste und der Schaffner auch, später sind außerdem noch Teile des Zuges verschwunden und der Blutmagier war da!«

Arthur legte ihm beruhigend eine Hand auf die Schulter. »Hey, keine Sorge. Das wird bald vorbei sein. Wenn wir erst mal dort angekommen sind, wo uns deine Träume hinführen, finden wir schon raus, was mit dir los ist. Okay?«

Felix starrte ihn an und wusste nicht, ob er glauben sollte, was er soeben gehört hatte. Vielleicht träumte er ja noch immer? Den vernünftigen und bodenständigen Arthur laut sagen zu hören, dass er an irgendetwas glaubte, das mit einem Traum zu tun hatte, war jedenfalls etwas, woran er sich noch gewöhnen musste.

Es war ein Traum. Es war alles nur ein Traum! Die Koordinaten am Ende haben gefehlt, aber bestimmt nur, weil wir sowieso schon auf dem Weg zu diesem Ort sind und die höheren Mächte daher keinen Grund mehr haben, mich darauf aufmerksam zu machen. Alles in Ordnung.

Doch eine Sache beschäftigte ihn immer noch. Es war etwas, das er so noch nie in einem seiner Träume gesehen hatte, so bizarr sie alle bisher auch gewesen sein mochten.

»Sag mal, wenn du irgendwann mal irgendwo einen Doppelgänger von mir rumlaufen siehst, dann sagst du mir das doch, oder?«, fragte er.

Arthur hob eine Augenbraue – auf die gleiche Weise wie im Traum – und hielt kurz inne. »Also, wenn du neben mir stehst, während dein Doppelgänger vorbeirennt, dann siehst du ihn ja selber. Wenn du aber nicht neben mir stehst, woher soll ich dann wissen, dass das nicht du bist?«

Eine berechtigte Frage. Felix schüttelte den Kopf. »Vergiss es. Ich bin ein bisschen neben der Spur und brauche Ablenkung. Steht was Witziges in deiner Zeitung?«

Arthur, den die ganze Sache scheinbar ähnlich verwirrte, blickte wieder in die Zeitung. »Nein, aber hier steht was von der Grundschule in Ardegen. Man geht jetzt offiziell davon aus, dass es

Brandstiftung war, aber die entstandenen Schäden sind nicht so schlimm wie erwartet, und wenn alles gut geht, muss die Schule nicht lange geschlossen bleiben.«

»Klingt doch gut?« Felix fand es jedenfalls gut, dass die Lage nicht so ernst war wie befürchtet. Und dass Arthurs Mutter bald wieder arbeiten gehen konnte. Nur Arthur selbst klang etwas unglücklich.

»Ja, aber das ist noch nicht alles. Hier steht auch noch etwas über den Einsatz der Feuerwehr, und das ist ein bisschen unheimlich. Anscheinend waren noch Leute in der Schule, als sie gebrannt hat, obwohl es schon so spät war. Wahrscheinlich die Brandstifter selbst, wenn du mich fragst. Wie auch immer, die sind auf jeden Fall alle heil rausgekommen und am Leben, aber während der Rettungsaktion ist ein Feuerwehrmann ohne jede Spur verschwunden.«

»Wie, verschwunden?«, wunderte sich Felix.

Ich sag doch, Feuer ist böse ... Jetzt lässt es schon unschuldige Menschen verschwinden!

Arthur zuckte mit den Schultern. Sein Blick blieb auf seine Zeitung gerichtet. »Einfach weg! Er ist ins Gebäude gelaufen, um zu helfen, kam aber nicht wieder heraus. Als das Feuer gelöscht war, wurde das ganze Gebäude nach ihm abgesucht, auch die Polizei war an der Suche beteiligt, aber keiner konnte ihn finden. Bis heute nicht. Jetzt gilt er offiziell als vermisst. Ist das nicht seltsam?«

»Und es ist völlig ausgeschlossen, dass er einfach ... na ja, verbrannt ist?«

»Ja, sonst hätte man doch zumindest irgendwelche Überreste von ihm finden müssen. Aber davon steht hier nichts.« Arthur überflog den Bericht noch einmal und fügte dann hinzu: »Sein Name ist ... oder *war* ... Ignatius Fitz.«

»Ein Feuerwehrmann namens Ignatius?«, fragte Felix. »Na, der ist seiner Bestimmung ja gefolgt.«

Ein verständnisloser Blick von Arthur.

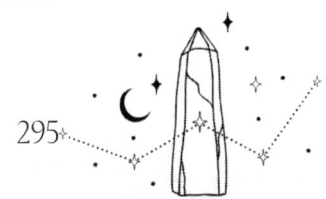

»Sein Name, Ignatius! Das heißt ›Der Feurige‹ auf Latein.« Felix hatte den freiwilligen Latein-Kurs seiner Schule eigentlich nur belegt, weil er davon ausgegangen war, es würde ihm irgendwann einmal im Berufsleben helfen. Nun konnte er immerhin einen Namen übersetzen.

»Von mir aus.« Unbeeindruckt wandte sich Arthur wieder der Zeitung zu. »Jedenfalls ist es nicht das erste Mal, dass jemand verschwunden ist. Vor etwa einem halben Jahr ist das schon mal passiert. Der Mann, den es damals erwischt hat, könnte sogar ein Bekannter deines Vaters gewesen sein. Wie hieß er doch gleich? Klaus Bachmann, glaube ich.«

Felix kam der Name bekannt vor, und nach kurzem Überlegen fiel ihm auch ein, woher. »Bachmann? Du meinst *den* Klaus Bachmann, der im Bürogebäude gearbeitet hat, auf der gleichen Etage wie mein Vater?«

Arthur verdrehte stöhnend die Augen. »Lebst du hinterm Mond oder verfolgst du einfach nur keine Nachrichten?«

»Nicht so oft, nein. Aber ich stand letztens in seinem Büro und hab mich gefragt, warum es leer ist, und da habe ich auch ... « Felix brach mitten im Satz ab und sah zu der schlafenden Claudentina hinüber, ohne sie direkt anzusehen. Ihm war etwas eingefallen.

Ich war alleine in dem leeren Büro, aber dann kam Micco dazu und hat Kisten reingebracht. Was hatte er ausgerechnet in diesem Büro zu suchen?

Er sah Arthur wieder an. »Glaubst du, der Blutmagier hat diese Leute entführt?«

Arthur legte den Kopf schief. »Glaubst *du* nicht, dass du jetzt ein bisschen übertreibst? Ich verstehe ja, dass du diesen Mann nicht magst, aber er ist garantiert nicht die Wurzel *allen* Übels. Manchmal passieren bestimmt auch böse Sachen, ohne dass er dabei ist.«

»Ja, aber ich habe Micco im Büro von diesem verschwundenen Bachmann getroffen, und Micco ist doch sein ... «

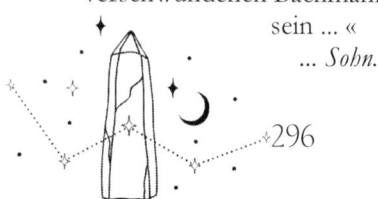

... Sohn.

Fast hätte er es laut ausgesprochen, aber in letzter Sekunde hatte er sich noch zügeln können. Möglicherweise machte Micco gemeinsame Sache mit seinem Vater, ohne es zu wissen. Die Vorstellung, dass Klaus Bachmann und dieser Feuerwehrmann einer Entführung zum Opfer gefallen waren und niemand anderer als der Blutmagier hinter all dem steckte, klang in Felix' Kopf jedenfalls nicht so sehr an den Haaren herbeigezogen wie Arthur sie darstellte.

Für einen Moment glaubte er außerdem zu verstehen, was seine Träume bedeuteten. Bevor er diesen Gedankengang jedoch weiter verfolgen konnte, riss Arthur ihn aus seinen Gedanken.

»Sprich ruhig weiter«, sagte dieser. »Was wolltest du sagen? Micco ist *was*?«

»Micco ist toll!«, meldete sich Noemi plötzlich zu Wort und öffnete ein Auge. »Schlau, gutaussehend und bestimmt auch sehr nett, wenn man ihn erst mal näher kennen lernt. Nur weil du das noch nicht begriffen hast, Arthy, müssen nicht auch alle anderen so blind sein wie du. Das wollte Felix gerade sagen. Nicht wahr, Fee?«

Schon wieder hatte Noemi, ohne es zu wissen, Felix gerettet. Er grinste sie an und nahm es ihr unter diesen Umständen nicht einmal übel, dass sie ihn Fee genannt hatte.

»Ach, und noch was«, fügte sie mit verschlafener Stimme hinzu. »Wenn ihr schon von dem Bürogebäude redet, wo Felix' Vater arbeitet, nennt es nicht ständig Bürogebäude. Das Haus hat auch einen Namen, und zwar Weisenhaus. Das hat nichts mit Waisenkindern zu tun, sondern mit dem Architekten, der es entworfen hat: Hans Weise.«

»Tz!« Felix warf Arthur einen verblüfften Blick zu, der zum Teil auch dazu dienen sollte, seinen Freund vom eigentlichen Gesprächsthema abzulenken. »Sie wäre nicht Noemi, wenn sie nicht alles wüsste, oder? Ich wusste nicht mal, dass dieses Ding überhaupt irgendwie heißt. Sie ist noch neugieriger als ich!«

Noemi schloss das Auge wieder und wollte offensichtlich weiterschlafen. »Hab mal nen Artikel für die Schülerzeitung darüber geschrieben. Und jetzt seid bitte leise, ich will nämlich nicht, dass eure Verschwörungstheorien noch einmal meinen Schönheitsschlaf stören.«

Arthur antwortete ihr mit einem grimmigen Blick. Was auch immer er ihr damit sagen wollte, prallte jedoch an ihren geschlossenen Augenlidern ab. Dann wandte er sich wieder Felix zu. »Wo waren wir gerade?«

»Nirgendwo. Du hast Noemi gehört. Zeit für den Schönheitsschlaf!«

Felix machte es wie Noemi und schloss die Augen. Irgendwann würde er ihr ein Eis oder etwas anderes spendieren. Dafür, dass sie ihn heute schon zum zweiten Mal davor bewahrt hatte, Arthur von Micco und dem Blutmagier zu erzählen. Das hätte nur für unnötiges Misstrauen gesorgt.

Arthur fragte auch nicht weiter nach. Entweder interessierte ihn die Sache nicht so sehr, oder er hatte wirklich vergessen, worum es bis gerade eben noch gegangen war. Jedenfalls war jetzt nicht der richtige Zeitpunkt, um darüber zu reden.

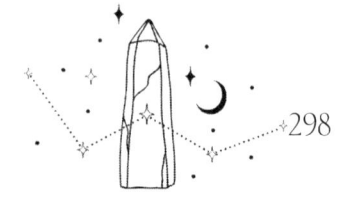

17
DIMENTICA

Dimentica war der Name der kleinen, unbedeutenden Stadt im Süden Italiens, die für den heutigen Tag die Endstation für Felix und Arthur darstellte. Dort lag kein Schnee und es war insgesamt um ein paar wohlige Grad wärmer als in Deutschland. Trotzdem war Felix froh, endlich ins Warme zu kommen, als er das heruntergekommene Hostelzimmer betrat, das er und Arthur sich gemietet hatten. Es enthielt zwei Betten und einen Tisch mit Stuhl, aber keinen Schrank, und durch eine Tür an der Seite gelangte man in ein winziges Bad, das bestimmt schon bessere Tage gesehen hatte. Alles in allem keine sehr schöne Bleibe, aber ein warmer Platz zum Schlafen und alles, was man für dreißig Euro pro Nacht erwarten durfte.

»Das ist also unsere Bleibe für die nächsten Tage.« Arthur warf seinen Koffer auf eines der Betten und sah sich um. Felix konnte an seinem Gesicht ablesen, dass ihm das Zimmer nicht sonderlich zusagte. »Schön. Irgendeine Idee, für wie lange?«

»Na, so lange, bis ich an dem Ort aus meinen Träumen war.« Felix setzte sich auf das andere Bett und ließ den Blick gründlich durch das

Zimmer gleiten, was den ersten Eindruck nicht verbesserte. Wände mit blassen, kitschigen Blümchentapeten, die an manchen Stellen schon abblätterten, pinke Herzchenmuster auf der Bettwäsche, grüner Teppichboden und ein altmodischer Schreibtisch mit einer Bürolampe. Der Raum sah aus wie eine Mischung aus Büro, Kinderzimmer und Puff – eine interessante Kombination, wie Felix fand, aber …

Überhaupt nichts Weihnachtliches dabei. Das darf so nicht bleiben.

Aufgrund von technischen Problemen während der Fahrt war der Zug mit Verspätung eingetroffen – statt wie geplant am Donnerstagmorgen erst zur Mittagszeit. Da sie wenig geschlafen hatten, und das zudem in einer unbequemen Lage, waren sie bei ihrer Ankunft entsprechend erschöpft gewesen. Statt wie ursprünglich geplant noch zusammen eine Kleinigkeit essen zu gehen, waren Noemi und Claudentina gleich in den nächsten Bus gestiegen und zu Noemis Onkel gefahren. Felix und Arthur hingegen hatten einen anderen Bus in die Kleinstadt genommen, die ihren Koordinaten am nächsten kam.

Die erste Hälfte des Nachmittags in Dimentica hatten sie damit verbracht, nach einer billigen Unterkunft Ausschau zu halten. Gefunden hatten sie dieses Zimmer, das definitiv nichts für hohe Ansprüche war. Doch für diesen Fall hatte Felix ja zum Glück vorgesorgt.

Das Erste, was er aus seinem Koffer holte, war eine Tüte voller Weihnachtsschmuck, die er noch schnell hatte mitgehen lassen, bevor er zum Bahnhof aufgebrochen war. Er zog eine dünne, blaue Tischdecke mit weihnachtlichen Motiven heraus und ging damit zum Tisch.

»Das meinst du jetzt nicht ernst, oder?« Arthur sah ihm verblüfft vom Bett aus zu.

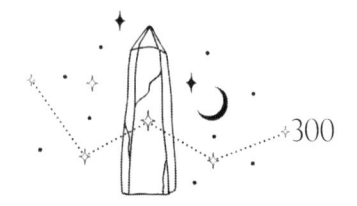

Felix hob die Lampe an, um das Deckchen über den ganzen Tisch auszubreiten. »Warum nicht? Es ist Heiligabend, und wenn's dieses Jahr schon kein Familienfest mit Geschenken gibt, dann wenigstens ein bisschen weihnachtliche Stimmung und Dekoration.«

»Wenn du weihnachtliche Stimmung willst, können wir auch in eine Kirche gehen.« Diesmal war es Arthur, der es nicht sonderlich ernst meinen konnte.

»Das letzte Mal, als ich in einer Kirche war, wurde ich fast verhaftet, das Mal davor fast getötet«, erinnerte ihn Felix, während er den Tisch zusätzlich mit einer Kerze schmückte. Leider hatte er weder Streichhölzer noch ein Feuerzeug dabei und sah Arthur an. »Hast du mal Feuer?«

Arthur schüttelte den Kopf. »Diesmal wirst du bestimmt nicht verhaftet. Oder getötet.«

»Na ja, selbst wenn ein Polizist uns verhaften will, werden wir ihn sowieso nicht verstehen, weil er wahrscheinlich Italienisch reden wird.« Felix nahm eine Lichterkette aus der Tüte und überlegte, wo er sie platzieren konnte.

»Meine Güte, du bist ja noch schlimmer als mein Bruder, wenn den mal wieder der Deko-Wahn packt!«, bemerkte Arthur. »Und dafür hast du Platz im Koffer verschwendet?!«

Felix ignorierte den Kommentar und blieb bei dem Kirchenthema. »Das gilt dann wohl auch für den Pfarrer. Ich hab zwar ein Wörterbuch dabei, aber so schnell wie der reden wird, kann keiner Wörter nachschlagen.«

»Na gut, stimmt auch wieder. Aber das wäre das erste Mal, dass ich an Heiligabend nicht in die Kirche gehe. War schon schwer genug, meine Eltern zu überreden, mich über die Ferien verreisen zu lassen, nur deshalb ... weil jetzt Weihnachten ist ...« Arthurs letzte Worte gingen beinahe in einem herzhaften Gähnen unter, das Felix zum Schmunzeln brachte.

»Wenn du schon *vor* der Kirche so müde bist, schläfst du dort noch ein! Aber mich würde ja brennend interessieren, wie Noemi ihre Mutter überzeugen konnte, sie mit uns wegfahren zu lassen, nachdem sie uns letztens in der Kirche erwischt hat. Uns beide kennt sie nicht so gut, und Claudentina wird sich durch die Aktion bestimmt auch ein paar Minuspunkte bei ihr eingebrockt haben.«

»Aber Claudentina ist schon lange mit Noemi befreundet, und uns hat sie wahrscheinlich nicht einmal erwähnt.« Arthur lehnte sich zurück, um sich auf seinem Bett auszuruhen, und gähnte ein weiteres Mal. »Aber du kannst sie ja mal fragen. Mich interessiert es auf jeden Fall auch, so überfürsorglich wie Abiona ist!«

Erinnert mich an jemanden ... Felix lächelte leicht, als er an das Verhalten seiner eigenen Mutter dachte, die ebenfalls manchmal in ihrer Fürsorge ein wenig übertrieb. Er wollte sich gar nicht ausmalen, wie sie auf seinen nächtlichen Ausflug in die Kirche reagiert hätte, und ob sie ihm danach noch erlauben würde, sich außerhalb der Schule mit Arthur und Claudentina zu treffen. Hoffentlich würde sie nie davon erfahren.

Nachdem Felix keinen Platz für die Lichterkette gefunden und sie vorerst auf die Seite gelegt hatte, ging er zu seinem Koffer zurück und packte Miccos Schneekugel aus, die er aus unerfindlichen Gründen mitgebracht hatte.

»Ich finde, die passt gut hier hin«, sprach er unbewusst seinen Gedanken laut aus, schüttelte die Kugel einmal kräftig und stellte sie dann zu der bedauerlicherweise nicht brennenden Kerze auf den Schreibtisch.

Arthur setzte sich wieder auf und betrachtete die Schneekugel mit neugierigem Blick. »Die hab ich ja noch gar nicht gesehen! Ist das deine? Wann hast du die denn gekauft?«

Felix ging zu seinem eigenen Bett und setzte sich ebenfalls hin. »Gar nicht, ich hab sie von Micco bekommen ... glaub ich.«

»Glaubst du?« Arthur runzelte die Stirn.

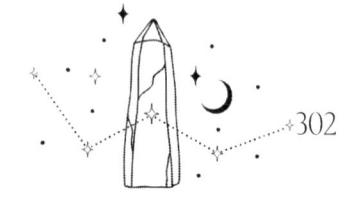

»Ich weiß es nicht sicher. Das war an dem Tag, an den ich mich nicht mehr erinnere«, erklärte Felix. »Als ich nach dem Krankenhaus nach Hause gegangen bin, hab ich sie in meinem Rucksack gefunden. Davor hatte er sie in seinem Auto stehen.«

Noch während er das sagte, blitzte eine Erinnerung auf. Eine Erinnerung an den Moment, als Micco ihm die Schneekugel geschenkt hatte. Es war jedoch wieder nur ein Fragment, ein einzelnes Puzzlestück unter vielen, die er noch nicht zusammensetzen konnte.

Die Falten auf der Stirn seines Freundes wurden noch tiefer, aber nur für einen Moment, bevor er sein Gesicht entspannte und mit den Schultern zuckte. »Na, ich weiß ja nicht. Ich würde nach dem ersten Date eher Blumen schenken, aber vielleicht bin ich einfach nur altmodisch.«

»Jetzt ist es also lustig, was?« Felix verschränkte die Arme und hob amüsiert eine Augenbraue. »Keine Horrorgeschichten mehr darüber, was Micco mir alles angetan haben könnte, und dass ich lieber zum Arzt gehen sollte, um rauszufinden, ob ich schwanger bin..?«

Arthur versuchte, mit einem empörten Gesichtsausdruck ein angedeutetes Lachen zu überspielen – oder umgekehrt, es war schwer zu sagen. »Hey, so dramatisch war ich gar nicht!«

»Oh doch!«

»Na ja, vielleicht ein bisschen«, gab Arthur zögerlich zu. Dann wichen sowohl die Empörung als auch die Belustigung aus seinem Gesicht. »Aber ganz ehrlich, ich bin einfach nur froh, dass er nicht da ist. Und dass wir seine Visage mit der super-coolen Sonnenbrille bis nach den Weihnachtsferien nicht mehr sehen müssen. Der Typ treibt mich zur Weißglut!«

Felix nickte stumm. *Jap, definitiv die richtige Entscheidung, dir nicht zu sagen, mit wem er verwandt ist!*

Irgendwo klingelte ein Telefon. An dem langweiligen Standard-Klingelton erkannte Felix sofort, dass es sich um seines handelte;

nicht das normale, sondern das Pendulum-Handy. Trotz all seiner Begeisterung für sein neues Spielzeug war er bislang nicht dazu gekommen, sich einen vernünftigen Klingelton anzuschaffen. Alles andere war einfach viel interessanter gewesen. So hatte er sich von den vorgegebenen Tönen, die alle nichts Besonderes an sich hatten, eben denjenigen ausgesucht, den er am ehesten ertragen konnte.

»Oh, Scheiße!«, rief Arthur plötzlich aus und wirkte aufrichtig entsetzt. »Da fällt mir ein, dass ich doch meine Eltern anrufen sollte!« Hektisch startete er die Suche nach seinem eigenen Telefon.

Felix grinste amüsiert. Den Pflichtanruf bei seinen Eltern, um ihnen mitzuteilen, dass sie gut angekommen waren, hatte er schon längst erledigt, ebenfalls von seinem Pendulum-Handy aus, mit dem er überall telefonieren konnte. Dass Arthur das vergessen hatte, fand Felix lustiger, als er sollte, denn sein Freund war in dieser Hinsicht eigentlich zuverlässiger. Was Arthur wohl zuhause erzählt hatte?

Eine unbekannte Festnetznummer mit einer italienischen Vorwahl leuchtete auf dem Display. Nach kurzem Überlegen schloss Felix, dass das eigentlich nur Claudentina sein konnte, die von einem Haustelefon aus anrief, möglicherweise von Noemis Onkel. Außer ihr, seinen Eltern und Arthur hatte Felix niemandem diese neue Nummer gegeben. Er hatte schon damit gerechnet, dass sie sich melden würde, wenn sie wieder fit genug war, um das gemeinsame Mittagessen nachzuholen. Dennoch zog er skeptisch die Augenbrauen zusammen und meldete sich mit einem etwas verhaltenen »Hallo?« – nur für den Fall, dass er sich irrte und eine von Andreas Bekanntschaften dran war. Schließlich war das eigentlich ihr Telefon.

Glücklicherweise behielt er Recht, und seine Gesichtsmuskeln entspannten sich, als er Claudentinas Stimme hörte. »Ich bin es. Alles klar bei euch? Eine gute Unterkunft gefunden?«

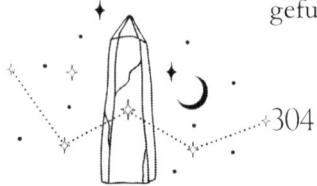

»Ein Zimmer in einem Hostel. Ein bisschen schäbig, aber zum Schlafen reicht's.«

»Schäbig und heruntergekommen, aber nicht mehr lange, denn unsere gute Fee dekoriert nämlich gerade alles mit kitschigem Weihnachtsschmuck!« Arthur erstarrte mit seinem Telefon in der Hand, als Felix ihm einen tadelnden Blick zuwarf. »Was? Stimmt's etwa nicht?«

»Ach ja? Ich hätte dich nicht für einen Deko-Fan gehalten, sonst hätte ich dir zum Geburtstag etwas anderes geschenkt.« Damit nahm Claudentina Arthurs Bemerkung zur Kenntnis, ging aber nicht weiter darauf ein. »Aber ist ja auch egal. Was habt ihr heute Abend vor?«

Felix glaubte zu wissen, worauf sie hinauswollte. »Also, geplant ist noch nichts. Arthur will zwar in eine Kirche gehen, aber ich glaube, das ist nichts für mich.«

»Sehr gut. Noemi und ihr Onkel gehen in die Kirche, ihr Cousin Thibou ist auch da und geht mit, aber ich als Atheistin, die kein Italienisch spricht, muss zum Glück nicht mit. Stattdessen könnten wir drei uns treffen, also, wenn ihr wollt.«

»Hm ... theoretisch ja.« Felix zögerte, denn er ahnte bereits, worauf sie hinauswollte. »Hattest du etwas Bestimmtes im Sinn? «

»Nicht wirklich. Eigentlich will ich nur nicht alleine zuhause bei Noemis Onkel rumsitzen. Wir könnten uns einfach nur zum Spaß treffen, was essen, ein bisschen weihnachtliche Stimmung aufkommen lassen und, na ja, uns ganz am Rande überlegen, wann und wie wir diesen Ausflug machen. Ihr habt sowieso nichts geplant, hast du gesagt.«

Felix war überzeugt, dass es Claudentina in Wirklichkeit nur um den besagten Ausflug ging und sie dieses »Treffen zum Spaß« hauptsächlich nutzen wollte, um darüber sprechen zu können. Er hingegen wollte sie auf die Reise an den Ort aus seinen Träumen eigentlich nicht mitnehmen, doch aus irgendeinem Grund schien sie darauf noch viel gespannter zu sein als er selbst. Und das, obwohl er ihr nur beiläufig erzählt hatte, dass er wegen seiner Träume dort hinging, sonst nichts. Vermutlich ahnte sie, dass dort etwas zu finden sein musste, das auch für sie interessant war. Das letzte Mal hatten seine Träume ihn schließlich auch an einen Ort geführt, der mit dem Pendulum zu tun hatte, und hinter diesem war sie her. Warum sollte es dieses Mal anders sein?

Was auch immer ihre Beweggründe waren, gegen ihren Vorschlag war eigentlich nichts einzuwenden. Felix sah zu Arthur, um ihn stumm nach seiner Meinung zu fragen, doch dieser war damit beschäftigt, mit seinen Eltern zu telefonieren. Er hatte bestimmt nichts dagegen.

»Na gut, geht klar«, sagte Felix schließlich. »Wo willst du denn hin? Irgendwelche Vorschläge?«

»Da wir in Italien sind, wäre ich normalerweise für Pizza oder Lasagne essen, aber weil Weihnachten ist … Kaffee und Plätzchen vielleicht? Noemis Onkel hat mir ein bestimmtes Café empfohlen, das gleich bei euch um die Ecke liegen soll. Er würde mich sogar hinfahren, bevor die Familie in die Kirche geht.«

»Klingt gut!«

Nachdem Claudentina alles über dieses Café erzählt hatte und Arthur mit seinem Telefonat fertig war, machten er und Felix sich auf den kurzen Weg in die kleine Innenstadt von Dimentica.

Die Stadt war nicht sehr modern und für junge Menschen ebenso wenig geeignet wie für Erwachsene, denen eine berufliche Karriere am Herzen lag; zumindest hatten sie das im Netz gelesen, als sie sich über ihr Reiseziel informiert hatten. Freizeiteinrichtungen für Kinder und Jugendliche gab es hier wenige, abgesehen von ein paar Cafés und Restaurants. Außerdem gab es unzählige Lebensmittelgeschäfte, Buchhandlungen und andere Läden, doch dort zu arbeiten, schien auch schon alles zu sein, was man in dieser Stadt beruflich machen konnte – zumindest soweit sie es beurteilen konnten, als sie durch die

Straßen spazierten. Keines der Gebäude war mehr als drei Stockwerke hoch und die Einwohner schienen ein sehr ruhiges Leben zu führen. Gewissermaßen erinnerte Dimentica an Branlau, mit dem Unterschied, dass dieses nur ein Wohnviertel Leuchtenburgs darstellte und nicht die ganze Stadt.

Der ebenfalls kleine Ort, wo Noemis Onkel Waweru und seine italienische Frau Gianna wohnten, lag nur eine kurze Busfahrt entfernt. Das Café, das Claudentina ihnen beschrieben hatte, war das einzige Gebäude mit so viel leuchtender Weihnachtsdekoration, dass es die Straße allein erhellte, und daher kaum zu übersehen. Durch ein großes Fenster war bereits aus der Ferne ein großzügig geschmückter Weihnachtsbaum zu erkennen, um den sich viele Menschen versammelt hatten. Direkt über dem Eingang stand, hell erleuchtet und mit Lichterketten in verschiedenen Farben verziert, der Name des Cafés: »Famiglia«.

Vorne gab es einen winzigen Außenbereich, eine Veranda, von der aus man die angrenzenden Straßen überblicken konnte. Dort setzten Felix und Arthur sich hin und warteten auf Claudentina. Sie sah aus wie immer, als sie aus dem Auto stieg, gefolgt von Noemi. Dieses ganze Treffen fühlte sich an wie immer. So alltäglich, so normal, dass Felix beinahe hätte vergessen können, dass er sich in einer fremden Stadt befand und etwas Waghalsiges vorhatte.

Die Mädchen erklommen die zwei oder drei Stufen zur Veranda und die frösteInde Noemi blickte sehnsüchtig durch die Glastür ins Innere des Häuschens, wo es viel wärmer und gemütlicher aussah. »Ich hoffe, ihr habt hier nur gewartet, oder wollt ihr ernsthaft draußen in der Kälte sitzen?«

Doch Claudentina setzte sich gleich zu den anderen an den Tisch. »Mir gefällt es. Hier sind wir immerhin ungestört.«

»Na gut.« Felix, der zur Begrüßung kurz aufgestanden war, ließ sich grimmig wieder auf seinen Stuhl sinken. Eigentlich hatte er tatsächlich vorgehabt, hineinzugehen, wenn Claudentina erst einmal da war, aber nun machte sie ihm einen Strich durch die Rechnung. »Dann brauch ich erst mal einen Kaffee!«

Immerhin war es nicht *zu* kalt. Das hohe Geländer, das man als Erwachsener im Sitzen nur knapp überschauen konnte, und eine Säule in der Ecke schützten zumindest vor dem schneidenden Wind.

»Das hier ist heute Abend genau das richtige Café für euch, und wisst ihr auch, wieso? Weil hier so eine familiäre Atmosphäre herrscht, was man schon am Namen erkennen kann.« Noemi zeigte auf den besagten Namen des Cafés. »Laut meinem Onkel treffen sich hier jedes Jahr die Leute, die sonst Weihnachten alleine feiern müssten, und es gibt die besten Kekse und Plätzchen, die man sich vorstellen kann. Ich würde auch gerne bleiben, aber die Kirchenpflicht ruft. Viel Spaß euch noch!«

Mit diesen Worten verabschiedete sich Noemi und lief zurück zum Auto, das gleich darauf wegfuhr. Arthur winkte ihr hinterher.

Was die Atmosphäre anging, behielt sie auf jeden Fall Recht, wie Felix merkte, als er noch einmal durchs Fenster blickte. Im Inneren des Cafés sah es aus wie in einem Wohnzimmer: Sofas und Sessel stellten den größten Teil der Sitzgelegenheiten dar, es gab einen Kamin, über dem ein Fernseher hing, und in einer Ecke einen offenen Bereich, der wie eine Küche aussah. Das Lokal war gut besucht.

Es dauerte nicht lange, bis die Bedienung kam, die zum Glück auch Englisch verstand, was die Bestellung deutlich erleichterte. Kurze Zeit später bekam Felix seinen heiß ersehnten, mit Milch und Zucker versetzten Kaffee, während Claudentina einen Tee bevorzugte und Arthur eine Tasse Kakao mit seiner üblichen

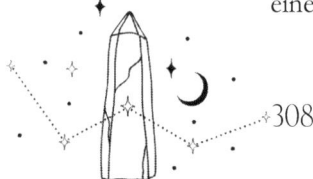

Schokoladentorte. Und dann, sobald für das leibliche Wohl ausreichend gesorgt war, kam der eigentliche Grund ihrer Zusammenkunft auf den Tisch.

»Also«, begann Claudentina, »wann hattet ihr denn vor zu gehen?«

Sie vergeudete keine Zeit. Felix sah sie an. »Wieso willst du eigentlich unbedingt mit?«

»Du weißt, wieso. Deine Träume führen einfach immer zu interessanten Orten. Orte mit Geheimnissen ... und mit Pendulum.«

»Woher weißt du überhaupt so viel über dieses Pendulum?« Eine Frage, die Felix schon sehr lange hatte stellen wollen. »Gehört ja nicht gerade zum Allgemeinwissen.«

Claudentina lächelte. »Entity.«

Arthur verschluckte sich beinahe an seinem Kakao. »Warte mal ... *Das* Entity? Die streng geheime Forschungseinrichtung in der Wüste von Nevada, wo man erschossen wird, wenn man nur in die Nähe kommt? Hat Noemi dort etwa auch Verwandte, oder diesmal du selbst?«

»Weder noch, aber ich wollte schon immer mal dort hin, besonders wegen der hartnäckigen Gerüchte über die dortige Außerirdischenforschung. Leider ist die Einrichtung der Öffentlichkeit nicht zugänglich, deshalb habe ich Bücher gewälzt und mir Dokumentationen angesehen, Vlogs von Verschwörungstheoretikern und Berichte von ehemaligen Angestellten. Dabei wurde mehrere Male etwas namens Pendulum erwähnt.« So wie sie ihr unbeschwertes Lächeln beibehielt, während sie mit ruhiger Stimme darüber redete, konnte man fast den Eindruck bekommen, es wäre das Normalste auf der Welt – nur ein hübsches Reiseziel, das sie irgendwann in Zukunft einmal besuchen wollte.

»Und dann konntest du natürlich keine Ruhe geben, bis du alles wusstest, was es darüber zu wissen gibt. Aber auch noch Entity ... Du liebst es wohl gefährlich, was?«

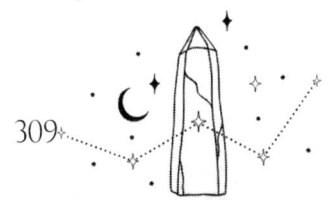

Felix hätte ihr keinen Vorwurf machen können, selbst wenn er es gewollt hätte. Nicht, während er sich auf eine Reise ins absolute Ungewisse vorbereitete, und das nur aufgrund irgendwelcher Koordinaten.

Arthur musste es ähnlich sehen, denn er sprach genau das aus, was Felix dachte. »Aber wenigstens weiß jeder so ungefähr, was und wo Entity ist. Das ist bei dem Trip, der uns bevorsteht, ein kleines bisschen anders. Wir wissen überhaupt nichts darüber, was uns alles passieren könnte.«

Claudentina schenkte ihm einen dieser Blicke, mit denen man normalerweise besorgte Eltern beruhigte. »Arthur, man ist doch nicht auf dieser Welt, damit einem nichts passiert, oder?«

Felix gab sich geschlagen. »Also gut, von mir aus kannst du mitkommen. Aber nicht, dass du hinterher sagst, wir hätten dich nicht gewarnt!«

»Capito.« Sie erhob sich. »Bin gleich wieder da. Bis dahin könnt ihr ja einen Vertrag für mich aufsetzen, in dem genau drinsteht, wie ihr mich gewarnt habt.« Mit einem zwinkernden Auge öffnete sie die Tür zum Café und ging hinein.

»Also, sie ist irgendwie sehr viel selbstbewusster geworden, seit sie mit uns rumhängt.« Arthur sah Claudentina nach. »Ist dir das aufgefallen?«

Felix nickte. »Bis vor einem Monat hat sie sich nicht einmal getraut, alleine auf meiner Geburtstagsparty zu erscheinen, und jetzt geht gar nichts mehr ohne sie. Heißt das jetzt, wir haben einen guten Einfluss auf sie, oder eher einen schlechten?«

»Es würde mich jedenfalls nicht überraschen, wenn sie auf unserer kleinen Reise wirklich das findet, wonach sie sucht. Ich meine, vielleicht suchst du ja genau dasselbe: das Pendulum. So wie du immer abgehst, wenn du es berührst ... « Nach einer kurzen Pause wandte Arthur sich Felix zu. »Da fällt mir wieder ein, was der Uhrenhändler in Nerbesar gesagt hat: Du wärst ›einer von diesen Menschen‹. Was hat er damit gemeint?«

»Das weiß ich doch auch nicht«, seufzte Felix, während er mit einem Löffel ziellos in seinem Kaffee herumrührte. »Aber wenn wir erst einmal an diesem Ort sind, ergibt hoffentlich endlich alles einen Sinn.« Das redete er sich zumindest immer wieder ein, um seine Zweifel in Schach zu halten.

Arthur ließ seinen nachdenklichen Blick über die stillen, von Laternen beleuchteten Straßen schweifen, verharrte kurz an einer Stelle und sah schließlich wieder Felix an. »Sag mal, hat dein besonderes neues Handy hier guten Empfang? Ich konnte vorhin nicht ins Internet gehen.«

Felix nickte und griff nach dem Telefon in seiner Hosentasche.

»Kannst du nicht versuchen, diesen Ort mit der Satellitenversion von Google Maps zu finden?«

Am liebsten hätte Felix sich selbst geohrfeigt. Dass ihm das noch nicht eingefallen war! Bisher hatte er nur nach der genauen Stelle gesucht, war jedoch nie auf die Idee gekommen, sich Satellitenbilder davon anzusehen. Während er tat, was Arthur vorschlug, kehrte Claudentina zurück und balancierte auf den Händen ein silbernes Tablett voller Plätzchen, das sie vorsichtig in die Mitte des Tisches stellte.

»Du sorgst gut für uns!« Krümel fielen aus Arthurs vollem Mund, in den er gerade ein Stück Torte hineingeschoben hatte. Das hinderte ihn aber nicht daran, gleich darauf Plätzchen nachzuschieben.

»Die gibt's hier nur an Weihnachten und sie sind sehr lecker.« Claudentina nahm Platz. »Hab ich was verpasst?«

»Nein, nichts. Überhaupt nichts.« Enttäuscht starrte Felix auf den kleinen Bildschirm in seiner Hand, der schwarz blieb. »Rien, nothing, nada, niente.«

Arthur schluckte das Gemisch aus Schokotorte und Plätzchen in seinem Mund runter. »Was ist denn los?«

Felix zeigte ihm das magere Ergebnis seiner Suche. Zusammen blickten sie auf die Satellitenkarte, auf der genau dort, wo sie hinzugehen gedachten, ein blinder Fleck klaffte.

»Das ist ja ne Hilfe. Unseren Ort gibt es gar nicht!« Arthur klang unzufrieden.

»Sieht so aus«, seufzte Felix. »Dann müssen wir uns wohl doch überraschen lassen ... Aber wie Jake Win jetzt sagen würde: Was wäre das Leben ohne Überraschungen?«

Felix wünschte, sein großes Vorbild wäre in diesem Moment bei ihm, um ihn zu der anstehenden Reise zu ermutigen. Wie würde wohl sein Rat lauten? Keine falsche Scheu zu zeigen? Dass Herausforderungen den Charakter formten? Wahrscheinlich so etwas in der Art. Felix würde sich bemühen, ihn nicht zu enttäuschen.

»Na ja ...« Claudentina suchte nach den richtigen Worten. »Nur weil der Ort nicht auf dieser Karte zu finden ist, muss das noch lange nichts Schlechtes heißen, oder?«

»Es heißt, dass wir uns bei der Navigation eben auf Felix' Bauchgefühl verlassen müssen«, meinte Arthur. »In die Richtung, aus der es am stärksten kribbelt, gehen wir dann. Nicht wahr, Fee?«

Felix nickte mit mäßiger Begeisterung. Zwar konnte er sich nicht richtig vorstellen, dass Arthur seinem Bauchgefühl plötzlich so sehr vertraute, doch darauf würde es wohl oder übel hinauslaufen.

Claudentina blieb optimistisch. »Wir finden einen Weg.« Sie nahm ihre kleine Handtasche unter dem Tisch hervor, öffnete sie und zog ein zusammengefaltetes Blatt Papier heraus. »Ich hatte gehofft, wir würden das nicht brauchen, aber etwas Besseres haben wir nicht.«

Das auseinandergefaltete Papier erwies sich als Landkarte Italiens, die mit Koordinaten versehen war. Eine kleine Stadt wie Dimentica darauf zu finden, wäre die reinste Qual gewesen, wenn Claudentina sie nicht schon mit einem roten Stift gut sichtbar markiert hätte.

»Felix, zeigst du mir noch mal deine Koordinaten?«, fragte sie. »Ich hatte sie nicht mehr im Kopf, sonst hätte ich diesen Ort auch schon markiert.«

»Aber ich weiß sie aus dem Kopf!« Felix ließ seine Finger auf der Suche nach der richtigen Stelle über die Karte wandern.

Der gesuchte Ort lag westlich von Dimentica. Laut Landkarte befand sich dort das größte Gebiet in der näheren Umgebung, das weder Städte noch Dörfer aufwies. Es gab einen großen Wald ohne Namen um ein Gebirge namens »Montagna Elementare« herum.

»Hier ungefähr ist es.« Felix verharrte mit dem Finger auf dem großen, leeren Stück Land. Für eine genauere Bestimmung hätte er eine größere Karte mit mehr Details gebraucht, aber die von Claudentina reichte immerhin aus, um vorerst nicht den Überblick zu verlieren.

»Dann würde ich sagen, wir nehmen einen der Busse, die zum Stadtrand fahren, und gehen den Rest zu Fuß weiter«, schlug Claudentina vor. »Etwas Besseres fällt mir jetzt nicht ein. Wann genau soll's losgehen?«

Felix hob die Schultern. Eine feste Uhrzeit hatte er sich noch nicht überlegt. »Je früher, desto besser. Nur den heutigen Abend will ich noch ganz normal genießen, ohne daran zu denken.«

»Na, dann können wir das jetzt tun, bevor uns der Ernst des Lebens wieder einholt.« Claudentina zeigte auf die Plätzchen. »Frohe Weihnachten! Bedient euch.«

Und sie bedienten sich, bis sie nach einiger Zeit mit den verbleibenden Plätzchen zu den anderen ins Café hineingingen und den Abend genossen, so gut es eben ging.

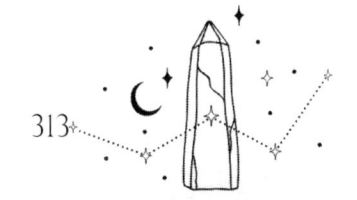

18
AUFBRUCH INS UNGEWISSE

Wie am Abend davor schon besprochen, trafen sich Felix und die anderen an einer Bushaltestelle in der Nähe des Hostels, um sich so nahe wie möglich zum Waldrand fahren zu lassen. Felix hatte nur das Allernötigste mitgenommen – sein Handy, die nie erlöschende Taschenlampe und das deutsch-italienische Wörterbuch seiner Mutter – und es in die geräumigen Taschen seiner Jacke gesteckt. Die schwarze Daunenjacke war die wärmste, die er besaß, und weil er schon vorher gewusst hatte, dass er auf unbestimmte Zeit in der Kälte herumlaufen würde, hatte er sich so warm wie nur möglich angezogen. Obwohl keine digitalen Landkarten dieses Gebiet zeigten und auf den normalen Karten aus Papier nur zu sehen war, dass sich westlich von Dimentica die Montagna Elementare und der namenlose Wald befanden, reichte das zunächst aus, um zu wissen, in welche Richtung sie gehen mussten.

Während der kurzen Busfahrt sprachen sie kaum, es blieb bei einem Hallo und ein bisschen Smalltalk. Sie waren wohl alle zu angespannt; jedenfalls ging es Felix so. Am Himmel kämpfte die frühe Nachmittagssonne mit einer Ansammlung grauer Wolken, die weder Regen noch Schnee brachten.

Sie machten nur den Tag noch dunkler. Ein konstanter Wechsel von Helligkeit und Dunkelheit, Wärme und Kälte, Spannung und Angst.

Dann war die Busfahrt vorbei und Felix, Arthur und Claudentina standen auf dem letzten Stück bröckelnden Asphalts vor einer von Reif bedeckten Wiese. Diese führte nach wenigen Metern in den Wald, während sich weiter entfernt am Horizont, dicht hinter einer weißen Nebelwand, die Konturen des auf der Karte vermerkten Gebirges abzeichneten. Dort irgendwo, verborgen hinter kahlen Baumkronen und kaltem Gestein, umhüllt von zu tief hängenden Wolken, lag der mysteriöse Ort aus Felix' Träumen. Ob der Ort selbst ein Traum war oder doch eher ein Albtraum, würde sich heute zeigen. Felix wusste selbst nicht, was er glauben sollte; mal dominierte seine Hoffnung, endlich Antworten auf seine Fragen zu finden, mal seine Zweifel, ob das alles überhaupt einen Sinn ergab. Doch diese Unsicherheit würde nicht mehr lange anhalten, und er war auf alles vorbereitet.

Die Stadt hinter sich lassend, liefen die drei los. Schweigend wanderten sie nebeneinander her durch den sich verdichtenden Wald, traten Stöcke und andere kleine Hindernisse beiseite und mussten an einigen Stellen durch knackendes Gebüsch steigen. Felix rechnete es seinen Freunden hoch an, dass sie ihn begleiteten, ohne sich zu beklagen. Zur Not hätte er diese Reise auch alleine unternommen, aber zum Glück musste er es nicht.

Erst als sie nicht mehr sehen konnten, wo sie waren, stellte Claudentina endlich die Frage, die ihnen allen auf der Zunge lag. »Sagt mal, Leute, wo genau gehen wir eigentlich hin?«

»Ich halte mich einfach an Felix«, antwortete Arthur, mit den Schultern zuckend.

Seufzend blickte Felix sich um. Alles sah gleich aus. Vor ihm, hinter ihm und zu allen Seiten gab es nur Bäume und Büsche zu sehen, alle gleichermaßen kahl.

Arthurs Vertrauen ehrte ihn, aber im Grunde hatte er nicht die leiseste Ahnung, wo sie hingingen. Er hatte sich darauf verlassen, dass seine Intuition ihm die richtige Richtung zeigen würde, aber egal, wohin er sich drehte – irgendwie schien sein Bauchgefühl zu versagen. Nicht einmal die Himmelsrichtung wusste er noch. Dass sie sich überhaupt noch nach Westen bewegten, verriet nur der Kompass.

»Es muss einen Weg geben, sich hier zurechtzufinden.« Er setzte sich auf einen Baumstumpf und nahm sein Handy heraus. Dank seiner Handschuhe verursachte es kein Kribbeln in seinen Händen. Wie er seit einiger Zeit wusste, hatte es diese ablenkende Wirkung auf ihn nur im direkten Kontakt mit seiner Haut.

»Was hast du vor?«, fragte Arthur.

»Wie gesagt. Es muss irgendeinen Weg geben.« Felix wandte den Blick nicht von dem Bildschirm seines Telefons ab. Dieses verfügte über eine Navigations-App, von der er nun hoffte, dass sie vielleicht besser funktionierte als alles andere, was er bislang versucht hatte. »Dieses Wunderding hat mir schon einige Male unerwartet geholfen.«

Nach kurzer Zeit hatte er gefunden, was er suchte. Weil er keine Straße und auch sonst keine Adresse hatte, probierte er es mit den Koordinaten, die sich in der Zwischenzeit besser in sein Gedächtnis eingebrannt hatten als jede andere Abfolge von Buchstaben oder Zahlen, die er in seinem bisherigen Leben mit oder ohne Absicht auswendig gelernt hatte. Was er dann sah, damit hatte er nicht gerechnet. Er musste nur die ersten Stellen seines Koordinatencodes eintippen, und schon schlug ihm das Handy eine zuvor eingespeicherte Abfolge vor, die mit der in seinem Gedächtnis identisch war.

»Das gibt's doch nicht!«

»Was entdeckt?« Arthur positionierte sich neben dem Baumstumpf und blickte Felix über die Schulter.

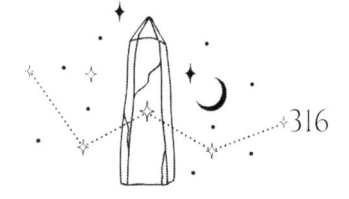

»Das kann man wohl so sagen. Ihr erinnert euch doch bestimmt noch an Andrea?«

»Die mysteriöse Unbekannte, für die wir angeblich dieses kleine Geschenk hier abgeholt haben?« Neugier blitzte in Arthurs Augen auf. »Aber natürlich.«

»Gut. Ich glaube, Andrea wollte auch zu diesem Ort, von dem ich träume. Die Koordinaten sind nämlich hier eingespeichert, und das war nicht ich!« Felix hielt das Handy so, dass Arthur hinter ihm den Bildschirm besser erkennen konnte, dann zeigte er ihn Claudentina.

Sie warf nur einen kurzen, nachdenklichen Blick darauf und nickte dann. »Umso besser, oder? Dann dürfen wir uns wahrscheinlich sicher sein, dass uns dieses Handy direkt dorthin bringt.«

Felix erhob sich. »Auf geht's, in diese Richtung!«

Auch wenn der Wald für sie immer noch gleich aussah, egal, wohin sie blickten, hatten sie jetzt einen Wegweiser und somit eine Richtung, in die sie gehen konnten. Mit nichts als einem Pfeil am Rand des Bildschirms wies das Handy ihnen den Weg, aber das genügte. An keiner Stelle wurde die Karte schwarz; wo für andere Satellitensysteme ein Loch auf der Weltkarte klaffte, befand sich für dieses Navigationsgerät ein ganz gewöhnlicher Ort. Vielleicht war es speziell dafür angefertigt worden, Orte aufzuspüren, die dem Großteil der Menschheit verborgen bleiben sollten.

Je weiter der Weg führte, desto dunkler schien es zu werden. Das dichte Geäst hielt das Licht der untergehenden Sonne ab. Zudem wurde alles immer ruhiger, als wollte kein Vogel in diesem Teil des Waldes nisten, auch der Wind wehte scheinbar lieber woanders. Nur hin und wieder durchbrach ein leises, unheimliches Blätterrascheln für einen Moment die Stille, und Felix war heilfroh, nicht alleine in diesem Wald unterwegs zu sein.

»Irgendwie gruselig«, murmelte Arthur irgendwann seit längerer Zeit die ersten Worte in dieser Stille. Wie lange sie schon unterwegs waren, wusste keiner so genau, ohne auf die Uhr zu schauen.

»Mir gefällt das auch nicht, aber da müssen wir jetzt durch. Leider zeigt das Navigationssystem nicht, wie weit es ist, oder wie lange wir noch brauchen werden, wenn wir in diesem Tempo weitergehen«, sagte Felix. »Das heißt, würde sich unser Ziel in einem anderen Land befinden, würden wir das wahrscheinlich erst bemerken, wenn wir plötzlich Leuten begegnen, die etwas anderes als Italienisch sprechen.«

Allerdings würde er sich sicher nicht darüber beschweren. Immerhin hatten sie überhaupt etwas, das ihnen half, den Weg zu finden.

»Ich hoffe nur, dass wir ankommen, bevor es dunkel wird. In der Nacht will ich hier nicht herumlaufen müssen«, warf Claudentina ein. »À propos Nacht: Wie habt ihr denn in eurem Hostel geschlafen?«

Oh ja, prima Idee! Lasst uns ein bisschen auf andere Gedanken kommen.

»Für ein schäbiges Zimmer, das gerade mal dreißig Euro pro Nacht kostet, sind die Betten erstaunlich bequem. Ich hätte mich auch super ausruhen können, wenn *der da* nicht ständig allen möglichen Quatsch gelabert hätte!« Arthur zeigte auf Felix, der möglichst unschuldig zurückblickte – oder es zumindest versuchte.

»Aha, Felix redet also im Schlaf?«, fragte Claudentina.

»Ha, und wie! Wenn ich das richtig verstanden hab, ging es um diese Weihnachtskekse von gestern Abend. Felix wollte sie essen, aber jemand hatte sie ihm geklaut, und dann hat er sich die ganze Zeit nur noch beschwert! Das hat gar nicht mehr aufgehört und es war furchtbar, das sag ich dir!«

Felix konnte sich nicht mehr zusammenreißen und brach in schallendes Gelächter aus. An diesen Traum konnte er sich gar nicht erinnern, aber so etwas würde Arthur sich nicht ausdenken. Nur die Vorstellung, wie er im Bett lag und sich im Schlaf am laufenden Band über geklaute Kekse aufregte, funktionierte als Mittel gegen seine Anspannung.

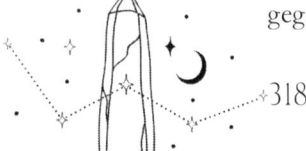

Arthur hingegen lächelte nicht einmal, sondern blieb die ganze Zeit über todernst, während er Claudentina von seiner anstrengenden letzten Nacht erzählte. »Irgendwann hab ich die schweren Geschütze aufgefahren und ihm mein Kissen an den Kopf geschmissen. Dann war Ruhe. Aber dann musste ich zwangsläufig aufstehen und es mir zurückholen, denn ich kann nicht ohne Kissen schlafen. Und sofort hat er wieder angefangen zu quatschen. Das war echt furchtbar!«

»Das kann ich mir vorstellen!« Claudentina lachte nun ebenfalls, ob es Arthur gefiel oder nicht.

Dieses Gespräch tat gut. Auf einen Schlag hatte Felix bessere Laune.

»Was ist eigentlich mit dir, Claudentina?«, fragte Arthur. »Wie kommt es, dass du ohne Noemi unterwegs bist? Solltest du nicht eigentlich deinen Urlaub mit ihr und ihrer Familie verbringen?«

»Oh, das hab ich größtenteils Zufällen zu verdanken«, sagte sie. »Noemi ist krank. Die Kirche war gestern wohl ziemlich voll, es standen viele Leute eng beieinander, und sie muss sich was eingefangen haben. Aber sie meinte, das soll für mich kein Grund sein, auch zuhause zu bleiben, also hab ich ihr erzählt, ich geh in Dimentica shoppen. Ich fürchte nur, das muss ich jetzt auch wirklich machen, denn wenn ich mit leeren Händen zurückkomme, glaubt man mir vielleicht doch nicht mehr.«

»Sag doch einfach, du hättest nichts gefunden«, schlug Felix vor. »Würde mich persönlich nicht wundern. Ich meine, hast du dich in Dimentica mal umgesehen? Hier gibt's nichts.«

»Das stimmt allerdings.« Claudentina schob einen tiefhängenden Ast zur Seite. »Wenn wir das hier überstanden haben, versuche ich es mal mit einer ausgiebigen Shoppingtour. Meiner kleinen Schwester macht so was richtig Spaß, und ich sollte mich auch mal öfter aus meiner Komfortzone bewegen.«

Arthur verdrehte die Augen. »Und ich werde in Leuchtenburg und Umgebung bestimmt nie wieder in eine Kirche gehen! Spätestens seit wir das letzte Mal da waren, hab ich darauf überhaupt keine Lust mehr. Gott sei Dank ist das heute nicht mehr nötig, man kann auch bequem von zuhause aus beten.«

»Oder man lässt es einfach ganz bleiben, weil es sowieso nichts bringt«, sagte Claudentina, was ihr einen bösen Seitenblick von Arthur bescherte, und sie zuckte mit den Schultern.

Das Lächeln verschwand aus Felix' Gesicht. Die Kirche von Branlau – der Ort, an dem seine Albträume angefangen hatten. Durch ihre bloße Erwähnung wurde ihm schlagartig wieder bewusst, wo er gerade war. Aber wenigstens wusste er, was er tun würde, wenn das Ganze vorbei war. »Ich werde zum Schützenverein zurückkehren. Und wenn uns dann das nächste Mal irgendein Blutmagier blöd anmacht, habe ich schon meine eigene Waffe und kann ihn damit bedrohen, damit er mich in Ruhe lässt – der perfekte Präventivschlag gegen Albträume.«

Er fragte sich, was für ein Leben er wohl hätte führen können, wenn er dem Blutmagier nie begegnet wäre. Er mochte sein Leben eigentlich so wie es war – Eltern, die alles für ihn tun würden, anständige Freunde, kaum Probleme in der Schule. Aber diese Albträume! Darauf hätte er gut und gerne verzichten können.

»Felix, ich glaube nicht, dass der Blutmagier schuld daran ist, dass wir heute hier sind«, sagte Arthur. »Okay, dir ist was Schlimmes passiert und du hast Albträume davon. Aber du träumst ja auch von Koordinaten, und davon hat der Blutmagier nichts gesagt. Das muss also einen anderen Grund haben.«

Felix warf die Hände in die Luft. Als hätte er nicht schon darüber nachgedacht. »Und was für ein anderer Grund könnte das deiner Meinung nach sein?«

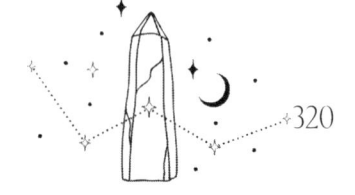

Arthur seufzte. »Wenn ich gerade nicht von Atheisten umgeben wäre, würde ich zumindest die Vermutung aufstellen, dass Gott dir diese Träume schickt, weil er eine Aufgabe für dich hat. Auf diese Idee bist du selber schon mal gekommen. Aber wenn ich ehrlich bin, klingt das sogar in meinen Ohren ein bisschen übertrieben, von daher ... Ich weiß es nicht. Aber du wirst es wissen, wenn es so weit ist.«

»Und ich als Amateur-Wissenschaftlerin mit spezieller Vorliebe für Astronomie, und manchmal sogar für Esoterik und Astrologie, könnte mir vorstellen, dass die Sterne und Planeten bei deiner Geburt in einer außergewöhnlichen Konstellation zueinander standen, die bis heute einen beträchtlichen Einfluss auf dein Leben ausübt.« Der einzelne Stern auf Claudentinas Jacke funkelte im schwachen Umgebungslicht, wie um ihr zu bescheinigen, dass sie tatsächlich die Expertin vor Ort für alles war, was mit »Astro-« anfing. Dazu gehörten demnach wohl auch zwielichtige Horoskopweisheiten, wie Felix etwas skeptisch zur Kenntnis nahm. »Aber auch das klingt ein bisschen arg fanatisch, deswegen schließe ich mich Arthur an und hoffe einfach, dass bald alles von alleine einen Sinn ergeben wird.«

Felix hoffte, dass die beiden zumindest in dem Punkt Recht hatten, in dem sie sich einig waren, denn die Unwissenheit machte ihn wahnsinnig. Er versank wieder in Gedanken, während sie alle erneut in Schweigen verfielen, wie so oft, seit sie losgegangen waren. Doch ob nun der Blutmagier, Gott oder die Sterne schuld an seiner Situation waren, spielte keine Rolle. Wichtig war nur der Ort, zu dem er unterwegs war, und seine ohnehin schon großen Erwartungen an diesen wuchsen automatisch mit jedem Schritt in seine Richtung.

Die Wolken zogen sich dichter zusammen, das Labyrinth aus Ästen und Zweigen in den Baumkronen tat sein Übriges dazu, dass es schon bald so dunkel war wie in der Nacht. Umso mehr fiel dadurch die helle Lichtung auf, die ein Stück abseits des vorgegebenen Weges immer näher rückte. Eigentlich wollte Felix nicht vom Weg abweichen, doch dieses Licht weckte seine Neugier. Es wirkte unnatürlich, zu bunt und zu hell für seine Umgebung.

»Wartet mal.« Mit erhobener Hand blieb er stehen und bedeutete den anderen, ebenfalls innezuhalten. »Seht ihr das?«

Arthur antwortete sofort. »Ja, ich sehe die Lichtung.«

Also war es schon einmal keine Halluzination. *Beruhigend.*

»Was soll damit sein?«, fragte Arthur dann.

»Kommt euch das nicht ein bisschen ... ungewöhnlich vor?« Ohne auf eine Antwort zu warten, bewegte sich Felix auf die Quelle des Lichtes zu.

»Hey, warte!« Arthur lief ihm hinterher. »Unser Ziel liegt doch aber in einer anderen Richtung, oder?«

»Ich will nur sehen, was das ist.«

Je mehr sich Felix der ungewöhnlich hellen Stelle mitten im dunklen Wald näherte, desto sicherer war er, dass das kein Zufall war. Musik drang an seine Ohren, und als er endlich dort ankam, stand er nicht nur am Rand einer baumlosen Stelle mitten im Wald, sondern gleichzeitig am Rand einer Schlucht. Zu seinen Füßen befand sich ein nahezu ovales Loch, und steile Schrägen führten etwa zwanzig Meter tief hinunter zu dessen Grund, von wo sowohl das Licht als auch die Musik ausgingen.

Aber... das kann doch nicht sein... Felix riss die Augen auf und blinzelte. Was dort unten zum Vorschein kam, sah verdächtig nach einem Marktplatz aus. Nach einem ganz *bestimmten* Marktplatz.

»Meine Güte!« Arthur kam ein paar Sekunden nach Felix ebenfalls an. »Den Platz da hätten sie ruhig drüben in der Stadt aufbauen können, dann wäre die vielleicht nicht so langweilig. Also wissen wir jetzt, wo das Licht herkommt. Können wir wieder gehen?«

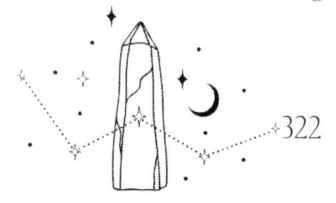

Er schien nicht zu verstehen, was er da unten gerade sah, egal, wie sehr er sich bemühte. Claudentina hingegen schon. Ihr Gesicht hatte sich aufgehellt, ein Funkeln war in ihre Augen getreten.

»Das ist unmöglich!«, rief sie, ihre Stimme war vor Aufregung eine Oktave nach oben geklettert. »Ist das nicht ...«

Auf dem Platz liefen Menschen aller Nationalitäten herum. Es gab einen Stand mit großen und kleinen Kuscheltieren, einen Stand, an dem Uhren verkauft wurden, und der einzige Zugang zu dem Platz schien über die Treppe auf der anderen Seite des Abgrunds zu verlaufen.

»Doch, das ist es.« Felix fiel es immer noch schwer, zu begreifen, was er da sah. Aber es gab keinen Zweifel, nicht für ihn. »Das ist Nerbesar!«

»Nerbesar? Spinnt ihr?« Arthur schien nicht gerade überzeugt. »Das letzte Mal, als wir Nerbesar gesehen haben, hat uns eine Hintertür in der Kirche der Heiligen Theresa dorthin geführt, und das war in Branlau! So ein Marktplatz kann doch nicht einfach aus Branlau verschwinden und in Italien auftauchen!«

»Aber diesen Marktplatz hat es in Branlau nie gegeben. Und schau mal, dort drüben!« Felix wies in die Richtung des Uhrenhändlers mit dem zotteligen, schwarzen Haar, das ihm über die Schultern fiel. »Kommt der dir nicht bekannt vor? Sieht verdächtig nach diesem Carlo aus, wenn du mich fragst. Und dort hinten ...« Er zeigte auf die Treppe auf der anderen Seite, die zu einer Art Büro mit großen Fenstern auf Höhe des restlichen Waldgebietes führte. »Dort sitzt die Empfangsdame, und dahinter ist der Raum mit den Regalen.«

Arthur schüttelte ungläubig den Kopf. »Hast du eine Ahnung, was du da sagst? Wenn das wahr ist, müsste dieses Regal uns vor ein paar Wochen hierher teleportiert haben!«

Felix starrte ihn mehrere Herzschläge lang an und drehte sich dann zu Claudentina um. »Diese Regale bestehen aus Pendulum oder sind zumindest damit angereichert. Wäre so was denn möglich?«

Doch sie zuckte nur ratlos mit den Schultern, während ein zurückhaltendes Lächeln ihre Lippen umspielte. »Bei allem, was ich bisher über das Pendulum weiß, wäre es zumindest vorstellbar, auch wenn ich mir absolut nicht erklären könnte, wie es funktioniert.« Das alles musste für sie so aufregend wie frustrierend sein. Felix war sicher, dass ihr analytischer Verstand bereits auf Hochtouren arbeitete, um eine Erklärung zu finden.

Arthur ging in die Hocke, beugte sich so weit wie möglich nach vorn und warf aus zusammengekniffenen Augen zuerst einen Blick auf den Uhrenhändler, dann auf die Treppe und auf den höher gelegenen Büroraum. Erneut schüttelte er den Kopf, noch entschiedener als zuvor. »Es sieht so aus wie Nerbesar, ja, aber das ... Nein, das kann nicht sein!« Doch sein nachdenklicher Blick sagte etwas anderes. Zumindest ein Teil von ihm schien es doch für möglich zu halten.

Felix konnte ihn nur zu gut verstehen. Auch er hatte Probleme, es zu glauben, und ließ seinen verwirrten Blick ein weiteres Mal über die Landschaft unter ihm schweifen. Nur um sich zu vergewissern, dass es wirklich, *wirklich* keinen Zweifel daran gab, dass er Nerbesar unter sich hatte.

Dabei blieb sein Blick an einem jungen Mann hängen, der die Treppe vom Büro der Empfangsdame herunterkam und sich umsah, anscheinend nicht weniger verwundert als Felix selbst. Er hatte kurzes, braunes Haar, trug für die Jahreszeit viel zu dünne Kleidung, seine Augen waren unsichtbar, verborgen hinter einer großen, schwarzen Sonnenbrille ...

Felix trat näher an den Abhang heran und sprach seinen Gedanken laut aus, ohne es zu bemerken. »Ist das Micco?«

»Da kommt jemand!«, flüsterte Ar-thur plötzlich.

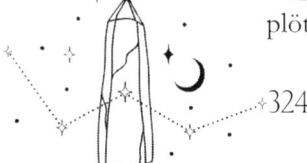

Felix drehte sich um und hörte nun auch die näher kommenden Schritte im Gras.

»Lasst uns lieber verschwinden, schnell!« Claudentina ging sogleich mit gutem Beispiel voran, dicht gefolgt von Arthur.

Felix blickte ein letztes Mal flüchtig in Richtung Treppe, doch der junge Mann, der Micco so ähnlich sah, war nicht mehr dort. Felix wusste, dass er keine Zeit hatte, stehen zu bleiben und in der Menge nach ihm zu suchen. Stattdessen folgte er seinen Freunden zurück in die Richtung, aus der sie gekommen waren. Die Schritte des Fremden kamen aus der entgegengesetzten Richtung, also waren sie vorerst sicher.

»So!«, sagte Arthur, als sie in sicherer Entfernung zu dem teleportierenden Marktplatz kurz stehen blieben. »Und jetzt bleiben wir bitte auf dem Weg! Das war mir genug Aufregung für heute.«

Angesichts der Dunkelheit griff Felix in eine seiner Jackentaschen und zog die Lampe heraus. Auch hier verhinderten seine Handschuhe das Kribbeln des Pendulums. Aus Angst, von einem Verfolger aufgespürt zu werden, ließ er sie vorerst jedoch noch aus. Dann übernahm er wieder die Führung und folgte der Navigation des Handys.

Kein Wunder, dass Arthur nicht glauben konnte, was er gerade gesehen hatte. Das konnte Felix im Grunde auch nicht so recht. Bisher hatte er Teleportation für reine Science-Fiction gehalten. Doch welche Möglichkeiten gab es sonst noch? Es stimmte, was er gesagt hatte: In Branlau gab es diesen Ort nicht. Und dennoch waren sie durch eine Geheimtür in der Kirche dorthin gelangt.

Sollte Felix noch an der Macht des Pendulums gezweifelt haben, hatte sich das nun erledigt. Was, wenn es einfach nur Magie war, ganz ohne wissenschaftliche Erklärung? Sein Gefühl sagte ihm, dass ihn diese Frage noch lange beschäftigen würde.

Langsam schien der Weg ein Ende zu finden. Der Boden wurde steiniger und unebener, es wuchs kaum noch Gras auf der Erde. Baumstämme wichen Felsbrocken, die Dunkelheit einer Wand aus Nebel, und das Gebirge, das vom Stadtrand aus nur schwach am Horizont zu erahnen gewesen war, rückte in greifbare Nähe.

Felix fröstelte, nicht nur wegen der Kälte, sondern auch, weil er fühlte, dass es gleich so weit war. Nervös blickte er auf sein Handy, um sich zu vergewissern. Der wegweisende Pfeil am Rand des Bildschirms war zu einem Kreis geworden, der sich mit jedem weiteren Schritt in dieselbe Richtung der Mitte näherte. Nicht mehr lange.

»Wir sind fast da«, informierte er seine Freunde und beschleunigte unbewusst seinen Gang. Seine Anspannung wuchs. Bald würde er hoffentlich erfahren, wofür er den weiten Weg an diesen kalten, abgelegenen Ort auf sich genommen hatte. Und dann würde alles endlich Sinn ergeben.

Ein steiler Weg führte den Berg hinauf, umgeben von Nebel, der das Nötigste noch erkennen ließ, aber nicht sehr viel mehr. Felix fühlte sich fast wie in einem seiner Träume, nur war der Nebel hier nicht blutrot. Mit der Taschenlampe in der Hand leuchtete er sich und den anderen den Weg, doch sein Blick blieb auf das Handy fixiert, nur um zu sehen, wie weit er noch von dem Punkt entfernt war, der das Ziel markierte.

»Pass auf!«, riefen Arthur und Claudentina plötzlich gleichzeitig, und Felix musste scharf bremsen, um nicht mit der Felswand zusammenzustoßen, die plötzlich vor ihm aus dem Boden ragte.

Das hatte er nun davon, dass er beim Gehen so intensiv auf den Bildschirm starrte. Doch als die Schrecksekunde vorbei war, überspielte er sein Missgeschick mit einer wegwerfenden Handbewegung und ging nicht weiter darauf ein. »Wir sind fast am Ziel. Hier müssen wir hoch, dann sind wir da.« Er stellte sich direkt vor die Felswand und blickte hinauf. Wie zuvor in der Nähe von Nerbesar konnte er auch hier Licht sehen, das gedämpft durch den Nebel zu ihm drang. Dort oben war also jemand.

Mit nach oben ausgestreckten Armen hob er die Taschenlampe und das Handy auf die höhere Ebene, bevor er sich hinaufzog. Oben angekommen, half er Arthur, während Claudentina ohne Probleme alleine eine Etage höher kletterte.

Noch hatte der Kreis die Mitte des Bildschirms nicht erreicht. Sie waren also immer noch nicht ganz angekommen. Aber was sie nun vor sich sahen – ein hohes, hölzernes Tor –, markierte zweifellos ihr Ziel, davon war Felix überzeugt. Er wechselte einen Blick mit seinen Freunden – Arthur nickte, Claudentina lächelte ermutigend – und zusammen gingen sie weiter.

19
AUSSERHALB DER LANDKARTE

Es war ein seltsames Gefühl, vor diesem Tor zu stehen, das wahrscheinlich in eine Art Dorf führte. Ein Dorf mitten im Gebirge. An den runden Holzpfeilern links und rechts waren Laternen angebracht, die orange-rotes Licht spendeten. Das Tor und der ebenfalls hölzerne Zaun, der es zu beiden Seiten umgab, waren zu hoch, um erkennen zu lassen, was dahinter lag, doch ein Schild darüber verkündete den Namen des Ortes: »Ricorda«.

»Da wären wir also. Wir hätten es definitiv schlechter treffen können!« Arthur wirkte geradezu erleichtert. Ein geheimnisvolles Tor, hinter dem sich alles Mögliche verbergen konnte, kam allem Anschein nach nicht an das heran, was auch immer er sich ausgemalt hatte.

Felix war nicht sicher, ob er das überhaupt wissen wollte, und nickte einfach nur. »Laut Navigation haben wir die Zielkoordinaten fast erreicht. Das ist definitiv der richtige Ort. Aber trotzdem ... Irgendwas fühlt sich falsch an.«

»Falsch?«, wiederholte Claudentina. »Was meinst du?«

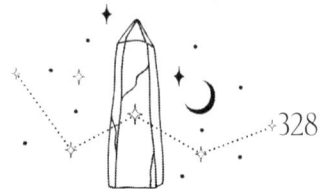

Felix' Blick wanderte von dem Tor zu den Laternen, von den Laternen hinauf in den stockdunklen Nebel, hinter dem der Himmel verschwunden war, und zurück zum Tor, während er darüber nachdachte, wie er beschreiben konnte, was er meinte.

»Nur so ein Gefühl«, sagte er schließlich. »Egal. Schauen wir mal, was es hier so gibt.«

Das Tor war weder bewacht noch verriegelt. Ein kräftiger Druck war genug, um es zu öffnen. Dahinter kamen einige kleine Hütten zum Vorschein, erbaut aus Holz auf ungepflastertem Grund und angeordnet in zwei Reihen, zwischen denen ein Pfad verlief. Nach einigen Metern teilte sich der Weg in eine Gabelung. Laternen und Lampions, die von Seilen zwischen den Hauswänden hingen, erhellten die Umgebung und machten die Taschenlampe überflüssig. Der Untergrund wies hier wieder mehr Gras und Erde auf und war ebener als der Boden draußen. Es musste sich um eine Siedlung oder ein Dorf handeln. Aber wer würde hier wohnen wollen, so weit abseits von jeder anderen Ortschaft in der Umgebung? Und warum gab es keine Weihnachtsdekoration weit und breit?

Die Häuser waren alle dunkel, in keinem brannte auch nur das Licht einer Kerze. Es war, als wären alle Bewohner bereits im Bett, und dabei war es noch nicht einmal Abend, auch wenn die Dunkelheit des Tages dies vermuten ließ.

»Glaubt ihr, dass hier wirklich jemand wohnt?«, fragte Arthur im Flüsterton. Die Stille, die über dem Dorf lag, schien sie alle zu beeinflussen.

»Ja, sonst wären die Laternen nicht an.« Claudentina bemühte sich ebenfalls, leise zu sprechen. »Aber vielleicht ist niemand zuhause. Heißt das jetzt, dass wir genau zur richtigen Zeit am richtigen Ort sind, oder das Gegenteil?«

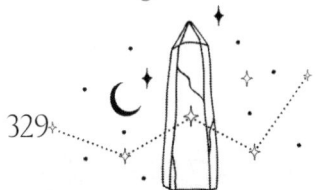

»Ich würde sagen, es heißt, dass wir uns in Ruhe umsehen können.« Felix ging voraus, wobei er zur Sicherheit noch einen Blick auf das Navigationsgerät warf. Ja, das war der richtige Ort.

Sie erreichten die Gabelung und sahen sich um. Auch hier blieben die Häuser dunkel. Während der Weg auf der rechten Seite nach wenigen Metern vor einem Zaun endete, führte der linke Weg tiefer ins Dorf hinein.

Felix kratzte sich am Kopf. Er konnte sich nicht erklären, wie, doch diese Ortschaft kam ihm auf unheimliche Weise bekannt vor, als hätte er sie schon einmal besucht. Aber wann? Er war noch nie in Italien gewesen ... oder doch?

Arthur schien aufzufallen, dass Felix wieder grübelte. »Alles in Ordnung bei dir?«

»Ach, ich weiß nicht«, sagte Felix. »Ich hab grad so ein krasses Déjà-vu!«

Nichts an den Fassaden oder den Straßen wollte ihm einen Hinweis geben, warum ihm das alles so bekannt vorkam. Er *konnte* es überhaupt nicht kennen, und dennoch hatte er es in Erinnerung. Nur ein bisschen anders.

Wenn ich wieder zuhause bin, könnte ich meine Eltern fragen, nur zur Sicherheit. Vielleicht war ich damals noch sehr jung.

»Schaut mal, da!«, sagte Claudentina plötzlich.

In einiger Entfernung bewegte sich etwas, und Felix wirbelte herum. Eine hochgewachsene, schlanke Gestalt bewegte sich im gemütlichen Tempo auf die Kreuzung zu. Ein Mann, soweit sich das auf die Entfernung beurteilen ließ. Er trug ein langes, weißes Gewand und in der rechten Hand außerdem einen länglichen Gegenstand, möglicherweise einen Stock, einen Dolch oder sogar ein Schwert – eigentlich kam alles in Frage, was so eine Form haben konnte.

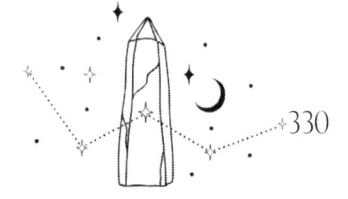

Felix spielte mit dem Gedanken, auf den Mann zuzugehen und ihm ein paar Fragen zu stellen, als dieser abrupt stehen blieb, einen Arm hob und eindeutig in die Richtung der drei Eindringlinge zeigte. Er gab einen kurzen Laut von sich, der verdächtig nach einem »Hey!« klang. Dann lief er in ihre Richtung.

»Verdammt!« Arthur nahm Felix die Worte aus dem Mund.

Erschrocken sahen sie sich um. Der feindselige Dorfbewohner kam auf dem linken Weg angerannt, also fiel dieser schon einmal aus. Der Weg zum Tor führte wieder aus dem Dorf hinaus und somit vom eigentlichen Ziel weg, also drehte Felix sich um und lief nach rechts.

»Das ist eine Sackgasse!«, rief Claudentina, lief ihm aber trotzdem hinterher, und Arthur folgte sofort.

Nach einigen Schritten kam die Flucht vor dem mannshohen hölzernen Zaun zum Stillstand, den Felix von der Weggabelung aus bereits gesehen hatte. Es gab keinen Weg um ihn herum, keine Seitengasse zwischen den Häusern, also sprang Felix den Zaun kurzerhand an und kletterte hinüber. Seine Freunde taten es ihm gleich, und da der Zaun nicht so hoch war wie die Felswand vor dem Dorf, kam auch Arthur auf Anhieb rüber.

Sie landeten stolpernd auf einem flachen Stück Erde, das zu quadratisch war, um natürlich entstanden zu sein. Es handelte sich um ein unbenutztes Blumenbeet am Rand einer kleinen, für die kalte Jahreszeit erstaunlich grünen Wiese. Allerdings hatten sie keine Zeit, sich darüber zu wundern, und liefen weiter.

Die Wiese war umgeben von Zäunen und zwei Häusern, zwischen denen ein kleiner Durchgang anscheinend hinaus auf den Weg führte. Arthur schien dort einen Ausweg zu vermuten, denn er steuerte sofort diesen Weg an. Felix, der es nicht besser wusste, folgte ihm, und Claudentina ebenfalls. Doch sie kamen nicht weit. Zwei weitere weiß gekleidete Gestalten hielten sich auf der anderen Seite der Seitengasse auf. Auch sie führten längliche Gegenstände mit sich, die sich bei genauerem Hinsehen als Schlagstöcke entpuppten. Wer auch immer die Kerle sein mochten; Felix konnte sich nicht vorstellen, dass sie freundlicher waren als der andere.

Nun blieb ihm nur noch zu hoffen, dass eine der beiden Hütten sich von außen öffnen ließ. Die Dächer waren zwar nicht besonders hoch, doch wenn der Verfolger nicht noch vor dem Zaun über seine eigenen Füße stolperte und sich am besten auch noch mindestens ein Bein brach, würde es viel zu lange dauern, dort hinaufzuklettern.

Alle drei schienen auf die gleiche Idee gekommen zu sein, und während Arthur und Claudentina sich das größere der beiden Häuser vornahmen, probierte Felix das kleinere aus. Sein Herz machte einen Sprung, als die Tür nach innen aufging. Er stellte sich in den Rahmen und rief seine Freunde zu sich, die bei ihrem Haus kein Glück gehabt hatten. So schnell sie konnten, liefen alle drei hinein und schlossen die Tür hinter sich. Nur wenige Augenblicke später kam der Verfolger über den Zaun geklettert, achtete jedoch darauf, nicht auf dem Blumenbeet zu landen.

Felix beobachtete zusammen mit den anderen das Geschehen von einem Fenster aus, das ihnen einen guten Überblick über den ganzen Hof gewährte. Sie selbst hingegen konnten aufgrund der Dunkelheit im Haus nicht gesehen werden. Mit grimmiger, aufmerksamer Miene suchte der Verfolger den Hof ab, kam jedoch zum Glück nicht auf die Idee, die Hütten zu überprüfen. Er rechnete wohl nicht damit, dass eine der Türen offen war. Schließlich bewegte er sich auf die Seitengasse zu und verließ mit schnellen Schritten den Hof.

Erleichtert atmete Felix auf. Erst jetzt bemerkte er, dass er bis gerade eben die Luft angehalten hatte. »Das war knapp.«

»Das heißt aber noch lange nicht, dass wir hier jetzt sicher sind.« Arthurs Stimme war nur ein kaum hörbares Flüstern, als fürchtete er, dass ihre Verfolger sie womöglich noch hören konnten. »Was machen wir als Nächstes?«

»Uns weiter umsehen«, antwortete Felix. »Ich zumindest. Ihr müsst das nicht mit...«

Claudentina fuhr ihm ins Wort, bevor er zu Ende sprechen konnte. »Vergiss es! Jetzt sind wir so weit gekommen. Ich bleibe.«

»Ich auch!«, stimmte Arthur entschlossen zu, diesmal etwas lauter als zuvor. Aber bevor Felix sich darüber freuen konnte, so treue Freunde zu haben, warf Arthur schnell noch hinterher: »Ich hab doch keine andere Wahl! Wenn ich gehe und du nicht zurückkommst, muss ich unser Zimmer im Hostel alleine bezahlen!«

Claudentina lachte auf. »Da bin ich ja froh, dass ich nicht deine Sorgen habe, Arthur!«

Felix erlaubte sich, ebenfalls zu lachen, wenn auch nur kurz. Dann wurde er wieder ernst und blickte aus dem Fenster, um den Hof zu beobachten. Er verstand es als seine Aufgabe, seine Freunde aus dieser heiklen Lage herauszuholen, in die er sie überhaupt erst gebracht hatte. Wenn sie alle erst einmal in Sicherheit waren, konnten sie so viel lachen, wie sie wollten.

Draußen blieb es ruhig. Das Einzige, was sich bewegte, war eine am Seil hängende Laterne, die im Wind leicht schaukelte. Dabei fiel ihr Licht für einen Augenblick auf ein Blumenbeet in einer der Ecken, das jedoch nicht leer war wie das neben dem Zaun, sondern einen leuchtend grünen, etwa kniehohen Busch mit wunderschönen, violetten Blüten hervorgebracht hatte.

Felix wollte gerade einen Schritt hinaus wagen, als ihm diese Pflanze draußen auffiel. Er blieb am Fenster stehen und sah sie sich genauer an, bevor er die anderen darauf aufmerksam machte.

»Ein Busch.« Arthurs tonlose Fest-stellung klang nicht gerade begeistert. »Toll. Was ist damit?«

»Arthy, wir sind doch vorhin gefühlte fünf Stunden durch den Wald gelaufen«, erinnerte ihn Felix. »Hast du während dieser Zeit irgendeinen blühenden Busch gesehen?«

Stille. Sie alle starrten nach seinen Worten nur noch den Busch an. Da war noch ein weiteres bewachsenes Beet, aus dem eine hohe Pflanze mit einem langen, kräftig aussehenden Stiel wuchs, ebenfalls mit violetten Blüten, die selbst in der Dunkelheit auffällig funkelten.

»Oh, jetzt verstehe ich, was du meinst«, sagte Claudentina. »Diese Pflanzen sind ...«

»... nicht auf natürlichem Wege entstanden, so viel steht fest«, führte Felix den Satz zu Ende.

»Seid ihr sicher?«, fragte Arthur. »Also, ich hab so ein Gewächs wie das da drüben noch nie gesehen.« Er zeigte auf die Pflanze mit dem langen Stiel. »Vielleicht gibt es die bei uns einfach nur nicht. Aber es kann doch trotzdem Pflanzen geben, die bei dieser Kälte überleben.«

Felix schüttelte den Kopf, ohne daran zu denken, dass die anderen diese Geste in der Dunkelheit nicht sehen konnten. »Das wäre mir ein zu großer Zufall. Schau dir doch die Blüten an, die Farbe, wie sie in der Dunkelheit leuchten! Wetten, bei mir fängt's zu kribbeln an, wenn ich die mal anfasse?«

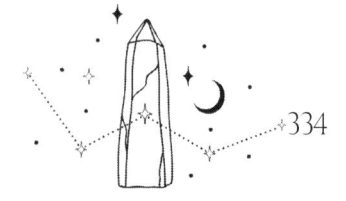

»Fee, der wandelnde Pendulum-Detektor.« Arthurs Seufzen klang genervt, resignierend, als hätte er absolut keine Lust mehr auf weitere Entdeckungen, die das Pendulum betrafen. »Na gut, immerhin ist das um einiges leichter zu glauben als die Geschichte mit dem teleportierenden Regal. Und wenn sogar die wahr zu sein scheint ...«

»Das wäre jedenfalls eine mögliche Erklärung dafür, dass diese Pflanzen nicht erfrieren«, vermutete Claudentina. »Das Pendulum macht sie stärker und widerstandsfähiger.«

»Ja. Und ich bin gespannt, was es hier noch alles zu entdecken gibt.« Felix warf noch einen letzten prüfenden Blick über den ganzen Hof, schlich dann zur Tür und öffnete sie so leise wie möglich. Keiner der Männer mit den Schlagstöcken war zu sehen. Er bewegte sich weiter zu der Lücke zwischen den Häusern, wobei er eine weitere dieser Pflanzen bemerkte, die er vom Fenster aus nicht gesehen hatte. Die Versuchung, tatsächlich hinzugehen und eine der Blüten zu berühren, war groß. Er hätte zu gerne gewusst, ob er mit seiner Vermutung Recht hatte. Aber angesichts der Lage, in der er sich befand, entschied er sich dagegen.

Die Luft war rein. Auf dem Weg, zu dem die Lücke führte, hielt sich im Moment keiner auf. Dennoch bedeutete Felix den anderen, hinter ihm zu bleiben. Er drückte sich rücklings an eine Wand und wagte einen vorsichtigen Blick um die Ecke – immer noch nichts potenziell Bedrohliches. Der Verfolger hatte wohl seine Freunde alarmiert, die nun zusammen weiter im Inneren des Dorfes suchten. Zumindest hätte Felix das so gemacht.

»Was ist das?« Claudentinas Flüstern riss ihn aus seinen Gedanken und er folgte ihrem Blick hinauf zu den Hausdächern. Über einem der Dächer auf der rechten Seite stieg Rauch auf.

»Das kommt jedenfalls nicht aus einem Schornstein«, sagte Arthur.

»Aber vielleicht ist das der Grund dafür, dass die Bewohner nicht in ihren Häusern sind.« Felix ahnte Übles. »Schauen wir mal nach.«

Wieder ging er voraus und blieb an jeder Ecke stehen, um nicht aus Versehen jemandem in die Arme zu laufen. Das Dorf schien nicht besonders groß zu sein. Einige der Bauten sahen aus wie Geschäfte und Stände, ähnlich wie in Nerbesar, doch auch dort hielt sich niemand auf – abgesehen von den weiß gekleideten Wächtern, die hier und da lauerten, aber gut zu umgehen waren. Offenbar waren noch nicht alle auf dem neuesten Stand, was die Eindringlinge betraf, sonst wären sie aufmerksamer.

Während die Gruppe den ominösen Rauchzeichen folgte, kam sie näher an den Rand des Dorfes, bis irgendwann vor ihrer Nase ein Stück Wald auftauchte. Felix sah nach oben. Der Rauch führte immer noch weiter in diese Richtung, also betrat er den Wald. Dort gab es ohnehin bessere Möglichkeiten, sich vor den Wächtern zu verstecken. Weit mussten sie nicht mehr gehen, denn nach einigen Schritten erreichten sie eine Lichtung.

Doch wie sich herausstellte, waren sie dort nicht allein. Felix hielt inne bei dem Anblick einer großen Gruppe von Menschen, die sich auf der Lichtung versammelt hatten. Mit gesenkten Köpfen saßen sie im Kreis auf dem Gras, stumm und nahezu reglos, und nahmen allem Anschein nach keine Notiz von den drei fremden Jugendlichen. Felix suchte sich schnell ein Versteck hinter einem Baum, seine Freunde taten es ihm gleich. Er zählte auf die Schnelle vierzig bis fünfzig Erwachsene, kein einziges Kind unter ihnen. Was sie da trieben, konnte er allerdings nicht erkennen.

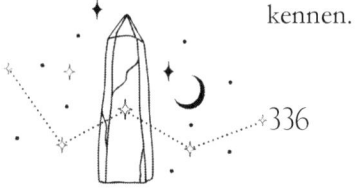

»Hier sind also die Dorfbewohner alle abgeblieben!«, schlussfolgerte Claudentina.

»Aber was treiben die da?«, wunderte sich Arthur. »Ist das ein ... Was *ist* das? Eine Sekte?«

Anders als im Fall der Wächter war bei den vermeintlichen Dorfbewohnern keine einheitliche Kleidung zu erkennen. Auch die Menschen an sich sahen sehr verschieden aus. Es erinnerte an Nerbesar.

Aber obwohl hier keiner dem anderen glich, bedeutete das nicht, dass sie nicht trotzdem eine Einheit bilden konnten. Arthur lag womöglich gar nicht so falsch mit seiner Vermutung. Was auch immer diese Leute machten, es ähnelte einem Ritual oder einem Gebet. Ob das nun ausreiche, um von einer Sekte zu sprechen, wollte Felix nicht beurteilen, aber auffällig war es auf jeden Fall.

Nun entdeckte er auch die Quellen der vermeintlichen Rauchzeichen, die ihn und die anderen hierher geführt hatten. Der Rauch stieg von vier brennenden Feuerstellen auf, die so platziert waren, dass sie die vier Himmelsrichtungen zu markieren schienen. Davor saß jeweils ein Mann in einer langen, verschiedenfarbigen Robe mit einem Korb neben sich auf dem Boden. In der Mitte des Sitzkreises befand sich ein kreisrundes Loch im Boden, etwa so groß wie ein Gullydeckel, vielleicht auch größer. Felix konnte es schlecht abschätzen.

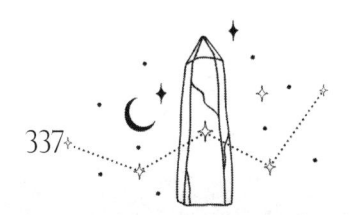

Um das Loch herum waren vier Sockel aufgebaut, auf jedem davon wiederum eine große, goldene Schale, die wohl mit etwas gefüllt sein musste. Zwischen dem Zentrum des Kreises und den stillsitzenden Menschen ragten mehrere Fackeln aus dem Boden. Das Ganze war recht hübsch angeordnet, spendete aber wenig Licht. Aber vielleicht war ja genau das der Sinn der Sache – man wollte eine mystische, düstere Stimmung schaffen. Falls dies das Ziel gewesen sein sollte, funktionierte es jedenfalls.

Die Atmosphäre zog sogar Felix derart in ihren Bann, dass er regelrecht erschrak, als sich plötzlich etwas bewegte. Einer der Männer an den Feuerstellen – der in der roten Robe – erhob sich und ging mit seinem Korb auf die Kreismitte zu. Kurz darauf taten die anderen drei Robenträger es ihm gleich. Unter den Augen der stillen Menschenmenge, zu der nun auch Felix und seine Freunde gehörten, suchte sich jeder einen Sockel aus, vor dem er seinen Korb platzierte.

Aus dem Augenwinkel sah Felix eine weitere Person, die sich bewegte. Noch geheimnisvoller als die anderen, das Gesicht verborgen unter der Kapuze ihrer violetten Robe, erschien sie am Waldrand. Vielleicht lag es nur daran, aber beim Anblick dieser vermummten Gestalt bekam Felix ein flaues Gefühl in der Magengegend. Er ließ sie nicht mehr aus den Augen, während sie sich zu den anderen Männern gesellte und ebenfalls einen Korb mitbrachte.

Nun zu fünft, nahmen die Robenträger je eine Flasche aus ihren Körben. Gleichzeitig stimmte der Rest der Gesellschaft einen leisen Gesang in einer seltsamen Sprache an, der Felix erschaudern ließ. Wo war er hier nur hineingeraten?

Claudentina schien darauf bereits eine Antwort zu haben. »Ich glaube, du hattest Recht! Das sieht mir schon sehr nach Sekte aus«, flüsterte sie Arthur zu.

»Und anscheinend halten sie gerade ein Ritual ab«, erwiderte dieser, sichtlich angespannt. »Hat jemand zufällig eine Kamera dabei?«

Die Männer hielten die Flaschen in die Höhe, öffneten sie gleichzeitig – sie taten einfach *alles* gleichzeitig – und fingen an, den Inhalt in die Schalen zu leeren. Dunkelrote Flüssigkeit wurde vergossen, während der letzte im Bunde, der in der violetten Robe, seine Flasche über dem Loch im Boden ausschüttete.

Felix riss die Augen weit auf, als er zu erkennen glaubte, was hier vor sich ging. »Diese Flüssigkeit! Ist das ...«

Blut?

Als die Flaschen leer waren, legten die Männer sie zurück in die Körbe, nahmen in der gleichen Bewegung weitere volle Flaschen heraus und leerten auch diese über den Schalen und dem Loch im Boden aus. Die Sitzenden hörten derweil nicht auf, ihren leisen Singsang immer wieder zu wiederholen, was die Zeremonie noch unheimlicher machte. Auf die zweite Runde des Blutvergießens folgte eine dritte, bis die Schalen schließlich überliefen, aber das schien keinen der Anwesenden zu stören.

Eine vierte Runde gab es nicht. Dieser Teil der Zeremonie war wohl nun beendet – zumindest für den Mann in der violetten Robe, der plötzlich seine letzte Flasche so hart auf den Boden schleuderte, dass sie zerbrach. Dabei fluchte er auf Italienisch; Felix konnte lediglich Wortfetzen verstehen. Alle anderen starrten den sichtlich aufgebrachten Mann an, der Gesang der Sitzenden verstummte. Offenbar gehörte das nicht zum Ritual.

Der Mann in Grün fing ebenfalls an zu sprechen, woraufhin alle wild durcheinander redeten und Geflüster unter den Sitzenden entstand. War etwas schiefgelaufen?

Felix spitzte die Ohren, glaubte herauszuhören, dass der Mann in der blauen Robe Französisch sprach. Seine Worte waren schwer zu verstehen, aber nicht, weil er zu schnell oder hektisch sprach, sondern weil alle gleichzeitig sprachen. Er sagte etwas darüber, dass sie momentan eben noch darauf angewiesen seien, das normale Blut zu verwenden, und man daran im Moment nichts ändern könne. Außerdem erwähnte er die Phasen des Mondes, was Felix aber nicht mehr richtig verstand – die Hand, die ihn plötzlich von hinten an der Schulter packte, lenkte ihn zu sehr ab. Er wirbelte herum, außer sich vor Schreck.

Oh Scheiße! Felix erkannte einen der Wächter. Der Blick, der ihn traf, war kalt und hart – genau wie der Knüppel in der Hand des Uniformierten. Instinktiv riss Felix die Hände vors Gesicht, wartete auf den Schlag. Doch dazu kam es nicht; Arthur griff zuerst an, indem er sich gegen den Mann warf und diesen aus dem Gleichgewicht brachte.

»Weg hier!« Claudentinas Warnung war überflüssig. Felix konnte selbst sehen, dass aus Richtung Dorf weitere Wächter heranstürmten, und Arthur sicherlich auch; die Bergdorfpolizei verhielt sich nicht gerade unauffällig. Der einzige Ausweg führte tiefer in den Wald hinein. Felix wechselte einen Blick mit seinen Freunden, machte eine Kopfbewegung in die Richtung, die ihm am sichersten erschien, und sie liefen los.

Die Rufe der Wächter hinter ihnen stachelten sie an, noch schneller zu rennen. Bereits nach wenigen Schritten war Felix so sehr damit beschäftigt, auf den Untergrund vor sich zu achten, dass er seine Freunde aus den Augen verlor. Er sah sich zu beiden Seiten flüchtig nach ihnen um, konnte sie jedoch nirgendwo entdecken. Rannten sie überhaupt noch in dieselbe Richtung? Das gefiel ihm nicht. Er wollte in dieser fremden Umgebung nicht allein sein. Und dass die anderen es alleine mit diesen Wächtern zu tun bekamen, wollte er noch weniger. Sie mussten zusammenbleiben!

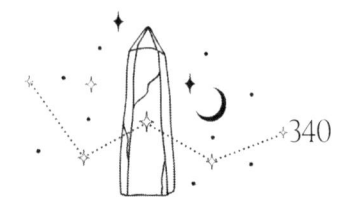

Doch er konnte jetzt nicht stehen bleiben und sich umsehen, nicht mit den Wächtern auf den Fersen. Also rannte er weiter, einfach nur weg von der Versammlung im Wald, und hoffte, dass seine Freunde ebenfalls entkommen würden.

Nachdem er eine Weile ziellos in der Gegend herumgelaufen war, kam er über einen Umweg ins Dorf zurück. Ein Blick über die Schulter verriet ihm, dass niemand mehr hinter ihm her war, und er gönnte sich eine Pause – gerade lange genug, um wieder Luft zu schnappen, denn für mehr hatte er keine Zeit. Noch war er nicht außer Gefahr, seine Freunde ebenso wenig, und um diese machte er sich momentan die größten Sorgen. Sein Herz raste weiterhin, nicht nur, weil er gerade so lange gerannt war. Er musste sich beruhigen.

Tief durchatmend, mit einer Hand auf der Brust, blickte er nach vorne und versuchte, seine Lage einzuschätzen. Nach allem, was er bisher gesehen hatte, konnte das Dorf nicht allzu groß sein; groß und fremd genug, um ihn einzuschüchtern, aber trotz allem überschaubar, und die meisten Bewohner waren vermutlich noch im Wald. Es sollte also nicht allzu schwer sein, die unverschlossene Hütte im Hof unbemerkt wiederzufinden; ein besseres Versteck fiel ihm auf die Schnelle nicht ein.

Dennoch sah er sich nach Alternativen um. Da war ein Abgrund zu seiner Rechten, von dem das Geräusch plätschernden Wassers ausging. Wahrscheinlich verlief ein Fluss am Grund der Schlucht. Eine dünne, hölzerne Brücke führte hinüber zu einem Vorsprung, der aus einer steilen Felswand hervorragte. Das war weder ein gutes Versteck noch gab es dort etwas Besonderes zu sehen – warum also die Brücke? Aber das war ja nicht das Einzige an diesem Dorf, was Felix nicht verstand.

Dort musste er es jedenfalls gar nicht erst versuchen. Die Hütte von vorhin erschien ihm nach wie vor die beste Option zu sein, und er machte sich auf die Suche danach. Mit etwas Glück würden seine Freunde auf die gleiche Idee kommen.

Die Wächter wirkten auf den ersten Blick furchteinflößend, verhielten sich aber nicht besonders intelligent. Offenbar hatte kein Einziger von ihnen damit gerechnet, dass die Eindringlinge aus dem Wald ins Dorf flüchten könnten. Entsprechend unbewacht waren die Gassen, durch die Felix huschte; er musste sich nicht einmal verstecken. Als er die Hütte schließlich wiederfand, war sie immer noch dunkel und unverschlossen.

In der Sicherheit des kleinen Hauses atmete er durch, nachdem er die Tür von innen geschlossen hatte. Seine Freunde schienen allerdings nicht da zu sein. Er hoffte, dass es ihnen gut ging und sie ein anderes Versteck gefunden hatten, während er sich im Stillen über sich selbst ärgerte. Seine Hände wurden zu zitternden Fäusten, am liebsten hätte er irgendetwas umgeworfen oder kaputtgeschlagen. Warum hatte er die beiden nur mitkommen lassen? Jetzt schwebten sie in Gefahr und er machte sich Sorgen. Wie er es doch hasste, sich Sorgen zu machen!

Doch im Moment blieb ihm nichts anders übrig, als zu warten. Eine Ablenkung musste her. Diese Hütte war möglicherweise bewohnt – vielleicht fand er hier irgendwelche Hinweise auf das, was im Dorf vor sich ging. Also entspannte er seine Hände, packte die Taschenlampe aus und benutzte sie, um in dem Raum nach etwas Interessantem zu suchen. Dabei achtete er jedoch darauf, dass kein Lichtstrahl in die Nähe des Fensters gelangte. Wieder einmal war er froh, sie bei sich zu haben.

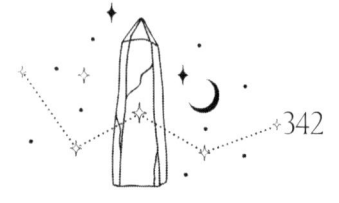

Seine Umgebung war eine unspektakuläre Mischung aus Küche und Wohnzimmer auf engstem Raum. Eine unauffällige Tür in der Ecke führte in ein winziges Bad, eine andere in ein Schlafzimmer. Dort gab es keine Fenster, wie Felix schnell feststellte, also schloss er die Tür hinter sich und schaltete das Licht an.

Das Schlafzimmer fiel in erster Linie dadurch auf, wie unauffällig es war. Felix hatte erwartet, Fotos zu finden, oder irgendetwas anderes, womit er sich ein Bild von dem Bewohner machen konnte. Stattdessen fand er nur ein Bett, einen Kleiderschrank und einen Schreibtisch mit Stuhl. Doch wenn er es sich recht überlegte, war womöglich gerade dieses Fehlen persönlicher Gegenstände ein Hinweis auf die Art von Persönlichkeit, die hier wohnte.

Felix kümmerte sich nicht weiter darum, denn eigentlich suchte er nur nach Hinweisen auf die Vorgänge im Dorf. Das kleine, aufgeschlagene Büchlein auf dem Schreibtisch konnte ein guter Anfang sein. Ein kurzer Blick auf die von Hand geschriebenen Worte auf dem linierten Papier reichte ihm, um eine Vorstellung davon zu bekommen, worum es sich dabei handelte. Es sah aus wie ein Tagebuch – ein Volltreffer also! Ein siegessicheres Lächeln breitete sich über sein Gesicht aus. Gerade private Informationen konnten in diesem Fall sehr nützlich sein.

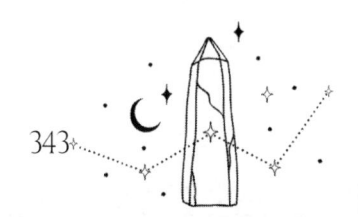

Nicht so nützlich war, dass der Verfasser des Tagebuchs sich für seine Einträge der italienischen Sprache bedient hatte, und das Lächeln verschwand wieder aus seinem Gesicht. Im Grunde war das keine große Überraschung. Aber nachdem bei der Zeremonie im Waldstück auch Französisch gesprochen worden war, hatte Felix insgeheim auf eine Sprache gehofft, die er verstand. Dennoch versuchte er es und stieß beim Überfliegen des Textes auf das Wort »ponte«, das ihm bekannt vorkam. Eine Erinnerung stieg in ihm auf.

»Ponte«, murmelte er vor sich hin, während er mit angestrengt darüber nachdachte, wo er etwas Ähnliches schon einmal gehört hatte. »Ponte, Ponti... Pont!«

Das war es! Eines der französischen Wörter, die er mit Arthur für den Vokabeltest gelernt hatte. *Le pont* – die Brücke. Also hatte der Tagebucheintrag mit der seltsamen Brücke zu tun, die er zuvor gesehen hatte, und die scheinbar nur direkt vor eine Felswand führte.

Neugierig kramte er das Wörterbuch seiner Mutter hervor und fing an, den Text zu übersetzen. Seine Kenntnisse von einigen anderen Sprachen, die dem Italienischen ähnelten, halfen ihm dabei. Der Besitzer des Tagebuchs war entweder noch nicht lange an diesem Ort oder sehr leicht zu begeistern. Die ganze erste Seite handelte davon, wie viel Neues man hier jeden Tag erfuhr, und wie *bello* und *interessante* und *incredibile* alles war. Felix übersprang einige Absätze und las dort weiter, wo er glaubte, etwas Wichtiges finden zu können. Glücklicherweise war zumindest die Handschrift leserlich.

Einigermaßen spannend wurde das Ganze erst ab der dritten Seite. Der Vorsprung jenseits der Brücke führte angeblich zu einem versteckten Eingang in der Felswand, durch den man in eine äußerst interessante Höhle gelangte. Zu seinem großen Bedauern hatte der Verfasser diese noch nie von innen gesehen. Felix wunderte sich nicht, als er in einem der darauffolgenden Sätze las, dass diese Höhle von den Dorfbewohnern als »Grotta di Dio« bezeichnet wurde – eine »Höhle Gottes«.

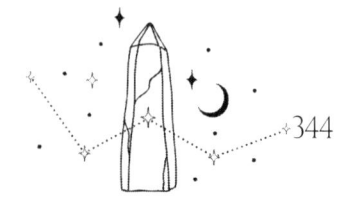

Also geht es hier tatsächlich um irgendeine Art von Religion. Wer sonst würde an eine »Höhle Gottes« glauben? Beten sie mit ihrer komischen Zeremonie von vorhin diesen Gott an, der in der Höhle haust? Und war überhaupt schon mal einer von ihnen da drin?

Die unheimliche Versammlung im Wald war Felix von Anfang an verdächtig vorgekommen. Trotzdem war es seltsam, seinen Verdacht schwarz auf weiß bestätigt zu sehen. Mit gerunzelter Stirn blätterte er um, und tatsächlich – auf der nächsten Seite war neben ein paar weiteren Worten der Verwunderung und des maßlosen Erstaunens von der Wiederauferstehung eines längst vergessenen Kultes die Rede. Ein Projekt, das nach der Meinung des Verfassers nun endlich Wirklichkeit werden würde. Immer wieder konnte Felix die gleichen Begriffe lesen: »Elementari«, irgendetwas mit Magie, und ein bisschen weiter unten, wenig überraschend, auch das Wort »Pendulum«.

Er fragte sich gerade, ob in dem Text womöglich auch etwas über die Pflanzen im Hof stand, als er auf einmal hörte, wie eine Tür geöffnet wurde. Da kam jemand! Sofort griff er nach dem Wörterbuch und verstaute es in seiner Jacke, während er sich schnell, aber leise in den Kleiderschrank quetschte. Wäre er nur ein bisschen größer gewesen, hätte er das vergessen können.

Die Schritte kamen näher, Felix hielt den Atem an. Zu spät fiel ihm ein, dass er vergessen hatte, das Licht auszuschalten. Er überlegte kurz, das noch nachzuholen, sah aber ein, dass dafür keine Zeit mehr blieb. Wer auch immer da gerade im Hauptraum nebenan war, konnte jede Sekunde hereinkommen. Und wenn es wirklich der Bewohner dieser Hütte war ...

Vielleicht glaubt er ja, er hätte das Licht selbst angelassen. Hat ja auch vergessen, die Tür abzuschließen!

Dann wurde die Tür zum Schlafzimmer geöffnet und es kam tatsächlich jemand herein. Felix verharrte zusammengekauert im dunklen Schrank und spitzte die Ohren, um alles zu hören, was es draußen zu hören gab. Zunächst war das nicht viel. Wer auch immer mit ihm im Raum war, verhielt sich absolut still. Möglicherweise sah der andere sich gerade verwundert um und fragte sich, warum in seinem Zimmer das Licht brannte, obwohl er es bei seiner Ankunft nicht angeschaltet hatte. Mit etwas Glück würde er wirklich glauben, dass er es hatte brennen lassen, als er zuletzt aus dem Haus gegangen war.

Und wenn ich kein Glück habe? Scheiße! Trotz der aufsteigenden Panik bewahrte Felix die Ruhe. Etwas anderes konnte er im Moment nicht tun. Er rührte sich nicht und gab keinen Mucks von sich. *Sollte er den Schrank aufmachen, springe ich ihn an! Durch den Schreckmoment hab ich vielleicht eine Chance zu entkommen.*

Die Stille hielt noch einige Sekunden an, dann setzte sich die Person wieder in Bewegung.

Aber Moment mal – was, wenn das Arthur oder Claudentina ist? Vielleicht ist einer von ihnen hier, oder sogar beide, und jetzt suchen sie nach mir!

Er würde es gleich erfahren.

Etwas rüttelte an den Knäufen der Schranktüren. Die Nervosität brachte Felix zum Zittern, während er noch überlegte, was er tun sollte. Angreifen und wegrennen oder erst einmal genau hinsehen, auch wenn er dadurch das Überraschungsmoment verlor? Ihm würde bestenfalls eine Sekunde bleiben, um sich zu entscheiden.

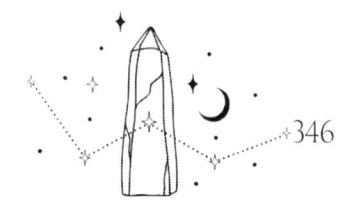

20
DIE MACHT DER ELEMENTE

Das Erste, was Felix sah, als die Schranktür sich öffnete, war eine hellblaue Jeans, die am Knie des rechten Beins zerrissen war. Keiner seiner Freunde trug so etwas, und da sich abgesehen von ihm nur Freunde und Fremde in der Stadt befanden, konnte es sich in diesem Fall also nur um einen der Letzteren handeln.

Ohne nur noch eine Sekunde zu verschwenden, stürzte Felix sich auf die Person. Diese reagierte zu seinem Erstaunen sehr schnell, und sollte der Überraschungsangriff sie tatsächlich überrascht haben, ließ sie es sich nicht im Geringsten anmerken.

»Loslassen!«, rief Felix, als zwei starke Hände ihn packten.

»Hör auf zu zappeln, Felix, ich tu dir nichts!«

Augenblicklich erstarrte Felix in seiner Bewegung. Diese Stimme – er erkannte sie! Verwundert blickte er auf zu seinem Gegenüber, das etwa einen halben Kopf größer war als er und eine undurchsichtige, schwarze Sonnenbrille trug. Er schluckte, blinzelte.

Was macht ausgerechnet er hier?

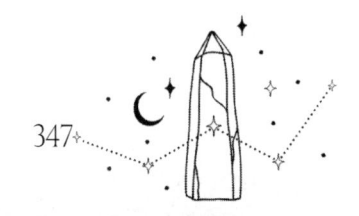

»Alles okay bei dir?«, fragte Micco. »Kann ich dich wieder loslassen, ohne dass du mich gleich angreifst?«

Felix fiel ein riesiger Stein vom Herzen, als er begriff, was das bedeutete. Er war nicht in Gefahr – zumindest nicht in diesem Moment. Mit der Anspannung wich auch der Teil seiner Kraft aus seinem Körper, den er zum Kämpfen benötigt hätte, und er beruhigte sich etwas. Also war es wirklich Micco gewesen, den er in Nerbesar gesehen hatte. Und er war nicht mehr alleine in dieser nervenaufreibenden Situation, die ihn verrückt zu machen drohte.

»Ist ja gut.« Micco schenkte Felix, der einen sehr aufgelösten Eindruck machen musste, ein optimistisches, wenn auch etwas gezwungenes Lächeln. »Also, was hast du hier zu suchen? Wolltest du nicht über die Ferien nach Italien?«

Felix sah ihn verständnislos an. »Micco, wir *sind* in Italien. Was machst *du* hier?«

Nun war es Micco, der verwirrt wirkte. Seine Augen waren nach wie vor nicht sichtbar, seine gerunzelte Stirn aber schon. Scheinbar in Gedanken verloren, ließ er Felix los und trat zurück. Offensichtlich glaubte er, dass sie in Italien waren, und wirkte nicht einmal sonderlich überrascht, nur verwirrt. Ob er doch mehr wusste, als er zugeben wollte?

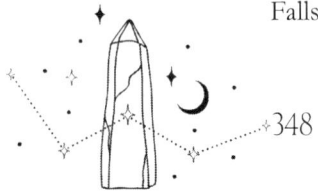

Felix war immer noch erleichtert, dass Micco ihn gefunden hatte und nicht ein Bewohner dieses unheimlichen Dorfes, aber so richtig entspannen konnte er sich noch nicht. Solange sein Gegenüber nicht ganz offen zu ihm war, musste er wachsam bleiben. Außerdem bemerkte er erneut, was ihm bereits aufgefallen war, als er Micco flüchtig aus der Ferne in Nerbesar gesehen hatte – dass dieser überhaupt nicht den Außentemperaturen entsprechend gekleidet war. Besonders seine nackten Arme waren der Kälte schutzlos ausgesetzt, aber seine Hautfarbe wirkte normal und er zitterte nicht einmal. Falls er draußen gefroren hatte, gab es jedenfalls keine äußeren Anzeichen dafür, obwohl er, wenn er von Nerbesar bis hierher zu Fuß gekommen war, eine ganze Weile unterwegs gewesen sein musste.

»Italien also.« Micco sprach mehr zu sich selbst als zu Felix. »Hier führt das Regal hin.«

Felix spitzte die Ohren. »Was hast du gerade gesagt?«

Micco sah ihn ernst an. »Ich muss mich bei dir entschuldigen. Du hattest Recht.«

»Womit denn?«, bohrte Felix ungeduldig weiter, den Blick fest auf Micco fixiert. Er wollte die Wahrheit, hier und jetzt.

»Mit allem, was du über meinen Vater gesagt hast, mit deinem Misstrauen ihm gegenüber.« Micco setzte sich auf das Bett und seufzte schwer. »Als wir uns das letzte Mal begegnet sind, wollte ich dir zwar nicht glauben, aber was du gesagt hast, hat mich neugierig gemacht. Also hab ich ihm nachspioniert. Als er heute Nachmittag zur Arbeit gegangen ist, bin ich ihm unauffällig gefolgt. Zuerst ist er in sein neues Büro gefahren – das im Weisenhaus, wo wir uns vor einem Monat zufällig getroffen haben, du weißt schon. Mein Vater hat es übernommen, nachdem der vorherige Mieter verschwunden ist.«

Felix erinnerte sich. »Der vorherige Mieter war Klaus Bachmann. Du weißt aber nicht zufällig, was der in seinem Büro gemacht hat, oder?«

Micco schüttelte den Kopf. »Absolut keine Ahnung. Aber unter seinem Zeug, das rausgeschafft wurde, bevor mein Vater mich seine Sachen hat hinbringen lassen, waren viele Bilder vom Meer und von Fischen. Das könnte nur ein persönliches Hobby von diesem Bachmann gewesen sein, aber vielleicht hat er sich auch beruflich damit beschäftigt. Oder beides. Über sein Verschwinden heißt es ja, er wäre von einem Ausflug an den See nie zurückgekehrt.«

Meer, Fische, See. Felix dachte nach. Er hatte Klaus Bachmann nie persönlich kennen gelernt, wusste nicht einmal, wie er aussah, und sein Vater hatte nie von ihm erzählt, obwohl ihre

Büros fast nebeneinander gelegen hatten. Doch vieles im Leben des Mannes schien mit dem Element Wasser zu tun zu haben.

»Jedenfalls konnte ich meinem Vater ins Büro nicht folgen, weil er mich sonst bemerkt hätte, daher weiß ich nicht, was er dort gemacht hat«, fuhr Micco fort. »Aber danach ist er zur Kirche gefahren.«

»Zur Kirche der Heiligen Theresa?«

»Genau. Ich wusste, dass er dort einen Geheimraum hat, schon bevor du mir davon erzählt hast, aber ich war selbst noch nie dort. Aber heute bin ich ihm gefolgt. Er war nicht da, als ich ankam, also konnte ich mich in Ruhe umsehen. Dieser Ort ist wirklich unheimlich!«

»Wie kommt er denn überhaupt dazu, diesen Raum für sich zu nutzen?« Felix kam sich ein wenig unbeholfen dabei vor, so viele Fragen nacheinander zu stellen. Doch er musste die Gelegenheit nutzen und alles fragen, was ihm auf der Zunge lag, solange Micco noch so ungewöhnlich redselig war. »Denkst du, die Heilige Theresa gehört in Wirklichkeit zu der Sekte da draußen?«

»Nein, mit der Kirche ist alles in Ordnung«, meinte Micco. »Er hat nur einen Deal mit dem Pfarrer. Weil seine Forschung so geheim wie möglich bleiben sollte, brauchte er dafür einen Ort, wo man mit so etwas nicht rechnen würde. Er hat eine ziemlich gute Wahl getroffen, wenn du mich fragst, denn niemand würde erwarten, ein wissenschaftliches Labor ausgerechnet im Keller einer Kirche vorzufinden. Im Gegenzug ist der Pfarrer, der im Pendulum etwas Göttliches sieht, immer der Erste, der von den Forschungsergebnissen erfährt. So hat mir mein Vater das zumindest erzählt.« Er atmete tief durch. »Jetzt weiß ich, dass es nie eine richtige Forschung gegeben hat, oder zumindest keine von der Art, wie er immer behauptet hat.«

»Und woran hast du erkannt, dass er nicht die Wahrheit sagt?«

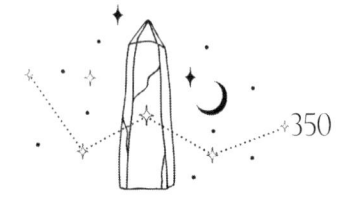

»Daran, dass ihm dort unten die Instrumente für medizinische Forschung fehlen, und an den Büchern in den Regalen, die mit ernst zu nehmender Wissenschaft absolut nichts zu tun haben. Im Gegenteil, es geht darin um irgendwelche Götter, Rituale, Esoterik ... von einer Art, wie man sie sonst nur aus Filmen kennt. Ich frage mich, ob er wusste, dass ich ihm gefolgt bin, und wollte, dass ich das sehe. Der Eingang hinter dem Wandteppich lässt sich nämlich so verschließen, dass man nicht sehen kann, dass dort was ist, und trotzdem war er offen, als ich gekommen bin.«

Das erklärte so einiges. Zum Beispiel, wie es sein konnte, dass der Eingang plötzlich nicht mehr da gewesen war, als Felix und die anderen ihn der Polizei hatten zeigen wollen.

Irgendjemand muss uns gesehen und ihn verschlossen haben, während wir draußen waren. Vielleicht war der Pfarrer so spät noch in der Kirche und wir haben ihn nur nicht bemerkt!

»Was mich aber am meisten gestört hat, war die Geschichte von den Elementaren«, fügte Micco noch hinzu.

Elementare ... Diesen Begriff hatte Felix in italienischer Form auch schon im Tagebuch des Besitzers dieser Hütte gelesen. Und dass er und Micco sich gerade in der Montagna Elementare befanden, was übersetzt so viel hieß wie »Elementargebirge« ... Nein, es war sicherlich kein Zufall, dass das teleportierende Regal des Blutmagiers ausgerechnet in diese Gegend führte.

»Was sind Elementare?«, fragte Felix, nur um sich zu vergewissern, dass er und Micco dasselbe meinten.

Micco kratzte sich am Kopf. »Na ja, falls es die wirklich gibt, sollen das Menschen sein, die die vier Elemente in sich tragen, oder mindestens eins davon. Angeblich sollen sie die Essenzen von Feuer, Wasser, Erde oder Luft im Blut haben, und das reagiert wiederum empfindlich auf das Pendulum. Laut den Büchern meines Vaters können Elementare sogar Visionen haben, wenn Pendulum in der Nähe ist. Und nicht nur das. So wie ich es verstanden habe, beschäftigen sie sich auch vorwiegend mit Dingen, bei denen sie ganz in ihrem Element sind. Ich könnte mir denken, dass zum Beispiel Erdmenschen sich gerne in freier Natur aufhalten, und Luftmenschen dort, wo es windig zugeht.«

Felix' Augen waren starr auf Micco gerichtet. Doch in Wahrheit blickte er durch sein Gegenüber hindurch, während er sich einen Moment Zeit nahm, um das alles zu verarbeiten. Nun ergab alles einen Sinn .

Klaus Bachmann, scheinbar ein Wasser-Liebhaber, verschwindet spurlos beim Schwimmen, ein Feuerwehrmann verschwindet während eines Einsatzes in der brennenden Grundschule. Das ist doch kein Zufall!

Die Schwierigkeit bestand nun darin, diese Gedanken für Micco in Worte zu fassen, eine weitere Theorie über seinen Vater mit ihm zu teilen, die alles andere als schön war. Felix schwirrte der Kopf, als er sich auf den Stuhl am Schreibtisch setzte.

»Und?« Micco sah ihn erwartungsvoll an. »Was hältst du von diesem ganzen Quatsch?«

»Ich glaube ehrlich gesagt nicht, dass es alles nur Quatsch ist«, antwortete Felix. »Aber ich fürchte, du wirst mir wieder nicht glauben ...«

»Nur raus damit«, ermutigte Micco ihn. »Falls es was mit meinem Vater zu tun hat, sag's einfach. Nach allem, was ich in seinem geheimen Gruselkeller gesehen hab, kann mich so schnell nichts mehr erschrecken.«

Felix bewunderte diesen Optimismus. So hatte er selbst schon des Öfteren gedacht, kurz bevor seine Welt aus den Fugen geraten war. Aber Micco war viel gefasster als er, zumindest nach außen hin. Vielleicht sogar gefasst genug, um die Wahrheit zu ertragen. *Nun, wir werden sehen.*

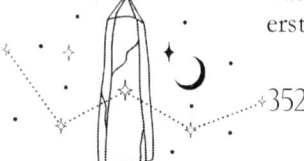

»Okay. Aber sag hinterher nicht, ich hätte dich nicht gewarnt!« Felix überlegte, wo er anfangen sollte. Am besten am Anfang selbst. »Ich weiß noch genau, was dein Vater zu mir gesagt hat, als wir uns das erste Mal begegnet sind. ›Blut spritzt auf die Erde, Blut färbt das Wasser rot, Blut löscht das Feuer, Blut verdrängt die Luft«. Ich glaube, damit ist das Blut der Elementare gemeint. Es gibt sie, und ihr Blut wird wohl für das Ritual verwendet, das ich heute mit Arthy und Claudentina in diesem Dorf beobachtet habe. Sie machen das, um irgendjemanden heraufzubeschwören. Erinnerst du dich noch daran, dass ich bei unserem letzten Gespräch dachte, es wäre der Teufel?«

Bisher schlug Micco sich ziemlich gut. Statt über die Andeutung zu erschrecken, dass sein Vater das Blut unschuldiger Menschen vergoss, nickte er nur. »Du hast zwar nie den Teufel erwähnt, aber an das Gespräch erinnere ich mich. Etwas von einem Ritual, das weiß ich noch.«

»Gut. Hier, am Rand des Dorfes, gibt es eine Höhle, wo ein Gott wohnen soll, oder früher mal gewohnt hat. Zumindest, wenn man dem Buch hier glaubt.« Felix zeigte auf das Tagebuch, das neben ihm auf dem Tisch lag. »Ich bezweifle ja, dass es diesen Gott gibt, aber ... wer weiß. Sollte das Ritual je gelingen, wird das ganz bestimmt nichts Gutes bedeuten. Und Elementare gibt es auf jeden Fall.«

Er machte eine Pause und gab Micco damit Zeit, seinen Gedankengängen zu folgen. Nach wenigen Sekunden erwiderte dieser: »Das ist wirklich nichts Schockierendes. Ich kann mir inzwischen gut vorstellen, dass mein Vater an so etwas glaubt. Aber was ist mit dir? Wie kannst du dir so sicher sein, dass es diese Elementare wirklich gibt?«

»Weil das, was du über sie gesagt hast, ziemlich gut zu einigen meiner Erfahrungen passt«, antwortete Felix. Er zögerte, unsicher, wie das, was er sagen wollte, klingen würde. Als er weitersprach, war seine Stimme merklich leiser als zuvor. »Auch ich habe Visionen. Angefangen hat es an dem Tag, an dem ich deinen Vater getroffen habe. Ich konnte mir lange nicht erklären, was das bedeutet, und bis vor kurzem dachte ich, es wären nur Albträume, aber jetzt ... Ich habe damals aus der Kirche eine Taschenlampe mitgenommen, die heute noch funktioniert, obwohl ich ihre Batterien niemals gewechselt habe. Das kommt von dem Pendulum, aus dem sie teilweise besteht. Es löst ein Kribbeln in mir aus, wenn es meine Haut berührt, und seit diese Taschenlampe in meinem Haus ist, habe ich Visionen. Wie du gesagt hast.«

Micco schien sprachlos, wenn auch nur für einen Augenblick. »Du glaubst also, du wärst ein Elementar?«

»Ich weiß es nicht. Ich glaube zumindest, dass irgendetwas an dieser Geschichte wahr sein muss, sonst würden nicht so viele Leute daran glauben. Der Uhrenverkäufer in Nerbesar hat mich auch ganz komisch angestarrt, nachdem Claudentina ihm erzählt hat, dass ich empfindlich auf Pendulum reagiere. Es könnte also sein. Aber nur vielleicht. Und jetzt sollte ich dir vielleicht auch mal etwas erzählen, was ich *ganz sicher* für die Wahrheit halte. Da kommt dein Vater ins Spiel. Wieder mal. «

Micco schien bereits zu wissen, was ihn erwartete. »Er ist Mitglied der Sekte, oder?«

Felix wunderte sich ein bisschen darüber, dass er die Frage so formulierte, als würde er sich ohne Weiteres mit einem Ja oder Nein zufriedengeben. Aber umso besser.

»Ich bin nicht sicher, ob er ein aktives Mitglied ist und an diesen Zeremonien auch teilnimmt oder nicht«, sagte Felix. »Ich glaube aber, dass er auf jeden Fall das Ritual praktiziert. Oder es vorbereitet. Klaus Bachmann und dieser Feuerwehrmann aus Ardegen sind bestimmt nicht zufällig verschwunden.«

Jetzt war die Katze aus dem Sack. Felix wusste nicht, wie er noch deutlicher sagen konnte, dass er den Blutmagier für das Schicksal dieser Männer verantwortlich machte, ohne es direkt auszusprechen. Er rechnete fest damit, dass Micco spätestens jetzt wieder zurückrudern und seinen Vater verteidigen würde. Dass er nichts mehr davon hören wollte, egal, ob er selbst es glaubte oder nicht.

Doch seine Reaktion überraschte Felix. Micco wandte lediglich den Blick ab und schwieg eine Weile. Dann stand er auf und fing an, im Raum auf- und abzugehen, etwas unruhiger als zuvor, aber immer noch relativ gefasst. »Das klingt alles schon ziemlich krass. Aber noch krasser ist, dass ich es mir sogar vorstellen kann. Schon als ich noch ein kleines Kind war, ist mir aufgefallen, dass mein Vater sich gerne extrem in Dinge reinsteigert. Meine Mutter hat mal gesagt, er würde sogar über Leichen gehen, um seine Ziele zu erreichen. Ich dachte, sie übertreibt.«

Felix presste die Lippen zusammen. So lange hatte er versucht, Micco die Wahrheit über den Blutmagier zu sagen – so, dass Micco ihm auch glaubte. Doch nun, da er genau das erreicht hatte, fühlte er sich schlecht deswegen, als hätte er einen großen Fehler gemacht. Er überlegte, wie er die Situation noch retten, seine Worte etwas abmildern konnte. Es war schließlich nicht nur irgendein Bekannter, über den sie hier redeten, sondern Miccos Vater. »Noch ist nichts bewiesen«, sagte er, obwohl er sich seiner Sache eigentlich bereits ziemlich sicher war. »Vielleicht sollten wir diese Höhle Gottes besuchen und sehen, was wir dort finden.«

»Ja ...« Micco blieb stehen und fasste sich an die Stirn, als hätte er Kopfschmerzen. »Ich hab nur ein bisschen Angst davor, die Wahrheit herauszufinden. Mein Vater und ich ... Wir standen uns noch nie besonders nahe, aber trotzdem konnte ich ihm immer vertrauen, und er ist die einzige Familie, die ich noch habe. Inzwischen weiß ich überhaupt nicht mehr, wem ich noch trauen kann und wem nicht.«

»Vertrau *mir*.« Felix erhob sich und trat einen Schritt näher an Micco heran. »Und Arthy und Claudentina.« Bei dem Gedanken an die beiden durchfuhr es ihn. »Oh nein!«

»Was ist los?«, fragte Micco.

»Arthy und Claudentina! Sie sind bestimmt immer noch da draußen!« Felix machte sich augenblicklich Vorwürfe für seine Vergesslichkeit. »Ich muss sie sofort suchen gehen. Sie könnten in Gefahr sein!«

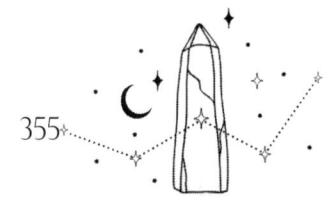

»Na dann, lass uns gehen!« Micco drehte sich zur Tür um und ballte die Hände zu Fäusten, offensichtlich zu allem entschlossen. »Wir finden sie schon.«

Felix schnappte sich schnell das Tagebuch und folgte dann Micco, der bereits auf dem Weg nach draußen war. Er war nach wie vor erleichtert, einen neuen Gefährten zu haben, von dem er wusste, dass er in brenzligen Lagen sehr nützlich sein konnte. Doch die Sorge um seine Freunde drehte ihm den Magen um. Immerhin hatte er mit Micco an seiner Seite eine größere Chance, sie zu finden und dieses Dorf unversehrt zu verlassen als alleine.

Ein Blick aus dem Fenster des dunklen Hauptraumes verriet, dass die Luft rein war. Aber das war nicht unbedingt ein gutes Zeichen. Wenn niemand zu sehen war, konnten sie auch in einen Hinterhalt laufen.

»Ich hab ein mulmiges Gefühl bei der Sache«, flüsterte Felix, noch bevor sie die Haustür erreichten. »Wer weiß, was diese Kerle abgesehen von ihren Schlagstöcken noch an Waffen haben!«

Micco hielt kurz inne, zeigte sich allerdings kaum besorgt. »Sollte uns wirklich jemand angreifen, musst du nur darauf achten, nicht im Weg zu stehen, während ich ihm zeige, wer der Boss ist.«

Merkwürdigerweise waren es diese Worte, die in Felix Zuversicht weckten. Mit Micco an seiner Seite würde ihm nichts passieren, zumindest sagte ihm das sein Gefühl.

Die Tür ging auf, und trotz seiner warmen Daunenjacke brachte die kalte Luft, die ihm von draußen entgegenwehte, Felix zum Frösteln. Micco, der vergleichsweise freizügig angezogen war, schien sie dagegen gar nicht wahrzunehmen. Er hatte nun einmal mehr Muskelmasse, wodurch sein Körper mehr Wärme produzierte und verhinderte, dass er fror – so erklärte Felix sich diese Tatsache, auch wenn das bei dieser winterlichen Kälte trotzdem merkwürdig war.

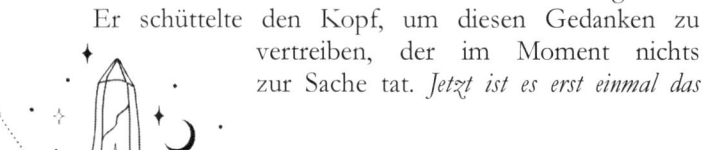

Er schüttelte den Kopf, um diesen Gedanken zu vertreiben, der im Moment nichts zur Sache tat. *Jetzt ist es erst einmal das*

Wichtigste, die anderen zu finden! Später kann ich ihn immer noch fragen, warum er nicht friert ... Oder es einfach sein lassen. Was geht mich das eigentlich an?

Der erste in Weiß gekleidete Mann stand direkt neben der Tür. Das bemerkte Felix sofort, als Micco einen schnellen Schritt nach links machte, direkt nachdem er hinausgegangen war. Er hatte den Wächter blitzschnell unschädlich gemacht, bevor dieser die Gelegenheit bekam, seinen Stock zu heben oder auf sonstige Weise anzugreifen.

Als Felix durch die Tür ins Freie trat, lag der Fremde mit dem Gesicht nach unten im Gras, Micco hockte auf ihm, hatte ihm die Arme auf den Rücken gedreht und hielt sie fest. Wenn das nicht allein schon ein merkwürdiges Bild ergab, dann war es die Gesamtsituation, die sich einfach ein wenig zu anders anfühlte. Das alles war so furchtbar schnell gegangen, dass Felix allmählich darüber nachdachte, ob Micco vielleicht ein Außerirdischer mit Superkräften war. Falls ja, dann stammte er bestimmt von einem Planeten am äußeren Rand des Sonnensystems, was zudem seine übermenschliche Kälteunempfindlichkeit erklären würde. Ob er ihm ein Cape schenken sollte, wenn das alles vorbei war? Felix hätte bei der Vorstellung beinahe laut gelacht, was definitiv unangemessen gewesen wäre.

Der Wächter schrie etwas in einer unverständlichen Sprache, hatte jedoch keine Chance, sich aus Miccos Griff zu befreien.

»Was willst du von uns?«, fragte dieser. »Oder ist es nach euren Sitten normal, Fremde zu empfangen, indem ihr mit Stöcken auf sie losgeht?«

Keine Antwort. Ob der Wächter die Frage nicht verstand oder nur nicht darauf antworten wollte, spielte jedoch keine Rolle, denn Felix sah in der Sache ein ganz anderes Problem.

»Was sollen wir jetzt machen?«, wandte er sich an Micco. »Du kannst ihn nicht ewig am Boden festhalten, wir müssen weiter.«

»Felix, Micco, hört auf!«

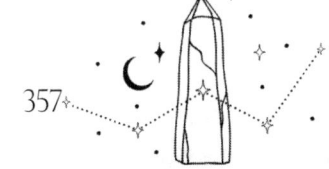

Diese Stimme kannte Felix. Er drehte sich um und sah zu seinem Erstaunen Claudentina, die zusammen mit Arthur, noch einem Wächter und einer weiteren Person in der Ecke des Hofes stand.

»Ihr seid es! Geht es euch gut?«, rief Felix automatisch, obwohl die Frage überflüssig war. Seine Freunde sahen nicht so aus, als würden sie von den anderen bedroht.

Der Wächter lief auf seinen am Boden liegenden Kollegen zu. Micco, der dem Anschein nach genauso verwirrt war wie Felix, ließ von seinem Opfer ab und trat zurück.

»Es ist alles in Ordnung!«, versprach Arthur, ebenfalls irritiert, allem Anschein nach jedoch eher über Miccos plötzliche Anwesenheit. »Lasst uns das auf friedliche Weise lösen.«

Felix blickte zu dem Mann, der neben Claudentina stand, und erkannte ihn als einen der fünf Robenträger vom Ritual wieder. Er trug nach wie vor seine bodenlange, dunkelgrüne Robe, die seinen ganzen Körper bedeckte, hatte krauses, graues Haar, hohe Geheimratsecken und einen langen Bart, der ihm bis auf die Brust fiel. Felix schätzte sein Alter auf späte Sechziger bis frühe Siebziger. Mit seinen dunklen Augen und einem warmen Lächeln machte der Fremde einen unerwartet freundlichen Eindruck.

Was ist denn da passiert? Sind die Bösen auf einmal die Guten?

Nein, das wäre zu einfach. Felix traute der Situation nicht. Sein eigener Argwohn spiegelte sich im Gesicht von Micco wider, der in diesem Moment neben ihn trat. Offenbar dachten sie beide dasselbe: Zusammen bleiben, nur für den Fall, dass es zu einem weiteren Angriff kam.

»Bist du sicher, dass wir den beiden trauen können?«, flüsterte Micco mit Blick auf Arthur und Claudentina.

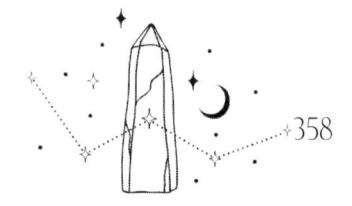

Felix sagte nichts. Der Gedanke, dass Arthur ihn hintergehen könnte, schien lächerlich. Allerdings erwartete auch er eine Erklärung von seinen Freunden; vielleicht waren sie von den Dorfbewohnern getäuscht worden.

»Lasst uns doch bitte aufhören zu streiten!« Der Mann in der grünen Robe sprach Deutsch. »Meine Freunde, wieso setzen wir uns nicht zusammen und besprechen alles in Ruhe, wie Arthur es vorgeschlagen hat?«

»Bei allem Respekt, wir sind nicht diejenigen, die angefangen haben, eure Wächter durch das Dorf zu jagen«, merkte Felix an.

»Aber wieso seid ihr weggelaufen?« Die Stimme des Fremden verlor nichts von ihrer Freundlichkeit. »Die Wächter haben euch für ... jemand anderen gehalten. Wärt ihr einfach stehen geblieben, hättet ihr das klären können und sie hätten euch als Teil der Gemeinschaft von Ricorda akzeptiert.«

Als Teil der Gemeinschaft? Verwirrt sah Felix seine Freunde an, woraufhin Arthur kaum merklich nickte, wie um ihm zu signalisieren, das Spielchen einfach mitzuspielen. Also beschloss er nach kurzem Überlegen, genau das zu tun. Arthur war seit Kindertagen sein bester Freund und irgendwie auch so etwas wie sein Bodyguard, und wenn jemandem zu trauen war, dann ihm.

»Na gut. Dann bin ich froh, dass wir das jetzt geklärt haben«, sagte Felix schließlich, bedachte die beiden Wächter in seiner Nähe aber dennoch mit einem misstrauischen Blick. Derjenige, der mit Arthur, Claudentina und dem Robenträger gekommen war, kam ihm schon die ganze Zeit bekannt vor. Er hatte ihn am Ort des Rituals mit seinem Stock angegriffen.

»Warum kommt ihr nicht einfach mit zu mir?«, fragte der alte Mann, der offensichtlich eine besondere Vorliebe dafür hatte, Vorschläge zu unterbreiten, die als Fragen formuliert waren. »Dort können wir alles bei einem warmen Kaffee und einem Stück Kuchen bereden. Was meint ihr?«

Obwohl Felix und die anderen ihm sehr viel Ärger bereitet haben mussten, überschüttete dieser Mann sie regelrecht mit einer Freundlichkeit, die niemals echt sein konnte. Falls das eine Art Taktik war, damit sich die ungebetenen Gäste in Sicherheit wogen, verfehlte sie ihren Zweck, zumindest bei Felix; bei ihm hatte das eher eine gegenteilige Wirkung. Doch Claudentina und Arthur hatten längst zugestimmt, bevor er und Micco die Chance bekamen, selbst etwas dazu zu sagen, und so war es beschlossene Sache.

Also folgten sie dem Robenträger, während die Wächter sie nur ein Stück weit begleiteten und dann ihrer Wege zogen. Nun wirkte der Ort nicht mehr verlassen. Die Bewohner liefen durch die ungepflasterten Straßen wie in jedem gewöhnlichen Dorf, Licht strömte aus den Häusern und die öffentlichen Gebäude waren allen zugänglich.

In diesem Zustand kam Felix das Dorf irgendwie bekannt vor. Er konnte sich nicht erklären, warum, aber er hatte wieder dieses Gefühl, schon einmal hier gewesen zu sein.

Das Haus des Mannes war größer als die beiden Hütten, die den Hof umgaben, und löste zumindest keine klaustrophobischen Reaktionen aus, wenn man es nur ansah. Der Alte öffnete die Tür und ging vor, machte das Licht an und bat seine Gäste, einzutreten. Die Raumaufteilung mit der Küchenzeile im Wohnzimmer erinnerte an die der Hütte am Hof, auch die Farben waren ähnlich, allerdings war alles viel geräumiger. Es gab einen hübschen Couchtisch in der Mitte, umgeben von grünen Sofas, ein paar Schränke und sogar einen Fernseher, auch wenn dieser vermutlich nur wenige Kanäle empfing. An den Wänden hingen Bilder mit spirituellen, religiösen und magischen Motiven, der Inhalt der gläsernen Vitrinen erinnerte verdächtig an Zaubergegenstände aus Büchern über okkulte Praktiken.

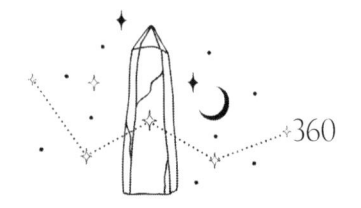

Das Interessanteste in diesem Raum war allerdings ein Regal in der Ecke, wo sich auch die Küchennische befand. Es wies eine verdächtige Ähnlichkeit mit dem teleportierenden Regal in der Kirche der Heiligen Theresa auf.

Während Arthur und Claudentina allem Anschein nach bereits enge Vertraute des Alten waren, so wie sie sich ohne zu zögern auf seine Einladung hin auf eines der gemütlichen Sofas setzten, wusste Felix nicht recht, was er davon halten sollte. Das alles ging ihm viel zu schnell, wirkte zu selbstverständlich, als wären sie nicht noch bis vor kurzem auf der Flucht vor diesen Menschen gewesen. Er war noch nicht bereit, sich bei einem von ihnen lächelnd aufs Sofa zu setzen und zu plaudern, als wären sie alte Freunde.

»Und was wird das jetzt?«, fragte er. »Was genau machen wir denn hier?«

Auf dem Weg zur Küchenzeile drehte der Mann sich um. »Erst einmal gemütlich eine Tasse Tee oder Kaffee trinken, wenn es euch recht ist.«

»Tee oder Kaffee, ja ...« Felix hätte gerne geglaubt, dass er hier einfach sein Lieblingsgetränk bestellen konnte, doch ein Blick auf das kuriose Zeug in den Vitrinen machte ihn stutzig. Er fühlte sich wie in einem Hexenhaus. »Sind Sie sicher, dass Sie uns nicht lieber einen speziellen Zaubertrank servieren wollen?«

»Warum so misstrauisch?«, lautete die Gegenfrage des Alten, der dann aber abwinkte, als hätte es sich damit erledigt. »Ach, ich versteh schon. Du weißt ja, dass meine Familie dafür bekannt ist, ihre Gäste mit speziell für sie zubereiteten Tränken zu bezaubern. Aber bisher hat das noch nie jemandem geschadet, im Gegenteil!« Er lachte.

»Dafür ist Ihre Familie also bekannt?«, fragte Micco, der es ebenfalls bevorzugte, stehen zu bleiben, statt sich hinzusetzen. »Für das Mixen von Zaubertränken?«

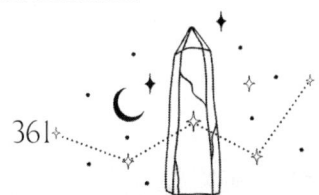

Dasselbe hätte Felix gefragt, wäre Micco ihm nicht zuvorgekommen. Eigentlich war sein Kommentar über die Zaubertränke nicht ganz ernst gemeint gewesen. Er hatte nicht erwartet, damit ins Schwarze zu treffen.

»Aber Micco, das weißt du doch!«, meldete sich Claudentina überraschend zu Wort. »Die Ortwins! Sie sind in der paranormalen Szene vor allem für ihre wunderbaren Naturheiltränke bekannt.«

Felix wollte darauf gerade etwas erwidern, bemerkte aber in letzter Sekunde, wie Claudentina ihm subtil zuzwinkerte, und schloss augenblicklich den Mund.

»Ortwin? Sind Sie zufällig mit einer gewissen Evelyn Ortwin aus Finnland verwandt?«, fragte Micco den alten Mann.

»Ja, das ist meine Nichte!«, entgegnete dieser erfreut. »Woher kennst du sie?«

Das hätte Felix auch zu gerne gewusst, doch Micco winkte nur ab. »Lange Geschichte. Wer genau sind Sie eigentlich?«

»Oh! Entschuldigt, es war sehr unhöflich von mir, mich nicht erst selbst vorzustellen«, sagte der alte Mann lächelnd. »Mein Name ist Xaver Ortwin und ich bin das älteste noch lebende Mitglied meiner Familie. Ich wohne seit dem frühen Tod meiner Frau in diesem Dorf und bin als Erdelementar für die Pflege der Pflanzen zuständig. Und wer seid ihr?«

Arthur räusperte sich. »Uns beide kennst du ja schon, und das sind Felix und Micco. Wir gehen in dieselbe Klasse, drüben in Deutschland.«

»Uns beide kennst du ja schon«? Arthurs Worte hallten in Felix' Kopf wider, während er seinen Freund anstarrte. *Sie sind also schon beim Du. Interessant!*

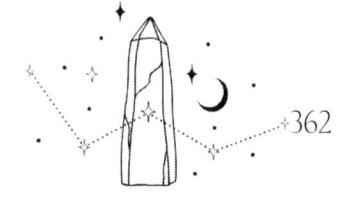

Arthur blickte durchdringend zurück, wie um Felix zu ermahnen, jetzt bloß nichts Falsches zu sagen. Aber das hatte Felix auch nicht vor. Er hielt einfach den Mund und wandte sich wieder dem Gastgeber zu, auch wenn es ihm ganz und gar nicht gefiel, dass dieser jetzt seinen richtigen Namen kannte.

»Zusammen in einer Klasse, schön.« Ortwin klatschte einmal in die Hände und machte eine einladende Geste, die den noch Stehenden bedeutete, sich zu setzen. »Macht es euch ruhig schon mal gemütlich, während ich mich um die Getränke kümmere. Mögt ihr lieber Kaffee, Tee, heiße Schokolade, oder etwas anderes?«

»Kaffee. Mit Milch und Zucker.« Felix hatte inzwischen eingesehen, dass er dieses Haus nicht wieder verlassen würde, ohne sich vorher nicht zumindest ein bisschen auf die Gastfreundschaft dieses redseligen Mannes eingelassen zu haben.

Dennoch stellte Micco es geschickter an, indem er höflich antwortete: »Für mich nichts, danke.«

Ortwin gab sich damit zufrieden und drehte sich wieder um, woraufhin Felix und Micco sich ebenfalls auf einem der Sofas niederließen.

Zeitgleich erhob sich Arthur. »Erzähl ihnen alles«, flüsterte er Claudentina zu, laut genug, damit Felix ihn verstehen konnte. »Ich gehe inzwischen ein bisschen mit unserem Gastgeber plaudern und darauf achten, dass er wirklich nichts Unerwünschtes in unsere Getränke kippt.«

Oha! Das klang aber nicht mehr so sehr nach Vertrauen.

Arthur ging zu Ortwin und tat, was er angekündigt hatte, während Felix Claudentina fragend ansah und auffordernd nickte.

»Das mag dir seltsam vorkommen«, begann sie. »Aber wir müssen da erst mal ein bisschen mitspielen.« Sie machte eine kurze Pause, um sich umzudrehen und nach Ortwin zu sehen. Er war dabei, die Getränke vorzubereiten, Arthur und der Lärm der Kaffeemaschine lenkten ihn zusätzlich ab. Dennoch senkte sie ihre Stimme noch ein wenig, als sie fortfuhr: »Als diese Typen uns erwischt haben, mussten wir so tun, als wären wir aus ernstem Interesse hier und eventuell dazu geneigt, in die Sekte aufgenommen zu werden ... Okay, als Sekte haben wir es nicht bezeichnet, aber du verstehst schon, was ich meine.«

»Und wie lange soll das jetzt noch dauern?«, mischte Micco sich ein. »Ich traue diesen Leuten nämlich nicht.«

Claudentina warf ihm einen misstrauischen Blick zu. »Bevor du Fragen stellst, beantworte lieber erst einmal ein paar. Wie kommst *du* eigentlich hierher?«

»Tja, gute Frage.« Micco zuckte mit den Schultern. »Gerade eben war ich noch im Keller der Kirche von Branlau und dann, *schwupp*, war ich plötzlich auf diesem Marktplatz, der sich Nerbesar nennt. Was in den Sekunden dazwischen passiert ist – frag mich nicht. Jedenfalls bin ich durch ein Regal gegangen, das ziemlich genau so aussah wie das da hinten.« Er wies auf das Regal neben der Küchenzeile.

»Aha.« Neugierig drehte Claudentina sich um und erkannte es sofort. »Das Wohlfühl-Regal.«

»Richtig.« Felix errötete bei der Erinnerung an seine eigenen Erfahrungen mit diesem Regal. »Auch wenn es nur auf mich diese Wirkung zu haben scheint.«

Und es hatte diese Wirkung vermutlich nur, weil er möglicherweise ein Elementar war – so wie Ortwin, der laut eigener Aussage als Erdelementar für die Pflanzen zuständig war. Aber stimmte das auch? Ob wohl alle Bewohner dieses Dorfes die Essenzen in sich trugen?

Nachdem Ortwin zu ihnen zurückgekommen war, hatten alle außer Micco ein dampfendes Getränk und Kuchen vor sich stehen und unterhielten sich. Im ersten Teil der Unterhaltung ging es hauptsächlich um den Austausch netter Worte, vor allem zwischen Arthur, Claudentina und Ortwin. Es schien, als wäre dieses scheinheilige Getue nötig, um keinen Verdacht zu erregen.

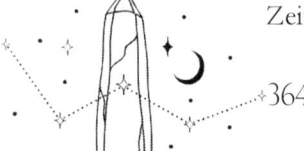

Obwohl Felix anfangs sehr skeptisch war und das große Stück Käsekuchen auf seinem Teller misstrauisch betrachtete, konnte er bereits nach kurzer Zeit nicht anders als es zumindest ein-mal zu probieren. Aus dem Probieren wurde dann etwas mehr, denn sein Magen verlangte danach, und erst beim Essen wurde ihm klar, wie hungrig er war. Schließlich hatten er und seine Freunde seit Stunden nichts gegessen. Es hätte aber auch niemand damit rechnen können, dass sie so lange unterwegs sein würden. Ob Noemi und ihr Onkel sich womöglich schon Sorgen um Claudentina machten?

Der interessante Teil der Konversation begann, als Arthur vorsichtig fragte, was es mit dem Ritual auf sich hatte, das er im Wald beobachtet hatte. Er gab vor, sich als Fan dieser Gemeinschaft natürlich schon ein wenig informiert zu haben, aber aus den spärlichen Informationen in Büchern und Internet das wirklich Wichtige nicht herausfiltern zu können.

»Dieses Ritual dient dem Gott, dem unsere Stadt gehörte, als sie vor vielen Jahren nur von Menschen bewohnt wurde, deren Blut besonders war – also von Elementaren und Sternwesen«, erklärte Ortwin.

»Sternwesen?«, wiederholte Claudentina.

»Ja, diejenigen Elementare, die das fünfte Element namens Pendulum in sich trugen. Ihr Blut war ein Geschenk Gottes und daher viel seltener und kostbarer als das der anderen.«

Dass seine Freunde nicht sonderlich überrascht wirkten, zeigte Felix, dass sie über die Elementare Bescheid wussten.

»Es war das Ziel eines jeden Elementars, seinem Gott so gut zu dienen, dass er mit ihm zufrieden war und ihm das Geschenk aller Geschenke überreichte: die Verwandlung seines gewöhnlichen Blutes in Pendulum-Blut, oder, wie die Leute es nannten, Sternenblut. Den heutigen Namen des Pendulums gibt es erst seit dem letzten Jahrhundert.«

»Und dieses Ritual sollte dazu beitragen?« Arthur klang überaus verunsichert.

»Ganz recht.« Der alte Mann freute sich sichtlich darüber, dass seine Zuhörer mitdachten. »Es wurde einmal pro Monat abgehalten. Insgesamt mussten die Dorfbewohner fünfzehn Liter ihres

Blutes opfern: drei Liter von jeder Essenz, drei Liter des Sternenblutes.« Als die anderen ihre Gesichter verzogen, fügte er hinzu: »Keine Angst, es wurde natürlich niemals von einem einzigen Menschen so viel Blut genommen, und das ist auch heute nicht so. Für jedes Ritual wurden stets mehrere Vertreter der verschiedenen Elemente erwählt, die alle ein bisschen von ihrem Blut abgaben.«

»Was war mit denen, die bereits Sternenblut hatten?«, fragte Felix, der das Gefühl hatte, dass er sich mehr einbringen sollte. Schließlich musste auch er Interesse zeigen, um die Tarnung seiner Gruppe nicht zu gefährden. »Warum haben die immer noch am Ritual teilgenommen, wo sie ihr Ziel doch schon erreicht hatten?«

»Aus Dankbarkeit ihrem Gott gegenüber.« So wie Ortwin das sagte, klang es wie eine völlig logische Schlussfolgerung, auch wenn es das absolut nicht war. »Und weil sie als Anführer der Gemeinschaft im Dorf wohnen blieben. Außerdem waren sie die Einzigen, die die Höhle Gottes betreten durften. Heutzutage geht niemand mehr dort hinein, aber es gibt auch keinen Grund mehr dazu. Gott wohnt dort nicht mehr. Dadurch, dass wir das Ritual erneut vollziehen, versuchen wir, ihn zur Rückkehr zu bewegen.«

»Und dafür nehmt ihr Blut von echten Elementaren?« Felix war keinesfalls entgangen, dass Ortwin bei der Behauptung, es würde heute keiner mehr in diese Höhle gehen, plötzlich den Blick abgewandt hatte. »Sind alle hier im Dorf Elementare?«

»Nein, leider nicht. Elementare sind heutzutage nur noch sehr schwer zu finden. Deshalb versuchen wir es größtenteils mit gewöhnlichem Blut, obwohl wir natürlich wissen, dass es letztendlich nicht ausreichen wird. Auf diese Weise können wir immerhin unseren guten Willen zeigen.«

Damit hatte Felix bereits gerechnet. Davon hatte der Franzose also gesprochen, als er gesagt hatte, dass sie im Moment noch auf das

»normale« Blut angewiesen waren. Und das war Felix'
Meinung nach unter diesen Umständen ziemlich unsinnig,
auch wenn Ortwin es mit seinem »guten Willen« zu
beschönigen versuchte.

Ach, als wäre es unter irgendwelchen anderen Umständen weniger unsinnig! Wir sind im einundzwanzigsten Jahrhundert! Dass es so was noch gibt ...

»Wollt ihr noch etwas trinken?«, fragte Ortwin, als seine Gäste ihre Tassen schon fast ausgetrunken hatten.

»Ich nicht, danke.« Felix wurde allmählich ungeduldig. Er war sehr gespannt auf diese sogenannte »Höhle Gottes«, die er endlich von innen sehen wollte. Möglicherweise würde er dort herausfinden, was für einen Grund Xaver Ortwin hatte, ihm zu erzählen, dass niemand mehr dort hinging, obwohl es scheinbar doch so war.

Wenigstens musste er sich jetzt nicht mehr wundern, dass es im ganzen Dorf keine Weihnachtsdekoration gab. Wenn die Leute, die hier wohnten, an ihren eigenen Gott glaubten, dann hatten sie mit christlichen Festen wohl nicht allzu viel am Hut.

21
GOTTES HÖHLE

Felix kam es wie eine Ewigkeit vor, bis Ortwin bereit war, seine Gäste wieder gehen zu lassen. Vorher gab er ihnen aber noch seine Visitenkarte mit – erstaunlich, dass er überhaupt so etwas besaß, wenn man bedachte, wie altmodisch dieses Dorf ansonsten war. Eine Telefonnummer suchte man darauf vergebens, denn Ricorda hatte nicht einmal ein Telefonnetz. Stattdessen standen auf der Karte die Nummer des Marktplatzes und ein Code, mit dem man dort anrufen und eine Nachricht für Ortwin hinterlassen konnte. Felix fand es schon schwierig, sich sein Leben ohne Handy vorzustellen, aber auch noch ohne Festnetztelefon?

Egal – er würde nicht mehr lange in Ricorda bleiben und auch nicht allzu schnell zurückkehren, auch wenn er Ortwin versprechen musste, ihn bald wieder zu besuchen. Der alte Mann begleitete seine Gäste noch nach draußen, von wo aus sie sich auf den Weg zum Höhleneingang machten.

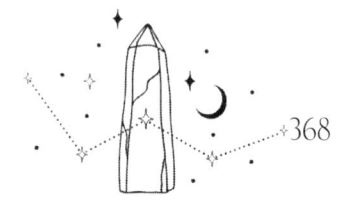

»Bin ich froh, dass wir den wieder los sind!« Arthur sprach leise, da immer noch Dorfbewohner draußen unterwegs waren. »Ich dachte schon, der lässt uns nie wieder gehen. Gruselig, so viel Freundlichkeit!«

»Wirklich? Dann bist du aber ein verdammt guter Schauspieler!«, lobte Felix. »Ab und zu dachte ich für einen Moment, du meinst wirklich ernst, was du da sagst.«

»Ich finde es krass, dass manche Menschen heutzutage immer noch glauben können, dass ein Gott erscheint und ihr Blut mit Pendulum anreichert, nur weil sie es regelmäßig in eine Schale oder in ein Loch kippen«, merkte Claudentina an. »Wären wir im Mittelalter, hätte ich das ja noch verstanden, aber wir leben im 21. Jahrhundert. Wer nur ein bisschen von Wissenschaft versteht ... Woher kommt dieser Glaube überhaupt? Gibt es ein vergleichbares Ritual in irgendeiner anerkannten Religion?«

Automatisch blickten sie und Felix zu Arthur, der nicht auf Anhieb verstand, was sie plötzlich von ihm wollten, und dann mit den Schultern zuckte. »Leute, schaut mich nicht so an! Ich bin Christ, kein Religionswissenschaftler. Mit der Bibel kenne ich mich aus, da steht so was nicht drin, und das hab ich Felix auch schon gesagt. Was den Koran oder sonstige Glaubensbücher angeht, weiß ich es nicht. Aber ich wage es zu bezweifeln.«

»Na ja, wir werden früh genug sehen, was uns in der Höhle erwartet.« Zuversichtlich ging Felix voraus, auf die Holzbrücke vor der verdächtigen Felswand zu. Sein Blick wanderte zu Micco, der einen Meter vom Rest der Gruppe entfernt ging und kein Wort mehr gesagt hatte, seit sie nicht mehr in Ortwins Haus waren. Er hatte die Arme verschränkt und die Stirn gerunzelt.

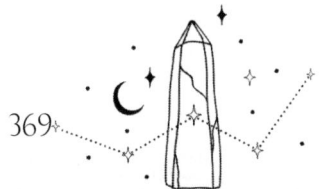

Felix ging etwas langsamer und versuchte, durch Winken Miccos Aufmerksamkeit zu erregen, jedoch ohne Erfolg. Micco so geistesabwesend zu erleben, war ungewohnt genug, aber er wirkte derart vertieft in seine Gedanken, dass er sogar seine Umgebung kaum mehr wahrzunehmen schien. Schließlich musste Felix ihn direkt ansprechen. »Geht's dir gut?«

Micco, der ein paar Sekunden brauchte, um zu bemerken, dass er ge-meint war, blickte nun etwas überrascht zu den anderen.

»Ob es dir gut geht«, wiederholte Felix.

»Ach so ... Ja. Passt alles.« Micco wirkte nach wie vor verwirrt. »Ich war nur gerade in Gedanken.«

»Hm. In Gedanken daran, wie du uns in eine Falle locken kannst?« Arthur machte keinen Hehl aus seinem Misstrauen, verstummte aber sofort, als Felix ihm einen strengen Blick zuwarf.

»Leute, vergesst nicht, dass wir hier von lauter komischen Gestalten umgeben sind«, erinnerte Felix die anderen. »Uns noch gegenseitig anzufeinden, hilft uns nicht weiter!«

Micco zuckte mit den Schultern. »An mir soll es nicht liegen.«

Arthur gab ein unzufriedenes Knurren von sich, schwieg aber.

Wie Felix bereits vermutet hatte, führte die Brücke über einen schmalen, flachen Fluss. Niemand hinderte ihn und seine Freunde daran, sie zu überqueren – offenbar hatte Gottes Höhle heute für Besucher geöffnet. Als sie sich der Formation näherten, fiel Felix' Blick zuerst auf etwas anderes: Ganz oben auf dem Felsen stand ein einsamer, der Jahreszeit entsprechend kahler Baum, der im Licht des Mondes regelrecht erstrahlte. Was genau ihn daran so sehr faszinierte, wusste er nicht, aber irgendetwas war da, ein wohlig warmes Gefühl, als ob ...

Als wäre ich nach langer Zeit nach Hause gekommen. Der Baum im Licht des Mondes, des größten und hellsten aller Sterne!

»Hey! Wieso trödelst du jetzt?«

Arthurs Frage riss Felix aus seinen seltsamen Gedanken und er merkte, dass er mitten auf der Brücke stehen geblieben war. Verwirrt blickte zu seinen Freunden, die schon auf der anderen

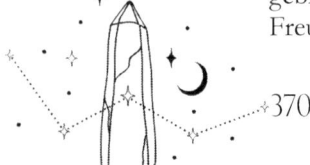

Seite standen, dann wieder hinauf zum Baum, und ein Teil von ihm wollte auf den Felsen klettern und sich an den Stamm lehnen. Er konnte nicht erklären, warum, aber ihn überkam ein Gefühl von Vertrautheit und Nostalgie, als wären er und dieser Baum so etwas wie alte Freunde, auch wenn das natürlich lächerlich war.

»Kommst du?« Arthur gestikulierte ungeduldig in Richtung ihres Ziels.

Felix schüttelte den Kopf, um wieder zu sich zu kommen, und zwang sich, den Blick von dem alten Freund – *Es ist nur ein Baum!* – abzuwenden. Seine wirklichen Freunde, die allesamt echte Menschen waren, warteten auf ihn, und er schloss schnell zu ihnen auf. Sobald der mysteriöse Baum nicht mehr in seinem Sichtfeld war, kam er sich albern vor.

Mein Freund, der Baum. Und der Mond ist ja ein Stern! Hat mir dieser Ortwin etwas in den Kaffee getan?

Trotzdem wusste er, dass er das nicht so schnell vergessen würde. In seiner Erinnerung – die nur falsch sein konnte, denn er war noch nie zuvor hier gewesen – war dieser Baum noch am Leben. Er trug Blätter und sogar Früchte, die er nur nicht jedem zeigte – was auch immer das bedeutete. Felix verstand seine eigenen Gedanken kaum, aber das Bild dieses Baumes in voller Blüte hatte sich in seinem Gedächtnis eingebrannt.

Ja, wahrscheinlich hab ich irgendwo mal einen anderen Baum dieser Art gesehen, und der sah logischerweise ziemlich gleich aus. Was zum Teufel mache ich hier eigentlich?

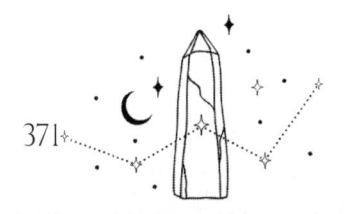

Jedenfalls nichts, was mit der örtlichen Pflanzenwelt zu tun hatte. Er war hier, um in diesen Berg hineinzukommen, und konzentrierte sich wieder darauf. Ein Vorsprung auf der anderen Seite der Brücke führte ein Stück um den Fels herum, und dort, außerhalb des Bereiches, der vom Dorf aus sichtbar war, schien der Höhleneingang zu sein. Anhand von deutlich erkennbaren Linien in der Wand war seine Position zu erahnen, doch es gab weder einen Schalter noch eine sichtbare Druckplatte oder ähnliche Hilfsmittel, um ihn zu öffnen.

»Oh, das hätte ich fast vergessen!«, sagte Arthur, als sie zu viert auf dem Vorsprung standen und überlegten, wie es nun weiterging. »Als Ortwin sich um unsere Getränke gekümmert hat, hat er mir verraten, wie man den Eingang öffnet, auch wenn er wohl nicht davon ausgegangen ist, dass uns dieses Wissen nützen würde. Hier muss irgendwo ein kleines, quadratisches Loch sein.«

Er trat näher an die Wand heran und suchte sie ab. Die anderen taten es ihm gleich. Nach kurzer Zeit entdeckten sie tatsächlich so ein Loch. Es führte tiefer in die Felswand hinein und lag etwa auf Brusthöhe, wäre also unter normalen Umständen nicht schwer zu erkennen gewesen, doch das schwache Umgebungslicht machte so einiges schwieriger.

»Und was jetzt?«, fragte Claudentina. »Ich hoffe mal, dass da jetzt niemand von uns seine Hand oder sogar den ganzen Arm reinstecken muss.«

»Das würde nichts bringen«, sagte Arthur. »Wir brauchen etwas, wo Pendulum drin ist.«

Nun wurde Felix bewusst, warum es hier keine Wachen gab. Niemand ging davon aus, dass vier dahergekommene Fremde diesen Eingang öffnen konnten, weil die Wahrscheinlichkeit, dass sie einen Pendulum-Gegenstand dabeihatten, doch relativ gering war.

Widerwillig zückte er seine Taschenlampe und sah sie lange nachdenklich an. »Muss das wirklich sein? Die hat mir jahrelang gut gedient.«

»Du kriegst sie ja wieder, keine Sorge«, versicherte ihm Arthur. »Wir müssen sie nur kurz da reinstecken, damit der Eingang sich öffnet. Das hat Ortwin gesagt.«

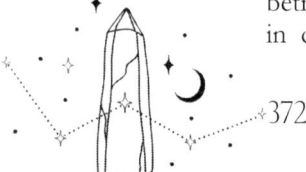

»Na, wenn Ortwin das sagt ...« Felix war nicht klar, wie dieses System funktionieren sollte. Das Loch, das er betrachtete, war also wie ein Schloss, in das jeder beliebige Schlüssel passte, solange er nur genügend Pendulum enthielt? Er blieb skeptisch, schob jedoch ohne weitere Widerworte seine Taschenlampe hinein und wartete ab.

Mit einem scheppernden Geräusch rollte das kleine, von Metall überzogene Gerät offenbar eine Rutsche hinunter, kurz darauf erklang ein mahlendes Brummen, als würde Stein auf Stein reiben. Es war ein Teil der Felswand, der sich in Bewegung setzte. Eine etwa drei Meter hohe und fast ebenso breite Fläche mit abgerundeten Ecken schob sich etwas tiefer in die Wand hinein und glitt dann zur Seite, was einen dunklen Eingang erscheinen ließ. Alle vier standen vor der geöffneten Höhle und blickten hinein, aber keiner traute sich, vorauszugehen. Die Dunkelheit wirkte nicht gerade einladend.

»Ich hoffe, dass du Recht hattest«, sagte Felix zu Arthur. »Wenn ich meine Taschenlampe nicht zurückkriege, haben wir da drin ein gewaltiges Problem.«

»Dafür müssen wir aber auch endlich mal reingehen!« Claudentina wartete nicht länger darauf, dass jemand anderes sich freiwillig meldete, und ging selbst voran. Arthur und Felix folgten ihr, während Micco das Schlusslicht bildete.

Zunächst gingen sie eine leichte Schräge hinab. Ihre Umgebung war kahl und leblos, es gab nichts zu sehen oder zu hören, abgesehen von Wasser, das auf Stein tropfte. Nach wenigen Metern blieben sie vor einem Hebel an der Wand stehen. In die Wand gegenüber war eine Nische eingelassen, in der die Taschenlampe lag. Sie musste bei der Rutschpartie durch das Innere der Felswand auf etwas gestoßen sein, das auf das Pendulum reagiert und dadurch den Öffnungsmechanismus aktiviert hatte.

Felix fiel es schwer, sich das vorzustellen, und er überlegte, ob es nicht auch mit einem normalen Gegenstand funktioniert hätte. Entschlossen nahm er die Taschenlampe wieder an sich.

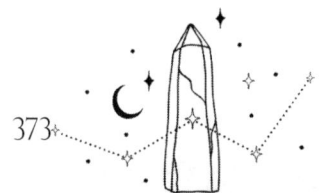

»Dieser Hebel steuert wohl den Eingang von innen.« Arthur betrachtete die lange, dünne Stange aus Gestein, die neben ihm aus der Wand ragte und in einem steilen Winkel nach oben zeigte.

»Machen wir lieber wieder zu, bevor sich die Dorfbewohner noch wundern«, meinte Claudentina.

Arthur nickte und drückte den Hebel nach unten. Für einen Moment passierte nichts, der Mechanismus schien nicht zu greifen. Dann allerdings nahm der Hebel wieder seine Ausgangsposition ein. Arthur versuchte es noch einmal, drehte sich zum Eingang und beobachtete diesen eine Weile, aber das Ergebnis war dasselbe. Außer dem Hebel bewegte sich nichts.

Noch bevor Felix den Verdacht äußern konnte, dass der Hebel möglicherweise kaputt war, nahm Micco, der sich immer noch merkwürdig ruhig verhielt, ihm die Taschenlampe aus der Hand. Vor dem Hebel ging er in die Hocke und untersuchte die Wand mit dem Lichtstrahl. Erst jetzt bemerkte Felix, dass es dort ebenfalls ein Loch gab, wie draußen neben dem Eingang. Micco steckte die Taschenlampe hinein, woraufhin diese, dem Geräusch nach zu urteilen, wieder ein bisschen rutschte. »Versucht's jetzt noch mal.«

Als Arthur den Hebel noch einmal betätigte, setzte sich die Wand vor dem Eingang grollend in Bewegung, während sich der Hebel wie bei den ersten Versuchen von selbst zurück in seine Ausgangsposition schob und die Taschenlampe aus dem Loch kullerte – gerade rechtzeitig, um sie zu nehmen und anzuschalten, bevor die Höhle in völliger Dunkelheit versank.

»Hätte ich gewusst, dass es hier nicht mal Fackeln an den Wänden gibt, hätte ich draußen ne Laterne abgerissen!« Arthurs finsterem Gesichtsausdruck nach zu urteilen, gefiel ihm überhaupt nicht, dass er sich ausgerechnet von Micco hatte helfen lassen müssen. Felix hingegen brachte das zum Grinsen.

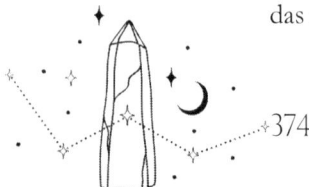

»Die Fackeln müsste erst mal jemand anzünden«, sagte Claudentina. »Aber wenigstens haben wir überhaupt Licht.«

»Und einen Pendulum-Gegenstand«, fügte Arthur hinzu. »Hier funktioniert scheinbar alles nur mit Pendulum.«

Bei der Erkundung des ersten Ganges der Höhle ging Felix mit seiner Taschenlampe voraus. Micco war dicht hinter ihm, während die anderen beiden erst in einigen Metern Abstand folgten und darüber diskutierten, wo das Pendulum ursprünglich herkam. Wie damals im Arbeitszimmer des Blutmagiers war Claudentina der Meinung, dass es sich um ein außerirdisches Material handeln musste, während Arthur bezweifelte, dass etwas, das auf diese Weise Energie verströmte, überhaupt natürlichen Ursprungs sein konnte, ob irdisch oder nicht.

Felix selbst interessierte sich im Moment nicht so sehr dafür. Wenn er das Wort »Pendulum« hörte, dachte er in erster Linie an das Kribbeln, das es in ihm auslöste. Das Kribbeln, das nicht einmal so unangenehm war. Vielleicht würde er bei der nächsten Gelegenheit ...

Nein! Gar nichts werde ich.

Beinahe wären seine Gedanken wieder abgeschweift. Er konnte nicht fassen, dass mittlerweile sogar der bloße Gedanke an dieses Kribbeln ausreiche, um ihn durcheinanderzubringen. Dabei war er gerade in einer dunklen, möglicherweise gefährlichen Höhle unterwegs, und dafür brauchte er all seine Sinne. Für Ablenkung war jetzt keine Zeit.

»Pass auf!« Miccos Stimme wurde schon laut, bevor Felix realisierte, dass der Boden unter seinen Füßen nachgab. Er machte abrupt einen Satz zurück, wobei er die einzige Lichtquelle, die sie besaßen, vor Schreck fallen ließ. Die Lampe plumpste in das neu entstandene Loch im Boden und zerbarst schallend auf einem Stalagmiten, leuchtete jedoch weiter und strahlte Grashalme und verdorrte Blätter an, die in die Grube rieselten.

Klasse, Agent Kohnen! Das hast du jetzt von deinem Kopfkino. Hätte Jake Win sich bei seinen Abenteuern auch so tollpatschig angestellt, wäre er längst nicht mehr am Leben!

»Alles okay?« Arthur war sofort zur Stelle. Felix konnte ihn in der Dunkelheit zwar nicht sehen, hörte aber die vertraute Stimme an seinem Ohr. Claudentina musste auch in der Nähe sein.

»Mir geht's gut. Glaube ich.« Felix' Puls raste, teilweise vor Schreck, teilweise vor Wut über seine eigene Unbeholfenheit. Vorsichtig näherte er sich dem Rand des Loches – eine Fallgrube mit hohen, spitzen Stalagmiten auf dem Grund, verdeckt durch Blätter, Grashalme und dünne Zweige. Das hätte böse ausgehen können.

»Ich geh schon.« Micco kletterte über den Rand der Grube und ließ sich vorsichtig auf deren Boden hinab. Die Stalagmiten waren weit genug auseinander gewachsen, sodass er gerade noch hindurchschlüpfen konnte.

Im Licht der Taschenlampe war zu sehen, dass die Grube nicht sehr breit war. Hinüberspringen kam trotzdem nicht in Frage, dafür war es zu weit und die Decke zu niedrig. Es gab scheinbar nur die Möglichkeit, in die Grube zu klettern und auf der anderen Seite wieder hinauf.

»Glaubt ihr, die Dorfbewohner haben diese Falle gebaut?«, fragte Claudentina, eine körperlose Stimme in der Dunkelheit, ebenso wie Arthur, der ihr antwortete.

»Entweder die, oder die Elementare, die damals hier gewohnt haben. Das heißt, falls es hier jemals solche Leute gegeben hat.«

»Wer auch immer es war – das heißt auf jeden Fall, dass es hier ein Geheimnis gibt«, wandte Felix ein. »Etwas, das verborgen bleiben soll. Sonst wäre es nicht nötig, die Höhle auf diese Weise zu sichern.«

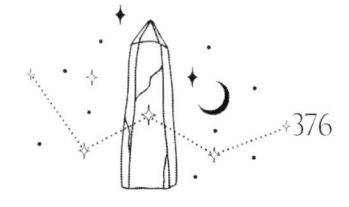

»Ortwin hätte uns ruhig erzählen können, dass man hier drin sein Leben riskiert!«, sagte Arthur. »Bei all der erstickenden Freundlichkeit und Höflichkeit wäre das zumindest eine winzige Erwähnung in einem Nebensatz wert gewesen, findet ihr nicht?«

»Trotz all der Freundlichkeit wollen er und auch die anderen Dorfbewohner vielleicht nicht, dass Fremde diese Höhle von in-nen sehen«, gab Claudentina zu bedenken. »Und statt die Eindringlinge zu warnen, lassen sie sie lieber sterben. So wie die beiden da.«

In der Grube lagen zwei Skelette, oder zumindest das, was von ihnen übrig war. Das besser erhaltene Exemplar hing gepfählt auf einem Stalagmiten fest. Das andere war nur noch eine ungeordnete Ansammlung loser Knochen, dort, wo Micco gerade die Überreste der Taschenlampe aufhob. Immerhin funktionierte sie noch und hatte von ihrer Strahlkraft nichts verloren. Felix konnte aus der Ferne nicht einmal erkennen, was genau eigentlich kaputtgegangen war.

Nach kurzem Umsehen sah Micco wohl auch, dass es keinen anderen Weg gab als den direkt durch die Grube. Statt zurückzukommen, ging er weiter zur anderen Seite und kletterte dort mühelos hinauf. Wieder auf den Beinen, leuchtete er mit der Taschenlampe nach oben; er schien dort etwas entdeckt zu haben. Felix blickte auf seiner Seite ebenfalls auf, doch es war zu dunkel, um etwas zu erkennen. Er konnte nicht einmal die Decke sehen.

»Kann einer von euch fangen?«, rief Micco von der anderen Seite herüber und wedelte mit der Taschenlampe.

Felix hielt die Hände hoch und ließ sich das Gerät zuwerfen. Als er es in der Hand hielt, fiel ihm auf, dass es keinen einzigen Kratzer hatte; es sah lediglich anders aus als zuvor, vor allem nicht mehr so uralt. Die schäbige Blechummantelung war abgeplatzt, offenbar nur eine Tarnung, die das Pendulum verbergen sollte. Fast hätte es funktioniert; würde er nicht so besonders auf die Substanz reagieren, wäre sie Felix nie aufgefallen. Die eigentliche Taschenlampe bestand aus einem glänzenden, violetten Material, das sich wie geschliffener Diamant anfühlte und nun, ohne die Ummantelung, noch mehr in seiner Hand kribbelte als zuvor – trotz des Handschuhs dazwischen. So musste das Pendulum in seiner reinsten natürlichen Form aussehen.

»Leuchte mal nach oben!«, rief Micco. »Siehst du da ein Loch in der Decke?«

Felix gehorchte und strahlte die niedrige, unebene Decke an. Und tatsächlich – da oben war eine Öffnung, die in einen Hohlraum oberhalb der Decke zu führen schien. Wenn es so etwas auch auf der anderen Seite gab, konnte man vielleicht doch ganz sicher hinübergelangen. Er suchte mit dem Lichtstrahl nach einer Möglichkeit, das Loch in der Decke zu erreichen, und entdeckte Kerben in der Wand, gerade groß genug, um Hände und Füße hineinzustecken. Praktischerweise, und wohl nicht zufällig, reichten sie bis zu der Öffnung hinauf. Wer auch immer diese Höhle konstruiert hatte, hatte an alles gedacht.

Er kletterte als Erster hinauf, da er die Taschenlampe trug. Der Hohlraum über der Decke war hoch genug, um darin zu kriechen. Oben angekommen, suchte er seine neue Umgebung erst einmal nach Fallen ab – man konnte ja nie wissen. Doch zu seiner Erleichterung entdeckte er nirgendwo gespannte Seile, brüchige Stellen am Boden oder verdächtige Löcher in der Wand.

»Ich glaube, hier ist es sicher!« Er richtete den Lichtstrahl nach unten, damit die anderen die Kerben sehen konnten. »Ich finde jedenfalls nichts, was nach einer Falle aussieht.«

Arthur war der Nächste, der die Klettertour auf sich nahm. Als sie schließlich alle oben waren, krochen sie zusammen durch den Gang und kamen einige Meter weiter unversehrt auf der anderen Seite an. Auch der Sprung hinunter bereitete niemandem Probleme.

Micco nahm sogleich die Lampe und damit die Führung an sich. Da er innerhalb kürzester Zeit mehrmals bewiesen hatte, dass er einen guten Blick für Fallen und Mechanismen sowie die besten Reflexe hatte, protestierte Felix nicht. Nach wenigen Minuten, die sie langsam und vorsichtig den kahlen, gewundenen Gang durchquerten, verlor sich der Lichtstrahl in der Dunkelheit und ihre Schritte bekamen ein Echo, das mit jedem Schritt merklich lauter wurde.

Bis Micco stehen blieb und Felix beinahe mit ihm zusammenstieß.

»Was ist denn? Noch eine Falle?« Auch Felix' leise Stimme verursachte ein Echo, das zuvor nicht da gewesen war. Es hörte sich an, als hätten sie eine große Halle betreten.

»Keine Falle. Aber ...« Micco drehte sich zur Seite, wo sich ein weiteres Loch in der Wand befand, das Felix niemals bemerkt hätte, wenn er vorausgegangen wäre. Ein weiteres Mal kam die Taschenlampe zum Einsatz. Kaum lag sie in dem Loch, blitzte ein grelles Licht auf.

Felix musste die Augen mit den Händen gegen die plötzliche Helligkeit abschirmen und brauchte eine Weile, um sich nach der langen Wanderung durch die Dunkelheit wieder an Licht zu gewöhnen. Sobald er normal sehen konnte, bemerkte er, dass er und seine Freunde sich nicht mehr im Gang befanden, sondern aus diesem heraus in eine große, runde Halle getreten waren; das erklärte auch das Echo der Geräusche. Lampen an den Wänden tauchten die Umgebung in orange-gelbliches Licht. Sie hatten die Form von Flammen, die auf Stöcken brannten – künstliche Fackeln also. Keine schlechte Dekoration für Gottes Höhle; echte Fackeln hätten mit Sicherheit besser ausgesehen, wären aber zu aufwendig gewesen.

Die Hauptattraktion des zylindrischen Hohlraumes innerhalb eines Berges war jedoch die scheinbar endlose Treppe, die an den Wänden entlang spiralförmig nach unten führte, so tief hinab, dass der Boden trotz Beleuchtung nicht zu sehen war. Felix ging zum Rand des Vorsprungs, auf dem sie standen, und blickte ehrfurchtsvoll hinunter. Sofort wurde ihm schwindelig, denn es war, als blickte er in einen bodenlosen Abgrund. Das würde ein langer und nicht gerade ungefährlicher Abstieg werden.

Arthurs lauter Seufzer verriet, dass er dasselbe dachte. Und er hatte noch dazu Höhenangst. Doch es half nichts – der einzige Weg tiefer in die Höhle hinein führte gleichzeitig auch tiefer hinunter.

Die Taschenlampe blieb vorerst, wo sie war, denn auch nach mehreren Versuchen fanden sie keine Möglichkeit, sie zu entfernen, ohne das Licht auszumachen. Aber momentan war es ohnehin hell genug.

»Dann mal los!« Micco näherte sich als Erster widerwillig den Stufen. Felix folgte, dann Arthur und zum Schluss Claudentina. In dieser Reihenfolge blieben sie auch, denn die Treppe war so schmal, dass es wegen des fehlenden Geländers zu gefährlich war, nebeneinander zu gehen.

Felix hielt sich so dicht wie möglich an der rauen Wand und vermied jeden Blick nach unten, denn angesichts dieser Höhe und der nur allzu realistischen Möglichkeit, durch einen falschen Tritt das Zeitliche zu segnen, bekam auch er leichte Höhenangst. Trotzdem galt seine größte Sorge seinem Freund.

»Geht's?«, fragte er, als er sah, dass Arthur schon nach wenigen Schritten bleich wurde.

»Ja, alles in Ordnung«, antwortete dieser, obwohl er selbst am besten wissen musste, wie wenig überzeugend er wirkte.

»Arthy, du kannst ruhig oben warten. Kein Problem.«

»Ach nein? Und wer passt dann auf dich auf?« Arthurs Augen waren starr auf die vor ihm liegenden Stufen gerichtet, während er sich tapfer zwang, weder stehen zu bleiben noch nach unten zu blicken.

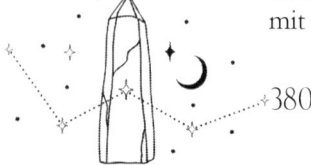

»Ich glaube, damit werden Micco und ich schon noch fertig«, meinte Claudentina, die im Gegensatz zu allen anderen völlig schwindelfrei und unbeschwert wirkte. Ihr lockerer Gang und die Furchtlosigkeit, mit der sie einen Fuß vor den anderen setzte, erweckten den Eindruck, als wäre sie die Konfrontation mit gähnenden Abgründen gewohnt. Für jemanden, der sich in den Kopf gesetzt hatte, eines Tages die ganze Erdkugel von weit oben zu betrachten, war das mit Sicherheit gar nicht so schlecht.

Doch Arthur ließ sich nicht umstimmen. »Nein! Ich komme mit euch. Ganz egal, was ...«

Das Geräusch bröckelnden Gesteins ließ alle erstarren und verstummen. Miccos erhobene Hand, die die anderen dazu bringen sollte, stehen zu bleiben, wäre gar nicht nötig gewesen.

»Ist da irgendwas?«, fragte Claudentina alarmiert.

»Bleibt, wo ihr seid«, wies Micco die Gruppe an. »Und erschreckt nicht, falls gleich was passiert. Haltet euch am besten irgendwo fest.«

Das klang nicht gut. Überhaupt nicht gut. Da er nichts hatte, woran er sich festhalten konnte, drückte Felix sich gegen die Wand. Er blickte kurz zu Arthur und Claudentina – sie taten es ihm gleich –, dann zu Micco, der todesmutig vorausging. Sein Herz raste schon wieder. Dabei sagte ihm sein Verstand, dass das, was seinen Puls *wirklich* in die Höhe treiben würde, ihnen allen erst noch bevorstand.

Micco machte einen langsamen Schritt nach vorne, nahm vorsichtig eine Stufe, und noch eine, nur um einen Augenblick später mit einem hastigen Sprung nach hinten auszuweichen. Felix zuckte bereits zusammen, bevor er selbst erkennen konnte, was diese Reaktion von Micco verursacht hatte, und drückte sich noch fester gegen die Wand. Dann sah er es selbst: Eine waagerechte Reihe von Speeren kam urplötzlich aus der Wand geschossen. Nur für einen kurzen Moment blieben sie ausgefahren, aber lange genug, dass er die braune Substanz bemerkte, die an der Spitze des vordersten Speers klebte. Es sah aus wie altes, getrocknetes Blut. Dann, mit dem schleifenden Geräusch von Metall, das auf Gestein rieb, zogen sich die Speere wieder in die Wand zurück.

Felix wechselte einen Blick mit seinen Freunden. Arthur wirkte völlig außer Atem, ob aus Angst, Anstrengung oder beidem, war nicht klar zu erkennen. Claudentina hatte die Augen weit aufgerissen und hielt sich den Mund zu. Während sie alle sich noch davon erholen mussten, was gerade passiert war, schien sich Micco darauf vorzubereiten, es noch einmal zu versuchen. Wäre er nicht so blitzschnell ausgewichen, hätten diese Speere ihn nicht nur schwer verletzt, sondern auch über den Rand der Treppe in den sicheren Tod gestoßen.

Als Arthurs Atmung sich wieder einigermaßen normalisiert hatte, sprach er schließlich aus, was wohl alle dachten. »Was, noch mehr verrückte Fallen? Ausgerechnet hier? Ist diese blöde enge Treppe allein nicht schon Falle genug?«

Doch Micco zögerte nicht einmal. Noch ein weiteres Mal beschwerte er mit seinem Gewicht die Stufe, die ganz offensichtlich als Druckplatte fungierte, und sprang wieder zurück, als die Falle erneut ausgelöst wurde. Offenbar hielt sie nichts von der Idee, kurz auszusetzen, damit man an ihr vorbeigehen konnte.

»Fünf Speere gehen über fünf Stufen«, stellte Micco fest, als er die Wand inspizierte. »Wir sollten vom Schlimmsten ausgehen und damit rechnen, dass nicht nur die erste Stufe die Falle auslöst, sondern die anderen vier auch. Es gibt nur eine Möglichkeit.«

»Alle Stufen überspringen oder unter den Speeren durchkriechen, vermute ich.« Felix schätzte die Breite der zu überwindenden Fläche auf zweieinhalb bis maximal drei Meter – zum Springen kein Problem, solange sie von einer höher gelegenen Stufe auf eine tiefere sprangen. Doch für den Rückweg würde das nicht funktionieren, und so blieb dafür nur das Kriechen übrig.

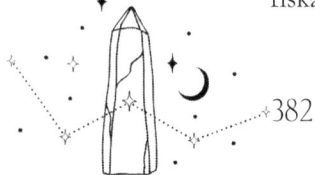

»Ich versuch's mit Ersterem.« Micco trat zurück, schien sich auf den Sprung vorzubereiten. Es war ein sehr riskantes Unterfangen. Nach einem kurzen Anlauf sprang er, sogar noch weiter als nötig, und landete elegant auf den Füßen, etwa acht Stufen weiter unten. Die Speere blieben in der Wand.

Er kam wieder hoch, während Felix seinen besorgten Blick nicht von dem bleichen, schwer atmenden Arthur abwenden konnte. Erst als er hörte, wie die Speere wieder aus der Wand schossen, drehte er sich um und sah Micco die unterste Stufe mit dem Fuß beschweren. Felix war der Nächste in der Reihe und kroch unter dem Hindernis hindurch, während Miccos Fuß blieb, wo er war, und dafür sorgte, dass es zu keinen unangenehmen Überraschungen kam.

»Alles okay?«, fragte Micco, nachdem er Felix auf der anderen Seite auf die Beine geholfen hatte.

Felix nickte und drehte sich um. Arthur war der Nächste und freute sich überhaupt nicht darüber.

»Es ist gar nicht so schlimm!«, ermunterte Felix ihn. »Wir passen schon auf, dass die Dinger sich nicht bewegen.«

Arthur nahm sich einen Moment Zeit, wahrscheinlich um ein schnelles Stoßgebet zum Himmel zu schicken, und kniete sich langsam hin. Es dauerte ein bisschen länger als bei Felix, aber auch er kam körperlich unversehrt auf der anderen Seite an, und für die zierliche Claudentina war es erst recht kein Problem.

Wachsam geworden für diese neue Art von Falle, machten sie sich noch vorsichtiger an den weiteren gefährlichen Abstieg. Sie begegneten noch weiteren dieser tödlichen Druckplatten, konnten die Speere jedoch schon im Voraus anhand der Löcher in der Wand erkennen. Die kurzen Sprünge wurden für Micco zur Routine, so wie das Kriechen für alle anderen.

Nicht auszudenken allerdings, hätten sie all das im Dunkeln schaffen müssen, mit nichts als einer Taschenlampe als einziger Lichtquelle.

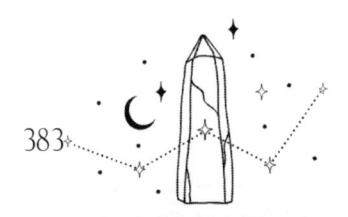

22
LASST ALLE HOFFNUNG FAHREN ...

Der Abstieg schien kein Ende zu nehmen. Nach einiger Zeit erschienen Furchen in der Wand, die sich nicht als Kennzeichen für weitere Fallen entpuppten, denn man konnte an ihnen vorbeigehen und es passierte nichts. Zunächst dachte sich Felix nichts dabei, aber als er bemerkte, dass sie in regelmäßigen Abständen immer unterhalb einer Fackel auftauchten, begann er zu bezweifeln, dass sie natürlichen Ursprungs waren. Bei den nächsten Furchen blieb er stehen und untersuchte sie genauer.

»Was ist?«, fragte Claudentina. »Hast du was gefunden?«

»Moment.« Nun erkannte Felix, was es war: Schrift, eingeritzt in Gestein. Aber was auch immer an der Wand geschrieben stand, war für ihn schwer zu entziffern. Die Worte waren in einer anderen Sprache, die Buchstaben kaum lesbar. »Was glaubt ihr, was hier steht?«

»Ihr, die ihr eintretet, lasst alle Hoffnung fahren!«, zitierte Arthur den Dichter Dante in dem wohl dramatischsten Ton, den er hinbekam.

»Dafür ist der Satz an der Wand doch ein kleines bisschen zu lang. Aber sinngemäß könnte es hinkommen.« Felix glaubte eigentlich nicht an solche Dinge, aber auch ihm kam es so vor, als würde er sich nicht mehr in der Höhle eines Gottes befinden, sondern mit jeder Stufe tiefer in den Schlund der Hölle hinabsteigen. Die künstlichen Fackeln an den Wänden, die hier unten aus welchen Gründen auch immer in größeren Abständen platziert waren als weiter oben und die Umgebung dadurch automatisch dunkler erscheinen ließen, verstärkten diesen Effekt noch zusätzlich. Vielleicht war man bei der Konstruktion dieser Höhle davon ausgegangen, dass es sowieso niemand so weit schaffen würde und die Beleuchtung daher unwichtig war. Alles hier schrie danach, Unbefugte fernzuhalten oder abzuschrecken. Welches weltverändernde Geheimnis auch immer in dieser Höhle verborgen lag, um solche Sicherheitsvorkehrungen zu rechtfertigen – Felix spürte, wie sich ihm die Nackenhaare aufstellten bei dem Gedanken, dass er und seine Freunde es möglicherweise entdecken würden. Auch wenn sie dafür durch die Hölle mussten.

»Wenn wir das sowieso nicht lesen können, dann wird es uns auch nicht helfen«, sagte Micco. »Los, weiter.«

Das untere Ende der Treppe war in Sicht, doch nach wie vor vermied Felix jeden Blick nach unten. Nach den Fallen Ausschau zu halten, war erst einmal wichtiger und erforderte seine ganze Konzentration, vor allem bei dem immer schwächer werdenden Licht. Diese seltsame Anordnung nicht identifizierbarer Objekte auf dem Boden, die er bereits aus den Augenwinkeln gesehen hatte, konnte er immer noch genauer untersuchen, wenn er dort ankam.

Vorher kamen sie an einem Durchgang in der Wand vorbei, aus dem das Licht einer künstlichen Fackel auf die Stufen strahlte. Neugierig blieben sie davor stehen und warfen einen Blick hinein. Es war der erste Nebenraum, den sie sahen, seit sie die Höhle betreten hatten, und sie konnten auf den ersten Blick nicht erkennen, wozu er diente. Viel zu erkunden gab es allerdings nicht; das Wenige, was da war, hatte Felix schnell erfasst. Der Raum war halb so groß wie sein Zimmer und enthielt nichts außer der besagten Fackel, einer hölzernen Truhe auf dem Boden und einer länglichen Felsformation, die etwa auf Kniehöhe aus der Wand herausstach und aussah wie ein aus Gestein gefertigtes Bett.

»Was glaubt ihr, was das ist? So was wie eine Abstellkammer? Oder ein Gästezimmer für die, die Gott besuchen kommen?« Die aufgesetzte Ehrfurcht in Claudentinas Stimme und der damit verbundene Hohn waren schwer zu überhören und äußerst amüsant. Vor allem, weil es von ihr kam; Felix konnte sich nicht erinnern, dass sie sich in seiner Gegenwart jemals so unverhohlen über etwas lustig gemacht hatte.

»Eher ne Abstellkammer, wobei ich vermute, dass es vor allem um die Truhe da geht.« Nachdem er den Raum einer Musterung unterzogen hatte, ging Micco hinein und hockte sich vor die Truhe. Die verschnörkelten Gravuren in ihrem Holz, die sie geradezu antik wirken ließen, standen in einem bizarren Kontrast zu dem relativ modernen Vorhängeschloss, mit dem sie versehen war. Micco konnte sie nicht mit bloßen Händen öffnen. »Arthur, der alte Ortwin hat dir nicht rein zufällig einen Schlüssel dafür gegeben, oder?«

»Nein. Ich hab zwar einen Schlüssel«, Arthur griff in seine Jackentasche und zog einen kleinen, weißen Schlüssel hervor, »aber ich glaube kaum, dass der hier passt.«

Felix kam das Ding sofort bekannt vor. »Ist das nicht der, den wir der Empfangsdame von Nerbesar geklaut haben, um zurück in die Kirche zu kommen?«

»Genau der!«, antwortete Arthur. »Ich dachte mir schon, dass wir ihn eines Tages bestimmt wieder brauchen werden, also hab ich ihn aufgehoben.«

»Gut gemacht. Jetzt gib her.« Micco winkte Arthur mit dem Zeigefinger heran, ohne ihn anzusehen. Die gegenseitige Abneigung der beiden war geradezu spürbar, so wie Arthur daraufhin die Augen verdrehte, und er fand sichtlich keinen Gefallen daran, Miccos Befehl auszuführen. Dennoch gab er ihm aber den Schlüssel, ohne sich zu beschweren.

»Das kriegen wir schon hin.« Micco klang zuversichtlich, als er den kleinen Gegenstand in das Schloss der Truhe steckte. Er brauchte eine Weile, doch schließlich öffnete sich das Schloss mit einem klickenden Laut.

»Ich will gar nicht wissen, wie, wo und warum du das gelernt hast!«, murmelte ein skeptischer Arthur, als ihm der Schlüssel zurückgegeben wurde.

»Das war noch gar nichts«, entgegnete Micco. »Meine alte Freundin Lorena kann das viel besser. Sie hätte das Schloss in der Hälfte der Zeit knacken können.«

Das traue ich ihr zu!, dachte Felix, kümmerte sich aber nicht weiter darum, als er vor der Truhe in die Hocke ging. Er wollte wissen, was da drin war. Bestimmt etwas Wichtiges, wenn es sich an diesem gefährlichen Ort befand und außerdem in einer verschlossenen Truhe lag. Umso enttäuschter war er, als er die Truhe geöffnet hatte und darin nur einen alten Kompass und ein Dutzend Stäbe fand. »Was soll das?«

Claudentina kam hinzu und sah sich die Stäbe an, die aus hellem Holz gefertigt, zwanzig Zentimeter lang und je an einem Ende mit gläsernen Kugeln versehen waren. Die Kugeln waren vollständig mit klarem Wasser gefüllt und beinhalteten Figuren aus einem glänzenden, violetten Material – wahrscheinlich Pendulum –, die frei darin herumschwammen.

»Okay, das ist ja ganz hübsch.« Arthur beugte sich hinter Felix nach vorne und blickte ihm über die Schulter. »Aber was *sind* diese Dinger? Und warum mussten wir ein Schloss knacken, um sie zu finden?«

»Weil sie wichtig werden könnten.« Claudentina hob zwei Stäbe aus der Truhe und betrachtete sie mit einem wissenden Blick. »Diese Figuren sind Sternzeichensymbole.«

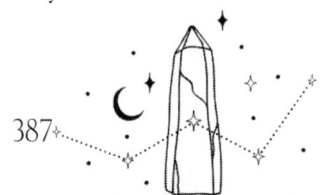

Etwas skeptisch, aber dennoch neugierig sah Felix sich die kleinen Kunstwerke genauer an. In einer der Kugeln auf den Stäben schwamm eine Figur, die aussah wie ein kleines M, dessen letzter Strich leicht nach außen geschwungen und mit einer Pfeilspitze versehen war. Eine andere enthielt einen senkrechten Pfeil, der etwa auf halber Höhe von einem kurzen, waagerechten Strich im rechten Winkel geschnitten wurde.

»Das ist das Schütze-Symbol«, erklärte Claudentina beim Anblick jenes Pfeils. »Und das M mit der Pfeilspitze ist der Skorpion. Die anderen Sternzeichen sind auch da.«

Arthur kratzte sich am Kopf. »Bist du sicher?«

»Arthur, ich beschäftige mich mit allem, was mit Sternen zu tun hat, seit ich ein kleines Kind bin«, erwiderte sie, geradezu empört über seine Frage. »Also ja, ich bin sicher.«

Felix überraschte es nicht, dass sie so etwas wusste. Doch bis vor wenigen Sekunden hätte er nie damit gerechnet, dass solches Wissen eines Tages wichtig werden könnte. Diese Figuren hatten sicherlich nicht zufällig die Form von Sternzeichensymbolen. »Aber wieso finden wir das ausgerechnet an diesem Ort? Was hat Astrologie damit zu tun?«

»So direkt vielleicht nichts, aber diese Stäbe könnten Teil eines Rätsels sein«, sagte Claudentina. »Unsere vier Elemente sind in der Astrologie genauso präsent wie im Ritual dieser Sekte. Es gibt Sternzeichen, die dem Element Feuer zugeordnet sind, wie beispielsweise der Schütze hier, Wasserzeichen wie den Skorpion, und so weiter. Zwölf Sternzeichen gibt es insgesamt, und jedem der vier Elemente sind drei davon zugeordnet.«

Spätestens ab diesem Moment war Felix heilfroh darüber, dass sie Claudentina mitgenommen hatten. Er selbst hatte nie genug Interesse für Astrologie aufbringen können, um so etwas jemals herauszufinden, und wenn irgendwo in dieser Höhle wirklich ein Rätsel auf sie wartete, das nur mit astrologischem Fachwissen lösbar war, konnten sie definitiv jemanden wie sie gebrauchen, der dieses besaß. Arthur kannte sich nämlich definitiv nicht mit so etwas aus, und Micco schien noch weniger der Typ dafür zu sein.

»Ich schlage vor, wir nehmen alles mit.« Claudentina war schon dabei, die Stäbe zu zählen. »Den Kompass auch.«

Sie, Arthur und Micco teilten die zwölf Sternzeichen unter sich auf, während Felix den Kompass an sich nahm. Danach schlossen sie die leere Truhe und verließen den kleinen Raum, in dem es sonst nichts zu entdecken gab.

Der übrige Abstieg ging vergleichsweise schnell und wartete mit keinen weiteren Fallen auf. Unten stießen sie auf eine große Doppeltür aus Stein, die mit mehreren dicken, schweren Riegeln verschlossen war. Auf einem kleinen Platz davor standen vier hüfthohe Sockel in gleichmäßigen Abständen auf einem Kreis, gezeichnet auf dem Boden mit etwas, das nach weißer Kreide aussah. Genau in der Mitte befand sich eine kreuzförmige Öffnung, deren Seiten in die Richtungen der Sockel zeigten, und aus dem eine dünne Stange herausragte – wahrscheinlich ein Hebel.

»Oh Mann!«, lautete Arthurs erster Kommentar. »Diese Dinger in verschiedenen Himmelsrichtungen erinnern mich an das Ritual, das wir vorhin gesehen haben. Hoffentlich brauchen wir kein Elementarblut, um hier weiterzukommen!«

»Wir könnten es auch erst einmal mit dem Hebel versuchen.« Felix ging auf die Mitte des Kreises zu. Dabei musste er über einen roten Stein steigen, der aus dem Boden ragte und die Form einer Halbkugel hatte. Drei weitere solche Halbkugeln lagen um den zentralen Hebel herum – einer blau, einer gelb und einer grün. Das hatte sicherlich irgendeine tiefere Bedeutung, aber Felix kümmerte sich erst einmal um den Hebel.

Von den vier Richtungen, in die der Hebel bewegt werden konnte, entschied er sich für die, in der er gerade stand. Er umfasste die Stange mit einer Hand und versuchte, sie in seine Richtung zu ziehen, aber nichts bewegte sich; es war mehr Kraft nötig. Also packte er mit beiden Händen zu und zog noch einmal kräftig an dem Hebel, woraufhin er es schaffte, ihn zumindest ein paar Zentimeter zu bewegen. Leider noch lange nicht genug, um etwas dadurch auszulösen.

Das gibt's doch nicht!

Als ihm die Kraft ausging, ließ er die Stange los, die sich daraufhin unbeeindruckt zurück in die Mitte bewegte. Während Arthur neben ihm kicherte, verschränkte Felix die Arme vor der Brust und warf dem störrischen Hebel einen vorwurfsvollen Blick zu.

»Versuch du es doch!«, forderte er daraufhin leicht gereizt seinen schadenfrohen Freund heraus.

»Oder ihr lasst gleich mich ran.«

Arthurs Grinsen verzog sich zu einer genervten Grimasse, die wiederum Felix amüsierte, als Micco sich vordrängte. Zusammen sahen sie zu, wie das schlanke Kraftpaket den Hebel umfasste wie er selbst zuvor, ihn jedoch ohne Probleme ziehen konnte, so weit, bis es nicht mehr ging.

Ein Geräusch hinter ihnen ließ sie herumfahren. Es ging von dem schmalen Sockel aus, in dessen Richtung der Hebel gezogen worden war, aber was genau dort passierte, war nicht zu erkennen. Schließlich wurde es wieder still und der Hebel bewegte sich in die Mitte zurück.

Arthur schüttelte seufzend den Kopf. »Also, ich glaube nicht, dass das irgendetwas bewirkt hat.«

»Nein, eher nicht. Sonst hätte sich bestimmt einer der Riegel geöffnet.« Claudentina blickte mit gerunzelter Stirn zu der immer noch verschlossenen Tür. »Wahrscheinlich haben wir es mit einem Rätsel zu tun, wie ich oben bei der Truhe schon vermutet habe.«

Felix sah sie ratlos an, erinnerte sich dann aber, dass er noch das Tagebuch aus der Hütte im Dorf hatte, und griff in eine seiner Jackentaschen. Da es sehr klein war, hatte er es darin gut verstauen können.

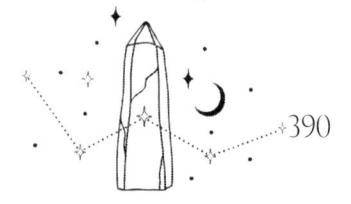

Claudentina kam näher und warf einen neugierigen Blick auf das Büchlein. »Was ist das?«

»Wenn wir Glück haben, eine Anleitung«, antwortete er. »Da stehen ein paar interessante Sachen drin, vielleicht auch, was man hier machen muss. Es ist aber leider auf Italienisch. Kann das vielleicht jemand von euch besser als ich?«

Arthur und Claudentina schüttelten den Kopf, woraufhin Felix Micco ansah, bei dem er wegen seines Nachnamens am ehesten Kenntnisse der italienischen Sprache vermutete. Aber auch dieser konnte nicht helfen.

»Nur die Schimpfwörter«, gestand er achselzuckend.

Felix suchte bereits in einer anderen Jackentasche nach seinem Wörterbuch. »Okay, dann bist du ab jetzt für den Hebel zuständig und ich kümmere mich um die Übersetzung. So gut ich es eben hinkriege.«

Er blätterte an den Seiten vorbei, die er bereits gelesen hatte, und überflog das, was danach kam. Da es in der Mitte des Raumes nicht besonders hell war, ging er zurück zur Treppe, um sich unter die Fackel an deren Fuß zu stellen.

Tatsächlich – an einer Stelle war von einer »grande porta« die Rede, einer großen Tür, wie er unschwer erkennen konnte, weil der französische Begriff fast gleich lautete. Er nahm das Wörterbuch zur Hand und machte sich an die Arbeit. Es war nicht notwendig, jedes einzelne Wort zu übersetzen, um festzustellen, dass auch von Elementen, Himmelsrichtungen und Sternzeichen die Rede war.

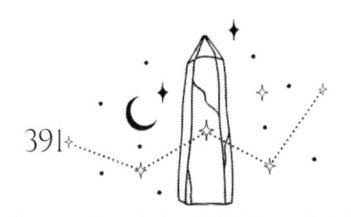

»Also.« Noch einen letzten Begriff schlug er nach, dann glaubte er zu wissen, was zu tun war. Mit einem neuen Anflug von Zuversicht wandte er sich an seine Freunde und bemühte sich, möglichst laut und deutlich zu sprechen. Es war wie ein Mathe-Referat in der Schule; er wusste nicht wirklich, wovon er sprach, gab sich aber damit zufrieden, zumindest die Grundidee verstanden zu haben. »So wie ich das verstehe, muss die Halbkugel, die das Feuer symbolisiert, auf dem Sockel in der Himmelsrichtung Süden platziert werden.«

Arthur blickte hinab auf die farbigen Halbkugeln, die auf dem Boden lagen, und ging vor der roten in die Hocke. »Rot wird wohl das Feuer sein, nicht wahr?«, erkundigte er sich zur Sicherheit, als er den Stein aufhob.

»Ja«, bestätigte Claudentina. »Aber wo ist Süden?«

Felix nahm den Kompass aus seiner Tasche und warf ihn ihr zu. Sie fand heraus, wo Süden war, und wies Arthur die Richtung, woraufhin er die rote Halbkugel zu dem entsprechenden Sockel brachte und sie darauf befestigte.

»Soll ich jetzt den Hebel in diese Richtung ziehen?«, fragte Micco.

»Noch nicht!« Felix sah von dem Tagebuch auf und wandte sich Arthur zu. »Sind in dem Ding kleine Löcher drin?«

Arthur sah sich die Halbkugel genauer an. »Ja, drei Stück, fast wie bei einem Bowlingball.«

»Gut. Da müssen nämlich die drei Feuerzeichen rein. Ich gehe mal davon aus, dass die Stäbe aus der Truhe gemeint sind. Es steht aber nicht dabei, welche die drei Feuerzeichen sind.«

»Widder, Löwe, Schütze.« Claudentina durchsuchte gerade die vier Stäbe, die sie an sich genommen hatte, während sie sich auf den Sockel im Süden zubewegte. »Den Löwen hab ich hier.«

»Und ich hab den Schützen. Das weiß ich aber nur, weil du ihn uns vorhin gezeigt hast.« Arthur, der den richtigen Stab bereits herausgesucht hatte, starrte nun seine restlichen drei ratlos an. »Fehlt also nur noch der Widder. Wie sieht der aus?«

»Wie ein V, manchmal auch ein gerader Strich mit nach außen gebogenen Hörnern«, erklärte Claudentina.

Daraufhin sah auch Micco sich seine Stäbe genauer an, doch letztendlich fanden sie das Widder-Symbol auch bei Arthur. Er und

Claudentina schoben die Stäbe in die dafür vorgesehenen Öffnungen auf der oberen Seite der Halbkugel und drehten sich dann zu Felix um.

»Jetzt den Hebel nach Süden ziehen, würd ich mal sagen«, wies er Micco an.

Als Micco das tat, war wieder das Geräusch zu hören, das schon beim ersten Ziehen des Hebels ertönt war, aber keine sichtbare Auswirkung gehabt hatte. Doch jetzt bewegte sich der Sockel im Süden um die eigene Achse und versank dabei im Boden, bis nur noch die rote Halbkugel zu sehen war. Zeitgleich tat sich auch etwas bei der Doppeltür: Einer der vier Riegel schob sich zur Seite in die Wand hinein.

»Ja!«, rief Arthur freudestrahlend und ballte eine Hand zur Faust.

Auch Felix freute sich über den Erfolg und blickte umso motivierter wieder in das Buch. Das Ganze wiederholten sie noch dreimal. Während er den anderen vorlas, was sie zu tun hatten, hob Arthur die Halbkugeln vom Boden auf und setzte sie auf die ihnen zugewiesenen Plätze. Claudentina hatte alle Sternzeichen-Stäbe an sich genommen und suchte immer die drei richtigen Symbole heraus. Derweil blieb Micco bei dem Hebel in der Mitte stehen und bewegte ihn, sobald die Vorbereitungen getroffen waren. So sank ein Sockel nach dem anderen in den Boden, und mit jeder erfolgreich durchgeführten Versenkung verschwand gleichzeitig einer der noch übrigen Riegel.

Nachdem die Luftzeichen den letzten Türriegel in der Wand hatten verschwinden lassen, setzten sich die schweren Türflügel in Bewegung und öffneten sich langsam nach außen. Felix schlug die Bücher zu, ließ sie in seinen Taschen verschwinden und ging gespannt auf den Raum zu, der sich in diesem Moment vor ihm offenbarte.

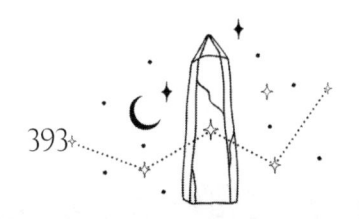

Tief im Inneren glaubte er zu wissen, dass es das war, was die Koordinaten aus seinen Träumen ihm hatten zeigen wollen. Nicht auf das Dorf im Gebirge kam es an, sondern auf das, was sich darunter verbarg.

Doch das Einzige, was zu sehen war, war Schwärze. Das Licht der Fackeln an den Wänden der Treppe reichte nicht bis in den Raum hinter der großen Tür hinein, und in dem Raum selbst war es stockdunkel.

»Das Tor zur Hölle steht weit offen!«, verkündete Arthur unheilvoll.

»Dann lasst uns mal eintreten«, sagte Claudentina trocken.

So wirklich wollte das aber niemand. Es war einfach zu dunkel. Erst als Micco den ersten Schritt wagte, folgten die anderen. Kurz hinter der Tür blieb er allerdings stehen und zeigte auf eine Öffnung in der Wand, nur wenige Schritte weiter auf der linken Seite. »Das könnte schon wieder so ein Lichtschalter sein. Wir haben nicht zufällig noch einen Pendulum-Gegenstand dabei?«

»Doch!« Felix betrat den Eingangsbereich des Raumes und holte sein Telefon heraus. Trotz der Handschuhe löste es in ihm diesmal ein viel stärkeres Kribbeln aus als normalerweise. Er wunderte sich einen Moment, beschloss aber, sich jetzt nicht weiter darum zu kümmern, und schob es in die Öffnung. Sofort ging das Licht an, aber das Kribbeln hörte einfach nicht auf. Es war immer noch genauso stark, obwohl er keinen körperlichen Kontakt mehr mit dem Gerät hatte.

»Wow!« Mit großen Augen starrte Claudentina in den erleuchteten Raum. »Das ist ja Wahnsinn!«

Arthur schien genauso begeistert. »Ist es wirklich das, wofür ich es halte?«

»Wenn du an dasselbe denkst wie ich, dann ja«, sagte Felix, als auch er einen ersten richtigen Blick in den Raum hinter der Tür warf. Es war faszinierend.

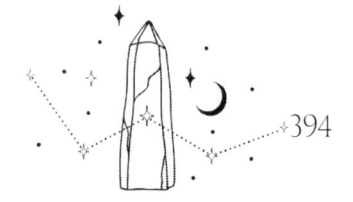

Die unechten Fackeln verteilten sich in Form von Stehlampen im ganzen Raum. An den Wänden war einfach kein Platz, denn diese verschwanden hinter großen Formationen aus einem funkelnden, violetten Gestein, das sich teilweise auch über den Boden erstreckte. Diesmal musste niemand darüber nachdenken, was das wohl sein mochte. Mächtige Stalaktiten aus Pendulum hingen von der Decke herab, lose Steine in allen Formen und Größen lagen überall herum, glitzernde Partikel schwirrten durch die Luft. Die Substanz reflektierte das Licht der Fackeln und erstrahlte darin.

Das Einzige, was möglicherweise noch heller strahlte, waren die weit aufgerissenen, grünen Augen von Claudentina. »Das ist wunderschön!«, staunte sie und ging tiefer in die Höhle hinein.

»Ja, und brandgefährlich«, fügte Arthur hinzu. »Jetzt verstehe ich, warum die Dorfbewohner Fremden gegenüber so extrem misstrauisch sind. Dieser Raum ist von oben bis unten gefüllt mit Pendulum. Stellt euch vor, was alles passieren könnte, wenn die falschen Leute ihn entdecken würden!«

Ein unschöner Gedanke, der auch Felix Sorgen machte, und er kam nicht umhin, sich Horrorszenarien von Pendulum-Missbrauch auszumalen, an die er eigentlich gar nicht denken wollte. Claudentina hingegen machte auf ihn nicht den Eindruck, als wäre sie beunruhigt. Während sie das Pendulum berührte, als könnte sie nicht glauben, dass es wirklich da war, hob Arthur eines der am Boden liegenden Stücke auf und tauschte es gegen das Handy in der Öffnung in der Wand ein. Es blieb hell in der Höhle.

Felix bekam das nur noch sehr vage mit. Nicht nur, dass das Pendulum ihn von allen Seiten umzingelt hatte, nein, es schien sogar in der Luft zu liegen. Er versuchte sich zu konzentrieren, während er langsam und vorsichtig einen Fuß vor den anderen setzte und tiefer in den Raum vordrang, um ihn zu erkunden. Aber es gelang ihm nicht. Das Kribbeln war überall, und es wurde von Sekunde zu Sekunde stärker.

Es war kein unangenehmes Gefühl, aber ein äußerst seltsames, noch seltsamer als jemals zuvor, wenn er mit dem Pendulum in Kontakt geraten war. Das allgegenwärtige Kribbeln ließ ihn zittern, die Knie wurden ihm weich. Gleichzeitig fühlte er sich, als könnte er mit bloßen Händen Berge versetzen, oder zumindest den schweren Steinhebel vor der Tür bewegen. Es war, als wäre er an eine Maschine angeschlossen, die ihm Energie spendete und zugleich welche absaugte.

»Willst du dein Handy wieder?«, ertönte Arthurs Stimme neben ihm.

Felix sah ihn nur an, und schon weiteten sich Arthurs Augen, als hätte er ein Gespenst gesehen. Aber nicht nur er erschrak über Felix' Anblick; auch Claudentina schien das viele Pendulum für den Moment zu vergessen und kam näher. »Hey, ist alles in Ordnung bei dir?«

Inzwischen war Felix stehen geblieben. Das Laufen war zu anstrengend geworden und er musste seine gesamte Konzentration aufbringen, um einigermaßen sein Gleichgewicht zu halten und nicht umzukippen. Seine Freunde waren beunruhigt, sogar Micco zeigte sich besorgt und versuchte ihn zu stabilisieren, indem er ihm eine Hand auf die Schulter legte. Das war zu viel. In dem Moment, als Felix die Hand spürte, wurde das Kribbeln so stark, dass er die Kontrolle über seinen Körper verlor. Ihm wurde schwarz vor Augen, seine Beine knickten ein und keiner seiner Freunde war schnell genug, um ihn aufzufangen. Das Letzte, was er mitbekam, war der Aufprall seines Kopfes auf etwas Hartem, und auf einmal schossen ihm Erinnerungen durch den Kopf. Erinnerungen an einen Tag, den er zur Hälfte vergessen hatte ...

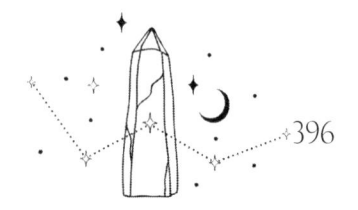

23
ERINNERUNGEN UND ENTHÜLLUNGEN

»Fahren wir weiter. Das ist nicht der richtige Ort, um zu reden.« Es war das Letzte, was Micco sagte, bevor er das Auto startete und losfuhr.

Na gut, solange wir immerhin später reden, dachte Felix auf dem Beifahrersitz.

Die nächsten Minuten gab er sich damit zufrieden, auf die Straße zu blicken, hin und wieder die Schneekugel mit den Schmetterlingen zu schütteln und die Fahrt zu genießen. Er wunderte sich erst, als sie die Innenstadt durchquerten und Leuchtenburg allem Anschein nach verließen. Offenbar hatte Micco nicht vor, ihr Gespräch in ein Café oder in eine Kneipe zu verlegen, sondern weiter weg, an einen ganz anderen Ort. Das konnte ja noch heiter werden.

Felix hatte richtig gelegen. Sie fuhren aus der Stadt hinaus in einen angrenzenden Wald. In der Nähe eines Flusses hielt Micco an und schaltete den Motor aus.

Beim Anblick der Umgebung fühlte Felix sich ein wenig wie Rotkäppchen, das dem bösen Wolf freiwillig in den Wald gefolgt war, nur um dort von ihm gefressen zu werden. Doch Micco hatte bestimmt nicht vor, ihn zu fressen, oder doch?

Unsicher blieb er im Auto sitzen und wartete ab. Womöglich waren sie noch nicht einmal beim Endziel angekommen. Erst als Micco die Schneekugel von ihrem Platz an der Windschutzscheibe entfernte, stand fest, dass es doch so war. Felix öffnete gerade seinen Gurt, als ihm die ungewöhnliche Armaturenbrettdekoration von der Seite gereicht wurde.

»Was ist damit?«, fragte er und starrte das Objekt ratlos an. Schwer wog sie in seiner Hand, fasziniert beobachtete er, wie die einzelnen Flocken durch die Kugel wirbelten.

»Du kannst sie haben«, sagte Micco. »Ich schau da manchmal rein, um mich abzulenken, aber sie hat inzwischen ihre Wirkung auf mich verloren, und wenn sie dir gefällt ...«

Nun starrte Felix stattdessen ihn fragend an. Wie kam er denn da drauf?

»Na, sie muss dir doch gefallen, sonst hättest du sie nicht die ganze Zeit angeguckt«, fügte Micco hinzu. »Und du hattest sowieso letztens Geburtstag, oder?«

Für einen Augenblick wusste Felix nicht, wie er reagieren sollte, nahm das Geschenk dann aber dankend an und steckte es in den Rucksack, den er vom Rücksitz hervorholte. Dann stieg er aus, ließ Micco das Auto abschließen und folgte ihm zu einer nahe gelegenen, baumlosen Stelle am kalten Fluss.

Das heißt, dass ich in Sicherheit bin, oder? Der Wolf hat Rotkäppchen nichts geschenkt, bevor er es gefressen hat.

Eine gute Überlegung, wie er fand.

Micco warf einen aufgehobenen Stein ins Wasser, setzte sich dann breitbeinig auf einen Felsen neben dem Fluss und sah auf zu Felix, der unentschlossen einige Schritte von ihm entfernt stehen geblieben war.

»Hier sind wir ungestört«, verkündete er. »Also – was auch immer du wissen willst, frag.« Er machte eine Pause, und hinter seiner Sonnenbrille hob sich eine Augenbraue.

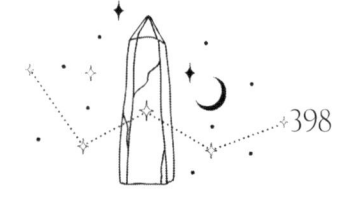

»Ich biete dir das nur an, weil ich genau weiß, dass du sonst nie aufhören wirst, mir auf die Nerven zu gehen. Hier ist deine Chance!«

Das war die Gelegenheit, auf die Felix während der gesamten Autofahrt gewartet hatte. Eigentlich sollte er sich wohl freuen. Nur hatte er jetzt das Problem, dass er gar nicht wusste, wo er anfangen sollte. Er stand nur da, hielt seinen Rucksack umklammert und kam sich ziemlich bescheuert vor.

»Warum bist du so abweisend?«, brach es schließlich aus ihm heraus, den Blick unablässig auf Micco gerichtet. »Du lässt keinen an dich ran. In unserer Klasse gibt es ein Mädchen, das total auf dich steht. Ist dir das überhaupt schon aufgefallen? Und in Sport stellst du dich an wie der größte Volltrottel. Ja, es ist echt armselig, dass für die meisten Jungs in unserem Alter nur Mannschaftssportarten zählen, aber du verbaust dir mit Absicht jede Anschlussmöglichkeit, obwohl du auch anders könntest. Wieso?«

Wie immer verzog Micco keine Miene. Kein Stirnrunzeln, kein Lächeln, nur dieses Pokerface hinter der schwarzen Sonnenbrille, das Felix stets verunsicherte, weil es alles und nichts bedeuten konnte. »Lass es uns mal so sagen: Es gibt Dinge über mich, die niemand unbedingt wissen muss. Denn wer zu viel über mich weiß ...« Er drehte den Kopf in Richtung Fluss und verstummte. Lange genug, dass Felix nicht mehr sicher war, ob darauf noch etwas folgen würde, und er wollte schon nachhaken. Doch dann sprach Micco weiter, wenn auch nicht viel. »Es ist besser für alle, wenn niemand meine Geheimnisse kennt.«

Felix war verwirrt. »Und deshalb grenzt du dich selbst aus? Ob du's glaubst oder nicht, ich selber hab auch so meine Geheimnisse, und trotzdem verschließe ich mich nicht vor allem und jedem.«

Auf einmal grinste Micco. War das gut oder schlecht? Felix sah sich unauffällig um und stellte fest, was er eigentlich schon wusste: Dass sie hier ganz allein waren, abseits der Straße, und er hatte niemandem von diesem spontanen Ausflug erzählt. Er spürte, wie sein Pulsschlag schneller wurde. Wie lange hatte das Gespräch zwischen Rotkäppchen und dem Wolf noch mal gedauert, bevor er es gefressen hatte?

Wenn jetzt eine Frage nach Stecknadeln oder Nähnadeln kommt, laufe ich aber weg!

»Davon musst du mir bei Gelegenheit unbedingt mehr erzählen!«, sagte Micco. »Ich kann mir nämlich wirklich nicht vorstellen, was ausgerechnet *du* zu verbergen hast. Du bist doch viel zu brav!«

»So brav, dass du mir nicht sagen kannst, was mit dir los ist, ohne meine heile Welt zu erschüttern?«, meinte Felix.

Micco zuckte mit den Schultern. »Ich wage dir zu unterstellen, dass du wohlbehütet in einem guten Elternhaus aufgewachsen bist, immer umgeben von astreinen Freunden, die dich nie dazu ermutigt haben, zu rauchen, zu trinken, in der Gegend rumzuvögeln oder dich wie ein Arschloch zu benehmen, und dass du in der Schule ein paar Probleme in Mathe hast, aber nie ernsthaft in Gefahr gerätst, die Klasse nicht zu schaffen. Stimmt doch, oder?«

Ja, es stimmte. Alles, was er aufzählte. Felix fühlte sich ertappt, beinahe beschämt darüber, wie leicht er offenbar zu durchschauen war, sagte jedoch nichts. Er ließ Micco reden.

»Du könntest so ein leichtes Leben führen, ohne Gefahren und ohne Schwierigkeiten«, fuhr dieser fort. »Aber du meinst ja, dich ausgerechnet mit *mir* abgeben zu müssen. Da könnte ich dich genauso gut fragen, wieso.«

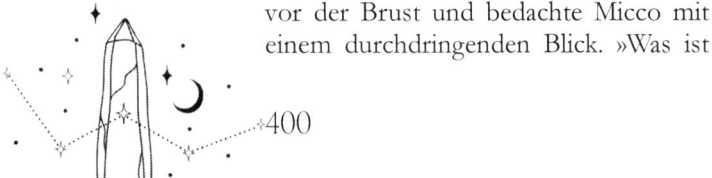

Daher wehte also der Wind. Allem Anschein nach hatte Micco Angst, für das brave Musterkind ein schlechter Einfluss zu sein. Felix fand jedoch, dass er immer noch selbst entscheiden konnte, von wem er sich beeinflussen ließ, und sein Gefühl sagte ihm ohnehin, dass da noch mehr dahinterstecken musste. Er verschränkte die Arme vor der Brust und bedachte Micco mit einem durchdringenden Blick. »Was ist so schlimm daran, dass ich mich mit *dir* abgebe? Kommst du aus keinem guten Elternhaus? Hast du kriminelle Freunde? Bist du ein Arschloch?«

Das Grinsen, das er zuvor nicht hatte deuten können, verschwand aus Miccos Gesicht. »Ich könnte sein, wer oder was ich will, ein Arschloch, ein kriminelles Genie, oder ein völlig unschuldiger Goldschatz wie du!«

Felix legte den Kopf schief. Hatte Micco wirklich gerade *Goldschatz* zu ihm gesagt? Nichts an seinem Ton oder seiner Mimik ließ darauf schließen, dass es als Beleidigung gemeint war, aber trotzdem fühlte es sich so an. Er ging auch nicht weiter darauf ein, sondern fuhr unbeirrt fort.

»Es würde nur niemanden interessieren, nicht mal meine Eltern. Wo du schon nach denen fragst: Es gibt nur noch meinen Vater, und ihm ist scheißegal, was ich mache. Er hat genug eigene Sorgen, und ich bin keine davon.«

Felix' Blick fiel auf die Uhr an Miccos Handgelenk, von der er wusste, dass sie Pendulum enthielt. Wenn Miccos Vater damit zu tun hatte, konnte er sich vorstellen, warum die Belange des eigenen Kindes auf einmal zur Nebensache wurden; weil eben für manche Menschen andere Dinge wichtiger waren. Es schien beinahe unmöglich, sich vorzustellen, dass jemand, der sich für das Pendulum interessierte, auch noch Zeit für irgendetwas anderes fand.

Doch so schnell wollte er nicht aufgeben. Nicht seine Suche nach Antworten, und auch nicht Micco, der auf ihn gerade sehr verloren wirkte, auch wenn er das wohl niemals zugeben oder gar offen zeigen würde. Also schob Felix seinen Unmut über den »Goldschatz« beiseite und konzentrierte sich auf das, was Micco ihm erzählte. »Was ist denn mit deinem Vater? Und deine Mutter, warum ist sie nicht da?«

Micco sah ihn eine Weile stumm an, rückte dann auf dem großen Fels ein Stück zur Seite und klopfte auf den leeren Platz neben sich. »Komm, setz dich.« Auf ein Zögern von Felix setzte er sogar ein Lächeln auf, das immer noch erzwungen aussah, aber wenigstens nicht so hämisch wie sein Grinsen zuvor. »Keine Angst, ich fress dich schon nicht.«

Interessante Wortwahl. Immer noch zögernd, stellte Felix den Rucksack auf den Boden und setzte sich hin, jedoch ein gutes Stück von Micco entfernt, als könnte er tatsächlich beißen.

»Um auf deine Frage zu antworten, nein, mein Vater kümmert sich nicht um mich, und wo meine Mutter ist – keine Ahnung. Niemand weiß das. Und außer mir fragt auch niemand nach.«

»Ist sie verschwunden?«

Micco nickte. »Sie war Geologin, und eine ziemlich bekannte sogar, bis sie eines Tages von einer ihrer vielen Expeditionen nicht mehr zurückkam. Angeblich wurde sie in einer unterirdischen Höhle verschüttet, aber ihre Leiche wurde nie gefunden. Das ist jetzt zehn Monate her.«

»Zehn Monate erst?« Felix wusste nicht, was er sagen sollte. Er konnte sich nicht vorstellen, wie es wäre, ein Elternteil zu verlieren. Das wollte er auch nicht.

»Du vermisst sie bestimmt sehr, oder?« Er wusste, dass die Frage überflüssig war, allerdings fiel ihm nichts anderes ein, was er hätte sagen können. Eine drückende Stille hatte sich über sie gelegt und er hatte keine Ahnung, wie er Micco trösten sollte. Wie tröstete man auch jemanden, der einen geliebten Menschen verloren hatte? Unwillkürlich rückte er ein Stück näher.

»Aus irgendwelchen Gründen schon«, sagte Micco. »Und das, obwohl sie nie für mich da war. Sie hat nie gefragt, wie's mir geht oder wie es in der Schule war. Wenn nicht gerade die Polizei mit mir vor der Tür stand, war ich ihr egal. Zwar hatte ich manchmal das Gefühl, sie würde eigentlich gerne mehr Zeit mit mir verbringen, aber eine Minute später war sie dann plötzlich wieder so abweisend, dass ich dachte, ich hätte es mir nur eingebildet. Dann ist sie gestorben. Und ich werde nie erfahren, warum sie sich mir gegenüber so verhalten hat.«

Felix merkte, dass Micco traurig war, obwohl er sein Bestes gab, es sich nicht anmerken zu lassen. Sein Gesicht blieb unbewegt, es war einfach unlesbar, wann immer er nicht gerade eine Augenbraue hob oder irgendwie grinste – und selbst dann war es schwierig. Seine Stimme hingegen hatte er nicht ganz so perfekt unter Kontrolle, hier kam hin und wieder etwas Niedergeschlagenheit durch. Ein Elternteil tot, das andere gleichgültig – das würde Felix auch zu schaffen machen. Aber durch diese Geschichte wurde ihm bewusst, wie glücklich er sich schätzen konnte, die Eltern zu haben, die er hatte.

»Und mein Vater lebt ausschließlich für seine Arbeit. Ihm ist seine Forschung am wichtigsten«, fuhr Micco fort. »Wir wohnen zusammen, sehen uns aber selten, und wenn, dann ist immer irgendwas anderes wichtiger als ich.«

Erneut betrachtete Felix die mysteriöse Armbanduhr, deren Zifferblatt im Licht violett funkelte. Er konnte es nicht sicher sagen, aber vielleicht war das die Art von Funkeln, die er bereits kannte.

»Was ist mit Freunden?«, fragte er. »Hattest du auf deiner alten Schule keine Freunde?«

»Freunde, ja, die hatte ich mal.« Miccos Blick war weit in die Ferne gerichtet. »Aber dann ist etwas passiert, was dazu geführt hat, dass sich am Ende fast jeder von mir abgewendet hat. Irgendwann wurde mir das zu viel und ich hab die Schule gewechselt. Aber eine Erkenntnis hab ich vom Geschwister-Scholl-Gymnasium mitgenommen: dass man sich niemals auf andere Menschen verlassen sollte. Nicht mal auf sogenannte Freunde. Denn es muss nur einmal jemand ein mieses Gerücht erzählen und schon hat man keine Freunde mehr.«

Das war es also. Felix wusste nicht, was genau vorgefallen war, doch es musste so einschneidend gewesen sein, dass Micco so etwas nie wieder erleben wollte. »Erzählst du mir, was passiert ist?«

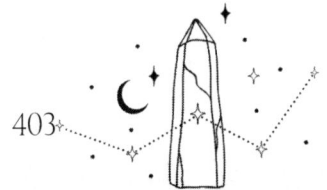

»Ich wusste, dass du danach fragen würdest. Aber dafür ist jetzt nicht der richtige Zeitpunkt. Vergiss es einfach. Ist besser, wenn es niemand mehr erfährt.«

Keine befriedigende Antwort, doch Felix beschloss, es dabei zu belassen. Zumindest für die nächste Zeit.

»Na gut, dann erzähl mir was anderes.« Er erinnerte sich an den eigentlichen Grund, warum er mit Micco hatte sprechen wollen. Neugierig ergriff er die linke Hand seines Gegenübers und drehte sie so, dass das Zifferblatt der Uhr von der Sonne direkt angestrahlt wurde. Das Pendulum funkelte hell im Licht.

»Diese Armbanduhr hat mir mein Vater zum achtzehnten Geburtstag geschenkt«, erklärte Micco. »Sie ist sozusagen was ganz Besonderes, nämlich eins der wenigen Geschenke, die er je für mich hatte... Mal abgesehen von dem Auto, das mich über meine verlorenen Freundschaften hinwegtrösten sollte. Das Tolle an ihr ist, dass sie nie stehen bleibt.«

»Das glaub ich dir aufs Wort.« Felix fragte sich, ob Micco von dem Pendulum wusste. Doch wenn er die Uhr von seinem Vater hatte, dann hatte zumindest dieser Verbindungen zu Nerbesar, wenn er sich nicht sogar selbst regelmäßig dort aufhielt. Das wiederum würde sehr dafür sprechen, dass seine Forschungen und seine Arbeit ...

Hä? Was ist das? Ein plötzliches Kribbeln in seinen Händen unterbrach Felix' Gedankengang. Er kannte dieses Kribbeln so gut wie kaum ein anderes körperliches Gefühl, das er in letzter Zeit wahrgenommen hatte. Jedes Mal, wenn er mit dem Pendulum in Berührung kam, spürte er es. Es war Zeit, die Armbanduhr loszulassen, bevor es zu stark wurde.

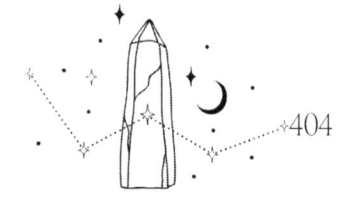

Doch er berührte die Uhr gar nicht. Seine Hände hatten lediglich mit denen von Micco Kontakt, nicht aber mit dessen Uhr. Wie konnte das sein? Wie konnte er dieses mittlerweile so vertraute Kribbeln so deutlich spüren, ohne den einzigen Pendulum-Gegenstand in der Nähe zu berühren? Wurde es womöglich durch etwas anderes ausgelöst?

Eine unerwartete Erkenntnis traf ihn wie ein Schlag, und er starrte Micco an, ohne seine Hand loszulassen. Nein – das war völlig ausgeschlossen. Aber das Kribbeln behauptete das Gegenteil. Konnte es also doch sein? Felix starrte auf ihre Hände. Ein Sturm unterschiedlichster Emotionen tobte in ihm, machte es ihm unmöglich, einen klaren Gedanken zu fassen.

»Was ist?« Micco klang ansatzweise besorgt, und diesmal konnte auch die Sonnenbrille nicht die Unsicherheit verbergen, die er zur Schau stellte. Ob er das Kribbeln auch spürte?

Seine Sonnenbrille. Wieso trägt er die eigentlich immer? Zu jeder Tageszeit und bei jedem Licht?

Felix war fest entschlossen, das jetzt sofort herauszufinden. Ohne Vorwarnung hob er die Hand, griff nach der Brille und zog sie weg, bevor Micco reagieren konnte. Micco blinzelte gegen das Sonnenlicht an, das plötzlich in seine Augen fiel, aber auch seine sich schnell schließenden Lider konnten das Offensichtliche nicht mehr verbergen. Seine Augen leuchteten hell in der Sonne. Sie leuchteten violett.

Felix erstarrte. Nur seine Kinnlade klappte nach unten. Micco nahm zwar seine Brille wieder an sich, setzte sie aber nicht mehr auf. Sie hatte ihren Sinn verloren.

»Wie ... wie kann so was sein?« Felix stotterte. »Das ... das gibt's doch nicht! Du kannst doch nicht ... wie?!«

Aber Micco schien dennoch nach einer Ausrede zu suchen. »Eine seltene Augenfarbe. Na und? Das ist nur bei hellem Licht so. Bei normalem Licht sind meine Augen blau.«

Felix schüttelte den Kopf. »Hör auf, mich anzulügen! Du weißt genau, dass das nicht stimmt. Du trägst das Pendulum in dir, genau wie deine Uhr.«

»Das ist bestimmt nichts, womit du dich beschäftigen solltest.« Micco warf ihm einen strengen Blick zu, bevor er seine Augen wieder hinter der Sonnenbrille verbarg. »Lass uns einfach so tun, als hättest du das nie gesehen, okay? Das ist für uns alle das Beste.«

Wieder schüttelte Felix den Kopf. »Ich will wissen, wie so was möglich ist! Ist es das, womit sich die Forschung deines Vaters beschäftigt? Hat *er* das gemacht? Hat er ... dir Medikamente oder so was gegeben, damit du so wirst?«

»Das geht dich gar nichts an! Und halt gefälligst die Klappe. Es geht nämlich auch sonst niemanden was an.«

Das erklärte einfach alles! Micco war so schnell und stark. Es war das Pendulum in seinem Körper, das seine Fähigkeiten verbesserte. Und im Sportunterricht tat er so, als hätte er diese Fähigkeiten nicht, damit nie jemand seinem Geheimnis auf die Spur kommen konnte. Niemand durfte ihn je richtig in Aktion erleben. Felix wusste nicht, ob er fasziniert oder schockiert sein sollte. Trocken schluckte er, unentschlossen, was er jetzt tun sollte. Diese neugewonnene Erkenntnis veränderte einiges, doch das ganze Ausmaß konnte er noch nicht fassen.

Ihm blieb noch ein bisschen Zeit, sich das zu überlegen, denn sein Telefon klingelte. Ein kurzer Blick auf den Bildschirm verriet, dass Arthur mit ihm sprechen wollte, aber dafür hatte er jetzt keine Zeit. Er drückte den Anruf weg.

Eines wusste er: Es musste ein Geheimnis bleiben. Micco zuliebe. »Ich werde es niemandem erzählen!«, sagte er. »Das verspreche ich dir.«

»Was wirst du niemandem erzählen? Habt ihr Geheimnisse?«

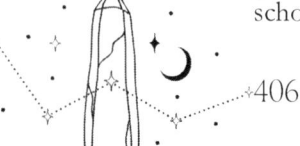

Eine unheilvoll vertraute Stimme, nicht weit entfernt von den beiden, erregte ihre Aufmerksamkeit. In der Nähe des Autos standen Max Dannecker und seine beiden primitiven Freunde, die Felix vor dem Sterncafé Ärger ge-macht hatten. Wie lange standen sie schon da? Wie viel von dem Gespräch hatten sie belauscht? Felix hatte sie nicht einmal kommen hören. Entweder waren sie so gut im Schleichen, oder das Kribbeln des Pendulums war so mächtig, dass er einfach nichts anderes mehr mitbekam, wann immer er es spürte.

Auch Micco konnte die drei ungebetenen Gäste nicht bemerkt haben, sonst hätte er sicherlich schon früher reagiert. Nun stand er auf, machte einen Schritt auf sie zu und baute sich bedrohlich vor ihnen auf. »Ich rate dir dringend, dich zu verpissen, Max! Das hier ist ne Privatparty.«

Max ignorierte ihn und wandte sich an Felix. »An deiner Stelle würd ich mir meine Freunde sorgsamer aussuchen und mich nicht mit so einem Kriminellen abgeben!«

»Das musst gerade du sagen, du *Goldschatz!*« Felix musste ein Grinsen unterdrücken, als er Max das zweifelhafte Kosewort entgegenwarf, mit dem Micco zuvor ihn betitelt hatte. Jetzt zu lachen, hätte seine Ernsthaftigkeit untergraben, die er gerade aufzubauen versuchte. Und eigentlich fand er die Situation ganz und gar nicht komisch.

Doch Max gab sich selbst viel zu ernst, um darauf auch nur in irgendeiner Form zu reagieren. »So schlimm wie Micco bin ich noch lange nicht. Hast du ihn mal gefragt, was er mit meiner Schwester gemacht hat? Anfangs hat er sie auch nur harmlos in der Gegend rumkutschiert, so wie dich gerade. Und wo ist sie heute? Na?«

Verwirrt blickte Felix zu Micco auf. Was hatte das wieder zu bedeuten?

»Ich hab Sandra nichts getan! Nie!« Miccos Hände ballten sich so fest zu Fäusten, dass die Handknöchel hervortraten. Es sah sehr schmerzhaft aus. »Sie ist von unserem Balkon gestürzt!«

Felix' Augen weiteten sich. Sandra, die Schwester von Max, war also in Miccos Wohnung gestorben? Das erklärte, warum er so ungern über sich selbst redete, und warf gleichzeitig neue Fragen auf – allen voran, ob er daran wirklich so unschuldig war, wie er behauptete.

Doch niemand ließ Felix Zeit, darüber nachzudenken. Falls Max seine Reaktion bemerkte, ignorierte er sie. Der Blick des Schlägers, der möglicherweise gar nicht der böse Wolf in dieser Geschichte war, fixierte nun Micco. »Ganz alleine, ja? Ein bisschen unglaubwürdig, findest du nicht? Sie war zwar tollpatschig, das ist kein Geheimnis, aber nicht *so* bescheuert!«

»Warum diskutieren wir überhaupt so viel?«, fragte einer von Max' Freunden, der mit der Lederjacke. »Der lügt doch, wenn er nur den Mund aufmacht!«

»Zeigen wir ihm doch mal, was wir davon halten!«, sagte der schlaksige Blondschopf.

Damit schien alles geklärt – für die Schlägertypen zumindest. Sie kamen auf Micco zu. Als dann plötzlich auch noch Felix' Handy klingelte – es war wieder Arthur, doch dafür war nach wie vor keine Zeit –, rasteten sie völlig aus.

Das wird allmählich zur Gewohnheit!, dachte Micco, während er sich an die Schlägerei mit Max vor ein paar Tagen erinnerte, die so ausgegangen war, dass er den bewusstlosen Felix ins Krankenhaus gebracht hatte.

Seine momentane Lage war ähnlich: Felix war bewusstlos, hatte die zu große Menge Pendulum in der Höhle hinter der großen Tür nicht verkraftet, und Micco trug ihn ein Stück die Treppe hinauf, zu der Kammer mit der Truhe. Dort gab es immer noch diese Felsformation, die an ein Bett erinnerte und sich bestimmt auch als solches eignete. Claudentina und Arthur folgten schweigend.

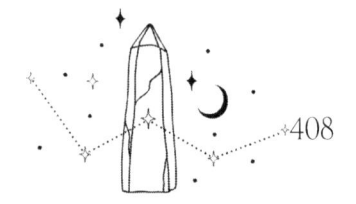

Falls es diese Elementare wirklich gab, standen die Chancen gut, dass Felix mit seiner Vermutung Recht hatte, dass er einer war. Anscheinend zogen sich die Essenzen der Elemente und das Pendulum gegenseitig an, und wenn nicht, dann reagierten sie auf andere Weise aufeinander, wenn sie sich berührten, was wohl ein Kribbeln auslöste.

Auch Micco kannte dieses Gefühl. Zum ersten Mal hatte er es gespürt, als Felix im Bürogebäude nach seiner Brille gegriffen und versucht hatte, sie ihm abzunehmen, dann wieder an dem Tag, an dem er es geschafft hatte.

Wenn sie sich berührten, passierte in den ersten Sekunden gar nichts. Aber schon nach kürzester Zeit begann es an der Stelle, wo der Kontakt bestand, zu kribbeln. Am Anfang hatte dieses Gefühl Micco ziemlich verwirrt, regelrecht verunsichert – ihm war nicht bewusst gewesen, was es auslöste. Aber seit diesem Gespräch mit Felix war ihm klar, was es wohl bedeutete.

Je mehr er über Elementare nachdachte, desto mehr glaubte er daran. Was wohl Felix' Element war, falls er tatsächlich diesem exklusiven Club angehörte? Möglicherweise Feuer; er schien keine Kontrolle darüber zu haben wie die Familie, die Micco vor einem halben Jahr in Finnland kennen gelernt hatte. Doch die Tatsache, dass Felix' Körper von Natur aus so warm war, wärmer als jeder andere, den Micco je berührt hatte, war zumindest ein Anhaltspunkt.

In diesem Moment spürte er kein Pendulum- oder Elementarbedingtes Kribbeln, sondern nur Wärme. Zwar trug er Felix, im wahrsten Sinne des Wortes, auf Händen, aber dieser war wegen des kalten Wetters in warme Kleidung gehüllt, sodass zwischen ihnen kein direkter Körperkontakt bestand. Dem Anschein nach war aber nicht nur der Kontakt mit dem Pendulum ausschlaggebend, sondern auch dessen Menge. Unten war sehr viel davon gewesen, genug, um Felix zu überwältigen.

Micco selbst brauchte im Winter keine warme Kleidung, um sich gegen Kälte zu schützen. Das Pendulum in seinem Blut machte ihn widerstandsfähiger als normale Menschen und bewirkte, dass er Kälte spürte, sie ihm aber nichts ausmachte. Er fror nicht, zitterte nicht, wurde nicht krank. Um diese Effekte bei ihm zu erzielen, waren extremere Temperaturen notwendig als die eines durchschnittlichen Winters in Deutschland, ganz zu schweigen von Süditalien, wo es in der Regel ohnehin wärmer war.

Die Besonderheit seines Blutes wirk-te sich aber nicht nur auf sein Temperaturempfinden aus, sondern vor allem auch auf seine Körperkraft. Obwohl seine Arme kaum muskulöser waren als die anderer Jungen seines Alters, hatte er genug Kraft darin, um den Hebel vor der großen Doppeltür nahezu mühelos zu bewegen, was Arthur nicht so leicht geschafft hätte, und Felix und Claudentina erst recht nicht. Auch Felix die Treppe hinaufzutragen, bereitete ihm keine Probleme, aber sehr schwer war dieser sowieso nicht. Micco schätzte sein Gewicht auf fünfundsechzig Kilo, vielleicht sogar etwas weniger, aber auf keinen Fall mehr.

Dementsprechend dauerte es nicht lange, bis sie oben angekommen waren und den sicheren Raum erreicht hatten. Micco legte Felix vorsichtig auf das provisorische Bett und blieb daneben stehen. Er fragte sich, ob Felix sich je erinnern würde, was am Tag seines Blackouts passiert war. Vor allem, was er an diesem Tag erfahren hatte. Wie würde er reagieren, wenn er sich wieder erinnerte?

Micco war nach wie vor der Meinung, dass es keine gute Idee gewesen war, mit Felix in den Wald zu fahren. Er hatte einen Ort gesucht, an dem sie ungestört reden konnten, aber auch das bereute er nun, denn so hatte Felix erfahren, was Sandra Dannecker damals nicht verkraftet hatte. Die Erinnerung an sie schmerzte immer noch. Sie hatten sich so gut verstanden, sich unterhalten, waren zusammen ausgegangen, und mehr noch – sie war eine der wenigen Personen in seinem Leben gewesen, die ihm jemals etwas bedeutet hatten.

Vielleicht wäre sie sogar seine erste feste Freundin geworden, nachdem sein Liebesleben davor nur aus zahlreichen bedeutungslosen Affären und One-Night-Stands bestanden hatte. Er war nicht der Typ für etwas Ernsteres, das hatten ihm seine Eltern nie vorgelebt – trotzdem hätte er mit ihr gerne herausgefunden, ob nicht vielleicht doch mehr möglich war. Aber dann hatte er ihr an jenem schicksalhaften Abend die Wahrheit über sich erzählt. Eine Wahrheit, die sie am besten niemals hätte erfahren sollen. Sie war völlig erschrocken, hatte es erst gar nicht geglaubt, sich dann aber viel zu sehr hineingesteigert.

»Was bist du für ein Wesen?« – Diese Worte konnte Micco einfach nicht vergessen; als wäre er wegen seines Blutes kein richtiger Mensch mehr. Sandra hatte das einfach nicht verstanden und darum gebeten, eine Weile allein zu sein. Dann war sie aus seinem Zimmer auf den Balkon gegangen. Er hatte sie nicht mehr lebend gesehen, nur ihren Schrei gehört. Also war er ihr gefolgt, aber auf dem Balkon war sie nicht mehr gewesen. Erst ein Blick hinunter hatte offenbart, wo sie war – auf dem vom Regen nassen Boden vor seinem Haus, leblos, regungslos. Sandra Dannecker war tot.

Bis heute konnte er nicht verstehen, wie das passiert war. Wie zum Teufel hatte sie nur vom Balkon stürzen können? Hatte sie versucht zu fliehen? Aber warum hätte sie mit dem Kopf voraus fliehen sollen? Sie war zu Lebzeiten tatsächlich etwas tollpatschig gewesen, wie Max gesagt hatte, aber doch nicht *so* tollpatschig. Als Todesursache war jedenfalls ein Genickbruch festgestellt worden.

Micco war sich bewusst, dass seine Version der Geschichte durch all diese Faktoren ziemlich unglaubwürdig klang. Verständlich, dass man in seiner Schule lieber auf seinen Mitschüler Robbie gehört hatte, der ihn noch nie besonders gemocht und jedem erzählt hatte, Micco hätte Sandra in jener Nacht vom Balkon gestoßen. Binnen weniger Tage hatte sich dieses schreckliche Gerücht in der Schule und außerhalb verbreitet, und irgendwann war sogar noch eine Vergewaltigung hinzuerfunden worden.

Nur Lorena hatte an seine Unschuld geglaubt und zu ihm gehalten, doch das hatte nicht gereicht, um seinen weiteren Aufenthalt im Geschwister-Scholl-Gymnasium erträglich zu machen. So war das in der Schule: Man musste sich nur einmal einen schlechten Ruf machen und schon fiel man für alle Zeiten in Ungnade. Seine sogenannten Freunde, darunter auch sein ehemaliger bester Freund Carlos, hatten ihn einfach fallen lassen.

Seufzend blickte er auf Felix hinab, der im Moment friedlich und ruhig schlief, aber tief in seinem Inneren die Wahrheit kannte. Eine gefährliche Wahrheit, an die er sich derzeit nur nicht erinnerte, weil er einen Schlag auf den Kopf eingesteckt hatte.

Doch Micco hatte aus seinen Fehlern gelernt. Er wollte nicht, dass die Geschichte sich wiederholte. Felix hatte die Wahrheit bei weitem besser aufgenommen als Sandra damals; in seinem Fall war es eher Unglauben gewesen als Abscheu oder Empörung. Dennoch hatte Micco das beunruhigende Gefühl, dass jeder, der zu viel Zeit mit ihm verbrachte, irgendwann in ernsthafte Gefahr geriet. Deshalb, und aus keinem anderen Grund, hatte er nach dem Schulwechsel den Kontakt zu seiner treuen Freundin Lorena abgebrochen. Auf diese Weise passte er auf sie auf.

Was Felix betraf, hatte er hauptsächlich auf Unfreundlichkeit gesetzt, um ihn von sich fernzuhalten. Leider hatte das überhaupt nicht funktioniert, und nun waren auch noch Arthur und Claudentina in die Angelegenheit verwickelt. Aber mit diesen beiden wurde er schon fertig, das Hauptproblem blieb Felix. Mit seinen großen, blauen Augen und dieser naiven Neugier weckte er in Micco sämtliche Beschützerinstinkte. Er war wie ein störrisches Kind, das sich nichts sagen ließ. So brav er auch wirkte, er schien die Gefahr regelrecht zu suchen und war stur, wenn er etwas wollte.

»Was machen wir jetzt eigentlich?« Arthur trat mit einem Fuß unruhig auf der Stelle und ließ die Arme baumeln. Seine Worte rissen Micco aus seinen Gedanken. »Es waren Felix' Träume, die uns hierher geführt haben. Nun sind wir hier, und nach diesem Raum dort unten scheint es nicht mehr weiterzugehen. Heißt das, dass wir unser Ziel erreicht haben?«

Arthur blickte fragend zu Claudentina, die angefangen hatte, mit verschränkten Armen in dem kleinen Raum auf- und abzugehen. Ihr Blick war nachdenklich, wie fast immer, wenn Micco sie ansah. Er hatte oft den Eindruck, als würde sie ihren Gedanken nie eine Pause gönnen, sondern immer den nächsten Schritt planen, oder zumindest sehr konzentriert über etwas grübeln.

»Das könnte höchstens Felix uns sagen«, antwortete sie auf Arthurs Frage, ohne stehen zu bleiben. »Warten wir also, bis er aufwacht.«

Der Gedanke, dass ausgerechnet Felix diesen Gruppenausflug anführte, hatte Micco von Anfang an nicht gefallen. Arthur mochte er zwar nicht sonderlich, doch wenigstens machte dieser den Eindruck, auf sich selbst aufpassen zu können. Claudentina war besonnen und ausgeglichen und würde sie alle langsam, aber sicher ans Ziel führen, wie auch immer dieses aussah. Aber Felix? Irgendein Gefühl, irgendetwas, das ihn neugierig machte, und schon brachte er sich in Gefahr, ohne darüber nachzudenken. Auf ihn aufzupassen, war, als wollte man eine Motte davon abhalten, ins Licht zu fliegen.

Dennoch würde Micco genau das versuchen. »Er kann auf keinen Fall noch mal da runter!«, beschloss er in einem Ton, der keine Widerworte duldete. »Dort ist zu viel von diesem Zeug.«

Glücklicherweise widersprachen die anderen nicht. Arthur nickte sogar kaum merklich. Aber ohne Felix würde es trotzdem nicht weitergehen. Sie konnten im Augenblick nur warten, bis er aufwachte.

»Was ist eigentlich das da?« Arthur zeigte auf ein Loch in der Wand, das aussah wie die anderen Löcher in dieser Höhle, durch die alle wichtigen

Mechanismen ausgelöst wurden. Micco hatte es bereits bei ihrem letzten Aufenthalt in diesem Raum bemerkt, aber nicht weiter beachtet.

»Vielleicht schaltet es diese gemeinen Speerfallen aus, damit man die Treppe wieder hochkommt«, überlegte Claudentina hoffnungsvoll und griff in eine Jackentasche. Ein Stück Pendulum kam zum Vorschein. »Das hab ich von unten mitgehen lassen. Wir können es ja mal versuchen ...«

»Ruhe!« Micco hob den Finger an die Lippen, als er plötzlich ein Geräusch vernahm. Claudentina verstummte mitten im Satz und starrte ihn an. Arthur tat es ihr gleich.

Das Geräusch wurde lauter, kam näher. Die anderen hörten es wahrscheinlich nicht, weil es für sie noch zu leise war, zu weit weg, doch auch in dieser Hinsicht war es nützlich, Pendulum im Blut zu haben. Micco *konnte* es hören – es waren Schritte. Sehr schnelle Schritte, die in regelmäßigen Abständen kurze Pausen einlegten. So wie sich das anhörte, rannte jemand die Treppe hinunter und sprang über die Stufen, die die Fallen auslösten. Es musste also jemand sein, der nicht zum ersten Mal hier war, so schnell und selbstsicher wie er durch die gefährliche Umgebung hüpfte. Oder jemand, der genau wusste, worauf er zu achten hatte.

Micco blickte zum Eingang des Raumes. Früher oder später musste der Sprinter daran vorbei.

»Jetzt hör ich's auch«, flüsterte Claudentina, als die Schritte schon relativ nahe waren.

Jetzt erst? Micco schüttelte ungläubig den Kopf. Es musste recht hinderlich sein, ein normaler Mensch mit normalem Gehör zu sein.

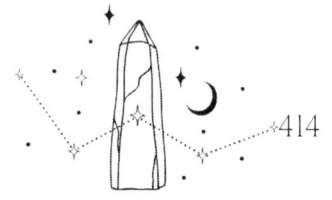

Plötzlich huschte eine Gestalt in einer violetten Robe vorbei. Micco machte einen großen Schritt auf die Treppe zu und streckte vorsichtig den Kopf hinaus, um die Gestalt dabei zu beobachten, wie sie den Fuß der langen Treppe erreichte und vor der großen Tür stehen blieb. Dann zog sie sich die Kapuze vom Kopf und sah sich um. Micco erhaschte einen Blick auf ihr Gesicht – und wusste nicht, ob er überrascht sein sollte oder nicht.

»Wer ist das?« Claudentina näherte sich der Treppe, gefolgt von Arthur.

Die Person zog die Kapuze wieder über ihren Kopf und betrat die Pendulum-Höhle, deren Tor offen stand, als hätte es nur auf sie gewartet.

»Das ist mein Vater«, sagte Micco.

»Was?« Claudentina war sichtlich erschrocken. »Aber dieser Mann in der violetten Robe war auch bei dem Ritual dabei! Ist dein Vater etwa Mitglied dieser Sekte?«

»Natürlich ist er das. Ich wusste doch, dass man dir nicht trauen kann!«, fauchte Arthur Micco an. »Du weißt genau, was hier abgeht, gib's zu!«

»Nicht mehr und nicht weniger als du. Ich hab keine Ahnung, was mein Vater hier macht. Aber ich werde es herausfinden.« Mit diesen Worten trat Micco auf die Treppe hinaus und ging hinunter.

»Bleib bei Felix!«, hörte er Arthur zu Claudentina sagen. »Ich will das jetzt auch wissen.«

Micco war das gleichgültig. Sollte Arthur mitkommen. Es würde schon nichts passieren. *Immerhin ist er mein Vater! Er wird uns nichts tun. Er kann das erklären.*

Oder auch nicht. Micco musste sich eingestehen, dass sein Vater nicht gerade dafür bekannt war, stets die Wahrheit zu sagen. Er hatte lange vieles verschwiegen und behauptet, es nicht zu wissen – wie die Sache mit dem Pendulum.

»Beantworte mir nur eine Frage«, begann Arthur, während sie hintereinander die Treppe hinabstiegen. »Wie kommt es, dass Felix immer zu dir hält?«

Micco verdrehte die Augen. »Keine Panik, ich nehme dir deinen besten Freund schon nicht weg. Ich hab ihn nicht gezwungen, mir nachzulaufen, also war das auch nicht meine Absicht. Und dass wir uns hier im Dorf getroffen haben, war purer Zufall.«

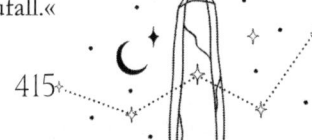

»Und dass ausgerechnet dein Vater hier aufkreuzt und sogar bei diesem Ritual mitmacht, ist auch so ein purer Zufall? Das wird ja immer glaubhafter.«

»Glaub, was du willst. Ich bin jedenfalls nicht *euch* hierher gefolgt, sondern meinem Vater, um rauszufinden, was er hier treibt, und genau das werde ich jetzt tun.« Micco wollte noch etwas hinzufügen, aber da er das Ende der Treppe fast erreicht hatte und sein Vater vielleicht in Hörweite war, zog er es vor, leise zu sein. Was auch immer der Mann in diesem Raum trieb – es war besser, ihn auf frischer Tat zu ertappen, als sich schon vorher durch laute Gespräche anzukündigen.

Arthur schien das ähnlich zu sehen, denn er versuchte, die Lautstärke seiner Schritte zu verringern. Er dachte mit – wenigstens etwas, wofür er zu gebrauchen war, wenn er schon nichts als nervtötende Nörgeleien hervorbrachte, wann immer er den Mund aufmachte. Wie er es geschafft hatte, Felix' bester Freund zu werden, darüber konnte Micco nur spekulieren. Beide waren stur, aber sonst ...

Auf Zehenspitzen schlichen sie zum Eingang der Höhle und riskierten einen Blick. Der Mann in der violetten Robe war noch nicht allzu weit hineingegangen, und auf diese kurze Entfernung erkannte Micco seinen Vater mit Sicherheit. War dieser für ein zweites zwielichtiges Ritual hier heruntergekommen? Micco konnte sich inzwischen alles vorstellen, nahm sich jedoch fest vor, sich nicht überraschen zu lassen. Was auch immer gleich passierte, er würde es mit Fassung tragen.

Bisher hatte sein Vater nur ein kleines Stück Pendulum vom Boden aufgehoben und war im Begriff, noch mehr aus der Wand herauszubrechen. Er hatte einen Sack mitgebracht, in dem er seine Fundstücke verstaute, und warf einen misstrauischen Blick in Richtung Eingang, als er merkte, dass er beobachtet wurde. Micco versuchte gar nicht erst, seinem Blick auszuweichen oder sich zu verstecken. Früher oder später würden sie darüber sprechen müssen, so oder so.

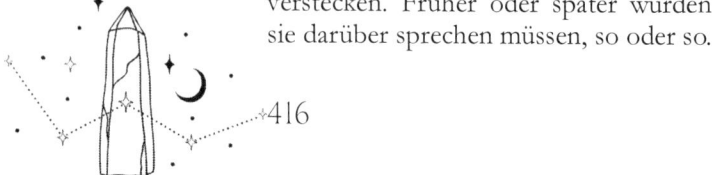

»Dominic! Du bist es.« Der Ältere nahm die Kapuze ab und wirkte beinahe überrascht. Aber eben nur beinahe. Micco wusste aus Erfahrung, was für ein Gesicht sein Vater machte, wenn er sich *wirklich* ertappt fühlte, und das war es nicht.

Im selben Moment wich Arthur erschrocken zurück. »*Das* ist dein Vater?«

Zunächst verstand Micco nicht, was er damit meinte, aber dann fiel es ihm wieder ein. Arthur war bei dem Vorfall in der Kirche dabei gewesen und hielt Miccos Vater nun, genau wie Felix, für das Böse in Person. Micco war davon ausgegangen, dass Felix seinem besten Freund erzählt hatte, was Sache war, aber da hatte er sich wohl getäuscht. Also waren die beiden entweder doch keine so guten Freunde, oder Felix hatte einen guten Grund gehabt, das Wissen um die Identität von Miccos Vater für sich zu behalten.

Vielleicht, weil Arthur ein Sturkopf ist. Hätte er's gewusst, hätte er mich doch nie wieder auch nur in die Nähe seiner Freunde kommen lassen, obwohl ich nicht mein Vater bin. Eigentlich überraschend vernünftig von Felix, Arthur nichts zu sagen.

Doch darüber konnte Micco später mit Felix reden. Jetzt war erst einmal sein Vater an der Reihe, einige Antworten zu geben.

»Was machst du hier?«, fragte er diesen in einem scharfen Ton.

»Das Gleiche könnte ich dich fragen«, entgegnete sein Vater. »Aber es trifft sich gut, dass du da bist. Sei doch so nett und hilf mir, diese violetten Steine hier aufzusammeln und nach Hause zu bringen.«

Er sprach über die »violetten Steine«, als wüsste Micco nicht genauso gut wie er, was das wirklich war. Wahrscheinlich wollte er vor Arthur nicht riskieren, zu viel preiszugeben.

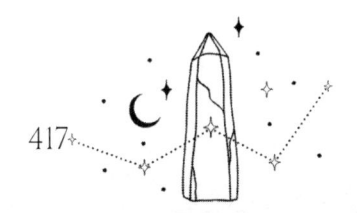

»Arthur ist eingeweiht«, klärte Micco ihn auf. »Du kannst die Dinge also ruhig bei ihren Namen nennen. Wozu brauchst du das Pendulum?«

Sein Vater warf dem sprachlosen Arthur einen Blick zu. »Ich habe dir doch von dem multifunktionalen Telefon erzählt, das Carlo für mich anfertigen sollte, erinnerst du dich? Nun, er hat es getan, aber leider wurde das Telefon von drei Jugendlichen gestohlen, die vorgegeben haben, in meinem Namen gekommen zu sein, um es zu holen. Tja, Nerbesar ist nicht mehr so sicher vor Eindringlingen, wie es mal war. Deshalb nehme ich die Sache jetzt selbst in die Hand, und dafür brauche ich dieses Material.«

»Was? *Sie* sind Andrea?« Arthur hatte plötzlich seine Sprache wiedergefunden.

»Andrea Bermicci. Ja, der bin ich. Und du bist demnach einer der Diebe, nicht wahr?« Kopfschüttelnd wandte er sich an Micco. »Dominic, du solltest dir deine Freunde wirklich besser aussuchen, wenn du nach dem Fiasko in deiner alten Schule unbedingt noch welche haben musst. Was ist mit diesem Rotschopf, der dich vorgestern besucht hat? Auch einer deiner zwielichtigen Freunde?«

»Nur Sie sind hier zwielichtig!«, fuhr Arthur ihn an. »Wofür brauchen Sie das Pendulum wirklich?«

»Kannst du dich nicht *einmal* benehmen?«, zischte Micco.

Doch sein Vater ging darauf ohnehin nicht weiter ein, als wäre Arthur gar nicht anwesend. »Ich werde deine Hilfe brauchen. Willst du nicht mit mir kommen? Hier ist es für dich ziemlich gefährlich.«

Micco schnaubte unwillkürlich. Gerade zuvor hatte er sich noch vorgenommen, sich nicht aus dem Konzept bringen zu lassen. Diese Scheinheiligkeit schaffte es trotzdem. Spielte sein Vater nach wie vor nur eine Rolle für Arthur, oder glaubte er tatsächlich, dass auch Micco darauf hereinfallen würde? »Machst du dir etwa Sorgen? Um *mich*? Seit wann das denn?«

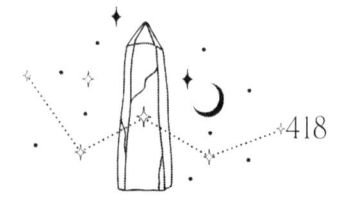

»Schon immer! Ich weiß, dass ich dich sehr vernachlässigt habe, besonders seit dem Tod deiner Mutter. Aber das wird sich jetzt ändern. Ich habe Pläne für uns.«

»Pläne für uns«? Micco wusste nicht, was er davon halten sollte. Einerseits hatte sich durch die jüngsten Erkenntnisse sein Bild von seinem Vater verändert, und zwar nicht ins Positive; er wusste nicht, ob er ihm trauen konnte. Doch andererseits war dieser Mann nach wie vor seine Familie, die einzige, die er noch hatte. Sein Vater hatte ihm nie das Gefühl gegeben, ihm wichtig zu sein, aber auch nie etwas Schlechtes gewollt. Vielleicht waren diese »Pläne« etwas Gutes? Und falls nicht, war der Zeitpunkt nie günstiger gewesen als jetzt, das herauszufinden. Zögernd setzte Micco sich in Bewegung.

»Gut, sehr gut!«, sagte sein Vater. »Weißt du, eigentlich habe ich schon genug von dieser Substanz. Lass uns nach Hause gehen, gut?« Er zeigte mit dem Finger tiefer in die Höhle. »Es gibt da eine Abkürzung.«

»Hey, wo willst du hin?«, rief Arthur.

Micco blieb stehen. Was machte er überhaupt? Er wollte zwar mit seinem Vater gehen, konnte die anderen aber nicht einfach zurücklassen.

»Mach dir keine Sorgen um deine Freunde«, beruhigte ihn sein Vater, als hätte er seine Gedanken gelesen. »Von hier unten lassen die Fallen sich für eine bestimmte Zeit abschalten. Lange genug jedenfalls, um die Treppe hinaufzugehen. Sie kommen hier schon heil wieder raus, auch wenn sie eigentlich nie hätten herkommen sollen.« Er bedachte Arthur mit einem strengen Blick, den dieser keinen Deut freundlicher erwiderte. Ohne ein weiteres Wort drehte er sich um und wies seinen Sohn an, mitzukommen, während Micco sich fragte, ob sein Vater sich wohl genauso an Arthur erinnerte wie umgekehrt.

Daraufhin wandte Arthur sich Micco zu, doch die offenkundige Feindseligkeit verschwand nicht aus seinem Blick. Er kniff die Augen zusammen, forschend, angriffslustig, als würde er

Micco noch weniger trauen als dessen Vater. »Du wirst doch nicht wirklich mit ihm gehen! Oder willst du Felix so in den Rücken fallen?«

Hatte er das gerade wirklich gesagt?

Eigentlich interessierte es Micco nicht, was Arthur dachte. Aber diese Andeutung, dass auch Felix ihm egal war, konnte er nicht auf sich sitzen lassen. Nicht, während er gerade alles tat, was er konnte, damit Felix sicher war.

Er drehte sich um und ging mit großen, schnellen Schritten auf Arthur zu, woraufhin dieser reflexartig zurückwich. Micco wollte ihm nichts tun, nur sicherstellen, dass Arthurs schwaches Gehör seine Worte vernahm, die nicht für die viel besseren Ohren seines Vaters bestimmt waren, und blieb direkt vor ihm stehen.

»Du hast es immer noch nicht begriffen, oder?«, fragte er. »Ich will endlich wissen, was mein Vater vorhat! *Gerade weil* ich weiß, dass er dir und Felix etwas getan hat, als ihr jünger wart, und weil er mit dieser Sekte zu tun hat. Es ist besser, du folgst uns nicht, sondern gehst zurück zu deinen Freunden. Da ist es sicherer. Mir wird er nichts tun, aber bei euch bin ich mir da allmählich nicht mehr so sicher.«

Er sprach schnell und leise, aber gleichzeitig deutlich, um sich nicht wiederholen zu müssen. Arthur, der einige Zentimeter kleiner war als er, sah mit ernster Miene zu ihm auf. Er schien zu verstehen. Zumindest hoffte Micco das, denn er hatte keine Zeit für weitere ausführliche Erklärungen. Also nickte er Arthur ein letztes Mal zu, um seinen Worten Nachdruck zu verleihen, und ging dann los, ohne sich noch einmal umzudrehen.

»Guter Junge«, sagte sein Vater, zu dem er binnen weniger Sekunden aufgeschlossen hatte.

»Ich bin kein Hund!«, erwiderte er gereizt.

»Nein, du bist mein Sohn. Und es wird Zeit, nach Hause zu gehen.«

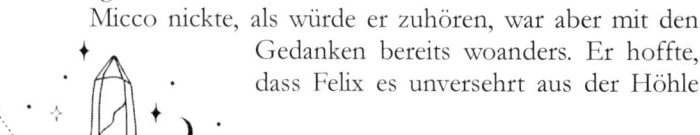

Micco nickte, als würde er zuhören, war aber mit den Gedanken bereits woanders. Er hoffte, dass Felix es unversehrt aus der Höhle und zurück nach Hause schaffen würde, auch ohne seine Hilfe. Doch schließlich waren Arthur und Claudentina bei ihm, keiner von ihnen war dumm, und sie waren bessere Freunde als Carlos und Jonas und die anderen Verräter der Geschwister-Scholl-Schule. Zusammen würden sie herausfinden, wie sich die Fallen deaktivieren ließen.

Wir sehen uns wieder, sobald ich weiß, was hier wirklich los ist!

24
DER ANFANG VOM ENDE

Das Erste, was Felix spürte, als er langsam wieder zu sich kam, waren Schmerzen am Hinterkopf. Das Zweite war die harte Oberfläche, auf der er lag. Er wusste nicht, wo er war, sah nur eine kahle, graue Decke, als er die Augen öffnete.

Jemand sagte seinen Namen, woraufhin er den Kopf zur Seite drehte. Neben ihm saß Claudentina. Der Anblick ihrer roten Jacke brachte Erinnerungen zurück, Erinnerungen daran, wo er war und aus welchem Grund. Nach einigen Augenblicken der Verwirrung und Orientierungslosigkeit wusste er auch wieder, dass er in der Höhle zusammengeklappt war, weil sie für seinen Geschmack zu viel Pendulum enthielt.

Claudentina betrachtete ihn mit besorgter Miene. »Geht's wieder?«

Felix nickte, fasste sich aber an den Hinterkopf. Das würde wohl eine Beule geben. Doch der Gedanke an diese noch nicht gewachsene Beule machte ihm bewusst, was dieser harte Aufprall auf dem Boden ihm zurückgegeben hatte: die Erinnerung an den Tag, den er vergessen hatte.

Die wichtigste Erkenntnis war, dass Micco das Pendulum in sich trug, denn sie erklärte einiges über ihn. Die überdurchschnittliche Körperkraft, die er zu verstecken versuchte, ebenso wie seine violetten Augen hinter der Sonnenbrille – alles ergab nun Sinn. Aber wo steckte Micco überhaupt?

Felix setzte sich auf, um einen besseren Eindruck von seiner Umgebung zu gewinnen. Er befand sich alleine mit Claudentina in dem Raum mit der Truhe. Auch Arthur war nicht da.

»Sie sind noch einmal runter zu diesem Raum gegangen. Micco hat nämlich einen Mann gesehen, den er für seinen Vater gehalten hat.«

Obwohl Felix noch immer gegen die Benommenheit ankämpfte, fügte der wache Teil seines Verstandes sofort die Puzzleteile zusammen. *Micco – Vater – Blutmagier ... nicht gut!*

Bevor er anfangen konnte, sich Sorgen zu machen, drang das Geräusch schneller Schritte von draußen herein und kurze Zeit später kam Arthur angestürmt, sichtlich aufgebracht und außer Atem.

Claudentina sprang sofort auf, wobei Felix bemerkte, dass ihre Jackentaschen um einiges gefüllter aussahen als vorher. »Was ist los?«

Er schenkte ihr nur einen kurzen Blick und hielt inne, um Luft zu holen, bevor er sich an Felix wandte. »Gut, dass du wach bist. Ich habe gerade etwas Furchtbares herausgefunden! Nämlich, wer Miccos Vater ist.«

»Der Blutmagier. Ja.« Felix versuchte, die Ruhe zu bewahren, obwohl er ahnte, dass etwas vorgefallen sein musste.

Ungläubig starrte Arthur ihn an. »Das *wusstest* du?«

Felix' schuldbewusster Blick war Antwort genug.

Arthur verdrehte die Augen. »Und wann hattest du vor, mir das zu erzählen? Hätte ich vorher gewusst, dass der Blutmagier Miccos Vater ist, hätte ich verhindert, dass er ihm nachgeht! Und jetzt sind beide verschwunden.«

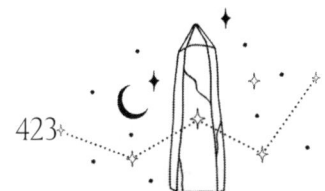

Wäre er körperlich dazu in der Lage gewesen, hätte Felix sich selbst augenblicklich in den Hintern gebissen. *Tja, das kommt halt davon, wenn ich auf meine Vernunft höre, nicht wahr?*

Doch Arthur ritt nicht weiter darauf herum. Das hätte ohnehin nichts geändert. Stattdessen warf er nach einigen Sekunden nur ratlos die Hände in die Luft. »Was machen wir denn jetzt?« Zu gerne hätte Felix ihm die perfekte Antwort geliefert – dass seine Begegnung mit dem Pendulum in der Höhle ihm eine Erleuchtung beschert hatte, dass sie jetzt unbeschwert nach Hause gehen konnten und nichts Schlimmes mehr passieren würde. Aber nichts davon konnte er guten Gewissens sagen. Er konnte allerhöchstens ehrlich sein, und zumindest so viel schuldete er Arthur, nachdem er ihm die Identität von Miccos Vater verschwiegen hatte. »Ich glaube, was ich sehen sollte, habe ich gesehen, obwohl ich noch immer nicht verstehe, was es mir bringt. Warum haben mich die Träume hierher geführt? Und wenn ich jetzt wieder nach Hause fahre, fangen sie dann wieder an?«

Wieder herrschte Schweigen. Niemand konnte es ihm sagen.

Letzten Endes war es Arthur, der erneut das Wort ergriff, als er sich dem Loch in der Wand näherte. »Der Blutmagier hat gesagt, dass man die Fallen auf der Treppe für eine begrenzte Zeit deaktivieren kann. Ich weiß natürlich nicht, ob das wahr ist, aber schauen wir doch mal, was passiert, wenn wir hier was reinstecken.«

»Oh. Da kann ich aushelfen.« Claudentina holte ein Stück Pendulum hervor. Damit war auch eine Erklärung für die Füllung ihrer Jackentaschen gefunden. Aber warum hätte sie sich auch nicht unten in der Höhle bedienen sollen? Wie oft im Leben bekam man schon Gelegenheit, seine privaten Besitztümer ohne irgendwelche Kosten um ein paar Stücke einer seltenen, besonderen und sicherlich auch wertvollen Substanz zu ergänzen? Und sie war ohnehin fasziniert von dem Pendulum.

»Aber wenn Micco und sein Vater die Höhle schon verlassen haben, müssten sie doch auch die Fallen deaktiviert haben, oder?«, gab Felix zu bedenken.

»Die haben eine Abkürzung genommen. Wahrscheinlich gibt's unten in der Höhle noch einen anderen Ausgang.« Arthur zuckte mit den Schultern. »Aber den können wir vergessen. Wenn du noch mal da reingehst, kippst du nur wieder um.«

»À propos«, meldete sich Claudentina zu Wort. »Wir sollten die Höhle wieder verschließen, meint ihr nicht? Ansonsten kann jeder einfach kommen und reinspazieren.« Sie reichte Arthur das Stück Pendulum, das sie hervorgeholt hatte, bevor sie zur Treppe ging. »Ich gehe die Stäbe rausziehen. Ihr kümmert euch um die Fallen.«

Dann ging sie. Während Arthur sich mit dem Mechanismus zur vermeintlichen Deaktivierung der Fallen beschäftigte, legte Felix den Kompass zurück in die Truhe und kämpfte gegen das Gefühl der Enttäuschung an, das er verspürte. Er hatte ein Dorf im Gebirge entdeckt, dessen Einwohner bei einem Ritual beobachtet und die Türen zu einer von oben bis unten mit Pendulum gefüllten Höhle geöffnet. So weit, so gut – aber was bedeutete das nun für ihn? Er hatte so eine Ahnung, dass keine dieser Erfahrungen der Grund dafür war, dass seine Träume ihn an diesen Ort geführt hatten.

Aber warum sonst? Hab ich was übersehen? Gibt es noch was, das ich hätte tun können?

Er wusste selbst nicht so genau, was er eigentlich erwartet hatte. Vielleicht, dass er sich anders fühlen würde als vorher. Aber so war es nicht, und das nagte nun an ihm.

Als Arthur den Mechanismus in Gang setzte, erklang ein dumpfes Rumpeln. Kurze Zeit später kam Claudentina mit den Sternzeichenstäben zurück, die sie unten für die Tür gebraucht hatten, und legte sie in die Truhe. Der Zugang zur Pendulum-Höhle war wieder geschlossen.

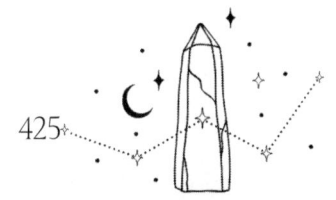

Zusammen gingen sie die Treppe hinauf und bemerkten schon vor der ersten Falle, dass die Stufen, die sie auslösten, plötzlich erhöht waren. Felix belastete sie mit seinem vollen Gewicht, doch nichts passierte. Die Falle war anscheinend wirklich deaktiviert und sie konnten sicher daran vorbeigehen.

Auf dem restlichen Weg nach oben sprachen sie nicht, sondern lauschten aufmerksam auf jedes noch so kleine Geräusch aus den Wänden. Denn wenn es stimmte, was der Blutmagier gesagt hatte, würden die Fallen leider nicht ewig ausgeschaltet bleiben. Das Einzige, was ewig erschien, war der Aufstieg, der mit jedem Schritt ermüdender wurde. Die lange Treppe hinunterzugehen und in regelmäßigen Abständen ein paar Stufen zu überspringen, war eine Sache – den gesamten Weg wieder hinauf und dabei auch noch hetzen zu müssen, aus Angst, die Fallen könnten sich jederzeit von selbst wieder einschalten, eine andere.

Erschöpft, aber auch froh darüber, dass sie es unversehrt geschafft hatten, kamen sie schließlich oben an. Eine Pause durften sie sich jedoch nicht gönnen, denn der längste Weg durch das Dorf und den Wald und zurück zu ihren Unterkünften lag noch vor ihnen.

Felix nahm seine Taschenlampe wieder an sich, die sie beim Betreten der großen Höhle in eine Wandöffnung gesteckt hatten, um das gewundene Treppenhaus zu erleuchten. Daraufhin wurde es wieder dunkel um sie herum, doch auf das Licht der künstlichen Fackeln waren sie nicht mehr angewiesen. Die einzige Falle im Gang, der zurück zum Eingang führte, war die Grube mit den Stalagmiten, und gegen die andere Falle, die sie auf dem ganzen Rückweg nach Dimentica begleiten würde, nämlich die sich einschleichende Müdigkeit, konnten sie nichts ausrichten.

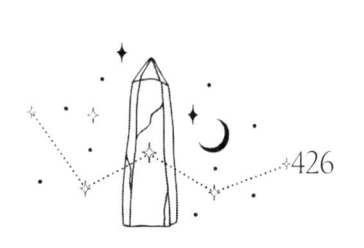

Felix wagte gar nicht, auf die Uhr zu schauen, als er mit seinen Freunden endlich die ersten Lichter der Straßenlaternen von Dimentica erblickte.

Natürlich war niemand mehr auf den Straßen unterwegs, denn es war spät in der Nacht. Jeder normale Mensch schlief um diese Zeit längst, während die weniger Normalen in einer großen, mit Fallen gespickten Höhle endlose Treppen hinabstiegen, um am Ende ihrer Reise womöglich Gott zu sehen.

Jedenfalls tat es gut, wieder zurück in der Zivilisation zu sein – in der *richtigen* Zivilisation, nicht mehr in einem seltsamen Dorf voller vermeintlicher Elementare.

»Ich gehe nicht davon aus, dass um die Uhrzeit noch ein Bus fährt. Was meint ihr?«, sagte Arthur, als sie die verlassene Bushaltestelle am Waldrand erreichten.

»Ihr braucht keinen Bus. Euer Motel ist nicht so weit weg. Ich schlage vor, dass wir ...« Das Klingeln ihres Mobiltelefons ließ Claudentina verstummen. Sie holte es aus ihrer Jackentasche hervor und betrachtete den Bildschirm mit einem besorgten Stirnrunzeln.

»Wer ist es?«, fragte Felix.

»Noemi.« Mit einem Seufzen nahm sie den Anruf an.

»Äh ... ja.« Arthur warf einen Blick auf die Uhr in seinem eigenen Telefon. »Ich fürchte, wir geraten gerade in Erklärungsnot.«

»Tut mir leid, dass ich mich nicht mehr gemeldet habe, aber es ist alles in Ordnung«, sagte Claudentina am Telefon. »Ich war mit Felix und Arthur im Wald unterwegs, und da haben wir uns verlaufen. Die Telefone hatten keinen Empfang, deswegen hast du mich nicht erreicht.«

Das war noch nicht einmal gelogen. Felix' Pendulum-Telefon war das einzige gewesen, das in diesem schwarzen Loch auf der Landkarte noch einigermaßen Empfang gehabt hatte. Er und Arthur setzten sich auf die Bank an der Bushaltestelle und warteten, bis Claudentina mit dem Telefonieren fertig war.

»Noemi und ihr Onkel kommen uns abholen«, verkündete sie schließlich. »Ich hab ihr gesagt, wo wir sind.«

Arthur nickte zufrieden. »Also eine Art Taxi. Noch besser als Bus.«

Doch Felix freute sich ganz und gar nicht auf eine weitere Begegnung mit einem Mitglied von Noemis Familie – nicht nach der Sache mit ihrer Mutter in der Kirche von Branlau. »Ist Noemi sauer?«

»Sauer nicht, aber sie war sehr beunruhigt. Normalerweise mache ich so etwas auch nicht.« Claudentinas Augen weiteten sich, als ihr der eigentliche Grund zur Sorge einfiel. »Oh je, hoffentlich erzählt sie ihrer Mutter nichts davon! Die hält uns drei doch sowieso schon für Kleinkriminelle. Noch mehr so zweifelhafte Aktionen wie die in der Kirche und wir dürfen bald nicht mal mehr mit Noemi reden! Aber ich kann es Abiona auch nicht verübeln, sie musste sich in der Vergangenheit oft genug Sorgen um ihre Tochter machen.«

»Was, etwa um Noemi?« Arthur legte die Stirn in Falten und kämpfte gleichzeitig mit einem unangebrachten Grinsen, offenbar verwirrt und amüsiert zugleich über diese Vorstellung. »Seit wann ist die denn ein Problemkind?«

»Sie wurde als Kind mal entführt«, sagte Claudentina, mit den Schultern zuckend, als wäre nichts dabei.

»Was?«, entfuhr es Felix und Arthur gleichzeitig.

»Deshalb ist Abiona Polizistin geworden. Um nicht mehr tatenlos rumsitzen und warten zu müssen, falls so was noch einmal passiert.« Nun verschränkte Claudentina die Arme und blickte ins Leere. Das konnte nur bedeuten, dass es hier noch ein Aber gab, etwas, das womöglich noch schlimmer war.

Felix war sprachlos. Er hatte in seinem bisherigen Leben schon des Öfteren von Entführungen gehört, wie zuletzt im Fall von Klaus Bachmann und dem Feuerwehrmann. Aber das war etwas, das normalerweise immer nur anderen passierte, nicht Menschen, die er persönlich kannte. Dabei stimmte das überhaupt nicht. Es war auch Noemi passiert, mit der er seit Jahren befreundet war, und er hatte nichts davon gewusst. Und auch wenn offenbar alles gut ausgegangen war, jagte der bloße Gedanke daran ihm einen Schauer über den Rücken.

»Aber fragt das Noemi am besten selbst«, sagte Claudentina. »Ich weiß nicht, ob es ihr recht wäre, wenn ich jedem diese Geschichte erzähle.«

Unter diesen Umständen konnte Felix Abionas Überfürsorglichkeit besser verstehen. Gewissermaßen erinnerte sie ihn an seine eigene Mutter, dabei war *er* nie entführt worden. Er selbst konnte sich nicht einmal vorstellen, wie es war, wenn das eigene Kind plötzlich verschwand. Aber er wusste, wie es sich anfühlte, Angst um jemanden zu haben. Auch er hatte Angst, nämlich um Micco. Warum hatte er seinen Vater begleitet? Und wo waren sie zusammen hingegangen?

Vielleicht war der Blutmagier derjenige, der die Menschen in Leuchtenburg entführte, und machte nun das Gleiche mit Micco. Vielleicht hatte er sogar Noemi damals entführt, aus welchem Grund auch immer. Felix konnte sich mittlerweile fast alles vorstellen. Das machte es ihm umso schwerer, einfach in seinen Alltag zurückzukehren, mit dem Wissen im Hinterkopf, dass dieser heimtückische Mann immer noch irgendwo sein Unwesen trieb.

Nein, seine Reise war definitiv noch nicht zu Ende, selbst wenn die merkwürdigen Träume nach seiner Reise nach Italien aufhören sollten. Aber darüber würde er erst einmal eine Nacht schlafen. Sein Körper und Geist verlangten nur noch nach einem warmen Bett, besonders nach der heftigen Exkursion in der Höhle Gottes. Für alles andere war morgen auch noch ein Tag.

Felix blieb noch ein paar Tage in Dimentica, hauptsächlich, damit seine Eltern sich nicht wunderten, warum der Weihnachtsausflug mit seinen Freunden so schnell wieder vorbei war. Dabei ließen sie sich unter anderem von Noemis Verwandten deren Stadt zeigen. Wann immer Felix, Arthur und Claudentina unter sich waren, redeten sie über das, was passiert war, über das Pendulum und die Höhle Gottes und über Micco, kamen jedoch nicht zu neuen Erkenntnissen. Felix konnte nicht aufhören, sich zu fragen, warum seine Träume ihn in diese Höhle geführt hatten, und ob er dort wirklich alles gesehen hatte, was er sehen sollte. Ob die Träume jetzt wohl aufhören würden? Während seines Aufenthalts in Italien hatte er zumindest keine mehr.

Am Sonntag gegen Mitternacht kam er schließlich mit Arthur in Leuchtenburg an, während Claudentina noch mit Noemi vor Ort blieb. Eigentlich reiste er ungern nachts, aber in diesem Fall war er froh, dass sich bei seiner Ankunft kaum noch jemand am Bahnsteig aufhielt. So bekam wenigstens nur Arthur mit, wie seine überglückliche Mutter ihn sofort in die Arme schloss, als hätte sie ihn ewig nicht gesehen – peinlich war es ihm trotzdem. Arthur musste sich das nicht gefallen lassen und konnte stattdessen darüber lachen, denn seine und Felix' Eltern hatten sich abgesprochen, dass Letztere die beiden vom Bahnhof abholen und nach Hause fahren würden.

Für Felix fühlte es sich tatsächlich so an, als wäre er wochenlang weg gewesen, so wie seine Mutter ihn den ganzen restlichen Abend umsorgte und nicht von seiner Seite wich. Zuhause kochte sie ihm gleich sein Leibgericht, Pfannkuchen. Das Einzige, was sie nicht schaffte, war, ihn von seinen Sorgen abzulenken. Während er in der Küche saß und der leckere Essensduft ihm in die Nase stieg, überlegte er bereits, was er als Nächstes tun sollte. Laut Arthur hatte Miccos Vater in der Höhle Gottes einen Sack mit Pendulum gefüllt, bevor er in

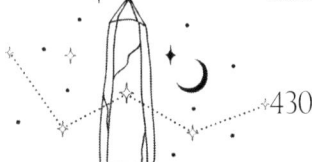

Begleitung seines Sohnes wieder gegangen war. Was hatte er damit vor? Brauchte er es für das Ritual? Und welche Rolle sollte Micco dabei spielen?

Doch da war noch etwas anderes, das ihn beschäftigte.

Etwas, das jetzt vielleicht geklärt werden konnte.

»Sag mal, waren wir eigentlich schon mal in Dimentica?«, fragte er, als seine Mutter den Teller mit den ersten Pfannkuchen auf den Tisch stellte.

Sie musste nicht lange überlegen. »Ist das in Italien? Wir waren noch nie zusammen in Italien, Schatz.«

Eigentlich wusste Felix das. Und dennoch – sein Gefühl, dass er schon einmal dort gewesen war, ließ ihm keine Ruhe. »Auch nicht, als ich klein war? Ich meine, so klein, dass ich mich nicht mehr daran erinnern kann?«

»Auch dann nicht.« Seine Mutter neigte den Kopf, musterte ihn eindringlich. In ihren Augen konnte er Sorge, aber auch Misstrauen erkennen. Ein strenger Zug spielte um ihre Mundwinkel. »Wieso willst du das wissen?«

»Ach, nur so.« Er winkte ab. »Ich war mit meinen Freunden an einem Ort, der mir sehr bekannt vorkam. Als wäre ich schon mal dort gewesen.«

»Das war bestimmt nur ein Déjà-vu. Passiert mir auch manchmal.«

»Ein Déjà-vu ... Ja, das wird's wohl gewesen sein.«

Dabei war Felix ganz sicher, dass es mehr war als nur das. Die Erinnerung, als er mit seinen Freunden durch das Dorf im Elementargebirge gewandert war, hatte sich ziemlich echt angefühlt.

Am nächsten Morgen wurde Felix von dem Geräusch eines zerbrechenden Gefäßes geweckt. Es kam von unten, aus dem Wohnzimmer wahrscheinlich, dann wurden zwei Stimmen laut. Herr und Frau Kohnen stritten sich, bestimmt wegen irgendeiner Kleinig-keit.

Felix rieb sich die Augen und blickte auf die Uhr. Zwanzig vor zwölf, so lange hatte er also geschlafen. Aber das hatte er sich nach der Aufregung der letzten Tage auch reichlich verdient, fand er.

Er war immer noch müde, jedoch nicht müde genug, um noch einmal einschlafen zu können. Zudem hatten seine Eltern beide Urlaub, also würde es in einer guten Viertelstunde Mittagessen geben. Er stand auf und ging nach unten, um herauszufinden, was es dort zu meckern gab.

Schon von der Treppe aus konnte er seine Mutter und seinen Vater neben dem Klavier stehen sehen. Während sie sich furchtbar über etwas aufregte, stand er nur seelenruhig da, hatte die Arme vor der Brust verschränkt und ließ sie reden. Dem Anschein nach eine ganz normale Situation in diesem Haushalt.

Als er am unteren Ende der Treppe mit dem nackten Fuß in ein Häufchen Erde trat, wurde Felix der Grund für den Streit bewusst: eine zerbrochene Blumenvase, deren Scherben über den Boden verstreut lagen, umgeben von der Pflanze, die darin gewachsen war. Als Kind hätte es ihn noch erschreckt, dass seine Eltern sich deswegen so aufführten, doch inzwischen entlockte es ihm nur noch ein müdes Lächeln. Das Temperament seiner Mutter war einfach unberechenbar, und leider hatte sie es nicht immer im Griff. Dafür wusste man so wenigstens immer, was ihr durch den Kopf ging. War ja auch meistens nicht zu überhören.

»Oh, Schatz!« Ihr verärgerter Gesichtsausdruck wich einem besorgten, als sie Felix sah. »Pass auf, wo du hintrittst! Dein tollpatschiger Vater kann leider keine Pflanzen gießen, ohne sie zu töten.«

Kopfschüttelnd machte sich der tollpatschige Vater auf den Weg ins Badezimmer, ein kaum bemerkbares Grinsen auf seinem Gesicht. »Ich geh dann mal kurz wohin ...«

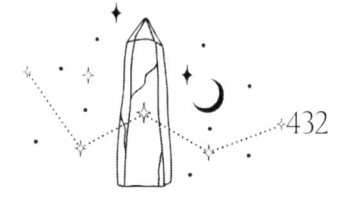

»Kommt gar nicht in Frage! Du räumst zuerst die Sauerei hier weg!«, rief Regina ihm nach, was sein Grinsen nur noch breiter werden ließ, während er weiterging und Felix mit einem Auge zuzwinkerte.

Auch Felix konnte ein Grinsen nicht unterdrücken, immerhin kannte er solche Situationen doch ganz gut. Wenn seine Mutter sich aufregte, musste man sie erst einmal eine Weile sich aufregen lassen und am besten wenig bis gar nicht ernst nehmen, dann beruhigte sie sich wieder und lachte über sich selbst. Ihre Ausbrüche erinnerten an kleine Geysire, die auch wieder ruhiger wurden. Auf keinen Fall durfte man tun, was sie befahl, solange sie sich ihrem falschen Zorn hingab, sonst fühlte sich darin nur bestätigt und hörte gar nicht mehr auf, sich zu beschweren. Sie würde schon nicht explodieren.

Stattdessen explodierte daraufhin etwas in der Küche.

»Verdammt, das Mittagessen!« Die Herrin des Hauses wirbelte herum und lief nach nebenan.

Ihr Mann blieb stehen, blickte ihr nach und lachte kurz. Dann wandte er sich Felix zu und zeigte auf den Tisch, auf dem ein kleiner Stapel Briefe lag. »Du hast Post. Sei aber vorsichtig mit den Scherben. Ich räume sie gleich weg.«

Während sein Vater ins Bad ging, hüpfte Felix mit gebotener Vorsicht über die Unordnung und ging zum Couchtisch. An der Spitze des Stapels lag eine Postkarte, die an ihn adressiert war. Frau Rainhold hatte sie geschickt. Er hatte nicht erwartet, von seiner Lehrerin eine Postkarte aus dem Urlaub zu bekommen – eine nette Überraschung, die ihm ein Lächeln ins Gesicht zauberte. Egal, wie altmodisch es sein mochte – wie könnte er sich nicht freuen, wenn jemand an ihn dachte und sogar eine Botschaft aus dem Urlaub schickte?

Gerade als er die Karte aufhob, stieß der Wind ein Fenster auf und wehte eiskalt durchs Zimmer. Fröstelnd ging er zu dem offenen Fenster und schloss es, bevor er sich das Bild auf der Postkarte genauer ansah. Es zeigte die wunderschöne, schneebedeckte Gebirgskette der Alpen – insofern man etwas so Kaltes wie Schnee »wunderschön« nennen konnte. Er wollte gerade lesen, was Frau Rainhold geschrieben hatte, als das Telefon klingelte.

»Schatz, kannst du rangehen?«, rief seine Mutter aus der Küche. »Ich bin beschäftigt.«

Während sie versuchte, das Chaos mit dem Essen wieder in Ordnung zu bringen, und das Geräusch fließenden Wassers aus dem Bad signalisierte, dass sein Vater sich gerade die Hände wusch, ging Felix zum Telefon und hob ab. Sein Blick blieb dabei auf die Karte in seiner Hand gerichtet. Mit einem leisen »Hallo?« meldete er sich.

»Felix, bist du's?«

Die Stimme am anderen Ende der Leitung erkannte er auf Anhieb. »Micco? Woher hast du denn meine Nummer?«

»Von Lorena«, lautete die knappe Antwort.

Felix konnte sich nicht erinnern, Lorena bei ihrem kurzen Treffen seine Festnetznummer gegeben zu haben. Aber allem Anschein nach hatte sie sie nun, denn das war die einzige Erklärung; wie auch immer Micco darauf gekommen war, sie danach zu fragen, obwohl er von ihrem Treffen gar nichts wissen konnte. Seit wann hatten die beiden überhaupt wieder Kontakt?

»Aber das ist jetzt unwichtig«, sagte Micco dann. »Kannst du zur Kirche der Heiligen Theresa kommen? Wenn es geht, jetzt gleich?«

Er klang aufgebracht und in Eile, was Felix beunruhigte. Das passte so gar nicht zu Miccos bisherigem Verhalten. Etwas musste passiert sein. Etwas Großes.

»Ja, äh ...« Felix zögerte. »Was ist denn los?«

»Mein Vater hat den Verstand verloren und ich muss ihn aufhalten, das ist los! Aber ich schaffe es nicht allein und du bist der Einzige, dem ich noch trauen kann. Also, was ist?«

Der Moment, auf den Felix gewissermaßen schon seit Wochen wartete, war gekommen. Micco glaubte endlich, dass sein Vater etwas im Schilde führte, und dieser hatte sich offenbar verraten. Sollte Felix darüber glücklich sein, oder sich davor fürchten, was als Nächstes kam? So oder so musste er sich mit Micco treffen, und zwar so schnell wie möglich. Aufregung, Neugier und auch ein wenig Angst mischten sich zu einem wilden Cocktail, der sein Herz schneller schlagen ließ. Felix spürte, dass er der Lösung des Rätsels näher kam, so nah wie noch nie zuvor. Trocken schluckte er, bevor er hastig antwortete.

»Warte bei der Kirche, ich komme sofort!«

Ohne ein weiteres Wort legte er auf, ließ die Post fallen und eilte die Treppen hinauf. In seinem Zimmer angekommen, riss er sich den Pyjama vom Leib und rannte weiter zum Schrank. Er achtete nicht darauf, was er anzog und ob es zu dem kalten Wetter passte, dafür blieb keine Zeit. Er musste nur so schnell wie möglich zur Kirche. Ob das seine Chance war, die Wahrheit aufzudecken und dem Treiben des Blutmagiers ein Ende zu setzen?

Seine Mutter kam gerade aus der Küche, als er wieder unten war und in die nächstbesten Schuhe schlüpfte.

»Schatz, wo gehst du hin?«

»Kann ich jetzt nicht erklären. Ich muss schnell weg! Wartet mit dem Essen nicht auf mich.« Mit diesen Worten eilte er zur Tür hinaus und konnte den verwirrten Blick seiner Mutter im Rücken regelrecht spüren.

Auf der anderen Straßenseite kam wie gerufen gerade der Bus. Felix sprintete hinüber und stieg vorsichtshalber hinten ein, da er seinen Geldbeutel mit der Monatskarte nicht dabei hatte. Er musste sowieso nur bis zur nächsten Station, und die Tatsache, dass im Bus für einen Montagmittag erstaunlich viel los war – so viel, dass es keine freien Sitzplätze mehr gab –, half ihm, nicht aufzufallen.

Aber falls doch jemand zum Kontrollieren kam, würde vermutlich nicht er den meisten Ärger bekommen, denn abgesehen von seinem fehlenden Ticket beachtete er wenigstens die Hausordnung. Neben ihm steckte sich ein ungefähr vierzig-jähriger

Mann mit rötlichen Locken gerade eine Zigarette an, direkt unter dem »Rauchen verboten!«-Schild. Ein anderer Mann im mittleren Alter mit kurzem, grauem Haar hatte eine Thermosflasche dabei, in deren Deckel er sich Tee einzuschenken versuchte, aber er stellte sich ungeschickt an und verschüttete die Flüssigkeit über den Boden. Niemand schien sich daran zu stören, am wenigsten er selbst; Felix hätte zumindest einen Versuch unternommen, die eigene Sauerei zu beseitigen. Einige Meter weiter hatte eine Frau die Füße hochgelegt und beanspruchte auf diese Weise nicht nur einen weiteren Sitzplatz, sondern verdreckte ihn auch noch mit ihren Schuhen, die aussahen, als wäre sie damit kurz zuvor auf einem Acker spazieren gegangen. Und dann war da noch ein Mann, der sich seiner fertig gelesenen Zeitung entledigte, indem er sie achtlos auf den Boden fallen ließ, direkt vor Felix' Füße. Offenbar war der 28. Dezember zum Tag der fehlenden Manieren erklärt worden.

Bei der Zeitung handelte es sich um die gleiche, die auch seine Familie täglich bezog. Da sie nun schon vor ihm lag, konnte er auch einen Blick darauf werfen. Die Titelseite wurde von einem Artikel über eine Frau eingenommen, die ihr eigenes, kleines Kind umgebracht hatte, weil ihr die Lust vergangen war, sich darum zu kümmern – und weil es »seinen Zweck erfüllt« hatte. Was war nur los mit der Welt? Angewidert wandte Felix den Blick ab und betrachtete stattdessen sein eigenes Gesicht in der Reflexion des Fensters. Er sah genau so müde und gereizt aus, wie er sich fühlte.

»Nächste Haltestelle: Kirche der Heiligen Theresa«, tönte es aus den Lautsprechern, als sich der Bus dem entsprechenden Zwischenstopp näherte. Felix war der Erste, der ausstieg, denn er hatte bereits vor dem Auseinandergleiten der Türen einen Blick auf das werfen können, was auf dem leeren Platz vor der Kirche vor sich ging: Jemand hatte vier Schalen aufgebaut, und zwar in der gleichen

Konstellation wie bei dem Blutritual im Elementargebirge, und in der Mitte des imaginären Kreises, den sie bildeten, klaffte ein nahezu perfekt kreisrundes Loch im Boden, wie auch immer das da hingekommen war.

Und so was passiert mitten am Tag auf einem frei zugänglichen Platz! Wie ist das möglich? Wo ist die Polizei? Felix rieb sich die Stirn. Jedes Mal, wenn er dachte, es konnte nicht noch schlimmer werden, passierte so etwas. Mit einem mulmigen Gefühl wartete er auf die Reaktion der anderen.

Doch die restlichen Menschen, die an der Haltestelle ausgestiegen waren, zogen still ihrer Wege, ohne dieser seltsamen Szene vor der Kirche auch nur die geringste Beachtung zu schenken. Keinen schien zu interessieren, was dort gemacht wurde, obwohl die Leuchtenburger doch sonst immer so neugierig waren, ganz besonders im Stadtteil Branlau. Aber es stand auch niemand in der Nähe der Schalen – nicht einmal Micco, der Felix angerufen hatte, war da.

Während Felix sich umsah, wurde es dunkel um ihn herum. Wolken zogen auf und verdeckten die Sonne. Mit jedem Schritt schien es dunkler zu werden, als würde binnen Sekunden die Nacht hereinbrechen. In der Mitte des Vorhofes der Kirche stellte er fest, dass bereits drei der vier Schalen bis zum Rand mit frischem Blut gefüllt waren. Die vierte Schale war glücklicherweise noch leer, und das Loch im Boden, das immer zuletzt gefüllt wurde, dann höchstwahrscheinlich auch.

Ein einzelner Glockenschlag ertönte aus dem Kirchturm und oben auf der Brücke nach Ardegen erschien eine Gestalt. Langsam kam sie näher, während sich der Nebel verdichtete, der hinter ihr aufgekommen war. Felix erkannte, dass es sich um Miccos Vater handelte. Er trug die gleiche violette Robe wie die Person, die beim Ritual im Elementargebirge das Blut in das runde Loch im Boden gegossen hatte. Und er kam direkt auf Felix zu.

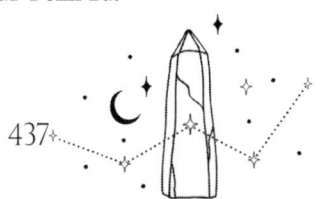

»Es ist vollbracht«, verkündete er bei seiner Ankunft, und wenn sich Felix nicht täuschte, sollte das wohl ein imposanter Auftritt sein. Sein äußert zufriedener Gesichtsausdruck unterstrich die Bedeutung seiner Worte. »Endlich ist es so weit. Ich habe, was ich brauche, und nichts kann mich mehr aufhalten.«

Der Nebel von der Brücke hatte sich ausgebreitet und umgab nun den gesamten Vorhof, als wollte die Natur selbst eine Sichtbarriere errichten, um zu verhindern, dass das Ritual von außen beobachtet werden konnte.

»Sie sind verrückt! Was auch immer Sie vorhaben, ich werde es verhindern!« Wachsam behielt Felix den Mann im Blick, rechnete mit allem. Er zwang sich, ruhig zu atmen und sich nicht von seinen Gefühlen überwältigen zu lassen.

Der Blutmagier musterte ihn eindringlich mit seinen unheimlichen, dunklen Augen. Felix glaubte, einen mörderischen Glanz darin zu erblicken. Angespannt beobachtete er jede Bewegung. »Bist du dir da so sicher? Du siehst eher aus, als wärst du gekommen, um mir zu helfen!«

Was meinte er damit? Verunsichert blickte nun auch Felix an sich hinab. Zu seinem Erstaunen war er ebenfalls in eine bodenlange Robe gekleidet, ähnlich der seines Gegenübers, nur nicht violett, sondern rot. Rot wie der Nebel, der sich in der Zwischenzeit verfärbt hatte. Doch wie war das möglich? Er besaß nicht einmal ein solches Kleidungsstück!

»Du könntest davon profitieren, wenn du mir hilfst, mehr als du denkst!« Die Stimme des Mannes klang verlockend, wie ein weiches Flüstern. Für einen Moment stellte sich Felix eine der wenigen Bibelstellen, die er kannte, bildlich vor: Die Schlange, die Eva dazu verführen wollte, die verbotene Frucht vom Baum der Erkenntnis zu kosten. »Und ich weiß, dass du das eigentlich auch willst, es nur nicht zugeben kannst. Das habe ich schon immer gewusst, Felix. Oder was glaubst du, warum ich dich damals verschont habe?«

Felix war zu perplex, um darauf zu antworten.

Plötzlich hielt sein Gegenüber ein großes gläsernes Gefäß in der Hand, das bis zum Rand mit Blut gefüllt war. Er drehte den Deckel ab und schüttete es in die noch leere Schale.

Gleichzeitig jagte ein kühler Luftzug Felix einen Schauer über den Rücken. Was sollte er tun? Hilfesuchend sah er sich um. Wo waren die anderen Menschen? Und vor allem: Wo steckte Micco?

»Und? Glaubst du immer noch, du könntest mich aufhalten?« Der Blutmagier hatte das geleerte Gefäß auf dem Boden abgestellt und hielt nun ein anderes, noch volles in die Höhe. Ein diabolisches Lächeln verformte seine Lippen, in seinen Augen glitzerte der Wahnsinn. »Das ist der letzte Schritt zu meinem Erfolg. Das Sternenblut!« Und er stülpte das Gefäß um.

Felix wusste nicht, was passieren würde, wenn das Ritual vollzogen wurde – nur, dass er es verhindern musste. Er rannte los, direkt auf seinen Erzfeind zu, und auf das Loch im Boden.

Aber er kam nicht voran. Im Gegenteil: Mit jedem Schritt, den er eigentlich nach vorne machte, entfernte er sich weiter vom Ort des Geschehens. Hilflos musste er zusehen, wie das Gefäß bis zum letzten roten Tropfen geleert wurde und das Pendulum-Blut in das Loch fiel. Der bloße Anblick löste Entsetzen in ihm aus – und ein Kribbeln. Eines von der Art, wie er es normalerweise nur spürte, wenn er das Pendulum direkt berührte. Dabei kam er noch nicht einmal in die Nähe dieses Blutes, konnte nicht verhindern, was damit geschah.

Es hörte so abrupt wieder auf, wie es angefangen hatte. Sobald der letzte Tropfen Blut in das Loch gefallen war, verschwand auch das Kribbeln. Gleich darauf schoss ein violetter Lichtstrahl aus dem Loch in den wolkenverhangenen Himmel. Ein atemberaubendes Spektakel, das Felix unter anderen Umständen sehr fasziniert hätte – wenn er nicht so deutlich gespürt hätte, dass gleich etwas Schreckliches passieren würde.

»Es ist so weit!« Der Blutmagier erhob die Arme gen Himmel, während er einen Spruch aufsagte. Die Art und Weise, wie er die Worte betonte, ließ sie wie eine böse Zauberformel klingen – nein, eher noch wie einen Fluch. »Erinnere dich, was du gesehen hast. Erinnere dich, was du gehört hast. Erinnere dich, was geschehen ist. Erinnere dich!«

Weitere farbige Lichtstrahlen schossen nun auch aus den Schalen. Alle Grundfarben waren vertreten. Sie vereinten sich mit dem violetten Schein zu einem Regenbogen – ein Anblick wie aus einem Science-Fiction-Film. Eine dunkle Wolke, die von den Lichtstrahlen getroffen wurde, leuchtete hell auf und nahm die Form eines gigantischen Totenkopfes an, der den Mund öffnete und mit rasender Geschwindigkeit auf die Erde fiel.

»Gott ist erwacht!«, rief der Blutmagier und breitete mit einem freudigen Lächeln die Arme aus, als wollte er den Totenkopf mit einer Umarmung empfangen. Seine Gesichtszüge waren eine Maske aus Wahn und Ehrfurcht, eine gefährliche Mischung. »Erinnere dich! Ricordati!«

Felix fiel auf die Knie und barg den Kopf in seinen Armen, obwohl er wusste, dass es zu spät war. Es gab kein Entkommen und er konnte sich nicht verstecken vor dem, was da von oben auf ihn zukam.

Dann klirrte es.

Das Geräusch einer zerbrechenden Vase riss Felix aus seinem furchtbaren Albtraum. Aber war es wirklich nur das gewesen – ein Albtraum? Zwei Stimmen wurden laut. Herr und Frau Kohnen stritten sich.

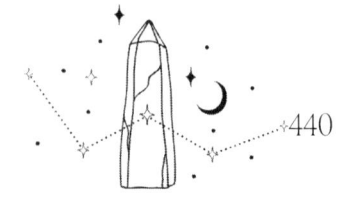

Er brauchte nur ein paar Sekunden, um zu verstehen, was los war. Geradezu panisch sprang er aus dem Bett und blickte an sich hinab, um sich zu vergewissern, dass er keine lange, rote Robe trug. Mit nur einem Schritt war er beim Kleiderschrank und riss diesen auf; auch darin fand er nichts dergleichen. Etwas anderes hätte ihn auch sehr gewundert. Dann rannte er aus seinem Zimmer, durch den Flur und die Treppe hinab. Schon auf halbem Wege hinunter erblickte er die von Scherben durchsetzte Erde auf dem Boden, daneben seine laut diskutierenden Eltern. Sein Herz fing an, schneller zu schlagen.

»Oh, Schatz!«, sagte seine Mutter, sobald sie ihn sah. »Pass auf, wo du hintrittst!«

»Papa hat eine Blumenvase fallen lassen. Ja, ich weiß. Mama, du solltest mal nach dem Essen sehen, es verbrennt!«

Sie blickte ihn überrascht an, öffnete den Mund zu einer Antwort, sagte jedoch nichts und eilte in die Küche.

»Die Post war schon da, oder?«, fragte er, an seinen Vater gerichtet. Ein nervöser Blick auf die Wanduhr verriet ihm, dass es zwanzig vor zwölf war. »Hab ich eine Postkarte? Vielleicht mit Bergen drauf?«

Nun war es sein Vater, der etwas überrascht dreinblickte und dann auf den Stapel Briefe auf dem Couchtisch deutete. »Da ist die Post, aber für dich war nichts dabei. Zumindest hab ich nichts gesehen, du kannst ja noch mal alles durchschauen. Pass nur auf die Scherben auf, um die kümmere ich mich nachher. Ich geh dann mal ...«

»... kurz wohin, alles klar«, beendete Felix den Satz.

Ohne weiter auf seinen Vater zu achten, ging er zum Couchtisch und griff nach den Briefen, um sie zu durchsuchen. Eine Postkarte aus den Alpen von Frau Rainhold war nicht zu finden, und auch das Fenster ging nicht von selbst auf, anders als in seinen Träumen. Es blieb also nur noch das Telefon. Wie gebannt starrte Felix darauf und wartete auf das Klingeln, das nicht kam. Anders als in seinem Traum blieb es im Wohnzimmer still.

Immer noch verwundert, jedoch erleichtert, dass niemand anrief, um ihn vor Gefahr zu warnen, kam ihm eine andere Idee. Er ging in die Küche zu seiner Mutter.

»Ist die Zeitung eigentlich schon da?«, wollte er wissen.

»Ja, Schatz, sie liegt auf dem Esstisch«, antwortete sie, die allem Anschein nach die Vorgänge in der Küche bestens unter Kontrolle hatte. Felix neigte den Kopf, betrachtete die Szene, ließ sie auf sich wirken. Das war alles so idyllisch, ganz anders als in seinem Traum. Aber besser ein chaotischer Traum und eine geordnete Realität, als umgekehrt.

Das Essen roch so gut, dass er es äußerst schade gefunden hätte, wenn es verbrannt wäre. Aber im Moment interessierte ihn nur die Zeitung. Er beugte sich über den Tisch und blätterte sie durch, auf der Suche nach einem Artikel über eine Frau, die ihr Kind getötet hatte. Seine Suche blieb allerdings erfolglos. Der Artikel war nicht zu finden – und wenn, dann hätte er sowieso auf dem Titelblatt sein müssen. Ein weiterer Grund zum Aufatmen …

… bis plötzlich das Telefon klingelte.

»Schatz, kannst du rangehen? Ich bin beschäftigt.«

Dieselbe Wortwahl wie im Traum. Wer hätte gedacht, dass eine so einfache Bitte ihm jemals so einen Schrecken einjagen könnte? Bei dem bloßen Gedanken an das bevorstehende Gespräch wäre er am liebsten zurück ins Bett gegangen. Doch er wusste, dass er rangehen musste. Also ging er zurück ins Wohnzimmer, steuerte zielstrebig das Telefon an … und zögerte.

Bitte, Micco, lass es nichts Schlimmes sein! Lass es nichts von deinem Vater sein. Erzähl mir einfach was Schönes, ja?

Dann hob er ab. »Hallo?«

Schon bei dem kurzen Grußwort übertrug sich das Zittern seiner Hände auf seine Stimme. Mit rasendem Herzen wartete er auf eine Antwort von Micco – eine Antwort, die nicht kam. Niemand antwortete.

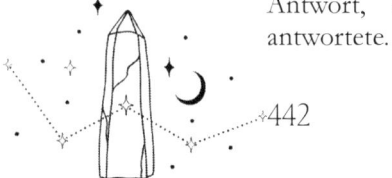

»Hallo?«, sagte Felix noch einmal.

Doch am anderen Ende blieb es totenstill. Außer dem üblichen schwachen Rauschen war nichts zu hören.

»Micco, bist du das?« Ein flehender Unterton mischte sich in seine Stimme. »Bitte, sag was!«

Immer noch nichts, weder eine menschliche Stimme noch ein Geräusch, abgesehen von diesem nervtötenden Rauschen. Gar nichts.

»Okay, wer auch immer du bist, ruf mich erst wieder an, wenn du was zu sagen hast.« Mit diesen Worten legte Felix auf und atmete tief durch. Vielleicht war es nur ein Telefonstreich zur falschen Zeit. Davon durfte er sich nicht aus der Ruhe bringen lassen. Niemand würde ihm etwas antun, nichts würde geschehen. Dennoch konnte er nicht verhindern, dass Angst sich in sein Herz krallte.

Was für ein verrückter Morgen. Was für ein noch verrückterer Traum! Wenigstens waren die Koordinaten diesmal ausgeblieben, was wohl bedeutete, dass seine Träume nicht mehr versuchten, ihn ins Elementargebirge zu führen.

Aber trotzdem muss ich auch wissen, was der neue Traum bedeutet. Vorher komme ich nicht zur Ruhe.

Er nahm sich vor, nach dem Mittagessen in den nächsten Bus zu steigen, der Kirche einen kurzen Besuch abzustatten und anschließend noch an einen anderen Ort zu fahren. Der Traum konnte einfach kein Zufall gewesen sein.

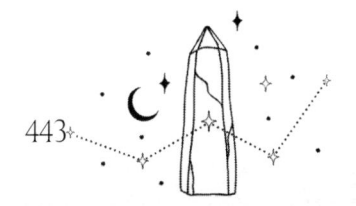

25
IN DER HÖHLE DES LÖWEN

Als Felix am frühen Nachmittag vor Miccos Haus stand, fiel ihm nichts Ungewöhnliches daran auf, oder an der Straße. Der Sonnenweg, wo nie die Sonne schien. Die Autos parkten an den Stellen, an denen sie bei seinem ersten Besuch gestanden hatten. Die Gärten waren gepflegt. Die Mülltonnen waren ordentlich verräumt. Hier hatte sich nichts verändert. Als wäre nie etwas geschehen.

Zuvor war er bei der Kirche der Heiligen Theresa gewesen, nur um zu überprüfen, ob alles in Ordnung war. Nachdem ihm dort selbst nach intensiver Inspektion weder der Blutmagier noch Vorbereitungen für dessen Ritual untergekommen waren, hatte er den nächsten Bus in die Innenstadt und von dort einen anderen in Richtung Nordstadt genommen. Vom Geschwister-Scholl-Gymnasium aus war er dann dem weiteren, inzwischen bekannten Weg zum Haus gefolgt, wie vor einer Woche von Lorena beschrieben.

Allem Anschein nach war niemand zuhause. Die Fenster von Miccos Zimmer und des Wohnzimmers, die zur Straße wiesen, waren vollständig von Rollladen bedeckt. Aber das war schon bei Felix' letztem Besuch kaum anders gewesen.

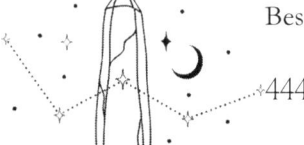

Er wollte nicht hier sein, wusste aber, dass die geheimnisvollen Machenschaften des Blutmagiers ihn weiterhin verfolgen würden, wenn er ihnen nicht auf den Grund ging. Dieselbe Situation wie vor fast einer Woche: Er musste unbedingt mit Micco reden. Dieser hatte inzwischen bestimmt herausgefunden, was sein Vater plante, so dass sie ihn zusammen aufhalten konnten; darauf hatte Felix' Traum überdeutlich hingewiesen. Nun blieb zu hoffen, dass Micco auch da war.

Und dass es ihm gut geht ...

Die Eingangstür öffnete sich. Sofort keimte in Felix Hoffnung auf, aber es war nur eine alte Frau, die er nicht kannte, die heraustrat.

Trotzdem. Die Tür ist offen. Felix unterdrückte ein Seufzen. Irgendwie fühlte er sich nicht mehr so mutig wie zuvor. Erneut in die Höhle des Löwen zu steigen, noch dazu alleine, erschien ihm nicht sonderlich klug, wie so vieles, was er in letzter Zeit unternommen hatte. Doch welche Wahl hatte er?

Mit schnellen Schritten überbrückte er die Distanz zum Haus. Die Frau bemerkte sein Vorhaben und hielt ihm die Tür auf, bevor sie ins Schloss fallen konnte. Er bedankte sich und wollte gerade hineingehen, als sie ihn ansprach.

»Wo wollen Sie denn hin, junger Mann? Zu mir ganz bestimmt nicht ... Sie besuchen doch nicht etwa die Bermiccis, oder?«

»Doch, genau dort will ich hin«, antwortete er leicht pikiert. Etwas anderes blieb ihm auch nicht übrig, denn außer den Bermiccis und der alten Frau, die wohl in der unteren Wohnung lebte, gab es hier niemanden, den er besuchen konnte. Bemüht, sich sein Misstrauen, aber auch seine Verwunderung über ihre Frage nicht anmerken zu lassen, wartete er ab.

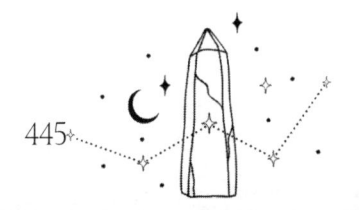

Sofort veränderte sich ihre Mimik. Ihr freundliches Lächeln gefror, ihre Augen wurden größer. »Seien Sie vorsichtig mit denen! Da stimmt etwas nicht mit diesem Mann … Und sein Sohn ist ein Mörder!«

Das hatte Felix gerade noch gefehlt. Er verdrehte die Augen. Die alte Nachbarin gehörte also zu den Menschen, die die Gerüchte über Micco glaubten. Wie er so etwas verabscheute! »Kümmern Sie sich doch um Ihren eigenen Kram!«, erwiderte er verärgert.

Nicht genau das, was er eigentlich hatte sagen wollen, aber es erfüllte seinen Zweck. Die Frau zog ihrer Wege und ließ ihn in Ruhe, während sie sich mit einem Kopfschütteln über »die Jugend von heute« beschwerte.

Auf dem Weg nach oben wunderte sich Felix wieder einmal darüber, dass Micco nur die Schule gewechselt hatte und nicht auch gleich umgezogen war, alt genug wäre er ja dafür. Natürlich war das kein einfacher Prozess, doch allemal besser als diese Situation. Wie konnte er hier noch in Ruhe auf die Straße gehen, wenn sogar die Nachbarn ihm einen Mord vorwarfen, den er nie begangen hatte? Immerhin schien die Polizei es anders zu sehen, und das war das Wichtigste. Sonst hätten sie ihn schon längst weggesperrt, bei all den Anschuldigungen.

Schließlich stand Felix vor der Wohnungstür, unentschlossen, ob er wirklich klingeln oder nicht doch lieber das Weite suchen sollte. Auch wenn er weit gekommen war, irgendwo in seinem Herzen lauerte noch ein Rest Angst, was geschehen könnte. Er musste mit Micco reden, aber bestimmt würde dessen Vater wieder die Tür öffnen, und wenn dieser wirklich wusste, wer er war, was der Traum ebenfalls deutlich dargelegt hatte …

Nein. Was im Traum war, bleibt im Traum. Das ist ganz sicher nur symbolisch zu verstehen und ich hab jetzt keine Zeit, mich damit zu beschäftigen. Aber trotzdem, was mach ich jetzt? Fahrig, und auch untypisch für ihn, fuhr er sich durch die Haare und atmete mehrmals tief durch.

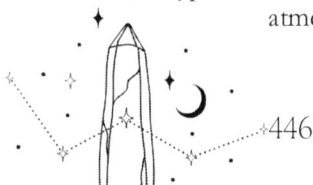

Nach einiger Überlegung entschied er, es darauf ankommen zu lassen, denn er wollte nicht bis zum Wiederbeginn der Schule warten, bevor er etwas unternahm. Also nahm er seinen Mut zusammen und klingelte ... und wartete ab.

Niemand öffnete. Von seinem letzten Besuch hier wusste er noch, dass der Blutmagier offensichtlich sehr ungern Gäste in die Wohnung ließ, egal, ob für sich selbst oder seinen Sohn. Doch als sich auch nach dem zweiten Klingeln nichts rührte, überlegte Felix, ob vielleicht wirklich niemand zuhause war. Immerhin waren die Rollläden sicherlich nicht ohne Grund mitten am Tag unten.

Was mich aber nicht dran hindern soll, mich in der Wohnung mal etwas gründlicher umzusehen. Umso besser, wenn mich niemand dabei stört!

Er dachte nach. In der Höhle Gottes hatte Micco mit Arthurs kleinem Schlüssel das Schloss der Truhe geknackt, in der sie den Kompass und die Stecker mit den Sternzeichen gefunden hatten. Außerdem hatte er angedeutet, dass er sich das von seiner Freundin Lorena abgeschaut hatte, die es besser konnte als er. Das Beste an der Geschichte war allerdings, dass Felix noch immer Lorenas Nummer hatte. Mit ihrer Hilfe kam er vielleicht in die Wohnung.

Er nahm sein Telefon hervor, suchte nach ihrem Eintrag und überlegte weiter. Sollte er oder sollte er nicht? Würde sie ihm helfen, in die Wohnung ihres ehemals besten Freundes einzubrechen?

Natürlich wird sie! Es interessiert sie doch auch, was mit Micco los ist. Und mehr als Nein sagen kann sie nicht. Ein wahrer Gedanke. Also drückte er auf ihre Nummer und rief sie an.

»Wer bist du und was willst du?«, meldete sich Lorenas Stimme am anderen Ende, bevor Felix auch nur ein Wort herausbringen konnte.

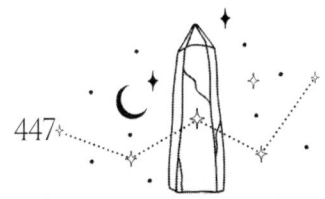

Er wunderte sich zunächst, erinnerte sich dann jedoch, dass er ihr seine Nummer nicht ge-geben hatte und sie daher gar nicht wissen konnte, wer sie gerade anrief. Also stellte er sich vor und erinnerte sie daran, dass sie sich schon einmal in ihrer Schule getroffen hatten.

»Ah, jetzt fällt's mir wieder ein.« Ihr Ton klang auf einmal um einiges freundlicher. »Alles klar bei dir? Oder findest du wieder den Weg zu Miccos Haus nicht und ich soll dir aushelfen?«

»Doch, ich bin sogar schon dort. Aber es scheint niemand daheim zu sein.« Felix hielt inne und suchte nach Worten. Wie sollte er das am besten erklären?

»Okay, das mag jetzt komisch klingen ...« Das war immer eine gute Einleitung. »Aber hättest du irgendwann im Laufe des Nachmittags Zeit, vorbeizukommen und mir die Tür zu der Wohnung aufzumachen? Micco meinte letztens, darin wärst du besonders gut.« Vielleicht nicht das beste Kompliment, aber ein passenderes fiel ihm gerade nicht ein.

Stille. Für ein paar endlose Sekunden war am anderen Ende nur ein weinendes Kind im Hintergrund zu hören, und Felix biss sich nervös auf die Zähne. Dann: »Du willst in Miccos Wohnung einbrechen? Warum?«

»Na ja, so hätte ich es jetzt nicht ausgedrückt, aber darauf wird es wohl hinauslaufen«, gestand Felix. »Versteh mich nicht falsch, ich würde nicht einmal daran *denken*, wenn es nicht absolut notwendig wäre. Ich glaube nämlich, dass sein Vater ihn in Gefahr bringt. Dass er ihn in eine sehr krumme Angelegenheit reinzieht, und das will ich verhindern, aber erst brauche ich Gewissheit, und die finde ich wahrscheinlich am ehesten in der Wohnung. Außerdem ...«

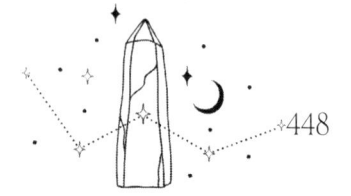

»Weißt du was? Das glaub ich dir sofort!«, unterbrach Lorena ihn. »Ich hab zwar keinen Plan, was für ein Dämon den alten Bermicci geritten hat, aber der ist echt ein komischer Vogel, richtig gruselig! Du meinst also, Micco wäre seinetwegen in Gefahr? Glaubst du wirklich, er könnte ihm etwas antun?«

Bilder aus seinem Traum schossen Felix durch den Kopf. Die Zeitung mit dem Artikel über eine Mutter, die ihr Kind tötete. Das Gefäß voller Blut, das der Blutmagier über dem Loch im Boden ausschüttete, um das Ritual abzuschließen ...

»Ich fürchte, es ist alles möglich«, antwortete er auf Lorenas Frage.

Wieder eine kurze Stille. Das Kind hatte aufgehört zu weinen. Nur noch ein leises Rauschen war zu hören, bevor Lorena sich schließlich wieder zu Wort meldete. »Okay. Ich komme vorbei und schau's mir an. Vielleicht finde ich auch raus, warum er den Kontakt zu mir abgebrochen hat. Du sagst, du bist schon im Haus?«

»Ja, ich warte hier. Sollte sich etwas ändern oder jemand nach Hause kommen, ruf ich dich noch mal an.«

»Alles klar. Ich bin in zwanzig Minuten da.«

Die Zeit des Wartens nutzte Felix, um sich doch noch einmal in Ruhe Gedanken zu seinem seltsamen Traum zu machen. Zumindest versuchte er es, doch vor lauter Aufregung konnte er sich kaum konzentrieren. Nachdenklich rieb er sich die Stirn. Das Einzige, was ihm einfiel, war, dass der Traum eindeutig, wenn auch womöglich nur metaphorisch, auf etwas sehr Reales hinwies. Denn von einigen Abweichungen abgesehen, war nach seinem Aufwachen alles genau so verlaufen, wie er es gewissermaßen vorausgeträumt hatte.

Und wenn ich nichts dagegen unternehme, wird alles andere auch genau so passieren. Also wieso mach ich mir noch immer Sorgen? Ich tue das Richtige. Agent Kohnen ist wieder im Einsatz und wartet auf seine wichtige Kontaktperson, die mit einem hochmodernen Dietrich die Tür zum Hauptquartier des Feindes aufschließen wird.

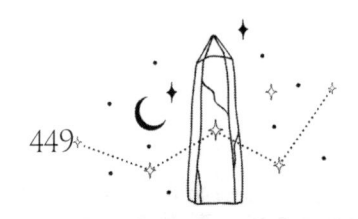

Danach können die Agenten in die Höhle des Löwen vordringen und sie auf den Kopf stellen, um streng geheime Informationen über die Pläne des Feindes zu sammeln und ihre Mission abzuschließen.

Das bisschen Humor, das er in dieser Situation noch übrig hatte, brachte ihn tatsächlich zum Grinsen. Leider wurde seine Sorge dadurch noch lange nicht verdrängt. Ein flaues Gefühl im Magen erinnerte ihn deutlich daran.

Was ihn an seinem Traum am meisten irritierte, war seine Kleidung darin. Er hatte, ohne es zu merken, eine rote Robe angezogen, die aussah, als hätte er sie sich direkt von einem der Sektenmitglieder aus dem Elementargebirge ausgeliehen.

Und der Blutmagier hatte zu ihm gesagt, er würde dieses Ritual auch wollen. Was hatte er damit gemeint?

Reflexartig blickte er an sich hinab – nur, um ganz sicher zu sein. Bevor er zum Bus gegangen war, hatte er besonders auf seine Kleidung geachtet, um in diesem Moment definitiv keine rote Robe zu tragen. Auch nicht seine treue schwarze Daunenjacke, die er in Dimentica und Umgebung getragen hatte und bei Kälte generell am öftesten trug; diese war innen rot. Stattdessen trug er eine neutrale braune Jacke, die mit künstlichem Pelz gefüttert war und ihn mehr wärmte als nötig. Hauptsache nichts Rotes. Nichts, was ihn an das Ritual, den Blutmagier oder sonst an die Ereignisse in Dimentica erinnerte.

Bei Lorena musste er sich auch keine Sorgen machen, was die Farbauswahl anging, als er sie durch das Fenster kommen sah. Sie war komplett schwarz angezogen, wie bei ihrem letzten Treffen, und konnte somit keine Erinnerung an das Ritual hervorrufen. Nicht, dass er es vergessen konnte, doch ohne den richtigen Trigger ließ es sich viel einfacher verdrängen. Er ging die Treppe hinunter und öffnete ihr die Tür, dann ging es nach einer kurzen Begrüßung gleich nach oben.

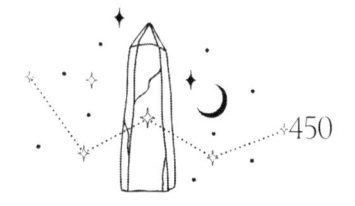

Lorena hatte sich schon perfekt vorbereitet. Aus ihrer kleinen, schwarzen Handtasche zückte sie ein paar Nadeln und musterte das Schloss der zu öffnenden Tür.

»Und du bist absolut sicher, dass keiner daheim ist?«, fragte sie.

»Die Rollläden sind heruntergelassen und niemand macht auf«, sagte Felix, mit den Schultern zuckend.

»Okay.« Lorena ging vor der Tür in die Hocke, legte sich die richtigen Nadeln zurecht und begann mit ihrer Arbeit. »Und, na ja, selbst wenn doch jemand da ist, will er offenbar nicht gestört werden. Umso mehr ein Grund für uns, einen Blick auf die Sache zu werfen.«

Während sie mit der Tür zur Wohnung der Bermiccis zu tun hatte, ließ Felix die Eingangstür nicht aus dem Auge. Er hoffte nur, dass weder die lästernde Nachbarin aus der unteren Wohnung noch der Blutmagier zurückkam. Es dauerte aber nicht lange, bis es knackte und die Tür offen war.

»Das war einfach«, bemerkte Lorena, als sie ihr Werkzeug wieder in der Tasche verschwinden ließ. »Hier würde ich definitiv nicht wohnen wollen.«

Felix grinste. »Und wie genau sieht deine Vorstellung von einem sicheren Heim aus? Wie müsste ein Türschloss sein, damit du es mit deinen Geräten nicht knacken kannst, und am besten auch sonst niemand?«

»Hm ... Elektronisch?«, sagte Lorena. Dann drückte sie die Tür auf und ging hinein. Felix folgte ihr, auch wenn das flaue Gefühl nicht besser wurde, im Gegenteil.

In der Wohnung war es dunkel. Felix schaltete das Licht an, statt die Rollläden hochfahren zu lassen, um keine Aufmerksamkeit zu erregen. Dann sah er sich um. Alles sah genauso aus, wie er es in Erinnerung hatte. Nichts Ungewöhnliches oder Auffälliges. Nichts in diesem Wohnzimmer würde einen Außenstehenden vermuten lassen, dass ein Fanatiker hier wohnte.

»Ob sie verreist sind?«, vermutete Lorena.

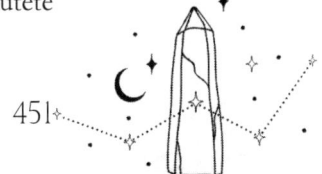

»Schon möglich. Weiß nur nicht, ob das gut oder schlecht wäre.«

Dabei fragte Felix sich dennoch, wohin die beiden wohl verschwunden sein konnten, ausgerechnet jetzt. Waren sie denn nicht von der Höhle in Italien direkt nach Hause gegangen? Zumindest hatte Arthur so etwas angedeutet. Aber dieser konnte genauso wenig wissen wie Felix, was der Blutmagier wirklich plante, und wo. Vielleicht hatte er untertauchen müssen. Oder er musste noch irgendwo anders hin, um etwas zu besorgen, und brauchte dafür Micco.

Während Felix nachdachte und nicht so recht wusste, wo er mit der Suche anfangen sollte, ging Lorena ein paar Schritte weiter in den Gang.

»Ich war eine Ewigkeit nicht mehr hier«, stellte sie fest, als sie die Tür zu Miccos Zimmer öffnete, kurz hineinsah und sie gleich wieder schloss. »Genauer gesagt, seit er diese Fastnachtsparty veranstaltet hat, zu der ich wegen seiner blöden Freunde nicht kommen wollte. Hab ihm nur am nächsten Tag beim Aufräumen geholfen, und dann ...« Sie hielt inne.

»Und dann?« Felix hasste es, anderen Menschen Informationen aus der Nase ziehen zu müssen. Mühsam zwang er sich, ruhig zu bleiben, und rieb nervös seine Schläfen.

Keine Antwort. Sie wandte sich einer anderen der drei Türen im Gang zu und sagte: »Das hier ist das Zimmer seines Vaters. Immer verschlossen.«

Neugierig ging Felix dorthin und drückte die Klinke hinunter, nur um sich zu vergewissern, aber weiter kam er nicht. »Verschlossen«, bestätigte er. »Natürlich.«

Lorena kramte wieder in ihrer Tasche. »So wie's aussieht, sind meine Dienste heute unverzichtbar.«

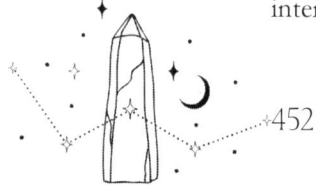

Dieses Schloss ging noch leichter auf als das der Eingangstür, und schon hatten sie sich Zutritt zu dem interessantesten Raum der Wohnung verschafft. Felix fragte sich, ob Micco das Zimmer seines Vaters jemals von innen gesehen hatte, wenn die Tür doch immer abgeschlossen war.

Das Erste, was ihm auffiel, als er hineinging, war ein Vorhang an der Wand. Den gab es bei Micco auch, doch in diesem Fall verdeckte er nicht das Bett, das zwischen den anderen Möbeln in dem recht unspektakulären Raum stand. Also musste er irgendetwas anderes verstecken.

Felix ging dorthin und schob den Vorhang zur Seite. »Da haben wir's ja!«, sagte er beim Anblick eines Tisches und einer Pinnwand, die dahinter zum Vorschein kamen. Auf dem Tisch stand eine Bürolampe, die er anknipste. Daneben lag ein Buch, dessen Titel er nicht lesen konnte, weil es in einer Sprache verfasst war, die er nicht verstand. Trotzdem schlug er es auf und las den Namen, der mit blauer Tinte am unteren Rand der inneren Umschlagseite von Hand geschrieben stand.

»Andrea Bermicci«, dachte er laut. »Das kommt mir doch bekannt vor!« Er hielt kurz inne und fragte dann: »Ist Miccos Mutter noch am Leben?«

Entweder das, oder der Blutmagier hatte das mit Pendulum angereicherte Handy in ihrem Auftrag anfertigen lassen.

Lorena warf nur einen flüchtigen Blick auf seinen Fund und schüttelte dann den Kopf. »Nein, das ist sein Vater. Seine Mutter hieß Daisy. Klingt komisch, ist aber so.«

Felix verstand die Welt nicht mehr. »Aber Andrea ist doch ein Frauenname!«

»In Italien nicht, und Miccos Vater ist Italiener. Bei seiner Mutter bin ich mir nicht ganz sicher, die hat zwar einen englischen Vornamen, kommt aber aus keinem englischsprachigen Land, soweit ich weiß.«

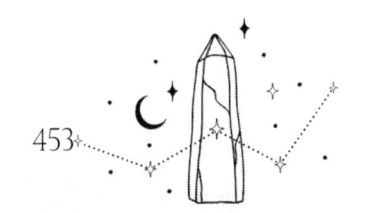

Das erklärte einiges, zum Beispiel, woran die Empfangsdame in Nerbesar gemerkt hatte, dass Felix und seine Freunde doch nicht in Andreas Auftrag unterwegs waren. Sie hatten von Andrea gesprochen wie von einer Frau, dabei war »sie« eigentlich ein Er.

Mit dieser neuen Erkenntnis schlug Felix das Buch zu – er konnte es ohnehin nicht lesen – und sah sich, da es auf dem Tisch sonst nichts zu finden gab, die Pinnwand näher an. Daran hingen mehrere Notizzettel, die mit einer solchen Sauklaue beschrieben waren, dass er sie kaum lesen konnte. Auch Fetzen aus Zeitungsberichten waren dabei.

Über all dem waren Fotos angepinnt. Das Erste, das Felix ins Auge sprang, hing auf der linken Seite und zeigte einen Mann, der ihm bekannt vorkam.

Mittleres Alter. Kurze, graue Haare ...

Felix hatte ihn schon einmal gesehen. Nach einigem Überlegen fiel es ihm ein: Es handelte sich um eine der Personen, die ihm in seinem Traum begegnet waren; der Mann, der im Bus Tee verschüttet hatte.

Auch Lorena schien ihn zu erkennen. »Hey, das ist doch dieser Typ, der verschwunden ist! Der war vor ein paar Monaten in der Zeitung, Klaus Schlag-mich-tot. Irgendwas mit See, Fluss oder Wasser oder so.«

»Bachmann.« Für Felix bestand kein Zweifel. Er hatte diesen Mann im wirklichen Leben noch nie gesehen, nur sein leeres Büro, in das nach seinem Verschwinden Miccos Vater eingezogen war. Aber dennoch wusste Felix, dass es niemand anderes sein konnte. »Sein Name ist Klaus Bachmann.«

»Stimmt, Bachmann! Das war's.«

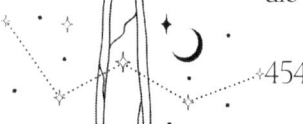

Die Notizen unter dem Bild, das Klaus Bachmann zeigte, wie er mit einem Koffer in der Hand aus dem Bürogebäude auf die Straße trat, konnte Felix kaum entziffern. Nicht nur die unleserliche Schrift erschwerte ihm dieses Vorhaben sehr, sondern auch die italienische Sprache. Da war ein Wort auf einem der Zettel, das er mit »Geburtstag« übersetzte, daneben stand »2 Marzo 1960«, und ganz rechts mit roten Buchstaben »OK«. Dieses »OK« war auch am Rand einiger anderer Zettel zu lesen.

So sucht sich der Blutmagier also seine Opfer aus? Er hat eine Checkliste, wo am Ende überall ein OK stehen muss?

Ein anderes Foto neben dem von Klaus Bachmann zeigte einen freundlich lächelnden Rotschopf mit braungebrannter Haut in schwarz-gelber Kleidung, die sehr nach der Uni-form eines Feuerwehrmannes aussah. Auch dieses Gesicht hatte Felix im Traum gesehen: Im Bus, mit einer Zigarette im Mund.

»Das wird dann wohl Ignatius Fitz sein. Der verschwundene Feuerwehrmann«, schloss er daraus. Noch immer fehlten Teile des Puzzles, aber langsam setzte sich ein Bild zusammen. Felix konnte nur noch nicht sagen, ob es ihm gefiel.

»Warte mal, was willst du denn damit sagen?«, fragte Lorena. »Dass Miccos Vater etwas mit dem Verschwinden der beiden zu tun hat?«

Felix hielt ihren Blick und überlegte, wie viel er ihr erzählen konnte. Indem er sie gerufen hatte, um ihm die Tür aufzumachen, hatte er sie schon tiefer in die Sache hineingezogen, als ihm lieb war. Das war ihm bewusst. Aber musste sie wirklich noch mehr wissen?

Er schüttelte den Kopf. »Nein. So hab ich es gar nicht gemeint«, behauptete er und wandte sich wieder der Pinnwand zu, um seinem Gegenüber nicht direkt ins Gesicht lügen zu müssen. Mit dem Finger auf einem der Zeitungsausschnitte tischte er ihr die nächstbeste Ausrede auf, die ihm einfiel. »Aber vielleicht sammelt er Berichte über die Fälle. Oder er kannte die Leute persönlich und versucht, sie zu finden. Das würde diese Fotos erklären.«

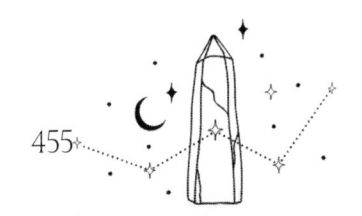

»Bist du sicher, dass es nicht mehr ist? Am Telefon hast du mir erzählt, Micco würde von seinem Vater in düstere Angelegenheiten hineingezogen werden, und jetzt ist der alte Bermicci plötzlich ein Ermittler, der das Verschwinden seiner Freunde aufklären will?«

Sie dachte mit – das musste man ihr lassen.

»Na, vielleicht hab ich mich geirrt«, sagte Felix, dem darauf nichts Besseres einfiel. »Aber es steht ja noch nichts fest. Es würde mir jedenfalls helfen, wenn ich diese Notizen lesen könnte.«

Lorenas Blick ließ nicht den geringsten Zweifel daran offen, dass sie nicht so recht glaubte, was er sagte. Er rechnete fest damit, dass sie weitere Fragen stellen würde, und suchte schon einmal nach halbwegs glaubhaften Antworten, die er ihr geben konnte. Nach einigen Sekunden der Stille und der forschenden Blicke zuckte sie jedoch nur mit den Schultern. »Okay, wie du meinst. Ich schaue mich dann mal im normalen Bereich des Zimmers um.«

Mit schlechtem Gewissen sah Felix ihr nach. Sein Gefühl sagte ihm, dass er ihr vertrauen konnte. Trotz ihrer in Schwarz gehüllten, düsteren Erscheinung machte sie selbst nicht den Eindruck, düstere Absichten zu haben, und Micco bedeutete ihr etwas. Aber trotz allem hielt er es nicht für nötig, noch mehr Personen dazu zu bringen, sich ernsthafte Sorgen zu machen; das würde an der Situation auch nichts ändern und ihn letztendlich nur in Erklärungsnot bringen.

Er sah sich noch einmal das Foto von Ignatius Fitz und die Notizen an. Auch hier war ein Geburtstag angegeben, der 9. Dezember 1968, wieder mit einem roten »OK« versehen. Felix fragte sich, was es mit dem Geburtsdatum auf sich hatte. Seine Gedanken wanderten zu dem Mechanismus, den er und die anderen in der Höhle Gottes hatten in Gang setzen müssen, um die Tür zu dem mit Pendulum gefüllten Raum zu öffnen.

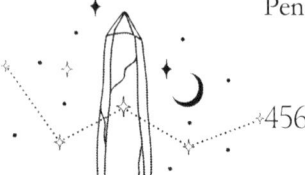

Claudentina hat gesagt, dass jedes Sternzeichen einem der Elemente zugeordnet wird. Vielleicht geht es hier gar nicht um die genauen Geburtsdaten, sondern schon wieder um die vier Elemente!
Seine Gedanken überschlugen sich, er versuchte, die Verknüpfungen zwischen allem zu finden.

Er überlegte weiter. Wenn der Blutmagier das Ritual richtig durchführen wollte, musste er dafür das Blut von echten Elementaren benutzen, nicht das von gewöhnlichen Menschen, die keine der Essenzen in sich trugen. Laut Micco zogen Elementare es vor, sich in ihrem Leben mit Dingen zu beschäftigen, die mit ihrem Element in Verbindung standen. Ignatius Fitz war Feuerwehrmann.

Und er hat gute anderthalb Wochen nach mir Geburtstag, also könnte er das gleiche Sternzeichen haben wie ich. Schütze ist ein Feuerzeichen, hat Claudentina gesagt. Aber reicht das schon aus, um einen Elementar auszumachen? Das richtige Sternzeichen und ein Beruf, der irgendwie mit dem Element zu tun hat?

Es musste mehr sein als nur das, denn an der Wand hingen noch viel mehr Notizzettel mit dem knappen Vermerk »OK«. Wenn die Informationen über Ignatius Fitz, die hier mühsam zusammengetragen worden waren, wirklich alle dafür sprachen, dass er ein Feuerelementar war – so wie Klaus Bachmann wohl ein Wasserelementar sein sollte –, dann würde es sicherlich auch so sein.

Es hing noch ein Foto an der Wand, das Felix fast nicht bemerkt hätte, weil ein Zettel, auf dem ein italienisches Wort geschrieben stand, es halb verdeckte. Er schob den Zettel beiseite, sah sich das Foto an – und erschrak. »Was zur Hölle!«

Die Aufnahme war bei der Schule gemacht worden, durch ein Fenster hindurch. Sie zeigte eine Frau mit langem, blondem Haar, die hinter dem Pult eines Klassenzimmers stand – eine Lehrerin also – und mit ihren Schülern sprach. Es war Frau Rainhold.

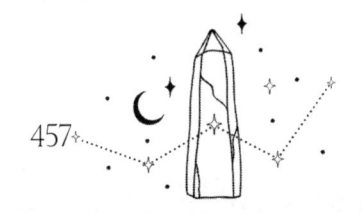

Ist sie etwa das nächste Opfer? Das flaue Gefühl wurde zu Angst, gemischt mit Nervosität. Möglicherweise war das ein Zufall. Allerdings wären das schon viele Zufälle. Felix rieb sich das Kinn.

Als Geburtstag war der 7. Oktober 1981 angegeben, wieder einmal mit einem »OK« versehen. Es konnte sogar hinkommen.

Den ersten französischen Vokabeltest des Schuljahres haben wir in der ersten Oktoberwoche geschrieben. Und Frau Rainhold hatte an diesem Tag Geburtstag. Sie geht gern wandern und klettern, mag Gleitschirmfliegen, träumt von Blut, seit Micco in unserer Klasse ist ... weil sie auf das Pendulum in seinem Körper reagiert, so wie ich meine Albträume habe, seit die Taschenlampe aus der Kirche in meinem Haus ist!

Die Erkenntnis traf Felix wie ein Schlag – seine Lehrerin war möglicherweise ein Luftelementar! Und stand deswegen auf der Abschussliste des Blutmagiers.

Mit dem 7. Oktober musste auch das Sternzeichen stimmen. Felix' Großvater mütterlicherseits hatte am selben Tag Geburtstag und war Waage – ein Luftzeichen, wie er seit dem Ausflug in die Höhle Gottes wusste.

Er riss den Zettel herunter, der Frau Rainholds Foto verdeckt hatte, und sah ihn sich näher an. Die italienische Sprache beherrschte er nach wie vor nicht, doch das Wort »Alpi« konnte angesichts der Situation nichts anderes als die Alpen meinen.

Der Ort, an dem Frau Rainhold ihren Urlaub verbringt. Ein Ort, an dem sie wandern und klettern kann, ein Ort, an dem der Wind weht – ein Ort, an dem sie voll und ganz in ihrem Element ist!

Zwischen den italienischen Wörtern stand auch ein deutsches: »Windschutz«. Felix ging davon aus, dass es sich nur um den Namen einer Ortschaft handeln konnte, wenn der Blutmagier beim Schreiben der Notizen ohne ersichtlichen Grund plötzlich die Sprache wechselte. »Windschutz« – ein Hotel vielleicht?

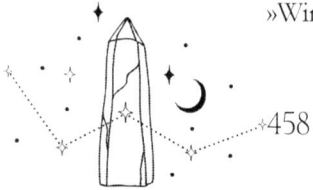

»Schau mal, was ich gefunden habe. Das solltest du dir definitiv mal ansehen.«

Er drehte sich um und sah Lorena kommen. Sie hatte ein paar Fotos bei sich, die sie mit nachdenklichem Blick auf dem Tisch ausbreitete. »Die habe ich in einer Art Geheimfach im Schrank gefunden.«

Felix atmete ein und wieder aus, während er sich innerlich auf den nächsten Schock vorbereitete. Dieser ließ auch nicht lange auf sich warten, als er auf den Fotos, die auf dem Tisch lagen, sein eigenes Gesicht erkannte. Keines davon wirkte gestellt, es handelte sich um Schnappschüsse, die ihn an verschiedenen Orten bei verschiedenen Tätigkeiten zeigten, und sogar in verschiedenen Altersstufen – vom Zeitpunkt seiner ersten Begegnung mit dem Blutmagier bis hin zum heutigen Tag.

Eines der Fotos musste kurz nach dem Vorfall in der Kirche gemacht worden sein. Darauf war er als Kind mit seinen Eltern zu sehen, wie sie das Haus verließen und sich dem damaligen Auto seines Vaters näherten. Es war Winter und dicke Schneeschichten bedeckten das Dach des Hauses, die Straßen und auch sonst alles. Felix war angezogen wie an dem Tag, an dem er Arthur getroffen hatte; aus dieser Jacke war er kurze Zeit später herausgewachsen.

Auf einem anderen Bild war er um die vierzehn Jahre alt und hielt ein Luftgewehr in den Händen, mit dem er auf eine Zielscheibe in zehn Metern Entfernung zielte. Es stammte aus seiner Zeit beim örtlichen Schützenverein.

Ein Foto, das wahrscheinlich vor nicht allzu langer Zeit geschossen worden war, zeigte ihn und Arthur im Sterncafé; er hatte eine Tasse Kaffee vor sich, Arthur machte sich über ein Stück Schokotorte her. Das war in letzter Zeit so häufig vorgekommen, dass es nicht möglich war, genauer zu bestimmen, von welchem Tag der Schnappschuss stammte. Vielleicht war es sogar der Abend, an dem sie zusammen für den Französisch-Vokabeltest gelernt hatten.

»Sag mal, allzu lange bist du aber noch nicht mit Micco befreundet, oder?«, meinte Lorena. »Wieso hat sein Vater solche Aufnahmen von dir?«

Felix erstarrte. Das konnte nur eines bedeuten, und er brauchte eine Weile, um seine Sprache wiederzufinden. Der Schock der Erkenntnis saß so tief, dass ihm das Denken schwerfiel. »Er wusste die ganze Zeit, wer ich bin. Auch vor einer Woche, als ich Micco besuchen kam und er die Tür aufgemacht hat. Er wusste *ganz genau*, wer ich bin!«

»Was bedeutet das?« Lorena legte den Kopf schief.

Felix dachte nach. »Das bedeutet, dass ich hier weg muss. Und zwar schnell. Bevor noch was passiert!«

Er musste sich mit Arthur in Verbindung setzen und einen Weg finden, möglichst schnell in die Alpen zu kommen. Das Leben von Frau Rainhold hing davon ab. Doch bevor er gehen konnte, fiel sein Blick auf ein Foto, das er bisher nicht bemerkt hatte. Bei diesem einen Foto konnte er mit absoluter Sicherheit bestimmen, wann es entstanden war: vor einer Woche bei dem kleinen Ausflug, den er und Micco in den Wald am Stadtrand unternommen hatten. Es zeigte sie, wie sie auf dem Felsen beim Fluss nebeneinandersaßen und Felix nach Miccos Handgelenk griff, um sich dessen Uhr anzusehen.

Dem Blattwerk nach zu urteilen, das die Szene einrahmte, war dieses Foto aus einem Gebüsch heraus gemacht worden. Also war der Blutmagier ihnen bis dorthin gefolgt.

Aber wie zum Teufel kann er uns die ganze Zeit gefolgt sein, ohne dass es uns aufgefallen ist? Ist der Mann ein Geist oder was?

Und das war noch nicht alles. Ein kleiner Zettel war mit einer Büroklammer an das Foto geheftet. Darauf stand nur ein Wort: »Perfetto«. Felix brauchte keine tiefgreifenden Italienisch-Kenntnisse, um die Bedeutung dieses Wortes zu verstehen, auch wenn es ihm hingegen Schwierigkeiten bereitete, den Sinn nachzuvollziehen.

Es war also perfekt, dass ... ja, was eigentlich? Dass ich mit Micco dort hingegangen bin? Dass wir uns unterhalten haben? Dass mir seine Uhr aufgefallen ist?

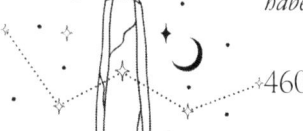

Während er darüber nachdachte, bemerkte er ein Detail, das er bisher übersehen hatte: Wenn der Blutmagier wirklich vorhatte, das Ritual mit allem Drum und Dran durchzuziehen, dann brauchte er nicht nur Blut von vier Elementaren, sondern auch noch welches, das Pendulum enthielt. Wessen Blut konnte er dafür schon verwenden?

»Aber er wird doch nicht ...« *Doch, er wird.* Felix wurde bewusst, dass es noch jemanden zu retten gab.

»Was ist denn los?«, fragte Lorena, nun auch nicht mehr so gelassen wie bisher. »Du hast doch irgendwas!«

»Ich muss jetzt wirklich gehen!« Felix versuchte, ruhig zu bleiben, und konnte sich sogar zu einem falschen Lächeln durchringen. »Vielen Dank, dass du mir geholfen hast, ich weiß es sehr zu schätzen.« So unecht seine Mimik war, so aufrichtig meinte er die Worte. Hoffentlich merkte sie ihm aber nicht an, welcher Sturm in seinem Inneren tobte.

»Klar, für ein bisschen Hausfriedensbruch bin ich immer zu haben. Aber was hast du jetzt vor?«

Felix hatte die Fotos eingesammelt und legte sie zurück in den Schrank, in dem Lorena sie entdeckt hatte. Nichts sollte darauf hinweisen, dass während der Abwesenheit des Blutmagiers jemand dessen Zimmer durchsucht hatte.

»Ich muss erst mal einen klaren Kopf kriegen«, antwortete er auf ihre Frage. »Herausfinden, was das zu bedeuten hat.« Was sicher nicht einfach werden würde, doch er hatte jetzt genug Puzzleteile, um das Bild zusammenzusetzen. Oder zumindest so weit, dass er das große Ganze begreifen konnte.

»Willst du nicht lieber gleich die Polizei rufen? Ich meine, der Typ hat dich offensichtlich gestalkt!«

»Und was erzähle ich denen, woher ich das weiß? Soll ich der Polizei etwa sagen, dass ich in seine Wohnung eingebrochen bin? Fragt sich, wer hier wen stalkt! Nein, ich nehme die Sache lieber selber in die Hand. Es wird schon alles gut gehen.«

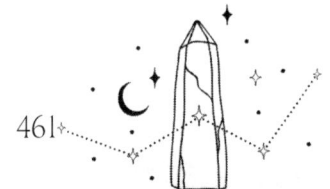

Als alles wieder so aussah, wie sie es vorgefunden hatten – viel hatten sie ohnehin nicht umgekrempelt –, verließen sie die Wohnung und ihre Wege trennten sich wieder. Lorena wollte Felix bis zum Schluss dazu bringen, ihr zu erzählen, was er wirklich vorhatte, doch er gab nicht nach und behielt seinen Plan für sich.

Von der nächsten Haltestelle aus nahm er den nächstbesten Bus, der in die Innenstadt fuhr, rief während der Fahrt Arthur an und erzählte ihm, was er herausgefunden hatte.

26
LEERE RÄUME

Während Felix in der Kirche auf Verstärkung wartete, setzte er sich in die letzte Reihe und tat so, als würde er beten. Dabei hielt er den Kopf gesenkt, unsicher, ob man ihm ansah, dass er eigentlich aus einem ganz anderen Grund hier war. Aber eigentlich war ihm das herzlich egal. Es stand gerade so viel auf dem Spiel, dass er weder Zeit noch Nerven hatte, über seine Wirkung auf andere nachzudenken. Vielleicht ging es Micco ja die ganze Zeit so und er schaffte es deswegen, der Welt jederzeit nur sein unlesbares Pokerface zu präsentieren. Zumindest diese Fähigkeit hätte Felix gerne auch gehabt.

Statt sich im Stillen mit Gott zu unterhalten, der ihm bei seinem Vorhaben sicherlich nicht helfen würde, beobachtete er heimlich seine Umgebung. Es waren wenige Gläubige anwesend – vermutlich lag das an der Uhrzeit –, also würde es nicht allzu schwer sein, den Geheimgang hinter dem Wandteppich zu betreten, ohne gesehen zu werden.

Wenn er überhaupt offen ist... Diese Möglichkeit hatte er gar nicht in Betracht gezogen. Was, wenn der Durchgang verschlossen war? Besorgt blickte er in die Nische neben dem Beichtstuhl. Als er und die anderen Noemis Mutter hatten zeigen wollen, was sich hinter dem dekorativen Behang verbarg, war dort plötzlich eine Wand gewesen, als hätte es diese Treppe und den Keller nie gegeben. Dabei konnten sie sich nicht geirrt haben, denn in der ganzen Haupthalle der Kirche gab es nur eine Nische, die so aussah. Und der Weg durch diese und das Regal im Keller war die einzige Möglichkeit, in die Alpen zu gelangen, bevor dort etwas Schlimmes passierte.

Als die Eingangstür sich das nächste Mal öffnete, kam Arthur herein. Felix stand auf und ging zu ihm, aber nicht zu schnell, um nicht aufzufallen.

»Der Blutmagier verfolgt jetzt Frau Rainhold? Bist du dir sicher?« Arthur kam sofort zur Sache.

»Absolut sicher«, flüsterte Felix und sah sich vorsichtig um, ob auch ja niemand lauschte. »Wir müssen versuchen, sie zu warnen. Mein Plan sieht so aus, dass wir uns von dem Regal im Keller nach Nerbesar teleportieren lassen und von dort aus weiter in die Alpen. Du hast doch noch den kleinen Schlüssel, mit dem man die Regale von der anderen Seite aus aufsperren kann, oder?«

Arthur nickte und holte zur Bestätigung den entsprechenden Schlüssel hervor. »Das hat zumindest beim letzten Mal funktioniert. Aber woher willst du wissen, dass wir von Nerbesar aus in die Alpen kommen?«

»Ich hab ein Regal mit dieser Überschrift gesehen, als wir das letzte Mal da waren. Hoffen wir nur, dass wir überhaupt erst in den Keller kommen.« Felix nickte, noch immer auf der Hut, damit sie nicht erwischt wurden. Langsam kroch Nervosität seinen Nacken hinauf, sein Puls beschleunigte sich.

So unauffällig wie möglich bewegten sie sich auf die Nische zu und sahen einen älteren Mann aus dem Beichtstuhl kommen. Um den Eindruck zweier gewöhnlicher Kirchgänger zu erwecken, blieben sie vor dem Beichtstuhl stehen und taten so, als wollten sie selbst hineingehen. Währenddessen machte

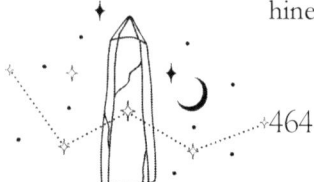

Felix beiläufig einige Schritte auf den Wandteppich zu und lehnte sich dagegen. Zu seiner Enttäuschung stieß er auf etwas Hartes.

»Verdammter Mist!« Er fluchte gerade noch leise genug, dass seine Worte von den Wänden des großen, hellhörigen Raumes nicht widerhallten. Erneut sah er sich unsicher um. Es sah gerade nicht so aus, als würde irgendjemand Verdacht schöpfen.

»Man flucht nicht in einer Kirche!« Arthur seufzte. »Aber was hast du denn erwartet? Wenn es eine Möglichkeit gibt, den Eingang zu verschließen, ist doch klar, dass man das tut, wenn Leute hier sind. Stell dir vor, irgendjemand würde sich ohne Hintergedanken an die Wand lehnen und rein zufällig dieses Gruselkabinett dahinter entdecken ...«

In seiner Verzweiflung suchte Felix nach etwas, womit er das Hindernis zerstören konnte. Doch das konnte er vergessen. Es hatte ihm schon gereicht, sich wegen Einbruchs in die Kirche vor der Polizei rechtfertigen zu müssen. Vandalismus musste nicht auch noch hinzukommen. Als sein Blick aber auf den Beichtstuhl fiel, kam ihm jedoch eine Idee.

»Sag mal, hier ist doch gerade vorhin jemand rausgekommen, oder? Glaubst du, der Pfarrer ist da?« Felix konnte sehen, dass er Arthur mit dieser Frage kalt erwischte.

Dieser zog mit einem verwirrten Blick die Schultern hoch und schüttelte den Kopf. »Selbst wenn ... Seit wann willst *du* denn beichten gehen?«

»Der Pfarrer könnte wissen, wie man da unten reinkommt! Es ist nämlich so ...«

Felix erzählte Arthur, was er von Micco wusste: Dass dessen Vater eine Abmachung mit dem Pfarrer hatte, die ihm seine »Forschungen« im Keller der Kirche erlaubte, solange er im Gegenzug den Pfarrer als Ersten über die neuesten Erkenntnisse bezüglich des Pendulums unterrichtete. Dabei wurden Arthurs Augen langsam immer größer, seine

Kinnlade klappte immer weiter nach unten; Felix konnte regelrecht zusehen, wie sein Freund Stück für Stück vom Glauben abfiel, nun, da auch noch der Pfarrer seiner Kirche in diese zwielichtigen Geschäfte verwickelt sein sollte.

Doch am Ende des Berichts kam Arthur schnell wieder zur Besinnung, indem er den Kopf schüttelte, und hinterfragte das Gehörte mit keinem Wort. »Und du glaubst, der wird uns das einfach so verraten?« Er bedachte den Beichtstuhl, in dem möglicherweise der Pfarrer saß, mit einem skeptischen Blick.

»Na ja, als wir das erste Mal in Nerbesar waren, haben wir uns als andere ausgegeben, und im Elementargebirge haben wir so getan, als wollten wir der Sekte beitreten, um Informationen zu sammeln. Warum spielen wir das Spielchen nicht einfach weiter?«

Die beiden sahen sich nachdenklich an. Dann trat Arthur einen Schritt auf den Beichtstuhl zu. »Okay, bleib hier. Ich kümmere mich drum.« Damit verschwand er hinter der Tür.

Ein zögerliches »Vergib mir, Vater, denn ich habe gesündigt«, war das Nächste, was Felix hörte. Er konnte nicht anders, als die Augen zu verdrehen, trat aber dennoch näher und hörte interessiert der falschen Beichte zu.

Wie er bemerkte, verstellte Arthur die Stimme beim Sprechen. Der Grund dafür war offensichtlich: Da sich seine Eltern sehr für diese Kirche engagierten, kannte der Pfarrer sie bestimmt, und womöglich auch ihren Sohn.

Nachdem der Pfarrer ihn ermutigt hatte, zu seinen »Sünden« zu stehen, begann Arthur mit seinem Theaterstück. »Ich habe gestohlen. Und zwar hier aus der Kirche.«

Und dann – Stille. Vermutlich wollte Arthur den Eindruck erwecken, er würde sich schämen. Oder nach den richtigen Worten suchen. So oder so war Felix stolz auf ihn; genau so hätte er es auch gemacht.

Stolz auf eine erfolgreiche Täuschung, hm? Ich bin wirklich ein gottloser Sünder!

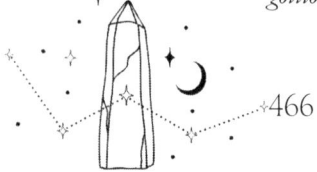

»Ach so? Was hast du denn gestohlen?«, wollte der Pfarrer mit sanfter Stimme wissen.

Arthur sprach so leise, dass Felix aufmerksam zuhören musste, um ihn zu verstehen. Aber genau das war auch der Sinn des Beichtstuhls – das Gespräch darin sollte nur zwischen dem Pfarrer und dem Beichtenden stattfinden. Auf Mithörer wurde demnach logischerweise keine Rücksicht genommen.

»Ein Handy«, antwortete Arthur. »Eins, das aus einem besonderen Material gemacht war. Aber ich glaube, ich sollte nicht mehr darüber sagen. Meinem Onkel würde das nicht gefallen.«

Geschickt!, dachte Felix. Er hatte nicht damit gerechnet, dass ausgerechnet Arthur in einem Beichtstuhl lügen würde. Aber eine richtige Lüge war es ja nicht. Sie hatten schließlich wirklich ein Handy geklaut. Zu hören, wie Arthur dem Pfarrer gerade genügend Fakten lieferte, um glaubhaft zu sein, sie aber so gekonnt zu seinem Vorteil verdrehte, beeindruckte Felix noch mehr als ohnehin schon.

Besondere Situationen erfordern besondere Maßnahmen. Er tut das nur, um einen anderen Menschen zu retten. »Liebe deinen Nächsten« *und so, das passt doch perfekt hierher in die Kirche!*

»Wer ist dein Onkel?« Offenbar hatte der Pfarrer den Köder gefressen. »Arbeitet er für die Kirche?«

»Nicht direkt für die Kirche, nein. Nur in ihr. Sein Name ist Andrea. Andrea Bermicci.«

Felix fragte sich, woher plötzlich auch Arthur wusste, dass diese ominöse Andrea, für die sie damals angeblich das Handy abgeholt hatten, in Wirklichkeit der Blutmagier war. Was er während seiner Bewusstlosigkeit in der »Höhle Gottes« wohl noch alles verpasst hatte?

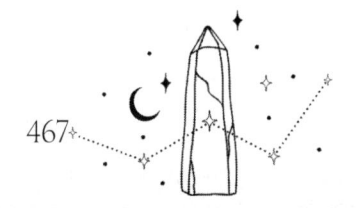

»Auf jeden Fall würde ich meinem Onkel den Gegenstand gerne zurückbringen«, fuhr Arthur fort. »Am besten, ohne dass er etwas davon erfährt. Er soll nicht wissen, dass ich ihn genommen habe, das wäre mir sehr peinlich. Hauptsache, er bekommt das Handy zurück, oder?«

»Aber das allein wird dein Problem nicht lösen«, meinte der Pfarrer. »Die Schuldgefühle werden auf diese Weise nicht weggehen. Deshalb solltest du ehrlich zu deinem Onkel sein und ihn um Verzeihung bitten.«

Den Blutmagier um Verzeihung bitten? Felix hätte beinahe laut aufgelacht. *Entschuldige, lieber Onkel, dass ich dich bei deiner Arbeit als Serienmörder behindere. Kann ich mein Steak heute blutig haben?*

»Äh, das geht nicht! Wissen Sie, ihm geht es zurzeit nicht so gut, weil seine Forschungen kaum neue Ergebnisse bringen. Da will ich ihn nicht noch mehr belasten. Er ist außerdem sehr nachtragend ... Und er soll auf keinen Fall glauben, dass es in seiner Familie einen Dieb gibt! Normalerweise mache ich so was nicht ... Nie! Deshalb will ich, dass er denkt, er hätte das Ding nur verlegt, und es wiederfindet, wenn er das nächste Mal in seinem Arbeitsraum ist. Das Blöde ist, dass der Zugang zu dem Raum gerade versperrt ist und ich nicht weiß, wie man ihn aufmacht. Aber ... oh Mann. Ich fürchte, da können Sie mir auch nicht helfen.«

Die gespielte Verzweiflung in Arthurs Stimme hätte auch kein professioneller Schauspieler überzeugender hinbekommen.

Wieder wurde es still. Ob es normal war, dass der Pfarrer hin und wieder während der Beichte schwieg, obwohl eigentlich er mit dem Reden dran war? Das wusste Felix natürlich nicht, doch wenn nicht, dann dachte er vielleicht gerade darüber nach, ob er sein Wissen mit Arthur teilen sollte.

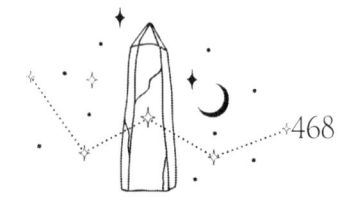

»Vielleicht ... kann ich dir ja doch helfen«, antwortete der Geistliche schließlich. »Ich sehe, dass es dir aufrichtig leidtut und du deinem Onkel nicht noch mehr Kummer bereiten möchtest. Warte kurz hier.«

Es klang, als würde der Pfarrer sich erheben. Felix schlüpfte seitlich hinter den Beichtstuhl und betete, dass niemand ihm dabei zusah. Sein eigenes Verhalten wäre ihm bestimmt sehr merkwürdig vorgekommen, hätte er es von außen beobachtet. Wie schon so oft heute, wanderte sein Blick umher, doch niemand schien ihm Beachtung zu schenken. Ihm blieb nur zu hoffen, dass die anwesenden Kirchgänger wirklich so fromm und vertieft in ihre Gebete waren, dass sie nichts mehr mitbekamen.

Während er sich versteckte, fiel ihm die Entfernung zwischen dem Beichtstuhl und der Wand auf, die ihm ziemlich groß erschien. Er kniff die Augen zusammen. Dafür gab es doch sicher einen Grund.

Tatsächlich! Er sah die Hand des Pfarrers, wie sie die Rückwand des Beichtstuhls abtastete. Offenbar fand sie, was sie suchte, drückte an einer bestimmten Stelle zu – ein versteckter Schalter? – und zog sich schnell wieder zurück. Was immer der Geistliche damit erreicht hatte, war auf den ersten Blick nicht ersichtlich. Allerdings war sich Felix sicher, dass da mehr dahintersteckte. Misstrauisch beobachtete er, wie der Pfarrer wieder an seinen Platz zurückkehrte.

Von seiner neuen Position aus konnte Felix noch schlechter verstehen, was im Inneren gesprochen wurde. Aber es dauerte auch nicht mehr lange, bis Arthur sich deutlich hörbar erhob. Felix kam aus seinem Versteck hervor und bemerkte sofort das breite, siegessichere Lächeln auf dem Gesicht seines Freundes, als dieser heraustrat.

»Wir haben es geschafft!«, verkündete er außerhalb der Hörweite des Pfarrers.

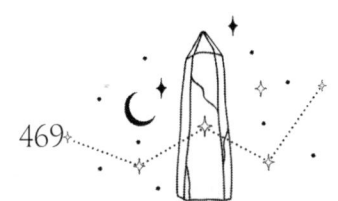

»Kein Wunder, du warst auch sehr überzeugend«, lobte Felix mit gedämpfter Stimme. »Wie's aussieht, bist du jetzt also der Cousin von Micco?«

Das Lächeln verschwand aus Arthurs Gesicht. »Um Himmels willen! Ich hab ja so einige nervige Familienmitglieder, aber der wäre mir wirklich zu viel! Gehen wir lieber schnell weiter, bevor der Pfarrer es sich anders überlegt.«

Sie gingen zum Wandteppich. Erneut lehnte Felix sich dagegen, und diesmal gab dieser sehr viel mehr nach als das letzte Mal. Auch wenn er den Durchgang schon kannte, war es dennoch nichts, woran er sich so schnell gewöhnen konnte. Nachdem sie sich also davon überzeugt hatten, dass der Weg frei war, warfen sie noch einen letzten prüfenden Blick in die Runde und betraten dann unauffällig den geheimen Gang. Hier musste sich ein Stück Wand befinden, das sich per Knopfdruck verschieben ließ, um dadurch den Gang entweder freizugeben oder zu versperren.

Felix hatte gehofft, diesen Kellerraum der Kirche niemals wieder sehen zu müssen, aber nun musste es eben sein. Seine größte Sorge galt dem rotierenden Regal – er hoffte, nicht wieder das Bewusstsein zu verlieren, und konzentrierte sich bereits auf der Treppe darauf, genügend Kräfte zu sammeln, um die anstehende Reise nach Nerbesar zu überstehen. Als er unten angekommen war, fand er das kleine Labor des Blutmagiers wie erwartet leer vor.

»Hoffen wir, dass der Pfarrer uns nicht einschließt!« Arthur blieb im vorderen Teil des Raumes stehen. »Hier unten würde ich nämlich nicht gerne länger bleiben als absolut nötig. Aber es muss doch auch eine Möglichkeit geben, die Wand von dieser Seite aus zu verschieben, oder?«

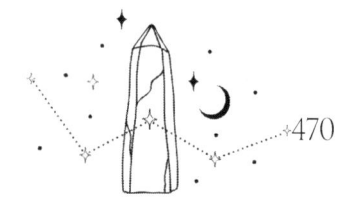

»Lass uns das rausfinden, wenn wir zurück sind. Ich hab das Gefühl, dass wir keine Zeit verlieren sollten.« Felix bewegte sich zielstrebig auf das Regal zu.

Ein Geräusch, das von der ewig verschlossenen Eisentür ausging, ließ ihn innehalten. Es klang, als würde sich im Raum dahinter etwas bewegen.

Oder jemand?

»Kommst du dann auch mal?« Arthur stand schon am Bücherbord, bereit, den versteckten Hebel zu betätigen.

Felix wollte endlich wissen, was sich hinter dieser Tür verbarg. Es musste sehr wichtig sein, wenn sie so fest verschlossen war. Als wäre es nicht bereits schwierig genug, überhaupt erst dieses Labor zu finden. Aber er sah ein, dass auch dafür jetzt einfach keine Zeit war, egal, wie sehr er es sich insgeheim wünschte.

»Ja, ich komme. Wir müssen uns beeilen«, sagte er, ebenso zu sich selbst wie zu Arthur, und gesellte sich zu diesem.

»Und, wie fühlst du dich? Glaubst du, du schaffst es diesmal, wach zu bleiben?«

»Keine Ahnung. Ich werd's versuchen.«

Dann ging es los. Arthur ging voraus, damit Felix noch Zeit hatte, sich auf das vorzubereiten, was auf ihn zukam. Durch seinen regelmäßigen Umgang mit Taschenlampe und Handy hatte er einigermaßen gelernt, die kribbelnden Auswirkungen des Pendulums zu ignorieren, aber so ganz konnte er es immer noch nicht kontrollieren. Und in diesem Fall würde auch seine dicke Kleidung ihm keinen Schutz bieten.

Dennoch trödelte er nicht. Sobald Arthur auf der anderen Seite war, folgte Felix ihm augenblicklich. Wie erwartet wurde er auf der kurzen, aber nicht gerade harmlosen Reise von dem starken Kribbeln in seinem ganzen Körper nahezu überwältigt. Aber nur nahezu.

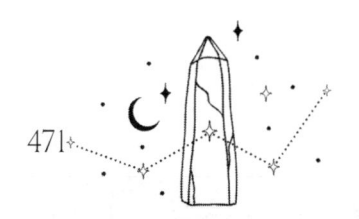

Obwohl die Versuchung, loszulassen und sich voll und ganz diesem schönen Gefühl hinzugeben, sehr groß war, riss er sich mit all seiner Willenskraft zusammen.

Und dann war es auch schon vorbei. Mit zittrigen Beinen und weichen Knien erreichte er die andere Seite und kämpfte um sein Gleichgewicht. Arthur war sofort zur Stelle und half ihm. Schließlich gelang es ihm, hellwach stehen zu bleiben, und er war stolz auf sich, weil er es wirklich geschafft hatte, der Versuchung zu widerstehen. Schließlich kamen sie gerade aus einer Kirche …

»Siehst du? Geht doch!« Arthur hob die Hände und machte Anstalten, zu klatschen, hielt dann jedoch inne. Noch schien noch niemand ihre Anwesenheit bemerkt zu haben, und das sollte auch so bleiben. »Jetzt musst du nur noch die zweite Reise in die Alpen überstehen.«

Felix verdrehte die Augen. Das hatte er beinahe vergessen – er musste das Ganze ja *noch* einmal mitmachen. Obwohl er die Nachwirkungen des ersten Mals deutlich spürte, konnte er an diesem Ort keine Pause einlegen, auch nicht eine kurze. Sie befanden sich auf feindlichem Territorium, im Hinterraum des Büros von Nerbesar, wo die Regale in einer geraden Reihe aufgestellt waren. Die bissige Empfangsdame konnte jeden Moment durch die Tür hereinplatzen. Oder ein Reisender durch eines der Regale.

Das Tor zu den Alpen hatten sie schnell gefunden. Es war nicht allzu weit von dem entfernt, durch das sie gekommen waren. Mit dem kleinen Schlüssel schloss Arthur es auf und die zweite Reise konnte beginnen.

Als Felix mit dem gewohnten Kribbeln durch das Regal ging, wurde es dunkel – und blieb es auch. Zunächst ging er davon aus, dass er wieder in Ohnmacht gefallen war. Dann hörte er jedoch Arthurs Stimme neben sich, die ebenfalls feststellte, dass es dunkel war. Das reichte aus, um ihn zu überzeugen, dass er wach war.

»Wo sind wir denn jetzt gelandet?« Arthur tastete blind in der Gegend herum, wobei er Felix' Arm zu fassen bekam.

»Sehen wir gleich.« Felix suchte bereits nach seinem Handy. Nach zwei Regalreisen so kurz hintereinander fühlte er sich sehr benommen, doch die Nachwirkungen klangen bereits wieder ab. In Kürze würde es ihm besser gehen.

Als er sein Handy gefunden hatte, drückte er ein paar Tasten, woraufhin der Bildschirm seine Umgebung schwach erleuchtete. Das spärliche Licht genügte jedoch, um zu erkennen, dass sie sich in einem kleinen, quadratischen Raum befanden. Eine der Wände wurde gänzlich von dem rotierenden Regal eingenommen. Eine andere vermeintliche Wand entpuppte sich als Vorhang.

Nachdem er sich mit einem kurzen, aber aufmerksamen Blick vergewissert hatte, dass auf der anderen Seite nichts Gefährliches lauerte, verließ er dicht gefolgt von Arthur das Versteck. Sie betraten einen Raum mit einem Kamin, rustikalen Möbeln und Landschaftsbildern an der Wand, die eine warme, gemütliche Atmosphäre ausstrahlten. Sowohl die Einrichtung, die den Raum wie eine Mischung aus Wohn- und Esszimmer aussehen ließ, als auch die Farbgebung erinnerten an Xaver Ortwins Haus im Elementargebirge, aber das war höchstwahrscheinlich nur ein Zufall.

Arthur sah sich um und zuckte dann mit den Schultern. »Scheint niemand da zu sein.«

»Und das ist auch gut so«, fügte Felix erleichtert hinzu. »Das mit diesen Regalen ist so ne Sache. Man kann nie sicher wissen, wo man rauskommt. Und was ist, wenn jemand gleichzeitig von der anderen Seite aus durch will?«

»Ja, guter Gedanke. Und wo sind wir denn nun?«

Eine Frage, die Felix nicht beantworten konnte. Er musste sich eingestehen, dass er auch nicht die leiseste Ahnung hatte, wo er von hier aus hingehen sollte. Doch da dieses Zimmer sicherlich nicht das Ziel war – schließlich konnte er weder Frau Rainhold noch den Blutmagier irgendwo sehen –, hatte er keinen Grund, hier zu bleiben.

Durch die wenigen, schmalen Fenster fiel das Licht spärlich herein. Draußen schien es recht hell zu sein; unberührter Schnee glitzerte in der Sonne, deren Strahlen nur durch dünnes Geäst leicht getrübt wurden. Eines der Fenster stand offen, die Tür nach draußen war hingegen verschlossen.

Arthur wirkte nicht sehr begeistert, als er begriff, was das bedeutete. »Eigentlich hatte ich gehofft, nach dieser Höhle in Italien nie wieder Sport machen zu müssen.«

Felix verdrehte die Augen. »Ach, komm! Durch das Fenster kommst du schon, wenn es sogar der Blutmagier geschafft hat!«

»Wäre schon lustig, wenn er bei den Vorbereitungen für sein aufwendiges Ritual kurz vor dem Ziel umkehren müsste, weil er nicht durch ein Fenster passt.«

Felix kletterte als Erster hinaus. Sobald seine Füße den Schnee unter dem Fenster berührten, wünschte er sich, er hätte seine robusten, wasserdichten Stiefel angezogen und die Hose hineingesteckt. Der Schnee war tiefer als erwartet; er sank bis zur halben Höhe der Wade hinein, und das gefiel ihm überhaupt nicht.

»Nicht erschrecken! Das Ekelzeug ist tief!«, warnte er Arthur, während dieser sich durch das Fenster zwängte. Leider konnte er nirgendwo hin ausweichen. Auf den zweiten Blick wies der Schnee Fußspuren auf, aber es gab keinen abgelaufenen Trampelpfad, auf dem er vor dem nasskalten Niederschlag einigermaßen sicher gewesen wäre.

»Vielleicht war der Blutmagier ja noch gar nicht da, dann hätten wir einen kleinen zeitlichen Vorsprung.« Arthur keuchte, die sportliche Betätigung machte ihm sichtlich mehr zu schaffen als Felix – der Schnee dafür umso weniger.

»Ich hoffe es!« Felix versuchte, seine Zweifel ebenfalls hinter Optimismus zu verbergen, der in seinem Fall jedoch nur gespielt war. Den noch recht frischen Fußstapfen nach zu urteilen, waren hier erst vor kurzem mehrere Personen durch den Schnee marschiert, vielleicht sogar zusammen. Dass bestimmt nicht viele Leute ausgerechnet an diesen Ort reisten, erhöhte die Wahrscheinlichkeit, dass der Blutmagier einige dieser Spuren hinterlassen hatte, und das wiederum bedeutete, dass sie ihm höchstwahrscheinlich doch keinen Schritt voraus waren.

Arthur und Felix folgten den Spuren, wobei Letzterer darauf achtete, immer nur in die bereits gemachten Löcher im Schnee zu treten. Er wollte nicht mehr Kontakt zu dem Schnee als unbedingt nötig. Der Weg führte an einigen Bäumen vorbei zu einem Abhang, an dessen Fuß ein Haus stand, das wesentlich größer war als die Hütte, aus der sie kamen. Es hatte mehrere Obergeschosse mit zahlreichen Fenstern, und an der dem Abhang zugewandten Wand ließ sich ein Schriftzug deutlich ausmachen: »Windschutz«.

Dieses Wort kam Felix sofort bekannt vor. »Arthy! Hier sind wir richtig!« Automatisch beschleunigte er seine Schritte, während er auf das Gebäude zuging, bis er vor lauter Übereifer stolperte, mit dem Gesicht voran stürzte, ohne Halt den Abhang hinunterrollte und in einem nassen, kalten Schneehaufen landete.

Oh, super! Das hat gerade noch gefehlt! Während er sich grummelnd aufrichtete und Schwierigkeiten hatte, ohne Hilfe aus dem Schneehaufen herauszukommen, kam Arthur in aller Ruhe den Abhang herab und lachte. Er wusste, wie sehr Felix den Schnee hasste, und nun war er von oben bis unten voll damit.

»Jetzt hör auf zu lachen und hilf mir!«, rief er Arthur zu und verfluchte sich in Gedanken dafür, dass er keinen Schal angezogen hatte, denn der »kalte Wolkenkot«, wie er den verhassten Schnee in Gedanken nannte, war ihm unter seine Kleider gerutscht. Wo er sonst noch überall reingekrochen war, wollte er gar nicht wissen. Trotzdem würde er es wohl bald erfahren, spätestens dann, wenn er sich ein bisschen bewegte.

Das heißt, falls ich hier je wieder rauskomme!

Als Arthur ihn erreichte, half er ihm ohne Widerworte – vermutlich nur, weil er im Hinterkopf behielt, dass sie gerade wirklich keine Zeit zu verlieren hatten –, doch sein schadenfrohes Lachen konnte er nur schwer unterdrücken. »Ich musste durch ein Fenster klettern und trotz Höhenangst eine steile Treppe ohne Geländer hinuntersteigen. Es wurde einfach Zeit, dass du auch mal ein Opfer bringst!«

Felix fand das nicht halb so lustig, und es war ihm natürlich von Anfang an sonnenklar gewesen, dass ein bisschen Schnee sich auch in seine Unterhose verirrt hatte, was er eindeutig spürte, als er wieder auf den Füßen stand und laufen konnte. Daran konnte er jetzt nichts ändern, also hoffte er einfach, dass es sich so bald wie möglich auflösen würde. Wie er Kälte hasste! Besonders an Stellen, an der sie nichts zu suchen hatte. Genervt schüttelte er sich und sah sich um.

Das Haus schien eine Pension zu sein, mit dem Namen Windschutz, wie Felix in den Notizen des Blutmagiers gelesen hatte. Das hieß noch lange nicht, dass sie am Ziel waren, doch es schien naheliegend, dass Frau Rainhold zurzeit hier wohnte.

Ohne zu zögern, bewegte sich Felix auf den Eingang zu. Noch wusste er nicht, was er an der Rezeption sagen würde, doch er würde einfach improvisieren. Die Tür, durch die er eintrat, konnte nicht der Vordereingang sein, denn sie führte direkt in einen Gastraum mit großen, rechteckigen Tischen. Alle waren mit schlichten, aber hübschen Tischdecken versehen, mit je einem Topf voller dampfender Suppe in der Mitte und einem Set aus Tellern und Besteck an jedem Platz. Es musste wohl Essenszeit sein.

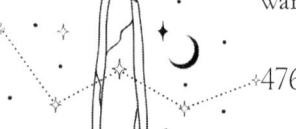

Doch all das wäre schließlich nicht gewöhnlich gewesen, wenn es nicht auch etwas Ungewöhnliches gegeben hätte: Es war niemand da. Wer auch immer dieses späte Mittag-essen hatte zubereiten lassen, war nicht anwesend, um es auch zu genießen. Außerdem war es verdächtig still – die einzigen Geräusche kamen aus einem Fernseher, der in einer Ecke des Raumes von der Decke herabhing und gerade eine Nachrichtensendung übertrug.

Die Situation kam Felix auf beunruhigende Weise vertraut vor, erinnerte ihn an seinen Albtraum mit dem leeren Speisewagen. Er durchquerte das kleine Esszimmer und betrat durch die offene Tür einen noch kleineren Raum, von dem aus die Toiletten und die Treppen zu höheren Etagen zu erreichen waren. Es gab zudem noch eine Tür, die wahrscheinlich in die Küche führte, aber am wichtigsten war die Rezeption an der Seite. Auch dort war kein Mensch zu sehen.

Felix fand eine Klingel und betätigte sie. Während er darauf wartete, dass sich etwas tat, schaute er sich das Gästebuch an, das aufgeschlagen daneben lag. Der letzte Eintrag war in roter Tinte verfasst und äußerst merkwürdig.

Die Wetterberichte in diesem Haus sind hochinteressant und sehr zu empfehlen.

Trotz der sauberen Schrift und der gehobenen Ausdrucksweise konnte das nur ein Kind in das Buch geschrieben haben, denn Felix hielt es für selbstverständlich, dass jeder Erwachsene wusste, dass Pensionen keine eigenen Wetterberichte produzierten, sondern die Fernsehsender.

»Ich schau mal in der Küche nach«, sagte Arthur, bereits auf dem Weg dorthin.

Ungeduldig drückte Felix ein weiteres Mal auf die Klingel, erwartete aber nicht mehr, dass sich etwas rührte, und ging zur Treppe, um einen kurzen Blick in die Obergeschosse zu werfen. Für einen Moment glaubte er, einen Schatten zu sehen, der weiter oben über die Stufen huschte. Aber die Erscheinung war zu schnell wieder verschwunden, um zu beurteilen, was es genau war, oder ob er davor Angst haben sollte.

Wovor sollte ich Angst haben? Das hier ist eine Pension, kein Blutmagier-Verlies.

Und dennoch – irgendetwas stimmte nicht. Wieder einmal. Warum zum Teufel war hier niemand, weder Gäste noch Angestellte? Der Blutmagier konnte doch auf seiner Suche nach Frau Rainhold nicht einfach alle ermordet haben!

Nein. Du bist nur paranoid. Geh nicht immer vom Schlimmsten aus!

»... und nun übergeben wir an den Wetterbericht«, ertönte die klare Stimme des Nachrichtensprechers aus dem Fernseher des Gastraums.

Felix kehrte schnell dorthin zurück, froh über die Ablenkung. Nicht nur, dass er keine Lust hatte, weiterhin über den Blutmagier nachzudenken, er war außerdem sehr gespannt darauf, zu erfahren, was an dem Wetterbericht, der genau hier übertragen wurde, so besonders war, dass er sogar eine spezielle Erwähnung im Gästebuch verdiente.

Die warme Suppe dampfte immer noch vor sich hin, als er das Esszimmer erreichte und einen flüchtigen Blick in einen der offenen Töpfe warf. Eigentlich war es schade, sie einfach auskühlen zu lassen, denn sie duftete lecker, wenn sie auch ungewöhnlich rot war. Vielleicht Tomatensuppe, überlegte er, kümmerte sich aber nicht weiter darum.

»In den gesamten Alpen ist in der kommenden Nacht mit Schneefällen zu rechnen, begleitet von eisigem Wind, der am Nachmittag vom Nordosten her zu uns zieht und sich weiter nach Westen ausbreitet«, verkündete im Fernseher eine junge, adrett gekleidete Frau mit blondem Haar in einem eleganten Knoten. Zur Veranschaulichung ihrer Prognosen verwies sie auf Diagramme und Landkarten, die hinter ihr eingeblendet wurden.

Felix konnte daran nichts Besonderes entdecken, sah aber trotzdem weiter zu. Wie sich das Wetter in seiner näheren Umgebung gerade verhielt, konnte auch für ihn und Arthur von Interesse sein.

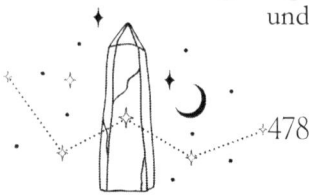

»Achtung: Die einzige Ausnahme bildet die Gegend westlich der Pension Windschutz in den nördlichen deutschen Alpen«, fuhr die blonde Moderatorin freundlich lächelnd fort. »Hier wird der kalte Wind noch von heftigem, blutigem Regen begleitet. Ich wiederhole: Kalter Wind und heftiger Blutregen in dem Gebiet westlich der Pension Windschutz.«

Im ersten Moment ging Felix davon aus, dass er sich verhört hatte. Doch die Moderatorin hatte es gleich zweimal gesagt und wiederholte es gerade ein weiteres Mal. Sie hatte eindeutig von *Blutregen* gesprochen.

»Komisch, in der Küche ist auch keiner!«, verkündete Arthur bei seiner Rückkehr.

Er wollte anscheinend noch etwas hinzufügen, doch Felix brachte ihn mit einer erhobenen Hand zum Schweigen und zeigte auf den Fernseher. »Hör dir das an!«

Arthur tat, was er sagte, und sah zum Fernseher, in dem die Moderatorin nun schon zum dritten Mal ihre unheimliche Prognose wiederholte.

»Das ist doch krank!« Felix konnte seinen Blick nicht von dem freundlichen Gesicht der Dame abwenden. »Was soll denn das? Wie kann sie so was sagen?«

»Äh ... Wer sagt was?« Arthurs Gesichtsausdruck war noch ungläubiger als der von Felix selbst, als sie sich ansahen.

»Na, die Moderatorin!«, antwortete Felix verständnislos. »Hörst du denn nicht, was sie sagt?«

Arthur betrachtete verwundert den Fernseher und sah anschließend noch verwunderter seinen Freund an. »Felix, der Fernseher ist gar nicht an.«

Felix schüttelte den Kopf und schaute selbst noch einmal hin. Doch, die Kiste war definitiv an, und das Gesicht der Frau war nun in einer Großaufnahme zu sehen. Ihr blondes Haar war nicht mehr hochgesteckt, sondern fiel ihr lang und glatt über die Schultern, als sie mit starrem Blick in die Kamera immer wieder sagte, dass es in Kürze westlich von der Pension

Blut regnen würde. Ihr Gesicht hatte sich in das von Frau Rainhold verwandelt, Blut sammelte sich in ihren Augen und lief ihr in dunkelroten Tränen über die Wangen.

Es war so weit. Felix konnte seiner eigenen Wahrnehmung nicht mehr trauen. Er schloss die Augen, versuchte an etwas anderes zu denken, und vertrieb so Frau Rainholds Stimme aus seinem Kopf. Doch das Gerät war immer noch an, als er die Augen wieder öffnete. Es zeigte nun die Fensterscheibe eines Autos von innen. Dieses Auto fuhr offenbar durch die Alpen, ihre prächtigen Berge im Hintergrund, mit rotem Nebel, der sich langsam und leise ausbreitete und die verschneiten Gipfel umhüllte. Von außen spritzten blutige Regentropfen an die Scheibe.

»Kneif mich mal!«, forderte er Arthur auf.

Dieser musste bereits ahnen, dass Felix glaubte, wieder einen Traum zu haben. Da es keine freie Stelle gab, wo er ihn kneifen konnte, boxte er ihm leicht an den Oberarm.

Aber der Fernseher zeigte immer noch seltsame Bilder, die mit jeder Sekunde seltsamer wurden.

»Noch mal!«, befahl Felix.

Arthur boxte ein bisschen fester.

»Stärker!«

Daraufhin schlug Arthur richtig hart zu.

»Autsch! Hast du nen Knall?« Felix fasste sich an den schmerzenden Oberarm.

»Wenigstens weißt du jetzt, dass du nicht träumst«, meinte Arthur.

Felix sah ihn mit großen Augen an und bemerkte, dass es still geworden war. Ein Blick auf den Fernseher verriet ihm, dass auch seine Wahrnehmung wieder in Ordnung zu sein schien.

Also war der Gästebucheintrag auch nur eine Einbildung von mir? Um das herauszufinden, ging er noch einmal zur Rezeption und sah nach. Tatsächlich. Den besagten Eintrag, der wohl nicht ganz zufällig mit blutroter Tinte geschrieben gewesen war, gab es nicht mehr. Die aufgeschlagene Seite war komplett leer.

Er wandte sich wieder an seinen Freund. »Und ich weiß jetzt noch was, Arthy. Nämlich, wo wir Frau Rainhold suchen müssen. Und dass wir nicht viel Zeit haben.«

27
VERLOREN IM SCHNEE

Bevor sie die Pension verließen, liehen sich Felix und Arthur von der unbesetzten Rezeption eine Landkarte aus. So fanden sie heraus, wo von der Pension aus gesehen Westen war, und dass es dort eine Wanderroute für fortgeschrittene Bergsteiger gab. Felix glaubte, durch die Vision genau zu wissen, welchen Weg Frau Rainhold eingeschlagen hatte, und wohin sie als Nächstes gehen mussten.

Doch das war auch schon alles, wobei die Landkarte helfen konnte. Obwohl sie sehr detailliert gezeichnet war, gelang es Felix und Arthur, sich innerhalb kürzester Zeit zu verlaufen und die Orientierung zu verlieren. Irgendwann fanden sie sich mitten auf einem Weg zwischen einem steilen Abhang auf der einen und einer ebenso steilen Felswand auf der anderen Seite wieder und hatten keine Ahnung, wo auf der Karte sie sich befanden. Der Schnee, der jeden Zentimeter der Umgebung bedeckte und somit alles gleich aussehen ließ, war keine Hilfe.

Nur ein weiterer Grund, um Schnee zu hassen, dachte Felix grimmig. *Was hat bei der Entstehung der Welt dagegen gesprochen, es das ganze Jahr warm sein zu lassen, wenn ich fragen darf?*

Und das war noch nicht einmal alles, was ihm Probleme bereitete. Graue Wolken hatten sich vor die Sonne geschoben und der für den Abend vorhergesagte Wind kündigte sich jetzt schon an. Langsam, aber sicher wurde es bitterkalt.

Arthur hatte offensichtlich keine Lust mehr, denn er blieb unvermittelt stehen. »Scheiße, was machen wir denn jetzt? Ich bin mir ziemlich sicher, dass wir hier schon mal waren.«

Verzweifelt sah Felix sich um. Es gab genau zwei Richtungen: Die, aus der sie kamen, und die, in die sie gingen. Beide sahen ziemlich gleich aus, und beide wiesen Fußspuren im Schnee auf. Ja, die Wahrscheinlichkeit, dass sie gerade nicht zum ersten Mal hier vorbeikamen, war recht hoch.

»Weißt du zufällig, in welche Richtung wir gegangen sind, als wir das letzte Mal hier waren?«, fragte er, als gäbe es da eine allzu große Auswahl.

Arthur schüttelte den Kopf. »Aber dafür weiß ich jetzt immerhin den wahren Grund, warum diese Route für Fortgeschrittene gedacht ist: Die Orientierung ist zum Verrücktwerden!«

Felix musste ihm Recht geben und sich fragen, wie irgendjemand an so etwas auch noch Spaß haben konnte. Nun hatten sie gleich zwei Gründe, nach ihrer Lehrerin zu suchen – um sie vor dem Blutmagier zu retten, und um mit ihrer Hilfe den Weg zurück zum Hotel zu finden. Sie als erfahrenere Wanderin, die diese Art der Tortur zu ihren Hobbys zählte, kannte sich hier mit Sicherheit besser aus als zwei widerwillige Amateure.

Felix seufzte. »Ich würde vorschlagen, wir gehen weiter geradeaus, dann sehen wir weiter. Irgendwo muss doch ein Anhaltspunkt zu finden sein!«

Nachdem sie ein paar Minuten geradeaus gegangen waren, erreichten sie eine Weggabelung, wo Arthur zum wiederholten Male den Verdacht äußerte, den Ort schon einmal gesehen zu haben.

Die relativ frischen Spuren im Schnee, die eindeutig von zwei verschiedenen Paar Schuhen hinter-lassen worden waren, bestätigten dies. Allerdings gab es dieses Mal noch einen kleinen Funken Hoffnung.

»Letztes Mal sind wir da lang gegangen.« Felix deutete auf einen der beiden Wege, zwischen denen sie wählen konnten. »Versuchen wir es doch mal mit dem anderen Weg.«

»Tja, zu blöd, dass da auch schon Fußspuren sind!«, merkte Arthur an.

»Aber nicht unsere.«

Sie betrachteten die Spuren auf der einen und auf der anderen Seite genauer an und verglichen sie. Davon abgesehen, dass die Sohlenabdrücke nicht dieselben waren, fielen einige der Spuren auf dem Weg auf der rechten Seite deutlich größer aus. Das sah mindestens nach Schuhgröße 45 aus, was sowohl für Felix als auch für Arthur ein paar Nummern zu groß war, und für ihre Lehrerin erst recht. Dennoch schien es immerhin ein Weg zu sein, den sie noch nicht erkundet hatten, und bereits nach wenigen Schritten in diese Richtung vernahmen sie ein neues Geräusch: das Plätschern eines Gebirgsflusses.

Die großen, unmöglich zu übersehenden Fußspuren folgten weiter dem einzig möglichen Weg: durch eine Art Tunnel, neben dessen Eingang ein Schild in mehreren Sprachen darauf hinwies, dass das Betreten auf eigene Gefahr erfolgte. Der Schnee war vom Wind ein Stück weit hineingeweht worden, endete aber nach ein paar Metern und wurde von Gestein abgelöst, wodurch sich die Fußspuren verloren. Da das andere Ende des Tunnels bereits vom Eingang aus gut zu sehen war, beschlossen Felix und Arthur, das Risiko einzugehen und ihn zu betreten.

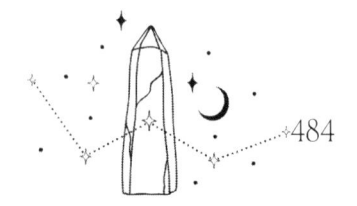

»Eine Sache – wenn Frau Rainhold diesen Weg genommen hat, müssten dann nicht auch ihre Fußspuren hier irgendwo zu sehen sein?« Der Klang von Arthurs Stimme hallte von den Wänden wider.

»Nicht unbedingt. Vielleicht ist sie schon vor längerer Zeit hier gewesen und der Wind hat ...« Felix blieb abrupt stehen und verstummte, als er aus einem der Seitengänge, die tiefer in das Innere des Berges führten, eine Gestalt ins Licht treten sah: Ein hochgewachsener junger Mann, dessen dunkelblondes Haar in die Höhe stand, als hätte er gerade in eine Steckdose gefasst.

Aufgrund der Lichtverhältnisse, die im Tunnel schwächer waren als draußen, brauchte Felix einen Moment, um sein Gegenüber als Max Dannecker zu identifizieren.

»*Du*?« Arthur zeigte sich sichtlich überrascht.

»Habt ihr das Warnschild draußen nicht gesehen? Hier ist es gefährlich!«, sagte Max grimmig zu den beiden, wandte sich dann aber speziell an Felix. »Aber darauf stehst du doch, stimmt's? Ich wurde schon vorgewarnt, dass du hier auftauchen könntest.«

»Ach ja?« Felix verschränkte die Arme vor der Brust und bedachte ihn mit einem durchdringenden Blick. Er konnte diesen Typen nicht leiden und ihn hier zu sehen, weckte keine Sympathien. »Von wem denn?«

»Von jemandem, der hier etwas Wichtiges zu erledigen hat und nicht gestört werden möchte!« Den letzten Teil sprach Max langsamer und deutlicher aus, wie um seinen Worten Nachdruck zu verleihen.

»Und wer will uns daran hindern, ihn zu stören? Du?« Arthur lachte provozierend. »Du hast nur ne große Klappe und nichts dahinter, wenn deine Freunde nicht bei dir sind.«

Das war für Felix das Stichwort, sich nach Max' Freunden umzusehen. Misstrauisch ließ er seinen Blick wandern. Inzwischen rechnete er mit allem, auch damit, dass Max' Anhang hier gleich auftauchte. Zwar war es möglich, den Tunnel ohne Umwege zu durchqueren und nach wenigen Schritten wieder draußen zu sein, aber dennoch boten die Abzweigungen an der Seite genug Raum, um sich zu verstecken. Der kräftige Typ mit dem finsteren Blick und der große Blonde waren nicht zu sehen, aber das hieß noch lange nicht, dass sie nicht trotzdem in der Nähe lauerten.

»Warum geht ihr nicht einfach nach Hause?«, schlug Max vor. »Da passiert euch nichts. Das hier hat überhaupt nichts mit euch zu tun.«

»Oh, wenn du mit Miccos Vater unter einer Decke steckst, hat es sehr wohl was mit uns zu tun! Du ...« Felix brach seinen Satz ab und hielt inne, um zu überlegen, ob dieser Gedanke überhaupt realistisch war. Aus welchem Grund sollte dieser Typ, so zwielichtig er auch war, sich ausgerechnet mit dem Blutmagier verbünden, dem Vater seines Erzfeindes, von dem er überzeugt war, dass er seine Schwester getötet hatte?

Andererseits gab es dieses Foto von Felix und Micco, wie sie am Fluss saßen. Das Foto, das dem Blutmagier, warum auch immer, so gut gefiel, dass er es mit dem Vermerk »Perfetto« kommentiert hatte. Möglicherweise hatte das nicht er selbst geschossen, sondern Max, bevor er mit seiner Bande aus dem Gebüsch gekommen war.

»Micco wird es noch leidtun, was er getan hat!«, zischte Max durch seine Zähne. »Aber der Apfel ist zum Glück weit vom Stamm gefallen. Sein Vater ist ein anständiger Mensch, der ihn loswerden will. Und ich werde ihm dabei helfen.«

Also stimmte es.

»So? Du vertraust also Andrea Bermicci? Der benutzt dich doch nur für seine persönlichen Zwecke!«, sagte Felix. »Oder bist du wirklich blöd genug, zu glauben, dass deine Rachegelüste ihn interessieren? Weißt du überhaupt, warum ihr heute hier in den Alpen seid?«

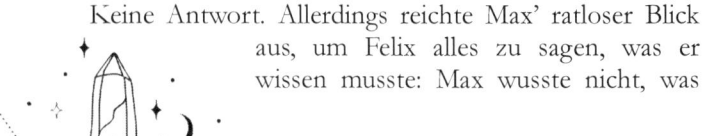

Keine Antwort. Allerdings reichte Max' ratloser Blick aus, um Felix alles zu sagen, was er wissen musste: Max wusste nicht, was um ihn herum geschah. Und nicht nur das – seine Augen funkelten, seine Gesichtszüge waren eine Maske aus Zorn. Er war blind vor Wut auf Micco – aus absolut verständlichen Gründen, wenn man der Version der Geschichte Glauben schenkte, die er als wahr betrachtete – und der Blutmagier nutzte diese Schwäche eiskalt aus, um ihn zu seiner Marionette zu machen. Ein Ritual hatte er ganz bestimmt nicht erwähnt, als er erzählt hatte, wie und unter welchen Umständen er seinen Sohn loswerden wollte.

Vielleicht war es noch möglich, Max zur Vernunft zu bringen. Felix bemühte sich, ruhig zu bleiben. »Hör zu. Ich glaube nicht, dass du auch nur den blassesten Schimmer hast, worum es hier wirklich geht, aber es wäre besser für uns alle, wenn du einfach so tun würdest, als hättest du uns nicht gesehen.«

Doch Max zeigte sich nicht einsichtig. »Nen Scheiß werd ich! Du kannst mir erzählen, was du willst. Micco ist schuld daran, dass meine Schwester tot ist, und er wird verdammt noch mal dafür bezahlen!« Angespannt beobachtete Felix, wie Max wutentbrannt mit der Faust gegen die Wand schlug. Und dann geschah etwas, womit er wohl nicht gerechnet hatte: Das von Frost überzogene Gestein ging unter seinem Hieb zu Bruch. Offensichtlich hing das Warnschild am Eingang der Höhle nicht nur zur Zierde dort.

Das Wegbrechen der Steine löste eine Kettenreaktion aus. Sekunden später zog sich ein breiter werdender Riss durch die Wand bis hinauf zur dünnen Decke, begleitet von dem beunruhigenden Geräusch weiterer bröckelnder Steine. Der Riss spaltete sich und breitete sich in verschiedene Richtungen über die Decke aus. Sowohl Max als auch Felix und Arthur vergaßen augenblicklich ihre Meinungsverschiedenheiten. Mit angespannten Gesichtern beobachteten sie, was über ihnen vor sich ging.

Dann ertönte ein lautes Knacken.

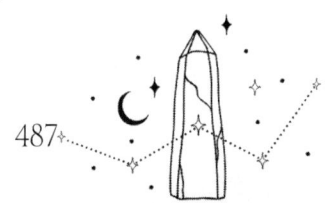

Arthur war der Erste, der reagierte. »Raus hier!«, schrie er aufgebracht und packte Felix am Arm. Dieser war von der drohenden Gefahr so gebannt gewesen, dass er wie erstarrt war. Erst Arthurs Eingreifen ließ ihn wieder zu Sinnen kommen. Felix atmete heftig, schluckte schwer, während sein bester Freund ihn mit sich zog. Gemeinsam flohen sie in Richtung Ausgang.

Einen Augenblick später gab ein Teil der Decke nach. Felix warf einen Blick zurück, sah die Lawine, die durch das neu entstandene Loch hereinbrach, und spürte die Erschütterung. Vermutlich hätte er noch dort gestanden, wo Max immer noch stand, wäre Arthur nicht gewesen. Doch dieser ließ sich nicht ablenken, weder von dem Spektakel noch von dem Lärm. Arthur rannte weiter auf den Ausgang zu, zerrte Felix mit sich, bis Steine ihnen zwischen die Füße rollten und sie stolperten. Fluchend landeten sie beide in dem niedrigen Schnee in der Nähe des Eingangs.

Kaum auf dem Boden, sprang Arthur sofort wieder auf – zumindest versuchte er es, fiel dabei jedoch über seine eigenen Füße. Nun war es Felix, der ihn am Arm packte, jedoch nur, um ihn zu beruhigen. Das Beben hatte aufgehört, es fiel kein Schnee mehr durch das Loch in der Tunneldecke. Von ihrem Widersacher fehlte jede Spur, doch sie waren in Sicherheit – fürs Erste.

Sobald auch Arthur das sah, atmete er tief durch. Die Hektik war aus seinen Bewegungen verschwunden, als er sich langsam aufrichtete. »Mann! Ich hoffe nur, Frau Rainhold weiß auch zu schätzen, was wir hier alles für sie auf uns nehmen, und gibt uns bessere Noten, wenn wir wieder in der Schule sind.«

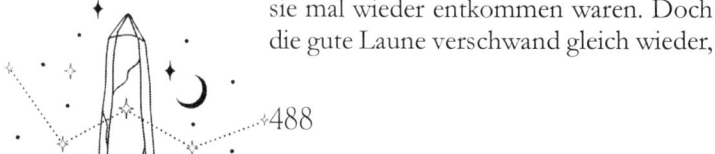

»Das würde dir so passen, hm? Aber was ist mit mir? Meine Eins kann ich nicht mehr verbessern«, erwiderte Felix mit einem schelmischen Grinsen. Adrenalin versetzte ihn in Hochstimmung, zusammen mit der Tatsache, dass sie mal wieder entkommen waren. Doch die gute Laune verschwand gleich wieder, als ihm bewusst wurde, dass Max höchstwahrscheinlich unter einem Schneehaufen begraben lag. Schnell kam er auf die Beine und lief dorthin.

Arthur hingegen schien das völlig gleichgültig zu sein. »Du hast es wohl sehr eilig! Hast aber auch Recht. Gehen wir weiter. Je früher wir von hier abhauen, desto besser.«

»Wir können ihn nicht einfach hier zurücklassen!« Felix begann, im Schnee zu wühlen.

»Du willst *dem* helfen?«, fragte Arthur verständnislos.

»Also, ich bin generell schon ein Menschenfreund, aber dieser Typ ist dir gegenüber schon zweimal handgreiflich geworden und hat dich bestimmt schon hundertmal blöd angemacht! Glaubst du, er wird's dir danken, wenn du ihn jetzt aus dem Schnee buddelst?«

Felix warf seinem Freund einen ernsten Blick zu. So viel Rücksichtslosigkeit war unangebracht. »Arthy, er ist vielleicht ohnmächtig, oder verletzt, oder beides! Wenn ihn keiner ausgräbt, wird er erfrieren. Oder ersticken.«

»Der ist ein zähes Kerlchen, der schafft das schon. Und außerdem sind wir hier, um unsere Lehrerin zu suchen!«

Eigentlich stimmte es, was Arthur sagte; sie hatten wirklich keine Zeit. Dennoch brachte Felix es nicht übers Herz, Max möglicherweise zum Sterben zurückzulassen, auch wenn sich seine Zuneigung zu ihm sehr in Grenzen hielt.

»Dann geht's wohl nicht anders.« Er hörte auf, im Schnee zu graben, und erhob sich. So sehr es ihn auch frustrierte, sie konnten nicht beide hier bleiben und Max ausgraben, zumal es wahrscheinlich noch viel schwieriger werden würde, Frau Rainhold in diesem Schneegestöber zu finden. Mehr als nur ein Menschenleben stand auf dem Spiel, und in beiden Fällen lief ihnen die Zeit davon. Also gab es nur eine Möglichkeit, und diese musste er Arthur als vollendete Tatsache präsentieren, denn auch zum Streiten hatten sie keine Zeit. »Wir müssen uns aufteilen. Ich gehe weiter nach Frau Rainhold suchen. Du bleibst hier und buddelst ihn aus.«

Damit setzte er sich auch schon in Bewegung, und bevor Arthur widersprechen konnte, drehte er sich noch einmal um. »Du willst doch nach deinem Tod in den Himmel kommen, oder? Nächstenliebe und so weiter, das weißt du alles besser als ich. Also sei ein guter Mensch und hilf, wo du kannst! Wir sehen uns später.«

Arthur sah überhaupt nicht zufrieden aus und grummelte etwas vor sich hin. Dennoch protestierte er nicht weiter und machte sich an die Arbeit. Felix nickte ihm ermutigend zu, bevor er den Tunnel schnellen Schrittes verließ und seine Suche fortsetzte.

Das Gebiet auf dieser Seite des Tunnels entpuppte sich als ein genauso trickreiches Labyrinth wie das auf der anderen. Der Fluss, dessen Plätschern er bereits auf der anderen Seite des Tunnels gehört hatte, musste hier irgendwo in der Nähe sein. Er versuchte, sich an dem Geräusch zu orientieren.

Nach einiger Zeit mischte sich noch ein weiteres Geräusch in das Plätschern des Wassers. Felix, der gerade einem schmalen Pfad neben einem tiefen Abgrund folgte – von beidem gab es hier mehr als genug und das überall –, blieb stehen, um zu lauschen. Es waren Schritte im Schnee, ganz in der Nähe.

Eine seltsame Mischung aus Hoffnung und Angst suchte ihn heim. Vielleicht hatte er Frau Rainhold gefunden. Möglicherweise aber auch den Blutmagier. Die Schritte bewegten sich von ihm weg und er beschloss, ihnen zu folgen, so vorsichtig wie möglich.

Frau Rainhold ... Bitte seien Sie es! Ob es helfen konnte, spontan zu Gott zu finden? Felix wusste es nicht, oder was er sonst tun sollte. Hoffen, beten – er war zu allem bereit, wenn es nur half, die Lehrerin lebend zu finden.

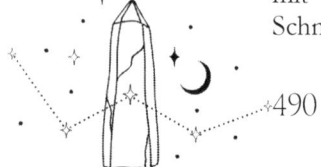

Die Geräusche führten ihn um eine Ecke auf einen Pfad, der zu beiden Seiten von steilen, aber erklimmbaren Abhängen begrenzt wurde. Die Spuren nur einer Person mit relativ kleinen Füßen waren im Schnee zu sehen. Eine Person, die er von hinten sah und deren langer, blonder Pferdeschwanz ihn erleichtert aufatmen ließ. Er hatte seine Lehrerin gefunden. Endlich!

Er rief nach ihr, sie blieb stehen und drehte sich zu ihm um. »Felix! Was machst du denn hier?« Mit tief gerunzelter Stirn und offenkundig verwirrt kam sie auf ihn zu.

Er öffnete den Mund, noch bevor er wusste, was er überhaupt sagen wollte. Weiter kam er jedoch auch nicht, denn gleich darauf kam links von ihm eine kleine Lawine den verschneiten Abhang heruntergerollt. Mit weit aufgerissenen Augen blickte er auf und sah eine Gestalt in schwarzer Kleidung, besonders auffällig im Kontrast zum allgegenwärtigen Schnee, in den Händen etwas Glänzendes an einem Stiel, das nach einer Kletteraxt aussah.

Reiß dich zusammen! Du wusstest, dass du ihm wieder begegnen könntest.

Felix schluckte seine Furcht hinunter, bevor sie ihn lähmen konnte, und ging demonstrativ einen Schritt zurück in die Richtung, aus der er gekommen war. »Wir müssen hier weg! Ich erkläre später alles.«

»Aber ...« Frau Rainhold zögerte einen Moment, ihr Blick pendelte unentschlossen zwischen ihm und der dunklen Gestalt hin und her. Doch als Letztere hastig mit dem Abstieg begann, entschied sie wohl, dass es das Beste war, Felix zu vertrauen.

Die Flucht führte sie zurück auf den schmalen Pfad neben diesem Ehrfurcht gebietenden Abgrund, der einen direkten Weg in das Tal zwischen zwei Bergen darzustellen schien. Doch der Pfad war zu lang, um ihm bis ans Ende zu folgen und rechtzeitig um die Ecke zu verschwinden, bevor der Blutmagier sie aufspürte und die Verfolgung aufnahm.

»Wir müssen ... uns verstecken!«, rief Felix gegen den stärker werdenden Wind, der ihm sowohl das Laufen als auch das Atmen zunehmend erschwerte. Seine Augen tränten, jeder noch so kleine, kalte Atemzug schmerzte in seinen Lungen wie hundert kleine Stiche. Aber alles war besser als das, was auch immer der Blutmagier mit ihm und Frau Rainhold machen würde, wenn er sie erwischte. Sie hatten keine Wahl, sie mussten weiter.

»Hier findet man überall und gleichzeitig nirgends ein gutes Versteck. Ich habe mich noch nie so verlaufen wie an diesem Ort!« Frau Rainhold, die dicht hinter ihm lief, klang ebenfalls ziemlich atemlos. Vermutlich irrte sie schon sehr viel länger hier herum als er.

Ein kurzer Blick über die Schulter bestätigte seine Befürchtung: Der Feind hatte sie gesehen und rannte ihnen hinterher. Felix' Herzschlag beschleunigte sich, sein Atem ebenfalls, und schmerzte so nur noch mehr.

»Schneller!«, trieb er Frau Rainhold an und beschleunigte sein eigenes Tempo auf eine Höchstgeschwindigkeit, von der nicht gedacht hatte, dass er dazu in der Lage war, schon gar nicht im tiefen Schnee.

Bei der nächsten Weggabelung hatte er die Wahl zwischen einem bekannten, aber gut sichtbaren Weg, und einem noch unerforschten Hügel, auf dem immerhin einige Tannenbäume wuchsen. Er und Frau Rainhold entschieden sich gleichzeitig für die zweite Option. Zunächst war es das Wichtigste, den Blutmagier abzuhängen – über ihren Rückweg in die Zivilisation konnten sie sich später noch Gedanken machen.

Der gezwungen schnelle Aufstieg war anstrengend, die Beine wurden schwer, die kalte Luft brannte weiterhin in den Lungen. Doch Felix biss die Zähne zusammen und zwang sich vorwärts. Die Tannen stellten eine willkommene Abwechslung zu all dem Schnee und Gestein dar, und sie liefen direkt auf eine besonders dichte Ansammlung dieser Bäume zu, umgeben von kahlen Sträuchern. Es war das beste Versteck, das sie hier finden würden, und höchstwahrscheinlich auch das einzige, bevor der Blutmagier aufholte.

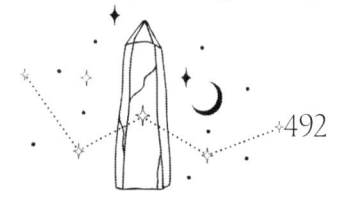

Der Schatten der Tannen bot gerade genug Schutz, dass Felix sich eine kleine Auszeit erlauben konnte. Frau Rainhold war ebenso erschöpft wie er, als sie schwer atmend hinter einem Baum in die Hocke ging und den Abhang im Auge behielt, auf dem gleich ihr Verfolger erscheinen würde. Auch Felix suchte sich ein Versteck im Gebüsch, von wo aus er einen guten Überblick hatte.

Der Blutmagier ließ nicht lange auf sich warten. Für jemanden seiner Statur war er erstaunlich schnell; er sprintete die Schräge regelrecht hinauf und wurde auch oben nicht langsamer. Felix musste erkennen, dass sein Versteck doch viel lausiger war, als er gedacht hatte. Sein Verfolger musste nur einen Blick hinter die Bäume werfen, was er wahrscheinlich auch tun würde. Viel wahrscheinlicher jedenfalls, als dass er davon ausging, seine Beute hätte sich in Luft aufgelöst.

Nach dem langen Hindernislauf durch eisige Kälte schrien Felix' Lungen regelrecht nach Luft. Dennoch hielt er den Atem an und versuchte, jedes Geräusch zu vermeiden. Er verfolgte die Bewegungen des Blutmagiers durch ein kahles Gebüsch vor seinem Gesicht und hoffte im Stillen, dass sein lauter Herzschlag ihn nicht verraten würde.

Der Blutmagier wurde langsamer und hob seine Axt. Felix wich aus seinem Busch zurück hinter einen Baum mit einem breiten Stamm; von dort aus konnte er seinen Verfolger zwar nicht mehr sehen, dieser ihn aber auch nicht. Der Blutmagier war mittlerweile zu nahe, um einen Kopf mit auffälligem, rotbraunem Haar zwischen dünnem Geäst zu übersehen, wenn sein Blick zufällig darauf fiel.

Während er quasi blind war, konzentrierte sich Felix voll und ganz auf die Geräusche um ihn herum. Da war schon wieder dieser Fluss, den er noch immer nicht gesehen hatte, irgendwo in der Nähe – er konnte ihn deutlich hören. Doch viel wichtiger waren die Schritte des Blutmagiers im Schnee. Durch sie konnte Felix ungefähr erahnen, wo er gerade war. Und er war schon bald sehr nahe, gleich auf der anderen Seite des Baumes. Von dort aus ging er weiter, und Felix schlich so um den Baumstamm herum, dass der Blutmagier zu keiner Zeit eine Chance hatte, ihn zu sehen. Dabei machte er sich das Plätschern des Flusses und das Pfeifen des Windes zunutze, die seine vorsichtigen Schritte übertönten.

Dann blieb der Blutmagier stehen; hatte er etwas gesehen? Gehört, gefühlt, gerochen? Felix traute ihm alles zu. Ein paar endlose Sekunden verstrichen, in denen er sich nicht einmal die geringste Bewegung erlaubte. Regungslos kauerte er hinter dem Baumstamm.

Dann passierte etwas Unerwartetes. Nicht lange, nachdem der Blutmagier angehalten hatte – auch wenn es Felix erheblich länger vorkam –, drehte er sich um, ging zügig zurück in die Richtung, aus der er gekommen war.

Als Felix die sich entfernenden Schritte hörte, kroch er zurück in seine vorherige Position im Busch und blickte ihm verwundert nach. Was sollte das denn jetzt?

Frau Rainhold begann wieder zu atmen. »Wir haben ihn abgehängt. Gott sei Dank.«

Felix hatte ein ungutes Gefühl bei dieser Sache, war aber froh, seinen Erzfeind vorerst in sicherer Entfernung zu wissen. Es gab ihm Zeit zu denken, wenn auch nicht viel, und wohl im Wissen, dass sein Verfolger möglicherweise eine Falle vorbereitete.

»Wer ist dieser Kerl?«, fragte Frau Rainhold. »Was will er von uns?«

Er sah sie an und überlegte, wie viel er ihr erzählen sollte. Schlussendlich entschied er, dass sie jedes Recht hatte zu erfahren, was hier vor sich ging. Wahrscheinlich mehr als jeder andere, wenn Felix so darüber nachdachte. Schließlich war sie als eines der Opfer für das Ritual auserwählt worden.

»Das ist Miccos Vater«, sagte er schließlich. »Und er ist total durchgeknallt.«

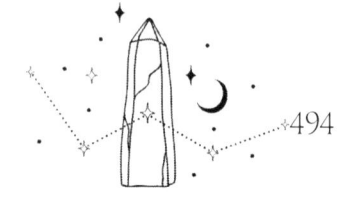

Frau Rainhold erhob sich seufzend aus der Hocke. »Wusste ich doch gleich, dass mit dem Jungen was nicht stimmt!«

Ihre Reaktion fiel gelassener aus, als Felix erwartet hatte. Dennoch gefiel sie ihm nicht. Er hatte das dringende Bedürfnis, Micco verteidigen zu müssen.

»Nein, das hat mit Micco nichts zu tun! Zumindest nicht direkt.« Felix bemühte sich, keine Miene zu verziehen, um sie nicht zu beunruhigen. Und auch, um nicht zu verraten, wie es in ihm aussah. Der nächste Teil würde um einiges schwieriger werden. Doch er musste es ihr erklären, damit sie es verstehen konnte. »Haben Sie schon mal was von dem Pendulum gehört?«

Frau Rainhold schien kurz zu überlegen, bevor sie verneinte.

»Na ja, ist auch egal. Jedenfalls trägt Micco es in sich. Wissen Sie noch, was Sie mir vor den Weihnachtsferien aus Versehen erzählt haben? Dass Sie komische Träume haben, seit Micco in unserer Klasse ist? Das ist kein Zufall. Sie reagieren auf das Pendulum, genauso wie ich, und das löst diese Visionen aus ...« Während er das sagte, kam Felix nicht drum herum, sich zu fragen, ob in den Gerüchten, die in seiner Schule herumgingen, nicht vielleicht doch ein Fünkchen Wahrheit steckte. Miccos bloße Anwesenheit in Frau Rainholds Klasse würde wohl kaum ausreichen, um die besagten Visionen bei ihr auszulösen. Wenn sie ihm jedoch tatsächlich regelmäßig intime Nachhilfestunden gab ...

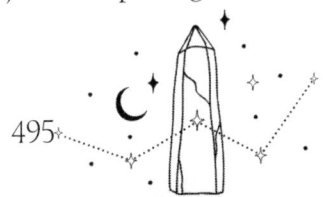

Felix schüttelte den Kopf und beschloss, nicht weiter darüber nachzudenken. Es tat jetzt nichts zur Sache. »Deswegen ist Miccos Vater hinter Ihnen her«, fuhr er angespannt fort. Die Situation zu erklären, war wirklich nicht einfach, und langsam geriet er an seine Grenzen. Hoffentlich glaubte sie ihm, wobei eigentlich nichts dagegen sprach – immerhin hatte sie ja die Skrupellosigkeit gerade selbst erlebt. »Er gehört einer kranken Sekte an, für deren ebenso kranke Rituale Elementarblut geopfert werden muss.«

Jetzt war es ausgesprochen, konnte nicht mehr zurückgenommen werden. Für einen Moment stand Frau Rainhold wie angewurzelt da. Das Einzige an ihr, was sich bewegte, war ihr dünner, im Wind wehender Pferdeschwanz. Als sie schließlich aus ihrer Starre erwachte, neigte sie den Kopf und stellte die wohl offensichtlichste Frage. »Was ist ein Elementar? Und was hat das alles mit mir zu tun?«

Da Felix nicht wusste, wo er anfangen sollte, beschränkte er sich auf die nötigsten Grundinformationen. »Ein Elementar ist eine Person, die mit einem der vier Elementen in Verbindung steht. In Ihrem Fall ist das Luft. Überlegen Sie mal: Alles, was Sie im Unterricht je über sich erzählt haben, alles, was Sie tun, Ihre Hobbys, wandern, klettern, Gleitschirmfliegen – das hat alles mit Luft zu tun! Ihr Sternzeichen ist Waage, ein Luftzeichen. Das alles müsste normalerweise immer noch nicht zwangsläufig bedeuten, dass Sie ein Luftelementar sind, aber wie Sie auf das Pendulum reagieren, beweist es, und Miccos Vater muss das irgendwie rausgefunden haben. Jetzt macht er Jagd auf Sie, denn alle anderen Elemente hat er schon gesammelt.«

»Okay, nehmen wir einfach mal an, die Sache würde nicht so verrückt klingen ...« Frau Rainhold bemühte sich sichtlich, die neuen Informationen zu verarbeiten. »Was bist *du* dann für ein Elementar? Wenn ich dich richtig verstehe, hast du angedeutet, dass du auch einer bist.«

Felix zuckte mit den Achseln. »Ich bin mir nicht sicher. Ich weiß nur, dass ich auch auf das Pendulum reagiere. Aber es ist besser, wir gehen jetzt, bevor Miccos Vater doch noch mal zurückkommt.«

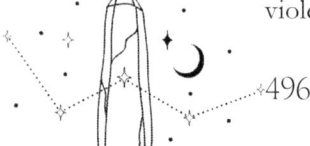

»Ja, das sollten wir wirklich.« Seine Lehrerin fing an, in ihrer Gürteltasche zu kramen, und holte einen Kompass hervor, dessen Zifferblatt im Licht violett funkelte. Nichts an ihrer Miene ließ darauf schließen, ob sie ihm glaubte oder nicht, was allerdings belanglos war. Sie hatten weitaus Dringlicheres auf der Agenda, wie zum Beispiel, vor einem Axt schwingenden Blutmagier zu fliehen.

Dennoch stutzte Felix, als er das Funkeln ihres Kompasses bemerkte, und was es bedeutete. »Woher haben Sie den?«

»Ein Geburtstagsgeschenk«, antwortete sie etwas verdutzt. »Weil ich so viel reise. Warum fragst du?«

»Spüren Sie ein Kribbeln, wenn Sie ihn berühren?«

»Ja, ein bisschen, aber ...«

»Da ist Pendulum drin!«

Kaum hatte er das gesagt, konnte er sehen, wie sich ihr ohnehin schon verwunderter Gesichtsausdruck vertiefte und sie nun wohl völlig verwirrt war. Frau Rainhold starrte hinab auf ihr Geburtstagsgeschenk. Aber Felix schüttelte den Kopf, als ihm wieder einfiel, dass jetzt keine Zeit war, dieses Thema weiter zu verfolgen. »Egal, das können wir später noch untersuchen. Wir müssen hier weg, und zwar schnell!«

»Ich weiß nicht, wie man hier wegkommt, bin aber ziemlich sicher, dass wir nach Osten müssen«, erklärte Frau Rainhold.

Glücklicherweise lag Osten nicht in der Richtung, aus der sie gekommen waren, sondern in der anderen. Sie mussten also nicht riskieren, dem Blutmagier noch einmal zu begegnen, solange er dort nach ihnen suchte.

Dennoch beeilten sie sich und sprachen kein Wort mehr, um ihrem Verfolger nicht unbeabsichtigt ihre Position zu verraten. Stattdessen lauschten sie selbst aufmerksam, so dass ihnen kein Geräusch entging, und Felix merkte, dass der Fluss anscheinend immer näher kam, je weiter sie gingen.

Nach kurzer Zeit erreichten sie einen weiteren Abgrund, und nun konnten sie den Fluss endlich sehen: Er verlief etwa fünfzehn Meter tiefer durch ein schmales Tal, das wie für ihn geschaffen war, aber leider ein Hindernis darstellte – es teilte den Weg nach Osten und war zu breit zum Hinüberspringen.

»Jetzt müssen wir wohl doch zurück ... Mist!« So wie es sich anhörte, kramte Frau Rainhold hinter ihm in ihrer Tasche, während Felix überlegte, ob es nicht doch einen anderen Weg hinüber gab. »Ich hatte doch eine Karte! Vielleicht ...«

Was auch immer sie hatte sagen wollen, ging in einem erstickten Laut unter. Erschrocken fuhr Felix herum und stellte fest, dass der Blutmagier wieder da war, hinter Frau Rainhold, die zu Boden sank und dort liegen blieb. Eine frische Wunde klaffte an ihrem Hinterkopf, dort, wo der Angreifer mit dem stumpfen Ende seiner Kletteraxt zugeschlagen hatte. Sie regte sich nicht mehr, Blut besudelte den Kompass, der ihr aus der Hand gerutscht war und dabei weiterhin funkelte.

Der Blutmagier sah Felix aus dunklen Augen bedrohlich an. »Du hättest wirklich nicht hierher kommen sollen«, sagte er mit falschem Bedauern. »Jetzt muss ich dich leider töten.«

»Als würde dir das so schwerfallen!«, erwiderte Felix in einem verächtlichen Ton. Auch dass der Blutmagier ihm nie das Du angeboten hatte, war ihm gerade herzlich egal. Dieser Mann wollte ihn umbringen, die Zeit für Höflichkeiten war vorbei.

»Ob du es glaubst oder nicht, du warst mir ein nützlicher Helfer. Hast meinen Sohn in Gottes Höhle geführt, zu der Quelle der Quintessenz! Dorthin, wo ich ihn haben wollte.«

»Und warum ausgerechnet dort?« Felix versuchte, Zeit zu schinden, während er über einen Fluchtplan nachdachte und sich zudem fragte, was die Quintessenz war; wahrscheinlich ein Begriff aus der Religion des Elementargebirges.

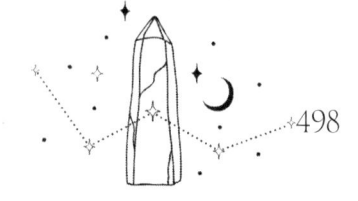

»Weißt du, das Blut eines Elementars ist in vielerlei Hinsicht etwas Besonderes. Beispielsweise lädt es sich durch den Kontakt mit dem eigenen Element auf fast magische Weise mit Energie auf, die auch dann noch darin enthalten bleibt, wenn der Elementar stirbt. Zudem verklumpt und zerläuft es nicht, egal, wie lange man es aufbewahrt, und deshalb konnte ich schon recht früh mit dem Sammeln anfangen. Sobald ich das Ritual vollziehe, wird die Energie der Elemente für noch bessere Ergebnisse sorgen.«

»Aha ... Das ist also der Grund dafür, dass du deine Opfer immer von einem Ort entführst, der mit ihrem Element zu tun hat. Hast du deswegen die Grundschule von Ardegen angezündet? Weil du wusstest, dass ein bestimmter Feuerwehrmann an diesem Abend Dienst hatte? Und Klaus Bachmann ist auch nicht zufällig in der Nähe eines Sees verschwunden, nehme ich an.«

Der Blutmagier grinste selbstzufrieden. »Du bist definitiv nicht auf den Kopf gefallen! Aber das wusste ich. Genau wie ich wusste, dass du ein Elementar bist, schon seit du damals in mein Labor unter der Kirche eingedrungen bist. Elementare wollen von Natur aus alle nur das Eine: Herausfinden, wo sie herkommen, warum es sie gibt. In deinem Fall haben dich deine Visionen zurück an den Ort geführt, an dem alles begann: in die Montagna Elementare, zu dem ältesten heute bekannten Naturvorkommen der Quintessenz. Aber dich verbindet noch sehr viel mehr mit dem Dorf Ricorda als nur das! Daran erinnere ich mich noch genau – von früher.«

Seltsamerweise musste Felix an den kahlen Baum denken, den er auf der Felsformation über dem Eingang zur Höhle Gottes gesehen hatte. Doch er kam nicht dazu, nach den Einzelheiten zu fragen, denn der Blutmagier war noch lange nicht fertig.

»Ich musste dafür sorgen, dass mein Sohn dich begleitet, sobald die Sehnsucht nach diesem Ort dich dorthin führt. Natürlich hätte ich Dominic selbst hinbringen können, aber er war schon misstrauisch genug, und als ich gesehen habe, dass ihr euch anfreundet, dachte ich: Wieso eigentlich nicht? Ich habe dich dein ganzes Leben lang beobachtet, um sicherzustellen, dass du keinen Ärger machst, und letztendlich hast du mir sogar geholfen.«

»Und was hatte Max damit zu tun? Hat er mich vor ein paar Monaten auch nur deswegen angegriffen, weil ihr wusstet, dass Micco in der Nähe war und eingreifen würde?« Felix wich einen Schritt zurück, als der Blutmagier einen nach vorne machte. Er bemühte sich, gefasst zu wirken, seinem Gegenüber möglichst wenig von seiner Angst zu zeigen. Doch genau diese Angst hatte ihn im Griff, ob er es zugeben wollte oder nicht.

»Nein, meine Zusammenarbeit mit diesem Kleinkriminellen fing erst an, nachdem ich an jenem Abend gesehen hatte, wie aggressiv er auf meinen Sohn reagierte, und erkannte, dass er die beste Marionette sein würde, die man sich wünschen kann. Voller Hass auf Dominic, von dem er denkt, er hätte seine Schwester auf dem Gewissen, war er bereit, alles zu tun. Ich musste ihm nur versprechen, dass Dominic seine gerechte Strafe bekommt. Dass in Wirklichkeit ich selbst die Göre umgebracht habe, muss ihr Bruder nicht unbedingt wissen!«

»Das warst du?« Erschrocken, aber im Grunde nicht wirklich überrascht, trat Felix einen weiteren Schritt zurück. »Warum? War sie auch ein Elementar?«

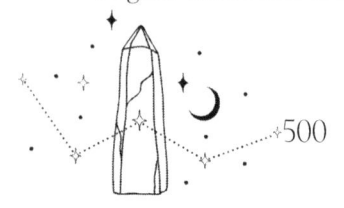

»Schon möglich, das habe ich nie genauer überprüft, aber hauptsächlich war sie eine Nervensäge. Noch dazu eine, die zu viel wusste! Dominic hat ihr sein Geheimnis anvertraut, und mit diesem wertvollen Wissen konnte ich sie doch nicht einfach gehen lassen! Also habe ich sie vom Balkon gestoßen und dafür gesorgt, dass sie es nicht überlebt. Und dass alle glauben, es wäre Dominic gewesen. Lange hat es dann nicht mehr gedauert, bis ihm der Druck zu groß wurde und er die Schule wechseln musste, was ihn direkt zu dir führte und damit sogar noch einen weiteren Nutzen hatte, auch wenn sich mir dieser erst später offenbart hat.«

Felix wusste darauf nichts mehr zu sagen. Er war fassungslos. Wie konnte ein Vater seinem Kind so etwas antun, seinem eigen Fleisch und Blut? Ein seltsamer Schmerz jagte Felix durch das Herz. Er hatte schon vorher gewusst, dass Micco es mit seinem Vater nicht leicht hatte, aber das hier übertrumpfte wirklich alles.

»Guck doch nicht so erschrocken! Du musst dir überhaupt keine Sorgen machen«, sagte der Blutmagier. »Du hast deine Rolle gut gespielt, aber jetzt habe ich keine Verwendung mehr für dich. Das heißt, du darfst gehen.«

Noch ein kleiner Schritt zurück und Felix spürte, dass er mit einem Fuß den Rand des Abgrunds erreichte. Weiter zurück konnte er nicht. Verzweifelt blickte er hinab zu seiner Lehrerin, die leblos im Schnee lag. Sie würde ihm nicht helfen, genauso wenig wie er ihr jetzt helfen konnte.

»Irgendwelche letzten Worte?« Der Blutmagier blieb auffällig gelassen, sprach seine Drohungen aus, als wären sie nichts weiter als unbedeutender Smalltalk. Seine ruhige, geradezu sanfte Stimme passte nicht zu seinen Worten, und erst recht nicht zu der Axt in seiner Hand, die keinen Zweifel an seiner Überlegenheit in dieser Situation ließ.

Felix musste nicht lange darüber nachdenken, was er noch wissen wollte. Es war die Frage aller Fragen, die er sich schon stellte, seit er in diese Angelegenheit verwickelt worden war. Allerdings war er nicht sicher, ob ihm die Antwort gefallen würde. Denn das würde voraussetzen, dass es möglicherweise eine akzeptable Rechtfertigung für all das gab. »Warum tust du das? Was glaubst du zu erreichen, indem du ein paar Schalen mit Blut füllst?«

»Es soll alles wieder so werden wie früher. Die Ordnung, die damals herrschte, soll auch heute wieder herrschen, und dafür muss unser Gott, der die Höhle in der Montagna Elementare verlassen hat, dorthin zurückkehren. Das ist es, wofür die Menschen in Ricorda ihre Opfer darbringen. Aber sie werden ihr Ziel nie erreichen, solange sie dieses Ritual mit gewöhnlichem Blut durchführen und nicht mit dem von echten Elementaren. Ich habe endlich die notwendigen Änderungen vorgenommen und nun steht dem Ritual, wie es richtig gemacht wird, nichts mehr im Weg.«

Ein eiskalter Wind wehte Felix in den Rücken. Er drehte leicht den Kopf und blickte aus den Augenwinkeln auf den Fluss hinunter, während der Blutmagier immer näher kam. Es gab keinen anderen Fluchtweg; der Blutregen war gefallen, nun lag es an ihm, aus dem fahrenden Zug zu springen oder mit ihm zu entgleisen.

»Freu dich doch!«, sagte der Blutmagier. »Nun weißt du alles. Das heißt, im Gegensatz zu den anderen, die ihr Leben schon diesem lohnenswerten Zweck geopfert haben, wirst du wenigstens nicht dumm sterben.«

Es war die einzige Möglichkeit, der letzte Ausweg. Und Felix wusste, dass er überleben würde. Er *musste*. Also schenkte er dem Blutmagier ein schiefes Lächeln. »Du irrst dich. Ich werde mein Leben ganz sicher keinem deiner Zwecke opfern.«

Und er drehte sich um und sprang.

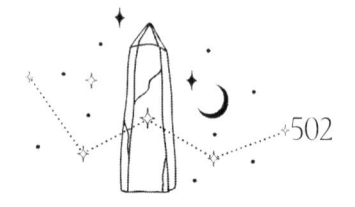

28
FÜNF VOR ZWÖLF

Es war dunkel. Wie schon so oft.

Und es war kalt.

Felix schwebte durch einen leeren Raum, ohne zu wissen, ob er noch am Leben war oder nicht.

»Felix ...«

Der Blutmagier war noch ein viel größerer Mistkerl als gedacht. Menschen zu entführen, aus welchen grotesken Gründen auch immer, war schlimm genug. Aber dass er sogar seinen eigenen Sohn in seine Machenschaften hineinzog, war unverzeihlich.

»Felix!«

Wie lange hatte Micco um seine tote Mutter trauern dürfen, bevor sein Vater ihm auch noch einen zweiten wichtigen Menschen genommen hatte? Sandra war wegen der Geheimnisse dieses Mannes gestorben. Und wofür das alles? Im Endeffekt ging es die ganze Zeit darum, ein Ritual durchzuführen, um einen Gott zu beschwören, den es nicht gab. Er war ein Hirngespinst, nichts weiter, vor vielen Jahren erfunden, um einem bestimmten Zweck zu dienen. Aber nun wurde er von einem seiner Anhänger, der den Verstand verloren hatte, selbst zum Zweck gemacht.

»Felix, hörst du mich?«

Ja, Felix hörte. Er kannte die Stimme, die schon seit einiger Zeit versuchte, zu ihm durchzudringen. Sie gehörte Arthur. Vielleicht wurde es Zeit, sie an sich heranzulassen.

Es war immer noch kalt, als Felix die Augen öffnete. Binnen Sekunden kehrten die Erinnerungen zurück. Er war, um dem Blutmagier zu entfliehen, in einen Abgrund gesprungen, und lag nun am Ufer des Flusses, in den er gefallen war. Neben ihm saß Arthur, der ihn aus dem Wasser gezogen haben musste und nun, da er endlich offene Augen sah, mit einem »Gott sei Dank!« erleichtert aufatmete.

»Wir müssen uns beeilen!«, war das Erste, was Felix sagte, als er wieder ganz bei sich war.

»Was ist denn passiert?« Arthur war ganz bleich, als wäre er krank vor Sorge gewesen. Er hielt einen Kompass in der Hand, an dem Blut klebte. »Max ist abgehauen, als er wieder frei war. Dann hab ich nach dir gesucht und das hier gefunden. Ich hab die ganze Zeit gebetet, dass es nicht dein Blut ist. Und als ich dich im Fluss habe treiben sehen, dachte ich, du wärst tot!«

Ein Blick auf den Kompass und sein violettes Funkeln genügte Felix, um zu wissen, dass dieses Gerät Frau Rainhold gehörte. Dann sah er Arthur an, der immer noch sehr mitgenommen wirkte. »Tut mir leid, dass du dir Sorgen machen musstest. Aber als ich Frau Rainhold gefunden habe, ist der Blutmagier auf einmal aufgetaucht. Wir sind geflohen, aber er hat uns gefunden und sie niedergeschlagen. Das ist ihr Blut auf dem Kompass.«

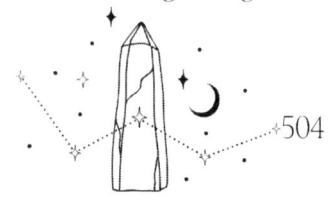

»Was? Nein, das ...« Arthur senkte betroffen den Kopf. Felix konnte sehen, wie er begriff. »So eine gottverdammte Scheiße! Also sind wir umsonst hierher gekommen.«

»Nein! Wir müssen sofort zurück zur Kirche! Er hat jetzt alle Zutaten für sein Ritual. Ich hab keine Ahnung, was passieren wird, wenn er es wirklich durchzieht, aber ich will es auch gar nicht wissen. Wir müssen ihn aufhalten!« Felix rappelte sich auf und schnappte sich den Kompass. Dieser würde ihnen den Rückweg erleichtern. Von der Pension aus waren sie nach Westen gegangen, also mussten sie jetzt nach Osten, um wieder zu ihr zurückzufinden. Dort war auch die Hütte mit dem Regal nach Nerbesar.

So schnell sie ihre Beine trugen und die Natur es zuließ, liefen die beiden los und suchten sich ihren Weg durch das eiskalte Labyrinth aus Schnee, Pfaden, Abgründen und hohen Felswänden, während es wegen des frühen Sonnenuntergangs schnell dunkler wurde. Dabei orientierten sie sich an der Himmelsrichtung Osten, der sie folgten, wann immer es möglich war, bis sie letztendlich den weniger komplizierten Weg erreichten, der sie zurück zu der Pension führte.

Während des ganzen Fußmarsches hatte Felix, obwohl er soeben von Arthur aus einem eisigen Fluss gefischt worden war, nie das Gefühl zu erfrieren. Die Kälte war eindeutig da und er spürte sie, aber auf wundersame Weise tat sie ihm nicht weh, kein Teil seines Körpers wurde taub, er zitterte nicht einmal. Arthur fragte mehrmals nach, ob es ihm gut ging oder er eine Pause brauchte – nicht, dass das eine Option gewesen wäre. Aber Felix fehlte nichts; er wusste nicht, was er sagen sollte, außer, dass alles in Ordnung war.

Etwas in ihm verhinderte, dass er fror, und dieses Etwas fühlte sich angenehm an. Als würde eine warme Energie über sein Blut durch seinen ganzen Körper strömen und ihn vor der Kälte bewahren. Er konnte sich nicht erklären, was es war, aber es erfüllte seinen Zweck: Das kalte Wasser tropfte von ihm ab oder verdampfte noch auf seiner Kleidung. Als er die Pension erreichte, fühlte er sich wieder gänzlich trocken.

Vorbei an der Pension, folgten sie dem bekannten Weg den Abhang hinauf zu der Hütte weiter oben. Die Tür war leicht angelehnt, als sie dort ankamen, es brannte jedoch kein Licht. Sie kümmerten sich nicht darum und begaben sich direkt zum Regal, das sie nach Hause bringen würde.

Während der Sprünge durch die Regale achtete Felix mehr denn je darauf, sich von dem Kribbeln des Pendulums nicht überwältigen zu lassen. Im Keller der Kirche herauszukommen und direkt vor den Füßen seines mörderischen Todfeindes in Ohnmacht zu fallen, würde sonst das Letzte sein, was er tat. Doch allzu schwer war es diesmal nicht, denn diese seltsame warme Energie in seinem Körper schien ihm auch einen kleinen Schutz gegen die Auswirkungen des Pendulums zu bieten.

Kampfbereit erreichten er und Arthur schließlich das Ziel. Der Keller sah verändert aus. Die Vorbereitungen für das Ritual waren getroffen: Um das Loch in der Mitte des Raumes herum waren vier kleine Tischchen aufgestellt, darauf golden schimmernde Schalen, jede groß genug, um wohl einige Liter Flüssigkeit aufzunehmen. Andere Tische, die sonst ohne erkennbare Anordnung im gesamten Raum verteilt herumstanden, waren nun an die Wände geschoben, um hohen Kerzenständern Platz zu machen. Die Kerzen brannten an Stelle elektrischer Lampen und tauchten die Umgebung in unheilvoll flackerndes Licht.

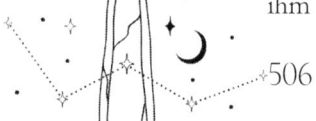

Der Blutmagier war nirgendwo zu sehen. Doch die Atmosphäre an sich war schon unheimlich genug und weckte in Felix einen Tatendrang, der ihm verbot, einfach nur herumzustehen und abzuwarten, was passierte. Allerdings war das nicht die einzige Veränderung, die ihm auffiel. Die dicke, schwere Eisentür, die er zuvor immer verschlossen vorgefunden hatte, stand einen Spalt breit offen. Endlich würde er sehen, was sich dahinter befand! Er signalisierte Arthur wortlos, dass er zunächst dort nachsehen wollte, und bewegte sich vorsichtig auf die Tür zu.

Der Raum dahinter ähnelte mit einer schlichten, nicht besonders einladenden Gestaltung dem Hauptraum daneben. Eine nackte Glühbirne an der Decke spendete gelbliches Licht, das nicht sehr hell war, aber Felix trotzdem in den Augen wehtat, als er eintrat. Er blinzelte dagegen an und wandte den Blick von der Lampe ab, um den Raum selbst näher zu betrachten. Die Einrichtung beschränkte sich auf einen zwei Meter langen Tisch in der Mitte, einen zweiten, kleineren Tisch in einer der Ecken, ein hoch an der Wand hängendes Regal und einen großen Schrank. Die Möbel waren mit nur wenig Liebe zum Detail aus schlichtem Holz zusammengeschustert, und das dem Anschein nach vor mindestens hundert Jahren. Felix sah sich jedes Stück aus der Nähe an, traute sich jedoch nicht, irgendetwas anzufassen; er wollte nicht riskieren, etwas kaputtzumachen und durch den Lärm den Blutmagier anzulocken.

Während Arthur eine einzelne, geschlossene Tür im hinteren Bereich des Raumes ansteuerte, näherte Felix sich dem Regal, das so hoch platziert war, dass er sich hätte strecken müssen, um an die Glasflaschen heranzukommen, die darauf standen. Er zählte neun Exemplare, alle bis zum Rand mit dunkelroter Flüssigkeit gefüllt, und musste nicht lange überlegen, worum es sich dabei höchstwahrscheinlich handelte.

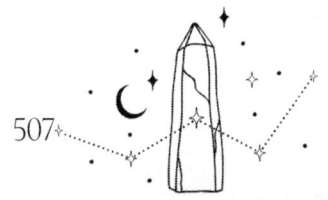

Der Blutmagier hatte gesagt, dass Zeit auf Elementarblut keine Auswirkungen hatte. Das Zeug in den Flaschen konnte also schon sehr lange da stehen, nicht gekühlt und ohne zusätzliche Substanzen, um es zu konservieren, und war immer noch so frisch wie an dem Tag, an dem er es den geopferten Menschen abgenommen hatte.

Ein Schauer lief Felix über den Rücken. Was Blut anging, hatte er keinerlei Berührungsängste, empfand dabei weder Ekel noch andere unangenehme Gefühle. Aber das Blut in diesen Flaschen war anders. Dass es für rituelle Zwecke verwendet werden sollte, war an sich bereits unheimlich. Dass es den Menschen noch dazu gegen ihren Willen entnommen worden war, machte es noch schlimmer. Und überhaupt, was der Blutmagier hier trieb, war einfach nur pervers.

Die Flaschen waren sogar beschriftet. Je drei davon trugen denselben Namen, und zwei dieser Namen waren genau die, die Felix erwartet hatte: Klaus Bachmann und Ignatius Fitz. Wolke Rainhold war glücklicherweise nicht dabei, also war es für sie womöglich noch nicht zu spät. Der dritte Name allerdings ... bei diesem klingelte etwas. Felix kniff die Augen zusammen und sah genau hin, las den Namen mehrmals.

Daisy Bermicci ... Bermicci ist doch sein eigener Familienname! Und Daisy? Wer ist Daisy? Er zog die Augenbrauen zusammen. Dann erinnerte er sich. Daisy war der Name von Miccos Mutter gewesen. Das hatte Lorena ihm gesagt, als sie in die Wohnung der Bermiccis eingebrochen waren. Und er hatte es sich gemerkt, weil sie zudem erwähnt hatte, dass sie nicht sicher war, wo Andrea Bermiccis Frau herkam. Daisy war kein italienischer Vorname.

Felix' Augen weiteten sich vor Schreck. Damit hatte er nicht gerechnet. Er war so sicher gewesen, dass mittlerweile nichts mehr, was der Blutmagier sagte oder tat, ihn noch schockieren konnte. Aber dieser Mann schaffte es auf erstaunliche Weise immer wieder, noch einen draufzusetzen. Das erklärte auch, warum Daisy Bermiccis Leiche nie gefunden worden war: Ihr Mann hatte sie verschwinden lassen, wie alle anderen, deren Blut er für sein Ritual gesammelt hatte.

»Hey, schau dir das mal an!« Arthur hatte die Tür geöffnet und starrte in einen stockdunklen Nebenraum.

»Was ist?« Felix' Frage beantwortete sich von selbst, als er neben Arthur trat und sah, worauf der gelbe Lichtstrahl fiel, der von diesem Raum in den anderen schien.

Auf dem kalten Steinboden lag, gefesselt und geknebelt, Frau Rainhold, mit dem Gesicht nach unten. Ihre Kleidung sowie das lange, blonde Haar und die Wunde an der Stelle, wo der Blutmagier mit der Axt zugeschlagen hatte, identifizierten sie. Die Verletzung war versorgt worden, ein Verband hielt sie geschlossen und stoppte die Blutung. Aber das hatte der Blutmagier sicher nicht aus reiner Nächstenliebe getan, sondern nur um zu verhindern, dass das kostbare Elementarblut, das eigentlich für das Ritual vorgesehen war, vorzeitig vergossen wurde.

Ihr kümmerlicher Anblick ließ Felix schlucken, sein Herz verkrampfte sich regelrecht vor Sorge. Er ging in die Hocke, drehte seine Lehrerin vorsichtig um und versuchte sie aufzuwecken. Mit großer Erleichterung stellte er fest, dass sie noch atmete. Ihre Augen blieben dennoch geschlossen. »Wir brauchen etwas, um die Fesseln durchzuschneiden. Arthy, kannst du nachsehen, ob du was findest? Im Schrank vielleicht.«

Arthur zögerte nicht und rannte sofort los, während Felix weiter versuchte, Frau Rainhold zu wecken. Einmal bewegte sie den Kopf, zeigte aber ansonsten keinerlei Reaktion. Sie musste definitiv ins Krankenhaus, und er kramte bereits in seiner Jackentasche nach seinem Handy. Doch ein Geräusch in unmittelbarer Nähe ließ ihn zusammenzucken. War Frau Rainhold das gewesen, oder befand sich noch jemand im Raum? Nun bemerkte er, wie leichtsinnig es gewesen war, einen dunklen Raum zu betreten, den er noch nie zuvor gesehen hatte, ohne erst nach einem Lichtschalter zu suchen.

Er nahm sein Handy heraus, doch statt einen Krankenwagen zu rufen, leuchtete er zunächst seine Umgebung aus. Neben der Lehrerin befand sich eine weitere Person in diesem Raum, der kaum größer war als ein breiter Kleiderschrank. Der andere Gefangene lehnte mit dem Rücken gegen die Wand und war ebenfalls gefesselt und geknebelt. Er war schmutzig, die Frisur saß nicht so perfekt wie sonst und die ewige Sonnenbrille fehlte, aber dennoch war er unverkennbar.

»Micco!« Mit klopfendem Herzen zwängte sich Felix an Frau Rainhold vorbei und setzte sich zu Micco, der noch die gleiche Kleidung trug wie bei ihrem letzten Treffen im Elementargebirge. Ob der Blutmagier ihn schon seitdem hier gefangen hielt? Aber das sollte er selbst erzählen. Felix entfernte den Knebel.

»Mein Vater, dieser verdammte Wichser!«, schimpfte er als Erstes, sobald er wieder sprechen konnte.

Was du nicht sagst! Zu gerne hätte Felix in die Schimpftirade mit eingestimmt. Doch es hätte niemandem genützt, wenn er jetzt die Fassung verlor. Also beließ er es bei einem zustimmenden Nicken, während er sich an den Fesseln zu schaffen machte. »Ich weiß. Aber keine Sorge, wir holen euch hier raus!« Er hoffte, dass er dieses Versprechen halten konnte, denn so sehr er es auch versuchte, er schaffte es nicht, die Fesseln zu lösen. Die Knoten des

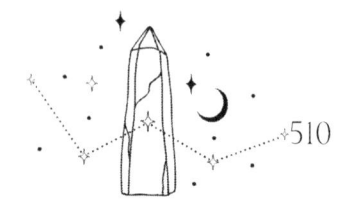

Blutmagiers waren ziemlich fest, und er konnte jederzeit zurückkommen. Wo blieb nur Arthur? Felix warf einen nervösen in Richtung Tür, dann sah er wieder Micco an.

»Wie bist du hierher gekommen?«, fragte er, während sie warteten, und versuchte, weiterhin ruhig zu bleiben. Das musste er auch, für sich und für Micco.

»Keine Ahnung. Wo sind wir überhaupt?« Micco sah sich um. Ob er tatsächlich versuchte, in dem schwachen Licht etwas zu erkennen, oder nur nach dem ersten Gegenstand suchte, den er kaputtschlagen würde, sobald er sich wieder bewegen konnte, war schwer zu sagen. Sein wutverzerrtes Gesicht, wie Felix es noch nie zuvor gesehen hatte, ließ jedoch Letzteres vermuten. »Das Letzte, woran ich mich klar erinnere, ist, dass er mich aus der Höhle in Italien geführt hat.«

»Das ist drei Tage her!«

»Dann muss er mich irgendwie überwältigt und in einem Koma gehalten haben. Als ich vor Stunden aufgewacht bin, war ich schon hier drin.«

»Ich hab was gefunden! Nicht optimal, aber besser als gar nichts.« Arthur kam mit einer Kletteraxt zurück, womöglich derselben, die der Blutmagier in den Alpen verwendet hatte. Aber bevor sie sich an die Arbeit machen konnten, drang ein Geräusch von draußen zu ihnen. Arthur verharrte ein paar Sekunden reglos an der Stelle, kam dann herein und suchte in der Dunkelheit Schutz. »Er ist es! Der Blutmagier!«, flüsterte er ängstlich.

Widerwillig setzte Felix Micco den Knebel wieder in den Mund, um keinen Verdacht zu erregen, und zog sich dann mit Arthur in die Schatten zurück, so weit es ging. Wenn sie Glück hatten, hatte dieser kleine Raum keinen Lichtschalter, denn er schien ohnehin nicht sehr interessant.

Der Blutmagier machte nicht viele Worte um seine Ankunft. Wie erhofft betätigte er keinen Lichtschalter und trat nur so weit in die dunkle Kammer hinein, wie er musste, um Frau Rainhold vom Boden aufzuheben. Er ging dabei nicht sonderlich sanft mit ihr um. Dass noch andere Personen anwesend waren, bemerkte er nicht.

»Keine Sorge, Dominic. Bald wird alles vorbei sein«, versprach er mit der gewohnten Seelenruhe, als er sein erstes Opfer in den Raum nebenan brachte.

Zumindest in dieser Hinsicht stimmte Felix zu: Es *würde* bald vorbei sein. Doch er war fest entschlossen, alles zu tun, was nötig war, damit es nicht so ausging, wie der Blutmagier es sich wünschte.

Sobald sie unter sich waren, kroch Felix wieder zu Micco und befreite ihn ein weiteres Mal von dem lästigen Knebel. Mit dem Handy sorgte er für ein bisschen Licht, während Arthur mit der scharfen Seite der Kletteraxt vorsichtig die Fesseln durchzuschneiden begann. Falls er über Miccos Anwesenheit überrascht war, ließ er es sich nicht anmerken, doch seine schnelle, ungleichmäßige Atmung verriet seine Nervosität. Micco hingegen verhielt sich völlig ruhig.

»Beeil dich, Arthy!«, flüsterte Felix mit Blick zur Tür, als ein kläglich leiser Schrei aus dem Nebenraum zu hören war.

»Ich geb mein Bestes!«, zischte Arthur gereizt. »Aber diese verdammten Fesseln sind wirklich zäh!«

Als Frau Rainhold ein weiteres Mal aufschrie, ballten sich Felix' Hände zu Fäusten. Am liebsten wäre er sofort aufgesprungen, in den Nebenraum gerannt und hätte sich auf den Blutmagier gestürzt. Doch alleine hatte er keine Chance. Er brauchte Arthur und Micco an seiner Seite. Und das bedeutete, dass auch Frau Rainhold noch einen kleinen Moment durchhalten musste.

Zu ihrem Glück dauerte es nicht mehr lange. Als Felix sah, dass die Seile an Miccos Händen sich lockerten, packte auch er mit an und half Micco, sich daraus zu befreien. Daraufhin griff dieser nach der Axt und kümmerte sich selbst um die Fußfesseln. Felix und Arthur stützten ihn, als er sich etwas unbeholfen aufrappelte; seine Beine sahen etwas wackelig aus, waren möglicherweise noch taub vom vielen Sitzen. Doch sobald er ohne Hilfe aufrecht stehen konnte, eilten sie zusammen nach draußen.

Nun konnte Felix aus erster Hand miterleben, wozu der Raum hinter der lange verschlossenen Eisentür diente; hier nahm Miccos Vater den entführten Elementaren das Blut ab. Er hatte Frau Rainhold auf den langen Tisch in der Mitte gelegt, der plötzlich unangenehm an einen Opferaltar erinnerte. Sie lag auf der Seite, immer noch gefesselt, ihre Hände ragten über die Kante des Tisches hinaus. Blut tropfte aus ihren Pulsadern in einen darunter aufgestellten Eimer, was sie selbst mit weit aufgerissenen Augen beobachten konnte. Sie schüttelte sich und zappelte hin und her, war aber viel zu schwach, um damit irgendetwas auszurichten.

Der Verantwortliche für diese grauenhafte Szene stand direkt daneben, in der Hand das Messer, mit dem er Frau Rainhold die Handgelenke aufgeschnitten hatte. Er schien den Anblick nicht zu genießen, aber auch von Mitgefühl fehlte jede Spur; sein Gesicht zeigte überhaupt keine Regung, als er dort stand und darauf wartete, dass sein Opfer langsam ausblutete. Danach würde er sich wohl das nächste Opfer vornehmen. Doch dass dieser Plan nicht aufgehen würde, bemerkte er spätestens, als er seinen Sohn und den unangekündigten Besuch in der Tür stehen sah.

»Binde sie sofort los!«, befahl Micco.

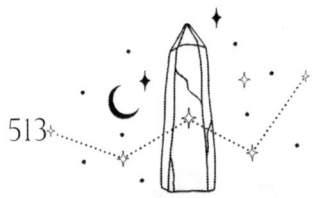

Frau Rainholds Blick veränderte sich, als sie auf die drei aufmerksam wurde. Ein Funken Hoffnung mischte sich in die Verzweiflung. Felix sah ihr in die Augen und zwang sich zu einem Lächeln, von dem er nicht sicher wusste, ob es sie oder ihn selbst ermutigen sollte.

Der Angesprochene hingegen zeigte sich unbeeindruckt. »Glaubst du wirklich, ich wäre diesen weiten Weg gegangen, um jetzt, so kurz vor dem Ziel, aufzuhören, nur weil du es so willst? Aber keine Angst! Vollmond ist erst in drei Tagen, so lange darfst du noch leben ... wenn du dich benimmst.«

Micco antwortete nicht, gab Arthur die Kletteraxt zurück und verharrte auffallend ruhig auf der Stelle. Er hatte offensichtlich etwas vor, so viel verriet der entschlossene Blick in seinen Augen, die ohne die Sonnenbrille sehr viel kommunikativer waren. Doch bevor Felix überlegen konnte, was das wohl war, rannte Micco auch schon los.

»Kümmer dich um Frau Rainhold!«, rief Arthur Felix zu, ehe er Micco mit erhobener Axt folgte und mit ihm zusammen den Blutmagier angriff.

Felix verlor keine Zeit und war mit einem großen Schritt sofort bei Frau Rainhold. Er hatte nichts dabei, womit er die Blutung stillen konnte, und drehte sie fürs Erste so herum, dass die Wunde zumindest nicht nach unten zeigte und das Blut nicht allzu schnell herausfloss. Den Eimer stieß er mit dem Fuß um.

Um ihn herum tobte ein wilder Kampf. Micco hatte seinem Vater das Messer aus der Hand geschlagen. Arthur griff mit der stumpfen Seite der Axt an. Der Blutmagier war jedoch schneller und versetzte ihm einen kräftigen Faustschlag ins Gesicht. Mit einem Ächzen taumelte Arthur einige Schritte zurück.

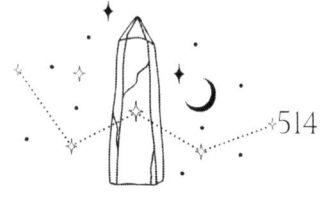

Felix hoffte, dass Micco in der Lage war, den Blutmagier alleine zu besiegen, während er selbst weiterhin darüber nachdachte, wie er Frau Rainhold helfen konnte. Doch dann erschien der Blutmagier plötzlich neben ihm, packte ihn und schleuderte ihn wie einen Sack Federn gegen den Schrank neben der Tür zum Hauptraum. Mit einer Wucht, die ihn Sterne sehen ließ, prallte er dagegen und stürzte. Benommen drehte er sich auf den Bauch und versuchte aufzustehen. Doch der Schrank landete auf ihm und drückte ihn zu Boden.

Er schrie auf, als das schwere Möbelstück auf seine Knochen prallte, aber der Schmerz war nebensächlich. Viel härter traf ihn die Erkenntnis, dass er gefangen war. Er konnte sich nicht mehr von der Stelle rühren, weder Frau Rainhold vor dem Verbluten bewahren noch den Blutmagier bekämpfen, sondern nur hilflos zusehen.

Auch Arthur hatte es hart getroffen – nicht der Schrank, sondern der Schlag des Blutmagiers, denn er war zu Boden gefallen und stand nicht mehr auf. Der Kampf tobte weiterhin zwischen Micco und seinem Vater, doch momentan flogen weder Fäuste noch Äxte. Stattdessen standen sie sich gegenüber. Micco hatte seine Hände zu Fäusten geballt, bereit, jederzeit wieder auf seinen Gegner loszugehen, während dieser hinter seinem Rücken Arthurs Axt versteckte, die Micco nicht sehen konnte. Nur Felix konnte sie von seiner Position aus sehen.

»Komm schon, Dominic, lass uns noch mal in Ruhe über alles reden!«, sagte der Blutmagier. »Willst du wirklich, dass wir so auseinandergehen? Du und ich, Vater und Sohn?«

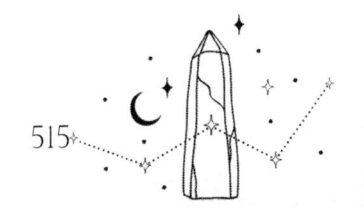

»Du bist alles, nur nicht mein Vater!« Micco gab sich nach außen hin relativ ruhig – immerhin das hatte er mit seinem Erzeuger gemein –, doch innerlich musste er vor Wut kochen. Das sagten nicht nur seine Augen, sondern auch seine zitternden Fäuste.

Der Blutmagier schüttelte den Kopf. »Bitte hör mir doch zu! Es mag für dich anders ausgesehen haben, aber ich will nur das Beste für dich. Das war schon immer so!« Er umfasste den Stiel der Axt fester, während er das sagte.

Felix wusste, was als Nächstes passieren würde. Er hatte es schon geträumt: die Axt, die aus einem dunklen Raum geflogen kam und die mit Pendulum angereicherte Uhr zerstörte. Micco würde sterben, wenn er nichts dagegen unternahm!

»Das Ritual wird unsere Welt zu einem besseren Ort machen«, sagte der Blutmagier mit der Stimme eines Geschäftsmannes, der einem potenziellen Kunden fehlerhafte Produkte andrehen wollte. »Siehst du nicht, dass du und ich bei dieser Veränderung eine maßgebliche Rolle spielen?«

»Glaub ihm kein Wort, Micco! Er versteckt die Axt hinter seinem Rücken!«, warnte Felix. Es war das Einzige, was er in seiner Lage tun konnte, ein verzweifelter Versuch, Micco zu helfen, während er sich vergeblich gegen den Schrank stemmte, der auf ihm lag.

Und dennoch versuchte der Blutmagier immer noch, sich herauszureden. »So ein Quatsch! Du wirst so einem dahergelaufenen Dummkopf bestimmt nicht mehr glauben als deinem eigenen Vater, oder?«

Felix sah Miccos Blick vom Gesicht seines Gegenübers zu dem kleinen Regal wandern, auf dem die mit Blut gefüllten Flaschen standen. Seine Augen weiteten sich, und Felix wusste genau, was er dort gerade sah.

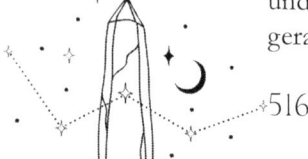

»Du hast sie umgebracht«, sagte er, zunächst leise und fast beiläufig. Dann sah er seinen Vater wieder an und wiederholte es lauter und deutlicher: »*Du* hast sie umgebracht!«

Der Blutmagier, der spätestens jetzt endgültig einsehen musste, dass er in seiner selbst gewählten Rolle des fürsorglichen Vaters nicht weiter-kommen würde, riss die Axt hoch.

Micco stürzte sich auf ihn. Die beiden rollten über den Boden. Der Blutmagier war derjenige, der oben saß, als sie zum Stillstand kamen. Er drückte Micco auf den Boden, hielt ihm die Axt an den Hals und hob zum ersten Mal in Felix' Gegenwart seine Stimme.

»Die Schlampe hat es nicht anders verdient! Für das, was sie getan hat, hätte ich sie am liebsten sofort umgebracht! Aber ich dachte, wenn sie schon ein Erdelementar ist, warum nicht noch ein bisschen warten? Ihr Blut ist viel zu wertvoll, um es sinnlos zu vergießen.«

Sofort fragte sich Felix, was Daisy Bermicci wohl Schlimmes getan haben konnte, um den Tod zu verdienen. Er verweilte jedoch nicht lange bei diesem Gedanken. Die Vergangenheit war vergangen, jetzt musste er sich erst einmal auf die Gegenwart konzentrieren und dafür sorgen, dass nicht noch ein Familienmitglied des Blutmagiers diesem zum Opfer fiel.

Er kam nach wie vor nicht gegen den schweren Schrank an, der ihn von den Schulterblättern abwärts auf den Boden drückte, egal, wie viel er zappelte und stöhnte. Doch immerhin konnte er seine Hände einigermaßen bewegen. Wenn er nur an das Handy in seiner Jackentasche herankam, konnte er vielleicht damit etwas ausrichten – es nach dem

Blutmagier werfen, ihn mit der Taschenlampenfunktion blenden, die Polizei rufen, *irgendetwas*. Alles war besser, als nur hilflos herumzuliegen.

»Und du ... warst von Anfang an nur Mittel zum Zweck«, fuhr der Blutmagier fort, wobei er diesmal Micco direkt ansprach. »Du bist was ganz Besonderes, wie du weißt. Einer der wenigen Menschen, die mit dem Pendulum im Blut geboren wurden. Dein Blut ist *noch* wertvoller als das deiner Mutter, viel wichtiger, als du es dir vorstellen kannst. Ich werde damit ein neues Zeitalter einleiten!«

Es war mühsam, etwas schmerzhaft, und dauerte länger, als ihm lieb war, doch schließlich schaffte es Felix, das Handy aus seiner Jackentasche zu ziehen. Es dem Blutmagier an den Kopf zu werfen, würde, selbst wenn er traf, nicht viel ausrichten. Aber glücklicherweise war dieser nicht das einzige potenzielle Ziel im Raum.

»Ich konnte es in den letzten Monaten kaum mehr erwarten, dich endlich loszuwerden!« Die Stimme des Blutmagiers klang nun beinahe wie das Knurren eines Wolfes, passend zu seinem Blick. Micco lag immer noch unter ihm, gefangen, wie Felix unter dem Schrank. »Was glaubst du, warum du keine Freunde hast? Dass alle dich für einen Mörder halten, ist doch nur ein lausiger Vorwand. In Wahrheit hassen sie dich, weil du nichts anderes kannst als Unheil stiften. Sogar deine Sandra ist lieber in den Tod gesprungen, als bei dir zu bleiben! Warum gibst du mir dein Blut nicht gleich freiwillig und tust damit zum ersten und letzten Mal in deinem Leben etwas Sinnvolles?«

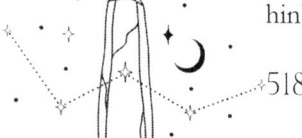

Felix wusste, er musste etwas tun, und zwar jetzt sofort. Er blickte zu den mit Blut gefüllten Flaschen auf dem Regal. Sie standen ziemlich hoch, er lag ziemlich weit unten und konnte sich kaum bewegen. Doch im Sportunterricht hatte er schon schwierigere Würfe hinbekommen, und dabei war es nicht um Leben und Tod gegangen. Also richtete er sich mühsam auf, so weit es der Schrank eben erlaubte, und schleuderte sein Mobiltelefon mit aller Kraft in Richtung der Flaschen. Eine davon traf er. Mit einem lauten Klirren zersplitterte das Gefäß, Blut spritzte in alle Richtungen. Ein nicht geringer Teil davon landete auf der Halbglatze von Miccos Vater, der erschrocken herumwirbelte. Seine Augen weiteten sich beim Anblick der blutigen Sauerei; einen solchen Gesichtsausdruck hatte Felix bei ihm noch nie gesehen.

»Hast du auch nur die geringste Ahn-ung, was du da angerichtet hast?« Seine Stimme bebte. Mit dem Blut, das ihm in dicken Strömen über das Gesicht rann, sah er nun endlich aus wie der Serienmörder, der er auch wirklich war. Ein wahrhaftiger Blutmagier.

Für einige Sekunden verharrte er still wie eine Statue, schien zu vergessen, dass Micco immer noch unter ihm lag. Als dieser ihn abzuschütteln versuchte, tat der Blutmagier das, was er am besten konnte: Er schlug Micco mit dem stumpfen Ende der Axt auf den Kopf. Das verschaffte ihm genug Zeit, wieder auf die Beine zu kommen. Jetzt hatte er es auf Felix abgesehen. Und Felix konnte nicht weglaufen.

»Nein!« Arthur kam urplötzlich aus der anderen Ecke des Raumes angeschossen. Bevor Felix wusste, was geschah, hatte sich Arthur dazwischen geworfen. Er schrie, Felix schrie ebenfalls, und dann – Blut. Und diesmal kam es nicht aus einer der Glasflaschen, die Felix' Handy zertrümmert hatte. Es war Arthurs Blut, das an die Wand spritzte, wenn auch nur ein paar kleine Tropfen.

Den Sturz seines besten Freundes auf den Boden beobachtete Felix wie in Zeitlupe. Erst nach einer gefühlten Ewigkeit schlug Arthur auf dem Boden auf – und blieb liegen. Felix streckte die

Hand nach ihm aus, erreichte seinen Arm und schüttelte ihn. Panik und Verzweiflung stiegen in ihm auf, seine Augen füllten sich mit Tränen. Das konnte nicht sein, das durfte nicht sein!

Micco hatte sich inzwischen aufgerappelt und den Blutmagier von hinten gepackt. Mit seinem Vater im Würgegriff, bewies er, dass er doch der Stärkere der beiden war.

Aber Arthy ... Arthy bewegt sich nicht mehr! Felix ließ nicht locker, rief Arthurs Namen, zog weiterhin an seinem Arm. Er konnte nicht einmal sehen, ob Arthur noch atmete, während sein eigener Atem immer schwerer wurde, und lauter, in ein Schluchzen überging.

»Sofort aufhören!« Eine laute Stimme dröhnte vom Eingang her durch den Raum. Abiona Abay, Noemis Mutter, stand in ihrer Polizeiuniform in der Tür und hatte ihre Pistole auf das Kampfgeschehen gerichtet. Sie sah sehr verärgert aus.

Hinter ihr steckte Claudentina ihren Kopf durch die Tür. Beim Anblick ihrer gefesselten Lehrerin keuchte sie erschrocken auf. Doch erst als sie Arthur auf dem Boden liegen sah, mit der Klinge einer Kletteraxt in der Brust, zuckte sie richtig zusammen.

Felix nahm das alles nur noch sehr verschwommen wahr. Tränen vernebelten ihm die Sicht.

Es ist alles meine Schuld. Ich hätte ihn niemals so tief in diese Sache reinziehen dürfen! Ich hätte niemals ...

Er hörte auf, an Arthur zu rütteln, denn das hatte keine Wirkung. Stattdessen schloss er die Augen und schickte zum ersten Mal in seinem Leben ein Stoßgebet zum Himmel. Heiße Tränen liefen ihm über die Wangen. Wenn Arthur heute starb, war es seine Schuld, und er würde seinen besten Freund verlieren ...

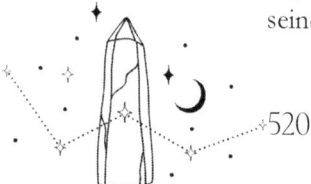

Wenigstens würde derjenige, der das getan hatte, dafür bezahlen. Die einzige Freude, die Felix noch geblieben war, war die bittere Befriedigung, als er beobachtete, wie Miccos Vater im Kampf unterlag. Micco war alleine bereits ein ernst zu nehmender Gegner, aber er und eine kampferprobte Polizistin gleichzeitig waren zu viel für den Blutmagier. Abiona legte ihm Handschellen an und schleifte ihn gewaltsam nach draußen. So wie Felix sie kannte, würde sie sich strikt an die Regeln halten und diesen abscheulichen Serienmörder nicht gleich erschießen, wie er es eigentlich verdient hätte. Aber sie würde ihm auch keinerlei Milde zuteilwerden lassen.

Felix ließ den Kopf sinken, sah durch einen Tränenschleier wieder Arthur an. Immerhin war es vorbei. Es würde kein Ritual stattfinden. Es würden keine Menschen mehr verschwinden. Keine gruseligen Träume mehr. Aber der Preis dafür war zu hoch. Felix konnte immer noch nicht fassen, dass ausgerechnet Arthur ihn bezahlen musste.

EPILOG
NEUES JAHR, NEUES LEBEN

Der Schnee, der über der Stadt Leuchtenburg fiel, fühlte sich an diesem Abend anders an als sonst. Obwohl er weder anders aussah noch sich anders verhielt, war er es. Doch das war nicht das Einzige, was anders war. Denn es war etwas passiert, das niemals hätte passieren dürfen, auch wenn im Gegenzug das Schlimmste verhindert worden war.

Felix atmete tief ein und wieder aus. Doch er wusste, dass auch ein Seufzer nichts daran ändern würde, dass sein bester Freund gerade still und reglos vor ihm in einem Bett lag, angeschlossen an verschiedene Geräte, die in regelmäßigen Abständen aufleuchteten, Geräusche machten und Felix in den Wahnsinn trieben. Er konnte keines dieser Geräte beim Namen nennen, aber sie waren nötig. Das sagten zumindest die Ärzte.

Claudentina war auch da. Sie stand am Fenster und blickte hinaus in die kalte Nacht, auf den Schnee, der vom Himmel rieselte und alles unter einer weißen Schicht

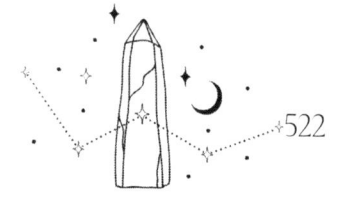

Unschuld verdeckte. Ansonsten war da draußen gar nichts. Sie hatte erklärt, dass sie diesen Anblick der Ruhe brauchte, um selbst zur Ruhe zu kommen.

Währenddessen kämpfte Felix nach wie vor mit den Tränen. Normalerweise weinte er nicht schnell; das hatte er nie, nicht einmal als Kind. Aber jetzt fürchtete er, dass sein Gesicht zusammenfallen würde wie ein zerknülltes Papier, wenn er auch nur für eine Sekunde die Kontrolle darüber verlor. Was Arthur getan hatte, hatte ihn in Lebensgefahr gebracht. Die Ärzte hatten sogar operieren müssen, um sein Leben zu retten. Unvorstellbar, was die Axt alles hätte anrichten können!

Nach einigen Minuten des Schweigens wandte Claudentina sich vom Fenster ab und setzte sich auf einen der Stühle, womit sie durch ihre Bewegung für kurze Zeit Leben in dieses sterile Krankenzimmer brachte. »Das wird schon! Arthur ist ein Kämpfer, das haben wir gesehen. Und die Ärzte sagen, dass er das Schlimmste hinter sich hat.«

»Die Ärzte sagen auch, dass wir die Nacht abwarten müssen und erst dann mehr wissen«, sagte Felix, die Stimme belegt von dem Kloß in seinem Hals. »Was, wenn er bleibende Schäden davonträgt? Das könnte ich mir nie ...« Verzeihen, fügte er in Gedanken noch hinzu. Es gelang ihm nur nicht, es auszusprechen, denn seine Stimme war gerade genauso fragil wie sein Gesichtsausdruck.

Die Axt war in Arthurs Brustkorb eingedrungen. Nur wenige Zentimeter weiter unten und sie hätte sein Herz getroffen. So wie es aussah, verdankte er es einem Wunder, dass er überhaupt noch am Leben war.

Claudentina schien zu verstehen, wie es Felix damit ging, auch ohne dass er es laut aussprach. Er war froh, dass sie da war, und dass ihr nicht auch so offensichtlich zum Weinen zumute war, denn die Ruhe, die sie ausstrahlte, half ihm, selbst etwas ruhiger zu werden. »Es ist nicht deine Schuld. Der, der wirklich dafür verantwortlich ist, sitzt jetzt im Gefängnis und wird seine gerechte Strafe bekommen. Wir haben unsere Aussagen gemacht, und wenn es so weit ist, wiederholen wir sie eben vor Gericht.«

Ja, ihre Aussagen hatten definitiv ihren Teil dazu beigetragen, Miccos Vater hinter Gitter zu bringen, wenn sie auch nicht hundertprozentig der Wahrheit entsprachen. Um nicht von dem Pendulum und der ganzen Geschichte in Italien erzählen zu müssen, die ihnen sowieso niemand geglaubt hätte, hatten sie sich auf eine offizielle Version geeinigt. Diese besagte, dass Felix, Arthur und Claudentina in Sorge um Micco gewesen waren, der lange nichts von sich hatte hören lassen, und ihre Suche nach ihm hatte sie in die Kirche geführt. Dort waren sie direkt in das Ritual des Blutmagiers hineingeplatzt, und während Felix und Arthur ihn aufzuhalten versuchten, hatte Claudentina die Polizei gerufen. Für Noemis Mutter war das nicht schwer zu glauben gewesen, denn sie hatte die drei schon einmal in der Kirche erwischt.

Aber konnte Felix damit wirklich zufrieden sein? Der Blutmagier kam wegen mehrfachen Mordes ins Gefängnis und würde es nie wieder lebend verlassen – na und? Das war alles, aber keine gerechte Strafe für jemanden, der seine Frau getötet und dasselbe mit seinem Sohn vorgehabt hatte. Und dass Arthur seinetwegen im Krankenhaus lag ... Diese sogenannte »Strafe« war viel zu milde, fast lächerlich.

Aber Felix wusste, dass es niemandem helfen würde, wenn er sich darüber aufregte. Jetzt war nur Arthur wichtig.

»Danke übrigens. Für alles«, sagte er zu Claudentina. »Du warst uns eine große Hilfe, vor allem in dieser Höhle, als wir das Rätsel mit den Sternzeichen lösen mussten. Dort wären wir ohne dich ziemlich aufgeschmissen gewesen. Und wenn du heute nicht die Polizei gerufen hättest, verdammt! Wer weiß, was dann noch alles passiert wäre.«

Claudentina nickte verlegen. »Ich helfe, wo ich kann.«

Sie saßen noch ein paar Minuten schweigend nebeneinander, wachten über Arthur, während Felix sich sammelte. Ruhig einatmen, ausatmen – etwas anderes konnten sie im Moment nicht tun, und solange auch Arthur weiter atmete, war alles in Ordnung. Dann, als er einigermaßen sicher war, dass seine etwas weichen Knie ihn tragen würden, stand Felix auf. »Würde es dir was ausmachen, wenn ich kurz einen Spaziergang mache? Ich brauch dringend frische Luft.«

»Kein Problem, geh nur. Ich bleibe hier und passe auf unseren Helden auf.«

Er nickte ihr dankbar zu und drehte sich um. Auf dem Weg zur Tür fiel ihm jedoch noch etwas ein, das er wissen wollte. Also wandte er sich noch einmal ihr zu. »Woher hast du das eigentlich gewusst?«

Sie sah ihn an und legte den Kopf schief. »Was denn?«

»Na ja, du bist doch bestimmt nicht zufällig zur richtigen Zeit am richtigen Ort gewesen, oder? Woher hast du gewusst, dass Arthur, Micco und ich heute in der Kirche waren?«

»Ich hab es nicht gewusst«, antwortete Claudentina. »Aber gestern stand in meinem Horoskop, dass man mich in meiner Heimat brauchen würde. Also hab ich meine Koffer gepackt und bin nach Hause gekommen.« Sie zuckte mit den Schultern und lächelte. »Oder vielleicht wollte ich auch einfach nur wieder nach Hause. Es war, wie du wohl sagen würdest, *nur so ein Gefühl.*«

Nun konnte auch Felix wieder lächeln, trotz der ernsten Lage. »Ja, darauf sollte man wirklich öfter hören, nicht? Bis gleich.«

Draußen war um diese Uhrzeit nicht mehr viel los. Doch Felix brauchte im Moment keine Gesellschaft. Nachdenklich und mit gesenktem Kopf wanderte er durch die kahlen Gänge des Krankenhauses. Erst als plötzlich jemand vor ihm stand, blieb er abrupt stehen und sah auf, wollte sich schon peinlich berührt bei dem Fremden entschuldigen, den er beinahe über den Haufen gerannt hatte.

Doch es war kein Fremder. Es war Micco, und er wirkte besorgt. Nicht so offenkundig wie die meisten Menschen, doch Felix glaubte inzwischen, auch die kleineren, subtileren Regungen in seinem Gesicht lesen zu können. Und momentan zog Micco ganz leicht die Augenbrauen zusammen. »Dich hab ich gesucht! Wie geht es Arthur? Ist alles okay?«

Felix war froh, dass wenigstens einer der Menschen, denen der Blutmagier heute wehgetan hatte, wieder auf den Beinen war. Ursprünglich war Micco nur wegen seiner Freunde mit ins Krankenhaus gekommen und wollte sich gar nicht untersuchen lassen. Die anderen hatten ihn überreden müssen. Dass er jetzt wieder durch die Gänge lief und sich nach Arthur erkundigte, bedeutete wohl, dass es ihm gut ging.

Aber Felix ging es nicht gut. Das Bild von Arthur mit einer Axt in der Brust, das er einfach nicht aus dem Kopf bekam, lastete immer noch schwer auf ihm. Mit einem resignierenden Seufzer senkte er den Blick wieder. »*Alles okay* wäre, wenn ich ihn gar nicht erst in diese Situation gebracht hätte, wenn das alles niemals passiert wäre! Daher nein.«

»Tut mir leid«, sagte Micco nach einer Weile.

Doch ihm brauchte nichts leidzutun. Felix war wütend und traurig und wahrscheinlich noch ein paar andere Dinge, die er gerade nicht benennen konnte. Aber daran war nicht sein Gegenüber schuld. Wenn überhaupt, dann traf die Schuld ihn selbst. Er atmete tief durch und versuchte es mit einer neuen Antwort. »Die Ärzte sagen, er ist über den Berg, zumindest fürs Erste. Aber er ist immer noch an diese vielen Geräte angeschlossen, muss zur Beobachtung die Nacht hier verbringen, und ...«

Er brach mitten im Satz ab, denn der Kloß im Hals hinderte ihn am Weitersprechen. *Nein, verdammt, nicht schon wieder!* Doch seine Schuldgefühle waren zu groß, um sie ohne Weiteres zu unterdrücken. Was passiert war, war allein seine Schuld – um ein Haar hätte er Arthur verloren.

Und wieder lief ihm eine Träne über die Wange. Er senkte den Kopf noch tiefer und versuchte, sein Gesicht zu verbergen. *Er ist schwer verletzt, ja, aber zum Glück nicht tot, also reiß dich zusammen!* Ja, Arthur war verletzt, wie auch Frau Rainhold, und Micco hatte die letzten Tage in einer dunklen Abstellkammer verbracht, eingesperrt von seinem eigenen Vater, der ihn töten wollte. Jeder von ihnen hatte Grund zu weinen, aber nicht Felix. Ihm war doch nichts passiert! Er musste jetzt für die anderen stark sein.

Aber egal, was er sich einredete, er konnte es nicht mehr aufhalten. Natürlich durchschaute Micco jeden seiner Versuche, sich seinen inneren Aufruhr nicht anmerken zu lassen, und legte ihm sanft eine Hand auf die Schulter, ohne etwas zu sagen. Es waren auch keine Worte notwendig. Die kleine Geste reichte schon aus, um Felix zu trösten, und nach kurzer Zeit hörte er auf zu weinen. Ihm blieb nichts anderes übrig, als positiv zu denken. Für Arthur.

»Sollen wir uns hinsetzen?« Micco zeigte auf eine Bank an der Wand.

Felix nickte und sie ließen sich darauf nieder. »Immerhin geht's Frau Rainhold gut«, sagte er. »Sie hat gar nicht so viel Blut verloren, wie wir anfangs dachten. Aber sie steht unter Schock.«

»Kann ich mir vorstellen«, meinte Micco. »Ich stehe auch unter Schock. Meinem Vater ist ja einiges zuzutrauen, aber ich hätte nie gedacht, dass er wirklich *so* weit geht. Wenn ihr nicht gekommen wärt ...«

»Micco, nimm dir das, was er gesagt hat, nicht zu Herzen. Dass alle dich hassen und dieser ganze Unsinn, das stimmt gar nicht!«

»Das weiß ich doch.« Micco winkte ab. »Er hat wohl wirklich gedacht, ich würde aufgeben, nur weil er mir was einredet. Ich wüsste nur gern, was er gemeint hat, als er über meine Mutter geredet hat. Was sie angeblich so Schlimmes getan haben soll ... Meine Mutter hat nichts Schlimmes getan! Und wenn, dann bestimmt nur seinetwegen.«

Felix konnte sich durchaus vorstellen, dass dieser Mann einen zu allem treiben würde. Doch er kannte Miccos Mutter zu wenig – streng genommen gar nicht –, um sich darüber ein Urteil zu bilden. Und da sie tot war, würde er sie auch nie kennen lernen. Ratlos zuckte er mit den Achseln. »War bestimmt auch bloß Gerede.«

»Ja. Wahrscheinlich«, räumte Micco etwas zögerlich ein. Dann wandte er den Blick ab und starrte ins Leere. Die Frage, was seine Mutter getan haben mochte, würde ihm vermutlich trotz allem noch eine Weile nachhängen.

Felix blickte hinauf zur Decke und überlegte, wie sein Leben weitergehen sollte. Würde er in Zukunft ruhig schlafen können, oder würden die bösen Träume eines Tages zurückkehren? Und wie würde alles, was passiert war, sich auf seine Freundschaft mit Arthur auswirken? Nur um ihm zu helfen, war Arthur in den

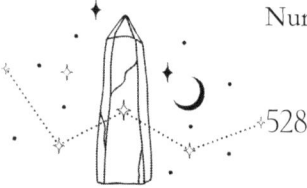

Kirchenkeller zurückgekehrt, und zum Dank hatte er eine Axt in die Brust bekommen. Ob er Felix jemals verzeihen konnte?

Abwarten und Tee trinken. Oder einfach nur abwarten. Mehr kann ich mal wieder nicht tun.

Dann sah er Micco an und fragte: »Was ist mit dir? Was wirst du jetzt machen?«

»Ich glaube, ich werde eine Weile nicht in die Schule kommen«, antwortete Micco. »Muss erst einmal mein Leben auf die Reihe kriegen, jetzt, wo ich alleine bin. Und mich natürlich an die ganze Situation gewöhnen. Daran, dass mein Vater im Gefängnis sitzt ... und das nicht ohne Grund. Dass er mich töten wollte.«

»Meld dich doch wieder bei Lorena, wenn du Zeit hast«, schlug Felix vor. »Ohne ihre Hilfe hätte ich dich nicht rechtzeitig gefunden, und Frau Rainhold auch nicht.«

Micco lächelte – ein sehr seltener Anblick. Und erst jetzt merkte Felix, dass dieser seine Sonnenbrille nicht trug. Das kam wahrscheinlich noch seltener vor. Doch in einer Umgebung, in der es nicht sehr hell war, musste das auch nicht sein. In einer solchen Umgebung waren Miccos Augen dunkel und schienen bläulich für jeden, der nicht zu genau hinsah. Die violette Farbe wie auch das Funkeln wurden erst durch direkten Lichteinfall sichtbar. Und auch das, so fand Felix, musste er nicht hinter einer Sonnenbrille verstecken; ohne sie sah er augenblicklich viel zugänglicher und freundlicher aus.

Zu dem Vorschlag mit Lorena sagte er jedoch nichts. Felix konnte sich vorstellen, warum. Sie kannte schließlich die Wahrheit nicht, und er wusste, dass Micco aus verständlichen Gründen nicht erpicht darauf war, noch jemanden einzuweihen.

»Wirst du dein Geheimnis auch weiterhin für dich behalten?«

Das Lächeln verschwand aus Miccos Gesicht, und Felix tat es leid, dass er das Thema angesprochen hatte. Für einen kurzen Moment schien Micco zu überlegen. »Das wäre wohl am besten. Wenn ich an Sandra denke ... Sie hat es damals überhaupt nicht gut aufgenommen. Und das, obwohl ich mich noch nie mit jemandem so gut verstanden habe wie mit ihr. Sie hatte vieles an sich, was einfach nicht ... *normal* war, so dass ich dachte, sie kommt schon damit klar, wenn sie den anfänglichen Schock erst verwunden hat. Aber dazu hat sie nicht mehr lange genug gelebt.«

Felix nickte. »Die meisten Menschen fürchten sich eben vor allem, was sie nicht kennen. Aber ich bin sicher, das gilt nicht für Lorena. Sie ist anders als die meisten Menschen, sie mag das Besondere, das nicht so Gewöhnliche ... Na ja, jedenfalls macht sie auf mich diesen Eindruck.«

»Und wenn auch sie meinetwegen Albträume kriegt? Wird sie das Besondere an mir dann immer noch so sehr mögen?«

»Was meinst du damit?«

Micco antwortete nicht sofort, und als er es tat, sah er Felix nicht an. Er dämpfte außerdem seine Stimme, als wäre es ihm höchst unangenehm. »Frau Rainhold. In der kurzen Zeit, die wir zusammen in dem dunklen Raum verbracht haben, hat sie mir gesagt, dass sie Albträume hat, seit sie mich kennt. Sie war aber ziemlich benommen und hat immer wieder das Bewusstsein verloren, wahrscheinlich wegen ihrer Kopfverletzung. Daher weiß ich nicht, was ich davon halten soll.«

»Am besten gar nichts.« Felix seufzte schuldbewusst. »Diesen Floh hab ich ihr ins Ohr gesetzt. Als ich ihr erklärt habe, was Elementare sind und dass sie selbst einer ist, dachte ich noch, du wärst die Quelle ihrer Albträume. Aber das war, bevor ich den Pendulum-

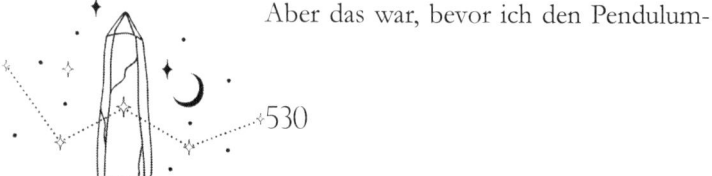

Kompass gesehen habe, den sie zum Geburtstag geschenkt gekriegt hat, am gleichen Tag, an dem auch du in ihre Klasse gekommen bist.«

»Was? Sie hat einen Pendulum-Kompass?« Micco runzelte die Stirn.

»Ja. Und den nimmt sie wahrscheinlich jeden Tag in die Hand, daher macht es viel mehr Sinn, dass diese Albträume von *ihm* kommen, nicht von einem Schüler, den sie ein paar Mal in der Woche für eine oder zwei Stunden sieht ... Es sei denn ...« Felix verstummte, seine Lippen wurden zu einem dünnen Strich. Er hatte schon zu viel gesagt.

»Es sei denn *was?*«, bohrte Micco nach, und nun sah er Felix wieder direkt in die Augen.

Da war es wieder – dieses inzwischen leider allzu vertraute Gefühl, wenn man vor lauter Peinlichkeit rot anlief. Nicht, dass es in irgendeiner Form hilfreich gewesen wäre – Miccos Blick machte deutlich, dass es kein Zurück mehr gab. Felix hatte A gesagt und musste nun auch B sagen. Doch wie sprach man so etwas am besten an? *Hey Micco, bumst zu zufällig unsere Lehrerin?* Anders als sein geradezu stoisches Gegenüber hatte Felix alle Mühe, seine Gesichtsmuskeln unter Kontrolle zu halten.

»Du hast doch bestimmt schon mal von ... diesem blöden Gerücht gehört ... oder?«, fing er an.

»Es gibt viele Gerüchte über mich, eins blöder als das andere. Welches genau meinst du?«

Oh Mann, mach es mir doch nicht unnötig schwer!

»Na ja, das mit dir und Frau Rainhold ...«

Micco hob eine Augenbraue.

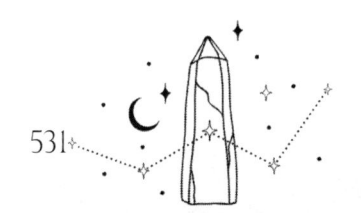

»Oh, es geht mich natürlich überhaupt nichts an!«, stellte Felix sofort klar. Das Sprechen fiel ihm mit jedem Wort ein bisschen schwerer. »Ich dachte nur, wenn ihr euch irgendwie berührt hättet, dann könnte sie auf das Pendulum in dir reagiert haben, und dann ...«

»Was denkst du denn?«, fragte Micco.

»Worüber?«

»Über das Gerücht. Habe ich nun eine geheime Affäre mit meiner Lehrerin oder nicht?« Er musste das so richtig genießen, auch wenn wieder einmal nichts in seinem Gesichtsausdruck darauf hindeutete. Aber Felix konnte sich einfach nicht vorstellen, dass sein Gegenüber sich *nicht* gerade innerlich totlachte über seine kläglichen Versuche, den Elefanten im Raum nicht direkt anzusprechen.

»Ich kenne weder dich noch sie gut genug, um das einzuschätzen«, redete er sich heraus.

»Aber offenbar gut genug, um es uns zuzutrauen«, meinte Micco.

»Na ja ...«

»Ich denke, ich überlasse die Antwort einfach mal deiner Fantasie, hm?« Da war es – ein Hauch eines Grinsens! Nur mit einem Mundwinkel, und hätte Felix im falschen Moment gezwinkert, wäre es ihm entgangen. Doch er hatte es eindeutig gesehen und wusste nun, dass Micco sich die ganze Zeit schweigend über ihn amüsiert hatte.

Aber das sollte ihm nur recht sein. Mehr wollte er dazu sowieso nicht mehr sagen. Lieber kehrte er so schnell wie möglich zum eigentlichen Thema zurück. »Wie dem auch sei ... Ich wollte eigentlich nur darauf hinaus, dass du bestimmt kein Schreckgespenst bist, das Albträume auslöst. Für Lorena sowieso nicht.«

Er hielt kurz inne, um nach den passenden Worten zu suchen, und fügte dann hinzu: »Und vergiss nicht ... Wenn du mal überhaupt nicht weiter weißt und glaubst, dass niemand mehr für dich da ist, dann hast du immer noch ...« Er zögerte. Das letzte Wort wollte ihm nicht so leicht über die Lippen kommen, obwohl er es so ernst meinte wie alles andere, was er sagte. »Na ja ... Dann hast du immer noch mich.«

Micco sah ihn an, woraufhin Felix seltsam verlegen wurde. Schnell wandte er sich ab – nur für den Fall, dass sein Gesicht gerade wirklich so rot wurde, wie es sich anfühlte – und stand auf. »Ich geh dann wieder zurück zu Arthy. Willst du dich nicht auch noch mal von einem Arzt durchchecken lassen?«

Micco schüttelte den Kopf. »Hab schon, mir geht's gut.«

»Okay, dann ... Bis demnächst mal.« Felix drehte sich um und ging den Weg zurück, den er gekommen war.

Nun war er doch nicht an der frischen Luft gewesen, aber sein Spaziergang hatte sich trotzdem gelohnt. Er fühlte sich zumindest ein bisschen besser.

Wie immer feierten die Familien von Felix und Arthur Silvester zusammen vor der Kirche der Heiligen Theresa. Vom höchsten Punkt der Brücke nach Ardegen hatte man einfach die beste Sicht in alle Richtungen. Der gleichen Meinung waren auch viele andere Bewohner der beiden Ortschaften, und entsprechend viel war in dieser letzten Nacht des Jahres vor der Kirche los.

»Zehn ... Neun ... Acht ...«

In der Ferne flogen die ersten Raketen gen Himmel, als es noch nicht ganz Mitternacht war. Es hatte eben nicht jeder die nötige Geduld.

»Sieben ... Sechs ... Fünf ...«

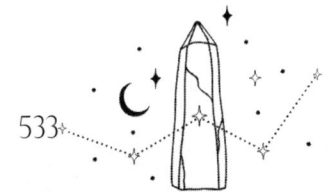

Felix stand bei seinen Eltern in der Mitte des Platzes. Von dort aus würden sie ein paar Raketen schießen, bevor er auf die Brücke ging und auf dieser den besten Ausblick genoss.

»Vier ... Drei ...«

Auch Arthur war da, und sogar ziemlich munter, wenn man bedachte, was ihm zugestoßen war. Dass er schon entlassen worden war, war wohl mehr dem Zutun seiner Eltern zu verdanken, die sich am liebsten um ihren Sohn zuhause kümmern wollten. Das Einzige an ihm, was noch an diesen schrecklichen Zwischenfall von vor ein paar Tagen erinnerte, war eine Narbe von der Operation. Im Moment verschwand diese jedoch unter seiner dicken Winterkleidung.

»Zwei ... Eins ...«

Noch eine letzte Sekunde und das alte Jahr war vorüber. Alle jubelten, während Felix' Vater rechtzeitig eine Rakete zündete. Am Himmel explodierte sie und streute blaue Funken in alle Richtungen.

Seine Frau, die ihm eigentlich gerade ein frohes neues Jahr hatte wünschen wollen, entschied sich im letzten Moment anders und warf ihm stattdessen einen vorwurfsvollen Blick zu, nachdem sie die Rakete gesehen hatte. »Du bist so ein Trottel!«, schimpfte sie.

Während Felix auch ohne Worte grinsend zur Kenntnis nahm, was ihr so sehr missfiel, starrte sein Vater sie verständnislos an. »Was hast du denn jetzt schon wieder?«

»Was wohl? Das war verdammt noch mal die *falsche* Rakete!«, empörte sie sich. »Wir wollten erst die Rote schießen! Rot ist nämlich meine Lieblingsfarbe, und auch die deines Sohnes!«

»Dann schießen wir die Rote eben jetzt.«

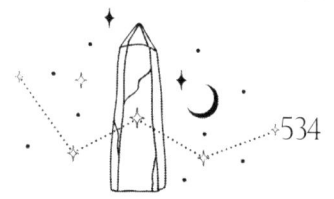

»Das ist aber nicht das Gleiche! Du hattest *einen* Job, den hast du verbockt, und deswegen fängt unser neues Jahr jetzt blau an!«

Blau oder rot, für Felix fing das neue Jahr jedenfalls gut an. Er beobachtete den Streit seiner Eltern um die Farbe der ersten Rakete aus wenigen Schritten Entfernung und hatte so bereits in den ersten Sekunden etwas zu lachen. Ihm war es eigentlich relativ gleichgültig, in welcher Reihenfolge die Raketen abgeschossen wurden, aber solange seine Mutter etwas hatte, worüber sie sich aufregen konnte, war die Welt in bester Ordnung. So funktionierte nun einmal die Beziehung seiner Eltern. Sie liebten sich, und er liebte sie auch – mit all ihren Eigenheiten.

»Die beiden werden sich nie ändern, oder?«, hörte er die Stimme von Arthur, der gerade von seinen eigenen Eltern herüberkam. Herr und Frau Klamm begannen das neue Jahr um einiges harmonischer mit einer Umarmung.

»Nein, vermutlich nicht.« Felix schüttelte den Kopf über seine Eltern, grinste jedoch dabei. »Aber warum auch? Ändern sollen sich nur die schlechten Dinge ... Ach ja, ein glückliches neues Jahr wünsche ich dir!«

»Ebenfalls«, erwiderte Arthur lächelnd.

Die beiden entfernten sich langsam von ihren Eltern und der Gruppe in der Mitte des Platzes. Da der beste Aussichtspunkt auf der Brücke schon besetzt war, setzten sie sich auf die einsame Bank am Fluss und beobachteten das prächtige Feuerwerk von dort aus.

»Weißt du noch? Genau hier, auf dieser Bank, haben wir uns damals kennen gelernt«, erinnerte sich Arthur. »Sechs Jahre ist es jetzt her.«

»Sieben Jahre«, verbesserte Felix ihn. »Wir haben seit ein paar Minuten wieder Januar. Daher könnte man eigentlich schon von sieben Jahren sprechen.«

»Richtig. Damals saßt du hier ganz allein mit deinem Märchenbuch und ich bin aus der Kirche gekommen.« Arthur drehte sich etwas, so dass er die Kirche besser sehen konnte. »Und ich glaube, da werde ich in Zukunft wieder öfter hingehen. Der Blutmagier ist nicht mehr da, und ... alles andere wird sich auch irgendwie geben.«

»Hast du's deinen Eltern erzählt?«, fragte Felix.

Arthur setzte sich wieder normal hin und richtete seinen Blick auf das Feuerwerk. »Ich konnte nicht wirklich anders. Spätestens als die Geschichte von dem verrückten Sektenanhänger im Kirchenkeller in der Zeitung stand, haben sie mir nicht mehr geglaubt, dass ich rein zufällig am gleichen Tag auf Glatteis ausgerutscht und auf einem spitzen Stein gelandet bin. Oh, und das Krankenhaus hat ihnen von der Axt erzählt. Schon doof, dass die unseren Eltern alles sagen müssen, oder? Aber besser geworden ist dadurch nichts. Ich habe jetzt eine Narbe, die nie wieder weggehen wird, und meine Eltern fühlen sich furchtbar, weil sie mir damals nicht geglaubt haben, als ich ihnen das erste Mal von dem Blutmagier erzählt hab.«

Es gab also bleibende Schäden. Diese Neuigkeit traf Felix wie ein Stich ins Herz. Dabei war nicht er es, der nur knapp einem Herzstillstand durch Axteinwirkung entkommen war. »Bist du sicher? Die Narbe geht nie wieder weg?«

»Ähm ... Ja, ich bin mir sicher, dass die Ärzte genau dieses Wort benutzt haben.« Arthur kratzte sich am Kopf. »Und nein, wie gesagt, sie geht nicht wieder weg, das haben Narben so an sich.«

Eigentlich wusste Felix das. Aber die Verleugnung hatte sich viel besser angefühlt als die Wahrheit.

»Verdammt, es tut mir so leid! Wie kann ich das jemals wiedergutmachen?«

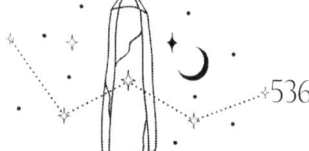

Arthur verdrehte die Augen und schüttelte den Kopf. »Ich will kein Wort davon hören! Claudentina hat schon erzählt, dass du dir Vorwürfe machst. Aber das musst du nicht. Ich bin doch dein großer Bruder!«

Die Rolle des großen Bruders spielte Arthur schon lange, aber er hatte noch nie zuvor laut ausgesprochen, dass er sich damit identifizierte. Nun, da er es tat, merkte Felix erst, wie lustig das klang. Es brachte ihn sogar zum Lachen, obwohl er sich wegen der Narbe immer noch schlecht fühlte. »Arthy, du bist ein halbes Jahr jünger als ich!«

»Egal. Ich hab schon immer auf dich aufgepasst und das werde ich auch weiterhin tun. Ob's dir passt oder nicht. Außerdem ... Streng genommen bin ich selber schuld. Hätte ich dich damals nicht überredet, mit mir in die Kirche zu gehen, hätten wir den Blutmagier vielleicht niemals getroffen und wären in die ganze Geschichte gar nicht erst hineingeraten.«

»Aber dann hätte er sein Ziel erreicht.« Felix erschauderte bei dem Gedanken, was wohl passiert wäre, wenn der Blutmagier sein Ritual ungestört vollzogen hätte. Möglicherweise gar nichts, und damit wären die Menschen, die er dafür geopfert hatte, völlig umsonst gestorben. So oder so wollte er sich das nicht ausmalen. »Also war es doch zu etwas gut, dass wir dort waren.«

»Stimmt auch wieder.« Arthur nickte andächtig, aber nur für einen kurzen Moment, bevor er wieder lächelte. Offensichtlich hatte er keine Lust mehr auf dieses Thema, zumindest nicht heute. »Lass uns jetzt nicht mehr daran denken. Es ist Silvester, das ist ein Grund zum Feiern!«

»Da hast du Recht. Neues Jahr, neues Leben.«

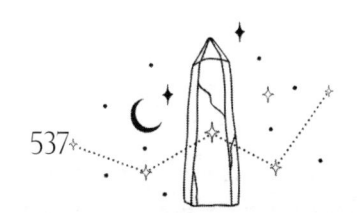

Felix beschloss, die Sache ruhen zu lassen und sich lieber auf das Feuerwerk zu konzentrieren. Arthur würde an diesem Abend sowieso nichts anderes erlauben.

Als alles vorbei war, gingen die meisten heim, und auch Felix kehrte mit seinen Eltern nach Hause zurück. Er schlief jedoch nur ein bisschen, blieb die meiste Zeit bewusst wach, um über alles nachzudenken, und stand letztendlich wieder auf, bevor es Tag wurde.

Beim ersten Anzeichen von Tageslicht schnappte er sich einen Erdbeerlolli, ging aus dem Haus und zurück zu seinem Lieblingsplatz, an der Kirche vorbei auf die Brücke nach Ardegen. Um Mitternacht war sie voller Menschen gewesen, jetzt kündeten nur noch zerfetzte Böller, zerbrochene Flaschen und anderer Müll davon, dass hier bis vor kurzem jemand gefeiert hatte.

Felix hatte die Brücke für sich. Er stieg hinauf zum höchsten Punkt, lehnte sich an das Geländer und blickte zurück in Richtung Branlau, wo die Sonne aus ihrem Schlaf erwachte und den ersten Tag des neuen Jahres ankündigte. Besser hätte es ihm gefallen, wenn sie stattdessen über dem Fluss aufgegangen wäre und das Wasser rot gefärbt hätte, doch der Fluss verlief nun einmal von Süden nach Norden, nicht von Osten nach Westen oder umgekehrt. Es war nicht perfekt, aber trotzdem schön. Er mochte die Sonne und genoss ihre ersten Strahlen, von denen einige auf sein Gesicht fielen, während die anderen die gesamte Umgebung und den Himmel in ein orange-rotes

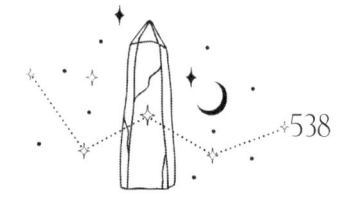

Licht tauchten. Der Morgen dämmerte, und mit einem Erdbeerlolli im Mund ließ sich das alles sowieso noch viel besser genießen. Das neue Jahr konnte kommen.

Noch vor sieben Jahren war sein Umzug in diese Stadt für ihn wie der Weltuntergang gewesen. Doch nun erkannte er, dass die Welt in Ordnung war, und das wollte er genießen, solange er konnte, denn womöglich würde bald wieder alles anders werden.

Aber das konnte er natürlich nicht wissen. Es war, wie immer, nur so ein Gefühl ...

DANKSAGUNG

Ich danke meiner Familie, die meine schriftstellerischen Ambitionen schon seit Kindertagen unterstützt. Den älteren Verwandten, die in meine Sprechblasen geschrieben haben, als ich noch nicht schreiben konnte und meine Geschichten als Comics gezeichnet habe. Denjenigen, die "Pendulum" gelesen, mir immer hilfreiches Feedback und sogar neue Ideen gegeben haben, auch wenn sie selbst der Meinung waren, sie hätten keine Ideen. Und allen anderen, die mir seit Anbeginn zur Seite stehen und sich mit mir über diese Veröffentlichung freuen!

Ich danke den Menschen außerhalb meiner Familie, die Einfluss auf mich hatten: Meiner Grundschullehrerin, die mir Lesen und Schreiben und noch so viel anderes beigebracht hat. Freunden, die von meinem Hobby begeistert sind und mir immer zuhören. Und meinen ehemaligen Mitschülern, die sich darüber lustig gemacht haben und meinten, es würde nirgendwo hinführen. Ihr sollt wissen, dass ihr mich nur noch mehr angespornt habt und mir ansonsten für alle Ewigkeit am Arsch vorbeigehen werdet.

Und zu guter Letzt danke ich dem Verlag, der meiner Romanreihe ein Zuhause gegeben hat, nachdem andere mir sagten, es gäbe kein Publikum für Reihen. Fast hätte ich das geglaubt und mich komplett auf Einzelromane umgeschult ... Aber eben nur fast. Danke an alle, die mitgeholfen haben, dieses Buch zu dem zu machen, was es heute ist!

ALLGEMEINE INHALTSHINWEISE:

In Pendulum tauchen immer wieder Themen aus den Bereichen Okkultismus auf. Auch spielt Blut in vielen Formen, sowie Kämpfe eine Rolle.
Folgende Übersicht, über möglicherweise triggernde Themen hat keinen Anspruch auf Vollständigkeit. Sie kann allerdings Spoiler auf Inhalte des Kapitels enthalten:

Prolog: Hinterhalt, Angriff, ableistische Sprache
Kapitel 1: Stalking, Schlägerei
Kapitel 3: Erbrechen
Kapitel 5: Trauma, angedeutete Körperverletzung
Kapitel 6: Waffen, Halluzinationen
Kapitel 9: Rausch, Waffe, Bedrohung
Kapitel 10: Halluzinationen, Waffengebrauch, Band, Polizeieinsatz
Kapitel 12: Krankenhaus, Gehirnerschütterung, erwähnte Vergewaltigung, erwähnte Beziehung mit Schutzbefohlenen
Kapitel 13: Erwähnungen von Mord, Tod & Vergewaltigung, Beleidigung, derbe Sprache
Kapitel 14: Akustische Halluzinationen, Panikattacke
Kapitel 16: Halluzinationen, Zugunfall, Waffennutzung, Notwehr mit Todesfolge
Kapitel 17: Erwähnte Vergewaltigung
Kapitel 18: Waffengebrauch
Kapitel 21: Höhle, Dunkelheit
Kapitel 23: Erwähnung von Menschenexperimente, Mordverdacht, Schlägerei, Tod & Vergewaltigung, toxische Familie
Kapitel 25: Stalking
Kapitel 26: Kirchenbeichte, Verfolgung
Kapitel 27: Angriff, Hinterhalt, Körperverletzung, Bedrohung, Mord, Manipulation, toxische Familienverhältnisse, Narzissmus
Kapitel 28: Erwähnter von Mord & Körperverletzung, okkultistische Rituale, Entführung, Kampf, Waffennutzung
Epilog: Krankenhaus

PENDULUM
DAS LIED DER WEINENDEN GEISTER

TEIL 2 DER PENDULUM-REIHE

UNCUT

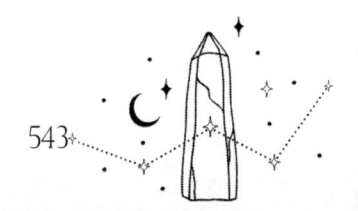

PREVIEW
BÖSES ERWACHEN

Das Erste, was Felix sah, als er aus einem komischen, wirren Traum erwachte, war die Farbe Rot – ausnahmsweise kein Blut, keine roten Kerzen für ein seltsames Ritual und keine unheimlichen Männer in auffälligen, roten Westen oder Roben. Nein, es handelte sich um rote Bettwäsche.

Meine Güte, bei wem bin ich denn jetzt schon wieder im Bett gelandet?

Erschrocken fuhr er hoch und unterzog seine Umgebung einer schnellen Musterung, um sie auf potenzielle Gefahren zu überprüfen. Das Zimmer sah nicht gefährlich aus, ähnelte aber keinem, das er kannte. Er lag in einem Bett, das einem Bordell hätte entstammen können; alles komplett rot bezogen, in der Farbe der Liebe. Ein bisschen hart war es, aber nicht unbequem, und es stand an der Wand eines fensterlosen Raumes mit rohen Steinwänden.

Eine geschlossene Gittertür an der Wand gegenüber schien die einzige Möglichkeit zu sein, diesen Raum zu betreten oder zu verlassen. Licht spendeten künstliche Fackeln an den Wänden, die denen in der Schlangenhöhle verdächtig ähnlich sahen – das konnte kein Zufall sein.

Felix' erste, erschreckende Eingebung war, dass er sich wieder in diesem

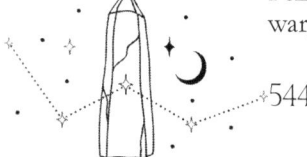

unheimlichen Serpentinenkloster befand. Wohin sonst sollte die als Nonne verkleidete Vampirin von Puricei ihn bringen?
Nicht ausflippen ... Bloß nicht ausflippen!
Er beruhigte sich selbst mit langsamen Atemzügen sowie der Feststellung, dass seine Umgebung den Kellerräumen des Klosters nicht so sehr ähnelte, wie es auf den ersten Blick den Anschein gemacht hatte. Bestanden jene nämlich aus bräunlichem Gestein, war hier alles grau, sauberer und gewissermaßen auch steriler; eine einzelne Spinne hatte sich in einer Ecke unter der Decke eingenistet, doch ansonsten sah alles so aus, als wäre es kürzlich gereinigt worden.

Felix schob die weiche Decke beiseite und setzte sich auf. Er trug seine normale Kleidung, nur die Strickjacke, die farblich erstaunlich gut mit der Bettwäsche harmonierte, hatte jemand ihm ausgezogen und über einen Stuhl neben dem Bett gelegt. Es gab auch einen Tisch, und dieser war wohl das Interessanteste im Raum; er war gedeckt mit einer Kaffeekanne und einer dazu passenden Tasse, einer Schale mit vielen Milchtütchen und Zuckerstückchen, einer Flasche Mineralwasser und einem Teller voller ausgekühlter Pfannkuchen. Der Nachtisch, bestehend aus verpackten Lollis mit Schokoladengeschmack, lag direkt daneben.

Äh ... Okay...

Was hatte das denn nun zu bedeuten? Felix kam es vor, als hätte sich jemand die größte Mühe gegeben, ihm eine Freude zu bereiten, und derjenige kannte ihn verdammt gut. Um jedoch herauszufinden, ob ihn das glücklich machen oder erschrecken sollte, musste er erst einmal in Erfahrung bringen, wo er überhaupt war.

Dass die Gittertür nicht nachgab, als er an der Klinke rüttelte, verhieß schon einmal nichts Gutes; auch das komfortabelste Gefängnis blieb ein Gefängnis. Ein Blick hinaus legte nahe, dass es sich wahrscheinlich unter der Erde befand, am Ende eines Ganges, der rechts von dieser Zelle aufhörte und nirgendwo Fenster hatte.

Felix' letzte Erinnerung drehte sich um seine Auseinandersetzung mit der Nonne in der Scheune. Ihr Elektroschocker musste etwas ganz Besonderes sein, denn ihm war noch nie zu Ohren gekommen, dass ein solches Gerät jemanden dermaßen außer Gefecht setzen konnte, wie es ihm widerfahren war. Allerdings hatte er dabei ohnehin nicht das gewöhnliche Kribbeln von Elektrizität gespürt, sondern eine andere, ihm nur allzu vertraute Variante – und mit dieser Variablen in der Gleichung musste er nicht mehr lange nachdenken, um das Rätsel zu lösen.

Das war überhaupt kein Elektroschocker, sondern ein Pendulumschocker! Wie genau, darüber wollte er nicht spekulieren, aber die Nonne hatte es geschafft, eine hundertprozentig zuverlässige Waffe gegen Elementare zu bauen, um sie sofort auszuschalten, ohne ihnen Schmerzen oder bleibende Schäden zuzufügen – ideal für jemanden, der Elementare entführen wollte, die er für seine Zwecke lebend und relativ unversehrt brauchte. So wie die Vampirin eben.

Und wie komme ich hier jetzt wieder raus? Felix stemmte sich gegen die Tür, zog an ihr, schlug dagegen und versuchte, die Gitterstäbe zu verbiegen, alles ohne Erfolg. Seine Idee, jemanden anzurufen, verwarf er gleich wieder, denn er wusste nach wie vor nicht, wo er war, oder wo sein Telefon war – in seiner Hosentasche jedenfalls nicht. Natürlich hatte die Nonne es ihm abgenommen, sie war schließlich nicht dumm, dafür aber umso gemeiner, wie er feststellte, als er noch einmal einen Blick nach draußen warf: Das gesuchte Handy lag auf dem Boden im Gang, außerhalb seiner Reichweite, aber gut sichtbar, als hätte sie es absichtlich dort platziert, um ihn zu verspotten.

Dieses verdammte Miststück!

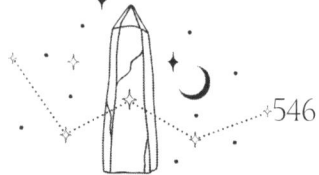

Resignierend kehrte er zum Bett zurück. Hunger brachte seinen Magen zum Knurren, als sein Blick wieder den Teller mit den Pfannkuchen streifte, die, obwohl mittlerweile kalt, immer noch zum Anbeißen aussahen. Dazu ein Kaffee, der ihm sicher helfen würde, aufzuwachen und klar zu denken, einen Ausweg zu finden ... Doch er war fest entschlossen, der Versuchung zu widerstehen und nichts davon auch nur anzurühren. Dass alles in diesem Raum so haargenau auf seinen Geschmack abgestimmt war, machte ihm Angst – was, wenn er einen dieser Pfannkuchen probierte und sich anschließend nicht mehr bewegen konnte, weil das Biest in der schwarzen Kutte irgendein Gift untergemischt hatte? Einem einfachen Stück Brot gegenüber wäre er weniger misstrauisch gewesen.

Erst als er den üppig gedeckten Tisch ein zweites Mal eindringlich begutachtete, bemerkte er den gefalteten Zettel, der zwischen dem Teller und der Kaffeekanne steckte. Mit gerunzelter Stirn nahm er ihn zur Hand und faltete ihn auseinander.

Geh nicht weg. Es ist nur zu deinem Besten.

Nicht mehr, nicht weniger. Zwei handgeschriebene Sätze, eine Regel. Aber Felix dachte nicht im Traum daran, diese zu befolgen, ging sofort noch einmal zur Gittertür und wiederholte seine vorherigen Versuche, sie zu öffnen. Leider schien nach wie vor alles aussichtslos, er konnte das Schloss beschädigen, die Klinke drücken und daran ziehen, wie er wollte – nichts beeindruckte die Tür.

Aber er wollte nicht aufgeben und versuchte es letzten Endes sogar wieder auf die Art und Weise, von der er sich den wenigsten Erfolg versprach: das Verbiegen der Gitterstäbe. Er umfasste zwei davon fest, um sie auseinanderzuziehen, dann drückte er sie zusammen, doch sie waren verdammt hart und robust.

Seine Hände schmerzten, die Adern auf dem Handrücken traten sichtbar heraus. Er war kurz davor, diese sinnlose Tortur zu beenden, als er auf einmal eine seltsame Energie in sich aufsteigen spürte. Sie war stärkend, angenehm, und fühlte sich warm an. So etwas hatte er zuvor erst ein einziges Mal gefühlt, aber dennoch – oder vielleicht gerade deswegen – erkannte er die Energie sofort: Sie hatte ihn warm gehalten, als er in den Alpen auf der Flucht vor dem Blutmagier in einen eisigen Fluss gesprungen war. Nach dem Sprung war er ohnmächtig geworden und hätte eigentlich, wenn er schon nicht ertrunken war, erfrieren müssen. Dennoch hatte er alles relativ unversehrt überstanden, nicht einmal eine Erkältung davongetragen.

Die lebensrettende Energie machte sich nun wieder in seinem Körper breit und kam keine Sekunde zu früh. Plötzlich fühlte er sich stärker, lebendiger, wacher, wohler – und dann geschah es. Der erste Gitterstab verbog sich in seiner rechten Hand, knapp gefolgt von dem zweiten in der linken. Mit geringem Kraftaufwand zog er sie so weit auseinander, bis ein Loch geschaffen war, durch das er passte ...

Und dann war es vorbei. Als das Loch gerade einmal groß genug war, um auszusehen, als könnte er sich hindurchzwängen, wich die warme, stärkende Kraft wieder aus seinem Körper, so schnell wie sie gekommen war. Die Beine gaben ihm nach, er landete unsanft auf dem Hintern und kämpfte plötzlich mit Atemnot. Es dauerte eine Weile, bis allmählich wieder ein bisschen Kraft in seine Glieder zurückkehrte und ihm erlaubte, aufzustehen. Dennoch fühlte er sich nun noch lange nicht wieder normal, sondern sogar deutlich schwächer als zuvor. Ob es der Nonne ähnlich erging, wenn ihre Superkräfte nachließen?

Er schnappte sich seine Strickjacke von dem Stuhl neben dem Bett und verließ sein Gefängnis durch den kleinen Ausgang, den er geschaffen hatte. Draußen nahm er sein Telefon und folgte dem düsteren Flur in einen quadratischen, leeren Raum, von dem ein weiterer Gang abging, dazu gab es eine große Doppeltür und eine Treppe, die aufwärts führte, möglicherweise aus dem Keller hinaus.

Diesen Weg ging er zuerst, nur um auf der obersten Stufe auf eine verschlossene Tür zu stoßen – wie hatte er auch so naiv sein können, auf etwas anderes zu hoffen?

Auf dem Weg zurück nach unten trat er gegen etwas Hartes, das ihm zuvor noch nicht aufgefallen war. Es schlitterte die Treppe hinunter und kam an deren Fuß zum Stillstand. Neugierig lief er hinterher und hob das runde Ding auf, das ungefähr so groß war wie seine Handfläche. Für seine geringe Größe war es auffällig schwer, löste aber auch ein vertrautes Kribbeln in ihm aus, und spätestens, als er es unter einer der künstlichen Fackeln violett glitzern sah, hegte er keinen Zweifel mehr daran, dass es teilweise aus Pendulum bestand. In die Oberfläche war die Zeichnung eines Wirbelwindes eingraviert.

Er beschloss, es mitzunehmen, und sah sich um. Links und rechts der großen, geschlossenen Doppeltür waren je zwei Halterungen in die Wand eingelassen, darunter eine runde, die für diesen besonderen Gegenstand wie geschaffen schien. In die übrigen Öffnungen passten demnach vermutlich weitere solche Pendulum-Stücke, in die Symbole der anderen drei Elemente eingraviert waren; nicht das erste Mal, dass das Pendulum im Zusammenhang mit den vier Elementen auftauchte.

Felix ahnte bereits, dass diese Tür, hinter der die Vorbereitungen für das blutige Ritual mit Sicherheit in vollem Gange waren, sich erst würde öffnen lassen, wenn alle vier Schlüssel in ihren jeweiligen Halterungen saßen. Ihm blieb nur zu hoffen, dass das nicht auch der einzige Ausgang war, denn ansonsten musste er sich wohl auf die Suche nach den fehlenden Schlüsseln begeben. Den einen, den er zufällig bereits gefunden hatte, behielt er zur Sicherheit, und steckte ihn in seine Jackentasche.

Nun gab es als potenziellen anderen Fluchtweg nur noch den unbekannten Gang. Dieser führte nach wenigen Metern zu einer weiteren Gittertür wie der, die ihn eingesperrt hatte. Der Raum dahinter enthielt ebenfalls ein Bett, allerdings ohne Bettwäsche, einen kleinen Tisch und einen Stuhl. Es gab noch ein weiteres Möbelstück in der Mitte, das aussah wie eine Totenbahre. Dass die Person darauf noch lebte, erkannte Felix erst auf den zweiten Blick, so starr und still wie sie dort lag, und bei noch genauerem Hinsehen vermochte er sie sogar zu identifizieren: Lucian!

Es war eine angenehme Überraschung, dass diese Tür kein erneutes Verbiegen von Gitterstäben notwendig machte, denn sie war nicht verschlossen. Weniger erfreulich war Lucians Situation, die den Grund dafür erklärte: Wenn nicht die Seile, die den Jungen an die Bahre fesselten, dann hätte seine eigene Kraftlosigkeit ihm jeden Gedanken an eine mögliche Flucht ausgetrieben. Seine Augen öffneten und schlossen sich regelmäßig, er war also wach und atmete auch, bewegte sich ansonsten aber überhaupt nicht. Ein Großteil der Farbe war aus seinem Gesicht gewichen, und auch ohne die Bahre hätte er wie eine Leiche ausgesehen.

Felix eilte ihm sofort zur Hilfe. »Scheiße! Was hat sie mit dir gemacht?« Die aufgebrachten Worte sprudelten aus ihm heraus, während er damit begann, die Fesseln zu lösen.

Lucian wirkte zu schwach, um zu sprechen, aber das brauchte er auch nicht. Die großen Pflaster an seinen Handgelenken, die seine Pulsadern bedeckten, waren schwer zu übersehen und beantworteten sämtliche Fragen. Die Nonne hatte ihm Blut abgenommen, und zwar genug, um ihn in eine völlig hilflose Lage zu bringen.

Ohne die Fesseln konnte er sich immerhin alleine aufsetzen, wenn auch nur sehr langsam. Felix half ihm auf die Beine, während er verzweifelt überlegte, wie es nun weitergehen sollte. Hier, sowie auch in allen anderen Räumen, die er bislang zu Gesicht bekommen hatte, gab es nichts, das man als Waffe benutzen konnte, und selbst wenn, standen die Chancen eher schlecht, dass eine provisorische Waffe der Nonne etwas anhaben konnte. Sie musste nur ihren speziellen Pendulumschocker zücken, und alles war sofort wieder vorbei.

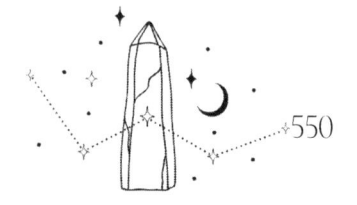

An Stelle einer Waffe bot dieser Raum allerdings etwas anderes, nämlich ein Fenster. Der Anblick der vergitterten Öffnung nur wenige Zentimeter unterhalb der Decke erfüllte Felix sofort mit neuer Hoffnung.

»Versuch mal, ein bisschen rumzulaufen. Du musst wieder zu Kräften kommen!«, wies er Lucian an, während er auf das Bett stieg und einen Blick auf das Gitter warf. Ohne die warme Energie würde er es nicht mit bloßen Händen entfernen können, aber immerhin sah es nicht gerade robust aus.

Nachdenklich betrachtete er den Gegenstand mit dem eingravierten Wirbelwind in seiner Hand. Das Pendulum darin war mit Sicherheit härter und widerstandsfähiger als dünner Stahl, und so begann er, damit auf das Gitter einzuschlagen, so fest er konnte. Der Krach war nicht zu überhören, der Erfolg aber genauso wenig zu übersehen: Bereits durch den ersten Schlag entstand eine Delle. Er schlug weiter, bis der Stahl brach, den Rest erledigte er mit den Händen. Wieder einmal entstand eine Öffnung, die gerade groß genug war, dass jemand von seiner Statur hindurchpasste.

Erleichtert blickte er auf Lucian hinab, der weiterhin keinen Laut von sich gab, sich aber tapfer auf den Beinen hielt. Dennoch war nicht er es, dessen Schritte Felix laut von den Wänden widerhallen hörte – der Lärm, den sein Vandalismus verursacht hatte, musste die Nonne aufgeschreckt haben, die nun auf dem Weg zu ihnen und schon irgendwo draußen im Gang war!

»Komm her, schnell!«, zischte er, reichte dem blassen Lucian die Hand und zog ihn aufs Bett, von wo aus er ihm half, durch die Fensteröffnung zu klettern, ohne dabei die Tür aus dem Auge zu verlieren.

Sobald Lucian in Sicherheit war, kletterte Felix selbst hinterher. Ihm fiel es nicht schwer, und er hatte es auch fast geschafft – als sich plötzlich eine kräftige Hand wie ein Schraubstock um seinen Knöchel schlang und versuchte, ihn zurück in den Raum zu ziehen. Sein erschrockener

Blick fiel auf die Nonne, deren zweite Hand bereits nach seinem anderen Fuß griff, während Lucian ihn bei den Armen packte und mit aller Kraft, die ihm noch blieb, durch die Öffnung zerrte. Der Mut und die Beharrlichkeit des Jungen, selbst in seiner misslichen Lage, waren bewundernswert, aber würde das ausreichen?

Bevor die Nonne auch den noch freien Fuß zu fassen bekam, holte Felix aus und trat dorthin, wo ohne die Kapuze ihr Gesicht gewesen wäre. Der Treffer zeigte Wirkung, denn ihr Griff lockerte sich, er konnte seinen Fuß daraus befreien und zu Lucian nach draußen klettern. Statt Anstalten zu machen, ihren fliehenden Opfern durch das zerstörte Gitter zu folgen, fuhr die Nonne herum und stürmte aus dem Raum. Aber das bedeutete noch lange nicht, dass sie aufgab.

Draußen war es nicht mehr windig, aber dunkel, und ein trüber Viertelmond erhellte den weitestgehend wolkenfreien Himmel. Felix kämpfte mit einem Gewirr aus wilden Pflanzen neben einer hohen Hauswand, die definitiv nicht zu dem Serpentinenkloster gehörte. Folglich handelte es sich hierbei um eine neue, ihm gänzlich unbekannte Umgebung.

Ohne auch nur die leiseste Ahnung, wo er sich befand, beschritt er mit Lucian den einzig möglichen Weg: an der steinernen Hauswand entlang bis zu deren Ecke. Eine Alternative gab es nicht, denn dort, wo sie aus dem Fenster geklettert waren, versperrte ein hoher Zaun den Zugang zu einem Garten, von wo aus sie wahrscheinlich sowieso nur ins Haus hätten gehen können. Gegenüber der Hauswand begrenzten steile Hügel den Weg, die nicht viel höher als der Zaun, aber ohne Kletterausrüstung unmöglich zu besteigen waren.

Um die Ecke ging es allem Anschein nach zur Vorderseite des Gebäudes. Eine große Tür an einem etwas hervorstehenden Stück Wand markierte den Eingang zu einer Villa aus grauen Ziegelsteinen mit rotem Spitzdach. Es gab einen Balkon und einige Fenster, hinter denen bis auf eine Ausnahme kein Licht brannte. Und kaum hatten Felix und Lucian diesen Bereich betreten, wurde die Tür mit gewaltiger Kraft aufgerissen und aus der Dunkelheit des Hauses stürmte die wütende Nonne hervor.

Auch davon abgesehen, dass sie sich in dieser Umgebung besser auskannte, schien es zwecklos, vor ihr davonlaufen zu wollen. Felix hatte auch nicht die geringste Lust darauf, doch was blieb ihm schon anderes übrig? Und so wählte er als Ziel ein paar alte, tote Bäume, hinter denen der Wald begann. Er wusste nach wie vor nicht, wo er war, dafür jedoch umso besser, wohin er wollte: weg von hier.

Nach nur wenigen Schritten geschah das Unvermeidliche: Die Nonne holte zu ihm auf, stürzte sich von hinten auf ihn und warf ihn zu Boden.

»Geh weiter, los!«, schrie er Lucian zu, als er sah, dass dieser stehen blieb und sich umdrehte. »Renn weg!«

Ihm konnte nun keiner mehr helfen. Die Nonne drückte ihn fest zu Boden, und er glaubte ihn bereits zu spüren, diesen infamen Pendulumschocker, der ihm schon einmal zum Verhängnis geworden war. Aber sie ließ sich Zeit; wie um ihre Überlegenheit zu demonstrieren, bevor sie ihm den nächsten Schock versetzte, hielt sie das Gerät in die Höhe, zeigte ihm, was ihn erwartete.

Statt sich mental auf seine nächste Ohnmacht vorzubereiten, ließ er sich von einem farbigen Licht ablenken, das ihn plötzlich von der Seite beschien, begleitet von dem Schrei eines verängstigten Kindes. Kaum hatte er auf der Suche nach der Ursache den Kopf gedreht, raste wie aus dem Nichts ein Irrlicht heran, verbrannte der Nonne die Hand und brachte sie dazu, ihre Waffe fallen zu lassen.

Bei diesem einen roten Irrlicht blieb es nicht. Plötzlich erschienen aus der Richtung des Waldes noch weitere rote, grüne, gelbe und blaue Lichter mit ihren schrillen Schreien, die es scheinbar alle auf die Nonne abgesehen hatten. Diese ließ augenblicklich von Felix ab, sprang auf die Beine und wich zurück.

Er verschwendete keine Zeit damit, sich darüber den Kopf zu zerbrechen, wo diese Irrlichter hergekommen waren und wieso sie ihm halfen; sie schienen nur auf die Nonne fixiert zu sein und beachteten dabei weder ihn noch Lucian. Umso besser. Sofort nahm er die Beine in die Hand und folgte Lucian, der seinen Fluchtbefehl missachtet und ein paar Meter weiter gewartet hatte.

»Da!«, schrie er – sein erstes Wort an diesem Abend – und zeigte auf ein rotes Licht, das direkt vor den toten Bäumen in der Luft stehen geblieben war. Es schwebte dort, wo Felix hatte hinlaufen wollen, als würde es auf ihn warten.

Felix war misstrauisch, aber Lucian befand sich bereits auf dem Weg dorthin. Im gleichen Moment, als auch er losrannte, setzte sich das Irrlicht in Bewegung und schwebte in den Wald hinein. Er warf einen letzten Blick zurück auf die Nonne, die hinter ihm mit den anderen Irrlichtern kämpfte wie mit einem aggressiven Bienenschwarm, den nicht einmal ihr Pendulumschocker vertreiben konnte. Anschließend konzentrierte er sich nur noch auf den Weg, den das rote Licht ihm wies – das einzige Irrlicht weit und breit, das aufgehört hatte zu schreien.

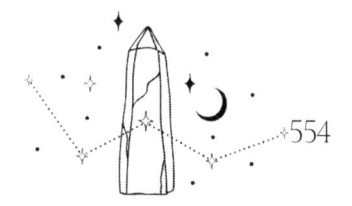

NEUERSCHEINUNGEN 2024

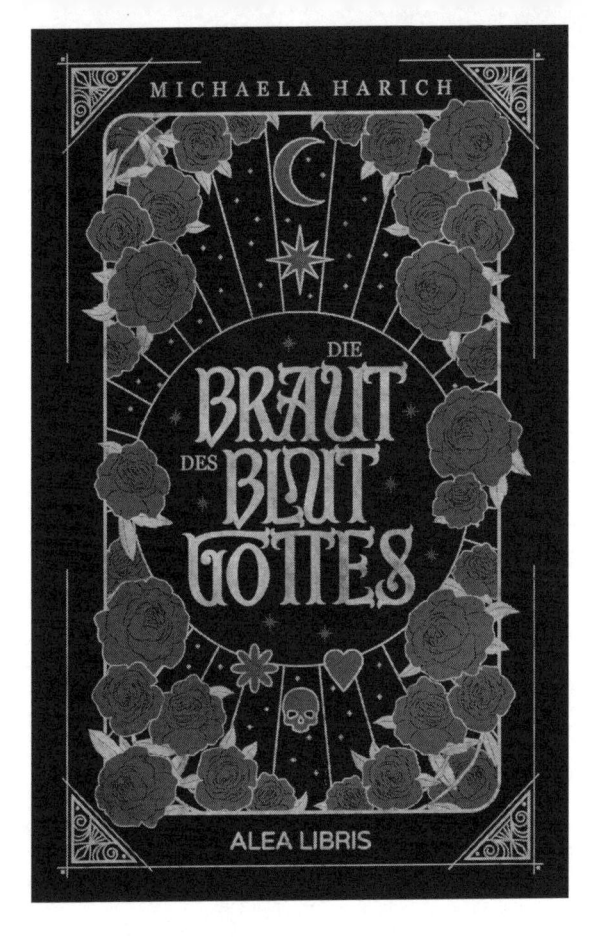

Ein Gott, eine große Liebe und eine Jungfrau, die zur Königin einer Insel genannt wird.
Drei Möglichkeiten, wie die Geschichte ausgehen kann - im Frühjahr 2024 erfahren wir, wer die Braut des Blutgottes wird und ob ihre Herrschaft ewig andauert.

Erneut entführt uns Monika Loerchner in eine Welt, in der Frauen das starke Geschlecht sind - und Hexen ein wichtiger Bestandteil der Gesellschaft sind.
Was passiert in Marburg?
Im Frühjahr 2024 werden wir es erfahren!

WÄCHTER DER NEUEN WELT
PHILIPP MATTES

ALEA LIBRIS VERLAG

Im Frühjahr erfahren wir, wie es nach dem Untergang der Welt weitergeht.
Was ist aus dem Jadekaiser geworden? Wie steht es um die Rebellion? Und wer gestaltet die neue Welt?